批评的文质

古代文学理论研究

第五十八辑

华东师范大学出版社 · 上海

胡晓明 主编

图书在版编目(CIP)数据

批评的文质/胡晓明主编. —上海：华东师范大学出版社,2024
(古代文学理论研究;第五十八辑)
ISBN 978-7-5760-4924-4

Ⅰ.①批… Ⅱ.①胡… Ⅲ.①中国文学—古典文学研究 Ⅳ.①I206.2

中国国家版本馆CIP数据核字(2024)第087396号

批评的文质

——古代文学理论研究第五十八辑

主　　编　胡晓明
责任编辑　时润民
责任校对　时东明
封面设计　刘怡霖

出版发行　华东师范大学出版社
社　　址　上海市中山北路3663号　邮编200062
网　　址　www.ecnupress.com.cn
电　　话　021-60821666　行政传真021-62572105
客服电话　021-62865537　门市(邮购)电话021-62869887
地　　址　上海市中山北路3663号华东师范大学校内先锋路口
网　　店　http://hdsdcbs.tmall.com

印　　刷　上海新华印刷有限公司
开　　本　890毫米×1240毫米　1/32
印　　张　16.75
字　　数　470千字
版　　次　2024年6月第1版
印　　次　2024年6月第1次
书　　号　ISBN 978-7-5760-4924-4
定　　价　98.00元

出版人　王　焰

目 录

◆ 经典与文本 ◆

◆ 文 章 学 ◆

编辑部报告

“和实生物，同则不继。”（《国语·郑语》）多元文明语境，尊重各个文明的异质性，在“不同”的基础上寻求价值共识的“和”，比一味求“同”更接近本质。《论语·子路》载：“子曰：‘君子和而不同，小人同而不和。’”何晏《论语集解》注曰：“君子心和。然其所见各异，故曰不同。小人所嗜好者则同，然各争利，故曰不和。”朱熹《论语章句集注》曰：“和者，无乖戾之心。同者，有阿比之意。尹氏曰：‘君子尚义，固有不同。小人尚利，安得而和？’”李泽厚《论语今读》：“‘和’的前提是承认、赞成、允许彼此有差异、有区别、有分歧，然后使这些差异、区别、分歧调整、配置、处理到某种适当的地位、情况、结构中，于是各得其所，而后整体便有‘和’——和谐或发展。”当具有异质性的西方当代文论与中国古代文论交流对话时，如何在赓续中国古代文论丰厚学术资源的同时，跨越民族、语言、时空的隔阂，实现异质互补，成为当下学者们思考的命题。

本辑所收论文为读者们展示了西方当代文论与中国古代文论的交流对话，在异质文明的碰撞中，文学展现出超越性的审美本质。本辑特稿刊发由王晚名翻译的加拿大方秀洁教授所撰《女性主义理论和中华帝国晚期的女性作家：影响和批评》，探讨了西方女性主义理论如何影响并介入对中华帝国晚期女性作家的批评和研究。吕梅《古代文论话语生成中的权力因素浅析——以欧阳修〈梅圣俞诗集序〉与“穷而后工”的诗学个案为例》在权力话语理论视角下，以《梅圣俞诗集序》与“穷而后工”为例，分析了古代文论话语生成过程中权力因素的影响。郭培培、曹旭《论刘邦〈大风〉悲歌的生成与接受》指出刘邦《大风歌》实为一首忧虑萦绕、难以消解的悲情之歌，并且分析了

《大风歌》在后世的接受史。张克军《中国影响与朝鲜古代民族文学批评话语的建构——以18—19世纪朝鲜“神境”论为中心》介绍了朝鲜具有鲜明民族特色的文学批评概念“神境”，并指出这一概念是中国明清时期相关文学理论的域外变异。

此外，本辑更有多篇论文深耕中国古代文论，致力于建构中国文论话语。付定裕《中国文论中的阅读学传统》探讨了中国文论中的阅读学传统如何能够有效整治当下的阅读问题。于秋漪《文学理论中的“言象意”等级关系重审——兼论符号学视域中的“言”与“象”》重新审视了文学理论中“言象意”的关系，对文学理论和符号学研究具有重要的启示意义。王世海《论境界概念的纷争与真理性》分析了境界概念的意涵及相关问题，指出王国维所提出的第三者的“观”，使得境界概念得以统合三境，成为中国美学最具普遍性也最具深意的美学范畴。汪超《矫弊与药方：费经虞与王国维论“不隔”的文学史意义》将费经虞《雅伦》与王国维《人间词话》并举，置于各自的时代背景之下，探寻“不隔”理论的文学史意义。

《文心雕龙》作为中国古代文论最具代表性的经典之一，也成为本辑论文所探讨的重点。涂光社《〈文心雕龙·声律〉“楚辞辞楚”迁想——从批评沿袭方音到肯定楚辞文学描写和语音流变上的历史贡献》指出刘勰对文学语言规范性的重视，揭示了楚辞在文学描写和音韵流变上的独特贡献。王婧、高文强《六朝“乐喻批评”探赜——以〈文心雕龙〉为中心》则以《文心雕龙》中“乐喻批评”的使用为典型，介绍了其起源及成因。殷学国《世情与人心：〈文心雕龙·论说〉篇阐释》认为《文心雕龙·论说》篇深刻揭示了论说文体与世情、人心的内在关联。

本辑还有数篇论文涉及到对某一具体文学现象的分析。凌念懿《宋代“排柳辨欧”视域下士大夫词的身份认同与规范构建》指出宋代词论中的批判柳词以及为欧阳修的艳词辩诬，其目的都在于加强士大夫阶层对于词体的身份认同，建构士大夫词的基本词学规范。彭健、姚蓉《诗歌追和与元人诗学崇尚》针对元代文人爱好追和酬唱的现象，分析了其崇尚的唱和对象、追和动机以及诗学史意义。史一辉《教化·文词·性命·历史：明代戏曲“学问化”的四个维度》认为明人从教化、文词、性命、历史四个维度完成了戏曲的“学问化”，实现了戏曲尊体和文体建构，奠定了清代戏曲的发展方向。贾艳艳《明清章回小说文字副文本由释到评点的演化》梳理了明清章回小说文字副文本由“释”逐渐演化为“评林”，再到今天所常见的“评点”样态的历程。李矜君《明代古文选本的选文形态及其文学史意义》划分了明代古文选本的两个重要时期，关注到明后期出现的“尚奇”性质的古文选本，分析了其在明代文学史上的价值。龙飞宇《汇编文话的资料剪裁与知识呈现——以朱荃宰〈文通〉的“文源论”为中心》讨论了汇编文话如何通过材料的剪裁与拼贴来呈现知识，并以朱荃宰所编的《文通》为例，分析了这种编纂方式如何体现编者的学术观点和立场。张波《日本江户时期汉诗创作范式的嬗变》指出日本江户时期的汉诗创作经历了从学习明代诗歌、宋代诗歌到学习清代诗歌以及兼取各代诗风的转变，并诠解了每次转变的深层原因。

除了对于文学现象的整体把握，本辑中对于具体作家作品的精微分析同样涌现出诸多佳作，如高宇燕《由悲剧意识到人格境界：陶渊明诗歌的审美超越和价值建构》、陈玄《复古求变：叶适诗论中的“破”》、蔡德龙《儒者·文人·遗民——金泽荣文章学的三个面相》。此外，杨柏岭、郭增强《“不理于人口”：况周颐人际关系考论》和邵明珍《林庚先生论王维》，对相关人物生平与思想识微知著，具总结之大成。本辑另还收录了几篇有关文献版本、整理的文章，任群《新见顾太清佚文〈有此庐诗钞序〉考释》、王波《罗根泽〈中国文学批评史〉的成书和版本》以及楼培、吕淑燕《徐昂著、蒋礼鸿校录〈韩文讲记〉》，皆有钩沉发覆之功。

《古代文学理论研究》编辑部

女性主义理论和中华帝国晚期的女性作家：影响和批评

(加) 方秀洁 撰 王晚名 译

内容摘要：当中国文学研究领域的学者开始对中华帝国晚期(约1600—1911)的女性作者展开长期研究时，女性主义、女性主义理论、女性主义文学理论已因其在20世纪80年代对欧美批评家和理论家的影响而引起高度争议。中国文学研究领域的学者吸收西方女性主义理论中的发展，同时质疑某些对这些理论的应用。本文回顾20世纪80年代和90年代西方女性主义文学理论中的主要争论，而这些争论可依据英美和法国女性主义批评家和性别研究的不同途径进行区分。文中检视为何关于女性和语言、被研究的文体以及理论基础的具体争论在被应用于20世纪前的中国女性写作时，未能保有其在对类似问题的研究中的重要相关性。然而，在批评性分析中，部分特定的概念取得了极为丰硕的成果。女性主义理论从不是完全统一的，即使是以欧洲为中心时也是如此；各种理论吸收自多种不同学科和学派。开始流行的概念——社会性别、凝视、声音、能动性、主体性、著者身份等——来自后结构主义、后殖民主义、文化和电影研究，并被证明在女性文学研究中是有效的工具。有些概念在关于古代中国女性文学的研究中被有效地运用。在这一语境中，笔者反思对中华帝国晚期女性写作的重要研究中的理论途径，并思考20世纪和21世纪全球化之前，中国文学研究这一“亚领域”对西方女性主义理论造成的影响或批评，以及范围更为广泛的、有关现代/后现代女性主义理论对于早期文学和其他文化的适用性的问题。

关键词：女性主义理论；概念和方法；女性文学；明清

Feminist Theories and Women Writers of Late Imperial China: Impact and Critique

Written by Grace S. Fong   Translated by Wang Wan-ming

Abstract: Feminism, feminist theory, feminist literary theory were already highly contentious in what they represented to Euro-American critics and theorists in the 1980s, when scholars in Chinese literary studies began sustained research on women writers in late imperial China (ca. 1600 – 1911). Their research drew on developments in Western feminist theories while problematizing certain applications. In this article, I review major debates in 1980s and 1990s Western feminist literary theory, divided by the different approaches of Anglo-American and French feminist critics and gender studies, examining why specific arguments on women and language, genres studied, and theoretical underpinnings did not hold significant relevance to the study of similar issues when applied to women's writing in pre-twentieth-century

China. Yet certain concepts were highly fruitful in critical analysis. Feminist theory was never monolithic, even when it was Eurocentric; theories were drawn from a plurality of different disciplines and schools. Concepts that came into currency—gender, gaze, voice, agency, subjectivity, authorship, and so on—from poststructuralist, postcolonial, cultural, and film studies proved to be useful tools in feminist literary studies. Some came to be deployed in scholarship on women's literature in historical China. In this context, I reflect on theoretical approaches in significant studies of women's writing of late imperial China and consider the impact or critique this subfield of Chinese literary studies posed to Western feminist theories and broader questions of the applicability of modern/postmodern feminist theories to literature of earlier periods and other cultures before the globalization of the twentieth and twenty-first centuries.

Keywords: Feminist theories; concepts and approaches; Women's literature; Ming and Qing

汉学(Sinology)和女性主义(Feminism)

对于深入思考女性主义理论和批评与明清女性文学文化(literary culture)领域的发展——特别是在 20 世纪 80 年代和 90 年代二者的合流,本次关于批判理论和汉学的特辑提供了一个绝佳的场所。[①] 20 世纪 80 年代以前,西方学界对中国古代文学的研究集中在由经典文体和作者组成、已被公认的传统上,这些文体和作者出自从东周(公元前 770—公元前 221)到清代(1644—1911)这一时期。杰出学者刘大杰(1904—1977)的权威通史性著作《中国文学发展史》

① 笔者在本文中使用 sinology 这一术语,取其在本特辑的题目和近年来重拾的中国研究(Chinese studies,China studies)中的宽泛含义,而非历史上偏重中国语言和文化的语文学研究的含义。阿德里安·陈(Adrian Chan)提供了一个简单且在政治方面"中立"的定义:"研究中国文化的各方面,同时以汉语之外的语言报告自己的发现。"《汉学中的东方主义》(*Orientalism in Sinology*, Academica Press, 2009),第 1 页。

初版于20世纪40年代，至今仍是中国文学史领域的经典。[①] 雷迈伦(Maureen Robertson)尖锐地指出：

> 刘大杰这版跨度逾5000年的中国古代文学通史有1355页，其中只提到了五位撰写了文学文本的女性，其中没有任何一位的出现时期晚于宋代。虽然我们可以安全地假定这些女性并非被错当成男性而误入文学史册，但清楚的是，鉴于书中呈现的男女作者的数量惊人的不成比例，这五位女性是被当作"荣誉男性"收录进来的。由于文学和社会方面的原因，她们被认为合乎源自男性文学文化并由其维持的标准。[②]

回顾当初，在北美的中国研究中，帝制晚期女性写作和文学文化这一领域的出现，是几件重大事件合流的可喜结果。首先是胡文楷(约1899—1988)的《历代妇女著作考》在1985年的再版：这部内容详尽的目录书初版于1957年，是一件不可或缺的研究工具。[③] 胡文楷的目录记录了4000余位女性作品的个人别集。其中只有110位出自从汉代到元代(1279—1368)，余者都出自明清两代。因此孙康宜(Kang-i Sun Chang)作出了闻名遐迩的评论："没有任何其他国家出

---

① 复旦大学出版社2006年版的序言中回顾了刘大杰这一力作在1949年后多次再版的详细历史(见 https://www.fudanpress.com/news/showdetail.asp?bookid=3956)。此书在台湾和香港亦多次再版。

② 雷迈伦《闺音：唐宋明清词中性别化主体的建构》，《晚期帝制中国》第13卷第1期，1992年6月，第64页。(Maureen Robertson, "Voicing the Feminine: Constructions of the Gendered Subject in Lyric Poetry by Women of Medieval and Late Imperial China", *Late Imperial China* 13.1, June 1992, p64.)李清照(1084—约1145)是唯一作为女词人出现在刘大杰《中国文学发展史》目录中的女性诗词作者。

③ 胡文楷及其妻王秀琴(约1900—1934)在20世纪20年代进行了全面详尽的研究。在妻子去世后，胡文楷继续自己的研究工作。1957年初版时正值"反右运动"时期，不合时宜。1985年版于1990年代因绝版而难觅。2008年出版张宏生(增订本署名为"张宏生等"——译者注)修订增补的增订本，新收入261位女性作者。见胡文楷编著，张宏生等增订《历代妇女著作考》，上海古籍出版社，2008年，第1136—1183页。

现过的女性诗歌总集或别集比帝制晚期的中国更多。”①胡文楷提到，很多记录在地方志和其他文献中的这类作品已佚失，或者自己未能亲睹。余者显然至今尚存。② 最重要的是，胡文楷的书目的出版引起了当代对中国古代作为文化的创造者和消费者的文学女性的认识。它确认了今存的文献资料，使我们看到了就其开展研究的可能性。其次，它使这一时期的外国学者可以开始寻找并研究以前保存在中国大型图书馆善本数据库中的现存女性作品。这些此前被排除在研究之外、不为人知的文献数据中女性的声音，突然可以失而复得。其三是文学领域对明清女性作者的新研究与西方学界在女性主义理论和批评方面的发展交汇，是本文的关注焦点。前两点共同促成大批作品集被重新发现，尤以诗集为最；而诗歌是明清时期文学女性创作数量最多、成就最高的文体。第三点是与西方女性主义第二次和第三次浪潮（20 世纪 60 年代至 80 年代及 90 年代至 21 世纪初）中对女性文学充满活力的理论化和分析的交汇。③ 这种交汇即使未能始终直接影响中国文学研究中的这一新领域，也为之注入了新能量。

刘大杰的文学史中收录的“荣誉男性”已在被翻译和研究，其中包括汉代女学者班昭（49—约 120），尤其是著名词人李清照（1084—

---

① 孙康宜《明清女性诗歌总集及其选诗策略》（“Ming and Qing Anthologies of Women's Poetry and Their Selection Strategies”, in Ellen Widmer and Kang-i Sun Chang, eds., *Writing Women in Late Imperial China*. Stanford University Press, 1997），第 147 页。孙康宜首先在 1995 年以《明清女诗人与文化中的雌雄同体》（“Ming-Qing Women Poets and Cultural Androgyny”）为题的讲座上提出了这一极具引用价值的看法，后又分别在《淡江评论》（*Tamkang Review*）及陈鹏翔（Peng-hsiang Chen）和柯玮妮（Whitney Crothers Dilley）主编的《中国文学中的女性主义/女性特质》（*Feminism/Femininity in Chinese Literature*, Brill Press, 2002）中发表此见解，措辞稍有不同。

② 胡文楷在每部诗文集题目后都注明是否得以亲见。华东师范大学赵厚均教授是胡晓明和彭国忠主编的《江南女性别集》一至五编（黄山书社，2014—2019 年）编辑团队成员。他在 2015—2016 年与笔者的私人谈话中估计，约有 800—1000 部诗文集尚存，约占胡文楷目录的四分之一。

③ 尽管各种批判理论的流行可能与特定的“浪潮”相关，但女性主义“浪潮”是由其在社会和政治运动中而非文学理论中的发展来定义的。见罗里・迪克（Rory Dicker）《美国女性主义史》（*A History of U.S. Feminisms*, Seal Press, 2008）。

约1145)，甚至还有几位经典范围之外的女诗人，例如席佩兰(1762—1829后)和吴藻(约1799—1862)。[①] 与此同时，女性在帝制晚期拥有自己的文学文化这一观念尚远不够清晰。1988年，柯睿(Paul W. Kroll)在《美国东方学会会刊》(*Journal of the American Oriental Society*)上发表了一篇态度居高临下的书评，评价珍妮·拉尔森(Jeanne Larsen)翻译的唐代名妓薛涛(768—831)的诗集《锦江集》(*Brocade River Poems*)。他批评拉尔森的翻译及其对薛涛的才华和声名的过度诠释，其中指出他在该书中发现的"在汉学领域中相对新颖的"另一个"有趣的要素"：

> 这是对女性主义问题的关注，尤其关注重新获取过去独特的"女性文学"。这一工作可能具有重大价值，但是尽管学者们(比方说研究中世纪西方文学的学者)近年来作出了贡献，要恢复上古、中古中国遗产，巨大的、不可否认的障碍依旧存在。这一障碍即没有由女性或为女性书写的、清晰可辨的中国文学传统。偶有某位女性数量有限的诗歌被保存下来(往往只有一首)，没有任何迹象说明这些诗是为男性读者之外的什么原因而创作的。然而，这一事实没有阻止后来一些热情洋溢的研究者发现——或甚至发明——这样一个传统，这可能是为了显示汉学在涉及"性别问题"时可以像其他领域一样时髦。[②]

尽管柯睿对于与汉学有关的女性主义和性别问题的语气充满讽刺意味，但他拒绝承认上古、中古有一个"由女性或为女性书写的中国文学传统"，这并非没有历史和文本证据支持。他的批评建立在对明清

---

① 见孙念礼(Nancy Lee Swann)《班昭》(*Pan Chao: Foremost Woman Scholar of China*, The Century Company, 1932)；戴维·霍克斯(David Hawkes)《席佩兰》(Hsi Peilan, *Asia Major* Vol. 7, 1959)；王红公(Kenneth Rexroth)、钟玲(Ling Chung)《兰舟：中国女诗人诗选》(*The Orchid Boat: Women Poets of China Orchid Boat*, McGraw Hill, 1982)中关于吴藻的部分，第72—76页。

② 柯睿《……优美而不琐细》("... Fair and Yet Not Fond", *Journal of the American Oriental Society* Vol. 108, No. 4, 1988)，第623页。

时期女性诗歌文化的重大发现这一分界点之前。[①]

一年后，一篇关于中华帝国晚期女性文学文化现象和女性写作课题的先锋性研究文章出现在期刊《晚期帝制中国》(*Late Imperial China*，或译《清史问题》)上。魏爱莲(Ellen Widmer)在《17世纪中国才女的书信世界》(原题为"The Epistolary World of Female Talent in Seventeenth-Century China"，译文发表于《中外文学》1993年第22卷6期，第55—81页——译者注)中重建了江南文学女性松散的网络。她们互致书信和诗歌，这些文字被收录在男性文人士大夫编纂的一部书信集中。魏爱莲展示，这些女性不仅保持彼此间的联系，而且通过互致书信和诗歌，穿越时间和地理的距离，给予彼此友谊和相互支持。此论文所揭示的事实对20世纪流行的"五四叙事"中的被压迫的"传统"妇女的这一形象提出了质疑。[②] 魏爱莲在结论指出了"这些女子对传统的性别歧视的无形挑战"(《中外文学》第22卷6期，第77页——译者注)[③]。虽然她没有援引任何具体的女性主义理论或批判研究，但她的论述显示了复原中华帝国晚期女性能动性的努力。在回顾自己早期对这一问题的干预时，她回忆除了自己发现了这些女性的书信外，引领她进入这一研究领域的原因还有什么："同时，女性主义理论进入了我的注意范围。"[④]我们可能会问：在20世纪80年代末期和90年代，哪一女性主义理论进入了魏爱莲的注意范围？女性主义理论从来不是单一的，也远非专门关注文学。女性主义学者研究和吸收从后结构主义和解构主义到精神分析学和

---

① 当时传统汉学对宋代以后的古典诗歌传统也有所忽视。明清时期男性士大夫的海量诗歌创作几乎未受注意。

② 邓津华(Emma Teng)在《"传统中国女性"的建构》("The Construction of the 'Traditional Chinese Woman' in the Western Academy: A Critical Review", *Signs: Journal of Women in Culture and Society*, Vol. 22, No. 1, 1996)一文中检视了西方学界中国研究(China studies)中"女性研究"(women's studies)的发展，尤见其关于五四时期强调"传统中国"(traditional China)女性遭受迫害的讨论(第116—117页批注4)。

③ 魏爱莲《17世纪中国才女的书信世界》，第34页。

④ 魏爱莲2021年6月26日与笔者的私人谈话。

马克思主义等大量理论和框架。魏爱莲以随意的顺序回忆:“弗洛伊德的理论,朱迪斯·巴特勒(Judith Butler)、西蒙娜·德·波伏娃(Simone de Beauvoir)等人。格洛丽亚·斯泰纳姆(Gloria Steinem)和杂志《Ms.》。贝蒂·傅瑞丹(Betty Friedan)。甚至政治家如玛格丽特·撒切尔(Margaret Thatcher),果尔达·梅尔(Golda Meir)。她们开创了思考这个世界的新思路。女性并不逊于男性。她们共同的影响使我思考:为什么不将自己的训练用于研究女性在明清时期都在做什么?”[①]女性主义保留了自身政治和社会行动主义的根,这些根源始于19世纪中期和20世纪早期的所谓第一次浪潮中。女性主义寻求改变,寻求女性在社会上、政治上和才智上的进步和平等的动机,广泛地充溢于学术话语中的批判性和理论性的阐述中。在魏爱莲的个人回顾中,我们看到了女性主义及其理论启人灵思、具有无限可能的活力对一个中国文学领域的学者的影响。

书写女性主义和汉学的结合,其困难是加倍的:一方面是女性主义理论的多元论;另一方面是汉学中对西方理论的某种拒绝,在20世纪80年代和90年代后结构主义/后现代主义兴起后尤其如此。[②] 保罗·史密斯(Paul Smith)1989年的书中讨论人文学科中对“主体”(subject)的理论化,他强调女性主义的多样性:“女性主义由非常复杂多样的话语组成,其优势之一是它容纳包含了彼此间形成紧张关系和矛盾冲突的各种不同的理论上和实践上的主张。换言之,女性主义是一种内部具有异质性的话语,其多个方面与身份(identity)、主体性(subjectivity)和能动性(agency)的问题有关。”[③]在这种对能动性和自身发生变化的主体的共同忧虑中,有着抵

---

① 魏爱莲2021年6月26日与笔者的私人谈话。

② 林郁沁(Eugenia Lean)在《对于中国历史研究中理论、性别和精神的思考》(“Reflections on Theory, Gender, and the Psyche in the Study of Chinese History”,《近代中国妇女史研究》第6期,台北“中研院”近代史研究所,1998年)一文中回顾了中国领域的历史学者中对理论的拒绝。

③ 保罗·史密斯(Paul Smith)《辨别主体》(*Discerning the Subject*, University of Minnesota Press, 1988),第138页。

抗(父权制)霸权的潜力。但女性主义理论和批评途径的这种多样性可能并的确变得矛盾和撕裂,导致女性主义学者中反对的和对立的意见、话语和轨道,更不用提来自敌对的男性批评家的“攻击”和“强烈反对”。[①] 20世纪90年代中期,苏珊·弗里德曼(Susan S. Friedman)批评了美国女性主义评论中对于女性和性别认同(gender identity)的整体式的关注,它忽略了与人种、民族、性别特质、阶级、宗教、国籍等有关的身份形成(identity formation)和主体位置(subject position)的多维性(multidimensionality)和交叉性(intersectionality)。[②] 21世纪初,瑞塔·费尔斯基(Rita Felski)在《女性主义之后的文学》(*Literature after Feminism*)中观察到:“女性主义批评领域甚至更为分裂。很多学者集中于某一特定文体、领域或女性的一个亚群体(subgroup),或者把时间花在解构或无休止地描述调整(qualify)女性这一概念。朱迪斯·巴特勒谨慎地论道:‘如果一个人“是”女性,那肯定并非整个人只是(女性)。’这一论断很大程度上概括了当代很多女性主义研究的要旨。”[③]

汉学领域对后结构主义理论的冷静接受有多个效果。在那些“搞”理论的和那些不搞理论的人的方法之间,有一条无声的分界。女性主义学者解构了关于传统中国女性的统一概念,取而代之的是在她们各种文体的批判性分析中研究女性的多种社会角色和身份。[④] 一

---

① 瑞塔·费尔斯基(Rita Felski)在《女性主义之后的文学》(*Literature after Feminism*, University Of Chicago Press, 2003)中引用了哈罗德·布鲁姆(Harold Bloom)、约翰·伊利斯(John Ellis)等保守男性批评家针对女性主义学者的尖刻讽刺,第1—13页。

② 弗里德曼《“超越”女性中心批评和女性起源》(“‘Beyond’ Gynocriticism and Gynesis: The Geographics of Identity and the Future of Feminist Criticism”, *Tulsa Studies in Women's Literature*, Vol. 15, No. 1, 1996)。

③ 费尔斯基《女性主义之后的文学》,第4页。

④ 见邓津华《“传统中国女性”的建构》。如前所述,大多数女性创作诗歌时选择诗和词这两种主要诗体,也写弹词(有多种译法: plucking rhymes, prosimetric narrative 或 verse novel)。见伊维德(Wilt Idema)和管佩达(Beata Grant)《彤管:中华帝国时代的女性书写》(*The Red Brush: Writing Women of Imperial China*, Harvard University Asia Center, 2004)第15章《弹词》(“Plucking Rhymes”)。第一部女性创作的小说是 (转下页)

些学者采纳西方理论方面的话语，呈现出防御性的姿态。雷迈伦对于在主导性/男性的诗歌传统和女性进入并重建这一传统中的性别再现（gender representation）作出了开创性的分析。她在遭到反对和批评之前——又或许是为了避免反对和批评——清楚地表明了自己的立场：

> 近期一些典型和概念源自中国的语境之外的文化理论、女性主义理论和电影理论，它们可以表明，研究各种古代诗歌有其他可供替代的阅读方式和行之有效的诠释样本……并非源自中国传统的批判性概念在这一语境中并不适宜——对于这一反对意见的回答必然是：父权和社会性别的设定导致女性和语言中对她们的再现之间、女性和写作之间的关系充满问题，这种情况并非“西方”独有。①

以上这些话及其宣告的场所——1992年的《晚期帝制中国》——标志着中国文学研究和社会历史中的一个决定性新方向：重新发现中国古代女性文学创作的范围和动量都在增长。女性和性别差异开始推动社会历史研究、文本分析、意识形态批评和理论方面的框架，促生了新的调查研究及创新性的途径和方法论。在下文中，笔者检视自20世纪70年代末至21世纪初西方女性主义文学理论和批评的重要发展，并展示它们如何影响关于中华帝国晚期女性文学创作的研究框架和途径。笔者一方面考虑在女性写作的语境中文学传统和文学历史、作者身份、经典的形成和经典化的问题，另一方面也注视于批判性分析和解构/建构性（重新）阅读性别化的语言和文本中对

（接上页）文学巨著《红楼梦》续书《红楼梦影》于1875年出版，但作者顾太清（1788—1877）使用了一个男性化的笔名，且其作者身份直到20世纪90年代才被解开。见魏爱莲《传记和文学角度下的〈红楼梦影〉》（“*Honglou meng ying* in Biographical and Literary Perspectives”, in *The Beauty and the Book: Women and Fiction in Nineteenth-Century China*, Harvard University Asia Center, 2006）。

① 雷迈伦《闺音：唐宋明清词中性别化主体的建构》，第66—67页。

跨学科的理论和概念的应用。[1]

她们自己的文学与女性文学传统

当长期的研究开始在20世纪前的女性作者这一领域猛然开始发力时，女性主义批评理论和途径已经成为欧美学者、批评家和理论家的争夺之地。[2] 托莉·莫娃（Toril Moi）在其1985年出版、影响力巨大的著作《性/文本政治：女性主义文学理论》（原题 *Sexual/Textual Politics: Feminist Literary Theory*，王奕婷译，台北巨流图书公司，2005年；另有译本《性与文本政治：女权主义文学理论》，卢靖洁、杨笛译，江苏凤凰教育出版社，2017年——译者注）中，对女性主义文学理论和批评中的两大主要途径进行了介绍、检视和批评。一方面是她定义的英美女性主义批评这一术语，其代表有伊莱恩·肖瓦尔特（Elaine Showalter）《她们自己的文学·英国女小说家：从勃朗特到莱辛》（1977）（原题 *A Literature of Their Own: British Women Novelists from Brontë to Lessing*, Princeton University Press, 1998，韩敏中译，浙江大学出版社，2012年，湖南文艺出版社2023年；另有译本《她们自己的文学：从勃朗特到莱辛的英国女性小说家》，外语教学与研究出版社，2004年——译者注）与桑德拉·吉尔伯特（Sandra Gilbert）、苏珊·古芭（Susan Gubar）《阁楼上的疯女人：女性作家与19世纪文学想象》（1979）（原题 *The Madwoman in the Attic: The Woman Writer and the Nineteenth-Century Literary Imagination*, Yale University Press, 2000，中译本杨莉馨译，上海

---

① 由于篇幅和专业范畴限制，本文专注于受女性主义启发，对女性和复原她们的诗歌中题写的女性声音、经历和主体性进行的直接研究。对于其他文体中性别和性别特质的研究，尤其是艾梅兰（Maram Epstein）、马克梦（Keith McMahon）、吕立亭（Tina Lu）和魏浊安（Giovanni Vitiello）等文学领域的学者对戏曲和小说的研究，笔者没有涵盖。笔者也未涵盖历史学家曼素恩（Susan Mann）、高彦颐（Dorothy Ko）、白馥兰（Francesca Bray）和珍妮特·西斯（Janet Theiss）等人对自身领域的革命性的贡献。她们对于女性和性别的研究为理解作为社会和历史主体的这些女性提供了不可或缺的知识和语境。

② 本节标题中两个短语均出自肖瓦尔特《她们自己的文学》（题目及第11页）。

人民出版社，2015 年——译者注）。另一方面是法国女性主义理论，它被莫娃赋予特别的地位，以伊莲娜·西苏（Hélène Cixous）、露斯·伊睿葛莱（Luce Irigaray）和朱莉亚·克丽丝蒂娃（Julia Kristeva）的著作为代表。[①] 简言之，法国女性主义理论的理论基础是拉康学派精神分析（Lacanian psychoanalysis）以及对其的回应，尤其是雅克·拉康（Jacques Lacan）的男性主体的形成和阳具中心主义（phallocentrism）理论。在他的理论中，没有阴茎（phallus）的女性属于"缺失"（lack）和"他者"（other）。在女性写作（l'écriture feminine）的形式中，西苏和伊睿葛莱的论著庆祝女性身体的欢愉（jouissance）——它是理想化的，也有人会说是本质化的（essentialized）。克丽丝蒂娃将女性"符号学"（feminine semiotic）的语言（易变，甚至混乱无序）理论化，视以斯特凡·马拉美（Stéphane Mallarmé）、詹姆斯·乔伊斯（James Joyce）和安托南·阿尔托（Antonin Artaud）等男性作者和诗人的经典作品为代表的现代主义先锋诗学为女性"符号学"语言的典范。[②] 鉴于其兴趣定位，在研究重新发现的、中国古典文体中古代女性的作品的学者中，法国女性主义理论鲜少引起理论或批评上的共鸣。[③] 其相关性在于其他

---

① 莫娃《性/文本政治》，第 11—13，97—166 页。讨论的代表论著包括西苏《美杜莎的笑声》（*Laugh of the Medusa*，原题 *Le Rire de la Méduse*，米兰译，上海人民出版社，2023 年——译者注）、伊睿葛莱的他者女人的窥镜》（*Speculum of the Other Woman*，原题 *Speculum: De l'autre femme*，屈雅君、赵文、李欣、霍炬译，河南大学出版社，2017 年——译者注）和克丽丝蒂娃《语言的欲望：文学和艺术的符号学方法》（*Desire in Language: A Semiotic Approach to Literature and Art*, Columbia University Press, 1980）。

② 见安·鲁思琳·琼斯（Ann Rosalind Jones）《书写身体：对女性文学的理解》（"Writing the Body: Towards an Understanding of l'Ecriture Feminine", *Feminist Studies*, Vol. 7, No. 2, 1981）中关于"女性写作"和符号学语言的批评。

③ 克丽丝蒂娃的《中国妇女》英译本（*About Chinese Women*, 1977。原题 *Des Chinoises*，1974。中译本赵靓译，同济大学出版社，2010 年——译者注）呈现了一种非历史的、理想化的视域。她在《儒教——食女人者》一章中提到了李清照（第 90—93 页）。该书是她作为法国左派杂志《原样》（*Tel quel*）的知识分子中的一员，在"文革"期间访问中国后所作。对于中国文学方面的学术研究，其影响即使有，也十分有限。

方面。[①]

伊莱恩·肖瓦尔特的《她们自己的文学》未明确说明的理论框架是"一个文本应该反映作者本人的经验"(a text should reflect the writer's experience)(《性/文本政治:女性主义文学理论》,第4页——译者注),这一点受到托莉·莫娃批评。莫娃认为这是反映论(reflectionist)或经验主义(empiricist)的途径,通过其生物决定论(biological determinism)而本质化。[②] 的确,肖瓦尔特把她的书描述为"力图描述英国小说领域内从勃朗特姐妹那一代至今的女性文学传统"(《她们自己的文学·英国女小说家:从勃朗特到莱辛》,第8页——译者注)[③],仿佛女性文学是生物学意义上的女性的产品,而非与社会构建的性别重迭交叉(imbricate)的作品。肖瓦尔特为文献归档记录,重新发现被忽略或被遗忘的女性作家;莫娃确实称赞了她凭此对女性主义批评和文学理论做出的贡献。[④] 肖瓦尔特寻找女性作者反复使用的主题、话题、模式和意象,提倡分三段渐进的、目的论的文学史。她认为这种三段目的论的文学史通用于所有的文学亚文化。据肖瓦尔特所说,维多利亚时期的英国首先出现了"模仿"(imitation)和"内化"(internalization)的女性化(feminine)阶段,女性在这一阶段依照主导文化中的观念和价值观进行写作——如夏洛特·勃朗特(Charlotte Brontë)和乔治·艾略特(George Eliot)(1840—1880);然后是女性主义(feminist)的"抗议"(protest)阶段,女性作者在这一阶段拒绝这些观念和价值观,开始找到属于自己的

---

① 在20世纪90年代的中国,批评家和女性作者通过翻译了解"女性写作"的兴趣清晰可辨。这显示"女性写作"在20世纪90年代对中国女作家的身体写作和私人化写作产生了影响,尽管如陈染和林白等一部分作家否认自身关于法国女性写作的任何知识和受到的任何影响。

② 莫娃《性/文本政治》,第4页。

③ 肖瓦尔特《她们自己的文学》,第11页。

④ 莫娃《性/文本政治》,第55—56,74—79页。肖瓦尔特提供了关于200位维多利亚时期的女性作者的传记性索引(1977年版),其中很多人已被遗忘在图书馆满是灰尘的角落里。这一索引令人印象深刻。

观念和价值观；这其中包括妇女选举权运动（suffragette movement）（1880—1920）中的作者们。最后是女性（female）的“自我发现”（self-discovery）阶段，她们转为向内寻找身份（identity）——如凯瑟琳·曼斯菲尔德（Katherine Mansfield）和弗吉尼亚·沃尔芙（Virginia Woolf）。[①] 尽管莫娃作出了这样的批评，但肖瓦尔特以女性为中心的和社会历史学的途径，以及她复原小众文学（这里指女性小说）的文献归档记录工作，后来对文学领域产生了广泛的影响，直至数字时代——超越了印刷品而至档案材料的数字化和可供搜索的作品集数据库。[②]

《她们自己的文学》之后两年，出现了桑德拉·吉尔伯特和苏珊·古芭 1979 年的巨著《阁楼上的疯女人》，该作后来成为另一部英美女性文学批评的经典。两位作者在序中说：在对于从简·奥斯汀（Jane Austin）（1787—1809）到希尔薇亚·普拉斯（Sylvia Plath）（1932—1963）的女性写作的阅读中，她们“发现了一种开始清晰地显现出来的女性文学传统”（《阁楼上的疯女人：女性作家与 19 世纪文学想象》，初版序言第 1 页——译者注）。[③] 她们在男性主导的文学传统中找到导致幽闭恐惧症的意象、监禁的隐喻和“阁楼上的疯女人”的人物形象（出自《简·爱》，即 *Jane Eyre*）等反复出现的模式。其中“阁楼上的疯女人”被她们解读为一个文学分身（literary double），代表在厌女的世界中生活、在男性主导的文学传统中书写的女性作家

---

① 肖瓦尔特《她们自己的文学》，第 13 页。

② 如“奥兰多工程：女性主义文学史和数字人文学”（Orlando Project：Feminist Literary History and Digital Humanities，阿尔伯塔大学），https：//www. artsrn. ualberta. ca/orlando/；“维多利亚时期女性作家”（Victorian Women Writers，印第安纳大学），https：//webapp1. dlib. indiana. edu/vwwp/welcome. do；“法国女性作家”（French Women Writers，芝加哥大学），https：//artfl-project. uchicago. edu/node/115；“明清妇女著作”（Ming Qing Women's Writings），https：//digital. library. mcgill. ca/mingqing/。亦见杰奎琳·沃尼蒙特（Jacqueline Wernimont）、朱莉亚·弗兰德斯（Julia Flanders）《数字档案时期的女性主义》（“Feminism in the Age of Digital Archives：The Women Writers Project”，*Tulsa Studies in Women s Literature*，Vol. 29，No. 2，2010）。

③ 吉尔伯特、古芭《阁楼上的疯女人》，第 xi 页。

感受到的愤怒和“作者身份的焦虑”(anxiety of authorship)。[①] 吉尔伯特和古芭称伊莱恩·肖瓦尔特和另一位早期女性主义批评家艾伦·穆尔斯(Ellen Moers)的研究展示了“19 世纪的文学女性确实既有一个属于她们自己的文学,也有一个属于她们自己的文化……一个丰富的、获得清晰界定的女性文学亚文化业已形成,在这一亚文化群落内部,女性们自觉地阅读彼此的作品,并将彼此的作品联系在一起”(《阁楼上的疯女人:女性作家与 19 世纪文学想象》,初版序言第 3 页——译者注)。[②] 虽然语言、文体和主题(subject matter)有所不同,但英美女性主义批评家们的发现和他们对女性文学传统和亚文化的概念化保持着吸引力,并且为穿越时空在其他社会和文化语境中思考这一现象提供了多种方法。

在 1990 年一次关于词的学术会议上,文学领域的学者魏世德(John Timothy Wixted)发表了论文《李清照的词——一位女性作者和女性的作者身份》(“The Poetry of Li Ch'ing-chao: A Woman Author and Women's Authorship”)。这篇论文收录在四年后出版的由余宝琳(Pauline Yu)编辑的《中国词的声音》(*Voices of the Song Lyric in China*, University of California Press, 1994)中。魏世德明确地介入宋代“独特的女性文学传统”的概念化及吉尔伯特和古芭提出的女性作者身份的问题的研究,目的只为否定二者。魏世德以一系列问题为该文开篇:

> 当从西方的角度,尤其是女性主义的角度观察思考时,李清照的词……引发了一些基本的问题。中国是否有单独的女性文学传统?如果有,李清照在其中处于什么位置?她

---

① 令人惊讶的是,吉尔伯特和古芭对女性作者身份的研究利用了中引用了哈罗德·布鲁姆 1973 年的《影响的焦虑:一种诗歌理论》(*Anxiety of Influence: A Theory of Poetry*)中著名的以男性为中心的模型:“我们所使用的文学方法论是以这样的逻辑假设为前提的,即文学史既包含强有力的行为,也包含无可避免的反应。”(《阁楼上的疯女人》,第 xviii—xix 页;译文见中译本《初版序言》第 3 页——译者注)。

② 吉尔伯特、古芭《阁楼上的疯女人》,第 xii 页。

> 的全部作品是否被特别当作女性的作品来观察思考？是否被男性和女性以不同的方式来观察思考？在李清照或其他女性作者的作品中，是否有明显的女性自觉意识在发挥作用？如果可能的话，从何种意义上说，她可以被视为一位女性主义者？最后，对李清照作品的分析可能如何阐明当下西方往往以普遍主义术语表达的、关于女性写作的理论方面的争论？①

在涉足西方女性主义理论的汉学家中，魏世德的先锋性努力应当得到认可。但他选择刘大杰所作文学史中“荣誉男性”之一的李清照，而李清照的作品几乎全部佚失，这使他的探询成为无法完成的课题。在20世纪90年代，他的问题听上去还有本质主义(essentialist)和非历史(ahistorical)倾向。魏世德询问，李清照是否参考了与她同时或在她之前的女诗人，后代的女诗人是否引用过她的词句或在词作中模仿过她。现代中国学者将所有提及李清照的内容都编写入严谨详尽的资料，魏世德从其中提取证据，在文章的结尾回答了他以否定态度提出的问题，并总结道：没有“单独的女性自觉意识”或“单独的女性文学传统”。他承认，也许这些问题可以针对明清时期的女诗人提出来，而学者们当时正在自己的研究中开始确认、翻译和分析她们。承认后代女词人的这一潮流处于变化中，事实上已体现在孙康宜和方秀洁(Grace S. Fong)的论文中——她们开始研究与文本和声音有关的性别问题(见下节)。②

同年晚些时候，学术会议《诗歌与中华帝国晚期的女性文化》(“Poetry and Women's Culture in Late Imperial China”)举行，其中

---

① 魏世德《李清照的词》，第145页。魏世德引用文森特·里奇(Vincent Leitch)的《美国文学批评》中西方女性主义文学理论(*American Literary Criticism*, Columbia University Press, 1988，第162页注84)，探讨吉尔伯特和古芭论著中的疯女人形象(第162页注85)。在另一个注释中，他引用克里斯蒂娃对于李清照的丰富思考，看到了肖瓦尔特的英美女性文学史三阶段中与“中国女性主义女作家”的“半平行”(quasi-parallel)状态。

② 孙康宜《柳如是和徐灿：女性特质还是女性主义？》(“Liu Shih and Hsü Ts'an: Feminine or Feminist?”)及方秀洁《赋予词性别：词中她的形象和声音》(“Engendering the Lyric: Her Image and Voice in Song”)，收录于《中国词的声音》。

四篇报告发表在《晚期帝制中国》的特辑(1992 年)中,其中两篇分别来自历史学家高彦颐(Dorothy Ko)和曼素恩(Susan Mann),两篇来自文学领域的学者雷迈伦和魏爱莲。雷迈伦具有开创性意义的文章《闺音:唐宋明清词中性别化主体的建构》("Voicing the Feminine: Constructions of the Gendered Subject in Lyric Poetry of Medieval and Late Imperial China")研究了主体(subject)、协商(negotiation)和声音(voice)等概念,这些概念在其批判性分析中属于理论方面的核心问题。同时,这篇文章也关注古代中国女性文学文化和传统这一问题。雷迈伦通过滔滔雄辩主张:

> 传说中的"自然法则"定义两性差别,以这类方式赋予父权制权力,将书面语言归于男性的、公众的领域。为说明女性在各种权威中国文学史中缺席的原因,必须要考虑到将把女性排除在一切学识和文学活动之外的做法天然化、制度化的行为及建立在"自然法则"之上的基本原理。而因此造成的、帝制时期绝大部分时间中女性教育的非正式性、男性作者对女性文学声音狭隘的建构,尤其是保存女性作品的机制的缺席,意味着直到帝制时期的尾声之前,都未有女性的文学文化为人所见、为社会所赞许,并能够导致女性写作传统这一概念产生。①

雷迈伦从社会、制度和物质方面强加于女性性别上的束缚这一角度,解释了女性文学传统为何在中国历史上的大部分时间中无法为人所见。她认为现在时机已到,我们可以想象和辨别明清时期女性文学的传统,或者说女性文学文化和女性作者身份。

孙康宜和苏源熙(Haun Saussy)编辑的《传统中国女性作家:诗歌与评论选集》(*Women Writers of Traditional China: An Anthology of Poetry and Criticism*, Stanford University Press, 2000)可被视为第一部在汉学潮流中呈现一种女性"自己的文学"的作品,采用的

---

① 雷迈伦《闺音:唐宋明清词中性别化主体的建构》,第 64 页。

是翻译和注释所选诗歌的方式。经典的形成是女性主义文学理论和批评中备受争议的话题和实践，在20世纪80年代和90年代牵涉更为广泛的人文学科（质疑“伟大著作”，即Great Books），而人文学科与教学法和课程改变等问题紧密关联；经典的形成也是“人文学科危机”的放大版。[①] 鉴于此，《传统中国女性作家》也可以被描述成一次塑造单独的或可供替代的中国文学经典的努力；经典中的总集起着挑选、呈现和传播作者和文本的作用，是经典化过程中的手段。这部集子由约60位左右的学者组成的强大团队翻译而成，选择了近150位女诗人（多出自明清时期）的诗歌，按年代编排，每位诗人都有小传和对其诗的注释。集中还在“批评”（criticism）部分选录了对女性诗歌的批评性文章，作者既有女性（22人）也有男性（28人），年代从汉延续到清末。二位编辑言简意赅的序言显示诗歌如何“（开创）一种女性传统：清楚标明的社会功能，一组风格与个人的典范……和允许才华被展示并可能最终得以真正公开的各种语境。”[②]该书出版于2000年初，名副其实地将古代女诗人和作家置于中国和中国研究的版图中；与之同时的是女诗人活跃的江南地区东南部及清帝国各县女作家分布的版图，由关于明清女性文学文化的两部新社会史重建，作者为女性主义历史学家高彦颐和曼素恩。[③] 从教学的角度说，《传

---

① 见罗宾·霍沃尔（Robyn Warhol）、戴安·普林斯·亨德尔（Diane Price Herndl）《女性主义：文学理论和批评集》（*Feminisms: An Anthology of Literary Theory and Criticism*, Rutgers University Press, 1997）的“经典”（Canon）中约翰·杰洛瑞（John Guillory）《文化资本：论文学经典的建构》（原题 *Cultural Capital: The Problem of Literary Canon Formation*，江宁康、高巍译，南京大学出版社，2011年——译者注）中的精妙分析，尤见第一章“经典与非经典：当前的争论”（Canonical and Noncanonical: The Current Debate）。

② 孙康宜、苏源熙《传统中国女性作家：诗歌与评论选集》，第5页。

③ 高彦颐《闺塾师：明末清初江南的才女文化》（原题 *Teachers of the Inner Chambers: Women and Culture in Seventeenth-Century China*，李志生译，江苏人民出版社，2005年——译者注）；曼素恩《缀珍录：十八世纪及其前后的中国妇女》（原题 *Precious Records: Women in China's Long Eighteenth-Century*，定宜庄、颜宜葳译，江苏人民出版社，2005年——译者注）。这三部著作得到新的理论和批评方面的学术成果的补充，并在20世纪末和21世纪初首次使得开设关于20世纪前中国女诗人和作家女性的课程有了可能。

统中国女性作家》作为一部大受需要的教科书，令中国女作家们得以进入北美高等院校的本科课程。

同时，《传统中国女性作家》展示了对伊莱恩·肖瓦尔特和美国女性主义批评家所推崇的"女性中心批评"（gynocriticism）的理论和实践的背离。[①] 苏珊·弗里德曼将女性中心批评的特点总结为"作为一种独特文学传统的对于女性作家的历史研究"。女性中心批评是一种以女性为中心的、分离主义的途径，建立在性别差异和父权制的存在二者的基础上。但弗里德曼抨击女性中心批评给予性别特殊待遇，以之作为身份的组成要素，忽略了其他关于身份和主体性的理论和话语中的进步，而这些理论和话语强调身份和主体性的多数性（plurality）和交叉性。[②] 孙康宜和苏源熙编辑的这部诗文集展示了将中国女诗人"封圣"（canonize）、对她们的写作给予认可的努力。[③] 与此同时，对男性批评家关于女诗人及其生活与诗歌的文字收录微妙地受到"雌雄同体"（androgyny）这一概念的影响。这一概念是西方哲学和美学中"男性和女性的理想融合"。卡米尔·帕格里亚（Camille Paglia）的《性面具·艺术与颓废：从奈费尔提蒂到艾米莉·狄金森》（原题 *Sexual Personae: Art and Decadence from Nefertiti to Emily Dickinson*，王玫、王峰、李巧梅、萧湛译，内蒙古大学出版社，2003 年——译者注）（1990）对此进行了尤为详尽的阐述。孙康宜在她的《明清女诗人与文化中的雌雄同体》（"Ming-Qing Women Poets and Cultural Androgyny", *Tamkang Review* Vol. 30, No. 2, 1999）一文中用这个概念来描述互补而非对立的，为 17 世纪

---

① "女性中心批评"（gynocriticism）这一术语由肖瓦尔特创造，在《迈向女性主义诗学》（"*Towards a Feminist Poetics*", in Mary Jacobus ed., *Women Writing and Writing about Women*, Routledge, 1979）一文中首次出现。

② 弗里德曼《"超越"女性中心批评和女性起源》，第 14 页。

③ 关于孙康宜对明清时期诗歌总集的男性编者将女诗人经典化的兴趣，见其《性别与经典性：男性文人眼中的明清女诗人》（"Gender and Canonicity: Ming Qing Women Poets in the Eyes of the Male Literati", in *Hsiang Lectures on Chinese Poetry*, Vol. 1, Centre for East Asian Research of McGill University, 2001）。

末晚明社会的文人墨客与才女所共同拥有的美学与文学文化。[①] 孙康宜将其特点总结为文化上的雌雄同体。[②] 她描绘了一幅被边缘化的男性文人的女性/女性化文化的理想图卷——他们没有参与到男性在学识和政治上的追求这一公共世界当中(或是在未能于这一领域中取得成功时没有参与),而是退回文学与艺术的天地。相反,才华横溢的文学女性为自己创造了一个学识和艺术的世界,这个世界与经常支持她们的男性文人的那个世界并行。孙康宜乐观地认为:"明清女诗人认为自己是文人文化的一部分,男性和女性于其中**通力合作**提倡女性写作。"[③]在这一性别互补的理想化文学文化中有真实的因素,但同时在现实中,男性和女性都表达了支持或反对女性参与读书和写作的观点,这些相互冲突的观点一直延续到帝制时期的结尾。[④]

在相互竞争的文化潮流及政治与历史的盛衰沉浮中,明清女性文学文化不可逆转地发展直至帝制时期结尾——20 世纪 90 年代以来的研究确实展示了这一点。历史学家和文学领域的学者借由数据源的恢复和女性主义途径二者的便利,制造了写作的女性(writing women)的"历史"。《彤管:中华帝国时代的女性书写》(*The Red Brush: Writing Women of Imperial China*,2004)是一部长达 931 页的巨著。伊维德(Wilt Idema)和管佩达(Beata Grant)于其中合著了一部女性文学"单独的历史",由女性个体的文学作品的译文组成,其语境则由长达 2000 年的帝制时期中简洁的传记性和历史性材料

---

① 引自孙康宜《性别与经典性》,第 24 页注 8。

② 引自孙康宜《性别与经典性》,第 24 页。

③ 引自孙康宜《性别与经典性》,第 25 页。

④ 费侠莉(Charlotte Furth)所说的晚明和盛清时期的"放纵不羁的反主流文化"(bohemian counterculture)反对正统价值,但仍旧依赖精英的财富对其美学追求的经济和社会层面的支持。孙康宜所论"雌雄同体"的文人文化与之有相似之处。见费侠莉《父权的遗产:家训与正统价值的传递》("The Patriarch's Legacy: Household Instructions and the Transmission of Orthodox Values", in Kwang-ching Liu ed., *Orthodoxy in Late Imperial China*, University of California Press, 1990.)

构成。在宏观历史的层面，《彤管》发现了女性文学中的两次“高潮”。第一次发生于17世纪及其前后，见证了晚明富足的社会与革新性哲学文化、艺术文化中女性写作和出版的兴起。这次高潮延续到明清易鼎的板荡时期，随后是17世纪末至18世纪初期满清统治的巩固。[①] 与期待相反，伊维德和管佩达注意到在18世纪盛清的繁荣时期中的一段“暂歇……女性写作的可见性一次暂时的衰落”。[②] 二位作者没有提供比较的数字或造成“暂时的衰落”的可能的原因，但指出了在始于18世纪末期并贯穿19世纪的第二次高潮中，女作者主要来自精英阶层。[③] 他们将第一次高潮的特点总结为女诗人所属社会阶层的多种多样，其中包括名妓、精英家庭的妻子和女儿以及佛教大师和女尼；第二次高潮的特点则被总结为精英女性涉猎范围更为广阔的文体，例如诗歌这一主要文体之外的戏曲、弹词和散文。

在孙康宜和宇文所安(Stephen Owen)主编的《剑桥中国文学史》(2010)(原题 *The Cambridge History of Chinese Literature*, Cambridge University Press, 2010—2013，刘倩等译，生活·读书·新知三联书店，2013年——译者注)中，女性主义研究和汉学研究在二十余年的接触后最终相遇。这部备受赞誉的两卷本文学史横跨自上古至1375年及自1375年至当代的3000年时间。[④] 用主编们的话说，一个革新性的决定是“采用更为综合的文化史或文学文化史视角”(《剑桥中国文学史》，《英文版序言》，第7页——译者注)，而非采

---

① 伊维德、管佩达《彤管》，第6—7，347—358页。高彦颐的《闺塾师》详细介绍了这些文化上的发展和精英女性在其中的角色。

② 伊维德、管佩达《彤管》，第7页。

③ 伊维德、管佩达《彤管》，第7，567—577页。随着近来女性文集的数字化和重印，现在可能可以回答18世纪是否确实有一个“间歇”(lull)及其原因这个问题了。关于史学家如何探讨写作的女性，见曼素恩《缀珍录》中“18世纪及其前后的中国”(“China's long Eighteenth Century”)即盛清时期女性的历史，尤见第4章“写作”(“Writing”)。

④ 见柯睿的书评《多年之后》(“After Long Years”)及何谷理(Robert Hegel)和魏浊安(Giovanni Vitiello)的书评。评论者都质疑其预期的读者是什么人，同时都抱怨两卷本的价格过高，难以接受。

用以文体和严格的朝代时间线为编排原则这一惯例做法的文学史。[①] 从女性文学的角度来说，这一对于文学史的重新概念化使每一章关于历史的重要交汇点的叙事中实现了性别问题和女性文化创作二者的融合。[②] 魏浊安(Giovanni Vitiello)在书评中注意到编者的兴趣所在是“更为广阔的创作文学作品的文化和话语语境”，以及历史调查中“关于种族和性别方面的身份形成”的各种问题。[③] 柯睿热情洋溢的书评有一个非常恰当的题目：《多年之后》(“After Long Years”)。现在，他在其中认可了他曾于约四分之一世纪前断然否认的、在帝制末期之前中国文学中“由女性或为女性书写的……清晰可辨的中国文学传统”。[④] 他称赞孙康宜所著的第一章“明代前中期文学(1375—1572)”(原题“Literature of the early Ming to Mid-Ming (1375—1572)”)：“本章主要是孙康宜对女性写作的检视。在这一时期，女性作者第一次在中国历史上大量涌现，而非作为个别的、罕见的人物出现。不仅她们自己的作品唤起关注，她们还带头重新发现和诠释早期女性的作品，例如李清照。”[⑤]《剑桥中国文学史》及其书评中承认女性在中华帝国末期文学文化中的位置。这说明：从早期到《剑桥中国文学史》出版前，吸收了女性主义理论(和其他理论)、概念和批评的文学和历史领域的学术研究成果，为明清女性作者带来了重要的可见度。这些努力是下一节的主题。

批判性和理论性的参与

如前所示，北美学者集体参与对被复原的明清女性文学写作的

① 孙康宜、宇文所安主编《剑桥中国文学史》，第 xvi 页。

② 读者不仅可以期待在第 2 卷中遇到明清女作者，也可以在关于较早时期的第 1 卷中见到女性作者，例如田晓菲(Xiaofei Tian)所作的第 3 章“从东晋到初唐(317—649)”(“From the Eastern Jin through the Early Tang (317—649)”)和宇文所安所作的第 4 章“文化唐朝”(“Cultural Tang”)。

③ 魏浊安书评，第 56—57 页。

④ 见前引柯睿为珍妮·拉尔森的著作所作书评《……优美而不琐细》，第 623 页。

⑤ 柯睿《多年之后》，第 310 页。

研究，以20世纪90年代为开端标志。在不同程度上、或含蓄或明确地自女性主义批判实践吸收或（更确切地说）过滤出的概念和理论，被用作分析的工具，以发掘这些文字及其文化生态历经时间后在创作和话语方面的重要性。文学领域的学者在以女性主义理论为导向的分析中应用显著的理论性概念的例子。诸如“凝视”（gaze）、“声音”（voice）、“主体性”（subjectivity）、“作者身份”（authorship）、“能动性”（agency）和“自我再现”（self-representation）之类的术语都是例子。很多术语一直被使用到21世纪，成为了共享的批评性词汇库的一部分，同时其他的术语发展为汉学内外和甚至女性主义研究的某些文体，甚至某些领域。

20世纪90年代初期文学领域的几项突破性研究，成为新兴潮流受汉学研究中女性主义途径影响而改变的特色。[①] 两项研究的作者明确将女性主义理论概念引入她们的分析。在《闺音》和《赋予词性别：词中她的形象和声音》（“Engendering the Lyric: Her Image and Voice in Song”，收录于《中国词的声音》）两篇文章中，雷迈伦和方秀洁分别运用（男性的）凝视和（女性的）声音的概念，研究诗歌中两种最重要的诗体——诗和词——的意象和修辞的使用中的性别化维度。[②] 女性主义电影批评家劳拉·穆尔维（Laura Mulvey）在1976年发表了影响深远的《视觉快感与叙事电影》（原题“Visual Pleasure and Narrative Cinema”, in *Screen*, Vol. 16, No. 3, 1975，中译本周传基译，载《影视文化（第一辑）》，文化艺术出版社，1988年——译者注），其中发展出了（男性）的凝视这一概念。穆尔维坚称她挪用了弗洛伊德和拉康关于作为父权提供的“一种政治武器”的男性主体形成

---

① 1990年举办的两场学术会议上的论文分别发表在《晚期帝制中国》1992年第1期和1994年由余宝琳（Pauline Yu）编辑的《中国词的声音》中。后者是为1994年在耶鲁大学举办的一次具有里程碑意义的学术会议所编的专书。除此之外，孙康宜和魏爱莲组织的会议“中国明清时期的女性和文学”（“Women and Literature in Ming-Qing China”）上的入选论文被发表在她们编辑的专书《帝制中国末期的写作女性》（*Writing Women in Late Imperial China*）中。

② 在这篇文献综述中，笔者使用第三人称称呼自己。

的精神分析理论，以解构经典好莱坞电影如何围绕着男性凝视构成——男性凝视通过摄影机的瞩目和电影叙事中的男性人物，进而通过男性观众来物化女性、形成关于女性的刻板印象——并揭露潜在的阳具中心主义。[①] 在这一话语的语境中，穆尔维将经典好莱坞电影中的观看建构为窥淫(voyeuristic)注视的快感，即建立在阳具中心主义之上的观看癖(scopophilia)。在阳具中心主义中，男性(既作为观众也作为男性人物)是主动的“观看的承担者”，而女性在电影里是被动的“形象”(image)或“色情化”的对象。[②] 她写道：“对快感或美进行分析，就是毁掉它。”(周传基译文——译者注)在这个意义上，她解构了建构的视觉快感。[③] 在雷迈伦和方秀洁的研究中，穆尔维关于经典好莱坞电影中男性凝视的概念(除去其中弗洛伊德精神分析中对阉割和缺乏的暗指)被应用于梁代(502—556)太子萧纲(503—551)的东宫集团和文学沙龙创作的宫体诗上，似乎没有任何问题。萧纲命编诗歌总集《玉台新咏》，该集成为了后代诗歌传统中宫体诗的典范，受到持儒家思想的学者们的严厉批评，但被其感官愉悦之美的具象化及捕捉这种美所需的完美技巧吸引的诗人们则模仿这种诗。整部《玉台新咏》的诗作描绘了美丽女性们的形象，以供男性读者/观众专用。[④] 当女性抒情主体述说自己的感情，雷迈伦认为，“女性的声音

① 穆尔维《视觉快感与叙事电影》，第 6 页。她的研究途径忽略了将女性观众和快感理论化并对其进行检视这一点，受到其他女性主义文化批评家的批评。见普日布拉姆·戴德雷(Pribram Deidre)《女性观众：影视观看》(*Female Spectators: Looking at Film and Television*)中的论文。关于对 20 世纪 20 年代到 60 年代好莱坞经典电影的全面研究和正式分析，见戴维·博德维尔(David Bordwell)、珍妮特·史泰格(Janet Staiger)、克里斯汀·汤普森(Kristin Thompson)《经典好莱坞电影》(*Classical Hollywood Cinema*)。

② 穆尔维《视觉快感与叙事电影》，第 11 页。

③ 穆尔维《视觉快感与叙事电影》，第 8 页。她通过这一解构宣传女性主义的、供替代的电影。

④ 这部总集预期的读者性别引起了争论。编者徐陵(507—583)在序言中自述，他为美丽的宫人享受和消磨时光而编辑这部总集。女性读者的身份证据可供建立女性读者如何与这些文本协商的理论。白安妮(Anne Birrell)《玉台新咏》(*New Songs from a Jade Terrace: An Anthology of Early Chinese Love Poetry*, Penguin, 1986)，第 337—341 页。

和形象的这些版本”是“男性说出并呈现给男性读者的……他们以无指涉的、标志性的形象为特征，将作为一个空洞符号的声音投射进男性作者/读者可能投射自己的欲望的地方”。她将这一男性诗人创造的女性的声音贴上“文人女性的声音”(literati-feminine voice)的标签[①]，并用《寒闺》一诗为例证明自己的观点：

别后春池异，荷尽欲生冰。箱中剪刀冷，台上面脂凝。纤腰转无力，寒衣恐不胜。[②]

雷迈伦将“文人女性的声音”说出的形象破译如下：“‘春池’(床)‘荷’(音同‘合’，意为‘重聚’)和剪刀、凝脂、纤腰的意象以及衣服之下的部分，与发声者关于‘寒’和她的‘恐’的抱怨混合，使这首诗传达了无助的痛苦和性欲的双重信息。”[③]这首诗表现了男性的欲望，邀请读者进入因爱人的缺席而被空出来的想象中的空间。

方秀洁的研究虽然是关于词的，但她也从《玉台新咏》中选了一些诗为例论证“男性的凝视”。她没有选择堪称典范的词作，例如晚唐诗人温庭筠的(约812—约870)的《菩萨蛮》多处描写单相思的女性抒情主体，其中运用了窥淫癖的角度：

翠钿金压脸，寂寞香闺掩。人远泪阑干，燕飞春又残。[④]

《玉台新咏》中所选萧纲诗《咏内人昼眠》描写了女性抒情主体独在闺中窗下小睡，借此提供了一个开端，一个朝向她身体——包括脸庞、头发、手腕和汗水——的肉欲特写的视域：

梦笑开娇靥，眠鬟压落花。簟文生玉腕，香汗浸红纱。

方秀洁随后阐述：“男性的凝视明显地融入这首诗中……而读者跟随着它；偷窥者的视线移动引起了一次对女性身体的视觉爱抚。”[⑤]宫体

---

① 雷迈伦《闺音：唐宋明清词中性别化主体的建构》，第69页。

② 雷迈伦《闺音：唐宋明清词中性别化主体的建构》，第70页。

③ 雷迈伦《闺音：唐宋明清词中性别化主体的建构》，第70页。

④ 傅恩(Lois Fusek)《花间集》(*Among the Flowers: The Hua-chien chi*, Columbia University Press, 1982)《菩萨蛮》其八下阕，第39页。

⑤ 方秀洁《赋予词性别：词中她的形象和声音》，第112页。

诗被当作经典好莱坞电影的类似物，为男性读者提供了语言构建的视觉快感。分析《玉台新咏》中的诗被用作一种有效工具，以解构宫体诗中建立起的凝视——如果分析确如穆尔维所说摧毁了快感。同时，学者们可能感觉这一分析中的挪用窄化了范围、多样性和对宫体诗视觉诗学的形成所造成的影响。确实，宫体诗自六朝山水诗的发展中起源。山水诗专注于描写的方式，其全部内容比《玉台新咏》中呈现的“文人女性”风格（此处采用雷迈伦的术语）更广泛。[①] 在《玉台新咏》中，对自然的因素即风景以及外部的描写的专注，转向物体和内在，其中包括对女性的物化。田晓菲（Xiaofei Tian）不是直接评论这部总集中诗歌的这类新的挪用，而是在梁代宫廷文化这一更为广阔的语境中更正对宫体诗的传统误解。她将宫体诗学的新发展，尤其是其视觉上对于物体和光线的专注，重新定位于佛教的影响。她主张佛教的传播及其在冥思的专注和可视化方面的实践导致梁代宫廷中发展了一种“关于‘看’的新诗学”。关于宫体诗，田晓菲详尽阐述道：“这种诗歌并非一种‘关于女性和浪漫之爱’的诗歌，而是关于专注，关于‘看’的新颖且目标明确的方式，关于非同一般但往往被忽视的注意的力量的。”[②]尽管有人可能赞成田晓菲所说，梁代宫体诗的题材和主题范围比《玉台新咏》收诗所体现的更广泛，但翻译了整部《玉台新咏》的白安妮（Anne Birrell）的论点，从宫体诗中的性别化诗学角度，指出其全部内容中包括 656 首爱情诗，这一观点还将延续下去。[③]《玉

---

① 在此感谢匿名审稿者之一引起笔者对这一点的注意。见孙康宜《早期六朝诗中的风景描写》（“Description of Landscape in Early Six Dynasties Poetry”, in Shuen-fu Lin and Stephen Owen eds., *The Vitality of the Lyric Voice: Shih Poetry from the Late Han to the T'ang*, Princeton University Press, 1986）对六朝诗中“描写的逼真”（descriptive verisimilitude）的讨论。

② 田晓菲《幻觉与照明：梁代宫廷文学中关于“看”的新诗学》（“Illusion and Illumination: A New Poetics of Seeing in Liang Dynasty Court Literature”, *Harvard Journal of Asiatic Studies*, Vol. 65, No. 1, 2005），第 30 页。田晓菲文章中的诗引自《全梁诗》，因此难以确认这些诗是否有哪些收录在《玉台新咏》中。

③ 白安妮《玉台新咏》，第 9 页。关于新的诗体模式，她也注意到 500 首诗中的大部分及“从 4 世纪到 6 世纪初的遵循易于辨认的常规模式”，与早先更为“灵活的体制”形成对比。

台新咏》中的诗显示，宫廷诗人常将他们经过细微调整的看的感觉和在描写场景和物体方面的兴趣应用于闺房和内室，而非禅室或书斋。

声音在早期女性主义介入时是关注的主要问题之一，这一点在近年的学术研究中依旧如此，这并不令人惊讶。郭丽(Li Guo)在她2015年关于帝制中国末期女性弹词的专著的序言中简洁地表明："笔者这一研究的出发点是声音。笔者探讨这一主题，不仅以之为通过女性文本中的策略建立或通过口头叙事的模式建构的'说'的影响，也以之为一种行为，它通过个人的文字获得社会的能动性，通过'说'来加强个人的主体性、唤起过去的精髓和拥抱当下，并被赋予权力和精神上的存续。"[①]其实，女性——历史上在各个男权社会中始终处于从属位置的"第二性"——如何或者如何能够在男性主导的各种文化传统中表达出她们的主体性、说出她们被性别化的自我？晚明和清代经济、社会和文化上的变化为文人和富商家庭的很多女性提供了机会。她们可以学习和识字，很多情况下，因为开明的父母与她们自己的渴望和积极性，她们甚至在家庭的环境中培养了文学才华。诗歌在中国文化和社会中对于自我表达和交流而言的所具备的独特本质、地位和功能，促使女性进入这一占据主导位置的文体来书写自我。[②] 那么女性如何用诗化的语言题写她们千余年来由男性诗人建立起的性别化的自我？雷迈伦和方秀洁在她们早期的尝试中通过检视两种不同的诗体来处理这一问题，将前文所论男性挪用女性的声音、物化女性的形象设立为她们对历史上女性诗化的声音的阅读的一种衬托。雷迈伦展示女诗人运用多种策略与已经建立起的诗化语

---

① 郭丽《帝制中国末期和二十一世纪初期的女性弹词》(*Women's Tanci Fiction in Late Imperial and Early Twentieth-Century China*, Purdue University Press, 2015)，第1页。

② 见宇文所安对中国诗歌这一方面影响深远的研究《自我的完美之镜》("The Self's Perfect Mirror: Poetry as Autobiography", in *The Vitality of the Lyric Voice: Shih Poetry from the Late Han to the T'ang*, Princeton University Press, 1986)。

言进行协商，例如假定凝视是活跃积极的观看者，并在一首诗的语境中给予常规的形象规范以不同的意义，从性别化的角度重新赋予修辞(trope)规范，以及重新书写诗化的语境和回应。雷迈伦巧妙地以庞畹(18世纪)的诗《琐窗杂事》中的第一首为例对此进行论证：诗人在诗中"承认惯例，但以已婚女性(一位母亲)的声音复原了(梅花的)形象"。[①] 雷迈伦暗示，女性在这一过程中扩展了诗歌题材的范围，以刻写她们性别化的角色和经验。她提出了女性在借用爱人的话语书写友情时其语言中潜在的模糊性这一供探索的范畴。与之不同的是方秀洁，她对词的研究中强调了女性美学和诗学于这一诗体始自欢场的源头中的形成，而欢场是晚唐时期歌女和妓女的世界。用她的话说，词这一诗体"主要和闺房主题、和爱情中的女性的形象联系在一起，并因此和语言和情绪中的'女性特质'(feminine)联系在一起"。随后她转向检视女性如何就这一"女性特质的"文体的语言进行协商，以表达对爱的渴望之外的各种感觉和感情，无论是孤独、喜悦还是悲伤——即使词的传统主题和措辞以男性对女性特质的挪用为标志。[②] 在这一早期的研究中，方秀洁也简略涉及了女性同性友爱的主题，其例子是多产的满族诗人顾春(顾太清，1799—1877)的词和女性词中对性别不满和英雄主义的声音。英雄主义这一主题后来在李小荣的研究中得到详尽阐释和深化。[③]

声音，尤其在诗歌中的实现，在李惠仪(Wai-yee Li)里程碑式的研究《中华帝国晚期文学中的女性与国族创伤》(*Women and National Trauma in Late Imperial Chinese Literature*, Harvard

---

① 雷迈伦《闺音：唐宋明清词中性别化主体的建构》，第83页。

② 方秀洁《赋予词性别：词中她的形象和声音》，第108，118—121，123—124页。

③ 李小荣(Xiaorong Li)《赋予英雄主义性别：女性词作中的〈满江红〉》("Engendering Heroism: Women's Song Lyrics Written to the Tune *Man Jiang Hong*", *Nan Nü: Men, Women, and Gender in China*, Vol. 7, No. 1, 2005)；《帝制末期中国的女诗人：闺的转型》(*Women Poets of Late Imperial China: Transforming the Inner Chambers*, University of Washington Press, 2012)，尤见第3章。

University Asia Center, 2014)[①]中持续占据着详尽的批判性关注。该书第1章和第2章近200页的篇幅(约全书三分之一)对跨越性别挪用声音进行了详细的文本阅读。两章的标题采用镜像对应的方式:“借用女性化修辞的男性声音”(“Male Voices Appropriating Feminine Diction”)和“借用男性化修辞的女性声音”(“Female Voices Appropriating Masculine Diction”)。到21世纪最初十年,明确的理论化不再被认为是必须的。女性主义的和其他的常见理论术语已被吸收入汉学研究的批评性词汇。

21世纪另一值得注意的发展是对中国古代文学中性别化主体性和自我再现的长期兴趣,与西方女性主义关于女性自传性书写的学术成果中的研究方向和理论发展并行。[②] 西多妮·史密斯(Sidonie Smith)和朱莉亚·沃森(Julia Watson)编辑的《女性、自传、理论:读者》(*Women, Autobiography, Theory: A Reader*, University of Wisconsin Press, 1998)中的主要部分的标题,例如“经验和能动性”(Experience and Agency)、“主体性”(Subjectivities)、“方式和文体”(Modes and Genres)、“历史”(Histories)和“声音和记忆”(Voice and Memory),反映了这一研究领域基本的理论和跨学科的兴趣所在。20世纪90年代,在文章《改换主体:作者自序和诗中的性别与自我题写》(“Changing the Subject: Gender and Self-Inscription in Authors' Prefaces and *Shi* Poetry”, in Widmer, E. and Chang, K. eds., *Writing Women in Late Imperial China*, Stanford University Press, 1997)中,雷迈伦已经进行了第二个理

---

① 该书2016年获得“列文森图书奖”为20世纪之前中国研究的英语非虚构类学术书籍所设的奖项。

② 见史密斯、沃森《女性、自传、理论:读者》;玛琳·卡达尔(Marlene Kadar)《生活写作论文集:从文体到批判实践》(*Essays on Life Writing: From Genre to Critical Practice*, University of Toronto Press, 1992)。早期中国领域的研究见方秀洁《书写自我和书写人生:沈善宝(1808—1802)的性别化自传/传记实践》(“Writing Self and Writing Lives: Shen Shanbao's (1808–1802) Gendered Auto/Biographical Practices”, *Nan Nü: Men, Women, and Gender in China*, Vol. 2, No. 2, 2000)。

论方面的研究，关注焦点明确置于主体和主体位置上。她检视女诗人在为她们自己的诗集刊行所做的自传性序言中作为作者的主体位置。她发现了从“女性于其中提出从事写作的谦逊借口的女德话语到文学话语”的转变。在文学话语中，女诗人展现了对自身在文学文化中的主体位置的坚定自信。[①] 然后，雷迈伦利用因女性主义文化批评家朱迪斯·巴特勒的著作《性别麻烦》而流行起来的表现(performance)这一概念，检视女诗人在诗这一文体中的自我再现。然而，她将这一概念的应用狭窄地限制于“指女性作为作者承担了被性别化为具有男性特质(masculine)的作者位置和兴趣，并展现了她们重现完全模仿出自文人诗歌的文本主体的文学能力”。[②]

现代印刷和数字技术使数以百计的女性个体所作的一批数量可观的文本被重新发现。学者们受此鼓舞，继续发现明清女性自我书写或自传性书写的形式和框架，其范围相当之广。这些文本吸引着研究超越对局部文本的关注——如关于自我意识的修辞、比喻与隐喻等——转而面向女性在书写她们的生活经历、思想和情感时与占主导地位的文学传统进行协商或挪用的形式和实践，或是设计、发明以表达她们的性别化自我——她们的主体性和社会能动性——的形式和实践。在探索各种社会身份的女性所作的诗歌与其他各种文体的丰富的自传性文本方面，管佩达、方秀洁和杨彬彬(Binbin Yang)的专著提供了范例。这些文本包括佛教禅宗语录、与家族谱系有关

---

① 雷迈伦《改换主体：作者自序和诗中的性别与自我题写》，第 183 页。20 世纪 90 年代难以接触到原始文献资料，雷迈伦研究的序言中的大部分取自胡文楷《历代妇女著作考》中保存的副本。

② 雷迈伦《改换主体：作者自序和诗中的性别与自我题写》，第 192 页。孙康宜从文人男性和女性合作推行女性写作这一“文化中的雌雄同体”角度，也注意到“这些女性作者以自己的作品模仿陶潜、王维和杜甫等卓越的男性大家为傲”(《明清女诗人与文化中的雌雄同体》，第 17 页)。

的文字、书信、自画像上的题词和旅行日志。[①] 近年来的学术研究既从女性主义理论和批评中获得了灵感，也与之发生了分歧。女诗人将她们的生活空间的社会功用和美学意义文本化并重新赋予含义，李小荣(Xiaorong Li)因此将女性闺房空间重新概念化。与此同时，杨海红(Haihong Yang)提供了关于女性创作和实践诗和诗学的新视角，以之为一种充满活力的"对话性参与"。最后，同样在杨海红的书中，我们回到了本文开头和 20 世纪 90 年代对明清女诗人的研究开始时提出的一个引起争议的问题：在第 2 章"'开辟自己的道路'：女性诗歌中的典故和重新定义的主体性"("'To Blaze One's Own Path'：Allusion and Renovated Subjectivity in Women's Poetry")(实为第 4 章——译者注)中，杨海红以汪端(1793—1838)作为清晰的例子。汪端是一位博学的女史家和诗人，"自觉地参与建立女性的写作和文化传统"[②]。据杨海红分析，汪端以在自己的文章和出版物

---

① 见管佩达《名尼：中国十七世纪女禅师》(*Eminent Nuns: Women Chan Masters of Seventeenth-Century China*, University of Hawaii Press, 2008)；方秀洁《卿本著者：明清女性的性别身份、能动主体和文学书写》(原题 *Herself an Author: Gender, Agency, and Writing in Late Imperial China*, University of Hawaii Press, 2008，中译本周睿译，江苏人民出版社，2024 年——译者注)；杨彬彬《清代卓越女性：女性典范讲述她们的故事》(*Heroines of the Qing: Exemplary Women Tell Their Stories*, University of Washington Press, 2016)；王安(Ann Waltner)《生活与信：关于昙阳子的思考》("Life and Letters: Reflections on Tanyangzi", in Joan Judge and Ying Hu eds., *Beyond Exemplar Tales: Women's Biography in Chinese History*, University of California Press, 2011)；伊维德《薄少君〈哭夫诗百首〉中的传记性与自传性》("The Biographical and Autobiographical in Bo Shaojun's *One Hundred Poems Lamenting My Husband*", in *Beyond Exemplary Tales: Women's Biography in Chinese History*, University of California Press, 2011)。伊维德《十八十九世纪满族女诗人诗选》(*Two Centuries of Manchu Women Poets: An Anthology*, University of Washington Press, 2017)中满族女性诗歌强烈的自传性声音也值得注意。胡晓真《才女彻夜未眠：近代中国女性叙事文学的兴起》(北京大学出版社，2008 年)中"传心欲望"一章讨论女性弹词的自传性维度，而魏爱莲提出顾太清的小说《红楼梦影》以自传性为支撑。

② 杨海红《帝制末期中国的女性诗歌与诗学：对话性参与》(*Women's Poetry and Poetics in Late Imperial China: A Dialogic Engagement*, Lexington Books, 2017)，第 104 页。

中提及旧时的女诗人、宣传同时代女诗人的文学作品和声誉的方式实现这一点。[1] 运用典故是中国文学中随处可见的手法,需要博学强识。杨海红展示了汪端以典故为话语工具,对历史上女性的主体性做出修正主义式的阅读的能力。因此,在将汉学研究方法用于女性主义目标方面,她的研究卓有成效。[2]

结语

总结一下,我们回到中国女诗人的标志性人物李清照。艾朗诺(Ronald Egan)近期的力作《才女之累:李清照及其接受史》(原题 *The Burden of Female Talent: The Poet Li Qingzhao and Her History in China*, Harvard University Asia Center, 2014,中译本夏丽丽、赵惠俊译,上海古籍出版社,2017 年——译者注)勾勒了她的形象。艾朗诺使我们得以识别女性主义理论和批评与汉学研究之间的建设性互动:

> 本书对李清照生平及作品所呈现的再思考,很大程度上得益于女性主义文学批评及研究。这类研究在中国学术圈外的近几十年内迅速发展壮大,对 20 世纪以前欧美女性的作品都有新的阐发,其中包括了著名作家与无名之辈,其研究价值在于凸显了两性间的张力以及针对女作家的性别偏见,可见这种情况非中国所独有。我在阅读瑞塔·费尔斯基(Rita Felski)、萨拉·普利斯格特(Sarah Prescott)、葆拉·贝克赛德(Paula Backscheider)及他人的相关研究中获益良多。此外,过去的二十五年中,聚焦于明清的中国妇女史与女性文学史也萌生了新的视角,同样帮助我构造自己

---

① 杨海红《帝制末期中国的女性诗歌与诗学:对话性参与》,第 104—117 页。

② 目前很多关于明清女性文学写作的出版书籍都受到女性主义批评性思考的影响,但并未明确建立理论,如王燕宁(Yanning Wang)关于女性旅行诗的专著《遐想与现实:帝制中国末期女性的旅行诗》(*Reverie and Reality: Poetry on Travel by Late Imperial Chinese Women*, Lexington Books, 2013)及其期刊论文。

的理解框架，启发我应提出哪些问题以及如何解答。[①]（《才女之累：李清照及其接受史》，《导言》，第6—7页——译者注）

艾朗诺对二者间互动的承认显示了自对明清女作者的研究兴起的20余年以来，汉学研究与女性主义理论和批评之间的联系富有成效。相互认可的标志也来自另一个方向，帝制中国末期的女性作家将进入很多项目，例如“帕尔格雷夫早期现代女性写作百科全书”（Palgrave Encyclopedia of Early Modern Women's Writing，16—17世纪）。

致谢：

感谢同仁Miranda Hickman在笔者撰写此文摘要时作出的评论和提出的问题及二位匿名审稿者的建议。

（本文原载The Journal of Chinese Literature and Culture，Vol. 9，No. 1，2022，Duke University Press）

（加拿大麦吉尔大学东亚研究系East Asian Studies of McGill University）

① 艾朗诺《才女之累：李清照及其接受史》，第8页。

中国文论中的阅读学传统*

付定裕

内容摘要：中国文论中有大量关于阅读的论述，触及到阅读学的多个层面，其中最重要的有四个阅读学传统，即经典研读的传统、人格修养的传统、精神对话的传统和人文创造的传统。这些阅读学传统在“五四”以来反传统的文化思潮中均已断裂，随着数字化时代的到来，新的阅读问题又不断涌现，使现代人文教育呈现出撕裂和失效的现状，具体表现为：青少年阅读的功利化和技能化，大众阅读的娱乐化和碎片化，专家学者阅读的专门化。中国的阅读学传统可以成为诊治当下阅读问题的解药，应该从以下方面尝试：一是重建人文经典，接续经典研读的阅读学传统；二是优化语文考试制度，倡导优游涵泳的读书风气；三是活化古典资源，激发当代文化的创造力。

关键词：中国文论；阅读学传统；阅读问题；活古化今

---

* 基金项目：国家社科基金社科学术社团主题学术活动“中国特色文论体系研究”项目（20STA027）；河南师范大学 2022 年度教育科学研究基金资助项目；2020 年度河南省高校青年骨干教师培养计划项目（2020GGJS183）；华东师范大学文化传承创新研究专项项目“中国文论的古今贯通与跨域研究”（2022ECNU－WHCCYJ－23）成果之一。

Reading Tradition in Chinese Literary Theory

Fu Ding-yu

Abstract: There are four most important classical reading traditions in Chinese Literary Theory, namely, studying the classics, cultivating personality, discussing ideas and focusing on Humanities. It is split since May 4th New Cultural Movement. As the digital age coming, new reading problems have emerged constantly, which makes humanistic education lost its effect, shown as utilitarian and skill-oriented reading of the teenagers, extremely entertainments and fragmentation reading of the public and specialization reading of the scholars. Chinese Literary Theory will help to solve the problems from the followings: rebuilding the humanistic classics and continuing classical reading tradition, optimizing Chinese examination system and advocating relaxed and comfortable learning atmosphere, activating classic resources and stimulating the creativity of contemporary culture.

Keywords: Chinese Literary Theory; reading tradition; reading problems; ancient used for today

胡晓明教授继标举“中国文论”这一概念后，又提出“后五四时代建设性的中国文论”这一重要命题，并且已有九论“后五四时代建设性的中国文论”发表，这些持续而深入的论述是近年来“中国文论”研究最富原创性的研究成果。他在论述“后五四时代建设性的中国文论”时，提出“建立一个中国文论的新体系”的学术构想，“设想有一种古典中国的文论系统，不再依时代先后为序，也不再以文体、流派、思潮为序，更不再以创作论、本原论、风格论、鉴赏论、批评论或文学史论为序，而是根据问题本身或文化思想的需求为序。”[①]这种“以需求启动资源，以古典服务现代”的中国文论的新体系是“后五四时代建设性中国文论”的具体实践与展开。

胡晓明教授从当代中国人的阅读问题出发，提出：“中国文论中的阅读学传统，不只是一种书本上的学问。”[②]并对中国文论中的阅读学传统做了精彩的论述。笔者受其论述的启发，试对中国文论中的阅读学传统再做申论。

一、中国文论中的四个阅读学传统

中国文论中有大量关于阅读的论述，触及到阅读学的多个层面，笔者认为有四个最重要的阅读学传统，即经典研读的传统、人格修养的传统、精神对话的传统和人文创造的传统，以下分而论之。

第一，经典研读的阅读学传统。

我国自周代就开启了文化经典的教育，《周礼·春官》记载大师教“六诗”，可见周代的贵族子弟把“六诗”作为日常研习的内容，开启了中国经典诵读的传统。按照周代的礼乐制度，贵族子弟将研习诗书礼乐作为必备的文化修养，从而形成了延续数百年的先秦君子之风。孔子晚年，删定六经，可谓对三代历史文化结晶的全面整理，所以司马迁评价孔子说：“自天子王侯，中国言六艺者折中于夫子，可谓至圣矣。”（《史记·孔子世家》）同时孔子有教无类，广收门徒，实现了由“学在官府”到“学在民间”的转变。孔门教育即是以经典教育为主要内容的，孔子对孔鲤说“不学诗，无以言”，鲤退而学诗，可见“经典诵读”是孔门重要的学习方式。到了汉代，汉武帝在董仲舒的建议下“罢黜百家，独尊儒术”，儒家被奉为国家意识形态，儒家经典的研习与诵读作为一种制度确定下来，直至清末废除科举、废除读经，两千

---

① 胡晓明《六论后五四时代建设性的中国文论—兼序颜昆阳教授〈学术突围〉》，《社会科学战线》2020 年第 2 期。

② 胡晓明《“后五四时代”的中国文论：阅读、修行与境界》，《文汇报》2014 年 11 月 14 日，第 14 版。胡晓明《再论后五四时代建设性的中国文论》，《社会科学战线》2015 年第 2 期。

年来，以“经”为主要内容的经典诵读成为我国赓续不断的文化传统。所以，陈寅恪论断：“吾民族所承受文化之内容，为一种人文主义之教育，虽有贤者，势不能不以创造文学为旨归。”[①]

经典研读的传统中，经典的内容虽然以儒家经典为主体，但也并非一成不变，而是随着时代的需要不断汰选、不断铸造新的经典。宋代之前，“五经”是儒家经典的核心，随着宋代新儒学的兴起，“四书”逐渐取代了“五经”在儒家经典中的核心地位。除了经学内部的变革，史部、子部和集部也在不断铸造新的经典。史部中，“前四史”的地位有逐渐赶超《左传》的趋势，宋代以后，《资治通鉴》也逐渐取得了新的史学经典的地位。子部中，《老子》《庄子》等道家经典向来是儒家经典的有益补充，并且以《道德经》《南华真经》为名被道教奉为核心经典。佛教传入之后，翻译、创造了大量佛教经典。宋明理学兴起后，《近思录》《张子正蒙》《传习录》等成为新的子学经典。集部中，《离骚》在汉代即被称为《离骚经》，所以《楚辞》独居集部之首。萧统编选的《昭明文选》被唐人奉为文学经典，杜甫在《宗武生日》中劝诫儿子“熟精文选理，休觅彩衣轻”，直到宋初，读书人仍崇尚《文选》，有“文选烂、秀才半”之说。明代前后七子的诗文创作主张“文必秦汉、诗必盛唐”，可见秦汉文章和盛唐诗已形成新的诗文经典，而唐宋派编选《唐宋八大家文钞》，又形成了散文创作中的“古文”经典。

经典研读的基本方式是熟读成诵。熟读成诵往往会被现代人误解为机械记忆，其实记忆只是熟读成诵的第一步，熟读成诵的根本精义在于对经典内容的“内化”。正如朱熹所说：“大抵观书先须熟读，使其言皆若出于吾之口。继以精思，使其意皆若出于吾之心，然后可以有得尔。”[②]这里的熟读要经历两个阶段，“言皆若出于吾之口”的阶段，是对经典语言层面的熟悉，我们阅读必须从理解语言作为入门，进而要精思，由语言的层面进入到思想义理的层面，读者的思想和经

① 陈寅恪《吾国学术之现状及清华之职责》，《金明馆丛稿二编》，生活·读书·新知三联书店，2001 年，第 361 页。

② 黎靖德编《朱子语类》，中华书局，1986 年，第 168 页。

典的思想高度契合，才能“使其意皆若出于吾之心”，思想义理的契合，就是读者将经典内化到自己生命之中的过程，这是一个精神感悟和思想不断提升的过程，也是读者将经典的思想义理内化到自己的血肉之躯的过程。只有经过这一内化过程，经典中文化文明的密码才能够在读者的精神世界中激活，经典的思想义理才能够为我所用。中国经典研读的传统一向重视经典的内化，强调经典变化气质的作用，反对简单机械的记诵之学，《礼记·学记》说：“记问之学，不足以为人师，必也其听语乎？”只有经过思想内化的经典研读，经典才会成为我们的思想根基和思想资源，成为源头活水不断滋养我们的心灵。

第二，人格修养的阅读学传统。

中国的阅读学传统一贯重视对人格修养的作用。中国传统社会中，“士”作为四民之首之所以区别于农工商者，就在于他们接受人文经典的教育，所以，士又被称为“读书人”。读书人是一种身份，他们接受人文经典的教育，同时，他们又以传承经典和人文创造为职志。

传统士人读书的目的，并不在于获得某种知识、技能或谋生的手段，孔子说“君子忧道不忧贫”(《论语·卫灵公》)，“道”的担当才是读书人最根本的品质。“道”的担当要落实到具体的人生实践中，体现在两个方面，一为内圣之学，即内在人格的修养，宋儒讲格物、致知、正心、诚意，未免太蹈空，其实在先秦儒家那里就是要做一个仁爱的君子，孔子说：“弟子入则孝，出则弟，谨而信，泛爱众，而亲仁。行有余力，则以学文。”(《论语·学而》)讲的就是在日常伦理中做到孝悌忠信。子夏说：“贤贤易色；事父母，能竭其力；事君，能致其身；与朋友交，言而有信。虽曰未学，吾必谓之学矣。”(《论语·学而》)“学”就是要学做人，做人就要践行到日常生活中。孟子说“人皆可以为尧舜”，“尧舜之道，孝悌而已矣”。(《孟子·告子下》)讲人皆有善性，人人平等，皆有成为圣贤的可能性。一为外王之学，即社会责任的承担与社会价值的实现，就是宋儒所强调的“修身、齐家、治国、平天下”(《礼记·大学》)，“为天地立心，为生民立命，为万世开太平”(张载《横渠语录》)，社会责任的担当，不仅需要有圣贤气象，还需要有豪杰精神，所以，曾子说："士不可以不弘毅，任重而道远，仁以为己任，不亦重乎，死而后已，不亦远乎？"（《论语·泰伯》）无论内圣之学还是外王之学，读书人安身立命的根本在于"修身"，所以，对人格的修养是传统读书人的终身要义。

人格修养是读书人的分内之事，人格修养不是外在于读书，不是手段，不是工具，而是读书的终极目标。读书人把读书和人格修养当作终生的事业，是止于至善、永无止境的修行。

第三，精神对话的阅读学传统。

阅读在本质上是读者与作者的精神对话，在中国的阅读学传统中，尤其重视读者与人文经典的作者即圣贤的精神对话。孟子最早提出"尚友古人"之说："一乡之善士斯友一乡之善士，一国之善士斯友一国之善士，天下之善士斯友天下之善士。以友天下之善士为未足，又尚论古之人。颂其诗，读其书，不知其人，可乎？是以论其世也。是尚友也。"（《孟子·万章下》）阅读是和古人做朋友，读其书，论其世，想其为人，就可以超越时空的阻隔和古代圣贤进行精神对话。

阅读中的精神对话，能够通过千古共情实现人格感召和精神提升，使古今不隔、异代相知，从而产生吾道不孤的精神慰藉。司马迁说："余读《离骚》《天问》《招魂》《哀郢》，悲其志。适长沙，观屈原所自沉渊，未尝不垂涕，想见其为人。"（《史记·屈原贾生列传》）屈原的悲剧使两百年后的司马迁发生共情，想见其为人，悲其志，并为之垂泪，正如陶渊明所说："其人虽已没，千载有余情。"（《咏荆轲》）所以，司马迁为屈原立传，表彰其"发愤著书"的伟大精神。司马迁在《报任安书》中说："古者富贵而名摩灭，不可胜记，唯倜傥非常之人称焉。盖西伯拘而演《周易》，仲尼厄而作《春秋》。屈原放逐，乃赋《离骚》。左丘失明，厥有《国语》，孙子膑脚，《兵法》修列。不韦迁蜀，世传《吕览》，韩非囚秦，《说难》《孤愤》。《诗》三百篇，大抵贤圣发愤之所为作也。此人皆意有所郁结，不得通其道，故述往事，思来者。"（载《汉书·司马迁传》）正是有这些圣贤发愤的感召，司马迁才能在遭受奇耻大辱之后完成其不朽的巨著《史记》，正是在与古圣贤的精神对话中，司马迁得到了吾道不孤的精神安慰，“故述往事，思来者”（《史记·太史公自序》）。

正是在古今相续的精神对话中，中华文明才得以绳绳相续不断传承。孔子晚年说：“甚矣，吾衰也！久矣，吾不复梦见周公。”（《论语·述而》）可见，孔子是把周公当作精神对话、终生仰慕的精神坐标。孟子说：“由尧舜至于汤，五百有余岁，……由汤至于文王，五百有余岁，……由文王至于孔子，五百有余岁，……由孔子而来至于今，百有余岁，去圣人之世，若此其未远也，近圣人之居，若此其甚也，然而无有乎尔，则亦无有乎尔。”（《孟子·尽心下》）孟子隐然是以继承孔子自任的，终生私淑孔子之学说。唐代韩愈作《原道》，建立道统说，宋儒又在韩愈之说的基础上有所修正。总之，儒者的精神统序，正是历代读书人在精神对话中的文化传承与发展。思想家如此，史家、文学家、艺术家也同样在各自的领域里对话传承创新着，从而汇成中华文明的历史文化巨流。

第四，人文创造的阅读学传统。

传统的读书人具有综合的人文素养，这种综合素养为其人文创造提供了全面的学养准备。尤其是古代的文化巨匠，往往不同于现代的专家，而是具有多重身份，比如政治家、思想家、史学家、文学家、书法家、绘画家、音乐家，甚至是美食家，所以他们具有通达的思想见识和丰沛的艺术创造力。这种人文创造的素养来源于读书，读书是人文创造不竭的源泉。

中国传统的人文创造，无论是思想义理、历史考证还是文学艺术，都重视对前代人文成果的继承与发展，所以，阅读与继承是人文创造的基础与前提。在思想义理的发明上，无论是“我注六经”的经典诠释，还是“六经注我”的义理阐发，无不以对前代经子之学的继承与发展为思想根基，所以，思想义理的发明往往在阅读对话中展开。中国的历史著述向来有实事求是、无征不信的传统，史料文献的搜集、整理与考辨是历史著述的前提，所以，历史真相的探索也是在历史文献的阅读中寻求。中国历来重视文学的创造力，早在三国时期曹丕就认识到文章不朽的意义:“盖文章,经国之大业,不朽之盛事。年寿有时而尽,荣乐止乎其身,二者必至之常期,未若文章之无穷。是以古之作者,寄身于翰墨,见意于篇籍,不假良史之辞,不托飞驰之势,而声名自传于后。”(《典论·论文》)文学的创造,要以前代的文学佳作作为学习、模仿和超越的对象,陆机在《文赋》指出:“咏世德之骏烈,诵先人之清芬。游文章之林府,嘉丽藻之彬彬。慨投篇而援笔,聊宣之乎斯文。”学习前代佳作可以激发创作的灵感。杜甫说“读书破万卷,下笔如有神”(《奉赠韦左丞丈二十二韵》)。阅读可以为文学创作提供语言表达、艺术构想、文学表现等方面的技能与技巧。此外,中国历来有“游于艺”即艺术创造的传统,孔子说:“志于道,据于德,依于仁,游于艺。”(《论语·述而》)所以中国人不仅重视诗文上的创造性,而且在书法、绘画、戏曲、音乐、园林、工艺、美食乃至游戏等方面注重美的创造,从而实现生活的艺术化。艺术的创造同样要根源于传统,不仅要有技法技巧的继承与创新,更要有对中国文化精神和艺术精神的深刻领悟。

综上所述,阅读在中国文化传统中不仅是一种读书行为,更是一种对历史文化的全面的修养,在这种全面的人文修养中,每一个个体都能在人文世界中得到滋养,同时也是一个人文创造的主体,在传承和创新中不断丰富发展着我们的人文世界。

二、中国阅读学传统的断裂及其前因后果

“五四”新文化运动以来,中国阅读学中的经典研读传统、人格修养传统、精神对话传统以及人文创造的传统,受反传统文化思潮的影响均发生了根本性断裂。经典研读的传统随着“废经运动”而失坠,儒家经典失去了其久远的神圣性。受现代科学观念的冲击,阅读和教育越来越成为向外获取知识的手段,而与读书人的安身立命、人格修养则渐行渐远。传统文化成了“整理国故”的对象,历史文献中的圣贤气象和豪杰精神需要在“取其精华、去其糟粕”的思想指导下接受现代审判,精神对话无从谈起。人文创造则更以与传统决裂的决

绝姿态，转而以西学作为精神创造的思想资源，为求新而求新，为创造而创造，破坏有余而建设不足。

中国阅读学传统的断裂，是西学东渐以来中国知识体系变革与教育体制转型的结果。中国的传统学术以经、史、子、集四部之学为学科分类和研治范围，近代以来，受西学东渐的冲击，固有的知识体系逐渐解体，“四部之学”逐渐转变为“七科之学”，即文科、理科、法科、商科、医科、农科、工科等七科。① 这一知识体系的变革，从根本上说是西方现代科学技术的引入和中国传统学术门类的现代转型。中国固有的四部之学在现代科学技术的巨大冲击下未免相形见绌。与知识体系变革密切相关的是教育制度的变革，在现代教育体系中，中国文史哲不分、讲求博通的“通人之学”逐渐转向近代分科治学的“专门之学”，学习的内容和学习的方式发生了根本转变，即使在由传统学问转化而来的文学、史学、哲学、艺术等人文学科领域，也遵循学科分化的时代趋势越来越走向专门化，固有的阅读学传统也就在现代转型中渐行渐远，正如王元化先生所指出的，受五四以来庸俗进化论、激进主义、功利主义和意图伦理等流行观念的影响，一百年来，从20世纪初的反传统到如今已经看不到传统了。

“五四”以后百年来，中国阅读学传统断裂的弊病已经充分暴露了出来，而随着互联网数字化时代的到来，新的阅读问题不断涌现。旧弊病与新问题的夹杂，使现代人文教育呈现出撕裂和失效的现状。这些现状主要体现在三个方面。

第一，青少年阅读的功利化和技能化。青少年是当代阅读的主体，我们从图书市场青少年读物所占的比例就可以看出这一现实。但青少年阅读的现状是越到高年级，学习的时间被数理化等科目侵占，阅读时间越少。考试是阅读的指挥棒，考高分是阅读的主要目的，故而阅读越来越功利化，甚至有的高中生因为语文提分慢而放弃语文学习，这是阅读的外部挤压。在语文学习和阅读的内部，学生不

① 左玉河《从四部之学到七科之学》，上海书店出版社，2004年，第6页。

能从中得到精神的成长和思想的自由，语文教学强调的是阅读的技巧，语文考试的主要方式是对阅读的程式化理解，语文评价的规尺是统一的标准答案。为了应考，学生在大量的刷题中提高的只是筛选信息、简单处理信息的能力，而背弃了阅读中应有的精神对话、思想探求和审美愉悦的特征。正如英国社会学家弗兰克·富里迪指出："阅读一旦丧失了其寻求真理的潜能，便会沦为一种平庸的活动。阅读一旦沦为了工具性的技能，它的作用便会局限于对文本的解读和对信息的获取。"[①]对文本的肤浅化解读和对信息的碎片化获取是语文教育平庸化的集中体现。

第二，大众阅读的娱乐化和碎片化。近二十年，随着互联网、电子读物、智能手机的普及与不断升级，数字化阅读已经成为当代大众阅读的主要方式。纸质媒介如图书、报纸、期刊的发行和传播也逐渐走向数字化，数字化带来了信息的爆炸性增长。数字化使获取信息越来越便利，但也容易被无法处理吸收的信息所淹没。手机已经成为支配我们日常生活的主要信息源，日常事务沟通、消费、必要信息查询等需要通过手机来完成，与此同时，手机也成为我们日常休闲、娱乐、人际交流、阅读的主要媒介，手机越来越多地占据了我们的时间和精力。手机阅读的主要内容是新闻娱乐，这些内容进入我们的意识中往往只能起到瞬时性的刺激作用，而不能引起我们深层的思考和反思，所以大众阅读呈现出娱乐化和碎片化的特点。

第三，专家学者阅读的专门化。学术的专门化是当下中国高等教育体制的最突出的特征，学术研究按照学科建设越分越细，知识和学问成为纯粹客观的理性活动，与思想、价值和情感越来越不相关，这就造就了大量的技术化的"学术单面人"[②]，知识生产局限于学科壁垒之中变成了学术共同体内部的自说自话。相近学科之间也大有"老死不相往来"之势，不要说理工科、社会科学与人文学科的对话，

① 弗兰克·富里迪《阅读的力量》，北京大学出版社，2020年，第288页。

② 胡晓明《大学文史哲系科应设国学概要课拟议》，《丽娃河畔札记》，凤凰出版社，2013年，第80页。

即使文史哲相近的人文学科之间交流对话也几乎不可能。比如研究文学的学者几乎看不懂语言学的研究文章，中国古代文学研究者也无法和现当代文学研究者对话。今天我们的大学入学率已经超过百分之五十，高等教育已经由大众化进入到普及化阶段，大学生进入大学之后，首先进入壁垒森严的学科体系中，开始专门化培养，就成为被学术体制按照自我逻辑不断生产出来的标准件，视野越来越狭窄，方法越来越僵化。总之，专家学者及其所培养的学生，他们的阅读范围往往只局限于自己所关注的学科领域，无法与学科之外对话，无法和社会大众对话，也无法和时代问题对话。

总之，无论是青少年、普通大众还是专家学者，每天都要阅读大量的信息，然而对于大部分阅读，阅读者的大脑都像电脑进行信息处理一样，信息与读者的身体、思想、情感不发生关联，这就是我们这个时代的阅读病。

三、"活古化今"：以阅读改善当代人的精神生活

我们了解了这个时代的病痛和病根，就应该为其寻求解药。药固然重要，但更为重要的是恢复我们文化肌体的创造力，在固本培元的基础上，激发我们当代文化的创造力。中国的阅读学传统应该成为解决我们当下阅读问题的解药，但是，如何做到对症下药，如何做到活古化今，需要我们不断思考不断试验。笔者认为可以从以下几方面努力。

第一，重建人文经典，接续经典研读的阅读学传统。

20 世纪初废除读经以后，中国经典研读的阅读学传统从此断裂，然而，关于是否应该重新读经的讨论百年来却从未间断。在传统的思想资源愈见稀薄而又大力倡导弘扬中华优秀传统文化的今天，重建人文经典，恢复国人的经典研读传统，就成为当下迫切的时代课题。

百年来，语文课程中的古代文选约略保存着经典研读的影子，但其问题是仅仅以培养阅读古文的能力为目标，选文数量少、内容杂，

而缺少思想义理方面的更高的追求。比如《论语》作为中国最重要的一部人文经典，初高中语文课本中的《论语十则》《论语十二章》显然对每一个中国人来说都远远不够。“重建人文经典”，既不同于重新回到废除读经前的旧的读经路子上去，也不同于当下语文学习中的文言文教学，而要以经、史、子、集为基本知识框架，选取最能体现中国文化核心价值观念、又与现代基本价值观念不相违背的内容，作为新的“人文经典”。新的人文经典作为小学到高中阶段的青少年必修的课程内容，在内容编排上，可以按照学生的接受能力分为不同的阶段，教学以熟读成诵为基本方式。朱自清在 20 世纪 40 年代曾经指出：“读经的废止并不是经典训练的废止，经典训练不但没有废止，而且扩大了范围，不以经为限，又按着学生程度选材，可以免掉他们囫囵吞枣的弊病。这实在是一种进步。”①朱自清的话虽然在当时未能实现，但他表达了重建人文经典的学术构想，在今天仍有参考价值。与此同时，我们并不提倡狭隘的民族主义文化观念，对于西方人文主义的学术经典，也应该成为我们重建新的人文经典的重要组成部分。

重建人文经典恢复经典研读传统的根本目的是重建我们文化的主体性。中国文化绵延数千年，无论如何变革，在根本上都存在一套以儒家文化为中心的基本的价值观念，这些基本的价值观念是不同历史时期、不同阶层中的人们普遍遵循的行为准则，它之所以能够发生深远的影响，就在于通过教育从精英到民众、从思想到制度层层发生着作用。20 世纪儒学失去其思想统治的地位，儒家经典也失去了在现代教育体制中的依存，所以呈现出花果飘零、失魂落魄的窘态。我们今天价值观念深处的冲突、对抗和空洞，从根本上讲就是缺乏可以普遍认同的基本价值观念。重铸人文经典，就是要寻求社会普遍认同的价值观念，重提经典研读，就是要通过教育制度将普遍的价值观念落实到人心深处，正如朱自清所说：“经典训练的价值不在实用，

① 朱自清《经典常谈》，商务印书馆，2017 年，第 2 页。

而在文化。”[①]有了经典阅读的文化根基，才能使文明对话和深度思考成为可能，孔子说“不学诗，无以言”（《论语·尧曰》），就是因为《诗》是当时贵族子弟普遍接受的人文修养，是思考和交流的思想基础。布鲁姆说：“认知不能离开记忆而进行，经典是真正的记忆艺术，是文化思考的真正基础。”[②]可见经典研读也是实现古今思想接续的根本途径。

第二，优化语文考试制度，倡导优游涵泳的读书风气。

优化语文考试制度，要以独立思想和优美表达作为考查重点，改革功利化的阅读风气。今天，语文考试是指导我们国民阅读的最有力的指挥棒，但它存在过度量化、高度技术化的严重弊病。上文已经论及阅读理解式的考试方式，主要考查学生从阅读中获取信息的能力，这对阅读本身是一种化约和伤害。阅读应该是一种自我修养的能力，应该能够激发深层思考、自由思想和优美表达的愿望。我们倡导能够获得思想启迪、精神对话和审美愉悦的阅读，这就需要一种优游涵泳的从容的阅读心态，而不是功利性的、竞争性的阅读心态。我们已经发现考试的弊病，就要努力优化它，在我国历史上，优化考试制度会影响一代学风、士风和社会风气。例如唐代采取“诗赋取士”促成了有唐一代诗歌的繁盛，宋代欧阳修通过改革科考文风，推行诗文革新，使得北宋中期人才兴盛和文学繁荣。今天我们也应该从整个时代的文化建设高度，不断优化高考语文考试方式，从而改善当下的学风、文风和阅读风尚。

倡导优游涵泳的阅读风气，反对功利化的阅读心态。优游涵泳是我国传统读书人崇尚的读书心境，朱熹说：“学者当优游涵泳，不可躐等而进。”（《论语集注·为政》）杨树达释：“‘温故而知新’者，先温故而后知新也。优游涵泳于故业之中，而新知忽涌焉。”[③]倡导优游涵

① 朱自清《经典常谈》，商务印书馆，2017年，第1页。

② 哈罗德·布鲁姆《西方正典》，译林出版社，2015年，第29页。

③ 杨树达《积微居小学述林》，中华书局，1983年，第214页。

泳的阅读风气，就要克服功利化的弊病，培养青少年朴实敦厚的人格精神，韩愈说："将蕲至于古之立言者，则无望其速成，无诱于势利，养其根而俟其实，加其膏而希其光。根之茂者其实遂，膏之沃者其光晔。仁义之人，其言蔼如也。"（《答李翊书》）无望其速成，无诱于势利，就是要克服功利化的时代风气，养其根，加其膏，就要加强深厚的学养，培养敦厚的人格，然后才能有好的优秀的人才，美好的文风。有了厚实的学问根底，优游涵泳，然后才会有思想与文化的创造。

倡导优游涵泳的阅读风气，涵养青少年的内在德性。钱穆指出："中国教育特所注重，乃一种全人教育，所谓全人教育，乃指其人之全部内在生命言，贯彻此全部内在生命而为之中心做主宰者，乃其人之心情德性。"①阅读要想摆脱技术化的窠臼，就要使阅读成为一种"全人教育"，注重阅读对人的内在德性的涵养。钱穆又解释："儒家教义，乃从每一个人与生俱来各自固有之良知良能，亦可说是其本能，此即自然先天之性。由此为本，根据人类为生命大全体之终极理想，来尽量发展此自然先天性，使达于其最高可能，此即人文后天性。使自然先天，化成人文后天。使人文后天，完成自然先天。乃始是尽性知天。"②阅读就应该成为人的良知良能的自我发现，然后通过内在的感发，完成此先天之性的成长，从而实现人文后天的化成。

第三，活化古典资源，激发当代文化的创造力。

活化古典资源，首先要实现古与今的和解。"五四"以来，传统和现代成为一组对立的概念，传统就意味着保守，现代就意味着反传统，这种二元对立的思维方式在"后五四时代"应该改变，传统和现代应该和解，20 世纪的经验证明，传统不是铁板一块，传统的文化资源在今天仍然有生命力，并且和现代精神并不相抵牾。儒家的仁爱精神和民本意识，道家的自然观念和自由精神，仍然具有现代价值。活化古典资源，就要在古今和解中，发掘古典文化的意义世界、美感经验和人

---

① 钱穆《国史新论》，生活·读书·新知三联书店，2005 年，第 272 页。

② 钱穆《中国历史上的传统教育》，《国史新论》，生活·读书·新知三联书店，2005 年，第 221 页。

生智慧，让古典文化资源成为滋养当代人精神世界的源头活水。

活化古典资源，要加强精英和大众的沟通。古典文化资源在某种意义上是一种精英的文化，尤其是在现代知识分科的背景下，研习古典文化的学者逐渐成为学院派的专家，成为精英文化资源的垄断者，缺少关注时代问题的意识，缺少参与大众文化创造的热情。活化古典资源，要加强精英文化与大众文化的沟通，当下的文化纪录片及《考古中国》《诗词中国》等电视节目的制作，是精英文化和大众文化沟通的成功案例，但这些工作目前还远远不够，应该在质与量两个方面进一步推广。学院派的研究成果大量生产，但大多成为学术圈子的内部读物，如何扩大读者的范围，创造出既有学术含量又有普及价值的文化精品，这是解放学术创造力的发展方向。

当然，无论古与今的和解，还是精英与大众的沟通，创造更多的精神文化产品丰富当代人的精神生活才是活古化今的根本目的。所有的文化创造，都应该立足于当代生活、当代经验和当代问题，活化古典资源并不是文化创造的目的，用古典资源为当代生活服务才是文化创造的最终目标。

阅读的问题，并不是当代中国独有的问题。数字化时代对阅读的挑战是全人类共同面临的问题，所以"阅读学"和"阅读史"的研究已经成为当代西方学术界的热点问题。我国的学者也针对当下中国的阅读问题作了"阅读学"的研究。我在写作此文时，进一步体会到阅读学问题的复杂性，并将进一步深入思考。最后以弗兰克·富里迪的一段话结束本文，以其作为继续思考阅读学问题的目标："阅读绝不仅仅是读写能力，阅读还涉及解释和想象，它是一种用来获得意义的文化修养。要重建一种以寻求真理和意义为旨归、拥有改造人类意识和世界的伟大力量的阅读文化。"①

（河南师范大学文学院）

---

① 弗兰克·富里迪《阅读的力量》，北京大学出版社，2020年，第2页。

文学理论中的"言象意"等级关系重审

——兼论符号学视域中的"言"与"象"

于秋漪

内容摘要：经学传统中"言象意"之"意"代表具有超越性的圣人之意，因而获得了天然的优势地位，"言""象"作为达意的工具，与天意之间存在重要性的区隔。在文学理论中，"意"体现出了更多的个性情感内涵，与"言""象"共同完成言说者的情感表达和主体意识的确立。在符号学视域中，语言符号对"象"有积极的解释作用和相对优势，而文学语言对语言符号的隐喻化使用却使其靠近图像的虚指特征。

关键词：言象意；等级关系；符号学；语图理论

Re-examination of the Hierarchical Relationship of Word-Image-Meaning in Literary Theory: Also on "Word" and "Image" in the Perspective of Semiotics

Yu Qiuyi

Abstract: In traditional interpretation of Confucian classics, the

"meaning" of word-image-meaning represents transcendental intentions of a sage, thus gaining a natural dominant position. As tools for approaching meanings, "word" and "image" are discriminated from providence, for they are less significant. In literary theory, "meaning" reflects more personal emotional connotation, and completes the emotional expression and the establishment of the subject consciousness of a speaker together with "word" and "image". In the perspective of semiotics, language symbols have a positive explanatory effect and comparative advantage on "image", while the metaphorical use of language symbols in literary language makes it close to the imaginary feature of images.
Keywords: word-image-meaning; hierarchical relationship; semiotics; language-image theory

从《易传》到王弼，及至后世的解释传统中，"言象意"中的"意"一直是问题的核心，对"言""象"的解读都要以能否达意为标准。在《易传》中，语言的悖论由于引入"象"而得到一定的纾解。"子曰：'书不尽言，言不尽意'。然则圣人之意其不可见乎？子曰：'圣人立象以尽意，设卦以尽情伪，系辞焉以尽其言，变而通之以尽利，鼓之舞之以尽神。'……是故夫象，圣人有以见天下之赜，而拟诸其形容，象其物宜，是故谓之象。"①卦爻辞不能充分传达圣人之意，那么卦爻象就是一套补充的表意系统，同样通向幽深之境。经过王弼的解读，"言象意"最终被纳入一个表意链条中，三者间的等级序列初步确立。"意以象尽，象以言著。故言者，所以明象，得象而忘言；象者，所以存意，得意而忘象。"②"言象意"的重要性递增。"言""象"都属于表意的工具，解码过程中的"寻言""寻象"是正当的，得意之后需要"忘言""忘象"，此时如果执着于"存言""存象"就偏离了"尽意"的初衷，本末颠倒。然而这种等级关系并非坚不可摧。显然"意"要通过"象"才能显示出

① 黄寿祺、张善文《周易译注》，中华书局，2016 年，第 645 页。

② 王弼著，楼宇烈校释《王弼集校释》，中华书局，1980 年，第 609 页。

来，“象”又要依靠“言”得以明示。“尽意莫若象，尽象莫若言。言生于象，故可寻言以观象；象生于意，故可寻象以观意。”①最外层的“言”最容易被理解，“象”次之，而“意”最隐晦难解。“意”在传达过程中不免会被遮蔽或削减，受到表意工具的制约。从解读者的角度看，“言”“象”规定了表意的方向，反而有了更多的话语权，那么三者之间还存在稳定的等级序列吗？

重新审视“言象意”的等级关系要思考这样几个问题。第一，“意”为何重要，文学理论之“意”与经典中的“圣人之意”有何不同，在文学理论中“意”的重要性也是一以贯之的吗？第二，从阐释的角度来看，“言”“象”均属于表达面，与“意”代表的内容面相对，那么就需要先厘清“言”“象”与“意”的关系，再分辨其中是否有重要性的差别。第三，从符号学角度来看，如果“言”“象”分属于不同的符号系统，那么“言”“象”关系就可以转化为符号系统间的关系。据此，三者在“言象意”体系中的重要性差异或许可以得到更清晰的判断。

一、“贵意”缘于经学之“意”的超越性

在对“言象意”的传统解释中，“意”一直占据更重要的位置。有学者总结出中国古代文化史中存在一种“贵意”传统：“无论是‘以言观意’，还是‘忘言得意’，其目的都是强调‘意’的重要性。”②先秦诸子著作中已经可以见到“贵意”的端倪。《墨经》中有“以名举实，以辞抒意”③，荀子指出“辞也者，兼异实之名论一意也”④，《吕氏春秋》有“言者，以谕意也”⑤。这些观点都倾向于语言是表达意义的工具。道家对语言的不信任更加明显。《老子》始终强调道不可说，难以用语言描述，只能勉强安上一个名字。《庄子·天道》反对世人因为语言载

---

① 王弼著，楼宇烈校释《王弼集校释》，中华书局，1980年，第609页。
② 见陈道德《言、象、意简论》，《哲学研究》1997年第6期。
③ 孙诒让撰，孙启治点校《墨子间诂》，中华书局，2001年，第415页。
④ 王先谦《荀子集解》，中华书局，1988年，第423页。
⑤ 许维遹《吕氏春秋集释》，中华书局，2009年，第486页。

道而看重书籍："语之所贵者意也，意有所随。意之所随者，不可以言传也，而世因贵言传书。"[①]重要的是书中内容而非语言本身。

《说文解字》将"意""志"互训，在段玉裁的注解中，这两个字都有"心之所识"的意思，也即心中的认识，或从心中发出的对事物、现象的理解。这说明至少《说文》对"意""志"尚未有明确的分别。"意"并非凭空产生，它是由某个主体发出的。在先秦两汉时期，"意"作为一种"心"的形态，有可能涵盖了"情""志""理"等诸项心理活动[②]，具有更普遍的含义。"意"在文献中可通"億"，表示推测，也可通"憶"，表示识记。当"意"表示意思、想法、认识的时候经常带有一个发出者。《易传》提到"意"的地方只有三处，其中两处是：

> 《象·明夷》：六四：入于左腹，获心意也。[③]
>
> 《系辞下》：其称名也，杂而不越，于稽其类，其衰世之意耶？[④]

虽然各家注解殊异，但"获心意也"之"意"没有脱离想法、愿望、认识的意思[⑤]。"衰世之意"也有卦爻辞体现出衰世的意味[⑥]，或者指作者处在衰微之世的思想[⑦]等不同解释，"意"本身仍表示由某主体发出的一般意义上的认识、理解，没有更多的超越性或情感内涵。另一处即解释"言象意"的地方：

> 子曰："书不尽言，言不尽意。"然则圣人之意其不可见乎？子曰："圣人立象以尽意，设卦以尽情伪，系辞焉以尽其

① 郭庆藩撰，王孝渔点校《庄子集释》，中华书局，1961年，第488页。

② 陈良运《论中国古代文论中的"意"》，载《古代文学理论研究(丛刊·第十八辑)》，上海古籍出版社，1997年，第6页。

③ 黄寿祺、张善文《周易译注》，中华书局，2016年，第341页。

④ 黄寿祺、张善文《周易译注》，中华书局，2016年，第672页。

⑤ 据王弼注，孔颖达疏《周易正义》，《十三经注疏》，中华书局，1980年，第50页。高亨《周易大传今注》，齐鲁书社，1979年，第325页。黄寿祺、张善文《周易译注》，中华书局，2016年，第341页。

⑥ 高亨《周易大传今注》，齐鲁书社，1979年，第580页。

⑦ 黄寿祺、张善文《周易译注》，中华书局，2016年，第674页。

言，变而通之以尽利，鼓之舞之以尽神。”[①]

“言象意”之“意”是指思想、认识，它的本义相比类似的其他心理活动没有特殊之处，重要的是，它的发出者是“圣人”。“圣人”要尽的“意”就不是基于个人经验产生的思想志趣，而是要传递天意。“圣人之意”具有一般发出者缺乏的超越性质。

根据顾颉刚的考释，“圣”的本义只是聪明人的意思，“圣人”也只是对聪明人的一个普通称呼。“圣”与“声”相通，如果能“闻声知情”，“从耳闻的具体事物而通晓其根本”，就可以称为“圣”。[②] 从最初的聪明睿智之谓“圣”，到诸子著作中逐渐建立起圣人的具体形象和谱系，人们希望“圣人”既有高尚的德行，又有卓越的政治才干，从而出现了“内圣外王”“圣君”等观念。在儒家对“圣人”的理解中，“知天道”也是一项必要的内容。“（儒家的）圣人观念，更根本的，乃立足于整个天地的秩序当中，或者说对于天道的把握上。”[③]《系辞传》解释“象”的作用：“圣人有以见天下之赜，而拟诸其形容，象其物宜，是故谓之象。圣人有以见天下之动，而观其会通，以行其典礼，系辞焉以断其吉凶，是故谓之爻。极天下之赜者存乎卦，鼓天下之动者存乎辞。”[④]也即圣人立“象”是为了传递天下幽深难见的道理和世间万物的变化规律。包牺氏“仰则观象于天，俯则观法于地”，通晓了天地间的大道，创制八卦的目的是“通神明之德”，“类万物之情”。[⑤] 可见，《易传》中的圣人之意并非来自特定主体的，有主观性的个人意志，而是更具客观属性的天意。圣人之意也是道的体现，关乎神圣意义，才可能参与命运的预测，渗透在从国家典章制度到个人道德修为的方方面面。那么，

① 黄寿祺、张善文《周易译注》，中华书局，2016 年，第 645 页。

② 顾颉刚《“圣”、“贤”观念和字义的演变》，《中国哲学（第一辑）》，生活 · 读书 · 新知三联书店，1979 年，第 81 页。

③ 李可心《“超凡入圣”与“即凡而圣”——儒家“圣人”观念的历史考察与现代反思》，《道德与文明》2016 年第 3 期。

④ 黄寿祺、张善文《周易译注》，中华书局，2016 年，第 645 页。

⑤ 黄寿祺、张善文《周易译注》，中华书局，2016 年，第 653 页。

“言”“象”作为传达圣人之意的工具自然在重要性上不能逾越“意”。可以说，在经学著作中，“意”的强势地位是因天意的超越特质建立起来的。

在魏晋时期，王弼的解释极大地推动“言象意”突破经学传统，进入文学理论。他化用庄子筌蹄之喻，为“得意忘言”“得意忘象”找到一个遥远却合理的依托，进一步弱化了表意符号的作用，使获得“意”成为这个体系的唯一目标。王弼对“言象意”之“意”的理解基本继承了“意”谓天意的观念。他以玄解《易》，使“意”与“道”“玄”的联系更为紧密，更突出“意”玄幽难测的特点和绝对的优势地位。王弼认为，“道”“玄”这些概念指向深邃宽广的境界，无所依凭根据，无法用有限的“名”“称”来界定和描述，因而用语言捕捉超妙的意义只是徒劳。《老子指略》中讲：“‘玄’谓之深者也；‘道’称之大者也。名号生乎形状，称谓出乎涉求。名号不虚生，称谓不虚出。故名号则大失其旨，称谓则未尽其极。”[①]这一段虽是解释《老子》中的“道”“玄”观念，其实也与《易传》之“意”相通。圣人之意本身源自大道，同样有玄幽深广的性质。此外，“意”是“言”“象”所由出发的起点，是有决定作用的。“夫易者，象也。象之所生，生于义也。有斯义，然后明之以其物，故以龙叙乾，以马明坤，随其事义而取象焉。”[②]

与老庄道家的结合更有利于“言象意”脱离经典阐释的语境，成为有延展力和解释力的理论。“言”不再只是卦爻辞，而代表整个语言符号系统，在日常语言和文学语言中游弋；“象”不再只是卦爻象，因为“触类可为其象，合义可为其征”，可以取象的世界何其宽广；“意”也由天命玄机，占筮结论回归至简大道。大道为体，经史篇籍、诸子论说、辞赋文章无不承载圣人之意。从而“言象意”也适用于文学评鉴。文学理论中的“象”由描绘外形外貌、图像的基本用法发展为寄托作者情志的“意象”，是体现模仿、想象、象征等文学特质的中

① 王弼著，楼宇烈校释《王弼集校释》，中华书局，1980年，第198页。

② 王弼著，楼宇烈校释《王弼集校释》，中华书局，1980年，第215页。

心环节。“意”在文学批评中有机会突破经学内涵，具体化为作者寄寓在文本中的情思和读者可由文本解释出的不同含义。总之，王弼的解释对“言象意”理论的转型起到了关键作用，使承自先秦的“贵意”观念进一步强化，也使“言象意”成功进入文学批评领域。只看重“意”，对经典的解释就可以不拘泥于文字表达，由解释者自由阐发；同时，“言”与“象”退化为传递圣人之意的工具，对它们的评价都以能否尽意为标准，“得意”后“忘言”“忘象”顺理成章。

魏晋六朝时期的许多文论著作中使用的“意”已经从普遍的思想认识转变为突出抒情倾向和情感特质。“意”的概念蕴涵，“由偏重学术向审美转变，由侧重逻辑思维向情感意绪平移，渐渐与情感内涵融会贯通”[①]。陆机《文赋》中出现的“意”，有的表示作者想在文章中表达的思想、认识，如“恒换意不称物，文不逮意，盖非知之难，能之难也”[②]，“辞程才以效伎，意司契而为匠”[③]，“其会意也尚巧，其遣言也贵妍”[④]；有的指文章可以被解读出的意义，如“或文繁理富，而意不指适”[⑤]；有的指作者自身的想法、抉择，如“意徘徊而不能揥”[⑥]，“是故或竭情而多悔，或率意而寡尤”[⑦]。这些“意”一则完全脱离了神圣化的天意，全部出自具体的人的主观意念，二则与《文赋》所论之“文”紧密相关，是作者的思想或篇章的含义，而不必承载更多哲学、伦理、政治内涵。《文心雕龙》中的“意”与作者紧密相关，能明确表示具体的人通过文章表达的意图和思想，是个人的，而非普遍的，如“杨雄吊屈，思积功寡，意深反《骚》，故辞韵沈膇”[⑧]（《哀吊》）；“庾敳《客谘》，意

---

① 袁济喜《论六朝文论中的“意”概念》，《中国人民大学学报》2020 年第 3 期。

② 陆机《文赋》，《中国历代文论选》（第一卷），上海古籍出版社，2001 年，第 170 页。

③ 陆机《文赋》，《中国历代文论选》（第一卷），上海古籍出版社，2001 年，第 171 页。

④ 陆机《文赋》，《中国历代文论选》（第一卷），上海古籍出版社，2001 年，第 172 页。

⑤ 陆机《文赋》，《中国历代文论选》（第一卷），上海古籍出版社，2001 年，第 172 页。

⑥ 陆机《文赋》，《中国历代文论选》（第一卷），上海古籍出版社，2001 年，第 173 页。

⑦ 陆机《文赋》，《中国历代文论选》（第一卷），上海古籍出版社，2001 年，第 174 页。

⑧ 戚良德《文心雕龙校注通译》，上海古籍出版社，2008 年，第 151 页。

荣而文悴”[①]（《杂文》）；“而宋玉赋《好色》：意在微讽，有足观者”[②]（《谐讔》）。”创作论中的“意”能体现出更明显的抒情倾向。《比兴》中有：“且何谓为‘比’？盖写物以附意，飏言以切事者也。”[③]《事类》中有：“是以属意立文，心与笔谋：才为盟主，学为辅佐。”[④]《养气》中有：“意得则抒怀以命笔，理伏则投笔以卷怀。”[⑤]所附之“意”，所属之“意”皆是从心中发出的感受和情绪，与“意”直接相关的正是“心”“怀”这些产生真情实感的因素。更不必说《神思》“登山则情满于山，观海则意溢于海”[⑥]，《物色》“一叶且或迎意，虫声有足引心”[⑦]，是将“意”与“心”“情”对举，说明人为外物所感召，自然流露出的情感是文章构思的根源。要之，“意”进入文学理论之后，已经从经学传统中的普遍、抽象、神圣的内涵转变为集中表现具体的个人思想和情感体验。文论中的“言象意”之“意”也不再天然来自圣人，而可能出自任何一个敏感多思的诗人、幕僚或游子。这样的“意”不再具有绝对权威和优势地位，就可以理解为通过“言”“象”等符号表达的平凡的意义，那么文论中的“言”“象”与“意”表现为什么样的关系呢？

二、天意之外：“言”“象”与“意”的浑然共生

“言意”和“象意”关系的本质是以表达为一方，以所表达者为另一方的关系问题，也即意义问题。意义问题本身源远流长，可以说是“人类思想活动史上的主要内容”[⑧]。魏晋时期的“言意之辩”对“言意”和“象意”关系都进行了深入探讨。此时对“意”的基本认识仍是圣人之意，是天意的体现。不同于汉人将天意落实到天文、历法、气

① 戚良德《文心雕龙校注通译》，上海古籍出版社，2008 年，第 159 页。
② 戚良德《文心雕龙校注通译》，上海古籍出版社，2008 年，第 168 页。
③ 戚良德《文心雕龙校注通译》，上海古籍出版社，2008 年，第 411 页。
④ 戚良德《文心雕龙校注通译》，上海古籍出版社，2008 年，第 430 页。
⑤ 戚良德《文心雕龙校注通译》，上海古籍出版社，2008 年，第 470 页。
⑥ 戚良德《文心雕龙校注通译》，上海古籍出版社，2008 年，第 323 页。
⑦ 戚良德《文心雕龙校注通译》，上海古籍出版社，2008 年，第 514 页。
⑧ 李幼蒸《理论符号学导论》，中国人民大学出版社，2007 年，第 234 页。

象等实用层面，玄学家所谓的天意是指天地所依据的某种义理或本体。①

《说文解字》解释"言"："直言曰言，论难曰语。从口辛声，凡言之属皆从言。"②从"言"和"语"的差别来看，"主动说话叫作'言'，与人相对答才是'语'"③。《易传》中的"言象意"之"言"也暗示了陈述的主动性，指呈现为文字，或者说语言符号的卦爻辞。此外，"言"的"我"义是训诂学中的一个老话题。《毛传》将《周南·葛覃》"言告师氏，言告言归"、《芣苢》"薄言采之"等中的"言"，都解释为"言，我也"。似乎"言"的古义中，不仅有语言层面的言语、表达之意，同时也指向了言说者自身。④ 有语言学者设想汉语在某个历史阶段发展出一种 EP(Ego Phrase)结构⑤，可从语法学角度解释作为虚词的"言"取得[+ego]的语意性质，因而有了自指性，当作"我"解，意思是"而我"⑥。基于这种说话者指向，我们很难将"言象意"之"言"解释为全然客观的语言符号，"言"天然包含着言说者，是具有主体性的而非彻底的对象性内容。那么经由"言"表达的"意"也不应止于字面层次的 meaning(意义)，而应当隐含着特定言说者的 intention(意图)。在此前提下，本文尝试重新审视"言意之辩"中的一些论证。

欧阳建在《言尽意论》中解释语言和称名可以尽意的原因：

> 夫天不言，而四时行焉。圣人不言，而鉴识存焉。形不待名，而方圆已著。色不俟称，而黑白以彰。然则名之于物，无施者也。言之于理，无为者也。而古今务于正名，圣

---

① 王葆玹《正始玄学》，齐鲁书社，1987 年，第 318 页。

② 许慎撰，段玉裁注《说文解字注》，上海古籍出版社，1981 年，第 89 页。

③ 关于"言""语"的具体辨析见陆宗达《"言"与"语"辨》，《训诂与训诂学》，山西教育出版社，1994 年，第 256 页。

④ 徐麟《"言，我也"与中国古代诗学》，《文艺理论研究》1996 年第 1 期。

⑤ 台湾大学梅广教授设想句法的功能部门有一种可称为 Ego Phrase 的投射结构，出现在这个结构中的语法成分都具有说话者取向[+ego]的语意性质，代表指向说话者的指示关系。见梅广《上古汉语语法纲要》，上海教育出版社，2018 年，第 15 页。

⑥ 具体分析见梅广《上古汉语语法纲要》，上海教育出版社，2018 年，第 16 页。

> 贤不能去言，其故何也？诚以理得于心，非言不畅。物定于彼，非名不辩。言不畅志，则无以相接；名不辩物，则鉴识不显。鉴识显而名品殊，言称接而情志畅。原其所以，本其所由，非物有自然之名，理有必定之称也。欲辩其实，则殊其名；欲宣其志，则立其称。名逐物而迁，言因理而变。此犹声发响应，形存影附，不得相与为二。苟其不二，则言无不尽。吾故以为尽矣。[1]

德国哲学家和逻辑学家G·弗雷格在《论意义和客体》中指出，语言中的专名有两种语义功能，指称着对象和表达着意义。[2] 欧阳建的论述相对粗疏，他实际上混淆了“言”的指称和表达两种功能。这段议论的前提是“夫天不言”“圣人不言”，指天和圣人都没有说话，没有使用语言，这里的“言”是言说、表达的含义，而欧阳建试图解释的“言”与“名”“称”相近。《释名·释言语》说：“名，明也，名实使分明也。”“名”的真正意义是标明，是使客观事物相区别。[3] 欧阳建将“言”与“名”并置突出了“言”的指称功能，此“言”是作为名称人为附加在对象上的，对对象的客观属性没有决定作用。语言、名称的重要性在于，“物”“实”需要用“名”来标志，“理”“志”“情”需要“言”来传达，表达面与内容面之间是不能分离的。欧阳建的解释中，“言”“名”“称”完全可以任意组合，相互替代，显然侧重“言”的指称功能，而渐渐偏离了表达功能。欧阳建实际上偷换了论题，将“意”不能完整彻底地通过语言表达，置换为作为内容面的“意”必须与作为表达面的“言”相结合，否则无从辨认也无从传递。他的观点可以总结为，当我们使用“言”的指称功能时，它与被指称的对象应该是亲密无间的，意义不能脱离语言传播，因而“言”可以尽“意”。如果我们还要考虑“言”的表达功能和指向说话者的性质，那么名与物、称与理、言与志就不能

---

① 欧阳询辑《艺文类聚》卷一九“人部三”，宋绍兴刻本。

② 李幼蒸《理论符号学导论》，中国人民大学出版社，2007年，第237页。

③ 陆宗达《“名”“命”“明”“鸣”义相通说》，《训诂与训诂学》，山西教育出版社，1994年，第248页。

简单地混为一谈，“言称接而情志畅”也不再是一个自然成立的命题。

早于欧阳建的荀粲主张“言不尽意”：

> 粲诸兄弟以儒术论议，而粲独好言道，常以为子贡称夫子之言性与天道，不可得闻，然则六籍虽存，固圣人之糠批。粲兄俣难曰：“《易》亦云圣人立象以尽意，系辞焉以尽言，则微言胡为不可得而闻见哉？”粲答曰：“盖理之微者，非物象之所举也。今称立象以尽意，此非通于意外者也，系辞焉以尽言，此非言乎系表者也；斯则象外之意，系表之言，固蕴而不出矣。”①

荀粲立论的基础依然是《易传》，但其所论显然不限于“言”的指称功能，而主要在于表达意义。一般认为这段话区分出两种言和两种意：“言”有系辞可尽之言与系表之言，“意”有立象可尽之意与象外之意；同时将认识过程分成了两段，普通的语言只能表达事物的形貌，而系表之言，即“微言”表达形上之道和象外之理。② 象外之意、系表之言是不可闻见，蕴而不出的，可见的“言”就有一定的表达限度。牟宗三提出欧阳建“言尽意”之名言、尽，以及所尽之意、理或物、理，都属于“可道世界”，属于“外延真理”；而荀粲“言不尽意”所尽之意、利，以及情伪与神，皆是形而上者、不可得而见闻者，这里的“尽”就不是名实对应的，语言可以达到的“尽”，而是启发暗示之尽，指点之尽。③ 在可尽的“外延真理”之外还有不可言尽的“内容真理”，指超现象界或“不可道界”。④

这些是在经学和哲学理论中做出的区分，而在文学理论的框架内，“言”的自指性和“意”的主体性会更加突显。在文学作品中，“言”应是与作者紧密相连的，不仅指作者的才性学识对文学语言风格气势的影响作用，更在于诗人（作者）通过言说获得主体的存在。文学

① 陈寿撰，裴松之注《三国志》，中华书局，1959 年，第 319—320 页。

② 王葆玹《正始玄学》，齐鲁书社，1987 年，第 329 页。

③ 牟宗三《才性与玄理》，广西师范大学出版社，2006 年，第 211—216 页。

④ 牟宗三《才性与玄理》，广西师范大学出版社，2006 年，第 217 页。

语言字面意义之外的除了哲理内涵、教义信仰等依靠心领神悟的层面，最核心最独特的应该是深入作者的情感体验和建立在表达行为上的对自我的确认。这个确立自我的过程是难以言尽的。同样，我们很容易理解作品中的“意”并非字面意义，修辞、悖论、反讽等陌生化的表达，局部语境的压力使文本生发出远超文字之外的深意和奇境。英伽登到韦勒克都认为可以将文本划分为层次结构，其中隐含的观念一是可以将文本作为纯然客观的对象看待；二是从文字到意义是一个层级递进（上升、深入）的过程，文字与意义存在等级差异。在作品内部，字面意义是平淡幼稚的，具有情感力量和形而上质的意义是精致深邃的，似乎距离文字愈远的意义愈为可贵。而在中国古代解释传统中，“言”“意”俱与主体紧密相关。作者通过言说确立自身，使“意”天然带有言说者的意图，既超越了“言”指称对象可以尽意的层面，又启发我们不止步于“言”的工具属性难以追及“意”的绵远。由是观之，文学理论中“言”与“意”共同指向言说主体的确立和阐发，它们之间的联系或许较之等级区隔更重要。

荀粲的论证中也涉及了“象”与“意”的关系。“象”是一个象形字，最初的含义是指动物大象。《说文解字》中解释“象”：“南越大兽，长鼻牙，三年一乳。象耳牙四足尾之形。凡象之属皆从象。”[①]在殷墟卜辞中可见到“象”作为神圣性的存在被用于祭祀活动中。从视觉感官出发，“象”又发展出了泛指人所能看到事物外形外貌的意义，进而引申出“形象”“图像”等可由直观获得的内涵。“言象意”之“象”最基本体现为图像形态的卦爻符号。《周易》中“象”还体现为卦爻辞中出现的以语言描述的人事自然之象，取“形象”之意。“象”作为动词的含义有“模拟”“效仿”“象征”等，暗示从眼中看到实在形象到脑中形成抽象印象的思维过程。[②] 正是这一过程使具体物象与人脑中的想象、观念和意识产生了联系。通过“象征”，我们对“象”的解读也更为

---

① 许慎撰，段玉裁注《说文解字注》，上海古籍出版社，1981 年，第 459 页。

② 关于先秦时期“象”的意义演变，参考了李安竹《先秦“象”的词义演变——基于语源学和文化学的考察》，《社会科学论坛》2015 年第 9 期。

广阔。眼前的物事不再只是自身，而可能成为一些故事的再现、典章规范的隐语，甚至命运的先兆，行事的指南。《易传》将卦爻象解释成特定的自然人事物象，比如"乾为天""坤为地""震为雷""巽为木"。"天""地""雷""木"等物象又是一套基于语言符号的象征系统，指的不是实在的事物，而是与这些事物有关的性质，彼此间的关系，以及由此引发的特定观念与意识。《易传》中的"立象尽意"本来是对"言不尽意"的有力补充，但在荀粲看来，有"象"可尽之意，也依然存在"象外之意"，是指"理之微者"，难以形诸物象的天意。在文学理论中，"象"与"意"的结合较"言"更为充分，"象"在"意"中创生，"意"需要被还原成"象"得到理解。文学作品中的"象"与"意"在重要性上其实难分上下。现代理论中的"形象""意象""兴象""物象""语象"等概念都是由"象"范畴衍生而出。"形象"本来是"形"与"象"的结合，"'形'即形相，指形体、姿貌、容色，'象'则是像此人、物的形状"[①]，偏重指称事物的外部特征，有模仿、形似的意味。作为现代批评概念，"形象"还有相对于"抽象"的，趋于具体、细致、生动的意思，其实这也是从形似的本义引申出来的。"意象"常被解释为思维活动中构建的象，在文本中落实为用语言描绘的人事物来表达作者的命意，强调"象"与"意"的充分贴合以及表意的有效性。"兴象"注重外物的感兴作用和所引起的情绪与"象"的结合，与"意象"一样强调情物交融、物我合一。本来形容自然时节物候的"气象"也被用来指作品的总体风貌，"'赋诗分气象'，成为历代论者特别是宋以后论者极其关注的问题"[②]。"气象"的内涵经历了侧重"象"的表示自然景象、天象的阶段，渐渐发展成为偏重"气"的与诗人个性密切相关体现作品美学风貌的含义。这也是一个泛指的物象的"象"逐渐与诗人情志结合，发展成为诗学话语的过程。总之，虽则传统上推崇"得意忘象"的美学追求，但在实际创作和欣赏活动中，"象"的营构与"意"的寄托是一体两面，

① 陈一琴《形象·兴象·意象——古代诗论中几组形象范畴考辨之一》，《福建师大学报(哲学社会科学版)》1981年第1期。

② 汪涌豪《中国文学批评范畴及体系》，复旦大学出版社，2007年，第554页。

难以割裂的。

要之,文学理论之“意”脱离了经学之“意”的超越性,而更突出作者的情感表达和主体意识。在文学作品中,“言”的指称功能所尽之意是指实的,“言”的自指性与内在于“意”的主体性使“言”“意”关系不止于简单的等级划分,而共同作用于言说者主体意识的确立。同样,“象”在文学作品中与“意”紧密相连,由“象”衍生出的现代批评概念皆体现出“象”与“意”的并重。“言”“象”与“意”在文学作品中体现出浑然并生的关系。

三、去“意”之后:“言”与“象”的符号特性

正如前文所述,长久以来,“意”因天意的超越性质得到天然的优势地位,“忘言”“忘象”可以成为达意的途径,对“言”“象”本身的关注就失去了一些正义。这种局面也使“言”与“象”的同构关系得到加强。正如有学者注意到:“‘意’的刻意放大和霸权地位无疑遮蔽了‘言’和‘象’这两极的自身特质,……它们之间的差异往往会被有意无意地忽略,而两者之间的共通性和可通分性则被无形放大。”[①]在20世纪两次理论转型[②]的背景下,语言与图像都可以脱离工具性的定位,具有建构性和自我呈现的力量,其定义与阐释不必再与意义捆绑。基于此,本文尝试将“言”“象”置于符号学视域中,分析它们的符号特性,以期重新描述“言”“象”的互动关系。

《易传》中“言象意”之“言”与语言符号的对应比较明显直接,而“象”并不能等同于图像,与图像符号也有差别,这就造成了“言”“象”关系的复杂性。第一,卦爻象并非直接再现具体事物,虽然表现为图像,但不同于单纯为模仿对象而制作的 picture(图画)、image(形象)、icon(圣像),没有细致、形象、惟妙惟肖的特征,只是一种象征和示意。第二,据玛蒂娜·若利的定义,图像符号是一种代表性的符号类

① 李明彦《语图互文理论中的中国诗学因素》,《文艺争鸣》2014 年第 12 期。

② 指语言学转向和图像转向。

型，其中既有一定数目的可视性转换的规则，又可以使人重新认识某些现实中的事物。对图像符号的限定有两点：(1) 在指称能够使人辨认物体的视觉单位方面表现得具有可操作性；(2) 具有表现其并非“物体”的特点。[①] 这样看来，卦爻象在“可视性转换”方面并不能使人看到就直接辨认出物体，与现实中事物的联系还不够紧密，但更善于表现“非物体的特点”。皮尔士根据符号与其对象之间的关系，将符号分为像似符号(icon)、标示符号(index)和规约符号(convention)，像似符号指向对象靠的是“像似性”(iconicity)。[②] 图像符号就是一种像似符号，属于形象式像似(imaginal)，符号与对象的关系是直观自然的。卦爻象虽然表现为图像，但显然不是形象式像似符号，更近似于比喻式像似(metaphorical)[③]。☰表示天、圜、君、父、玉、金；☷表示地、母、布、釜，不是因为图像再现了对象的外部形态，而是因为卦爻符号与对象之间共享某种品质或特性。卦象中各爻的上下位置关系，二爻之间的乘承比应，也是因为类似于事物发展的进程和程度，两种事物或身份之间可能发生的各种关系，可以被解释出更多的含义。因而卦爻象不似图像直接再现对象，严格来说也不是图像符号，而是一种呈现为图像形态的比喻式像似符号。对卦爻象的解释主要根据其与对象共同的性质、特点等非视觉性的而要依靠观念和思维联结的因素。第三，卦爻辞中以文字描述的自然人事之象已经完全脱离图像形态，成为依靠语言符号存在，需要接受者在观念中还原的形象。要之，《周易》中的“言”与“象”表现为两种关系，一是图像形态的卦爻象与语言符号的并立，图文相辅；二是经由直观获得的象征系统需要使用语言符号表达，以言立象。

---

① 转引自韩丛耀《中华图像文化史：图像论卷》，中国摄影出版社，2017 年，第 210—211 页。

② 赵毅衡《符号学原理与推演》，南京大学出版社，2011 年，第 78 页。

③ 据赵毅衡《符号学原理与推演》：“比喻像似，就已经脱出符号的初级像似之外。符号只是再现了对象的某种品质，有时候是很难说清楚的品质。在比喻式相似中，像似成为某种思维相似，‘拟态’像似。”(南京大学出版社，2011 年，第 80 页)

法国语言学家本维尼斯特提出符号系统间可能存在生成关系、对应关系和解释性关系。其中解释性关系把符号系统分为两类，“一类是言说的系统，因为它们能表现自身的符号学特征；另一类是被言说的系统，它们的符号学特征只有通过另一种表达方式才能显现”①。语言符号是所有符号系统的解释项，因为只有语言符号能在符意学和语义学两种方式中完成表意。在本维尼斯特看来，语言在各种符号系统中具有特殊位置，这种解释与被解释的关系是不可逆的。“社会内部的符号次系统在逻辑上将是语言的被解释项，因为这些系统包含在社会中，而社会本身就被语言所解释。”②回到“言”“象”关系上，我们判断出《周易》中的卦爻象是一种图像形态的比喻式像似符号，卦爻辞虽然不一定是针对卦爻象做出的，但可以为解读卦爻象提供方向和指引。卦爻象含义的传达需要语言的帮助，卦爻辞中也存在依赖语言描述的象征，这符合语言符号对其他符号系统的解释作用。图像经由语言符号解释，被“翻译”成语言符号的过程，实际上也是具象的表现被语言划分成抽象观念，组合为逻辑性表达的过程。因而，当我们试图“理解”，提炼出含义，并实现有效表达的时候，“言”相对“象”是具有优势的，有更强的解释作用。

前文已经述及，“言象意”经由王弼的阐释成为 个完整的表意链条，从而“言”“象”之间有了直接关联。王弼对于“言象”关系的推进可以总结为，第一，象以言著，“言”对于“象”描述和解释作用得到进一步确认。“言”与“象”已经从相对独立的两套表意系统合并到一个表意链条中。“意”要通过“象”才能显示出来，“象”又要依靠“言”得以明示。王弼所谓“明象”之“象”依然立足于《周易》中的卦爻象，在这条“言象意”的脉络中，卦爻辞（“言”）完全成为解释卦爻象（“象”）的工具。另外，“触类可为其象，合义可为其征”，从自然、人事

---

① 埃米尔·本维尼斯特著，王东亮等译《普通语言学问题》，生活·读书·新知三联书店，2008年，第135页。

② 埃米尔·本维尼斯特著，王东亮等译《普通语言学问题》，生活·读书·新知三联书店，2008年，第127页。

万物中获得的“象”同样要依靠语言表现。那么，经由王弼解释的“言”与“象”就不再有并立相生的关系，而完全转化为解释与被解释的关系。第二，以言立象，王弼的解释极大地推动了“言象意”体系进入中国传统文学批评话语。“象”需要通过“言”的解释得以显明，那么“象”直接表意的功能则被渐渐隐去了。人们对“象”的理解就有可能从原初直观的卦爻象演变成经由文字描述而在头脑中形成的观念印象，而缺少实际的图像形态。如果语言对于观念中图像的生成具有绝对优势，这就正是文学得以构建想象中时空的机会。“言”“象”关系也由左图右书，相辅相成转变为完全依靠语言成象，这在文学创作和阅读行为中都是必不可少的过程。

有意思的是，以言立象是文学语言的核心特质，而在图像化的过程中，语言符号自身可能发生了改变。“言”相对于“象”的优势地位被弱化甚至颠覆了。赵宪章教授在系列文章中提出，语言成象的起源可以从索绪尔的音响形象出发，在乔姆斯基的语迹理论中得到印证，文学成像是从听觉语象到视觉图像的生成之路。[①] 语言符号能指和所指的联系是任意的，图像符号遵循的则是相似性原则。任意性造就了语言的实指本性，而相似性原则决定了图像的隐喻本质和虚指性。语言如果被隐喻地使用，语言符号就会变成语象虚指，它的意指生成也会脱离任意性而走近图像的相似性，获得超越字面义的语象义。这种语言被图像化的过程正是文学语言的生成机制。[②] 换言之，文学语言削弱了语言符号的指实本质，使其逐渐靠近图像，恰与图像被语言符号进行抽象化解释的过程相反。文学作品中的以言立象虽然是依靠语言符号描绘环境、场景、人物形貌，但其内质最终是视觉化的，这或许是“象”在文学理论中重新获得优势地位的原因。

---

① 赵宪章《文学成像的起源与可能》，《文艺研究》2014 年第 9 期。

② 赵宪章《语图符号的实指和虚指——文学与图像关系新论》，《文学评论》2012 年第 2 期。

结语

“言象意”体系发端于《易传》，经过王弼的解释成为文学理论中的重要命题。延续经学解释中看重“圣人之意”的传统，在文学理论中我们也常常认为“意”是最重要的，三者之间存在层级递进关系[①]，进而将其解释为中国传统文论中论述文学作品构成方式的一种自发形态。本文追溯了“贵意”观念的来源，在文学理论的框架内重新审视了“言意”和“象意”关系的相关论述，发现基于文学作品的特性，“言象意”在作品中实际上统摄于言说者的情感表达和主体意识的确立过程当中，是一种浑然共生的关系。追求等级划分或将重要性的差异描述为一种层级形态是对三者关系的简单化理解。此外，在符号学视域中，语言符号对图像形态的和依靠语言描述形成的“象”都有积极的解释作用。当“象”需要被逻辑化地理解和接受时，语言符号占据主导位置；而在文学作品中，当语言被隐喻地使用时，语言符号的实指性减弱，“象”所体现出的虚指和相似性特征体现出了自己的优势。可见，“言”“象”之间也不存在稳固的等级序列。实际上，语言符号与图像符号在文学作品中的关系殊为复杂，不仅左图右书式的并置关系涉及两种符号互访过程中的诸多理论问题，立足文学语言的根本，以言立象、文学成象的起源、机制和影响都是我们需要进一步思考的问题。

（南开大学文学院）

① 见窦可阳《言、象、意与英伽登的本文层次理论》，《福建论坛（社科教育版）》2008年第10期。

论境界概念的纷争与真理性*

王世海

内容提要：境界概念的意涵及其相关问题，一直是中国美学及文论界讨论的重要话题之一。综合来看，王国维对境界及意境概念的阐释与《诗格》中的“三境”说法基本一致。物境强调“以物观物”的境真，情境强调“以我观物”的深情，意境强调“意与境浑”的意真，不同形态的境展现出不同的主客体功能和价值。而王国维特别强调出第三者的“观”，使主体人具有了超脱物我二元世界的观察和体会，从而赋予了境界概念以显现人与天地和融一体的大道生命本质的内在属性。由此，境界概念不仅成为统合三境的共有概念，而且成为艺术及美的本质表达，进而打通了艺术、美学和哲学的界限，成为中国美学最具普遍性也最具深意的美学范畴。

关键词：境界；三境；观；本质；王国维

* 基金项目：厦门大学嘉庚学院校级预研项目“《红楼梦》情节叙述的自然主义诗学建构”（项目编号：YY2023W01）阶段性研究成果。

On the Controversy and Truth of the Concept of Poetic-scape（境界）

Wang Shi-hai

Abstract：The meaning of the concept of poetic-scape（境界）has always been an important topic of discussion in the Chinese aesthetic and literary circles. Overall，Wang Guowei's view on the poetic-scape（境界）is basically consistent with the "three realms" in the Book of *Shige*（《诗格》）. The materialistic realm（物境）emphasizes the truth of "observing things with objects"，the emotional realm（情境）emphasizes the deep emotion of "observing things with me"，and the artistic realm（意境）emphasizes the truth of "meaning and environment mixed". Different forms demonstrate different functions and values of subject and object. Wang Guowei particularly emphasized the "view" of a third party，which gave the subject a transcendent observation and experience of the dualistic world of things and me，thereby endowing the concept of poetic-scape（境界）to demonstrate the life attributes of the unity of human and universe. The concept of poetic-scape（境界）not only becomes the concept of the three realms，but also the essential expression of art and beauty，which has opened up the boundaries of art，aesthetics and philosophy，and has become the most universal and profound aesthetic category in Chinese aesthetics.

Keywords：poetic-scape（境界）；three realms；view；essence；Wang Guowei

一、有关意境及境界概念的基本讨论

意境概念，是近现代文艺理论界讨论最多的概念之一，近些年仍有不少学者勠力其中。如彭锋在 2018 年发表《现代意境说辨析》一文，继续回应清华大学罗钢2011年掀起的“意境西来说”争论[①]，赵毅衡在2021年发表《从文艺功能论重谈“境界”》一文，再次辩证“境界”与“意境”两个概念的内涵分歧[②]。而扬州大学、杭州师范大学两位学者因各自的国家社科基金项目也陆续发表了有关意境的一系列文章。[③] 这些研究说明，意境及境界理论还存在不确定性，仍有进一步讨论的空间和必要。

彭锋在《现代意境说辨析》中将有关意境理论的来源研究分出三类，一是正统说，二是西来说，三是介于二者之间的演变说，而演变说又可分出两类，一是渐变说，一是突变说。其中最引人瞩目的自然是罗钢提出的“西来说”。一些学者在充分肯定了其说的资料丰富、判断精审、逻辑严密等特点外，也明确指出了诸多不合理处。如彭锋认为罗钢的某些论证过于勉强，有以偏概全的嫌疑，还有一个致命弱点就是西方美学没有与意境类似的概念[④]；李春青认为王国维意境说所依据的审美经验全是中国式的，只是在论说的过程中借用了西方理论资源，使原本中国古代没有说清楚的东西更加清楚明白地表达了出来；肖鹰认为罗钢所说的只来自西方的思想尤其是“观”思想，中国

---

① 彭锋《现代意境说辨析》，《北京大学学报(哲学社会科学版)》2018年第1期。

② 赵毅衡《从文艺功能论重谈“境界”》，《文学评论》2021年第1期。

③ 扬州大学简圣宇因2020年国家社科基金项目“中国传统意象理论的现代阐释研究”近两年发表了多篇文章，主要有《中国传统意象理论在隋唐五代的拓展和深化》，《中国政法大学学报》2022年第4期；《“概念间性”：中国传统意象范畴的词汇构成与观念影响》，《南京社会科学》2022年第3期；《“意境”范畴的现代阐释尝试——从20世纪中叶的系列论争谈起》，《中国文艺评论》2021年第1期。杭州师范大学姜荣刚因2021年国家社科基金重大项目“中国现当代文学思潮中的古典传统重释重构及其互动关系史研究”也发表了《“意象”范畴现代嬗变新探——兼论与“意境”的理论纠葛及其现代建构》(《文艺理论研究》2022年第1期)一文。

④ 彭文指出，西学对意境概念的翻译就有种种，如安乐哲的 aesthetic or literary inspiration(审美或文学灵感)，卜松山的 poetic idea(诗的理念)或者 ideal state of mind(心灵的理想状态)，梅勒的 spiritual dimension(精神维度)。他提议将其译为 mindscape(心灵景观)更合适些。在笔者看来，将意境概念译为诗性景观(poetic-scape)或更恰切。此不多论。

自古以来也都存在。[①] 蒋寅则从另外一个层面支持了西来说。在他看来从王昌龄直到清代乃至民国时期诗论中出现的"意境"或"境""境界"概念，都只是一般的概念，或为心境，或为物境，或干脆是意象，绝不是王国维及后人确认和阐释的"意境（境界）"概念，尤其不是王国维的境界概念。罗钢则指出，"如王昌龄、皎然、刘禹锡等人，他们笔下出现的'境'，其意义是多重的，有时是佛教心识意义上的'境'，有时是中文传统意义上的'境'，其间并没有一种共同的、统一的规定"。[②] 然而，罗钢、蒋寅在文中引用的诸多文献资料，在叶朗《中国美学史大纲》第二十四章第三节"王国维的境界说"和寇鹏程《意境研究存在的问题与意境的真正内涵》中都有涉及，但叶朗、寇鹏程对其的阐释以及得出的结论却与罗、蒋大相径庭。[③]

由上可见，有关意境及境界理论争论的焦点，主要不在文献资料的多寡，而在思想、方法等的差异。如果我们仅从思想的相关或相似性来论证意境及境界思想的来源及其变化，仍是无法消除各自的分歧，因为相关或相似并不能证明二者之间存在着必然性；而学者在使用文献资料时，不仅存在着个人选择的差异，还存在着各自阐释的差异。而并非所有的问题都可以仁者见仁、智者见智，如罗钢在文中引用英国学者昆廷·斯金纳所言，我们的主要问题应该是如何避免"范式优先性"的偏执。[④] 整体来说，采用内在逻辑的相似性和历史发展的必然性即逻辑和历史相统一的论证方法，或许才能为意境及境界

① 彭锋《现代意境说辨析》，《北京大学学报（哲学社会科学版）》2018 年第 1 期；李春青《略论"意境说"的理论归属问题——兼谈中国文论话语建构的可能路径》，《文学评论》2013 年第 5 期；肖鹰《意与境浑：意境论的百年演变与反思》，《文艺研究》2015 年第 11 期。其后，罗钢在《关于"意境说"的若干问题》（《清华大学学报（哲学社会科学版）》2018 年第 5 期）对一些反驳意见也作出了极为有力的辩驳，可参看。

② 蒋寅《原始与会通："意境"概念的古与今——兼论王国维对"意境"的曲解》，《北京大学学报（哲学社会科学版）》2007 年第 3 期；罗钢《学说的神话——评"中国古代意境说"》，《文史哲》2012 年第 1 期。

③ 叶朗《中国美学史大纲》，上海人民出版社，1985 年，第 610—611 页；寇鹏程《意境研究存在的问题与意境的真正内涵》，《文艺理论研究》2010 年第 4 期。

④ 罗钢《学说的神话——评"中国古代意境说"》，《文史哲》2012 年第 1 期。

理论的诸多问题找到一个比较合适的答案。

二、王国维境界及意境概念的阐释逻辑

一般来说，我们将境界作为一个美学范畴来对待并研究和确定它的涵义及其本质，主要是基于王国维在《人间词话》里"拈出'境界'二字"等的相关论述，如"词以境界为最上。有境界则自成高格，自有名句"（一），以及"有境界，本也。气质、格律、神韵，末也。有境界而二者随之矣"（删稿十三）。[①] 至于境界的具体意涵，王国维在《人间词话》也给出了自己的解释。其言：

> 境非独谓景物也。喜怒哀乐，亦人心中之一境界。故能写真景物、真感情者，谓之有境界。否则谓之无境界。（六）[②]

在这里，什么是真景物，什么是真感情，他没有给出直接的界定，我们只好根据他对境界的其他相关论述来大致确定它们的内涵。一则《人间词话》有言"境界有大小，不以是而分优劣"（八），又言"有有我之境，有无我之境"（三），又言"有造境，有写境，此理想与写实二派之所由分。然二者颇难分别"（二）。[③] 根据这些论述可知，境界有大小、有我无我之分，而无优劣、造写之分。二则《人间词话》有言"因大诗人所造之境，必合乎自然，所写之境，亦必邻于理想故也"（二），又言"有我之境，以我观物，故物皆著我之色彩。无我之境，以物观物，故不知何者为我，何者为物"（三），又言"喜怒哀乐，亦人心中之一境界"（六），又《人间词话删稿》有言"昔人论诗词，有景语、情语之别。不知

---

① 王国维著，徐调孚、周振甫注，王仲闻校订《人间词话》，人民文学出版社，2018 年，第 1、49 页。本文所引《人间词话》《人间词话删稿》《人间词话附录》均出自此书。同时，引文出自《人间词话》者，只标出第几则，出自《人间词话删稿》者，则标出"删稿"第几则，出自《人间词话附录》者，则标出"附录"第几则。

② 王国维著，徐调孚、周振甫注，王仲闻校订《人间词话》，人民文学出版社，2018 年，第 3 页。

③ 王国维著，徐调孚、周振甫注，王仲闻校订《人间词话》，人民文学出版社，2018 年，第 4、1、1 页。

一切景语，皆情语也”(删稿十)。[①] 根据这些论述可知，境界是作家创造出来的，亦是诗词艺术中展现出来的，主要体现出两个方面的特征，一是主体与客体的融合，即主体之情意与客体之形体变化相契合，而至自然而然，二是主体之情意在所写之境界中有“明显”和“不明显”之分，主体情意明显者或以主体情意为主的境界为“有我之境”，主体情意不明显或以客观外物的“自然状态”为主的境界为“无我之境”。综上所述我们大致可以确定，真景物即无我之境，真感情即有我之境，而无论何种境界，都展现出主体之情意与客体之形貌性状的契合，显出自然而然的内在趋向，实现所谓“真”，也即达到王国维所言的“不隔”[②]。

为更为确切地理解王国维对境界涵义的界定，我们还需考察一下他对境界概念的使用。其言“‘红杏枝头春意闹’，著一‘闹’字，而境界全出。‘云破月来花弄影’，著一‘弄’字，而境界全出矣”(七)，又言“‘明月照积雪’‘大江流日夜’‘中天悬明月’‘黄(当作‘长’)河落日圆’，此种境界，可谓千古壮观。求之于词，唯纳兰容若塞上之作，如《长相思》之‘夜深千帐灯’，《如梦令》之‘万帐穹庐人醉，星影摇摇欲坠’差近之”(五一)，又言“古今之成大事业、大学问者，必经过三种之境界”(二六)。[③] 第一语例主要涉及对诗词句本身的理解，车永强《试论意境美的创造规律》给出的解释较为恰确，言其“没有写花草如何茂盛，也略去其外部形态的具体刻划，而是紧紧抓住富有动态性的典

---

① 王国维著，徐调孚、周振甫注，王仲闻校订《人间词话》，人民文学出版社，2018 年，第 1、1、3、47 页。

② 王国维在《人间词话》中多次用到隔与不隔概念，但对它们的具体意涵没有给出特别明确的阐释，最明确的解释大致就是“语语都在目前，便是不隔”(《人间词话》四十)。依照叶嘉莹的说明，隔与不隔需确定两个标准，一是作者对所写景物及情意是否具有真切感受，二是作者对于此种真切感受是否能给予真切表达。这样的说明与我们所说“真”及“自然而然”的要求基本一致。具体可参看叶嘉莹《王国维及其文学批评》，北京大学出版社，2008 年，第 204—212 页。

③ 王国维著，徐调孚、周振甫注，王仲闻校订《人间词话》，人民文学出版社，2018 年，第 3、35、17 页。

型细节，把春之精神渲染出来。一‘闹’字更创造出一个生机勃勃、春意盎然的传神的意境”①。具体来说，这两句诗词通过一“闹”一“弄”把静的景转换为动的景，便将景中所蕴含的“勃勃生机”焕显出来，使其具有了生动、活泼的生命力量，由此象生出了“象外之象”，“有”焕显出了有中之“无”。同时这一闹一弄之境，非是人故意在红杏、花影中“生造”出一个境象来附和创作者的一些想法或意图，而是创作者真切感受到了自然景象中的这种内在“神韵”，然后用语言文字“传神”地将其“映照”了出来。第二语例所言“长河落日圆”“夜深千帐灯”等境界，虽未见这“勃勃生机”，但大自然本有的壮观境象，已着实被写作者用语言表达了出来，其创作的内在逻辑和过程应与前一语例相似。由此来看，王国维在使用境界概念时并没有严格区分出“有我之境”“无我之境”。第三语例中境界概念不单指艺术境界，还指学问、人生等的所历，但王国维此处全用词境来比拟，则更多说明了二者的内在相通。总体而言，王国维在使用和论述境界概念时还是更多聚焦于诗词领域，境界的内涵也主要指向诗词等艺术共同具有的“美学特质”。

不过这样的意涵，我们或许用“意境”概念名之更为合适。他在《人间词话》也用到了意境概念，不过只有一处，而到了《人间词乙稿·序》则全用了意境概念。② 其言：

> 文学之事，其内足以摅己，而外足以感人者，意与境二者而已。上焉者意与境浑，其次或以境胜，或以意胜。苟缺

---

① 车永强《试论意境美的创造规律》，《武汉大学学报（哲学社会科学版）》1999 年第 4 期。罗钢在《著一“闹”字，而境界全出——王国维“境界说”探源之三》中将他人对这两句诗的阐释分为四种，一是通感，二是移情，三是欲望表现，四是意境，而他认为，“著一‘闹’字和‘弄’字之后，作品所呈现的便不仅仅是一幅静态的图画，而是充满了一种生机洋溢的动感形象”，换句话说，他将其归结为“形象”，或可被视为第五种阐释，可参看。罗钢《著一“闹”字，而境界全出——王国维“境界说”探源之三》，《文艺研究》2006 年第 3 期。

② 王文生在《王国维的文学思想初探》中对王国维使用意境和境界概念的历史情况，做了比较细致的考查，可参看。王文生《王国维的文学思想初探》，载《古代文学理论研究（丛刊·第七辑）》，上海古籍出版社，1982 年。

其一，不足以言文学。原夫文学之所以有意境者，以其能观也。出于观我者，意余于境。而出于观物者，境多于意。然非物无以见我，而观我之时，又自有我在。故二者常互相错综，能有所偏重，而不能有所偏废也。文学之工不工，亦视其意境之有无，与其深浅而已。①

前文称境界为真景物、真感情者，又有无我之境、有我之境之分，以及隔与不隔之说，都没有特别标举出"意"，但此处开篇"内足以摅己而外足以感人，意与境二者而已"，便鲜明标举出了意的中心地位。依据这段引文可知，意境概念中意与境的关系可作出三种区分，即"上焉者，意与境浑，其次或以境胜，或以意胜"，而无论何者，意与境能有所偏重但不可偏废，所谓"苟缺其一，不足以言文学"。同时，他明确指出有意境者当在能"观"，"出于观我者，意余于境；而出于观物者，境多于意"，展开来说就是，"观"而突显出这个观者的主体情意则"意余于境"，即可视为"以我观物"，"观"而突显出"物"本有的性状形貌则"境多于意"，即可视为"以物观物"。这样来看，意境之境，就主要指"物"或景象及境象，意境之意，就主要指"我"或观者主体的情意，两者相互作用便自然呈现出了一种强弱、隐显的区分，也便有了如上所言的三境之分。可见，此处所言与王国维对境界的说明，在阐释逻辑和内涵界定上基本相同。由此我们大可断定，王国维的意境概念和境界概念基本等同，二者没有本质的区别。②

综上所述，王国维的意境/境界概念主要指出的是诗词创作中物、我之间的相互作用关系，由于物我作用关系的不同，创作出来的诗词也便呈现出了三种不同的美学样态：一是以我观物的方式，呈

---

① 王国维著，徐调孚、周振甫注，王仲闻校订《人间词话》，人民文学出版社，2018 年，第 88—89 页。

② 当然，二者内涵相同不代表着二者完全一致，有学者指出二者在使用的过程中略有差异。意境概念对于文艺美学来说，显得更准确更专业，也更符合传统，而境界概念，整体来说更抽象更哲学，更具高格。当然，一些学者对此说法也表达出了明确的反对意见。后文论及再述。

现出来的美学样态是“意余于境”，让人感受到“真感情”；一是以物观物的方式，呈现出来的美学样态是“境多于意”，让人感受到“真景物”；一是物我相浑的方式，呈现出来的美学样态是“意与境浑”。但无论何者，都必须一切景语都是情语，物和我两相融合，意与境相互融合，不可偏废，不可分离，所以都可称为“有境界”，又可称为“有意境”。由此，王国维的意境/境界理论的整体框架和内在逻辑，便可用如下图示表示出来：

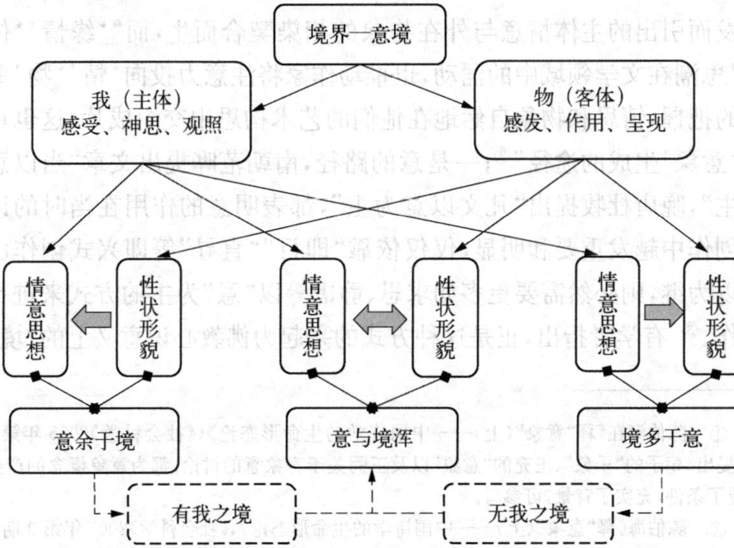

三、《诗格》中的“三境”意涵分析

通常认为，意境概念在唐代就已出现，或如叶朗所言，“到了明代和清代，‘意境’或‘境界’作为美学范畴，已经相当普遍地被人们所使用”①。至于意境概念的形成过程及其内涵，叶朗等学者已做出了较为详细的阐述。大致说来，其一，意境说在唐代诞生，但它的思想渊

① 叶朗《中国美学史大纲》，上海人民出版社，1985 年，第 610 页。

源可追溯到老子、庄子美学以及《周易》思想有关“象”的系统性思想和理论。其二，到魏晋南北朝时期，象已经成为一个美学范畴，并衍生出了“意象”概念，刘勰所谈“窥意象而运斤”（《文心雕龙·神思》）至挚虞所谈“假象尽辞，敷陈其志”（《文章流别论》），使意象这个概念逐渐走向成熟。[①] 其三，盛唐殷璠在《河岳英灵集》中提出了“兴象”概念，旧题王昌龄的《诗格》提出了“久用精思，未契意象”说法，应该说各代表了意象概念在唐代发展的两条路径：一是“兴”的路径，延续魏晋时期的物感说、心物交感说思想，主要强调意象的创造是由自然兴发而引出的主体情意与外在物象的相染契合而生，而“‘缘情’‘体物’思潮在文学领域中的涌动，也推动作家将注意力投向‘情’‘物’关系的把握，情思和物象自然地在他们的艺术构思中交织成片，这也正是‘意象’生成的途径”[②]；一是意的路径，南朝范晔提出文章“当以意为主”，晚唐杜牧提出“凡文以意为主”，都表明意的作用在当时的诗文创作中越发重要和明显，仅仅依靠“即目”“直寻”等即兴式创作已难以为继，则必然需要更多如求思、静虑等以“意”为主的方式来进行创作。[③] 有学者指出，正是这种方式的兴起为佛教心识意义上的“境”

---

① 陈伯海在《释“意象”（上）——中国诗学的生命形态论》（《社会科学》2005 年第 9 期）提出，荀子的“乐象”、王充的“意象”以及王弼关于言象意的讨论，都为意象概念的产生创造了条件，充实了背景，可参看。

② 陈伯海《释“意象”（上）——中国诗学的生命形态论》，《社会科学》2005 年第 9 期。

③ 有关中国古代诗文创作以意为主的论述，可参看李春青《“吟咏情性”与“以意为主”——论中国古代诗学本体论的两种基本倾向》，《文学评论》1999 年第 2 期；曾祖荫《“文以气为主”向“文以意为主”的转化——兼论中国古代艺术范畴及其体系的本性》，《华中师范大学学报（人文社会科学版）》2001 年第 6 期；李江峰《唐五代诗学中的“意”》，《河南师范大学学报（哲学社会科学版）》2012 年第 5 期；以及寇鹏程《意境研究存在的问题与意境的真正内涵》，《文艺理论研究》2010 年第 4 期。从现有讨论有关意境的文章来看，从以意为主的创作方式来讨论意境概念的形成缘由和过程的文章还比较少，多数学者更愿意从“境”的原始意涵和佛学思想等来论析这些问题。如在论述意境与佛学关系的文章中，郁沅《“境界”与“意境”之辨异》（《文艺理论研究》2002 年第 4 期）主要提到《俱舍论颂疏》，萧驰《普遍主义，还是历史主义？——对时下中国传统诗学研究四观念的再思考》（《文艺研究》2006 年第 6 期）主要论及佛学唯识学，蒋述卓《佛教境界说与中国艺术意境理论》（《中国社会科学》1991 年第 2 期）更详细论述了从魏晋南北朝就出现的佛教境界论。（转下页）

进入诗学提供了必不可少的契机。[1]其四，中唐权德舆“意与境会”，中唐刘禹锡“境生于象外”，以及晚唐司空图“思与境偕”“象外之象”等命题的提出，则标志着中国传统诗论完成了由象——象外——(意与思)——境的理论中心的转移，至此意境概念基本确定下来，其意涵也变得较为丰富。[2]

当然，最为集中论述到意境概念的还属旧题王昌龄所作《诗格》。其中“诗有三境”道：

> 一曰物境。二曰情境。三曰意境。
>
> 物境一。欲为山水诗，则张泉石云峰之境，极丽绝秀者。神之于心，处身于境，视境于心，莹然掌中，然后用思，

(接上页)从这些论述大体可以看出，佛教思想尤其是其有关境的思想对文艺领域的意境理论产生了巨大且明显的影响，但从不同学者引用的佛典差异也可看出，其具体的影响过程还无法得到十分确切的阐明。或许，认定意境理论的思想主要来自佛学，只是我们从思想和逻辑方面所作的一种“主观”臆测，并由此形成了一套自我论证的假想说辞。在我们看来，只谈境而忽略意的发展变化及其逻辑演进过程，尤其是忽略掉当时文艺创作的发展境况，一定存在着较大的理论偏颇，后文论及再述。另外，李昌舒《超越与自由：王国维“境界”的哲学意蕴》(《南京社会科学》2021年第9期)主要从禅宗和理学的文艺美学思想来讨论境界思想的来源，可参看。

① 罗钢《学说的神话——评“中国古代意境说”》，《文史哲》2012年第1期。

② 罗钢和蒋寅对这种阐释路径提出了强烈的反对意见。蒋寅《原始与会通：“意境”概念的古与今——兼论王国维对“意境”的曲解》一方面指出唐至明清时期出现的境、意境概念，与近现代的意境概念的意涵没什么关系，另一方面认为，“‘意境’中的‘境’本质上就是体验，也就是意象的原始素材；取境便是通过回忆和想象调动这些素材，将其熔裁为意象”，所以我们后人关注和阐释的“意境”是“鸠占鹊巢，将‘意象’的涵义据为己有，就使‘意象’概念不适当地被冷落在一边”。罗钢《学说的神话——评“中国古代意境说”》则重点考察了当代几位重要学者关于中国古代意境史形成过程的论述，发现不同学者建构出来的意境史并不相同，很多地方还彼此矛盾，于是断定这些意境史只是学者基于各自预设的理论范式建构而出，并非反映了真正的客观事实。基于他更为重视“历史语境”的考察，他认为如王昌龄、皎然、刘禹锡等人笔下的境，其意义是多重的，并没有一种共同的、统一的规定，而且佛家讲的“境”与诗家及王国维的境的核心意旨并不相同。可见，他们反驳的理由主要是建立在对原有文献的不同解读和对中国古代诸多概念与意境之间内在联系的不同认定上，同时也建立在他们对王国维及现代意境、境界论的不同认知上。另外，姜荣刚《现代“意境”说的形成：从格义到会通》(《文学评论》2019年第2期)主要讨论了晚清至现代的意境理论的建构过程，亦可参看。

了然境象。故得形似。[1]

情境二。娱乐愁怨，皆张于意而处于身，然后驰思，深得其情。

意境三。亦张之于意，而思之于心，则得其真矣。[2]

据此，我们可以得知：

第一，境分三，就说明境有分别，境如何分别，就据其中核心之物。

第二，物境中言“欲为山水诗”，可见物境中“物”是境之中心，且此物不是泛指，专指自然景物；情境有言“娱乐愁怨”，则知“情”为境之中心；意境有言“张之于意”，则知“意”为境之中心。

第三，物境中言“张泉石云峰之境，极丽绝秀者”，可知物境之境，主要指自然景物总体构成的景象或境域，既有实象，又有实象之间虚空者；后言“神之于心，处身于境，视境于心，莹然掌中，然后用思，了然境象”，说明前面的泉石云峰之境是真实的物境，主体人需将自己的身心融入其中，自然产生出两个反应，一是身入真实物境后所生的感受、体验，即“处身于境”，二是将身入其境的所得全部收摄到内心意识中成为心境，所谓“视境于心”；最后是“用思”，做到“了然境象”。对于这个过程，《诗格》中“诗有三思”“论文意”等的论述更为清楚。“诗有三思”言：“心偶照境，率然而生。”“论文意”言：“夫置意作诗，即须凝心，目击其物，便以心击之，深穿其境。如登高山绝顶，下临万象，如在掌中。以此见象，心中了见，当此即用。”[3]对于这种凝心照境、“以心击之，深穿其境”等论说，我们需参合庄子心斋坐忘后的“虚而待物”思想，以及佛家所言戒定后自然发显的“慧性”思想来理解和阐释，简单来说这个过程就是主体人要利用自己的心思意识来真正

① 这句话的断句，通行版为：“欲为山水诗，则张泉石云峰之境，极丽绝秀者，神之于心。处身于境，视境于心，莹然掌中，然后用思，了然境象，故得形似。”而据笔者理解，其断句应为本文所示，故改之。

② 张伯伟《全唐五代诗格汇考》，凤凰出版社，2002 年，第 172 页。

③ 张伯伟《全唐五代诗格汇考》，凤凰出版社，2002 年，第 173、162 页。

体会和认知这个已纳入内心的物理境象，然后得到主体人对这个物理境象最真切的感受、体验以及最切实的认知、理解，即实现了“了然境象”。[①] 最后，他没有用“象”“物象”以及形象来表示感知、体验的对象，而是用“境”，说明此处所言“形似”，确切的含义应为“境真”。

第四，对于情境，此处只谈到现实生活中的情，然后说到了“张于意而处于身，然后驰思”，可以看出如物境一样，情境创造的过程也需要身、意、思的参与，但如何参与、具体过程如何，仅从这几个字来理解和阐释确实有些困难，我们就借用《诗格》“诗有三思”中的“感思”来给予大略阐说。“感思”言：“寻味前言，吟讽古制，感而生思。”[②]因情不自生，说情就必须谈到生情的缘由，所以言情必然涉及到产生情的对象和过程，“寻味前言”“吟讽古制”即指明了这一点。而从这种说明来看，此时的情已不再是单纯的物感兴发之情，而更多是参合了“意”的情，由此谈情就必然谈意，谈意也是在谈情，情、意两者相伴而生，似融为一体，于是产生出一个新的概念——所谓“意兴”。如《诗格》“论文意”言：“凡诗，物色兼意下为好。若有物色，无意兴，虽巧亦无处用之。”“诗有平意兴来作者：‘愿子励风规，归来振羽仪。嗟余今老病，此别恐长辞。’盖无比兴，一时之能也。”[③]可是，“意兴”这个概念存在着天然的内在矛盾，兴强调触物起情，即兴发情，而意强调“意先笔后”，用意来造情，二者很难统合在一起。不过，如果我们转换一种思路便会发现，意兴这个概念对当时诗词创作的阐释恰如其分。所谓“意兴”，是指主体人主动去创造“兴”的条件和基础，然后“复原”出“自然兴发”的过程，从而达到“苦思至自然”的创作效果，换句话说就是自然兴发的过程和机制不变，但兴发的缘起不再仅仅来是自然发生的“偶遇”“即目”，而是人为造设的“偶遇”“即目”。这种创作思路和方法在《诗格》中已有说明。“论文意”言：“夫作文章，但多立

① 从创作层面来说，这样的说明基本阐明了主体人的内心体验和感受过程，甚至是内在“构象”以及形式化的过程，但未涉及内心境象向语言境象的转换过程。此不多论。

② 张伯伟《全唐五代诗格汇考》，凤凰出版社，2002年，第173页。

③ 张伯伟《全唐五代诗格汇考》，凤凰出版社，2002年，第165、169页。

意。……思若不来，即须放情却宽之，令境生。”“诗头皆须造意，意须紧，然后纵横变转。”“凡属文之人，常须作意。凝心天海之外，用思元气之前，巧运言词，精练意魄。”“若谢康乐语，饱肚意多，皆得停泊，任意纵横。”[①]这些论述都先强调了一个“立意”问题，然后再谈立意与情思兴发过程的联系，并提出了一些与自然兴发不同的运思方式，如“放情”“作意”等。[②] 大致同时的皎然在《诗式》《诗议》中还提出了“明作用”“作用事”及“苦思丧天真（自然）”等命题，使意兴概念的内涵和作用机制得到了更为清晰的阐发，基本形成了（意）——兴——情——意——境的内在运思模式。[③] 如此说来，情境所指，就是主体人通过“意兴”的创作方式将自我的情意灌注和铺展到生发情意的整个境象中，使得情意和境象相互感发、融为一体。而所谓“深得其情”，即如王国维所言“真感情”者，其所成之境，只如《诗格》中所引崔曙诗“夜台一闭无时尽，逝水东流何处还”，又如王国维所举“泪眼问花花不语，乱红飞过秋千去”。

第五，意境所指，此处阐述更少，“张之于意”“思之于心”还与情境论说相似，由此很难确定意境的具体所指，我们只好根据《诗格》中的其他相关论述来尝试解释。“论文意”言：“诗贵销题目中意尽，然看当所见景物与意惬者相兼道。若一向言意，诗中不妙及无味。景语若多，与意相兼不紧，虽理通亦无味。昏旦景色，四时气象，皆以意排之，令有次序，令兼意说之为妙。”[④]这段话讲明了三个方面的内容：一是诗中意不可以离开景，二是意和景必须“惬者相兼”，即前文所言景物和情意相契合；三是意多不妙且无味，景语多而与意不契，景情之理虽明亦无味。综合前引“夫作文章，但多立意”等论述来看，这种

---

① 张伯伟《全唐五代诗格汇考》，凤凰出版社，2002年，第162、163、163、164页。

② 关于《诗格》中所论情意与物象相兼创作的机制和过程的详细论述，可参见李根《论唐五代诗格中的意象创构观》，《广西社会科学》2019年第8期。

③ 关于皎然这方面的论述，可参看王世海《诗学中“作用”的美学价值：会通思理与自然》，《兰州学刊》2012年第1期；王世海《皎然“明作用”释解》，《殷都学刊》2010年第3期。

④ 张伯伟《全唐五代诗格汇考》，凤凰出版社，2002年，第169页。

“以意为主”的作诗方式或者说意境的创作过程，至此也大体明确，即指主体人在创作的过程中需先放松精神，然后兴起种种思绪，待内心自然生出许多境象，再让境象和思绪相互感发、相互引导，达至相互融契、和为一体，这便是所得的意境，最后用诗文表达出来。这种创作方式表面看来与情境类似，但内在的运思过程和创作逻辑则始终贯彻着“以意为主”的原则，意不仅是境的发起者，而且是境的创造者，换句话说，这个境完全是由主体人的意和思来完成，即为主体人的“思”之境、“意”之境。当然，意、思之境，自然不离实在的境象（以实在的境象为素材），也不会没有情的参与和渗透，因此意境创造的内在运思和呈现过程，仍旧需要遵循和践行物境、情境的创作逻辑。这样来看，意境概念大可视为物境、情境的进阶版。最后，物境所得为“境真”，情境所得为“深情”，而意境所得，自然应为“意真”。

综上可见，《诗格》所说物境、情境、意境，从概念本身和美学特性来说，应该可以被视为相互独立又相互关联的标准概念，一同构成了阐说诗境的完整体系。[①] 同时，它们的创作和呈现过程还展现出了一个由外境向内境的递接转换过程，以及主客体相互作用而呈显出的不同的主客体功能和价值。物境中的境，主要是外在客观物理的境象，主体人在观察、认知、体验的过程中逐渐将其在自己的本心“照亮”，又将这种照亮的境象自然而然地展现在诗文之中，从而实现了

① 有关《诗格》中“三境”的解说，已有多篇论文及论著涉及，较有代表性的有严可《“诗三境”辨析》，《湖北民族学院学报（哲学社会科学版）》1992 年第 2 期；牛月明《唐代诗境创造论和类型论》，《青岛海洋大学学报（社会科学版）》2001 年第 3 期；陈良运《意境新探》，《江西师范大学学报》1984 年第 2 期；贺天忠《王昌龄〈诗格〉的学术回溯与“三境”说新论》，《孝感学院学报》2010 年第 1 期。严可和牛月明文主要对《诗格》中“三境”所述的意涵做了较为充分的解说，陈良运文重点阐述了“意中之境”的具体意涵，贺天忠文则对“三境”的研究历史作了比较好的综述。总体来说，学界对“三境”的解说还未达至统一，分歧的缘由自然不在知识的多寡和所用理论的差异，而在解读方法和逻辑分析的不足。另外，周裕锴《中国古典诗歌的三种审美范型》（《学术月刊》1989 年第 9 期）认为“三境”大致代表了中国古典诗歌的三种审美范型，值得参考。

这种内外贯通的“物理显真”。[①] 当然这种类似王国维所言“真景物”之境，不仅有客观物理之真，还需有主体人的反应、体验之真，以及语言文字符号形式自然而然的显示之“真”。《文心雕龙·物色》言：“写气图貌，既随物以宛转；属采附声，亦与心而徘徊。”主体人随物而转，同时物之内在精神、气貌又需由人心来发现、展露，亦如王国维所举“红杏枝头春意闹”“夜深千帐灯”等诗词句，只有写出了外在物境在人心中自然兴发的独特感受和体验，才能让这自然的物境着实“鲜活”起来，“逼真”出来。王国维称赞其“境界全出”，可见此处境界的涵义与《诗格》所说“物境”的涵义基本相同。

进入到情境的创造，依据《诗格》所言，表现的中心已转为主体的情意，但情不自生，写情就必然要有“情兴”的机制和过程。一般来说，情因兴起的缘由和方式不同而大致可分出三类，一是由物而生的物情，二是因自我本欲而生的欲情，三是由社会、人生而起的世情。物情、欲情的兴发对象，更多聚焦于某个或某类物象以及景象，而世情所发，一定要关涉和体验到社会、人生等更广的物象即所谓“境”，由此来看情境所涉及的情必然来自世情。这种情主要表现为主体人对自我人生经历、处境及理想未来的一种情思、感怀和深刻的体验，也只有这种情才可能灌注到每一个景物中，渗透到每一处境象中，从而实现主体的情意与境象完美融合。而如此的境象自然不再是某一或者某种外在的自然境象，而应是主体人借由诸多自然境象组合创造而出的一种“新境象”。由此来看情境思想与常言的情景理论便有了些许不同：一是情景理论中景的意涵应小于情境思想中境的意涵，二是情景理论中景的构成应更多指向外在客观的物象，而情境思想中境的构成则更多是由主体情意生发和创造，是为主体人的心理境象。[②] 例

---

① 在中国的思想文化里，客观物理的境象应包含三个层面的内容，最外层是外在的形象层，其次是内在道气通贯的自我生命肌理层，最后是与其他物象和融一体的道气生态层。对境象不同层次的认知和体验，自然需要主体不同的性能参与和发挥作用。此不多论。

② 另外，蒋寅在《原始与会通：“意境”概念的古与今——兼论王国维对“意境”的曲解》中引用的金圣叹和柴绍炳的一些论述，也多少说明了景与境的区别，可参看。

如“桃花潭水深千尺，不及汪伦送我情”（李白《赠汪伦》），可以在情景理论下获得极好的阐释，但“大江东去，浪淘尽、千古风流人物”（苏轼《念奴娇·赤壁怀古》），则需要借助情境思想来阐释明白，因为“桃花潭水”是一景，而“大江东去，浪淘尽”是一境，而且此境不是单纯客观外在的境象，而是主体苏轼借由外在境象“创设”出来的一个心理境象，前者诗句自然形成了情景相生的意象，后者词句则创造出相互感发且融为一体的情境相浑之境。可见，在情境思想里，主体人不仅是情境创造的主体，也是情境反映表现的主体，依照王国维所言，便是“有我之境，以我观物，故物皆著我之色彩”，显现出所谓“真感情”者。

对于意境的创造，主体人的地位和作用更为明显，确切地说它已成为诗词创作的绝对主角，但这个主体并非一实在的概念，而是表现为主体人的思和意。一般来说，人的思和意呈现为一些具体的名词、概念，但《诗格》所言“张之于意”“思之于心”，即表明诗词文中的“意”和“思”不应是那些名词、概念，而应指意之行为、思之行为。主体人的意和思，或者缘他起，或者自性起，都必然涉及到意之对象、思之对象，同时在非纯粹的抽象思维过程中，主体人对对象还会产生出各种感受、体验等，所以意境的创造离不开境，也不会缺少情，只不过说这些要素及其活动都成为意之行为、思之行为的展现及其所得。再者，《诗格》说“夫作文章，但多立意”，即意在笔先，但又说思若不来，必须忘身，即须放情，直至“令境生”，可见虽说要先立意，但在具体的创作过程中又不能以所立之意为起点，仍需让潜在的意兴发出实在的境，再让境与意相互感发、相互引导，逐渐使境变得完整、圆满、立体，也让意得到不断彰显，并逐渐变得明晰、透彻。境由意生，同时意又由境生，意、境相伴而行、和融共生，这样才能最终实现意与境的相互融契，合为一体。如此说来，意境的创造生成过程，即是主体人的意和思主动发挥作用的过程，也是主体人与实在的境象相互感发、相互融契的过程，也便成为主体人与物象世界和融一体、并生为一的过程，也即是主体人自为地创造新生命世界的纯粹心灵的过程。因此，意境之境，既非实有之境，亦非虚空之境，既含蕴着外在客观物理境象的实在和精神，又含蕴着主体人的生命精神和理想觉悟。

四、王国维赋予境界以“观”的价值和意义

王国维在论述境界概念时，将境界分出了有我、无我以及造境、写境等，似乎主要贯彻了二元对立的逻辑原则，与《诗格》将诗境分为三显然有别。依照上文我们对《诗格》三境的分析可知，王国维的境界说法中似乎独独“丢失”了意境概念，而依据他在《人间词乙稿·序》对意境的说明，似乎又缺少了《诗格》中情境的说明。这种混乱从消极的层面说，是王国维对境界及意境概念的认识还不够清晰、彻底，从积极的层面说，则是王国维还未在内心意识里将境界和意境概念等同视之。那么，是否境界概念包含不了意境概念，又或者如一些学者所说，二者本就是两个不相融摄的概念?

明清已经出现了一些用境或境界概念来品评诗词文艺术的论断，如叶燮《原诗》外篇上称“舒写胸襟，发挥景物，境皆独得，意自天成”，况周颐《蕙风词话》卷五说“涩之中有味，有韵，有境界”。至王国维则说：“沧浪所谓兴趣，阮亭所谓神韵，犹不过道其面目；不若鄙人拈出‘境界’二字，为探其本也。”（九）又言：“有境界，本也。气质、神韵，末也。有境界而二者随之矣。”（删稿一三）[①]这些论述透露出了一个重要转变，亦如一些学者所说，王国维此时已不是将境界概念视作一种独特的诗境词境，而是将其视作一切诗词艺术美学的本质，使得境界概念获得了绝对抽象、完全普遍的美学意义。于是他说，“有诗人之境界，有常人之境界。诗人之境界，惟诗人能感之而能写之”（附录一六）[②]，境界可以是所有人感受、欣赏甚至创造的“美”，而所谓“美”就是有境界。这样一来，我们就需要突破对原有境界的一般性认识，如物之境象、心之所缘，以及我们对王国维境界说法的一般性

---

① 王国维著，徐调孚、周振甫注，王仲闻校订《人间词话》，人民文学出版社，2018 年，第 5、49 页。

② 王国维著，徐调孚、周振甫注，王仲闻校订《人间词话》，人民文学出版社，2018 年，第 82 页。

阐释，如“真景物”“真感情”者，甚至是意与境浑的文艺性阐释，而要提升到一个更高层次、更具普遍性的理解，或者说更为本质性的哲学性阐释。

现在学界基本认同了意境或境界的情景交融、虚实相生和韵味无穷特性，同时指出意境或境界具有由象内到象外、由有到无、由有限到无限的哲理性内涵，而且宗白华、叶朗、蒲震元、朱良志等还认为境界概念含蕴着中国式的道气哲学和宇宙生命哲学内涵。[①] 应该说，正是因为境界概念有了比物境、情境以及文艺领域内的意境概念更多的哲理性内涵，才使得它有了更高阶层、更具普遍性的美学意义。那么，我们该如何让主体人的意、思行为具有这样的美学内涵，并使其创造的诗文艺术及一切“美”的形式具有如此的境象呈现？

王国维提供了一个非常重要的概念，那就是——“观”。《人间词话》言：

> 诗人对宇宙人生，须入乎其内，又须出乎其外。入乎其内，故能写之。出乎其外，故能观之。入乎其内，故有生气。出乎其外，故有高致。（六〇）[②]

这就是说，对一个事物乃至自我人生的理解和认识，不仅要有一个“入乎其内”的位置、身份，还要有一个“出乎其外”的位置、身份；入乎其内，才能感之，写之，即我们前文所述，无论物境、情境、意境，都需

① 宗白华在王国维之后即指出，“灿烂的‘艺’赋予‘道’以形象和生命，‘道’给予‘艺’以深度和灵魂”，由此而得的“最高灵境的启示”——境界便是“既使心灵和宇宙净化，又使心灵和宇宙深化，使人在超脱的胸襟里体味到宇宙的深境”。宗白华《中国艺术意境之诞生》，载《美议》，北京大学出版社，2010 年，第 83、89 页。叶朗则指出，意境概念“一方面超越有限的‘象’（‘取之象外’‘象外之象’），另方面‘意’也就从对于某个具体事物、场景的感受上升为对于整个人生的感受。这种带有哲理性的人生感、历史感、宇宙感，就是‘意境’的意蕴”（叶朗《说意境》，《文艺研究》1998 年第 1 期），蒲震元师更认为，意境是一种“象、气、道融通合一而又逐层升华”的艺术境界（蒲震元《中国艺术意境论》，北京大学出版社，1999 年，第 98 页），朱良志又指出，境界就是对生命智慧本身的显现（朱良志《中国美学十五讲》，北京大学出版社，2006 年，第 289—298 页）。

② 王国维著，徐调孚、周振甫注，王仲闻校订《人间词话》，人民文学出版社，2018 年，第 40 页。

有主体人的切身感受和全心投入，所谓“处身于境”“思之于心”；出乎其外，才能观之，观之才有“高致”，所谓“有境界则自成高格”。那么，观什么？又如何观？

据王国维所论，一则，“政治家之眼，域于一人一事。诗人之眼，则通古今而观之。词人观物，须用诗人之眼，不可用政治家之眼”（删稿三七）[①]，说明这样的“观”不是囿于单独个别的事物及人的观，而需有超越自我、个体的心胸和眼界，达至所有人事及宇宙即超越时空、通贯古今的“观”。由此这样的“观”又获得了另外一个意涵，那就是“通”，不仅通古今，还通内外，通物我，通天人。

二则，“有我之境，以我观物，故物皆著我之色彩。无我之境，以物观物，故不知何者为我，何者为物”（三），说明“观”至少有两种类型，一种是“以我观物”，一种是“以物观物”。“以我观物”，我是观的主体，物是观的对象，“以物观物”，从字面意思来说，此时的物既是观的主体，又是观的对象。依照前文所释，“以我观物”强调的是以主体人的情感、意识来观照和体会观的对象——外物，遂使外物成了主体人情感、意识的一个展现物、标识物，所以王国维说“物皆著我之色彩”，那么此时的“观”就不是纯粹抽象的“观”，而是具有了附着、灌注及体会等意义的“观”，或将其视为“体验”更为合适。“以物观物”，而物不可能自己“观”自己，所以第一个“物”只是一种比拟的说法，名词用作动词，整体的涵义应指主体人去除掉观照者个人“前在”的意识、情感等而去纯粹客观、自然地观察、体会以及悟解物本身的性状、形貌以及变化。[②] 因此也可以说，“以我观物”的方式就是以“我”之情感

---

① 王国维著，徐调孚、周振甫注，王仲闻校订《人间词话》，人民文学出版社，2018 年，第 65 页。

② 关于“以物观物”的观照方式及思维，学界给出了各种不同的阐释思路，如移情说、邵雍说以及叔本华“直观”说。但移情说突出的仍旧是个体人的感受、体验，如庄子“鱼之乐”一样，主体人通过模仿鱼的行为动作而自己感受到了快乐，这种“快乐”并不属于鱼（物）本身；邵雍“不以我观物者，以物观物之谓也。既能以物观物，又安有我于其间哉”（《皇极经世・观物内篇》），只是强调出了主观的“我”的“涤除”，并未阐明这种“观”的作用方式；叔本华所言“不是让抽象的思维、理性的概念盘踞着意识，而代替这一切的 （转下页）

意识为主的观照方式，“以物观物”的方式就是以“物”之本来样貌、性状为主的观照方式，二者所得自然不同。

三则，“原夫文学之所以有意境者，以其能观也。出于观我者，意余于境；而出于观物者，境多于意。然非物无以见我，而观我之时，又自有我在”（《人间词乙稿·序》）。这段话里最关键也是争议最大的一句话，便是“观我之时，又自有我在”，因为这清楚表明，在王国维的意识里已经有了“超乎物和我之上的观者”的观念。但是这个“观者”到底指什么，有什么样的功能和意义，王国维在此并没有说明。一些学者认为，这个观者就是西方哲学里的主体性，如蒋寅说“王国维的‘观我’‘观物’，却有了超乎物和我之上的观者，也就是西方哲学的主体概念”，赵毅衡也认为“王国维的‘观我’‘观物’要求一个超乎物我关联之上的观照出发点，即西方现代哲学再三强调的主体性”。[①] 主体性概念，一般指人作为主体的性质，从而引出感觉、认识、理性及自由等意义，也可简单地将其理解为人的自我意识及其主动性，我们将这些意义放到王国维的那句话里来理解，其实对境界涵义的澄清并没有多大帮助。因此，我们不应将关注的重点放在什么主体性概念上，而应放在这个“观者”与物我之间的“我”的区别与联系上。一般

(接上页)却是把人的全副精神能力献给直观，浸沉于直观，并使全部意识为宁静地观审恰在眼前的自然对象所充满”，从而“人们自失于对象之中了，也即是说人们忘记了他的个体，忘记了他的意志；他已仅仅只是作为纯粹的主体，作为客体的镜子而存在”，的确阐明了这种观的主要涵义和作用方式，但罗钢自己也看到，“通过这段文字，我们可以清楚地看出，在叔本华的审美观照中，认识对象依然存在，只不过是从个别事物转变成了理念”，即通过叔本华所言的“直观”后，认识对象即那个“物”便转变成了理念，那么，这个转变为“理念”的东西还是我们此处要说的“物本身”或者王国维要说的“真景物”，抑或是“境界”吗？答案不言自明。相关讨论可参看肖鹰《意与境浑：意境论的百年演变与反思》，《文艺研究》2015年第11期；罗钢《关于“意境说”的若干问题》，《清华大学学报(哲学社会科学版)》，2018年第5期。叔本华引文，来自叔本华著，石冲白译《作为意志和表象的世界》，商务印书馆，1982年，第249—250页。

① 蒋寅《原始与会通：“意境”概念的古与今——兼论王国维对“意境”的曲解》，《北京大学学报(哲学社会科学版)》2007年第3期；赵毅衡《从文艺功能论重谈“境界”》，《文学评论》2021年第1期。

来说，物我关系可分出主体和客体二元，在认知领域又分出主观和客观二元，而在主客体及主客观之间，还应该存有一个超出或脱离开主客体、主客观二元对立统一关系的要素，那就是这个纯粹“观”的第三者。从远古或神秘主义思想来说，这个第三者往往成为超越于人类社会之上的神或天帝，而在现代哲学里，这个第三者不是别物而就是自我，但必需指出这个自我不是与对象相对的自我以及由此形成的自我意识，而是站在物我之外观照和思索这个物我存在的超离的“自我”。所以王国维才说，“观我之时，又自有我在”，前一个“我”是物我相互作用二元对立统一的“我”，后一个“我”则是超离物我关系又观照和思索这个物我存在的“我”，也即所谓“上帝之眼”。

王国维在“观我之时，又自有我在”之后又紧接着说，“故二者常互相错综，能有所偏重，而不能有所偏废也”，说明此时他的思维还多停留在二元对立中，从“以我观物”“以物观物”等阐释也可明晰地看到这一点。但讲到诗人之观时，他已将观的对象规范到了“古今”，明示非域于一人一事，讲到出乎其外的观时，也明确指出观的对象是“宇宙人生”，可见在王国维的潜在意识里，“境界”的创造是一定要超越物我关系，提升至第三者的“观”的。同时，王国维还基本指明了这种观的目标与结果。他说：“词至李后主而眼界始大，感慨遂深，遂变伶工之词而为士大夫之词。”（一五）又说：“后主之词，真所谓以血书者也。宋道君皇帝《燕山亭》词亦略似之。然道君不过自道身世之戚，后主则俨有释迦、基督担荷人类罪恶之意，其大小固不同矣。”（一八）[①]不难看出，李后主的词之所以“有境界”“自成高格”，不仅在于变伶工之词为士大夫之词，即从摹写他人情思转为摹写自我情思，如宋道君那样，更重要的是将自我的情思提升至“担荷人类罪恶之意”，即由自我个体走向人类共体，摹写出天下人所有之情思。可以说，正因为有了这个第三者的观，才使其将观照的对象转换为独立于观者的

① 王国维著，徐调孚、周振甫注，王仲闻校订《人间词话》，人民文学出版社，2018年，第9、10页。

宇宙人生、物我关系，才使得这个观者能在诸多个别和特殊间观察、体会和觉知到那普遍存有的情思，那同一共有的情性，以及天地人万物同一共在的道及生命。

人在不自知的情况下有了对外在客观物象真实的“映照”，在自我情感和意识充满和高涨的情况下，将一切外物都视作“自我情意”的展现和表达，而真正的“了然境象”是心斋坐忘后的虚静澄明，是戒定之后的慧根显露，所以真正的“物象显现”一定有着主体人的大道觉悟和心境澄明，而情境的真正显现，也必然是情意与境象相互“宛转”和“徘徊”，相互作用而彰显，终融为一体。而随着情意的增加，人主体性的增强，自然有了以主体意思行为为主体的境象呈现。这样的意思，自然不再是某物、某事、某情的意思，而一定是对宇宙人生、大千世界的抽思和觉悟，此种觉悟必须逼迫着主体抽离出一个超乎物我关系的第三者，然后主体人在这个第三者的“观”的促发下，再去体会和觉悟整个世界的“存在”本身及自我的“存在”本身，才真正开导出天地人之上的“存在之思”。此存在之思，便不是物我二元世界的利益，也非物我二元世界的道德，在中国思想文化的浸润下，便创造出大道、生命同一合气的万千境象，生生不息、大化流行的生命宇宙——境界。从认识论的角度来说，这是人的思想意识发展的必经阶段和必然结果，从美学、文学来说，这则是人的意、思行为不断作用、不断觉悟的自然显现。因此，境界概念不仅有着意与境浑的境象呈现，更有着人的意、思行为所透显出来的人性光辉，所觉悟到的大道自然、生命本性。而正是有了这样的内涵，境界概念才最终成为艺术和美的本质的表达，成为中国美学最具普遍性也最具深意的一个美学范畴。正如王国维在《红楼梦评论》中所说，“夫美术之所写者非个人之性质，而人类全体之性质也。惟美术之特质，贵具体而不贵抽象，于是举人类全体之性质，置诸个人之名字之下”①，在艺术及美学的世界里，任何的共有性、普遍性都只有存在于个体以特殊的形式表

---

① 王国维《红楼梦评论》，岳麓书社，1999年，第19页。

现出来，才能真正显现出它的所在和它的作用。又恰如黑格尔辩证法逻辑所示，“普遍规定必须包含在我们特殊行为里，而且是通过特殊行为可以认识的”，而“真正的无限并不仅仅是超越有限，而且包括有限并扬弃有限于自身内”①，这样的“存在”才真正表达出客观真理。如此看来，只有发展到境界概念，无论美学还是哲学，无论中国还是西方，才真实地实现了“合流”。

小结

综上可见，境界概念至王国维已具备了表示一切艺术及美的本质的内涵，也实际地打通了美学与哲学的界限，使得境界概念发展为一个最高也最具普遍性的美学范畴，来具体指称我们在艺术、人生、宇宙生命中所观察、体会到的自我与他人、自我与人类及天地万物和融一体的世界，觉悟和体验到的“我”与世界、世界与“我”共生为一的超越感受，以及生命宇宙的本质。

若从具体的艺术、美学实践来说，境界又具体可分出三种形态，一是以物观物而得“真景物”的物境形态，二是以我观物而得“真感情”的情境形态，三是意与境浑的意境形态。物境形态，“我”之于物更多展现出观察、认知、体验和反映等的功能，去除了自我的前见意识、情感、思想，而只让客观外在的“物”本身在人的世界里点亮、澄明，后用文辞将其自然而然地呈现出来，又由于是我之“镜”中物，所以物更显出了鲜活而生机盎然的意蕴，而此物是境，不是象。情境形态，以“我”之情思为主体，以物理境象为基础而创生出整体灌注了主体情思的心理境象，所谓“物皆著我之色彩”，从而实现了境象与情思的和融一体、契合无间，透显深情。境由情生，情由境显，并且此处是境，不是景。意境形态，以主体的意、思为主体，又以主体的意、思行为为主要表现对象，而意、思之行为必有意、思之对象，又必有意、思之结果，故此意境所展现的必是主体意、思的思绪过程和呈显过程，

---

① 黑格尔著，贺麟译《小逻辑》，上海人民出版社，2008年，第89、133页。

所得境象必是意、思所创造，又是意、思之呈显，境象与意、思共生共融，和契一体，实现所谓“意与境浑”。并且，如此意、思所涉非只一物、一景、一境，也非一我、一族、一类，定是超出个体之一进入全体之一，才能实现真正意义上的意与境浑、和融一气。

此种意境的创造自然要求主体性能展现和行为方式的改变，其关键就在——“观”。此观，非是物我二元世界的观，而是超脱物我之外的第三者的“我”的观。因“此观”能超出物我世界而取得一个“全观”的宇宙天人，从“存在”的层面体察和觉悟到共体的那个一——这个普遍性、本质性的一，然而这一并不在单个的一之外，也非独立于单个的一存在，而是透显在这个单体的一中，又促发着这单体的一存在和变化，因此二者不可分离，共生一体。所以此观所得的境象，即是天地与人和融一体的境象，即是世间万物共存共生的境象，也是展现普遍本质“真”的境象，是美学的境象，亦是哲学的境象。此境象笼统来说仍是意境，而确切地来说称为境界更为合适。所以，境界概念可以表示为统合三境的概念，又可表示为三形态共有同一的概念，亦可表示为艺术、自然、人生等同一、共有的绝对精神的概念。可以说，中西思想与精神于此实现了一种合流。

（厦门大学嘉庚学院人文与传播学院）

《文心雕龙·声律》“楚辞辞楚”迁想

——从批评沿袭方音到肯定楚辞文学描写和语音流变上的历史贡献

涂光社

内容摘要：楚辞是战国时出现、卓然有别于《诗经》的文学样式，它推动了中国古代文学语言的发展进步，自汉代起辞赋等文体产生流变皆与此关联。南北朝理论大家刘勰用似乎不经意的“楚辞辞楚”四字（可谓本文的关键词）点明中国古代文学语言发展进程中的一个节点，宣示华夏民族文学语言演进包容开放方面的重要特征。

关键词：刘勰；《文心雕龙》；楚辞辞楚；文学语言

An Contemplation on "Songs of Chu leaving Chu" in the Chapter *Sound Rhythm* of *The Literary Mind and the Carving of Dragons* — From Criticizing on Following the Local Accent to Approving about Historical Contributions of Literary Description and Phonetic Change

Tu Guang-she

Abstract: Songs of Chu arising in the Warring States period has a sort of literary style different from *The Book of Songs*, and propelled the development of ancient Chinese literary language, to what the growth of Cifu and other literary styles are related since the Han Dynasty. Liu Xie, a great literary theorist in North and South Dynasties, said as if casually in a few words which called "Songs of Chu leaving Chu", but pointed out a node in the development of ancient Chinese literary language, and demonstrated the important features of the evolution of the Chinese literary language in terms of inclusiveness and openness.
Keywords: Liu Xie; *The Literary Mind and the Carving of Dragons*; Songs of Chu leaving Chu; literary language

文学是运用语言文字表达的艺术。运用以象形为先、表意为第一属性的汉字有鲜明的华夏民族文化特色，是世界八大文明中唯一将象形文字符号沿用至今者。

《文心雕龙》问世于一千五百年前的齐梁时代，刘勰梳理了先秦以降文学艺术中汉字运用的得失成败，其经典性论证有鲜明的民族文化特征。

文学作品以语言文字为载体，也可以说语言文字是文学艺术传达的媒介。在中国古代文论普遍重视文辞表达的功用。刘勰的经典论著中就有些确切的表述。《文心雕龙·练字》篇："心既托声于言，言寄形于字；讽诵则绩在宫商，临文则能归于字。"本是就文字的功用而论，而"托声于言""讽诵则绩在宫商"却透露出文学传达对言辞音韵的倚重。

《文心雕龙》的《声律》《章句》《丽辞》三篇为探讨文学语言形式规范律则的专论；他篇也有从不同侧面涉及文学语言者，如《情采》论内容与形式的关系，《镕裁》论内容镕铸与形式的剪裁……对驾驭文学语言原则的归纳已相当充分。

《声律》篇末段有这样一段述评：

> 又《诗》人综韵，率多清切，楚辞辞楚，故讹韵实繁，及张华论韵，谓士衡多楚，《文赋》亦称，取足不易，可谓衔灵均之声余，失黄钟之正响也。

《声律》篇论声韵格律，说《诗》人"综韵清切"、楚辞"讹韵实繁"是对先秦两种文学语言（包括方音）音韵的定位。对西晋时"张华论韵，士衡多楚，《文赋》亦称，取足不易"的批评无可厚非，强调其有"衔灵均之声余""失黄钟之正响"的偏谬。说到西晋文学，则明示六朝写作中仍有沿用楚地方音（即所谓"灵均之声余"）误入歧途、失却了以"黄钟之正响"比况的标准音律。

"楚辞辞楚"宣示在先秦晚期已有了文体有别于《诗经》的辞赋，凸显的是音韵的变化。这是刘勰对文学史论首见的对汉语音韵演变的表述。

与"讹韵实繁"的楚辞相对的当是运用"雅言"的《诗经》。《文心雕龙·夸饰》篇曾云："《诗》《书》雅言，风格训世。"《论语·述而》有云："子所雅言，《诗》《书》执礼，皆雅言也。"郑玄注云："读先王典法，必正言其音，然后义全，故不可有所讳。"其"必正言其音"直指音响；"正"为矫正，与"雅"有所通同。

"雅言"是先秦官话（如同近现代的"国语""普通话"），是周王朝中心地区的标准语。郑玄强调用“雅言”表述才能确保官方法典的语义周全。所谓“必正言其音”而后归于“雅”，说明官方在不断吸纳各地方音和语汇的同时有“正”(归于一统)的整合规范。运用规范的语言利于政治教化，更有助于民族文化的融合及其优长的传播推广。

先秦官话“雅言”(类同今所谓“普通话”)之“正”——以“雅”导向吸纳各地方言之优长归于一体，具有融汇整合华夏民族文化达成美美与共的意义。

《时序》篇有如此的赞许说：“春秋以后，角战英雄；《六经》泥蟠，百家飚骇。……唯齐楚两国，颇有文学。……屈平联藻于日月，宋玉交彩于风云：观其艳说，则笼罩《雅》《颂》。故知炜烨之奇意，出于纵横之诡俗也。”

刘勰认为到了六朝，写作若仍沿袭楚地方音(即所谓“灵均之声余”)，就误入歧途、失却以“黄钟之正响”比况的雅正。此为《文心》首次涉及方言方音影响文学表达的述评。“楚辞辞楚”四字能触发和引导逾越《音律》篇之外的思考。

“楚辞辞楚”透露出先秦时期文学在不同地域用语音韵差别，暗示须吸纳和正谬，显露出《诗》《骚》在古代文学描写中的特殊地位和影响。与《文心雕龙》其他各篇相关论说联系，有助于了解先秦汉魏六朝文学的源流及其衍化脉络，以及不同地区、文学流派语言音义格调的差异及其形成之所然，是对梳理和认识刘勰这方面理论贡献的一个补充。

《诗经》是中国最早结集的诗歌典范之作；战国时期则有重攀高峰、再现辉煌的楚辞面世。《诗》《骚》双峰并峙、风格迥别，成为后来写作的楷模和批评标尺。“楚辞辞楚”四字道明古代文学语言一次有重大意义的丰富、拓展之因由。《声律》篇末段“《诗》人综韵，率多清切，楚辞辞楚，故讹韵实繁”的述评虽对楚辞有所贬斥，毕竟是又一次《诗》《骚》并举。

以屈原《离骚》为代表的楚辞登上文坛为中国文学发展作出巨大贡献。《文心雕龙》的《序志》《辨骚》《铨赋》《物色》等篇的论证中皆可见对楚辞的倚重。

《序志》是全书的序，介绍立论主旨、理论体系和思想方法。该篇说："本乎《道》，师乎《圣》，体乎《经》，酌乎《纬》，变乎《骚》，文之枢纽，亦云极矣。""文之枢纽"标举论文思想宗旨和写作典范。"变乎《骚》"则明示以《离骚》为代表的楚辞是创新求变的楷模，是《诗经》之后重登巅峰的艺术创造。

《辨骚》的专论所言更为详切，开篇即言：

> 自风雅寝声，莫或抽绪，奇文郁起，其《离骚》哉；固已轩翥《诗》人之后，奋飞辞家之前，岂去圣之未远，而楚人之多材乎！

"轩翥《诗》人之后，奋飞辞家之前"指楚辞在《诗经》和汉赋间承上启下的历史贡献；"而楚人之多材乎"肯定以屈原为代表楚辞作家群非凡的才能和艺术成就。"奇文郁起"之"奇"指《离骚》抒写的感情内容、地方风物和表现手法、辞采风格，与《诗经》之"雅正"迥然有别。可见"楚辞辞楚"所指楚地语言其风格特征并不仅语音方面。强调说：

> 固知楚辞者，体宪于三代，而风杂于战国，乃《雅》《颂》之博徒，而词赋之英杰也。观其骨鲠所树，肌肤所附，虽取镕经意，亦自铸伟辞。故《骚经》《九章》，朗丽以哀志；《九歌》《九辩》，绮靡以伤情；《远游》《天问》，瑰诡而慧巧；《招魂》《大招》，耀艳而深华；《卜居》标放言之致，《渔父》寄独往之才。故能气往轹古，辞来切今，惊采绝艳，难与并能矣。
>
> 赞曰：不有屈原，岂见《离骚》？惊才风逸，壮志烟高。山川无极，情理实劳。金相玉式，艳溢锱毫。

"自铸伟辞"和"气往轹古，辞来切今，惊采绝艳，难与并能"凸显楚辞文辞的惊世骇俗、难以企及成就。随后，就其创格所在及其承传作了更为具体的表述：

> 自《九怀》以下，遽蹑其迹，而屈、宋逸步，莫之能追。自《九怀》以下，遽蹑其迹，而屈、宋逸步，莫之能追。故其叙情

怨，则郁伊而易感；述离居，则怆怏而难怀；论山水，则循声而得貌；言节候，则披文而见时。是以枚、贾追风以入丽，马、扬沿波而得奇，其衣被辞人非一代也。故才高者菀其鸿裁，中巧者猎其艳辞，吟讽者衔其山川，童蒙者拾其香草。若能凭轼以倚《雅》《颂》，悬辔以驭楚篇，酌奇而不失其贞，玩华而不坠其实；则顾盼可以驱辞力，咳唾可以穷文致，亦不复乞灵于长卿，假宠于子渊矣。

前段有"自铸伟辞""惊采绝艳"之赞，后面引文说得更具体：屈宋抒发怨尤和离情别绪以及描绘山水节候的话语真切感人，有"衣被词人，非一代也"的影响。值得注意的还有"论山水，则循声而得貌"一句；该篇末尾的赞中亦云："山川无极，情理实劳。金相玉式，艳溢锱毫。"透露的是楚辞除拥有无与伦比言辞之美外，自然山水描写上也有独到境界，与《诗经》形成双峰并峙之势。

自然景物描写是文学的重要题材，古人山水描写举世莫比，笔触灵动优美、篇章繁富，可谓中国文学之一绝。《诗经》与楚辞这方面成就和影响巨大，刘勰《物色》篇有明确表述。

古代自然山水的描摹有堪称典范的两种风格：《诗经》的"以少总多，情貌无遗"和"《离骚》代兴，触类而长，物难尽貌，故重沓舒状，于是嵯峨之类聚，葳蕤之群集矣"。尽管随后说到了汉代辞赋在"触类而长"方面摹仿的失当："及长卿之徒，诡势瑰声，模山范水，字必鱼贯，所谓《诗》人丽则而约言，辞人丽淫而繁句也。"《物色》篇最后仍然强调："《诗》《骚》所标，并据要害。"指出："若山林皋埌，实文思之奥府，略语则阙，详说则繁。然则屈平所以洞监《风》《骚》之情，抑亦江山之助乎。"

刘勰将《诗》《骚》的描写分别标举为简约中肯和详赡细腻之典范，在高度赞许《诗经》艺术概括力的同时，显示并肯定了楚辞语言富丽的影响，汉赋追楚辞之逸步崛起雄踞一代文坛就是证明。然而又不忘指出，以司马相如为代表的汉赋大家辞采上的过分追逐，导致产生"丽淫繁句"的流弊。

无论在《辨骚》还是在《物色》皆能让人们认识到，以《离骚》为代表的楚辞是《诗经》之后文学成功新变之楷模；《诗》《骚》双峰并峙中有一个重要因素：各为简约、繁缛两种语言风格的范本。

可略作补充的是，除楚辞语汇富艳外，诸子争鸣雄辩的炜烨雕饰，也是推动战国文学语言拓展的另一因素。《时序》篇将此与屈平、宋玉的文采相联系，说得更为详尽：

> 春秋以后，角战英雄，六经泥蟠，百家飙骇。……唯齐楚两国，颇有文学：……故稷下扇其清风，兰陵郁其茂俗；邹子以谈天飞誉，驺奭以雕龙驰响；屈平联藻于日月，宋玉交彩于风云。观其艳说，则笼罩雅颂，故知炜烨之奇意，出乎纵横之诡俗也。

其后还有“爰自汉室，迄至成哀，虽世渐百龄，辞人九变，而大抵所归，祖述楚辞，灵均余影，于是乎在”的补充。

《诠赋》篇论及汉赋的流源，强调了对楚辞的承传：

> 灵均唱《骚》，始广声貌，然则赋也者，受命于《诗》人，而拓宇于楚辞也。于是荀况《礼》《智》，宋玉《风》《钓》，爰锡名号，与《诗》画境，六义附庸，蔚成大国。述客主以首引，极声貌以穷文，斯盖别《诗》之原始，命赋之厥初也。秦世不文，颇有杂赋。汉初词人，顺流而作，陆贾扣其端，贾谊振其绪，枚、马播其风，王、扬骋其势，皋、朔已下，立物毕图。繁积于宣时，校阅于成世，进御之赋，千有余首，讨其源流，信兴楚而盛汉矣。

“灵均唱《骚》，始广声貌”道出屈原首倡“触类而长”的叙写，赋体虽源《诗》人却“拓宇于楚辞”——在楚辞影响下拓展而成，且有“极声貌以穷文”的特点。

随后刘勰指出汉赋的流弊：“然逐末之俦，蔑弃其本，虽读千赋，愈惑体要；遂使繁华损枝，膏腴害骨，无贵风轨，莫益劝戒：此扬子所以追悔于雕虫，贻诮于雾縠者也。”其“赞”对后来的赋家也以“风归丽则，辞剪荑稗”相告诫。

文学语言除了汉字的语义表达外，句法、声响（包括音韵、节奏的运用）也常有一定模糊意蕴和相应的艺术效果。《章句》篇说“六言七言，杂出《诗》《骚》”，“又《诗》人以兮字入于句限，楚辞用之，字出句外”。

刘勰文学史论中的褒贬常针对各个时期颇有成就的文学大家，常可窥一代风貌。汉赋对楚辞“追风入丽”误入繁缛之途者是“马、扬”（司马相如和杨雄）；在汉以后则屡以晋代陆机为矢的，对其文辞繁冗杂芜之弊的指斥尤多，比如：

及魏晋杂颂，鲜有出辙，陈思所缀，以皇子为标；陆机积篇，惟功臣最显：其褒贬杂居，固末代之讹体也。（《颂赞》）

陆机《辨亡》，效过秦而不及：然亦其美矣。……披肝胆以献主，飞文敏以济辞，此说之本也，而陆氏直称“说炜烨以谲诳”，何哉？（《论说》）

晋代能议，则傅咸为宗。然仲瑗博古，而铨贯有叙；长虞识治，而属辞枝繁；及陆机断议，亦有锋颖，而腴辞弗剪：亦各有美，风格存焉。（《议对》）

至如士衡才优，而缀辞尤繁……而《文赋》以为榛楛勿剪，庸音足曲，其识非不鉴，乃情苦芟繁也。（《镕裁》）

陆机才欲窥深，辞务索广，故思能入巧而不制繁。（《才略》）

“腴辞弗剪”“缀辞尤繁”“情苦芟繁”和“辞务索广，而不制繁”一系列批评都直指陆机为文之痼疾；称其所作的颂“其褒贬杂居，固末代之讹体”，质疑其《文赋》“说炜烨以谲诳”的论断，可知即使是他的文论名篇也难免有此弊端，《序志》即称“陆《赋》巧而碎乱”。《声律》中“楚辞辞楚”的“讹韵”“正响”之论，则明确针对音韵上的“士衡多楚”而言。

选择一代名家为批评对象，对揭示汉魏六朝文学发展动向和得失更有价值和意义。对其艺术追求审美取向偏谬的矫正，是对文坛新锐与后学的警示。

《文心雕龙》首论具纲领性价值的“文之枢纽”：其《原道》《征圣》《宗

经》《正纬》《辨骚》五篇中择选述评的文学作品唯有《诗经》和以屈《骚》为代表的楚辞。可知《诗经》和楚辞皆是刘勰标树的文学艺术创造典范。

先秦官话(普通话)“雅言”之“正”(矫正方音归于一致)对民族文化的意义在于:

先秦时推动汉语发展的两大因素是楚辞文学语言的汇入以及诸子学术争鸣。《离骚》“奇文郁起”得与《诗经》双峰并峙,曾被称为先秦现实主义和浪漫主义的标志性杰作。其“触类而长”“艳溢锱毫”的文学语言——景物描绘、情感表达的细致充分,和“山川无极”的景物描绘,对汉代辞赋更有直接的影响。当然汉赋于是有铺叙过分之弊。故应肯定“触类而长”“惊采绝艳”的“声貌”描绘,也应贬斥汉辞的“繁”“讹”和“丽淫”“黄稗”“腴辞”。“楚辞辞楚”有划时代的历史贡献,在于对先秦文学语言的丰富和表现力的提升。而后承传中出现的偏颇,集中地表现在汉赋舍简约而趋繁缛的描述上。

一个民族形成的标志是整个族群使用共同语言;地域辽阔四方习俗有异的汉民族统合为一也依靠语言,因方音常有某些差别,仰仗“雅言”或者方块字辨义理所当然。

不仅都城的改变——由长安、洛阳、开封到南京(建康)、北京——对“官话”(“京腔”“国语”“普通话”)标准音的本身及其规定性有影响;各地方言、方音,仍广泛运用于地方色彩浓厚的文艺形式(如戏曲、民间歌谣、说唱艺术)中,为民族语言的丰富发展和表现力的提升不断提供新的资源。所以民族语言的整合统一十分必要,也是个无止境的过程;更不能将方言、土语(包括外来语汇)一概视为应该摒除的“讹音”。

千百年来,象形系统的汉字表意且表音,能大大回避音义不统一的尖锐矛盾,吸纳在广阔地域有多种方言,使之在漫长历史进程中成为整合与维系华夏民族文化发展的稳固基石。也使操本民族语言的日本、朝鲜、越南等国家和地区的某种吸纳、借用成为可能。而近现代的简化也是葆有原本优长的成功尝试。

(辽宁大学文学院)

六朝“乐喻批评”探赜

——以《文心雕龙》为中心*

王　婧　高文强

内容摘要：六朝时期，文学观念与音乐思想互动、融合，形成了独具特色的“乐喻批评”方法，即以乐理为喻来阐发文学理论之问题。这一批评方法在《文心雕龙》中体现得最为集中和典型，按所喻之理的内容和特点划分，其乐喻批评大致可分为喻“文”、喻“质”和喻“品”三种类型，即所喻之理涉及文学形式、文学内容和文章品评。这一方法于《淮南子》中萌芽，从曹丕开始走向自觉，并于六朝时期被广泛运用。究其成因，则与音乐和文学之理的内在融通及以刘勰为代表的六朝文人“文乐并重”之特点密不可分。

关键词：音乐；比喻；批评方法；《文心雕龙》

* 基金项目：国家社科基金一般项目“汉魏六朝释氏文学编年史”(22BZW061)阶段性成果；华东师范大学文化传承创新研究专项项目“中国文论的古今贯通与跨域研究”(2022ECNU－WHCCYJ－23)成果之一。

Exploration of Critical Approaches to Using Music as a Metaphor for Literature in the Six Dynasties：Centered on *Wen Xin Diao Long*

Wang Jing　Gao Wen-qiang

Abstract：During the Six Dynasties period，literary concepts and musical ideas interacted and integrated，forming a unique method of using music as a metaphor for literature，which used music theory as a metaphor to elucidate literary theory issues. This criticism method is most concentrated and typical in *Wen Xin Diao Long*. According to the content and characteristics of the metaphorical reasoning，its music metaphor criticism can be roughly divided into three types and the metaphorical reasoning involves literary form，literary content，and article evaluation. This method sprouted in *Huai Nan Zi* and began to move towards consciousness from Cao Pi，and was widely used during the Six Dynasties period. The cause of its formation is closely related to the inherent integration of music and literary principles，as well as the characteristic of "equal emphasis on literature and music" among the literati of the Six Dynasties，represented by Liu Xie.
Keywords：music；analogy；critical approaches；*Wen Xin Diao Long*

在《文心雕龙·总术》篇中，刘勰意识到且明确指出曹丕曾把写作活动比作音乐的这一事实："魏文比篇章于音乐，盖有征矣。"[①]曹丕用音乐打比方来说明写作之理，正体现在曹丕《典论·论文》论"文气"一段："文以气为主，气之清浊有体，不可力强而致。譬诸音乐，曲度虽均，节奏同检，至于引气不齐，巧拙有素，虽在父兄，不能以移

① 刘勰著，陆侃如、牟世金译注《文心雕龙译注》，齐鲁书社，2009年，第554页。

子弟。”①

这段话在文论史上向以“文气说”而闻名，但人们在阐释其文气思想时，却较少关注“譬诸音乐”之后一段话所具有的批评方法意义。具体看来，曹丕以音乐“引气”之理来说明“文以气为主”的道理，并非简单地用音乐中的意象作比，而是用乐理打比方来阐释和说明文理，笔者将这种方法称为“乐喻批评”。因此，本文探讨的“乐喻批评”，其中的乐和文特指乐理和文理。经梳理后发现，继曹丕之后，乐喻批评在六朝的使用者不乏其人，如曹植、陆机、葛洪、刘勰、范晔等，其中尤以刘勰在《文心雕龙》中的使用最具代表性。刘勰不仅注意到曹丕在《典论·论文》中的经典“乐喻”，而且在《文心雕龙》中多次使用此法，从而将文理阐释得更加透彻和精辟。因此，从《文心雕龙》来观“乐喻批评”，我们能更好地理解这一方法在六朝时期所呈现的特点及价值。

一、文·质·品：《文心雕龙》“乐喻批评”之类型

纵观《文心雕龙》所呈现的“乐喻批评”，所喻之对象和目的皆着重于言理。若按所喻之理的内容和特点划分，则其乐喻批评大致可分为喻“文”、喻“质”和喻“品”三种类型，即所喻之理涉及文学形式、文学内容和文章品评。

首先是喻“文”，即用乐理来说明文学形式方面的问题。《文心雕龙·章句》云：“夫裁文匠笔，篇有小大；离章合句，调有缓急：随变适会，莫见定准。句司数字，待相接以为用；章总一义，须意穷而成体。其控引情理，送迎际会，譬舞容回环，而有缀兆之位；歌声靡曼，而有抗坠之节也。”②古之乐常包含诗歌舞三者，故刘勰在此以歌舞喻章句。刘勰指出，写好文章就要对字、词、句、章做合理性安排，就如舞蹈之回旋，行列须保持一定的位置；歌声之柔丽，高低则要有一定的

① 萧统编，李善注《文选》，中华书局，1977年，第720页。
② 刘勰著，陆侃如、牟世金译注《文心雕龙译注》，齐鲁书社，2009年，第452页。

节奏。由这一譬喻可知，乐之形式美的道理与文之形式美的道理是完全相通的。

涉及到文章的声律问题时，刘勰则两次使用乐喻批评之法。《文心雕龙·声律》云："今操琴不调，必知改张；摘文乖张，而不识所调。响在彼弦，乃得克谐，声萌我心，更失和律，其故何哉？良由内听难为聪也。故外听之易，弦以手定；内听之难，声与心纷，可以数求，难以辞逐。"[①]这里是用弹琴时调整弦柱能使琴声和谐的道理来打比方，又通过对比使人理解文章声律失调而不易调整的现象和原因。其《声律》篇又云："识疏阔略，随音所遇，若长风之过籁，南郭之吹竽耳。"[②]则是用自然界的声响和南郭先生滥竽充数来比喻不懂声律的作者在写作时的表现。

其次是喻"质"，即以乐理为喻来阐发与文学内容相关的理论问题。在《文心雕龙》整部作品的"文之枢纽"部分，刘勰即用到此法，如《宗经》篇云："然而道心惟微，圣谟卓绝，墙宇重峻，而吐纳自深。譬万钧之洪钟，无铮铮之细响矣。"[③]刘勰用万钧洪钟"无铮铮之细响"的声音特点来比喻圣人著作的内容具有体现自然之道的深刻性之特征。此外《知音》篇云："夫志在山水，琴表其情，况形之笔端，理将焉匿？"[④]这里则是以志在山水的弹琴之人可在琴声中表达心情的道理为喻，说明文章同样可以有所传达之理。

实际上，《文心雕龙》乐喻批评中的"文"与"质"并不总是有明确的界限。在喻"文"与喻"质"之外，还有二者相融合的表现，也就是说所喻之理兼顾文章的形式和内容，具有"文质相济"的特点。《文心雕龙·总术》云："凡精虑造文，各竞新丽；多欲练辞，莫肯研术。落落之玉，或乱乎石；碌碌之石，时似乎玉。精者要约，匮者亦鲜。博者该赡，芜者亦繁。辩者昭晰，浅者亦露。奥者复隐，诡者亦典。或义华

---

① 刘勰著，陆侃如、牟世金译注《文心雕龙译注》，齐鲁书社，2009年，第442页。

② 刘勰著，陆侃如、牟世金译注《文心雕龙译注》，齐鲁书社，2009年，第447页。

③ 刘勰著，陆侃如、牟世金译注《文心雕龙译注》，齐鲁书社，2009年，第110页。

④ 刘勰著，陆侃如、牟世金译注《文心雕龙译注》，齐鲁书社，2009年，第626页。

而声悴，或理拙而文泽。知夫调钟未易，张琴实难。伶人告和，不必尽窕椒楟之中；动用挥扇，何必穷初终之韵?"[①]刘勰以音乐演奏中钟声协调、琴音和谐之不易为喻，指出文章内容与形式的和谐统一之难，并且认为只有肯于"研术"，善剖"文奥"，才不会被文章的形式功夫所惑，才能真正理解文质并重之妙文的写法。《隐秀》篇云："彼波起辞间，是谓之秀。纤手丽音，宛乎逸态。"[②]如何说明"秀"之特点呢?刘勰以纤丽之手奏出佳音为喻，来说明文章所具有的超逸之态，所喻之理涵盖文学的形式与内容。

最后是喻"品"，即所喻之理涉及对具体作家之书写的品评或文章的鉴赏之法。此种类型在刘勰《文心雕龙》中亦有所体现。《声律》篇云："若夫宫商大和，譬诸吹籥；翻回取均，颇似调瑟。瑟资移柱，故有时而乖贰；籥含定管，故无往而不壹。陈思、潘岳，吹籥之调也；陆机、左思，瑟柱之和也。概举而推，可以类见。"[③]刘勰在此以吹籥与调瑟来譬喻文章声律，他指出调和瑟音必须移动弦柱，因此就容易出现不协调的情形；而籥的管孔都是固定的，因此任意吹奏都可以协调一致。不同的乐器有不同的乐理，就如不同人的文章有不同的声律一样。刘勰认为，曹植、潘岳的文章，声律如同吹籥一样，无处不谐；而陆机、左思的文章，则如同调瑟一样，常有不和。刘勰以乐器之音律特征为喻来品评作家作品之特色，所用正是侧重喻"品"的乐喻批评之法。

此外，《知音》篇云："凡操千曲而后晓声，观千剑而后识器；故圆照之象，务先博观。"[④]说明要想全面评价作品，须和"操千曲而后晓声"之理一样，要进行广泛的观察。该篇结尾总结部分云："洪钟万钧，夔、旷所定。良书盈箧，妙鉴乃订。流郑淫人，无或失听。独有此

① 刘勰著，陆侃如、牟世金译注《文心雕龙译注》，齐鲁书社，2009年，第554页。
② 刘勰著，陆侃如、牟世金译注《文心雕龙译注》，齐鲁书社，2009年，第512页。
③ 刘勰著，陆侃如、牟世金译注《文心雕龙译注》，齐鲁书社，2009年，第447页。
④ 刘勰著，陆侃如、牟世金译注《文心雕龙译注》，齐鲁书社，2009年，第624页。

律，不谬蹊径。”[①]表明判断是否为“良书盈箧”，与“洪钟万钧”的制定一样，都需要依靠行家的力量。而欣赏不好的音乐会使人走入歧途，读文章也如同此理，遵守评论规则才不会产生像听郑国流荡之乐一样的后果。这些方法是为了阐明文章的品评和批评之理，亦可称其为喻“品”。

由此观之，无论是《文心雕龙》的“文之枢纽”“论文叙笔”，还是“剖情析采”部分，都运用到了乐喻批评之法。《文心雕龙》不愧以十分严密的逻辑体系著称，其在乐喻批评方法的运用上，所论问题涉及范围之全面，说理层次之丰富，不容小觑。

二、从《淮南子》到《典论·论文》：“乐喻批评”方法探源

我们知道，乐喻批评并非刘勰首创，由《总术》篇可知刘勰早已认识到曹丕《典论·论文》中以音乐之规律来譬喻篇章之原则。然而需要进一步追问的是，曹丕之前，是否有人使用过乐喻批评之法呢？曹丕“以乐喻文”是否受到前人的影响呢？为了弄清乐喻批评方法的源头问题，我们还须从曹丕的这段音乐譬喻入手来剖析。

曹丕这段音乐譬喻的最后一句曰：“虽在父兄，不能以移子弟。”曹丕认为演奏乐曲的巧或拙，以及所呈之气的高或低，是由个人特质决定的，而非父兄可传授或教导。对于这句话的解释，《文选》李善注引桓谭《新论》曰：“惟人心之所独晓，父不能以禅子，兄不能以教弟也。”[②]在《新论》中，桓谭这句话所论缘由是因为桓谭与扬雄之间存在对新乐、雅乐认识的分歧。桓谭认为“扬子云大才而不晓音”，扬雄则认为桓谭“不好《雅》《颂》而悦郑声”[③]，视桓谭为“浅人”。由此桓谭感叹：“惟人心之所独晓，父不能以禅子，兄不能以教弟也。”

---

① 刘勰著，陆侃如、牟世金译注《文心雕龙译注》，齐鲁书社，2009年，第628页。

② 萧统编，李善注《文选》，中华书局，1977年，第720页。

③ 严可均辑《全后汉文》，商务印书馆，1999年，第136页。

然而，早在桓谭之前，《淮南子》中就已经提出了这样的观点："若夫工匠之为连釠运开，阴闭眩错，入于冥冥之眇，神调之极，游乎心手众虚之闲，而莫与物为际者，父不能以教子；瞽师之放意相物，写神愈舞，而形乎弦者，兄不能以喻弟。"①书中以工匠制造弓弩机关以及盲人乐师的弹琴技艺为譬喻，称这些出神入化之奇技"父不能以教子"，"兄不能以喻弟"。也由此可见桓谭对《淮南子》之接受。当然，这段譬喻受到了《庄子》"轮扁斫轮"的启发，但《淮南子》这段话直接关切的就是难以在兄弟之间言说和传授的高超弹琴技艺，且语言高度相似，岂不比桓谭所举例子更为贴切？然而李善并没有引《淮南子》为曹丕这段譬喻作注，但我们仍可以看到《淮南子》之乐喻对《典论·论文》的直接影响。

提到《淮南子》，其作者在《要略》中多次申明，该书特用"假象取耦，以相譬喻"②和"假譬取象"③的方式，即用大量的譬喻来阐明所论之理，从而达到"曲说攻论，应感而不匮者也"④的论说效果。在《淮南子》的诸多譬喻中，以之为喻的事物包罗万象。但就文艺现象和活动而言，作者尤其喜欢以音乐为喻，这一特点为先前及同时代作品所不及。而其所喻之理也涉及到了广义之文的问题。

作者对文、质之间关系的理解用到了譬喻的方法，以音乐中的自然现象为喻，说明好的言辞并不需要修饰："至言不文，……得道而德从之矣。譬若黄钟之比宫，太簇之比商，无更调焉。"⑤明显继承了老庄返璞归真的思想而否定儒家文质并重的观念。对于作品的接受与鉴赏问题，作者提出对"作书以喻意"的看法，借用历史上的音乐典故作为譬喻，说明知音的重要性：

晓然意有所通于物，故作书以喻意，以为知者也。诚得

① 陈广忠译注《淮南子》，中华书局，2012年，第600页。
② 陈广忠译注《淮南子》，中华书局，2012年，第1254页。
③ 陈广忠译注《淮南子》，中华书局，2012年，第1249页。
④ 陈广忠译注《淮南子》，中华书局，2012年，第1254页。
⑤ 陈广忠译注《淮南子》，中华书局，2012年，第977页。

清明之士，执玄鉴于心，照物明白，不为古今易意，摅书明指以示之，虽阖棺亦不恨矣。

昔晋平公令官为钟，钟成而示师旷，师旷曰："钟音不调。"平公曰："寡人以示工，工皆以为调。而以为不调，何也？"师旷曰："使后世无知音者则已，若有知音者，必知钟之不调。"故师旷之欲善调钟也，以为后之有知音者也。[1]

这里所喻的内容，其实便涉及到了有关文艺的鉴赏问题。虽说《淮南子》并没有用音乐譬喻现代意义上的文学问题，但这一部分譬喻的本体已经指向了广义之文。其以音乐中的事理为喻，对解决文学中的理论问题是有启发的，实质上已经具备了乐喻批评的雏形。

但从汉代的其他典籍来看，用乐喻来关涉文学问题的现象屈指可数。《汉书·司马相如传》云："扬雄以为靡丽之赋，劝百而讽一，犹骋郑、卫之声，曲终而奏雅，不已戏乎！"[2]这里是用郑卫之音的典故及曲终奏雅的现象来说明扬雄对司马相如"靡丽之赋"的阅读感受。《汉书·王褒传》云："辞赋大者与古诗同义，小者辩丽可喜。譬如女工有绮縠，音乐有郑卫，今世俗犹皆以此虞说耳目，辞赋比之，尚有仁义风谕，鸟兽草木多闻之观，贤于倡优博弈远矣。"[3]这里宣帝用世俗之人喜欢的郑卫之音来说明创作辞赋的好处。《论衡·自纪》云："盖师旷调音，曲无不悲；狄牙和膳，肴无澹味。然则通人造书，文无瑕秽。"[4]这里是以师旷作乐的典故说明当时人们的音乐审美标准乃以悲为美，进而点明好的文章呈现的也是"文无瑕秽"的审美效果。上述这些以音乐譬喻文学的例子只是简单地用郑卫之音、师旷调音这些已为人熟知的音乐典故，且已具有特定内涵与固定用法的词汇来说明一些文学中的现象，与《淮南子》中的乐喻批评相较，并未真正涉入文理和乐理本身，不属于本文所讨论的乐喻批评范畴。

---

① 陈广忠译注《淮南子》，中华书局，2012年，第1158页。
② 班固《汉书》，中华书局，1962年，第2609页。
③ 班固《汉书》，中华书局，1962年，第2829页。
④ 王充著，袁华忠、方家常译注《论衡全译》，贵州人民出版社，1993年，第1807页。

可见，为刘勰所接受的曹丕之乐喻批评受到了《淮南子》的深刻影响，《淮南子》中的乐喻已经关涉到了广义之“文”的许多理论问题，为曹丕的乐喻批评起到了重要的奠基作用。随着魏晋时期“文”的自觉时代的来临，真正意义上的乐喻批评方法也因此形成。

而《淮南子》对曹丕有重要影响，从其所处时代来看是一种必然。汉魏时期，淮南王刘安及《淮南子》受到更多关注，其所产生的影响已经大大超过先前。杨修在《答临淄侯笺》中提及：“《吕氏》《淮南》，字直千金。”[①]伏义《与阮嗣宗书》云：“深怪达者之行，其象若庄周、淮南、东方之徒，皆投迹教外，放思太玄。”[②]三曹在作品中也都提及过淮南王刘安，且淮南王的谋反事件依然在产生影响。曹操《以徐奕为中尉令》云：“昔楚有子玉，文公为之侧席而坐，汲黯在朝，淮南为之折谋。”[③]曹丕《典论》还提到“刘德治淮南王狱，得枕中《鸿宝苑》秘书”[④]这件事。曹植《辩道论》曰：“夫神仙之书，道家之言，乃言传说上为辰尾宿，岁星降下为东方朔。淮南王安诛于淮南，而谓之获道轻举。”[⑤]淮南王刘安及《淮南子》在当时的关注度之高由此可见一斑。就其知名度和关注度来看，曹丕乐喻批评受其影响即在情理之中。

曹丕《典论·论文》出现乐喻批评之后，这一方法在六朝不断被使用。借用刘勰的话来说，就是“概举而推，可以类见”[⑥]。除了《文心雕龙》，具有代表性的有曹植《与吴季重书》云：“夫文章之难，非独今也，古之君子犹亦病诸！家有千里，骥而不珍焉；人怀盈尺，和氏而无贵矣！夫君子而不知音乐，古之达论谓之通而蔽；墨翟不好伎，何为过朝歌而回车乎？足下好伎，而正值墨翟回车之县，想足下助我张目也。”[⑦]曹植在此以音乐之理为喻，指出了文章写作技艺的重要性。而

① 严可均辑《全后汉文》，商务印书馆，1999 年，第 529 页。

② 严可均辑《全三国文》，商务印书馆，1999 年，第 548 页。

③ 严可均辑《全三国文》，商务印书馆，1999 年，第 24 页。

④ 严可均辑《全三国文》，商务印书馆，1999 年，第 78 页。

⑤ 严可均辑《全三国文》，商务印书馆，1999 年，第 181 页。

⑥ 刘勰著，陆侃如、牟世金译注《文心雕龙译注》，齐鲁书社，2009 年，第 447 页。

⑦ 曹植著，赵幼文校注《曹植集校注》，中华书局，2016 年，第 211 页。

这一能力并非人人都能很好掌握，否则就“骥而不珍”“和氏无贵”了。

陆机《文赋》中有一处典型的乐喻批评，其以音乐“偏弦之独张”[①]及“下管之偏疾”“弦么而徽急”“《防露》与《桑间》”“一唱而三叹”来喻文学创作中“靡应”与“不和”“不悲”“不雅”“不艳”的弊病，所涉文理包含文章的字句、词藻、义理、情感、风格等多个方面，具有“质文相济”的特点。饶宗颐先生曾言：“（陆机）提出行文须具备‘应’‘和’‘悲’‘雅’‘艳’五个要素，盖全借乐理以发挥文理。”正说明其对陆机这一批评方法给予充分肯定。同时，饶先生还认为“士衡运用音乐原理以论文病，子桓实开其先”[②]，从而也印证了曹丕的影响。

东晋时期，作为道教的经典《抱朴子》受《淮南子》影响颇深，且其书亦善喻，还专门有《博喻》《广譬》等篇。书中出现了较为简单的乐喻批评：“音为知者珍，书为识者传。瞽旷之调钟，未必求解于同世；格言高文，岂患莫赏而减之哉！”[③]可以看到《淮南子》中的影子。

此外，慧远《阿毗昙心序》云：“《阿毗昙心》者，三藏之要颂，咏歌之微言，……其颂声也，拟象天乐，若灵籥自发，仪形群品，触物有寄。若乃一吟一咏，状鸟步兽行也；一弄一引，类乎物情也。情与类迁，则声随九变而成歌；气与数合，则音协律吕而俱作。拊之金石，则百兽率舞；奏之管弦，则人神同感。斯乃穷音声之妙会，极自然之象趣，不可胜言者矣。”[④]慧远以音乐欣赏中的审美感受为喻，赞美这部佛经“情与类迁”“气与数合”的“不可胜言”之美。

范晔《狱中与诸甥侄书》云：“文患其事尽于形，情急于藻，义牵其旨，韵移其意。……常谓情志所托，故当以意为主，以文传意。以意为主，则其旨必见；以文传意，则其词不流。……吾于音乐，听功不及自挥。但所精非雅声，为可恨。然至于一绝处，亦复何异邪？其中体

---

① 此段完整引文出自陆机著，杨明校笺《陆机集校笺》，上海古籍出版社，2020 年，第 29—33 页。

② 饶宗颐《澄心论萃》，上海文艺出版社，1996 年，第 159 页。

③ 杨明照《抱朴子外篇校笺》，中华书局，1991 年，第 434 页。

④ 严可均辑《全晋文》，中华书局，1999 年，第 1779—1780 页。

趣，言之不尽，弦外之意，虚响之音，不知所从而来。虽少许处，而旨态无极。”[①]范晔以文章乃“情志所托”，当“以意为主”；而不能“事尽于形”“韵移其意”，这就好比音乐之旨趣。

相较而言，刘勰《文心雕龙》对乐喻批评的运用更加全面和突出，其注意到并指出曹丕的乐喻批评现象，所以能够更加自觉地运用这一方法。乐喻批评在刘勰的运用下，更加呈现其内容的丰富性和系统性。刘勰精通儒、释、道，受多元文化的影响，对乐喻批评的使用更加自如、圆融。

三、“文乐理通”与“文乐并重”：“乐喻批评”之成因

随着文学理论批评的自觉，乐喻批评在六朝大量出现，且以《文心雕龙》中的使用最为集中和典型。在笔者看来，乐喻批评在当时被广泛使用的主要原因之一在于“文乐理通”，即文理和乐理之间具有很强的共通性。

首先，就文学与音乐的内部特征来看，“文乐理通”主要体现于文学与音乐在表现人之性情、气质和情感等方面是相通的。音乐与人之性情的关系古人早有论述，《乐记》云：“乐也者，情之不可变者也。”[②]《吕氏春秋》云：“乐之有情，譬之若肌肤形体之有情性也。”[③]《史记》亦云：“故音乐者，所以动荡血脉，通流精神而和正心也。”[④]在表达情感方面，古人更是认为文学与音乐两者关联紧密。最具代表性的论述莫过于《乐记》和《毛诗序》。如《乐记》云：“凡音者，生人心者也。情动于中，故形于声。”[⑤]《毛诗序》云：“诗者，志之所之也，在心为志，发言为诗。情动于中而形于言。”[⑥]可以说在表达情感上，古人

① 郁沅、张明高编选《魏晋南北朝文论选》，人民文学出版社，1996 年，第 256—257 页。

② 王文锦译解《礼记译解》，中华书局，2016 年，第 490 页。

③ 张双棣等译注《吕氏春秋译注》，吉林文史出版社，1987 年，第 131 页。

④ 司马迁《史记》，中华书局，1959 年，第 1236 页。

⑤ 王文锦译解《礼记译解》，中华书局，2016 年，第 472 页。

⑥ 霍松林主编《古代文论名篇详注》，上海古籍出版社，2002 年，第 39—40 页。

认为诗与乐是没有什么分别的。刘勰亦秉承这一看法，《文心雕龙·明诗》云："人秉七情，应物斯感；感物吟志，莫非自然。昔葛天氏乐辞云，《玄鸟》在曲；黄帝《云门》，理不空绮。至尧有大唐之歌，舜造《南风》之诗。"①

其次，就文学与音乐的外部特征来看，"文乐理通"主要表现在文学与音乐在教化方面具有共通性。这一特征在先秦时期就已被重视，孔子是重视诗乐教化的人物典型。《论语·泰伯》即云："兴于诗，立于礼，成于乐。"②在孔子那里诗乐已是教化的重要工具，因此"文之以礼乐，亦可以为成人矣"③，"其为人也，温柔敦厚，《诗》教也"④。

从《文心雕龙》的《序志》篇中，我们可以了解到刘勰十分尊崇与仰慕孔子，自然和他一样认识到并推崇礼乐的教化功能。刘勰在《原道》篇中即用音乐为喻，来呈现孔子的功绩："至夫子继圣，独秀前哲；熔钧《六经》，必金声而玉振；雕琢性情，组织辞令；木铎起而千里应。"⑤此外，《文心雕龙·乐府》云："诗官采言，乐盲被律，志感丝篁，气变金石。是以师旷觇风于盛衰，季札鉴微于兴废，精之至也。夫乐本心术，故响浃肌髓；先王慎焉，务塞淫滥。敷训胄子，必歌九德；故能情感七始，化动八风。"⑥从这段话中可以看出，刘勰既认识到诗乐可以表现人的情志、气质，表达人的心情，又认识到诗乐的教化功能。

乐喻批评在六朝的广泛运用，另一主要原因则与文学批评主体"文乐并重"的特点有关。刘勰在《情采》篇中谈及"立文之道"时将"声文"与"情文"并举："二曰声文，五音是也；三曰情文，五性是也。……五音比而成《韶》《夏》，五情发而为辞章，神理之数也。"⑦此

① 刘勰著，陆侃如、牟世金译注《文心雕龙译注》，齐鲁书社，2009年，第139页。
② 杨伯峻译注《论语译注》，中华书局，2009年，第80页。
③ 杨伯峻译注《论语译注》，中华书局，2009年，第147页。
④ 杨伯峻译注《论语译注》，中华书局，2009年，第650页。
⑤ 刘勰著，陆侃如、牟世金译注《文心雕龙译注》，齐鲁书社，2009年，第96页。
⑥ 刘勰著，陆侃如、牟世金译注《文心雕龙译注》，齐鲁书社，2009年，第152页。
⑦ 刘勰著，陆侃如、牟世金译注《文心雕龙译注》，齐鲁书社，2009年，第425页。

外，刘勰《知音》篇中所述之批评标准即有“六观宫商”[1]，刘勰将音节作为判断作品优劣的必备条件之一，说明其十分重视诗文的节奏感和音乐美，这一审美之维不可偏废。

再进一步观察整个六朝时期，建安文学的代表三曹父子都非常喜爱并重视音乐。曹操、曹丕、曹植都曾依清商三调的乐曲写了很多配合歌舞的诗歌，故《文心雕龙·乐府》云：“至于魏之三祖，……虽三调之正声，实《韶》《夏》之郑曲也。”[2]此外，《三国志》注引《曹瞒传》云：“太祖（曹操）为人佻易无威重，好音乐，倡优在侧，常以日达夕。”[3]曹丕称帝后集中了一批音乐家专门设立清商署，《三国志》注引《魏书》曰：“每见九亲妇女有美色，或留以付清商。”[4]

邺下士人中也不乏精通音乐之士，如七子中之阮瑀“善解音，能鼓琴”[5]，其他诸子也多通乐理。正始文学以阮籍、嵇康为代表，二人都善弹琴，阮籍作有《乐论》、琴曲《酒狂》，而嵇康则有《声无哀乐论》《琴赋》及琴曲“嵇氏四弄”等，阮、嵇二人“文乐并重”的形象，成为之后无数士人追慕的理想形象。西晋以降，“文乐并重”现象在文士中极为普遍。诸如刘琨善吹胡笳，作有《胡笳五弄》；宗炳“妙善琴书”[6]；沈约作《乐志》（《宋书》）；梁武帝“素精音律，自造四通十二笛，以鼓八音。又引古五正、二变之音，旋相为宫，得八十四调”[7]；柳恽“既善琴，尝以今声转弃古法，乃著《清调论》”[8]；陶弘景“读书万余卷。善琴棋，工草隶”[9]，等等。甚至许多世家如阮氏、嵇氏、戴氏、荀氏、柳氏等不仅以“善文”著称，同时还形成了“善乐”的传统。

---

① 刘勰著，陆侃如、牟世金译注《文心雕龙译注》，齐鲁书社，2009 年，第 624 页。
② 刘勰著，陆侃如、牟世金译注《文心雕龙译注》，齐鲁书社，2009 年，第 155 页。
③ 陈寿《三国志》，中华书局，1971 年，第 54 页。
④ 陈寿《三国志》，中华书局，1971 年，第 130 页。
⑤ 陈寿《三国志》，中华书局，1971 年，第 600 页。
⑥ 沈约《宋书》，中华书局，1974 年，第 2278 页。
⑦ 薛居正等《旧五代史》，中华书局，1976 年，第 1940 页。
⑧ 姚思廉《梁书》，中华书局，1973 年，第 332 页。
⑨ 姚思廉《梁书》，中华书局，1973 年，第 742 页。

当文学批评者能够精通乐理，而整个时代士人又普遍具备“文乐并重”的特征时，文学批评主体往往会遵循“能近取譬”（《论语·雍也》）的原则，用时人更为熟悉的“乐理”去阐释说明所论之“文理”。比喻的基本运作机制就是“通过常识来把握未知”[①]，乐喻批评方法在六朝的广泛运用，其理正在于此。

值得注意的是，相较其它艺术，音乐更容易调动人的联觉体验。《乐记》早已指出这种现象：“钟声铿，铿以立号，号以立横，横以立武。君子听钟声，则思武臣。石声磬，磬以立辨，辨以致死。君子听磬声，则思死封疆之臣。丝声哀，哀以立廉，廉以立志。君子听琴瑟之声，则思志义之臣。竹声滥，滥以立会，会以聚众。君子听竽笙箫管之声，则思畜聚之臣。鼓鞞之声讙，讙以立动，动以进众。君子听鼓鞞之声，则思将帅之臣。君子之听音，非听其铿鎗而已也，彼亦有所合之也。”[②]可见声音对人的心灵更具感染力，容易触动人的思绪并使之产生丰富的联想。朱光潜先生曾根据近代实验美学的结果指出：“纯粹的音乐嗜好是极罕见的，许多人欢喜音乐，都不是因为欣赏声音的和谐，而是因为欢喜它所唤起的视觉的意象。”[③]因此，音乐的重要特质之一在于“音乐艺术的关键完全不是真正鸣响的音乐，而是对乐音关系的想象”[④]。《文心雕龙·辨骚》云：“论山水，则循声而得貌。”[⑤]便是说当谈到山水时，人们可以从文章的音节悬想到岩壑的形貌。高度主观性的体验以及联想介入，对审美感受所发挥的巨大功用都使音乐具有其它艺术不可比拟的优越性，这也许是六朝时期为何惯以音乐之理来譬喻文理而非大量使用其它艺术门类来譬喻的重要原因。

---

① 丁尔苏《符号与意义》，南京大学出版社，2012 年，第 119 页。

② 王文锦译解《礼记译解》，中华书局，2016 年，第 494 页。

③ 朱光潜《文艺心理学》，复旦大学出版社，2011 年，第 77 页。

④ 胡戈·里曼著，缪天瑞、冯长春译《音乐美学要义》，上海音乐出版社，2018 年，第 76 页。

⑤ 刘勰著，陆侃如、牟世金译注《文心雕龙译注》，齐鲁书社，2009 年，第 135 页。

六朝既是中国文学批评走向繁荣的重要阶段，也是音乐艺术走向融合的关键时期，文学批评与音乐艺术在这一时期相互渗透和相互影响自然不可避免。乐喻批评的不断出现仍是这一时期开始注重文艺本身所具有的审美规律之表现。在乐喻批评方法当中，文理与乐理得以会通，本体和喻体所构成的诗性逻辑营造了一种雅化的批评空间，具有感性与理性相统一的诗性言说之美。

（江汉大学人文学院）

世情与人心:《文心雕龙·论说》篇阐释*

殷学国

内容摘要:文体论四纲领对于论述文的写作具有方法论意义。论与说两种文体,都具有说理的属性。前者以道理作为论述的对象,论理的过程追求逻辑清晰、推理严密;后者以说服为目的,说理服务于说服,往往采用劝诱的手段达成效果。无论是论理还是说服,其有效达成都基于世情与人心的共通性以为担保。论理根于人心而囿于世情,说服基于世情而征于人心。引申而言,文体缘于世情,世情根于人性。刘勰所谓"文心"固然指向为文的动机和用意,然深层因素,除世情的考量外,人性中的动机因素和目的性因素则更为根本。刘勰正文体以"敷赞圣旨",而敷赞圣旨的目的在于自附于圣人之后,从而进入圣贤的历史序列之中,实现精神生命的不朽。

关键词:《文心雕龙》;文体论;世情;人心

* 基金项目:国家社科基金项目"中国特色文论体系研究"课题(编号 20STA027)阶段性成果;国家社科基金社科学术社团主题学术活动"中国特色文论体系研究"(编号 20STA027)阶段性成果。

Worldly Affairs and Human Nature—The Interpertation of *Lun Shuo* in *Wen Xin Diao Long*

Yin Xue-guo

Abstract: The four principles of stylistic theory have methodological significance for the writing of argumentative essays. Both discourse and argumentation have the attribute of reasoning. The former takes reason as the object of discourse, and purses clear logic and rigorous reasoning in the process of reasoning; The latter aims at persuasion, and achieves the results by means of persuasive. Whether it is reasoning or persuasion, its effectiveness is based on the commonality between the worldly affairs and human nature as a guarantee. Generally speaking, literary style originates from worldly affairs, and worldly affairs are rooted in human nature. Liu Xie's so-called "wen-xin" certainly refers to the motivation and intention of the text, and in the deeper level, it points to the motivational and purposive factors of human nature. Liu Xie's literary style focuses on "praising the imperial edict", and the purpose of which is to attach himself to the sage and enter the historical sequence of the sage, achieving the immortality of spiritual life.

Keywords: *Wen Xin Diao Long*; Stylistic theory; worldly affairs; human nature

在《文心雕龙·论说》篇的题解中，陆侃如、牟世金两位先生一方面指出二者同中有异，其同在于"阐明某种道理或主张"，并进而指出同中之异在于，"'论'是论理，重在用严密的理论来判辨是非，大多是论证抽象的道理；'说'是使人悦服，除了古代常用口头上的陈说外，多是针对紧迫的现实问题，用具体的利害关系或生动形象的比喻来说服对方”。[1] 就两先生所论引申言之,“论”与“说”,作为两种相异的言说形态,通常以理性化的形式影响或构造人类社会生活和精神世界。如果说精神活动亦可谓之为事的话——心事,上述二者则是以说理的方式作用于人事之际。不过,二者具体的作用方式亦有区别。“论”通常诉诸知解理性、追求认知价值的实现,而“说”则基于实用理性以功利目标的有效达成为考量依据。作为言说活动,“论”表现为论者内在的深沉的精神生活,而“说”则展开为说者外在的广泛的社会活动。无论精神生活和社会活动如何丰富多变,都无悖于人性的基本需求与价值尺度,均可视为人性在不同价值维度上的呈现。具体到文章层面,作为文章类型,“论”与“说”虽然形式相异,但都隐含着世情与人性的互动关系。《文心雕龙》合“论”“说”为一篇而又分别论述,或有见于二者以上之关系。笔者试图阐释之。

一、论体的结构与要义

《文心雕龙·序志》标举“论文叙笔”的四纲领——“原始以表末,释名以章义,选文以定篇,敷理以举统”。[2] 就内涵而言,四纲领既涉及论叙的通则,来自对论叙实践的概括和提升,又属于单一文体论述的细则,尤其切合论体文的论述。将作为论叙方式的四纲领返诸论述文体中,既可由论体文考察论述方式的具体运作情形,又可由论述方式发明论体文的特征。在《论说》篇中,四纲领间不仅各畅其流、并行不悖,而且彼此相关、互补足意。

“圣哲彝训曰经,述经叙理曰论。论者,伦也;伦理无爽,则圣意不坠”,显然属于“释名以章义”。上述“释名以章义”的内容,在读解中,则引发出“原始以表末”的意味。“圣哲彝训曰经,述经叙理曰论。”就经与论的关系而言,经是论之本和源,而论则是经之末和流。相对于论而言,经具有本体的意义,是论之所以发生的观念前提和先

---

① 刘勰著,陆侃如、牟世金译注《文心雕龙译注》,齐鲁书社,1995年,第263页。

② 本文有关《文心雕龙》的引文,除特殊说明外,均出自刘勰著,陆侃如、牟世金译注《文心雕龙译注》,齐鲁书社,1995年。不再一一标注。

在框架；同时也引导着论展开的方式——在陈述经的内容过程中有条理地呈现其内涵。也就是说，经决定着论的“是什么”和“怎么样”。需要明确的是，此处所谓“本体”不同于西哲中的“Being”。前者类似生成关系中的前因，规定着后果。不管前因还是后果都是具体有形的存在。后者属于无形的理念，是有形的具体存在之所以存在的根据。“详观论体，条流多品：陈政，则与议、说合契；释经，则与传、注参体；辨史，则与赞、评齐行；铨文，则与叙、引共纪。故议者宜言，说者说语，传者转师，注者主解，赞者明意，评者平理，序者次事，引者胤辞；八名区分，一揆宗论”，则以训诂为释名的手段，从理论的角度辨析“论”与议、说、传、注、赞、评、叙、引的关系，属于“释名以章义”的深化。论体具有众多流品，意味着相较于其他八种品类，论为总名，而议、说、传、注、赞、评、序、引等八者则属于专名，分别对应如陈政、释经、辨史和铨文等不同的人文生活领域。随着人文生活的丰富变化，人文需求的主题亦随之多样化，从而催生出对应各种主题需求的相应文体。文体流变演化的深层动因在于社会生活领域的交互增殖。

综括言之，经与论存在着本体层面的派生关系，而论与其他八种相关文体的总分关系，则可视为对于论的需求在不同人文生活领域的展开和具体化。由“释名以章义”的内容中分析出派生和总分关系，成为“原始以表末”的逻辑化表达。思想的历史化身为逻辑的象征。

作为文章评论的重要原则，“选文以定篇”则相关于“原始以表末”。“两部分所用材料基本相同，但‘原始以表末’侧重在探讨文体的发展演变；‘选文以定篇’则主要是对各个时期的代表作品进行评论。”[①]在具体论述中，陆、牟两先生主要将四纲领作为论述文写作中的四个部分处理。循此思路，“是以庄周《齐物》，以论为名”至“于是聃、周当路，与尼父争涂矣”属于“原始以表末”部分，“详观兰石之《才性》”至“言不持正，论如其已”则属于“选文以定篇”部分。所谓“原始

① 刘勰著，陆侃如、牟世金译注《文心雕龙译注》，齐鲁书社，1995年，第40页。

以表末”亦非纵向铺叙论体文的发展历程，而是选取其中重要节点上的关键人物和重要作品，如论体始名期的庄周《齐物》、正体确立期的石渠论艺、托史发论期的班彪《王命》、循名责实期的建安文章、辨名析理期的曹魏文章和谈玄务虚的魏晋文章，其中隐含着“选文”和予以历史定位的意味。至于“选文以定篇”，所选之文多为能够充分体现论体文说理析辞特征的三国魏晋时期的作品；对于所选之文的评价方法，既有同期的总体概括，如“详观兰石之《才性》，仲宣之《去代》，叔夜之《辨声》，太初之《本玄》，辅嗣之《两例》，平叔之《二论》，并师心独见，锋颖精密，盖人伦之英也”；又有异代的典型比较，如“至如李康《运命》，同《论衡》而过之；陆机《辨亡》，效《过秦》而不及；然亦其美矣”；更有刘勰本人对于论说主题的分析和文章理路弊端的指陈，如“然滞有者，全系于形用；贵无者，专守于寂寥。徒锐偏解，莫诣正理；动极神源，其般若之绝境乎”；甚至还有对于名人名作的直接否定，如“至如张衡《讥世》，韵似俳说；孔融《孝廉》，但谈嘲戏；曹植《辨道》，体同书抄”。“选文以定篇”部分的结句——“言不持正，论如其已”，不妨视为“敷理以举统”纲领的否定表达。

论说篇中，关于“论”的判断有三种：一、“圣哲彝训曰经，述经叙理曰论”，位于“释名以章义”部分，系从发生的角度阐明论与经的关系——附经立义，为论张目，提升了论的价值地位；二、“论也者，弥纶群言，而研精一理者也”，属于“原始以表末”的前置语，应该是对论这种精神活动应具规范的理念表达，并作为衡断名家论体文的标准；三、“原夫论之为体，所以辨正然否”，是“敷理以举统”部分的首句，揭示论体文的功用价值。相较而言，二与三之间关联紧密：二是三之体，三是二之用。只有具备“弥纶群言而研精一理”之体，论体文才能发挥“辨证然否”的作用。综上所言，关于“论”的三种判断不妨相应概括为论之发生义、本体义和作用义三类。发生义多属于认知层面的观念设定，本体义则关乎对象内涵和对象间关系的切实把握。若本体义不明，则直接影响对于作用义的体认。“弥纶群言”，首先要通晓群言、把握其内涵及关系，其次要笼罩群言、超越群言之上，最后还要贯通群言、组织群言服务于新目的。弥纶群言体现了会通于道的整体性视野。“研精一理”是在“弥纶群言”的基础上，对群言论题进行专深研究，以期对具体对象达成系统化的认知。弥纶群言而研精一理，实现了道的术化，类似于世界观的方法论转化。

二、说体的形态与动机

将“论”与“说”两种文体置于一篇论述，既表明两者体要相关，又在论述上形成对观效果。刘勰对于论体文的论述，四个部分内容清晰、结构分明，而对说体的叙述则呈现为混融的样态，四个部分之间不似前者那样犁然分明。“说者，悦也。兑为口舌，故言咨悦怿”，属于“释名以章义”。“过悦必伪，故舜惊谗说”句，即可视为“释名以章义”部分的反面阐释，亦可归入“原始以表末”部分的发端。“夫说贵抚会，弛张相随，不专缓颊，亦在刀笔”句，介于“原始以表末”与“选文以定篇”两部分之间，兼有承、转之用。另外，在“原始以表末”的陈述中和“选文以定篇”的评论中，渗透着“时利而义贞”原则。此原则正是“敷理以举统”部分所标榜的说体文的核心要义。

除专门论述说体文外，刘勰在阐述论体文时亦涉及说体文。“陈政，则与议、说合契”，表明“说”这种以对象为指向的活动主要作用于以政治活动为主要内容的公共生活领域；“说者说语”，突出游说这种语言行为以劝诱对方接受、认同并实践游说者的观点和主张为行为目的。“说者，悦也；兑为口舌，故言咨悦怿”，强调悦怿的情绪状态是说者意欲在对方身上实现的心理效果，且这种效果是达成游说目的的重要手段。以上三处，分别表明了说体文的性质、目的和手段。其中性质处相关于世情，而手段处则见出对人性的利用。“颉颃万乘之阶，抵嘘公卿之席”是说者介入世情的表象，而“烦情入机，动言中务”则表明话语行为以切入世务为目标追求与核心枢要。“虽批逆鳞，而功成计合”，看似折损君王表面的尊严，实则通过刺激其内心深处的真实欲求从而成功奏效。

如“（说）不专缓颊，亦在刀笔”所谓，从存在形式而言，说体文有言、文二态。就说体文内容本身而言，无论言、文，皆可谓为辞令。从接受关系和说者动机角度而言，说体文亦可细分为辞说和游说之辞两类。[①] 若说者（作者）与听者具有隶属关系，则所谓的“说”则属于职分范围内的当然之责，姑且谓为辞说；若二者不具有隶属关系，说者意图使听者采纳其见解、主张，循故例姑且谓为游说之辞。前者讲究得体大方，后者追求成效。得体意味着适合具体场合环境的需要，致辞发语之际，既要展示己方的威仪，又要照顾到对方的体面，使双方都满意，至少都能接受；同时，通过言说行使或实施政治、外交等社会实践活动和身份职能。以言行事，辞令之“令”的政治权威性质浮现，辞说被赋予政令的功能。另外，正式场合中的言辞表现，也是说者文化教养和才学能力的证明。“（谢）览为人美风神，善辞令，高祖深器之。”[②]杰出的辞令表现能够给在上位者留下积极正面的印象。当然，笨拙的文辞则很难获得在上位者的好感。“敬通之说鲍、邓，事缓而文繁，所以历骋而罕遇也。”在刘勰看来，冯衍之所以“历聘而罕遇”，正是由于他遇事反应迟钝、辞说拖泥带水所致。不过，在辞令和人格的关系上也存在相反的观点。“巧言令色，鲜矣仁。”[③]辞说具有一定的修饰性，既可能符合实际，也可能美化实际，还可能脱离实际。上述两种观点相异的关键在于，两者对于何为人格之本的观念不同。孔门以仁德为成人之本，而文士以才华为人才之本。言辞诚然能反映一个人的才学能力，但致力于辞令则能够扭曲一个人的人品。司马迁《报任安书》“太上不辱先，其次不辱身，其次不辱理色，其次不辱辞令”[④]，从受者的角度突出辞令的价值，认为主体所遭受到辞令待遇

① 辞说之名，非出于率意之命。《礼记・礼运》：“祝嘏辞说，藏于宗祝巫史，非礼也，是谓幽国。”王充《论衡・超奇》：“有根株于下，有荣叶于上，有实核于内，有皮壳于外。文墨辞说，士之荣叶、皮壳也。”由上可知，辞说应被视为文士（无论其有职位与否）在文章修辞方面进行规范化训练的基本项目。与之对应的游说之辞，本来拟命为说辞，但由于担心二者易混淆，姑且名之如上。

② 姚思廉《梁书》第一册，中华书局，1973 年，第 265 页。

③ 杨伯峻《论语译注》，中华书局，1980 年，第 3 页。

④ 司马迁《报任安书》，班固《汉书》第九册，中华书局，1962 年，第 2732 页。

相关于主体的人格尊严。具体情境中的人格尊严，一方面奠基于主体的自身的道德修养与才华学识，另一方面表现为社会世务中的待遇与评价。道德学识是成德的工夫，而来自社会层面的优待、礼遇和评价则是个体成功的显性标志。成德抑或成功，诚为古今文士的两难选择。不过，就辞令之士而言，尽管竭力追求成功，但又尽量顾全自身的道德形象与人格尊严。这似乎是人性向善的心理通例。

游说之辞缘于游说之行。游说之行与游说之士，相互定义。有游说之实，乃有游说之士；有游说之士，遂行游说之实。“王泽既斩，士非游说不显，流及战国，蔑宗周，斗群雄，……嗣是而后，上失其道，则游士蜂起。”[①]春秋战国时期，天子失势、诸侯互斗；诸侯失柄，陪臣执政。原隶属之臣，失去封位和俸禄，离开主君后，无固定效忠对象，成为或隐处以待、或游方以试的知识群体。“(李斯)辞于荀卿曰：‘斯闻得时无怠，今万乘方争时，游者主事。今秦王欲吞天下，称帝而治，此布衣驰骛之时而游说者之秋也。’”[②]诸侯争霸，群雄角力，皆欲招揽人才、实行新政以富国强兵，从而争霸天下，为士人施展才华、游说当权者提供了社会政治舞台。“于是士生斯时，皆以读书游说为可以得志而取高位。”[③]上述客观环境和形势刺激了士人出人头地的欲望；士人期冀以知识技能干谒诸侯，得王行道、平步青云，即论说篇所谓“进有契于成务，退无阻于荣身”。

不过，游士蜂起而成功者寥寥。游说行为本身是一个充满危险而又高度技术化的专业活动。所谓“披肝胆以献主，飞文敏以济辞，此说之本也”，实乃大一统时代的文士对游说之士与游说对象关系的错位认知和对当时情势的理想化。“凡说之难：在知所说之心，可以吾说当之。”[④]“凡说之务，在知饰所说之所矜而灭其所耻。”[⑤]“故谏说

---

① 王夫之《读通鉴论》，《船山全书》第十册，岳麓书社，2011 年，第 538 页。

② 司马迁《史记》，中华书局，1963 年，第 2539 页。

③ 马端临《文献通考》，中华书局，1986 年，第 1503 页上栏。

④ 王先慎《韩非子集解》，中华书局，1998 年，第 86 页。

⑤ 王先慎《韩非子集解》，中华书局，1998 年，第 89 页。

谈论之士，不可不察爱憎之主而后说焉。”[①]游说要取得成功，首先要了解对象的真实欲求，取得其信任，未取得信任之前不可冒进；其次要投对象之所好，美饰其言行与思想、掩盖其不欲为之事的真实动机；然后要知晓而又要避免触及对象的隐私。没有对客观情势的清醒判断和对人性真相的冷静洞察，游说无以达致成效。这里所说的成效，对于不同的游士又有着目标上的差异。“‘孔子读而仪、秦行，何如也?’曰：‘甚矣凤鸣而鸷翰也!’‘然则子贡不为欤?’曰：‘乱而不解，子贡耻诸。说而不富贵，仪、秦耻诸。’”[②]“孔子读”代指接受圣贤道德理想和礼乐诗书的教化，“仪、秦行”代指追求个人政治野心和富贵欲望实现的行为。子贡与张仪、苏秦皆行游说，但道德之士与纯粹的游士在价值目标的设定上迥异。前者以推行道义、解纷排难为宗旨，后者以邀取荣华富贵为目标。游说不易，不以个人利益为目标的游说更为不易。

三、论说中的世情与人心

“述经叙理曰论。”经是恒常的大道和规范，理则是对于经的系统化认知成果，而论则以经典为阐述对象，系统化地表现对经的整体认知与思考。“论者，伦也。”伦有三种义项：类、关系和秩序，而论则主要用以呈现对象的一般属性、对象间的推论关系和条理秩序。论，体现了人性中理性力量的诉求，而世情的因素则遮蔽不彰。论，与现实需求的满足无关。“穷于有数，究于无形，钻坚求通，钩深取极”，从具体对象出发而究极于抽象的形上世界，其动力应归于理性精神的自我满足。不过，在具体的说理过程中，关于论述对象的取舍、评论原则的确立和阐述方向的规划，无不相关于世情局势的样态和论者处身其中的立场和态度。

相较于论以理论化的方式述理，说则直涉人际间的实际互动，关

---

① 王先慎《韩非子集解》，中华书局，1998年，第94页。

② 汪荣宝《法言义疏》，中华书局，1987年，第442页。

注世情并意图干预世情。说之成效如何，则有赖于对人性的把握和对人性力量的调动。如何调动人性的力量？“鼓天下之动者存乎辞。”[①]文辞中蕴涵着感发、激励和鼓舞天下众生的力量。也就是说，文辞直通人心，且具有心理的促动力。不仅经书的文辞具有“鼓天下之动”的效力，具体情境中的言辞亦应如此。“纮见策忠壮内发，辞令慷慨，感其志言。”[②]慷慨的言辞，不仅能令人知晓其志，还能使人实际地感受到其精神力量，并受到触动。“说者，悦也；兑为口舌，故言咨悦怿；过悦必伪，故舜惊谗说。”作为人际互动的重要方式，言辞悦耳动心是游说双方相互接受的心理前提。“过悦必伪。”过即失当。当与不当，衡之于人情事理。所谓合情合理，系基于人性的考量，即符合人性的实际。符合人性的实际即诚，反之即伪。

从修辞的角度而言，“顺风以托势，莫能逆波而溯洄”，表达了对世情风习和人性定势的尊重与利用。“斤利者，越理而横断；辞辨者，反义而取通；览文虽巧，而检迹知妄。”“越理横断”自然无以“心与理合”，“反义取通”当然做不到“辞共心密”。文体写作中的问题，深层来看，出自写作者对于人情事理的态度问题。“斤利”是唯我独尊、狂妄心态的象征，“辞辨”是小智巧佞人格的显性特征。心态上的狂妄、巧佞，属于认知上的脱离实际、违背人心在心理层面的投射。与上述人格相对的，是刘勰所推举的君子。“唯君子能通天下之志。”天下之志，即常识所言的普遍人性，也就是共通的人心。天下之志的逻辑前提在于同处天下之中，人心之共通的基础在于同处共在的世情。

同样的思想亦见之于《论说》篇赞语中。“赞曰：理形于言，叙理成论。词深人天，致远方寸。阴阳莫贰，鬼神靡遁。说尔飞钳，呼吸沮劝。”“人天”一者谓天人之际，另一者谓人性与天道。虽然都相关于至理大道，但前者侧重于强调天人互动的关系，后者分指人性之当然与天道之必然。“词深人天”谓论体文深入探究天下之至理大道。

---

① 黄寿祺、张善文《周易译注》，上海古籍出版社，2001年，第563页。

② 陈寿撰，裴松之注《三国志》，中华书局，1982年，第1103页。

由“致远”联想到“虽小道，必有可观者焉；致远恐泥，是以君子不为也”[①]与“言而无文，行之不远”[②]。由此而知，言说大道或言守礼文是文章“致远”的必要条件。“致远方寸”暗示方寸之心既内蕴文理，又可畅发为大道。“词深人天，致远方寸”意味着，探究至理、推行大道的要义在于推扩一己之心通于天下之志[③]，类似于孔门所谓“恕道”。“阴阳”，指谓或阴或阳，喻指论说者置身其中的具体情势或顺或逆；“阴阳莫贰”谓不管情势顺逆而随顺理势则一，即“自非谲敌，唯忠与信”之“忠”。“鬼神”，称谓幽微的存在，暗喻或伸或屈的心迹；“鬼神靡遁”似谓如心之幽微亦无不显形，具备如此神通端赖“唯忠与信”之信。“尔”与“迩”声通，代指近似。“飞钳”之谓又见于上文，“《转丸》骋其巧辞，《飞钳》伏其精术”。对于“飞钳”，《文心雕龙译注》注释如下，

> 《鬼谷子》中的一篇，陶宏景注：“飞，谓作声誉以飞扬之；钳，谓牵持缄束令不得脱也。”《转丸》和《飞钳》在这里均指辩说的方法技巧。

以“飞钳”类比游说，突出游说者除了要具备忠与信的品质外，还要掌握高超的话语控制术，方能在顷刻间收到奇效。话语控制术关键在于操纵对方的心理变化。如何操纵？注释言之未详。若参读《鬼谷子》或对飞钳之术的理解有益。

《鬼谷子·飞箝第五》：“引钩箝之辞，飞而箝之；钩箝之语，其说辞也，乍同乍异。”[④]陶弘景曰：“言取人之道，先作声誉以飞扬之，彼必露情竭志而无隐，然后因其所好，牵持缄束，令不得转移也。”杨慎曰：

---

① 杨伯峻《论语译注》，中华书局，1980年，第200页。

② 杨伯峻《春秋左传注》，中华书局，1981年，第1106页。

③ 行文至此，再次翻阅陆、牟两先生《文心雕龙译注》。是著直接用原文中的“唯君子能通天下之志”注释“致远方寸”。虽然不似笔者多方借资，但大意基本一致。感佩前辈对于《文心雕龙》的浸润功夫和直觉洞见。

④ 许宏富《鬼谷子集校集注》，中华书局，2008年，第78—79页。

“飞钳之术，就言语上体认，更为逼真。”①综合观之，飞钳之术实为以上驭下的权术。不过，若从话语术的角度读解，则更能见出游说活动的核心要义。无论是取人之道还是劝诱对方，首先都要了解对方的真实情形和隐藏于内心深处的真实想法，为此要使用“钩钳之辞”。钩的方式，可释为旁敲侧击以获取真相，这是街头路边相面先生的惯技；钳术，妙在用话语限制对方进行自由思考，从而诱使对方顺从说者的话题进行思想和行动。此为江湖术士“心诚则灵”话语的真实用意所在。话术多端，或誉或刺、或诱或激；“飞而钳之”未必就如陶氏所谓“外誉而得其情，得情则钳持之，令不得脱移”，抑或意味着在不知不觉间用话语操控住对方。“钩箝之语，其说辞也，乍同乍异。”飞钳之术的关键在于，游说之际，既要对对方表示认同，又要对对方的信息表示好奇。认同对方是为了取得对方信任，表示疑惑是为了进一步地获取信息。

飞钳之术，看似无甚高明，实则深中人性的弱点。包括帝王在内的常人，皆有对于他人的需求，也皆有与他人交流、沟通的愿望。上述需求和愿望可以细分为二：一、希望得到别人对自己的肯定与赞美，二、希望得到别人对自己思想观点的认同和接受。这是人性在心理情感层面的基本欲求，也是飞钳之术得以实施的先决条件。对游说对象心理动机和实际情势的真实了解是游说活动必要的前期准备。人皆有好奇心和利害心，在受到别人激发和诱惑的条件下，这类感性因素则会占据意识的主导地位，从而丧失自主的理性意识，进而深中钩钳之术。好奇心倾向于被钩取，而利害心则倾向于被钳制。如果辅之以自负和自尊等意志因素作用，则可能一意孤行、自愿上当而不悔悟。对对象非理性因素的开发和利用是增强游说效果的重要保障。利用人性的特点，借助对世情时务的分析和推测，并适时表现出帮助对方排忧解难的善良意愿，是言说辞令获得成功的关键。

① 陶弘景与杨慎所言，均见许宏富《鬼谷子集校集注》，中华书局，2008 年，第 75 页。

四、结语

文体论四纲领对于论述文的写作具有方法论意义。论与说两种文体，都具有说理的属性。前者以道理作为论述的对象，论理的过程追求逻辑清晰、推理严密；后者以说服为目的，说理服务于说服，往往采用劝诱的手段达成效果。无论是论理还是说服，其有效达成都基于世情与人心的共通性以为担保。论理根于人心而囿于世情，说服基于世情而征于人心。引申而言，文体缘于世情，世情发于人心。人心之本在于人性，人性多端而趋向多歧。文体不同所征用的人性因素亦有所区别。刘勰所谓“文心”固然指向为文的动机和用意，然深层因素，除世情的考量外，人性中的动机因素和目的性因素则更为根本。刘氏自陈文心：“文果载心，余心有寄。”所寄者何？正文体以“敷赞圣旨”，而敷赞圣旨的目的在于自附于圣人之后，从而进入圣贤的历史序列之中，实现精神生命的不朽。

（韩山师范学院文学与新闻传播学院）

论刘邦《大风》悲歌的生成与接受

郭培培　曹　旭

内容摘要：一般认为，刘邦追击叛将英布，途中路过家乡沛地，与家乡父老欢宴时创作的《大风歌》是一首衣锦还乡、志得意满的欢愉之歌。但其实，彼时的刘邦面临着内有叛军、外有异族的安邦忧患；有太子柔弱、忠臣难继的治国之忧；又有年老体衰、旧疾难愈的生命之嗟；凡此种种，都让《大风歌》凝结为一首忧虑萦绕、难以消解的悲情之歌。平民出身的"马上皇帝"即兴所作的这首三言歌，在孝惠帝朝用于原庙祭祀，自东汉蔡邕录入《琴操》后，广泛流传于琴曲。同时，这首楚辞体诗歌以自身丰富的内涵及其背后蕴含的高祖还乡故事，也在后世咏史诗中广为传颂。

关键词：《大风歌》；悲歌；文学接受

On the Generation and Acceptance of Liu Bang's Lamentary Song *The Great Wind*

Guo Peipei　Cao Xu

Abstract: It is generally believed that Liu Bang's pursuit of the rebel general Yingbu, passing by his hometown Peidi, and his creation of *The Great Wind* during a banquet with his hometown elders, is a joyful song of returning home in glory and full of pride. But in fact, at that time, Liu Bang faced the security crisis of having rebels inside and foreign tribes outside. There are worries about the weakness of the Crown Prince and the difficulty of loyal officials in governing the country. There is also a sigh of life with old age and physical decline, and old illnesses that are difficult to heal. All of these have condensed *The Great Wind* into a sorrowful song filled with worries and difficult to dispel. This three character song, improvised by the Founding Emperor, was used for ancestral temple worship during the reign of Emperor Xiaohui. It has been widely circulated in Qin music since Cai Yong recorded it in the *Qin Cao* of the Eastern Han Dynasty. At the same time, this Chu Ci style poem, with its rich connotations and the story of the return of the ancestors, has also been widely praised in future epic poems.

Keywords: *The Great Wind*; a mournful song; literary reception

《大风歌》不仅是秦汉时期乐府楚声的重要组成部分，是中国古代早期文学体式发展的重要考察对象，也是中国古代秦汉史阶段研究的重要参照物。可以说，刘邦这首楚声短歌本身以及诗歌背后的高祖还乡故事，都在后世传诵不绝，时至今日仍然得到广泛关注。[①]《史

---

① 学者对这首诗进行了多角度解读：论诗歌所展现的礼乐精神对西汉文学的影响，如张强《从〈大风歌〉刊西汉礼乐与文学之关系》，《苏州铁道师范学院学报（社会 （转下页）

记》《汉书》等正史，是记载《大风歌》的早期文献，通过这些史书，我们了解到《大风歌》的产生背景。但史籍所载，也有刘邦“作诗”或“歌诗”之疑？且还乡之际的《大风歌》，流露出汉高祖的内心真实写照是欢情，抑或悲绪？《大风歌》在后世的接受如何？这些问题都值得深思。故本文试从反秦起义、楚汉相争的广阔历史背景入手，探讨《大风歌》作者、内涵以及后世的影响等问题。

一、刘邦“乐楚声”与《大风歌》创作

刘邦（前256—前195），字季，沛丰邑（今江苏省徐州市丰县）人，是中国历史上汉王朝的开国皇帝，史称“汉高祖”。据班固考证，刘氏一族是因战争迁居至荆楚地区沛县的。《汉书·高帝纪赞》引刘向语，曰：“‘汉帝本系，出自唐帝。降及于周，在秦作刘。涉魏而东，遂为丰公。’丰公，盖太上皇父。”（《汉书·高帝纪下》）[①]刘氏本属秦国，秦魏战争时，为魏人俘虏，随之由梁地迁都到丰邑，而刘邦的祖父就曾担任过丰公。至刘邦的父亲太公，家道中落，以自耕田谋生，所来往者不过商贩屠夫。《西京杂记·作新丰移旧社》曰：“太上皇徙长安，居深宫，凄怆不乐。高祖窃因左右问其故，以平生所好，皆屠贩少年，酤酒卖饼，斗鸡蹴鞠，以此为欢，今皆无此，故以不乐。”[②]晚年的太公虽尊为太上皇，衣食无忧，但依旧怀念沛县的酤酒卖饼生活。至刘邦出生，家境并未改变，甚至出任泗水亭长后的刘邦常从人赊酒，来

（接上页）科学版）》2001年第2期；论后人拟作者，如周建江《〈大风歌〉的流变》，《韶关学院学报（社会科学版）》2002年第7期；论诗歌与西汉宗庙礼乐之间的关系，如杨允《〈大风歌〉与西汉宗庙乐舞建设考索》，《郑州大学学报（哲学社会科学版）》2022年第3期；论诗歌的后世接受与影响，如蔡一鹏《戏拟：从刘邦的〈大风歌〉到睢景臣的〈高祖还乡〉》，《漳州师院学报》1998年第2期，刘锋焘《从三位皇帝的还乡诗看〈大风歌〉的经典性》，《乐府学（第十九辑）》社会科学文献出版社，2019年；论诗歌的本事，如黄晓芳《高祖还乡故事的文化意蕴及其接受方式》，《文艺评论》2014年第10期；论诗歌展现的音乐特点，如孙莎《刘邦〈大风歌〉与筑乐》，《音乐时空》2014年第18期。凡此种种，可以看出学人对《大风歌》关注度之高，且多从文学层面对该歌诗进行研究。

① 班固著，颜师古注《汉书》卷一，中华书局，1962年，第81页。

② 葛洪撰，周天游校注《西京杂记》卷二，三秦出版社，2006年，第88页。

满足贪酒之好。可见，刘邦出身农家，青壮年时期尚为生计所困。不治产业的刘邦，并不讨父亲太公喜欢，在太公眼中，刘邦就是个游手好闲的无赖，远不如二儿子刘仲勤勉。①

青年的刘邦不事生产，却慕名士。魏公子信陵君是刘邦自小仰慕的偶像："高祖始微少时，数闻公子贤。及即天子位，每过大梁，常祠公子。高祖十二年，从击黥布还，为公子置守冢五家，世世岁以四时奉祠公子。"（《史记·魏公子列传》）②刘邦即位皇帝后，诏令为信陵君魏无忌奉祠，世代享祭。无缘追随信陵君，青年的刘邦倒追从过名士张耳。《史记·张耳陈余列传》记载："高祖为布衣时，尝数从张耳游，客数月。"③张耳是秦时魏国名士，秦灭魏后，曾用千金购求张耳。张耳逃亡到外黄时，刘邦有机会追随张耳做游侠。适逢秦灭六国，时局动乱，刘邦更愿建立一番事功。因此，在咸阳服徭役的刘邦，看到浩荡出行的秦始皇时，才不禁有"大丈夫当如此"的感叹。足见，青壮年时期的刘邦，身虽穷而志远大。在这样的家境出身与心志趋向下，恰逢轰轰烈烈的反秦时局，刘邦必然会投身义军，建功立业。

三年灭秦，四年亡楚，公元前 202 年，刘邦于山东定陶称帝。七年之后，平定英布叛军主力的刘邦路过家乡沛地时，与故人父老置酒欢宴，席间，边击筑边表演了一首楚辞体歌诗，《史记·高祖本纪》曰：

> 高祖还归，过沛，留。置酒沛宫，悉召故人父老子弟纵酒，发沛中儿得百二十人，教之歌。酒酣，高祖击筑，自为歌诗曰："大风起兮云飞扬，威加海内兮归故乡，安得猛士兮守四方！"令儿皆和习之。高祖乃起舞，慷慨伤怀，泣数行下。④

《汉书·高帝纪》的记载大抵与此相类。唯将"高祖"改为"上"，"自为歌诗"改为"自歌"。前一处改动，可等义替换，不存分歧。而第二处

---

① 班固著，颜师古注《汉书》卷一，第 66 页。

② 司马迁撰，裴骃集解，司马贞索隐，张守节正义《史记》卷七十七，中华书局，1982年，第 2385 页。

③ 司马迁撰，裴骃集解，司马贞索隐，张守节正义《史记》卷八十九，第 2572 页。

④ 司马迁撰，裴骃集解，司马贞索隐，张守节正义《史记》卷八，第 389 页。

改动，却有高祖“作诗”和“歌诗”之别。这首诗在后世影响颇深，南朝刘勰称其为“天纵之英作”（《文心雕龙·时序》）[①]，明人许学夷称其“词旨虽直，而气概远胜”（《诗源辩体》）[②]，清人陈祚明则曰：“雄骏，可以笼罩百代。”（《采菽堂古诗选》）[③]如此气概、雄骏的英作，真的出自矢志于战功，无暇于文学的平民皇帝刘邦吗？

对此，明人许学夷提出“润色”之说，《诗源辩体·汉魏总论汉》曰：“《大风》词旨虽直，而气概远胜，《垓下》词旨甚婉，而气稍不及……然二君皆非文士，而《大风》已歌于沛，疑臣下润色；《垓下》则乐府润色耳。……”[④]许氏从身份视角看，认为汉高祖出身农家、戎马一生，并非文士，很难创作出如此气概远大的歌诗，因此，《大风歌》应该是经过臣下润色而成。许氏所疑，看似合理，实则不然。寻绎典籍，从刘邦对楚文化的热爱以及治国理念的转变等角度看，刘邦是有创作这首气度宏大歌诗的可能性的。

刘邦生于楚，爱楚服，乐楚声。关于楚服形制，裴松之《史记索隐》引孔文祥语，曾论及：“短衣便事，非儒者衣服。”（《史记·刘敬叔孙通列传》）[⑤]楚服短小，便于做事，不同于儒者所穿儒服。汉时大儒叔孙通曾身穿儒服面见汉王，就遭到刘邦的厌恶：“叔孙通儒服，汉王憎之；迺变其服，服短衣，楚制，汉王喜。”（《史记·刘敬叔孙通列传》）[⑥]叔孙通改穿楚服后，才赢得汉王的欢心。叔孙通能通过服装扭转刘邦对他的态度，正源于叔孙通能投其所好，迎合汉王崇尚楚文化的心理。刘邦对楚文化的热爱，还表现在他对楚地音乐的喜欢上。楚声或楚歌是流行于江淮地区的民间音乐，荆楚之地百姓喜欢用楚

---

① 刘勰著，黄叔琳注，李详补注，杨明照校注拾遗《增订文心雕龙校注》卷九，中华书局，2012年，第536页。

② 许学夷著，杜维沫校点《诗源辩体》卷三，人民文学出版社，1987年，第53页。

③ 陈祚明评选，李金松点校《采菽堂古诗选》卷三，上海古籍出版社，2019年，第56页。

④ 许学夷著，杜维沫校点《诗源辩体》卷三，第53—54页。

⑤ 司马迁撰，裴骃集解，司马贞索隐，张守节正义《史记》卷九十九，第2716页。

⑥ 司马迁撰，裴骃集解，司马贞索隐，张守节正义《史记》卷九十九，第2721页。

歌表达心绪。《史记·高祖本纪》曰:“至南郑,诸将及士卒多道亡归,士卒皆歌思东归。”[①]汉元年(前206),项羽入关,杀秦王子婴,烧秦宫殿,结束了王秦之战,分封了十八路诸侯。其中刘邦被封汉王,管辖荒凉的巴、蜀、汉中三郡。除了项羽分派的三万士卒外,楚人和仰慕刘邦为人者,都跟随刘邦前往巴蜀。途中,刘邦听从张良之计,主动烧毁栈道,来暗示项羽自己无意东出,以打消项羽的疑虑。但跟随的士兵们,并不知晓此意,以为将随刘邦困居巴蜀,无法东归故乡。半路逃亡了许多士兵,留下的士兵则唱起楚歌,表达自己想要东归楚地之思。韩王信趁此向汉王进献借士卒东归之意而还定三秦之策。[②] 还有一则楚歌用于战争的实例,就是众所周知的四面楚歌。汉五年(前202)项羽被诸侯军围困垓下时,夜间听到四面传来汉军所唱楚歌,以为汉军占尽楚地,因此,导致项羽军丧失斗志。东归思歌、四面楚歌是楚汉战争中以楚歌为战术的典型个案,同时也是楚人善歌的集中体现。刘邦做皇帝后,制定新朝礼乐时,就用楚声改造秦曲。《汉书·礼乐志》曰:“又有《房中祠乐》,高祖唐山夫人所作也。周有《房中乐》,至秦名曰《寿人》。凡乐,乐其所生,礼不忘本。高祖乐楚声,故《房中乐》楚声也。”[③]刘邦将楚声应用到新朝典礼中,对于此举,班固指出正是源于刘邦对家乡音调楚声的喜好,是刘邦不忘故土的表现。高祖乐楚声,也体现在刘邦与宠妃戚夫人的日常娱乐中。《西京杂记·戚夫人歌舞》曰:“高帝戚夫人善鼓瑟击筑。帝常拥夫人倚瑟而弦歌,毕,每泣下流涟。夫人善为翘袖折腰之舞,歌《出塞》《入塞》《望归》之曲。侍妇数百皆习之,后宫齐首高唱,声入云霄。”[④]高祖戚夫人能歌善舞,擅长诸多乐器,颇得刘邦宠幸,常伴君左右。这样一位音乐

---

① 司马迁撰,裴骃集解,司马贞索隐,张守节正义《史记》卷八,第367页。

② “‘项王王诸将,王独居此,迁也。士卒皆山东人,竦而望归,及其蠭东乡,可以争天下。’汉王还定三秦,乃许王信,先拜为韩太尉,将兵略韩地。”参见《汉书·韩王信传》,班固著,颜师古注《汉书》卷三十三,第1852—1853页。

③ 班固著,颜师古注《汉书》卷二十二,第1043页。

④ 葛洪撰,周天游校注《西京杂记》卷一,第15页。

素养高超的佳人在旁，对提升刘邦的音乐水平也一定是大有裨益。刘邦在席间击筑表演的《大风歌》，就是一首典型的楚声特色诗歌。

《大风歌》作为一首楚辞体诗歌，在音乐和文学层面都表现出较高水平。如果说汉高祖热爱楚声，从小受到家乡音调的熏陶，能唱楚歌；那么，如此雄骏的歌辞内容，又是沛县草莽能创作出来的吗？《汉书·高帝纪》曰："初，高祖不修文学，而性明达，好谋，能听。"①班固所言"初"字，值得关注。他指出，不修文学是高祖刘邦的早年状态。在反秦起义中，许多英才汇聚到刘邦处，运筹帷幄之中的张良、坐镇后方的萧何、出使南越的陆贾、劝降齐王的郦食其等等，都不以武力著称，但他们在灭秦亡楚的战争中，贡献出的诸多计策，都得到重用。正是源于刘邦为人豁达，能听人言。对待儒生的态度，亦是如此。新朝肇建后，能任用叔孙通制礼作乐，让刘邦感受到礼乐制度对皇权建立的重要性。认识到从马上得天下而不能从马上治理天下的道理后，刘邦即诏令陆贾总结秦亡教训："陆生迺粗述存亡之征，凡著十二篇。每奏一篇，高帝未尝不称善，左右呼万岁，号其书曰'新语'。"（《史记·郦生陆贾列传》）②陆贾所作《新语》十二篇，得到高祖的称赞。表明刘邦对治理国家有了新的观念，对待《诗》《书》不再排斥。不仅如此，年老的刘邦在给太子刘盈的家书中，也告诫儿子要重视《诗》《书》文化，提高自身的文学素养。《古文苑·汉高祖手敕太子》："吾遭乱世，当秦禁学，自喜，谓读书无益。洎践祚以来，时方省书，乃使人知作者之意。追思昔所行，多不是……吾生不学书，但读书问字而遂知耳。以此，故不大工，然亦足自辞解。今视汝书，犹不如吾。汝可勤学习，每上疏，宜自书，勿使人也。"③这封出自刘邦本人的家书④，

---

① 班固著，颜师古注《汉书》卷一下，第80页。

② 司马迁撰，裴骃集解，司马贞索隐，张守节正义《史记》卷九十七，第2699页。

③ 章樵注《古文苑》卷十，清道光二十四年(1844)金山钱氏刻守山阁丛书本。

④ 姚军从文献校勘角度，以《古文苑》为底本，比对《殷芸小说》《全汉文》，认为：《古文苑》所收的《汉高祖手敕太子》不是梁前民间文人的伪作，它极有可能出自刘邦本人。而其中第一、第三、第四是一敕，专言读书做人，当是刘邦刚即位时所作。参见《〈古文苑〉所收〈汉高祖手敕太子〉考论》，《求索》2013年第6期，第72页。

在教诫儿子重视读书写字的背后，也表明刘邦自己对文化的重新认知。刘邦由早年的“读书无益”，转变为即位后的“时方省书”，加之其明达能听，因此，班固认为刘邦“初，不修文学”，而称帝后的刘邦在文学素养上是有显著提升的。

楚歌主要流传在长江流域，汉王朝建立后，因刘邦的推广，在上层贵族间广为流行[①]。刘邦劲敌项羽被围垓下时，悲歌“力拔山兮气盖世”；刘邦得知易储无望时，悲歌“当可奈何”；儿子刘友濒临死亡时，悲歌“托天报仇”；刘细君远嫁乌孙时，悲歌“愿为黄鹄兮归故乡”。由此可见，秦汉间楚人存在借歌抒怀的风气，且多表达悲伤之绪。刘再生指出：“楚歌是一种感情色彩极为浓郁的民间歌曲形式。”[②]刘邦在平定叛乱、归乡伤怀之际，所歌《大风歌》也一定寄寓着刘邦丰富的内心世界。明代王士禛《跋表余落笺合选诗后》曰：“迨汉《大风歌》，气象沉雄，要之游子悲故乡，犹至性所发，不参学力矣。”[③]王氏认为，《大风歌》的创作无关学力，其言欠妥。正是从小浸润楚歌文化，起义后多向人问字，即位后时常读书，刘邦的音乐、文学素养才得以提升，于归乡之际，创作了这首楚声短歌。

---

① 汉高祖在沛县所作《大风歌》；在见到商山四皓，打消废嫡立幼的易储之念后，对戚夫人所唱《鸿鹄之歌》：“鸿鹄高飞，一举千里。羽翮已就，横绝四海。横绝四海，当可奈何！虽有矰缴，尚安所施！”参见《史记》卷五十五，第2047页。吕后当政，残害刘邦诸子。刘邦的第六子刘友被活活饿死，临死前作歌，控诉吕后，托天报仇。其歌曰：“诸吕用事兮刘氏危，迫胁王侯兮强授我妃。我妃既妒兮诬我以恶，谗女乱国兮上曾不寤。我无忠臣兮何故弃国？自决中野兮苍天举直！于嗟不可悔兮宁蚤自财。为王而饿死兮谁者怜之！吕氏绝理兮托天报仇。”参见《史记》卷九《吕太后本纪》，第403—404页。汉武帝时为了联合乌孙，共同对抗匈奴，汉武帝派出江都王刘建之女刘细君和亲，远嫁的刘细君悲愁自己的命运，自作歌曰：“吾家嫁我兮天一方，远托异国兮乌孙王。穹庐为室兮旃为墙，以肉为食兮酪为浆。居常土思兮心内伤，愿为黄鹄兮归故乡。”参见《汉书》卷九十六《西域传》，第3903页。

② 刘再生《中国古代音乐史简述（修订版）》，人民文学出版社，2006年，第172页。

③ 王士禛撰，袁世硕主编《落笺堂集 · 跋表余落笺合选诗后》，齐鲁书社，2007年，第90页。

二、刘邦凝聚人心与《大风歌》悲情意蕴

“诗者,志之所之也,在心为志,发言为诗。”[①]刘邦在宴饮酒酣之际,演唱了这首歌,又寄托怎样的心绪呢?将《大风歌》与史书所载秦汉间人的楚歌相比,很容易发现其间的差距。项羽悲歌“时不利”;刘友悲歌“托天报仇”;刘细君悲歌“归故乡”;无一不是对自己命运的哀伤。而刘邦的《大风歌》除了归乡的个人情感之外,还有他作为帝王的情感,苏辙《诗病五事》曰:“高帝岂以文字高世者哉?帝王之度固然,发于其中而不自知也。”[②]苏辙称其为“帝王之度”。个人与帝王这两种身份融合的情感,又该怎样解读呢?

刘邦原为沛县的一个自耕农,反秦起义之前的最高身份就是泗水亭长。在乡人眼中,刘邦是个什么样的形象呢?父亲太公数落他:“始大人常以臣无赖,不能治产业,不如仲力。”(《史记·高祖本纪》)[③]不事生产,不如哥哥刘仲勤快;常常向人赊酒;娶吕公之女前,与曹姓外妇生下长庶子刘肥;同乡萧何称他:“刘季固多大言,少成事。”(《史记·高祖本纪》)[④]项羽谋士范增评价他:“沛公居山东时,贪于财货,好美姬。”(《史记·项羽本纪》)[⑤]透过众人的评价,我们大致能还原出刘邦居乡时的样子,就是一个贪酒好色、不勤快、爱吹牛、少成事的乡间无赖。十五年后[⑥],沛县的草莽成为大汉王朝皇帝,这次回沛是真正的荣归故里。刘邦劲敌项羽在烧毁秦宫,报了项梁之仇后,就怀有东归之意,曰:“富贵不归故乡,如衣绣夜行,谁知之者!”

---

① 孔颖达《毛诗正义》卷一,阮元校刻《十三经注疏》(清嘉庆刊本),中华书局,2009年,第563页。

② 苏辙著,陈宏天、高秀芳点校《苏辙集》卷八,中华书局,1990年,第1228页。

③ 司马迁撰,裴骃集解,司马贞索隐,张守节正义《史记》卷八,第387页。

④ 司马迁撰,裴骃集解,司马贞索隐,张守节正义《史记》卷八,第344页。

⑤ 司马迁撰,裴骃集解,司马贞索隐,张守节正义《史记》卷七,第311页。

⑥ 刘邦自秦二世元年(公元前209)沛地起兵,到汉十二年(公元前195)击英布过沛,凡十五年。

(《史记·项羽本纪》)[1]项羽为楚国贵族,尚有富贵还乡之念,遑论平民出身的刘邦一朝贵为天子。天子之贵,让刘邦一雪前耻,实现了他当年"大丈夫当如此"的宏愿。再次回乡的刘邦,就像当年巡游的秦始皇,是顶天立地的大丈夫,这也满足了他想被人认可的心理。对于父亲太公"不如仲力"的数落,刘邦一直耿耿于怀。汉九年(前 198),刘邦在未央宫大宴群臣时,还向时为太上皇的太公发问:"今某之业所就孰与仲多?"(《史记·高祖本纪》)[2]足见其对乡居时故人评语的在意。这次荣归故里,胜过千言万语,乡人都看到刘邦的丰功伟绩。刘邦留居沛县达十余日,与父老欢宴尽兴。歌辞"威加海内兮归故乡"正是农民起义胜利后所存在的局限性的体现,但也展现了布衣天子荣归故里的欢乐。

刘邦生于沛县,长于沛县,他对故乡是有着深深眷恋之情的。酣饮过后的刘邦,吐露心声:"游子悲故乡。吾虽都关中,万岁后吾魂魄犹乐思沛。"(《史记·高祖本纪》)[3]他希望自己的魂魄也能回归故乡。刘邦作为皇帝,他的陵庙安置在了国都长安。他的这一遗愿被儿子刘盈实现了,《史记·高祖本纪》:"及孝惠五年,思高祖之悲乐沛,以沛宫为高祖原庙。高祖所教歌儿百二十人,皆令为吹乐,后有缺,辄补之。"[4]孝惠帝将沛宫改为原庙,奉祠高祖。并在原庙祭祀时,演唱刘邦所作的《大风歌》。可以说,孝惠帝此举,正合刘邦生前魂归故里的心愿。生长沛县,魂归沛里,怀揣着对故乡的深情眷恋,刘邦的回乡心情也是欢乐的。

唐太宗李世民《幸武功庆善宫》曰:"共乐还乡宴,欢比大风诗。"[5]认为《大风歌》唱出了刘邦归乡之乐。历经生死战争,再次回到阔别已久的沛县,荣归故土,刘邦的歌声传达了欢乐。从刘邦的个人

---

① 司马迁撰,裴骃集解,司马贞索隐,张守节正义《史记》卷七,第 315 页。
② 司马迁撰,裴骃集解,司马贞索隐,张守节正义《史记》卷八,第 341 页。
③ 司马迁撰,裴骃集解,司马贞索隐,张守节正义《史记》卷八,第 389 页。
④ 司马迁撰,裴骃集解,司马贞索隐,张守节正义《史记》卷八,第 393 页。
⑤ 吴云、冀宇校注《唐太宗全集校注》,天津古籍出版社,2004 年,第 21 页。

情感看，此言为允。若以帝王情感看，《大风歌》的深层内核是悲歌。

"大风起兮云飞扬"，诗歌的首句就借自然界意象，兴起天下风云际会之势。谋士蒯通在说服韩信称齐王，与汉楚三足鼎立时，就以风起云涌比喻天下反秦大势，《史记·淮阴侯列传》引蒯通语，曰："天下初发难也，俊雄豪桀建号壹呼，天下之士云合雾集，鱼鳞杂沓，熛至风起。当此之时，忧在亡秦而已。"[①]自秦二世元年（前209），陈胜吴广起义揭开反抗暴秦的帷幕。"当此时，诸郡县苦秦吏者，皆刑其长吏，杀之以应陈涉。"（《史记·陈涉世家》）[②]各地百姓纷纷杀死地方长官，以响应大泽乡的起义军。一时之间，农民、六国旧贵族的反抗义军席卷整个秦朝大地。天下同时揭竿而起，就是因为"天下苦秦久矣。"（《史记·高祖本纪》）[③]刘邦在丰西泽释放骊山囚徒后，隐匿于芒、砀山泽间，顺应天下起义大势，杀沛令，以沛公身份率领徒众，投入到反秦起义大军中。事实上，刘邦此歌的首句直接点出他从一介平民成为一代帝王的根本原因，就在于天下熙熙攘攘的亡秦之势。

"威加海内兮归故乡"，诗歌的第二句点出"归乡"主题。归乡在"威加海内"之后，彰显了以天子之贵荣归故里的自豪。"海内"与"故乡"，从空间上突显天子之威。威者，《说文·女部》："威，从女，古声。威，姑也。"段玉裁注："引申为有威可畏。"[④]刘邦作为农民起义领袖，乘着天下亡秦之势，才得以号令群雄。三年亡秦之后，项羽成为当时最大的诸侯军统领，为了打压刘邦，项羽分封十八路诸侯时，特意将刘邦发配到荒凉的巴蜀之地。为了打消项羽疑虑，刘邦采用张良烧毁栈道之计，但这一计策也使刘邦遭遇第一次人心涣散的危机，跟随刘邦的将士纷纷逃亡，留下的士卒通过唱歌表达自己东归意愿。韩王信说："天下已定，人皆自宁，不可复用。不如决策东乡，争权天

① 司马迁撰，裴骃集解，司马贞索隐，张守节正义《史记》卷九十二，第2623页。

② 司马迁撰，裴骃集解，司马贞索隐，张守节正义《史记》卷四十八，第1953页。

③ 司马迁撰，裴骃集解，司马贞索隐，张守节正义《史记》卷八，第350页。

④ 许慎撰，段玉裁注《说文解字注》，上海古籍出版社，1988年，第615页。

下。”(《史记·高祖本纪》)[1]刘邦借助还定三秦,得以收拢人心。经此一事,刘邦认识到人心向背,是他能否争得天下的关键。刘邦攻略天下的路线,从夺取关中开始,理由便是亡秦之时,为项梁所立的楚怀王与诸侯军约定“先入关者王之”,刘邦要如约当关中王,而不是汉王。三秦收复后,面临直接与项羽争天下的局面,刘邦通过为义帝哭丧,笼络人心,《史记·高祖本纪》载刘邦告诸侯:“天下共立义帝,北面事之。今项羽放杀义帝于江南,大逆无道。寡人亲为发丧,诸侯皆缟素。悉发关内兵,收三河士,南浮江汉以下,愿从诸侯王击楚之杀义帝者。”[2]刘邦借义帝之死激起诸侯军击杀不义者的士气,矛头直指项羽。在耗时四年的楚汉相争中,也有不少诸侯王坐山观虎斗的时刻,前文提到蒯通说服韩信“齐楚汉”三立之时;汉五年(前202),刘邦与诸侯相约合围、歼灭项羽,但韩信、彭越两大军团并未赴约,致使刘邦二十万大军大败,困守固陵。这一次刘项间的单打独斗,直接关系到未来历史格局的形成。对此,张良献裂地封王之策,《汉书·高帝纪》:“楚兵且破,未有分地,其不至固宜。君王能与共天下,可立致也。”[3]最终,刘邦听取张良计策,封韩信为齐王,统辖陈以东至海区域;封彭越为梁王,管理睢阳以北到谷城诸区域。韩信、彭越在封王裂地后,果然引兵而至。诸侯军合围项羽,楚军大败,项羽自刎。通过与天下共利,刘邦再次稳定了人心。即皇帝位后,面对群臣饮酒争功、拔剑击柱的乱象,刘邦起用儒生叔孙通制定朝仪,百官肃敬,刘邦由此感叹“吾乃今日知为皇帝之贵也”。从沛公、到汉王,再到皇帝,刘邦一次次凝聚人心,稳固政权之威。

“安得猛士兮守四方”,诗歌的第三句则是悲情哀绪的集中体现,流露出刘邦对国家内、外的深深忧虑。汉朝初建,刘邦分封功臣,先后出现八位异姓诸侯王,分别是楚王韩信、梁王彭越、燕王臧荼、淮南

---

① 司马迁撰,裴骃集解,司马贞索隐,张守节正义《史记》卷八,第367页。
② 司马迁撰,裴骃集解,司马贞索隐,张守节正义《史记》卷八,第370页。
③ 班固著,颜师古注《汉书》卷一,第49页。

王英布、赵王张敖、韩王信、长沙王吴芮，臧荼谋反后，卢绾为燕王。又于汉六年(前201)十二月、正月，先后分封二十九位列侯。刘邦分封功臣，兑现了与天下同利的承诺。但汉王朝的政权并未就此稳定，就在《大风歌》创作的汉十二年(前195)的前一年，韩王信、陈豨、韩信、彭越、英布等曾经的盟友相继叛乱。对此，班固论曰："昔高祖定天下，功臣异姓而王者八国。张耳、吴芮、彭越、黥布、臧荼、卢绾与两韩信，皆徼一时之权变，以诈力成功，咸得裂土，南面称孤。见疑强大，怀不自安，事穷势迫，卒谋叛逆，终于灭亡。"(《汉书·吴芮传》)[1]班固将异姓诸侯王的叛乱归因于刘邦的猜疑，"见疑强大"而招致杀身之祸。事实上，无论这些诸侯王的叛乱是主动为之，还是被动牵连，都无法改变刘邦对臣下不忠的看法；无法改变骁勇善战良将不在的事实。刘邦渴求的猛士，确切地说是忠诚的猛士。放眼宴会之上，谁是真正的忠臣呢？这是令刘邦歌悲之处。猛士不仅能安内，也要抚外。汉王朝疆域图的边界上，一直有强劲的匈奴骚扰。刘邦率军平定韩王信与匈奴的叛乱时，被匈奴大军困于平城白登(今山西大同)，七天不得突围，《汉书·匈奴传》曰："高帝先至平城，步兵未尽到，冒顿纵精兵三十余万骑围高帝于白登，七日，汉兵中外不得相救饷。"[2]在陈平贿赂阏氏的计策下，刘邦才得以脱困。这场与匈奴的战争，最终以和亲结束。自此，和亲成为汉王朝应对匈奴入侵的主要策略。除了北边的匈奴，东面的朝鲜、南面的南越也是威胁汉王朝的政权。文帝朝，将军陈武等奏议，要将这两个政权纳入汉朝版图，《史记·律书》载曰："南越、朝鲜自全秦时内属为臣子，后且拥兵阻阸，选蠕观望。高祖时天下新定，人民小安，未可复兴兵。今陛下仁惠抚百姓，恩泽加海内，宜及士民乐用，征讨逆党，以一封疆。"[3]据此可知，汉高祖时期的南越、朝鲜拥兵自立，刘邦并未兴兵收复。至其原因，与汉初推行安民政策；诸侯王相继叛乱，海内尚不太平，无暇关注海外；

---

① 班固著，颜师古注《汉书》卷三十四，第1895页。
② 班固著，颜师古注《汉书》卷九十四，第3753页。
③ 司马迁撰，裴骃集解，司马贞索隐，张守节正义《史记》卷二十五，第1242页。

以及刘邦厌战等因素，都有关系。身受箭伤、年老体衰的刘邦，早已厌倦了战争，以致英布叛乱时，都没想到刘邦会亲自应战，《史记·黥布列传》："上老矣，厌兵，必不能来。使诸将，诸将独患淮阴、彭越，今皆已死，余不足畏也。"[①]刘邦本打算令太子刘盈出征，奈何吕后阻挠，刘邦只能亲自出征。刘邦御驾亲征，以及黥布的预判，都表明彼时朝中良将不在，加之太子仁弱、易储之事难以推进，更加深了刘邦对能守护大汉江山的猛士的渴望。

"高祖有天下，三边外畔；大国之王虽称蕃辅，臣节未尽。"（《史记·律书》）[②]彼时的内忧外患，让早已厌战的年老刘邦倍感无奈。忠臣难觅，子嗣羸弱，年老身伤，自己百年后的魂魄能回到故乡，而身前打下的江山，又有谁来守护？伴着筑声，刘邦诉说着内心的无奈与悲伤。这里值得注意的是，刘邦在宴会之前，找到一百二十位歌儿，练习这首歌。在宴会时，高祖演唱后，众歌儿齐声演唱，高祖起舞，借着歌声将刘邦这份炽热的猛士之思传播出去。刘邦的慷慨悲歌，向世人展现着新建的大汉王朝渴求猛士，召唤猛士一起来守护大汉江山。借着歌声，刘邦再一次凝聚民心。

三、《大风歌》的后世接受

李东阳说："古歌辞贵简远。《大风歌》止三句，《易水歌》止二句，其感激悲壮，语短而意益长。"[③]《大风歌》虽为短言楚歌而后世广为流传，从音乐和文学两方面都产生影响。

（一）琴曲《大风起》歌辞与本事

郭茂倩《乐府诗集》是宋前乐府诗的集大成之作，其"琴曲歌辞"类目收录有《大风起》一曲，题解引用《汉书》《高帝纪》与《礼乐志》相关文字，歌辞即《大风歌》。题解和歌辞，明确记载了琴曲《大风起》的本事以及歌辞的留存情况。其本事就是史书所载的高祖还乡故事；

---

① 司马迁撰，裴骃集解，司马贞索隐，张守节正义《史记》卷九十一，第 2606 页。

② 司马迁撰，裴骃集解，司马贞索隐，张守节正义《史记》卷二十五，第 1242 页。

③ 李东阳著，周寅宾编《李东阳集》，岳麓书社，2008 年，第 1507 页。

歌辞就是高祖宴会上所表演的《大风歌》。《大风歌》通过琴曲的形式流传下来。关于琴曲特点，赵敏俐指出："无论有没有歌辞，这些琴曲都有一个故事。这说明，在一首琴曲产生过程中，故事与歌辞同样重要，甚至比歌辞还要重要。"[①]也就是说，琴曲注重本事，不仅《大风歌》歌辞本身，而且《大风歌》产生的历史背景，一同随乐曲流传下来。琴曲是以琴这类乐器为主的器乐演奏曲，《大风起》纳入"琴曲"，源于高祖创作之初，以筑伴奏的缘故。陈旸《乐书·乐图论》"击筑"条曰："筑之为器，大抵类筝，其颈细，其肩圆，以竹鼓之，如击琴然。"[②]筑是形状像琴的一种弦乐器。而将《大风歌》纳入琴曲的时间，至晚在东汉时期。《乐府诗集》题解引郭氏按语，曰："按《琴操》有《大风起》，汉高帝所作也。"[③]《琴操》据《四库未收书提要·琴操二卷提要》记载："汉蔡邕撰。邕字伯喈，陈留圉人。事载《后汉书列传》。"[④]其作者为东汉蔡邕，由此可推知，大抵在东汉时，《大风歌》已通过琴曲形式流传。值得注意的是，西汉初年，《大风歌》是作为祭歌形式，在原庙祭祀典礼中应用的。《汉书·礼乐志》："至孝惠时，以沛宫为原庙，皆令歌儿习吹以相和，常以百二十人为员。文、景之间，礼官肄业而已。"[⑤]孝惠帝朝建立原庙后，举行祭祀典礼时，就是仿照高祖归乡时表演《大风歌》的场景，令一百二十名乐人齐声演唱。文景二帝继承了这一原庙祭祀传统。此后，史书有汉元帝朝恢复"原庙"之事[⑥]；后汉光武帝[⑦]、章帝[⑧]祠原庙的记载，至于其原庙祭歌，则史无明文。大抵《大风歌》在汉后期就已开始以琴曲方式传播。

---

① 赵敏俐《先秦两汉琴曲歌辞研究》，《文学遗产》2010年第2期，第64页。

② 陈旸撰，张国强点校《〈乐书〉点校》卷一百四十六，中州古籍出版社，2019年，第743页。

③ 郭茂倩编《乐府诗集》卷五十八，中华书局，1979年，第850页。

④ 《四库全书总目》，中华书局，1965年，第1848页。

⑤ 班固著，颜师古注《汉书》卷二十二，第1045页。

⑥ 班固著，颜师古注《汉书》卷九《元帝纪》，第297页。

⑦ 范晔撰，李贤等注《后汉书》卷一《光武帝纪上》，中华书局，1965年，第39页。

⑧ 范晔撰，李贤等注《后汉书》卷三《肃宗孝章帝纪》，第158页。

（二）诗文中的"归乡"母题

唐太宗李世民颇好《大风歌》，曾效仿高祖还乡，于贞观六年(632)在所出生的庆善宫大宴群臣，《新唐书·礼乐志》曰："《九功舞》者，本名《功成庆善乐》。太宗生于庆善宫，贞观六年幸之，宴从臣，赏赐闾里，同汉沛、宛。帝欢甚，赋诗，起居郎吕才被之管弦，名曰《功成庆善乐》。以童儿六十四人，冠进德冠，紫袴褶，长袖，漆髻，屣履而舞，号九功舞。进蹈安徐，以象文德。麟德二年诏：'郊庙、享宴奏文舞，用《功成庆善乐》'。"[①]唐太宗在回到自己出生地—庆善宫时，也与故人相欢宴饮，并赋诗。其诗歌正是《幸武功庆善宫》，同样被入管弦，成为祭典乐曲。对于唐太宗如此崇尚汉高祖的原因，清人王之春《椒生随笔·帝诗同揆》认为："汉高祖《大风歌》有云：'安得猛士兮守四方。'唐太宗《春日玄武门宴群臣诗》有云：'庶几保贞固，虚已厉求贤。'……圣君哲主，其拳拳好士之思，古今同揆。"[②]好士之思，正是唐太宗和汉高祖作为贤明帝王所共同追求的。

唐人之后，元人也将高祖还乡故事搬入文学作品中。元杂剧许多作家选择以"高祖还乡"故事为题材，进行创作，如白朴《高祖归庄》、睢景臣《般涉调·哨遍·高祖还乡》等。在他们的笔下，皇帝衣锦还乡的欢乐，变了味道。白朴塑造了穷汉得志的形象，而睢景臣更是插科打诨，颠覆高祖形象："少我的钱差发内旋拨还，欠我的粟税粮中私准除。只道刘三谁肯把你揪捽住，白甚么改了姓、更了名、唤做汉高祖。"[③]高高在上的皇帝，在这里又恢复为泗水亭长。刘三，就是刘季。关于季是不是高祖之"名"的问题，《史记探源》曰："案刘氏兄弟三人，但以长少而称伯仲季，非名也。高祖微小时，但称刘季；后称沛公；后称汉王；后称皇帝。终其身无所谓名与字也。讳邦者，后世使臣所拟耳，否则汉王二年二月，立汉社稷，当为祭文，

---

① 欧阳修、宋祁撰《新唐书》卷二十一，中华书局，1975年，第468页。

② 王之春撰，赵春晨等点校《椒生随笔》卷五，岳麓书社，2010年，第897页。

③ 隋树森《全元散曲》，中华书局，1964年，第545页。

或为造名之始与？”[1]崔适认为，高祖讳名刘邦，是后世史臣添加的。刘氏三兄弟，在当时的称名应是刘老大、刘老二、刘老三。睢景臣这里直接指出，帝王华服也改变不了你是乡里不事产业、经常赊酒，贪财好色的刘老三本质的事实。对威风凛凛、风光无限的高祖还乡故事，进行大胆的讽刺。元人对高祖还乡时泼皮无赖本质的讽刺，实欲借古讽今，表达对元蒙入侵者以夷乱华，残暴统治的强烈不满和辛辣讽刺。

“高祖还乡”故事在唐宋人眼中，产生截然不同的认知，但不可否认，这一故事也为后世文学发展提供了“归乡”母题。

（三）《大风歌》主题的阐释

《大风歌》言短而意长，对于歌辞本身的内涵，后世聚讼纷纭，各抒己见。随着歌辞意蕴的挖掘，不仅加深了对诗歌的理解，也揭示了不同朝代世风影响下的文学特质。

汉代以后，对《大风歌》主题进行阐释的是隋人王通，其《中说·周公篇》曰：“子曰：‘《大风》安不忘危，其霸心之存乎？《秋风》乐极哀来，其悔志之萌乎？”[2]王通首倡“霸心”说，《大风歌》其实是汉高欲成就千秋霸业的心声呐喊。王通的观点，得到唐人的认可。唐人为《文选》作注，论及此首“汉高帝歌”，李善注：“风起云飞，以喻群凶竞逐而天下乱也；威加四海，言已静也。夫安不忘危，故思猛士以镇之。翰曰：风自喻，云喻乱也，言已平乱而归故乡，故思贤才共守之。”[3]李善、李周翰之注，大抵相同，都是承袭王通的“安不忘危”说，君王思贤才守天下之意。唐人眼中的《大风歌》，是高祖霸业的宣言，思贤才、猛士以共守天下。昂扬进取的大唐也渴望天下英雄，尽入吾彀。

如果唐人眼中的《大风歌》是求贤纳士以成就霸业的欢歌，那么，宋人看到的《大风歌》是巩卫刘氏的思士悲歌。北宋范温《潜溪诗

---

① 崔适《史记探源》卷三，《二十四史订补》第1册，书目文献出版社，1996年，第22页。

② 王通著，张沛校注《中说校注》，中华书局，2013年，第112页。

③ 萧统编，李善等注《六臣注文选》卷二十八，中华书局，2012年，第536页。

眼·论韵》:"汉高祖作《大风歌》,悲思泣下,念无壮士,功业有余之韵也,视战胜攻取者,小矣。"[①]范氏认为,这首胜利之歌背后隐藏的是汉室江山需要壮士来巩卫的浓郁忧思。南宋朱熹《楚辞后语》曰:"文中子曰:'《大风》,安不忘危,其霸心之存乎!'美哉乎,其言之也!汉之所以有天下,而不能为三代之王,其以是夫?然自千载以来,人主之词,亦未有若是其壮丽而奇伟者也。呜呼雄哉!"[②]朱熹并不认同王通的"霸心"说,他认为,称霸仅仅可以让汉帝得到天下,却不能成为三代之王。同样,没有将《大风歌》视为简单的胜利凯歌。宋人用更加冷静的眼光审视它的悲处。这与宋人难以超越唐诗这座高峰,却能选择另辟蹊径来理性作诗的观念是相同的,也与宋时国势衰退,常遭外族侵略,渴望更多的贤人猛士来捍卫国家,抵御外侵的时代背景有关。

元人读《大风歌》,表达了对汉高兔死狗烹、诛杀功臣帝王之术的不满和讽刺。元人萨都剌《登歌风台》:"萧何下狱子房归,左右功臣皆掣肘。还乡却赋《大风歌》,向来老将今无多。"[③]一个"却"字,流露出诗人对高祖"猛士"之思的质疑;元人马祖常《龙虎台应制》:"周穆故惭《黄竹赋》,汉高空奏《大风歌》。"[④]一个"空"字,传达出对高祖口中思猛士,手中屠功臣的不满。元人对《大风歌》中高祖诛功臣而思猛士的质疑,实欲借古讽今,表达对元朝统治者残暴统治的强烈不满和辛辣讽刺。

明人认为,以猛士守护江山,只是霸力,难称王道。明初陶安评价《大风歌》曰:"壮哉亲唱《大风歌》,金石铿轰奈乐何?君不见拔山盖世骨先朽,何在威加诧雄赳?又不见深室悬钟烹走狗,何用猛士为之守?大风起兮云飞扬,不如膏雨流滂滂;威加海内归故乡,不如帝德天下光;安得猛士守四方,不如王佐之才登庙堂,所以汉道不克承

---

① 郭绍虞辑《宋诗话辑佚》,中华书局,1980年,第374页。
② 朱熹集注,夏剑钦、吴广平校点《楚辞集注》,岳麓书社,2013年,第184页。
③ 顾嗣立编《元诗选初集·戊集》,中华书局,1987年,第1203页。
④ 顾嗣立编《元诗选初集·丙集》,第699页。

三王。”[①]陶安首先批评《大风歌》写威风、求猛士的荒诞。进而指出，帝王之道不是回乡的耀武扬威，而是关注民生、膏润百姓；不是寻求骁勇的战将，而是延请博学的贤才，汉高祖实非懂王道的帝王。杨士奇也认为，《大风歌》提倡“霸力”守四方，并非王道之举：“诗以言志，明良喜起之歌，南熏之诗，是唐、虞之君之志，最为尚矣。后来如汉高《大风歌》、唐太宗‘雪耻酬百王，除凶报千古’之作，则所尚者霸力，皆非王道。”[②]杨氏指出唐虞之道才是“王道”，汉高祖、唐太宗借以霸力治国，并非唐虞之君所行。《诗家直说》曰：“汉高帝《大风歌》曰：‘安得猛士兮守四方。’后乃杀戮功臣。魏武帝《对酒歌》曰：‘耄耋皆得以寿终，恩泽广及草木昆虫。’坑流民四十余万……予笔此数事，以为行不顾言之诫。”[③]谢榛认为，高帝《大风歌》诗中呼唤猛士来守四方，行为上却诛杀平定天下的异姓诸侯王和功臣，这种言行不一的教训，需要帝王引起警戒。明朝肇建，君王为集中皇权，而大肆屠戮功臣，文人对《大风歌》中刘邦兔死狗烹做法的批判，事实上，想要以此警示帝王不要步其后尘，危害社稷。

清人也否定《大风歌》以“猛士”守四方。李光地《榕村续语录·治道》：“《大风歌》思守四方，尚曰‘猛士’，不曰‘忠贤’，此予之所以不录也。”[④]李不收录《大风歌》，是因为它只强调“猛士”，不言忠贤。左宗棠《答王璞山》：“汉高百战而得天下，其《大风歌》则曰：‘安得猛士兮守四方。’是真阅历有得之言。留侯曲逆，若不得韩、彭、绛、灌之流，亦不能济事。但勇不本于忠，则亦非所谓勇耳。”[⑤]这里指出，猛士不仅要勇，更要忠诚。清以外族入关，朝臣评诗以“忠”，意在收拢人

① 陶安《陶学士集》卷十，《景印文渊阁四库全书》第 1225 册，台湾商务印书馆，1986 年，第 693 页。

② 杨士奇著，刘伯涵、朱海点校《东里文集·别集·圣谕录卷中》，中华书局，1998 年，第 394 页。

③ 谢榛著，朱其铠、王恒展、王少华点校《谢榛全集》卷二十一，齐鲁书社，2000 年，第 711—712 页。

④ 李光地著，陈祖武点校《榕村续语录》卷十八，中华书局，1995 年，第 838 页。

⑤ 左宗棠著，刘泱泱等点校《左宗棠全集·书信一》，岳麓书社，2009 年，第 127 页。

心，维护统治。

后世对《大风歌》的接受，都具有时代特性，从诗歌内涵到治国方策，《大风歌》的政治指导意义在增强，尤以警示作用突出，警戒帝王施行王道，摒弃兔死狗烹的帝王之术，任用贤良、忠臣，而非霸力猛将，方守成可至三王之方。从咏史诗角度，则提供了丰富的题材和充实的内涵。

四、结语

汉高帝与父老宴饮，唱起《大风歌》，表面是平定天下、衣锦归来的凯歌、乐歌，其实是内忧外患、后人难继的败歌、悲歌。《大风歌》语虽短，意却长。《大风歌》不仅通过琴曲形式，在后世流传；而且歌辞背后的"高祖还乡"故事、歌辞本身的主题都为后人津津乐道。高祖还乡，为后世文学提供了"归乡"母题；歌辞内涵，让后世对汉朝历史有着更深层的认知，并以古为镜，审视今时治政得失。从警示帝王广纳贤才、安抚功臣、施行王道，到告诫臣属尽忠于上、维护王权，使《大风歌》由关注帝王一面性，到君善下、臣忠上的两面性；使《大风歌》的政治指导意义，尤其是警示作用，得到重视而凸显。

（上海大学中国语言文学流动站；上海师范大学人文学院）

由悲剧意识到人格境界：陶渊明诗歌的审美超越和价值建构*

高宇燕

内容摘要：中国文化的悲剧意识源自人欲望的无限性和客观有限性之间的矛盾。悲剧意识不能被消灭，但可以通过审美超越化为境界提升和价值建构的资源。陶渊明是中国最伟大的诗人之一，其思想之深刻玄远、风格之平淡绚烂、人格之真淳高古，实由其对悲剧意识的审美超越而实现。他追问生命价值，表现为慨叹生命短促的生命悲剧意识，在仕隐矛盾中艰难徘徊的政治悲剧意识，追询精神归宿的价值悲剧意识和质疑天道至善的历史悲剧意识，并通过审美超越将悲剧意识化为人格境界提升和价值建构的资源。各悲剧意识类型之间彼此融合互渗，与陶渊明重要的人生问题相勾连，共同呈现了他由对悲剧意识的审美超越而实现价值建构，达至天人合一的人格境界，成就千古卓逸人格的生命历程。

关键词：陶渊明；悲剧意识；审美超越；人格境界；中国文化

* 基金项目：国家社会科学基金项目“唐诗宋词审美类型研究”(15BZW095)、中国人民大学重大基础项目“中国古代诗词悲剧意识研究”(16XNL008)成果。

From Tragic Consciousness to the Realm of Personality: Aesthetic Transcendence and Value Construction in Tao Yuanming's Poetry

Gao Yu-yan

Abstract: The tragic consciousness in Chinese culture stems from the contradiction between the boundlessness of human desires and the objective limitations of reality. Tragic consciousness cannot be eradicated, but it can be elevated and utilized as a resource for aesthetic transcendence and value construction. Tao Yuan-ming, one of the greatest poets in China, embodies the profound and far-reaching nature of his thoughts, the plain yet magnificent style of his writing, and the sincere and noble character of his personality, all of which are realised by his aesthetic transcendence of tragic consciousness in his poetry. He delves into the value of life, laments the brevity of life's tragic consciousness, pursues the realization of value while struggling with the contradiction between engagement and seclusion, seeks spiritual belonging in a tragic sense of purpose, and questions the notion of divine benevolence in the context of historical tragedy. Through aesthetic transcendence, he transforms tragic consciousness into a resource for personal growth and value construction. These different types of tragic consciousness are permeated and interpenetrated with each other, linked with the important issues of Tao Yuanming's life, collectively illustrate his progression from aesthetic transcendence of tragic consciousness to the unity of the nature and human beings, thus achieving an exceptional personality realm and leaving behind an extraordinary legacy for all generations to come.

Keywords: Tao Yuan-ming; tragic consciousness; aesthetic transcendence; personality realm; Chinese culture

悲剧是对人生命和命运的严肃关切，它虽是一个源自西方的概念，但并不为西方文化所独有。中国文化蕴含着成熟、纯粹的有别于西方的悲剧意识。与西方悲剧意识源自“天人二分”的思维方式不同，中国文化的悲剧意识源自对生命有限性的感知和通过建构价值超越人生有限性的过程。人性的“生本能”使人向往生命的永恒，但非宗教的文化背景又使人认识到生命有限乃不可逃避的客观现实；“人生而有欲”，但客观条件限制了人追求无限的可能，欲望的无限性和客观有限性之间的矛盾，便构成了中国的悲剧意识。面对悲剧意识，中国主流文化主张以有利于全人类的生存与发展来建构有利于“生”的价值准则[①]，通过审美超越将其化为建构价值、提升人格境界的动力和资源，对文化发展、民族传承具有重要意义。

元代黄公望在《张叔厚写渊明小像》中说：“千古渊明避俗翁，后人貌得将无同？杖藜醉态浑如此，困来那得北窗风。”[②]现存陶渊明的画像，其形象大都是两袖飘举、散淡闲逸的类型。不仅如此，陶诗也给人一种“超然尘外”[③]与“闲远清放”[④]的印象，被誉为“千古平淡之宗”[⑤]。但细读陶诗，陶渊明并不总是平淡超逸，他其实有很多矛盾和冲突，那遍布诗中的迟暮之感和生死之虑，仕进和退隐之间的矛盾徘徊，精神无依的价值空虚和质疑天道的历史之悲。他真诚地追问生命价值，将悲剧感受融会为对人生价值与意义的思考，并通过审美超越，将其化为境界提升和价值建构的资源，在中国悲剧意识的发展史上具有独特意义。

因此，悲剧意识是研究陶渊明的一个重要切入点，可以诠释与其

① 冷成金《论语的精神》，上海古籍出版社，2014年，第1—7页。

② 陈邦彦选编《康熙御定历代题画诗》卷五十三，北京古籍出版社，1996年，第639页。

③ 江盈科纂，黄仁生辑校《江盈科集（增订本）》，岳麓书社，2008年，第705页。

④ 李调元著，詹杭伦校正《雨村诗话校正》卷上，巴蜀书社，2006年，第9页。

⑤ 胡应麟《诗薮》内编卷二，上海古籍出版社，1979年，第35页。

相关的诸多重要问题，如陶诗的矛盾与和谐[①]，冲突与肃穆[②]等，对了解他的心灵世界、生命状态、文学成就和人格境界，具有重要意义。学界公认陶渊明的高逸人格与平淡诗风，实与其对悲剧意识的超越有关。关于陶渊明的悲剧意识，学界主要探讨了他的生命悲剧意识[③]，对其他方面的悲剧意识则较少关注；研究方法多以西方悲剧理论为工具，脱离了中国文学的创作实践。本文尝试以中国哲学和文化蕴涵的悲剧意识理论来分析陶渊明诗歌，揭示他与中国哲学文化的内在渊源，发掘悲剧意识对其生命历程、哲学思想、诗歌成就的影响，并促成其人格境界的形成。

一、"忧生之嗟"的生命悲剧意识及其理性超越

冯友兰说，哲学以及最高的文艺，都是对人生"有限"这一过程的反思。[④] 中国先秦儒道哲学以生命"有限"为哲学建构的起点，《论语・先进》："未能事人，焉能事鬼？……未知生，焉知死？"[⑤]《庄子・知北游》："人生天地之间，若白驹之过隙，忽然而已。"[⑥]《盗跖》："天与

---

① 相关研究成果如：钱志熙《矛盾与和谐——陶渊明诗歌中的一重关系》，《求索》1990 年第 1 期；赵洪奎《陶渊明的矛盾性格与最终和谐》，《江西社会科学》2006 年第 9 期；刘奕《走向与世界的和解：陶渊明的行役诗》，《古典文学知识》2014 年第 3 期。

② 有关陶渊明静穆、肃穆的论述，影响较大的是鲁迅和朱光潜的观点。鲁迅说："陶潜正因为并非'浑身是"静穆"，所以他伟大。'"《鲁迅全集》卷六《且介亭杂文二集》，《题未定草（七）》，人民文学出版社，1958 年，第 344 页。朱光潜说："陶渊明并不是一个很简单的人。他和我们许多人一样，有许多矛盾和冲突；和一切伟大诗人一样，他终于达到调和静穆。我们读他的诗，都欣赏他的'冲澹'，不知道这'冲澹'是从几许心酸苦闷得来的。"《诗论・陶渊明》，生活・读书・新知三联书店，1984 年，第 293 页。

③ 关于陶渊明悲剧意识的研究成果，笔者寓目的有江风贤、徐正英《论陶渊明生死观中的超脱与忧患》，《殷都学刊》1989 年第 3 期；许晓晴《论陶渊明的人生悲剧》，《晋阳学刊》2000 年第 2 期；郝凤彩《论陶渊明的生命悲剧意识》，《内蒙古工业大学学报（社会科学版）》2004 年第 1 期；刘伟安、邓帮云《陶渊明诗文中的时间焦虑及其超越》，《南通大学学报（社会科学版）》2017 年第 1 期等。

④ 冯友兰《中国哲学史新编》，人民出版社，1998 年，第 25 页。

⑤ 朱熹《论语集注》卷六，《四书章句集注》，中华书局，2016 年，第 126 页。

⑥ 郭庆藩撰，王孝鱼点校《庄子集释》卷七，中华书局，1961 年，第 3 册，第 746 页。

地无穷，人死者有时，操有时之具而托于无穷之间，忽然无异骐骥之驰过隙也。”[①]可代表中国主流哲学对待生死的态度。对生命和死亡的感知与把握，就是生命悲剧意识。

生命是中国哲学和文学的主题。自古就有时不我与、生命短促的感喟，汉末《古诗十九首》已涌现大量表现人生苦短的诗句。魏晋以来，长期的战乱、灾荒和瘟疫使生命的有限性被凸显出来，生命意识的觉醒更加深了文人生命短暂、人生无常的悲剧体验，“忧生之嗟”的生命悲剧意识遂成为这一时期的文学思潮。[②] 在这种社会文化背景下，陶渊明结合自己的生命实践，对人生悲剧性作了广泛深刻的思考，并将之上升到哲学高度，提出“委运任化”的生命观来超越生命之悲。

生死是陶诗最重要的主题。陶渊明“不能忘掉‘死’”[③]，“这种哀伤生命短暂的情绪表达可以说弥漫于整个生命过程”[④]。岁月推移、时光流逝总能触发其生命短促之悲：

一生复能几，倏如流电惊。(《饮酒》其三)[⑤]

盛年不重来，一日难再晨。(《杂诗十二首》其一)[⑥]

宇宙一何悠，人生少至百。岁月相催逼，鬓边早已白。(《饮酒》其十五)[⑦]

流幻百年中，寒暑日相推。常恐大化尽，气力不及衰。

---

① 郭庆藩撰，王孝鱼点校《庄子集释》卷七，第4册，第1000页。

② 袁济喜《人海孤舟——汉魏六朝士的孤独意识》，河南人民出版社，1995年，第60—76页。

③ 鲁迅《魏晋风度及文章与药及酒之关系》，《鲁迅全集》卷三，人民文学出版社，1956年，第395页。

④ 钱志熙《陶渊明“神辨自然”生命哲学再探讨》，《求是学刊》2018年第1期，第119页。

⑤ 逯钦立校注《陶渊明集》卷三，中华书局，1979年，第88页。下引《陶渊明集》皆为此版本。

⑥ 逯钦立校注《陶渊明集》卷四，第115页。

⑦ 逯钦立校注《陶渊明集》卷三，第96页。

(《还旧居》)[1]

因对生命的深情，自然界的阴阳惨舒也易引发他的生命之感。中国文化中，人与自然不是彼此对立，而是天人合一、同态对应的关系。“遵四时以叹逝，瞻万物而思纷。悲落叶于劲秋，喜柔条于芳春。”(陆机《文赋》)[2]“物色之动，心亦摇焉。”(刘勰《文心雕龙·物色》)[3]人与自然有一种情感联结，自然有衰零之悲，人有老死之悲。《杂诗十二首》其七：“日月不肯迟，四时相催迫。寒风拂枯条，落叶掩长陌。弱质与运颓，玄鬓早已白。素标插人头，前途渐就窄。”[4]由寒风摧折、树叶凋零的自然之秋，想到人的短促衰颓。《杂诗十二首》其一：“人生无根蒂，飘如陌上尘。分散逐风转，此已非常身。”[5]人生而无根，此刻之身已非前刻之身，今日之我已非往日之我，揭示出飘忽不定、不可把握的生命悲剧性。美好的自然物象也可引发悲剧意识，《游斜川》：“气和天惟澄，班坐依远流。弱湍驰文鲂，闲谷矫鸣鸥。迥泽散游目，缅然睇曾丘。虽微九重秀，顾瞻无匹俦。”[6]面对斜川美景，诗人却生出“悲日月之遂往，悼吾年之不留”与“未知从今去，当复如此不”[7]的忧生之感。这里优美的自然物象并不作为诗人情感的慰藉，反而以其亘古永恒更加凸显人的短暂无常，兴起生命之悲。结尾借酒慰怀，但及时行乐的背后，蕴含的是对生命的深沉忧虑。

在对生命悲剧性的感知下，陶渊明建立起对死亡的理性认知。他的生命观，颇接近于现代科学的生命认识。《与子俨等疏》：“天地赋命，生必有死；自古圣贤，谁独能免？”[8]“有生必有死”，生死都是大化运行的一部分，无人可以脱离自然规律之外。《连雨独饮》：“运生

---

① 逯钦立校注《陶渊明集》卷三，第80—81页。

② 陆机著，杨明校笺《陆机集校笺》卷一，上海古籍出版社，2016年，上册，第5页。

③ 刘勰著，范文澜注《文心雕龙注》卷十，人民文学出版社，1958年，下册，第693页。

④ 逯钦立校注《陶渊明集》卷四，第119页。

⑤ 逯钦立校注《陶渊明集》卷四，第115页。

⑥ 逯钦立校注《陶渊明集》卷二，第44—45页。

⑦ 逯钦立校注《陶渊明集》卷二，第44—45页。

⑧ 逯钦立校注《陶渊明集》卷七，第187页。

会归尽，终古谓之然。世间有松乔，于今定何间？”[①]以大化运行的生死至理否定道教的长生久视之道，无所依待的生命真相豁然呈现。《形赠影》：“天地长不没，山川无改时。草木得常理，霜露荣悴之。谓人最灵智，独复不如兹。适见在世中，奄去靡归期。奚觉无一人，亲识岂相思？”[②]“形”代表人的感性生命。人为天地之贵，但却不如天地山川亘古常在，永恒的宇宙自然凸显了人的短促渺小。陶渊明摒弃了宗教的长生久视和灵魂不灭等非理性的生命幻想，揭示了具有普遍意义的生命悲剧性，建立起“有生必有死”的理性认知，这是对生命悲剧真相的理性确认，是生命哲学建立的起点。

基于对生命悲剧真相的理性确认，陶渊明提出“委运任化”的哲学思想来超越生命悲剧意识。《形影神》之《神释》：

> 三皇大圣人，今复在何处？彭祖爱永年，欲留不得住。老少同一死，贤愚无复数。日醉或能忘，将非促龄具？立善常所欣，谁当为汝誉？甚念伤吾生，正宜委运去。纵浪大化中，不喜亦不惧。应尽便须尽，无复独多虑。[③]

死亡是所有人必须面临的问题，饮酒和立善不能从根本上改变这一现状，人如何才能解脱？陶渊明提出“委运任化”的思想：人应当顺应自然化迁之理，将生命置于大化运行之中，顺应大化而生，顺应大化而死，生不足喜，死亦不足忧，对死亡的忧惧得以被超越。“委运任化”源自对自然规律的理性体认，是在更高层面上对自然的效法和借鉴。

作于渊明辞世前的《拟挽歌辞》其三则更体现这种超越的精神：

> 荒草何茫茫，白杨亦萧萧。严霜九月中，送我出远郊。四面无人居，高坟正嶕峣。马为仰天鸣，风为自萧条。幽室一已闭，千年不复朝。千年不复朝，贤达无奈何。向来相送

① 逯钦立校注《陶渊明集》卷二，第55页。

② 逯钦立校注《陶渊明集》卷二，第35页。

③ 逯钦立校注《陶渊明集》卷二，第36—37页。

人，各自还其家。亲戚或余悲，他人亦已歌。死去何所道，托体同山阿。[①]

全诗为设想离世之辞，但闪耀着理性的光辉，有对生命的执着，也有对死亡的超越。虽有将死的深哀剧痛，但以自然化迁之理破除对死亡的忧惧，以一种冷峻、深刻、理性、洒脱的态度来超越死亡，他对生命的本质给出了具有终极意义的思考和答案：人本是秉受大化之气而生，死乃复归于大化，此乃自然之道。对待生命，无须忧虑，只须顺应大化而已。陶渊明超越了生死忧惧，获得精神的解脱和自由。"忧生之嗟"是魏晋时人普遍面临的生命困境，但陶渊明结合自己的生命实践，对这一问题给出了具有哲学意义的超越之道。"委运任化"是其哲学思想中最具创造性的部分，是他在当时的哲学语境中所能做出的对生命的本质的最透彻的认识，体现了魏晋哲学的高度[②]，和陶渊明所达到的人生高度。

死亡是每个成熟理性的人都需要面临的问题，在此基础上形成的生命观是建构一切价值的基础。陶渊明对待生命有限性的态度，由忧虑挂怀到对死之必然的理性认知，最后以"委运任化"的哲学思想来超越死亡，达至"至人无己、神人无功、圣人无名"[③]的无所依待的"逍遥游"境界。这是他对中国哲学的贡献，也是他超越同时代诗人、哲学家之处。

二、仕隐之间徘徊的政治悲剧意识及其困境突围

政治是人类社会存在的基本组织形式，是士人实现人生价值的重要方式，也是人异化的重要原因。正心、诚意、修身、齐家、治国、平天下是儒家文化为士人设计的一条理想的价值实现之路，但同时也预设了可能存在的悲剧性，"暗示了本来的不正、不诚、不修、不齐、不

① 逯钦立校注《陶渊明集》卷四，第 142 页。

② 钱志熙《陶渊明〈形影神〉的哲学内蕴与思想史位置》，《北京大学学报（哲学社会科学版）》2015 年第 5 期，第 127 页。

③ 郭庆藩撰，王孝鱼点校《庄子集释》卷一，第 1 册，第 17 页。

治、不平，还暗示了正与不正、诚与不诚、修与不修、齐与不齐、治与不治、平与不平之间的永恒对立，此消彼长”[①]。当士人怀着“修齐治平”的理想踏入仕途希望有所作为时，往往会遭遇现实的阻碍：政治混乱、君王昏聩、奸臣当道、时代变乱等都会使士人的政治追求受阻，造成理想与现实的错位。对政治理想的执着追求和不合理现实对理想的限制，就是政治悲剧意识。

同时，因同流合污与犯上作乱都不合乎道，文化又为士人指出了另一条路——隐。仕与隐，是文化设定的平衡的两极。孔子曰：“天下有道则见，无道则隐。”（《论语·泰伯》）[②]“用之则行，舍之则藏。”（《论语·述而》）[③]孟子曰：“穷则独善其身，达则兼善天下。”（《孟子·尽心上》）[④]用舍行藏，出仕和隐逸都是“以道为己任”，完善人格和提升境界的重要方式。陶渊明思想中，既有积极用世、兼济天下的一面，又有隐居避世的“无俗韵”“爱丘山”的一面，这是两种不同的行为方式和处世态度。在人生某一阶段，这源自文化设定的两极必然会发生交锋，造成仕与隐的矛盾，用他的一句诗来概括，就是“遥遥从羁役，一心处两端”（《杂诗十二首》其九）。

陶渊明一生五次出仕，先后担任江州祭酒、桓玄幕僚、镇军参军、建威参军、彭泽县令。为州祭酒的时间很短[⑤]，与本文内容关系不大，故不作讨论。从隆安二年（398）渊明入桓玄幕府始，至义熙元年（405）十一月辞去彭泽县令，仕隐的矛盾主要表现在这一时期，期间所作的行役诗也可反映诗人的心态。行役诗源自《诗经》，经长期发展形成一种固定的主题，主要表达倦游思归和行役之苦。陶渊明行役诗沿袭前人传统[⑥]，但也增添了其独特心境，表现身在仕途而心在

① 张法《中国文化与悲剧意识》，中国人民大学出版社，1989 年，第 13 页。

② 朱熹《论语集注》卷四，《四书章句集注》，第 106 页。

③ 朱熹《论语集注》卷四，《四书章句集注》，第 95 页。

④ 朱熹《孟子集注》卷十三，《四书章句集注》，中华书局，2016 年，第 359 页。

⑤ 沈约《宋书》卷九十三列传第五十三，中华书局，2013 年，第 2287 页。

⑥ 王国瓔《陶诗中的宦游之叹》，《文学遗产》1995 年第 6 期，第 6 页。

田园的矛盾，最终实现对困境的突围，由身心交战走向平和静穆的心路历程。

怀乡思归是渊明出仕初期欲辞归的主要原因。《庚子岁五月中从中都还阻风于规林》二首作于隆安四年(400)，时渊明任职于桓玄军幕，因公务出使建康，返回途中顺道回乡省亲①。其一写诗人归心似箭、心念慈母却被风阻于旅途的焦虑心情。其二写奔波跋涉之苦和对宦游的厌倦："自古叹行役，我今始知之。山川一何旷，巽坎难与期。崩浪聒天响，长风无息时。久游恋所生，如何淹在兹。静念园林好，人间良可辞。当年讵有几，纵心复何疑！"②巨浪震天，狂风无息，动荡不安、面目可怖的自然风物，是他心境的折射。山川险阻，宦游艰难，诗人不禁倦游思归，懊悔长久地淹留仕途。"静念园林好，人间良可辞"表明诗人心之所向是故园的温馨，而不在风雨漂泊的仕宦。在仕、隐的两极中，渊明倾向于隐。

如果说在庚子岁渊明欲辞官的原因是眷恋家庭和亲人，那么在辛丑岁，对自我天性的发现和对本真生命的尊重则成为归隐的主要动因。作于隆安五年(401)的《辛丑岁七月赴假还江陵夜行涂口》：

> 闲居三十载，遂与尘事冥。诗书敦夙好，林园无世情。如何舍此去，遥遥至南荆！叩栧新秋月，临流别友生。凉风起将夕，夜景湛虚明。昭昭天宇阔，皛皛川上平。怀役不遑寐，中宵尚孤征。商歌非吾事，依依在耦耕。投冠旋旧墟，不为好爵萦。养真衡茅下，庶以善自名。③

上一首"静念园林好，人间良可辞"尚执着于家庭的亲情伦理，此诗"诗书敦夙好，林园无世情"则更侧重于田园所塑造的清净无扰的自然心境。"商歌非吾事，依依在耦耕。投冠旋旧墟，不为好爵萦。养真衡茅下，庶以善自名。"他对自我个性和现实政治已有清醒的认识，求仕非其所愿，念之在心者，是躬耕隐居以守志养真。躬耕田园以自

---

① 袁行霈《陶渊明年谱汇考》，《中国典籍与文化论丛(第四辑)》，中华书局，1997年。

② 逯钦立校注《陶渊明集》卷三，第74页。

③ 逯钦立校注《陶渊明集》卷三，第74—75页。

足，休憩园林以自适的本真生活才符合他“少无适俗韵，性本爱丘山”的天然性情。仕与隐是大多数士人都需面临的困境，但陶渊明从中重新认识并发现了自我。

元兴三年（404），渊明应刘裕征召赴任镇军参军，途中作《始作镇军参军经曲阿作》。他的心情矛盾且愧疚。自叙出仕乃时机到来，姑且告别田园踏上仕途。行途愈远归思愈烈，以致“望云惭高鸟，临水愧游鱼”，空中飞鸟、水中游鱼“咸得其所，而己独违其性也”[①]，为自己违背本心出仕而惭愧，于是只好自我安慰道：“真想初在襟，谁谓形迹拘。聊且凭化迁，终返班生庐。”[②]己之本心不因入仕而改变，我之形迹也不会被仕宦所束缚，姑且顺遂时运变化，但我终将返回田园。在仕、隐问题上，经过一番复杂的心理斗争，诗人最终用“终返班生庐”来暂时平息内心的冲突。作于次年的《乙巳岁三月为建威参军使都经钱溪》，则表明渊明之归隐是在对风云变幻政局清醒认识后的激流勇退，是对归隐田园、保持“真我”的坚定告白：“一形似有制，素襟不可易。园田日梦想，安得久离析。终怀在归舟，谅哉宜霜柏。”[③]田园于他，是不可易之“素襟”，是日日之梦想，怎能长久地离开？出仕于他，是“樊笼”和“尘网”，归隐自然才是符合他本真心灵的抉择。“真想”“素襟”表明诗人的价值导向，己之所怀在于“归舟”，己归隐之志堪比“霜柏”之坚，渊明归隐决心坚定如此。仕与隐的矛盾越来越少地困扰他，他从身心交战的仕隐冲突中突围出来了！

义熙元年（405）八月，渊明改任彭泽令。十一月，“自免去职”，彻底结束了仕宦生涯。辞官后作《归去来兮辞》：

> 归去来兮，田园将芜胡不归？既自以心为形役，奚惆怅而独悲！悟已往之不谏，知来者之可追。实迷途其未远，觉今是而昨非。[④]

---

① 萧统编，李善注《文选》卷二六，中华书局，1977年，中册，第376页。

② 逯钦立校注《陶渊明集》卷三，第71页。

③ 逯钦立校注《陶渊明集》卷三，第79页。

④ 逯钦立校注《陶渊明集》卷五，第160页。

这是内心矛盾平息后的逍遥洒落，对误入歧途仕宦生涯的反省和对人生的感喟。桑隅非晚，来者可追，他彻底从困境中解脱出来。后来再有人劝他重返仕途，他都坚定地拒绝："纡辔诚可学，违己讵非迷！且共欢此饮，吾驾不可回。"（《饮酒》其九）[①]他对自我与现实的认识更加理性和清醒，"质性自然，非矫励所得。饥冻虽切，违己交病"（《归去来兮辞》）[②]，违背真我才是最大的痛苦和迷失，终不复出。

陶渊明的行役诗，表现他仕隐心态的变化以及挣脱束缚的心路历程，由最初的恋家思归，到宦游与天性相忤的觉悟，最终以躬耕为守志养真之归宿，"愈写而宦情愈淡，愈写而归志愈坚，使他日后终于在最适当的时机采取行动，彻彻底底与仕途一刀两断"[③]。他笔下的田园，不仅是故乡家庭的象征，也是躬耕之所、养真守志的精神家园。经历了痛苦的身心交战，他彻底突破人生的困境，在躬耕田园中重新认识自己，获得精神的自由。叶嘉莹先生以"透网金鳞"[④]来赞美他的超越，"只有被网住又能够跳出来，那才是真正得到了大自由、大解脱"[⑤]。

三、追询精神归宿的价值悲剧意识及其精神家园的建构

精神归宿的追询是一种比政治领域更开放、广泛的价值追问。价值是中国哲学与文化的核心，价值悲剧意识是因探求人生价值与意义而产生的悲剧意识。中西哲学的区别，是存在论和价值论的区别。西方哲学以解释世界存在为首要任务，指向的是存在的事实世

① 逯钦立校注《陶渊明集》卷三，第 92 页。

② 逯钦立校注《陶渊明集》卷五，第 159 页。

③ 齐益寿《陶渊明的宦游诗》，《黄菊东篱耀古今：陶渊明其人其诗散论》，台湾大学出版中心，2016 年，第 97—98 页。

④ 《古尊宿语录》："深、明二上座同行，见捕鱼，忽见一鱼跳出网。深云：'俊哉，一似个衲僧相似。'明云：'争似当时不入他网。'深云：'你犹欠悟在。'明行三十里方省。"赜藏《东林云门颂古》，《古尊宿语录》卷第四十七，上海古籍出版社，1991 年，第 591 页。

⑤ 叶嘉莹《叶嘉莹说陶渊明饮酒及拟古诗》，中华书局，2018 年，第 136 页。

界，即存在论；中国哲学指向的是意义的价值世界，回答的是世界怎样存在，以及人如何在世界中实现完善的问题，即价值论。因此西方哲学中自然哲学、科技哲学发达，中国哲学中人生哲学、价值哲学、道德哲学发达[①]。就对塑造中华民族文化心理结构起到首屈一指影响的传统儒家哲学——孔门哲学而言，孔子重视人的价值实现，人生价值的追求和建立是其哲学思想的重要内容。《论语·里仁》："朝闻道，夕死可矣。"朱熹注曰："道者，事物当然之理，苟得闻之，则生顺死安，无复遗恨矣。"[②]人生的价值在于"闻道"，生死非人力可把握，但通过"闻道"为生命建立价值则是人人都有可能做到的，"闻道"可以超越生死。[③]《论语》中类似的论述还有：

自古皆有死，民无信不立。（《颜渊》）[④]

志士仁人，无求生以害仁，有杀身以成仁。（《卫灵公》）[⑤]

齐景公有马千驷，死之日，民无德而称焉。伯夷、叔齐饿于首阳之下，民到于今称之。（《季氏》）[⑥]

在孔子看来，生命不仅是肉体的存在和延续，同时也是建立价值赋予人生意义的过程。通过建立价值超越死亡的人生哲学，对传统士人影响深远。

陶渊明生活的时代，"真风告逝，大伪斯兴"（《感士不遇赋》）[⑦]，两汉传统的经学思想体系逐渐瓦解，现实政治无法为士人提供价值归宿。随着个体意识和感性生命的觉醒，士人反思生命的价值与意义而陷入价值空虚的困境，价值悲剧意识便产生了。

陶渊明注重个人价值的实现，陶诗中充满了价值无处寄托、精神

① 宋志明《中国哲学特色观》，《中国古代哲学研究方法新探》，中国人民大学出版社，2015年，第146—149页。

② 朱熹《论语集注》卷二，《四书章句集注》，第71页。

③ 冷成金《论语的精神》，第98—100页。

④ 朱熹《论语集注》卷六，《四书章句集注》，第136页。

⑤ 朱熹《论语集注》卷八，《四书章句集注》，第164页。

⑥ 朱熹《论语集注》卷八，《四书章句集注》，第174页。

⑦ 逯钦立校注《陶渊明集》卷五，第145页。

无处安放的焦虑和悲感。《咏贫士》其一："万族各有托，孤云独无依。暧暧空中灭，何时见余晖。朝霞开宿雾，众鸟相与飞。迟迟出林翮，未夕复来归。量力守故辙，岂不寒与饥？"[①]孤独无依、瞬息即逝的孤云，不与众鸟为伍相竞逐的孤鸟，是固穷守节、忍受饥寒、孤高耿介而不为人理解的陶渊明精神和人格的象征。诗中弥漫着的孤独和悲戚，源于其精神归宿的缺失。有时，自然万物皆有所托也能触发诗人的孤独感，《杂诗》其十一："我行未云远，回顾惨风凉。春燕应节起，高飞拂尘梁。边雁悲无所，代谢归北乡。离昆鸣清池，涉暑经秋霜。愁人难为辞，遥遥春夜长。"[②]中间六句用比，春燕返归旧巢，秋雁北归塞上，离鹍鸣于清池，万物皆能顺应本性找到相宜的托身之所，而诗人却不得不违背天性，远离钟爱的田园而奔波仕途。当时的政治环境并不能为渊明个人价值的实现提供必要的条件，相反，与他的天性和价值追求相忤，"愁人难为辞，遥遥春夜长"正是找不到自我价值的忧戚。

当岁月推移，生命不永，价值空虚等多种感受交织一起，就表现为生命悲剧意识与价值悲剧意识的交融。《杂诗十二首》其二："白日沦西河，素月出东岭。遥遥万里晖，荡荡空中景。风来入房户，夜中枕席冷。气变悟时易，不眠知夕永。欲言无予和，挥杯劝孤影。日月掷人去，有志不获骋。念此怀悲凄，终晓不能静。"[③]前四句写月下光明澄澈之景，境界高远阔大。次六句转向内心感受的描摹，悲剧意识兴起。"月下独酌"，孤影独伴，是无人引为同调的孤独。"日月掷人去，有志不获骋"，上句是时光流逝所引发的生命之悲，下句则是个人价值未曾实现之悲。"念此怀悲戚，终晓不能静"，是由生命有限之悲所激发个人价值未曾实现的焦虑和悲戚，两种悲剧意识的交融，丰富了诗歌的思想意蕴。还有如《杂诗十二首》其五，前四句回忆年轻时心怀四海，建功立业的豪迈与激情。随着岁月推迁，壮心渐消，气力

① 逯钦立校注《陶渊明集》卷四，第123页。

② 逯钦立校注《陶渊明集》卷四，第121—122页。

③ 逯钦立校注《陶渊明集》卷四，第115—116页。

也日渐衰损，生命有限的悲剧性豁然显现："壑舟无须臾，引我不得住。前途当几许？未知止泊处。"[①]"壑舟"出自《庄子·大宗师》："夫藏舟于壑，藏山于泽，谓之固矣！然而夜半有力者负之而走，昧者不知也。"[②]生命倏忽易逝，青春渐远而人生渐入老境，岁月流逝令人惊惧，但归宿何处，仍是未知。对生命悲剧性的感知，激发诗人对人生价值的追问。

有的陶诗不仅表现价值空虚之悲，同时也蕴含对悲剧意识的审美超越。《饮酒》其四：

栖栖失群鸟，日暮犹独飞。徘徊无定止，夜夜声转悲。厉响思清远，去来何依依。因值孤生松，敛翮遥来归。劲风无荣木，此荫独不衰。托身已得所，千载不相违。[③]

此诗表现了自我探询和建构价值的艰难过程。前六句描写的这只无所栖身、徘徊无定的失群之鸟，正是找不到价值寄托诗人的自况。孤鸟夜夜悲啼，是他孜孜追询精神归宿的心声。后四句则写找到精神归宿的自足欣悦："劲风无荣木，此荫独不衰。托身已得所，千载不相违。""良禽择木而栖"，孤鸟找到理想的托身之所——岁寒不凋、堪比君子的"孤生松"。"孤生松"的形象，既是渊明以青松自比的人格象征，也是他确立自我价值的方式和他所达到的"青松"境界。《论语·子罕》："岁寒，然后知松柏之后凋也。"[④]《庄子·德充符》："受命于地，唯松柏独也在冬夏青青。"[⑤]青松经霜雪而不凋的坚贞不渝的意志，与君子"造次必于是，颠沛必于是"对道的坚守相通。通过对"青松"的情感体认，诗人将青松的君子人格化为人生实践中对道的坚守，以青松为精神归宿，悲剧意识即被超越。

陶渊明对悲剧意识采用一种审美观照的态度，以道德境界的提

① 逯钦立校注《陶渊明集》卷四，第117页。
② 郭庆藩撰，王孝鱼点校《庄子集释》卷三，第1册，第243页。
③ 逯钦立校注《陶渊明集》卷三，第88—89页。
④ 朱熹《论语集注》卷五，《四书章句集注》，第116页。
⑤ 郭庆藩撰，王孝鱼点校《庄子集释》卷二，第1册，第193页。

升来超越悲剧意识。“岂不实辛苦，所惧非饥寒。”（《咏贫士七首》其五）①“不言春作苦，常恐负所怀。”（《丙辰岁八月中于下潠田舍获》）②“若不委穷达，素抱深可惜。”（《饮酒》其十五）③“衣沾不足惜，但使愿无违。”（《归园田居·其三》）④生活的饥寒、物质的贫乏并未使他稍改其志，尽管他曾饥寒交迫以致乞食的程度。与现实的穷达、利害、得失相较，他更看重的是人格独立、精神自由和价值实现。他在困境中坚守“素抱”、独善其身，把人性的尊严和独立提升到比外在得失更重要的位置，“贫富常交战，道胜无戚颜”⑤，即是他经历现实重重考验后践行自己的理念，贞立起超越人格的宣言。孔子曰：“君子无终食之间违仁，造次必于是，颠沛必于是。”（《论语·里仁》）⑥陶渊明正是在对“道”的坚定践行和审美体认中建立起自己的人格境界。

价值悲剧意识能够激发对价值的反思，导向对人生价值的建构。陶渊明最终突破了价值困境，“托身已得所，千载不相违”，“且共欢此饮，吾驾不可回”，“摆落悠悠谈，请从余所之”等诗句，即是他找到精神归宿并为之坚守的诗性表达。他在对悲剧意识的体认中找到了价值归宿，获得人格的完善和精神境界的提升。

四、质疑天道至善的历史悲剧意识及其价值建构

儒家哲学是中国文化的主流，对中华民族的历史、文化、和民族文化心理具有深远的影响。传统儒家虽门派各异，但一致将仁义道德视为最高价值。他们认为，善德来自天命，道德具有至高无上的价值：用之于人，能够锻铸理想人格，提高人的道德价值和精神境界；用之于政，能够施行德政、教化百姓，这是道德的政治价值；当以道德

---

① 逯钦立校注《陶渊明集》卷四，第126页。

② 逯钦立校注《陶渊明集》卷三，第85页。

③ 逯钦立校注《陶渊明集》卷三，第96页。

④ 逯钦立校注《陶渊明集》卷二，第42页。

⑤ 逯钦立校注《陶渊明集》卷四，第126页。

⑥ 朱熹《论语集注》卷二，《四书章句集注》，第70页。

的逻辑来审视历史的发展，按照道德规则来评价历史人物和事件，将道德价值与历史相融合来考察历史，就是道德史观。道德价值与历史发展相一致是一种理想的情形，但比较普遍的是历史的发展并不按照道德的要求行进，高尚正义惨遭失败，积德行善反被抛弃，历史实然与应然的悖离，就是历史悲剧意识。同时，人又能够为历史建构价值来超越悲剧意识。陶渊明的一些吟咏历史人物和历史事件的诗文，表现历史发展与道德原则相悖，在对天道至善的质疑中导向对个体和历史价值的建构。

“历史向来是在悲剧性的二律背反中行进”①，人类文明的进程总是伴随着道德的让步和牺牲。陶渊明的咏史作品，表现贤达正义之士顺应天道却反遭陷害的悲惨命运，人道与天道相悖的悲剧意识，最典型的是《感士不遇赋》。诗人历数张释之、冯唐、贾谊、董仲舒、伯夷、叔齐、颜回、李广等古代贤士，他们生前均品德贤良、高才卓识却不被重用，或为奸人所害，或为谗言置于险境，或遭天道抛弃不得善终。“怀正志道之士，或潜玉于当年；洁己清操之人，或没世以徒勤。”②善良正义之士顺应天道却没有应天附人的命运，“君子没世而名不称焉”，贤达不为世所知，名节亦不彰于后世，历史与道德、天道与人道的巨大疏离，正是恩格斯所言“历史的必然要求和这个要求实际上不可能实现之间的悲剧性的冲突”③。“何旷世之无才，罕无路之不涩！”这是历史上贤达之士的悲剧，也是明达之人对命运的清醒认识。《论语·颜渊》：“死生有命，富贵在天。”④穷达、富贵、得失、荣辱皆具有外在的偶然性，人真正应该取法的，是一种超越现实得失的本真人格和自由精神。“宁固穷以济意，不委曲而累己。既轩冕之非

① 李泽厚《孔子再评价》，《中国古代思想史论》，生活·读书·新知三联书店，2008年，第8页。

② 逯钦立校注《陶渊明集》卷五，第145页。

③ 恩格斯《致斐迪南·拉萨尔》(1859年5月18日)，中共中央马克思恩格斯列宁斯大林著作编译局《马克思恩格斯全集》第五十卷，人民出版社，2021年，第535页。

④ 朱熹《论语集注》卷六，《四书章句集注》，第135页。

荣，岂缊袍之为耻？诚谬会以取拙，且欣然而归止。拥孤襟以毕岁，谢良价于朝市。”[①]既然天道渺远难测，人事纷纭难知，入仕者命途多舛，那么辞官归田才是明哲保身之举，宁愿固守贫穷来保持本心，也不愿委屈事人以损害自己。在对贤达之士悲剧命运的体认中，陶渊明也找到自我价值的实现途径。

当历史发展与道德原则相悖，必然导向对天道至善的质疑。中国文化中，善是天道的最高核心，《尚书·周书》：“皇天无亲，惟德是辅。”[②]《商书》：“惟天无亲，克敬惟亲。”[③]天道公正无所偏倚，常常庇护帮助善德之人，但渊明对此深表怀疑。《饮酒》十一：“颜生称为仁，荣公言有道。屡空不获年，长饥至于老，虽留身后名，一生亦枯槁。”[④]历史并不总是按照道德的规则发展，比较普遍的情形是贤德之士得不到眷顾反而命运悲惨。颜回与荣启期都是臻于道德完美境界的贤者，但颜回贫困早逝，荣启期一生挨饿受冻，形容枯槁，这难道就是“天道”吗？《饮酒》其二对天道及善恶报应的质疑更为彻底：

> 积善云有报，夷叔在西山。善恶苟不应，何事空立言！
> 九十行带索，饥寒况当年。不赖固穷节，百世当谁传。[⑤]

伯夷叔齐“积仁洁行”却不幸饿死首阳山，上古隐士荣启期年高九十却不能颐养天年，鹿裘带索。既然善无善报，恶无恶报，为何还要以“天道无亲，常与善人”[⑥]这样的言论勉励人行善？可见“积善有报”之说深可怀疑，天道之说不足为信。

如果止步于此，就陷入了历史虚无论。历史不一定有价值，但“人能弘道，非道弘人”，人可以发掘历史的合理性为其建构价值，人

---

① 逯钦立校注《陶渊明集》卷五，第148页。

② 孔安国传，孔颖达正义《尚书正义》卷第十六，上海古籍出版社，2007年，第662页。

③ 孔安国传，孔颖达正义《尚书正义》卷第八，第317页。

④ 逯钦立校注《陶渊明集》卷三，第93页。

⑤ 逯钦立校注《陶渊明集》卷三，第87页。

⑥ 王弼注，楼宇烈校释《老子道德经注校释》七十九章，中华书局，2008年，第188页。

类才能获得走向光明的希望。孔子评价伯夷、叔齐曰:“求仁而得仁,又何怨。”(《论语·述而》)[①]“求仁”是伯夷叔齐之志,也是以孔子为代表的君子仁人之志。天道虽不可知,但人道却可持守,无论有无善恶之报,都应坚持内心之志。陶渊明也以他的人生实践了这一点,“贫富常交战,道胜无戚颜”(《咏贫士》之五),实现了道德的圆满和人格的完善,世俗的得失、成败、荣辱就不再困扰于心。

陶渊明在一些悲剧英雄身上寄寓了一种理想人格,如与日竞走的夸父,衔微木填沧海的精卫,舞干戚的刑天以及行刺秦王的荆轲等。这类英雄虽然命运悲惨,但他们代表中国文化的理想人格,代表一种超越世俗的理想,一种道义至上的追求,一种不与不合理现实妥协、舍身求法的抗争精神,他们体现的,正是孟子“虽千万人,吾往矣”(《孟子·公孙丑上》)[②]的精神。即使他们在对正义和理想的坚守与卫护的过程中落败,但其人格与精神足以辉映千古,无数坚守理想道义的志士仁人,都能从他们身上感受到鼓舞的力量。龚自珍说:“陶潜诗喜说荆轲,想见停云发浩歌。吟到恩仇心事涌,江湖侠骨恐无多。”(《己亥杂诗》)[③]这类悲剧英雄,也是陶渊明的精神象征。

在一些正面历史人物的悲剧命运中,陶渊明也能找到建构价值的精神力量。如咏上古贫士荣启期、原宪:“荣叟老带索,欣然方弹琴。原生纳决履,清歌畅商音。……弊襟不掩肘,藜羹常乏斟。岂忘袭轻裘,苟得非所钦。”(《咏贫士》其三)[④]咏汉代贫士黄子廉:“昔在黄子廉,弹冠佐名州。一朝辞吏归,清贫略难俦。年饥感仁妻,泣涕向我流。丈夫虽有志,固为儿女忧。惠孙一晤叹,腆赠竟莫酬。”(《咏贫士》其七)[⑤]这类贫士大都忘袭轻裘、修身洁行却命运悲惨,历史发展的不合理现实导致了他们的悲剧命运,但他们的精神价值并未随时

---

① 朱熹《论语集注》卷四,《四书章句集注》,第97页。

② 朱熹《孟子集注》卷三,《四书章句集注》,第231页。

③ 龚自珍,王佩诤校《龚自珍全集》第十辑,上海古籍出版社,1999年,第521页。

④ 逯钦立校注《陶渊明集》卷四,第124页。

⑤ 逯钦立校注《陶渊明集》卷四,第127页。

间的流逝而湮没，“至德冠邦闾，清节映西关”①。否定了致使贤士悲剧命运的不合理现实，人真正应该取法的，是这类悲剧人物的道德精神和生命境界，并将其化为境界提升和价值建构的资源，推动现实向合理的方向转化。这是由命运向境界的转变，以道德境界的提升对不合理的现实和命运进行审美超越。

正义与仁德或许在一定时期内是落败的，坚守道德或许落得悲惨的命运，但这类悲剧人物的正面价值却超越一己得失成败而具有永恒的价值，对人类的存在与发展具有永恒的意义。民族的生生不息，文明的薪尽火传，正在于一个个坚定践行道德的仁义之士，为实现道义舍弃个人利益，他们才是“中华民族的脊梁”②。从另一个层面而言，他们最看重的不是一己得失，而是道义的坚守和人格的完善。陶渊明一生五次出仕，认清现实后毅然归隐，他经受种种悲剧的考验，通过对古代圣贤道德价值的体认而获得人生抉择的方向和境界提升的动力，保持真我而未改其志，他一生都是道的践行者。虽与古贤者并列，亦当之无愧。

五、结语

悲剧意识作为一种审美类型，超越民族、国别和历史的界限，代表全人类对人生命和命运的严肃关切。无论是西方悲剧还是中国悲剧，都应属于人类悲剧这一文化范畴，没有高下、优劣之分，有的只是民族性和精神的区别。中国独特的哲学观和民族文化心理塑造了中国独特的悲剧意识，中国主流文化中没有寄托于上帝或佛陀来解决现实困境的传统，只能通过内在超越的方式来实现。现实困境的解决，不在外部的上帝或佛陀，而在每一个活在现实中的人；不在遥远

---

① 逯钦立校注《陶渊明集》卷四，第 126 页。

② 鲁迅《中国人失掉自信力了吗》：“我们从古以来，就有埋头苦干的人，有拚命硬干的人，有为民请命的人，有舍身求法的人，……虽是等于为帝王将相作家谱的所谓‘正史’，也往往掩不住他们的光耀，这就是中国的脊梁。”《鲁迅全集》卷六《且介亭杂文》，人民文学出版社，1958 年，第 92 页。

的天国和彼岸，而在人所生存的当下。这就决定了中国悲剧意识及其精神不同于其他国家的悲剧意识，而具备自身的独特性。

在中国悲剧意识系统里，悲剧意识各类型并不是彼此独立，而是互相交融渗透的关系。生命悲剧意识是基础，一切皆以生命有限性的感知为出发点，激发对其他悲剧意识的感受和思考；价值悲剧意识是核心，通过追求生命的价值和意义来超越生命有限的悲剧性；政治悲剧意识是对政治及其价值的审视，是一定时期内士人在政治维度内对生命价值的追问，生命悲剧意识和价值悲剧意识都有可能在这一维度内体现；历史悲剧意识则是在一种更宏大的范围内对生命、政治和价值的思考，是一种更广泛、深沉的悲剧意识。陶渊明的悲剧意识，源自对生命悲剧性的感知，他从生命、政治和精神归宿的维度来思考人生的价值，以一种更开放的视野来审视历史和历史人物的价值，最终通过价值的建构来超越生命的有限性。各悲剧意识类型，与陶渊明人生的重要问题相勾连，呈现了他由悲剧意识而价值建构、提升人生境界的生命历程。

总之，陶渊明诗歌的悲剧意识是对其悲剧人生的诠释，他与悲剧意识是一体的，理解其悲剧，才能理解其伟大。陶渊明之伟大，在于他凝聚了中国儒道的精神，对人生的悲剧性作了广泛、深刻的表达，丰富了其人、其诗的思想性，并将之提高到生命和人格境界的高度；陶渊明之伟大，在于他用生命实践了他的思想，坚持文学与生命的统一，他诗中的哲思，不是远离人生的枯燥玄理，而是融汇情感与生命感悟，他真正做到了“知行合一”；陶渊明之伟大，还在于他超越于悲剧意识之上，在乱世中独善其身，保持人格的尊严与独立，在困境中砥砺出有利于民族传承与发展的人格精神和“天人合一”的审美境界。王国维说：“三代以下之诗人，无过于屈子、渊明、子美、子瞻者。此四子者若无文学之天才，其人格亦自足千古。故无高尚伟大之人格，而有高尚伟大文章者，殆未之有也。”[①]孔子曰：“有德者必有言，有

① 王国维《文学小言》，《王国维文学论著三种》，商务印书馆，2017年，第219页。

言者不必有德。”(《论语·宪问》)[①]信矣！陶渊明对待现实悲剧的坚韧品格，在困境中不与世沉浮、保持人格独立和精神自由，为后世提供了榜样，无数人从他这里得到启示和慰藉。时至今日，当人们在物欲的裹挟中几乎迷失自我时，曾经支持陶渊明超越悲剧性，实现本真自我的那种智慧，或许也能带给我们一些启迪。

（中国人民大学文学院）

① 朱熹《论语集注》卷七，《四书章句集注》，第150页。

古代文论话语生成中的权力因素浅析

——以欧阳修《梅圣俞诗集序》与“穷而后工”的诗学个案为例*

吕　梅

内容摘要：在《梅圣俞诗集序》与“穷而后工”这一经典诗学个案中，微观权力对文论话语的介入，显现为身份政治和文学传统两个方面。居政治上位且更具文坛影响力的欧阳修，建构了梅尧臣的仕穷而诗工的形象，不仅将梅仕宦不偶的境遇代入时人视野，也将梅诗合风雅之正的特质予以指陈。梅尧臣在“穷”的方面，表现出对此身份标签和韩孟之喻的初时淡漠、其后接受、终至追随与迎合的历时变化，而在“工”的方面，则表现出一以贯之的对风雅教化的文学传统的秉持恪守。在权力话语理论视角下观照是序，可见出诗文集序不仅有文学评点之用，更起到了日后欧对梅的政治推介作以张本的效果。

关键词：文论；话语；权力；政治身份；文学传统

* 本文为华东师范大学文化传承创新研究专项项目“中国文论的古今贯通与跨域研究”(2022ECNU－WHCCYJ－23)成果之一。

A Brief Analysis of Power Factors in the Generation of Classical Literary Theory's Discourse — Taking Ouyang Xiu's "Preface to the Collection of Poems by Mei Shengyu" and the Poetic Case of "Qiong er hou gong" as an Example

Lv Mei

Abstract: "Qiong er hou gong (poor poets can create better works)" was an important proposition in classical poetics, there have been many analyses on its theoretical context, ideological origin, academic basis, relevant proposition, acceptance by later generations, external influence and writer's case studies. However, most scholars, when elucidating its meaning, placed in the context of connected literary theories such as "poetry can complain", "writing books with passion", "crying out injustice", "poetry can make the poor", and so on, to interpret the relationship between the ups and downs of the writer's individual life and the actual craftsmanship of creation. Correspondingly, there are few comprehensive and in-depth studies on the historical background and text situation of how the proposition was developed. Moreover, the respective identity and power relations of the addresser (Ouyang Xiu), the addressee (Mei Yaochen) and the audience (scholars of the Northern Song Dynasty) were also scarcely explored. Therefore, this paper tries to investigate this proposition's such specific aspects and finds that the intervention of micro power in literary discourse is manifested in two aspects: identity politics and literary tradition. Ouyang Xiu, who held a high political position and had a greater influence in the literary world, constructed the image of Mei Yaochen as a poor official but a skilled poet. He not only brought into the view of the contemporary people the situation of Mei's unequal official positions, but also pointed out the elegant and upright characteristics of Mei's poetry. In terms of "qiong (poverty)", Mei Yaochen showed a change of indifference towards this identity label and the metaphor of Han and Meng at the beginning, acceptance later, and eventually following and catering, while in terms of "gong(delicate work)", he showed a consistent adherence to the literary tradition of elegance and education. From the perspective of discourse theory of power, it can be seen that the preface of poetry and literature not only serves as a literary commentary, but also serves as a political recommendation for Mei in the future.

Keywords: literary theory; discourse; power; political identity; literary tradition

北宋文坛宗主欧阳修所撰《梅圣俞诗集序》提出"诗穷而后工"一语，不仅建构了梅尧臣"仕穷诗工"的形象并广为人知，更因其对作家个体生命际遇与创作实际间之关联的精准提炼，向来被视为古典诗学中的重要命题。方家多将其置于"诗可以怨""发愤著书""不平则鸣""诗能穷人"的诗学脉络中进行意涵的阐发，进而观照其学理依据(缘何穷而后工)、思想渊源、关联命题(如诗能达人、诗穷而未必工)、后世接受、域外影响、作家个案等方面。[①] 然此诗学命题究竟何以生成、其原初的历史背景和文本情境如何、欧阳修在言说此诗论话语时是否有受到何种权力因素的

---

① 相关研究颇伙，如：钱锺书《诗可以怨》，《文学评论》1981 年第 1 期；吴承学《"诗能穷人"与"诗能达人"——中国古代对于诗人的集体认同》，《中国社会科学》2010 年第 4 期；程刚《从"困极而后亨"到"诗穷而后工"——略论欧阳修的易学思想渊源》，《文艺理论研究》2010 年第 3 期；陆晓光《"穷而后工"：对中国传统文艺思想中一个重要命题的考查与反思》，收入徐中玉主编《古代文学理论研究(丛刊·第十三辑)》，上海古籍出版社，1988 年；伍晓蔓《从居富到处穷：北宋尚富诗学浅论》，收入周裕锴主编《第六届宋代文学国际研讨会论文集》，巴蜀书社，2011 年；蔡德龙《"诗穷而后工"说的拓展与"诗福"说的产生》，《求是学刊》2017 年第 5 期；钟晓峰《以穷为亨——杨万里的"诗穷"论及诗学精神》，台湾《清华中文学报》第 17 期；钟晓峰《论陆游的处穷书写与"诗穷"观》，台湾《国文学报》第 64 期。

影响，鲜有学者析论[①]，缘此，本文尝试以欧、梅互动与诗论生成这一经典个案为例，析论诗论话语在生成时可能受到的权力影响因素。

一、权力影响因素之一：政治身份

在福柯等所代表的后现代西方理论批评视域里，“话语”被视为是“在特定条件下，由占据一定社会文化地位的一个或一群特定的人（说或写的主体），就一个或几个特定的问题，为特定的目的，采取特定的形式手段和策略而向特定的对象，说或写出的一系列陈述的整体”[②]。也即，话语总是与“权力”密切关联的，包含着一系列社会力量的斗争和勾结，“是一种为实现主体意图而被生产出来的策略与权术；不存在毫无权力的话语，也不存在脱离话语的权力”。而以语用学的视角对观，言谈中的任何语句，都不仅是在描述一件事，更是在执行一个动作（performative），是一种“言语行为（speech acts），有着相应的目标（illocution）和因行为而引发实际变化的效果（perlocution）。[③]

古代文论作为相应社会中的“话语”，亦是诸般权力作用的结果，其中，政治权力无疑是介入士人话语生成行为之最著者。君主专制社会里习见的王权官制等绝对权力，常达成对话语言说者的身体宰制和意识规训，此是常见的政治权力之于文论话语生成的干预。然在此种上对下的绝对权力外，更有同侪互动、士人交往中的微观权力，体现为因政治身份的相异而带来的上位者对下位者的影响力，如诗文评点方面，上位者可能更多扮演对下位者的指摘、置评的评价者角色，而下位者则常表现出附和、跟随、迎合的跟从者姿态，二者显出

① 管见所及，仅巩本栋先生曾指陈“‘穷而后工’乃是北宋党争环境中产生的论述、专为梅尧臣而发，梅氏于庆历党争中依违于二党之间导致了其穷困不遇的命运；然后人在接受此论的过程中有意无意地离开了其产生的特定背景和原因，使得此论成了一种带有普遍意义的文学批评和劝慰政治上不得意之人的常用措辞。”巩本栋《“诗穷而后工”的历史考察》，《中山大学学报（社会科学版）》2008 年第 4 期。

② 米歇尔·福柯著，肖涛译《话语的秩序》，收入许宝强选编《语言与翻译的政治》，中央翻译出版社，2010 年，第 1—31 页。

③ 叶蜚声、徐通锵《语言学纲要》，北京大学出版社，2010 年，第 157 页。

不同的话语书写策略。

以《梅圣俞诗集序》"穷而后工"为例，其关键概念之一的"穷"，乃"作家仕宦不偶"[1]之意，用于形容梅尧臣等士人沉沦下僚的窘境。"穷"的诗学概念的提出，体现出追求学而优则仕的古代社会里，士人对于政治的天然敏感。而观照原初文本可知，"穷"与其说是梅尧臣的真实处境，毋宁说是居上位者的欧阳修对梅的形象建构。在二人的文本语境里，"穷"最初其实是用来形容欧而非梅的，梅年长且奠定诗坛声誉更早，故对于初入仕途的欧来说，权力的下位者、穷者其实是自己；只是随着日后两人仕路云泥、权力关系反转，"穷"的指涉才变为梅独有。

欧梅相识于天圣九年(1031)的西京洛阳。彼时二十五岁的欧阳修，于前一年科举中第而授秘书省校书郎，至西京留守钱惟演幕下任推官，结识了时任河南主簿的长其五岁的梅尧臣。幕府多名士，梅的妻兄谢绛任通判，欧与谢绛、尹洙、梅尧臣等皆相善，日为古文歌诗，文名自是渐为天下知。至景祐元年(1034)，欧西京秩满而离洛、归襄城、如京师，梅亦在是年知建德县事，七月钱惟演故去，八月谢绛南归，西京之会就此星散。其后，欧梅各自转徙，聚少离多，然诗书唱和不断，友谊日渐加深，欧对梅的书写，也是在这样一个时间背景上展开的。

> 其如乘余闲，奉尊俎，泛览水竹，登临高明，欢然之适无异京洛之旧。其小别者，圣俞差老而修为穷人，主人腰虽金鱼而鬓亦白矣。其清兴，则未减也。[2]

此为宝元二年(1039)欧阳修写给谢绛的书信，亦是欧诗文中第

---

① 前行研究在释义"穷而后工"之"穷"时，主要从"精神志向的受挫折""政治处境的失意""一切人生的逆境及负面情感体验"三个不同层面进行。然若细读欧阳修的各类作品，可知欧所指涉的"穷"基本是作为与"达""亨""通""贵"相对的、仕途失意的意思，是专用于政治身份的语汇。

② 欧阳修撰，李逸安点校《与谢舍人书·二》，《欧阳修全集》卷一五〇，中华书局，2001年，第2467页。后文简称《欧集》。

一次言“穷”。是年二月，谢绛出守邓州，梅尧臣将宰襄城，与谢偕行。五月，欧谒见谢，留旬日而还。六月后，欧携母待次南阳，此书即作于暑夏居南阳期间。信中欧忆前月时与谢登山临水，清兴有若西京旧日，所不同者，则是梅已为“差老”而欧仍是“穷人”，时梅为襄城令、有明确差遣，而欧仍待次，故属“穷人”，见出“穷”的政治意味及欧对彼时二人身份关系的理解。

事实上，梅尧臣彼时也是以“穷”指欧的，其于是年所作给欧的赠诗中曰：“问传轻何学，言诗诋郑笺。飘流信穷厄，探讨愈精专。”[①]言庐陵之学舍传取经，欧虽经学大进，然在景祐之贬后辗转飘零实属“穷厄”。可见，尚未复归帝京的欧阳修“穷”，乃是彼时二人的共同认知。

> 与君结交深，相济同水火。文章发春葩，节行凛筠笴。吾才已愧君，子齿又先我。君恶予所非，我许子云可。厥趣共乖时，畏涂难转輠。道肥家所穷，身老志弥果。[②]

是诗乃康定元年(1040)末所作，时欧复为馆阁校勘才半年，梅解襄城任、赴邓州归葬谢绛，欧详叙与梅之情谊深厚、好恶相合，然欧觉二人趣尚皆违时、仕宦皆未达，故皆是为道所穷者，“穷”指向是欧梅二人。

> 庆历四年秋，友宛陵梅圣俞来自吴兴，出其哭内之诗而悲曰：“谢氏生于盛族，年二十以归吾，凡十七年而卒。卒之夕，敛以嫁时之衣，甚矣，吾贫可知也……吾穷于世久矣，其出而幸与贤士大夫游而乐，入则见吾妻之怡怡而忘其忧，使吾不以富贵贫贱累其心者，抑吾妻之助也……其所以能安居贫而不困者，其性识明而知道理多此类。”[③]

是文为庆历五年(1045)欧应梅请铭而作。前一年春，梅解湖州

---

① 梅尧臣著，朱东润校注《代书寄欧阳永叔四十韵》，《梅尧臣集编年笺注》卷九，上海古籍出版社，2006年，第143页。后文简称《梅集》。

② 欧阳修《依韵和圣俞见寄》，《欧集》卷五十三，第749页。

③ 梅尧臣《南阳县君谢氏墓志铭》，《梅集》卷一五〇，第2467页。

监税任，归故乡宣城，七夕时梅妻没于舟中。梅与结发之妻情谊甚笃，妻子亡故，梅悲痛万分，一年内七八次致信欧请为之撰铭，其后数年多有悼亡诗作。是铭开篇即叙此事，随后借对梅的语言描写道出其“久穷”之感，同时，还言及其家计生活的“贫”“贱”“困”。此是欧诗文中第一次言梅之“穷”，且“穷”仅指梅一人。

查梅尧臣年谱可知，其在此前历任桐城主簿、河南主簿、河阳主簿、德兴县令知建德县、知襄城县、湖州监税，皆是地方小官，妻亡时，梅已四十三岁，着实可称“穷”，欧的梅妻碑铭，是第一次借梅之口，点出其“穷”，也是塑造梅穷形象的第一步。需指出的是，欧虽是借梅之口言其“穷”，梅也惯于叹贫言困，但此前的梅诗中却未见以“穷”名己者，故文字中所见梅“穷”，首自欧。

同时，在梅妻谢世的是年，欧也在诗中第一次直言梅“穷”，所谓“梅翁事清切，石齿漱寒濑。作诗三十年，视我犹后辈。梅穷独我知，古货今难卖”[①]，言己作为梅之知音，独晓其穷。

> 予闻世谓诗人，少达而多穷，夫岂然哉！盖世所传诗者，多出于古穷人之辞也……予友梅圣俞，少以荫补为吏，累举进士，辄抑于有司，困于州县，凡十余年。年今五十，犹从辟书，为人之佐。郁其所蓄，不得奋见于事业……圣俞亦自以其不得志者，乐于诗而发之。故其平生所作，于诗尤多。世既知之矣，而未有荐于上者……奈何使其老不得志，而为穷者之诗，乃徒发于虫鱼物类、羁愁感叹之言！世徒喜其工，不知其穷之久而将老也，可不惜哉！[②]

是文即提出“穷而后工”的名文，首作于庆历六年(1046)三月。此前一年的八月，欧阳修贬知滁州，担任其幕僚判官的有梅尧臣的内弟、谢景初的从叔父谢缜(字通微)。欧好梅诗，遂请谢通微致书内兄梅尧臣、请其送诗作，梅诗记此事：“从事滁阳去，寄音苦求诗。吾诗

---

① 欧阳修《水谷夜行寄子美圣俞》，《欧集》卷二，第29页。

② 欧阳修《梅圣俞诗集序》，《欧集》卷四十三，第612页。

固少爱，唯尔太守知。不敢辄所拒，勉勉作此辞。”[①]时梅在许昌签书判官任上，次年春又入汴京就婚刁氏，不得与欧相见，或是因此，有了内侄谢景初将收集且编次的梅之早期诗送至滁州欧处之事，欧文“其妻之兄子谢景初，惧其多而易失也，取其自洛阳至于吴兴以来所作，次为十卷”[②]有记，谢氏所集十卷本也成为第一部梅诗集子。欧得观梅集，而有是篇序文。十五年后梅因京师大疫去世，欧修订其稿，于文尾增加八十余字，交代梅故去及已索梅之遗稿千余篇，又编次梅诗为一十五卷之事，遂成今所见之《梅圣俞诗集序》。

是文中，欧阳修明确地将梅尧臣定义为穷者，由自古以降、工于诗者少达多穷的论断引出梅；借由对梅生平的简叙，述其科举不第仕宦不偶，“抑于有司、困于州县”，“年今五十，犹从辟书”，“不得奋见于事业”，“未有荐于上者”，“老不得志”，诸般名词反复渲染梅的不遇，再以诸多语气词表达了对梅氏之穷、无人荐举的愤怒叹惋。借着兹文，梅尧臣诗工然仕穷的形象被明确地建构起来。

此文值得注意的，是欧阳修将“诗人例穷”作为一个现象和问题提了出来，并将梅尧臣纳入此穷且工的诗人序列中，使梅的“当遇而不遇”同样作为一个现实的问题进入了公众视野。梅作为诗人，其诗工的一面已为人熟知，从天圣末欧梅相遇于西京有诗文创作时始，梅诗即“往往人皆有之”[③]，至庆历中，梅更是“名姓已被贤者知”[④]，然梅之“穷”的问题，在此前却未曾被正视和响应。借着欧提议的对梅诗的编集及书序的撰写，借着欧日隆的文名和政治地位，此问题得以被关注，欧“其穷之久而将老也”的疾呼益显得迫切且必要。

伏见太常博士梅尧臣……虽知名当时，而不能自达。

窃见国学直讲，见阙二员，尧臣年资，皆应选格，欲望依孙复

---

① 梅尧臣《方在许昌幕内弟滁州谢判官有书邀余诗送近闻欧阳永叔移守此郡为我寄声也》，《梅集》卷15，第316页。

② 欧阳修《梅圣俞诗集序》，《欧集》卷四十三，第612页。

③ 欧阳修《书梅圣俞诗稿后》，《欧集》卷七十二，第1048页。

④ 梅尧臣《途中寄上尚书晏相公二十韵》，《梅集》卷十六，第369页。

例，以补直讲之员。[1]

今窃见国子监直讲梅尧臣，以文行知名。以梅之名，而公之乐善，宜不待某言固已知之久矣。其人穷困于时，亦不待某言而可知也。中外士大夫之议，皆愿公荐之馆阁。[2]

是二文乃欧阳修嘉祐元年(1056)向朝廷荐举梅尧臣为国子监直讲的举状，和嘉祐三年(1058)写给时已拜相的好友韩琦的书信、请其荐举梅尧臣入馆阁。欧已在至和元年(1054)升翰林学士，嘉祐二年(1057)正月为谏议大夫、并知贡举，嘉祐三年(1058)六月兼龙图阁学士、权判开封府，有荐举官员之权，故竭力荐举尚在穷位的梅。二文皆有明确的政治功用性，故写法上，皆是直陈梅尧臣有文名然仕穷的问题，期许得到响应，显出欧为改变梅穷的境遇所作的积极努力。也因着欧的举荐，梅得入京为国子监直讲、并在次年以小试官身份从欧知贡举；至五年后梅因京中大疫病逝，晚岁数年，梅能在京师安稳度过，多赖欧之协助。

余才过分，可愧非荣；子虽穷厄，日有声名。[3]

余尝论其诗曰："世谓诗人少达而多穷，盖非诗能穷人，殆穷者而后工也。"圣俞以为知言。铭曰：不戚其穷，不困其鸣。不踬于艰，不履于倾。养其和平，以发厥声。[4]

是二文乃对梅尧臣的祭文和墓志铭，作于梅故去的当年嘉祐五年(1060)和次年嘉祐六年(1061)。祭文简短，回忆自己和梅的相遇相知及日后殊途，在彼此性格、年貌、境遇、存没的对比中凸显梅氏"穷厄"。墓志铭除了再提"穷而后工"外，亦以铭文总结梅氏生平，穷而不戚，困而能鸣。二文作为对梅的盖棺定论，为其穷者形象抹上重要一笔。

欧文多以平铺直叙生平的方式直接点出梅穷，并借着时间历程

---

① 欧阳修《举梅尧臣充直讲状》，《欧集》卷一一〇，第1671页。

② 欧阳修《与韩忠献王书·十九》，《欧集》卷一四四，第2339页。

③ 欧阳修《祭梅圣俞文》，《欧集》卷五十，第701页。

④ 欧阳修《梅圣俞墓志铭》，《欧集》卷三十三，第496页。

一步步强化，欧诗则通过将梅与前代苦吟诗人（杜甫、孟郊、贾岛）并置和直接对梅诗进行文本批评、风格定位等方式，来建构梅的穷者形象。

> 韩孟于文词，两雄力相当……孟穷苦累累，韩富浩穰穰。穷者啄其精，富者烂文章……郊死不为岛，圣俞发其藏。患世愈不出，孤吟夜号霜。霜寒入毛骨，清响哀愈长。玉山禾难熟，终岁苦饥肠。[①]

欧庆历五年（1045）初夏所作是诗将己与梅比为韩、孟，指出梅如孟郊般穷、贫、饥、寒、然苦心于诗。此外，欧诗中还常以贾岛和杜甫比梅，如："圣俞善吟哦，共嘲为阆仙。惟予号达老，醉必如张颠。"[②]"清篇追曹刘（陆），苦语侔岛可。酣饮每颓山（欧），谈笑工炙輠。……何当迎笈前（陆），相逢嘲饭颗（欧）。"[③]皆是言梅之仕穷然好诗。有趣的是，欧诗文中言及前代穷者时仅提及杜甫、孟郊、贾岛三人，在《堂中画像探题得杜子美》《试笔》《六一诗话》可见，而欧在形容梅穷时，也将其与此三位唐人相类比。

在欧将梅比为前代穷者诗家的诸句中，有一首值得注意，即作于康定元年（1040）末的《冬夕小斋联句寄梅圣俞》，诗尾有"相逢嘲饭颗" 句，借李白嘲杜甫"借问别来太瘦生，总为从前作诗苦"，调侃梅尧臣如杜甫般为诗而瘦。此种对苦吟的戏谑是引起了梅的不悦的，在梅的回赠诗的自注中即可见[④]，同时，梅还专门提及"行橐且不贫，明珠藏百颗"[⑤]，言自己虽贫，然于诗艺却颇自负。我们或可需思考的是，欧何以于诗中表露此种对好友的嘲谑？除了其自己的戏谑个性、

---

① 欧阳修《读蟠桃诗寄子美》，《欧集》卷二，第 36 页。

② 欧阳修《书怀感事寄梅圣俞》，《欧集》卷五十二，第 730 页。

③ 欧阳修《冬夕小斋联句寄梅圣俞》，《欧集》卷五十四，第 772 页。

④ 梅的依韵诗自注曰："永叔尝见嘲，谓自古诗人率多寒饿颠困：屈原行吟于泽畔，苏武啖雪于海上，杜甫冻馁于耒阳，李白穷溺于宣城，孟郊、卢仝栖栖道路页。以子之才，必类数子页。今二君又自为此态而反有饭颗之诮，何耶?"梅尧臣《依韵和永叔子履冬夕小斋联句见寄》，《梅集》卷十，第 171 页。

⑤ 梅尧臣《依韵和永叔子履冬夕小斋联句见寄》，《梅集》卷十，第 171 页。

常在诗中作谐谑语外，或有其他原因。

考其生平[①]，欧作是诗在康定元年(1040)，是年欧结束四年远地小官(夷陵令、乾德令)的贬谪外任生活，重入汴京，六月馆阁校勘，十月转太子中允。仕途上，欧此年所遇属“迁”，与梅之始终处江湖之远的“穷”相异。对北宋文士来说，步入馆阁即意味着为中央权力秩序认可的开始，由馆阁而两制而二府，乃文官希冀的晋升路。欧天圣八年(1030)科举及第、任西京留守推官；景祐元年(1034，时修28岁)西京秩满后，得王文康公荐、召试学士院而入馆阁，只因其后两年中范吕党争、欧支持范而于景祐三年(1036)遭贬，成为同梅一样的远邑小令；然四年后，即得重入馆阁，重新开始中央政治的仕履；之后则短期内快速升迁、成为北宋中阶官员的一员。而梅尧臣，却终生未得入馆阁，始终在权力中心之外。缘此可见，欧作是诗的康定元年，乃是欧梅二人政治身份殊途的起始年，欧于是年有“嘲饭颗”语，是有着因政治身份地位的相异而带来的心理自得的，此自得体现为一种对诗人诗作的戏谑调侃式评价的权力。欧在此后另一诗中《太白戏圣俞》中，有：“空山流水空流花，飘然已去凌青霞。下看区区郊与岛，萤飞露湿吟秋草。”[②]自比李白而嘲谑圣俞如郊岛，其自得嘲谑之意不难寻觅。我们借此见出，“梅如杜穷”“梅如孟郊”，这些对梅尧臣诗歌批评的经典话语的生成，与欧梅二人的政治身份的密切关系。

而若考察梅尧臣对欧阳修的批评话语的接受，可更清晰地见出其与二人政治身份之历时变化的相合。

其一是“诗穷”方面，梅本人对己之“穷”的言说，数量是不丰的，其惯于摹写的是生计之贫艰、家人之饥寒，而非仕位之卑。然在庆历

---

① 据其年谱可知：欧庆历元年(1041)末加骑都尉，所修《崇文总目》成、转集贤校理。庆历二年(1042)正月考试别头举人；三月御试进士，欧进赋一首，赐敕书奖谕页。庆历三年(1043)升谏官；三月赐五品服；九月赐绯衣银鱼；十月擢同修起居注；十二月己亥召试知制诰，公辞，得有旨不试，以右正言知制诰、赐三品服。庆历四年(1044)四月使河东、七月还京师；八月除龙图阁直学士、河北都转运按察使；十一月，南郊恩，进阶朝散大夫，封信都县开国子、食邑五百户。参见胡柯《欧阳修年谱》，《欧集》附录卷一，第2601页。

② 欧阳修《太白戏圣俞》，《欧集》卷五，第86页。

四年(1044)梅妻故去、欧作墓铭后,梅诗中陆续有叹己不得志的表达,且初时并不用"穷"字,而是言"微""贱""无用""青袍",如:"嗟余老大无所用,白发冉冉将侵颠。文章自是与时背,妻饿儿啼无一钱。"①"瘦马青袍三十载,故人朱毂几多违。功名富贵无能取,乱石清泉自忆归。"②因微贱而格外感念贵人垂青其诗:"今惭此微贱,重辱相君怜。"③因微贱而感谢有微薄俸禄可补家用:"贫难久待乏,薄禄藉沾润。虽为委吏冗,亦自甘以进。"④微贱总是与贫乏相纠缠,幸赖有文字为寄托:"微生守贱贫,文字出肝胆。"⑤"平生独以文字乐,曾未敢耻贫贱为。官虽寸进实过分,名姓已被贤者知。"⑥此皆是梅尧臣四十余岁时对穷的体悟。

经过欧阳修《梅圣俞诗集序》等对梅之"穷"的不断书写,梅"穷"的形象广为人知,年过半百后的梅尧臣自己,遂也改用"穷"字来指称己遇。

"端忧守穷巷,无力共跻攀"⑦,"我今才薄都无用,六十栖栖未叹穷"⑧,"死者诚可悲,存者独穷厄"⑨,"群官望幸无名姓,只有穷吟许外陪"⑩,"但将苦意摩层宙,莫计终穷涉暮津"⑪,"遥知毕事期寻胜,

---

① 梅尧臣《回自青龙呈谢师直》,《梅集》卷十四,第232页。

② 梅尧臣《寄汶上》,《梅集》卷十五,第274页。

③ 梅尧臣《谢晏相公》,《梅集》卷十六,第367页。

④ 梅尧臣《得曾巩秀才所附滁州欧阳永叔书答意》,《梅集》卷十七,第406页。

⑤ 梅尧臣《依韵和晏相公》,《梅集》卷十六,第368页。

⑥ 梅尧臣《途中寄上尚书晏相公二十韵》,《梅集》卷十六,第369页。

⑦ 梅尧臣《依韵和签判都官昭亭谢雨回广教见怀》,《梅集》卷二十三,第716页。

⑧ 梅尧臣《依韵和永叔久在病告近方赴直道怀见寄二章·其二》,《梅集》卷二十七,第962页。

⑨ 梅尧臣《永叔内翰见索谢公游嵩书感叹希深师鲁子聪几道皆为异物独公与余二人在因作五言以叙之》,《梅集》卷二十八,第1018页。

⑩ 梅尧臣《和范景仁王景彝殿中杂题三十八首并次韵·其八 三月九日迎驾》,《梅集》卷二十九,第1084页。

⑪ 梅尧臣《和范景仁王景彝殿中杂题三十八首并次韵·其十二 诗癖》,《梅集》卷二十九,第1085页。

尚问衰羸未厌穷"[①]。较之四十岁时面对穷境的嗟叹与不甘、以退守林泉的向往为宽慰，及急于向贵人表达感念和展示文才的迫切，知天命之年的梅于"穷"有了更多"且接受之"的认命式的平淡，不竭力抗争，也不怨天尤人，但平淡中仍有时仍会见到对于文字的执着和自信，这种自知的文才，或是穷者梅氏立身于世的精神支柱。

另一个关涉梅穷的不可回避的话题，是梅对于穷者之喻的态度。前已言之，梅尧臣最初在面对欧阳修的饭颗之嘲时，是心有不悦的，梅虽赞誉杜甫诗才并有拟作，但对于杜甫饥寒交迫、一生潦倒，甚至因酒食而死的窘境，是不甚认可的："李白死宣城，杜甫死耒阳。二子以酒败，千古留文章。"[②]梅也在因酒而病时自责。对于贾岛和孟郊、韩愈等人，梅也表达过对其诗才的不以为然[③]，故而在文学创作面向上，梅是并不认同将己比为郊寒岛瘦一路的，梅诗平淡之美中内蕴的对苦难的精神超越性，是晚唐苦吟诗人所不具备的。然在政治身份与日常生活面向，梅确乎显出对韩孟之喻，由接受到认同进而超越的历时变化，而梅自身对此孟郊之喻的认同及书写，也进一步加强了其诗穷形象的建构。

最初，梅声名确立更早、故穷者为欧，梅提及欧时所用人称代词为"君"，如"君同尹与富"[④]，"君移近汉渊"[⑤]，"君问我何为"[⑥]，显出平等之态，甚至在康定元年(1040)答谢欧所赠殊为难得的澄心堂纸时，梅也是以"君"称之："君今转遗重增愧，无君笔札无君才。"[⑦]然在庆历

---

① 梅尧臣《次韵和永叔原甫致斋集禧》，《梅集》卷二十九，第1104页。

② 梅尧臣《酒病自责呈马施二公》，《梅集》卷二十四，第734页。

③ 如《以近诗贽尚书晏相公忽有酬赠之什称之甚过不敢辄有所叙谨依韵缀前日坐末教诲之言以和》："宁从陶令野，不取孟郊新。"《寄题绛守园池》："樊文韩诗怪若是，径取一二传优伶。"《览显忠上人诗》："师来笑贾岛，只解咏嘉陵。"《梅集》卷一十六，第369页；卷二十六，第880页；卷二十七，第990页。

④ 梅尧臣《忆洛中旧居寄永叔兼简师鲁彦国》，《梅集》卷三，第55页。

⑤ 梅尧臣《代书寄欧阳永叔四十韵》，《梅集》卷九，第143页。

⑥ 梅尧臣《得欧阳永叔回书云见来》，《梅集》卷五，第82页。

⑦ 梅尧臣《永叔寄澄心堂纸二幅》，《梅集》卷十，第156页。

四年(1044)欧跃居北宋中高阶文臣、梅妻故去后，穷者仅剩梅，梅诗中便自此呼欧为“公”了，如：“何当少得从公游，为公挥笔宁非美。”[①]表达追随之意。“秋思公何高，堆积自嵱嵷。出为悲秋辞，万仞见孤耸。”[②]赞欧之文思。“公负天下才，用心如用笔。端劲随意行，曾无一画失。”[③]赞欧之书艺。“生平四海内，有始鲜能终。唯公一荣悴，不愧古人风。”[④]赞欧交友不因穷达而异。在嘉祐后欧位更隆，梅诗更多以官爵贵要来称欧：“欧阳翰林最别识，品第高下无攲斜”[⑤]，“欧阳翰林百事得精妙，官职况已登清华”[⑥]，“翰林先生多所知”[⑦]，“翰林文字本雄强”[⑧]，“翰林职清文字稀”[⑨]，“贵客联玉辔。能令贤达至”[⑩]，“独爱开封尹，钟陵请去频”[⑪]，“开封大尹怜最厚，持酒作歌来庆之”[⑫]，这些一再提及的“翰林”“府尹”“贵客”“贤达”的称谓，及梅诗“苦苦著书岂无意，贫希禄廪尘俗牵”[⑬]，“乃欲存此心，欲使名誉溢”[⑭]等，皆见梅对政治身份的敏感及对欧的热切。

也是在这样一种敏于双方仕路和身份异变的语境中，梅由最初拒斥韩孟之喻，变为庆历后的接受之。

---

① 梅尧臣《欧阳永叔寄琅琊山李阳冰篆十八字并永叔诗一首欲予继作因成十四韵奉答》，《梅集》卷一十六，第 332 页。

② 梅尧臣《依韵和欧阳永叔秋怀拟孟郊体见寄二首 · 其二》，《梅集》卷一十七，第 410 页。

③ 梅尧臣《次韵永叔试诸葛高笔戏书》，《梅集》卷二十九，第 1093 页。

④ 梅尧臣《過口得双鳜鱼怀永叔》，《梅集》卷一十九，第 513 页。

⑤ 梅尧臣《次韵和永叔尝新茶杂言》，《梅集》卷二十八，第 1008 页。

⑥ 梅尧臣《次韵和再拜》，同上注卷 28，第 1010 页。

⑦ 梅尧臣《依韵和永叔戏作》，《梅集》卷二十七，第 981 页。

⑧ 梅尧臣《依韵和永叔景灵致斋见怀》，《梅集》卷二十八，第 1014 页。

⑨ 梅尧臣《次韵奉和永叔谢王尚书惠牡丹》，《梅集》卷二十八，第 1006 页。

⑩ 梅尧臣《欧阳永叔王原叔二翰林韩子华吴长文二舍人同过弊庐值出不及见》，《梅集》卷二十六，第 906 页。

⑪ 梅尧臣《嘉祐己亥岁旦永叔内翰》，《梅集》卷二十九，第 1067 页。

⑫ 梅尧臣《依韵答永叔洗儿歌》，《梅集》卷二十八，第 1050 页。

⑬ 梅尧臣《答裴送序意》，《梅集》卷一十五，第 300 页。

⑭ 梅尧臣《别后寄永叔》，《梅集》卷一十八，第 468 页。

昔闻退之与东野，相与结交贱微时。孟不改贫韩渐贵，二人情契都不移。韩无骄矜孟无腼，直以道义为己知。我今与子亦似此，子亦不愧前人为。[①]

孟卢张贾流，其言不相昵。或多穷苦语，或特事豪逸。而于韩公门，取之不一律。乃欲存此心，欲使名誉溢。窃比于老郊，深愧言过实。然于世道中，固且异谤嫉。交情有若此，始可论胶漆。[②]

前诗庆历五年(1045)作，赞韩孟之交的始终如一，言自己与欧亦似此，见出梅对于孟郊之喻是认同、然尚未完全带入的，即梅认同其与欧之关系，类于韩孟，却未必意味着自己就全然等同孟郊，诗中透出一种将韩孟作为被观照的他者的距离感。

次诗庆历八年(1048)作，言孟郊与卢仝、张籍、贾岛等人，皆承自韩愈之门，自己愿如众人般追随现世韩愈的欧，希冀能使“名誉溢”，梅言自己愧于孟郊之比，实是自谦之辞，又言自己如孟般耿介而与世违，皆显出梅对将己比为孟郊已不再疏离。

此后，梅诗中时见以孟郊指代自己、或将自己与孟郊比较的表述：“已为贫孟郊，拚作瞎张籍。”[③]“以我拟郊嗟困摧。公之此心实扶助……”[④]“复闻韩孟最相善，身仆道路哀妻僮。生前曾未获一饱，徒脱吟响如秋虫。自惊此赠已过足，外可毕嫁内御冬。”[⑤]“特称孟东野，贫箧文字盈。到死只冻馁，何异埋秦坑。今我已过甚，日醉希步兵。”[⑥]梅将己与孟相较时，着眼的是困与贫，梅借兹感谢欧的关怀，并认为欧公待己胜于韩待孟，孟韩相善、孟却到死冻馁，欧公则时有衣食馈赠，梅之生活差可无虞。

---

① 梅尧臣《永叔寄诗八首并祭子渐文一首因采八诗之意警》，《梅集》卷一十五，第287页。

② 梅尧臣《别后寄永叔》，《梅集》卷一十八，第468页。

③ 梅尧臣《因目痛有作》，《梅集》卷一十八，第469页。

④ 梅尧臣《依韵和永叔澄心堂纸答刘原甫》，《梅集》卷二十五，第800页。

⑤ 梅尧臣《永叔赠绢二十匹》，《梅集》卷二十八，第1050页。

⑥ 梅尧臣《次韵答黄介夫七十韵》，《梅集》卷二十八，第1017页。

然欧梅之交并不止于此，“犹喜共量天下士，亦胜东野亦胜韩”①，梅随欧知贡举而成就北宋科举第一榜，其心自得处当然甚于韩孟，这是梅诗书及韩孟之喻时不多的高昂之音。更多时候，梅以穷者自比或相较，如“卢仝一生常困穷”②，“予穷少陵老”③。“我吟困穷不可听，昼夜蚊蚋苍蝇声。犹胜昔年杜子美，老走耒阳牛炙死。”④皆加深了他的诗穷形象。而无论是梅对欧的称谓之变，还是梅对孟郊之喻的拒斥至接受，皆因欧梅政治身份的历时变化而起，亦与欧日居上位的权力渐增相合。

二、权力影响因素之二：文学传统

权力因素介入文论话语生成的第二个方面，则是文学传统、文化传统、价值观念等意识形态因素，形塑了士人进行文学批评时所据的判准、法度、律则，士人借兹而书文论话语时，基本不会背离此文学传统带来的知识范式、价值尺度和美学好尚，文学传统的权力成为士人在进行言说行为时自我规训的另一重力量。在中华文化本位意识得到确立的北宋儒家社会，士人更是自幼浸淫于儒家典籍，借科举或门荫而入仕途，成为集官员、学者、文士诸身份合一的文学创作与批评的主体，其在进行文学活动时，往往会带着先秦以降的儒家文学思想观念，中和、风雅、正变、美刺、治道、教化，皆是其中之义，这些思想在北宋士人中流行一时，也成为士人评介文学的重要向度。观“穷而后工”中“工”的意涵，可见出欧基于此种儒家文学传统的、对梅之诗工形象的形塑，及梅力求诗工、而有的对此文学传统的主动迎合。

在欧阳修诗文中，“工”首先为“擅长”之意，其言“吕君工于诗，宜少加礼”，言“石曼卿诗格奇峭，又工于书，笔画遒劲，体兼颜、柳，为世

① 梅尧臣《和永叔内翰》，《梅集》卷二十七，第926页。

② 梅尧臣《依韵答永叔洗儿歌》，《梅集》卷二十八，第1050页。

③ 梅尧臣《七夕永叔内翰遗郑州新酒言值内直不暇相邀》，《梅集》卷二十七，第962页。

④ 梅尧臣《次韵和永叔石枕与笛竹簟》，《梅集》卷二十九，第1106页。

所珍”，言“退之笔力，无施不可。而余独爱其工于用韵也”[①]，皆是此意。

“工”其次指技艺高超、作品出色，就诗歌创作来讲，“工”涵括了用韵之高妙、传情达意之准确、立意之新颖、遣词造句之匠心等兼具内容和形式的各层面，且可达到言有尽而意无穷的含蓄美典的效果，如欧言：“圣俞、子美齐名于一时，而二家诗体特异。余尝于《水谷夜行》诗略道其一二。语虽非工，谓粗得其仿佛。”又言：“诗家虽率意，而造语亦难。若意新语工，得前人所未道者，斯为善也。必能状难写之景，如在目前；含不尽之意，见于言外，然后为至矣。”[②]

在力赞梅之诗艺的欧阳修看来，梅诗当然是具备上述诸要素而可称“工”的，然笔者更想指出欧着力塑造梅诗之“工”的另一个面向，即“雅”，合于“风雅”精神、可实现“厚人伦、美教化、移风俗”的诗道教化的理想。在欧最早一篇评介梅诗的专文中即言：

> 凡乐达天地之和，而与人之气相接，故其疾徐奋动可以感于心，欢欣恻怆可以察于声。五声单出于金石，不能自和也，而工者和之……今圣俞亦得之！然其体长于本人情，状风物，英华雅正，变态百出。哆兮其似春，凄兮其似秋。使人读之可以喜，可以悲，陶畅酣适，不知手足之将鼓舞也，斯固得深者邪！其感人之至，所谓与乐同其苗裔者邪？[③]

是文开篇言乐之义在“感于心”“察于声”，唯有“工者可自和”，进而“达天地之和”。在欧看来，“工”即是“和”，即是礼乐诗教传统中“喜怒哀乐之未发谓之中，发而皆中节谓之和”的“雅正”之义。欧觉梅诗正得此道，“英华雅正”，是同于“中”与“和”的礼乐至境的。同时，诗乐同源，皆可“感人心”而“以风化下”，皆可“显其幽愤怨怼之情”而“以风刺上”，梅诗的“本人情，状风物，英华雅正，变态百出”，兼具了

---

① 欧阳修《六一诗话》，《欧集》卷一百二十八，第1952页。
② 欧阳修《六一诗话》，《欧集》卷一百二十八，第1952页。
③ 欧阳修《书梅圣俞稿后》，《欧集》卷七十二，第1048页。

“风”之刺化与“雅”之“典正颂美”的功能，当为世之典范。

“雅正”确乎是欧阳修文学批评的重要向度，其在多篇诗文集序中以是称说作者，如：赞三代之文“辞彬彬笃厚纯雅者”①；赞诗三百“肆而不放，乐而不流，以卒归乎正，此所以为贵”②；评谢希孟诗“隐约深厚，守礼而不自放，有古幽闲淑女之风”③，能得中道；言屈原、接舆等人“久困不得其志，则多躁愤佯狂，失其常节”④，有悖雅正。

在欧言及梅诗的专文中，“雅”是常加提及的标签。在《梅圣俞诗集序》中，欧先是言王文康公赞梅诗“二百年无此作矣”然“终不果荐”，进而发出希冀：“若使其幸得用于朝廷，作为雅颂，以歌咏大宋之功德，荐之清庙，而追商、周、鲁《颂》之作者，岂不伟欤！”⑤欧对梅尧臣之“诗工”的身份设想，是“立于朝廷、作为雅颂、以咏圣德”，而不是“老不得志、为穷者之诗”，欧苦心着意整理梅诗、不遗余力推介梅诗，也正是为此；诗工者当立宗庙、作雅颂，才是欧阳修这样的北宋士大夫对诗人归处的真正理想。

事实上，荐梅尧臣者不止欧阳修一人。在《梅圣俞墓志铭》中，欧言及时任翰林学士的赵概等十余人也荐举梅，“梅某经行修明，愿得留与国子诸生讲论道德，作为雅颂，以歌咏圣化”⑥，梅因之得为国子监直讲，此正表明了北宋士人对雅正诗家的认可。是铭末，欧赞梅曰：“不戚其穷，不困其鸣。不踬于艰，不履于倾。养其和平，以发厥声。”再次指陈梅诗兴刺怨怼皆合中道。“雅”（“风雅”“雅正”），正是欧阳修一再形塑的梅诗之“工”的内蕴。

梅尧臣自己的诗歌创作和理论批评也是以“风雅”为旨归的。其诗作中多有关涉时政、含蓄风刺者，如明道及景祐年间范吕党

---

① 欧阳修《仁宗御集序》，《欧集》卷六十五，第952页。

② 欧阳修《礼部唱和诗序》，《欧集》卷四十一，第597页。

③ 欧阳修《谢氏诗序》，《欧集》卷四十一，第597页。

④ 欧阳修《与谢景山书》，《欧集》卷六十九，第1003页。

⑤ 欧阳修《梅圣俞诗集序》，《欧集》卷四十三，第612页。

⑥ 欧阳修《梅圣俞墓志铭》，《欧集》卷三十三，第496页。

争事，范仲淹三次遭贬，欧阳修、尹洙、余靖伸张正义却俱被视为党人而远谪，梅尧臣多有比兴寄托之作，《彼鴽吟》《灵乌赋》《清池》《猛虎行》等，驱遣动物意象影射时事、却不落于乖戾兀刺；再如以赋笔直写战争之恶的《甘陵乱》《故原战》《故原有战卒死而复苏来说当时事》，写生民之苦《汝坟贫女》《陶者》等，均是对"风"义的高扬。

同时，梅诗也多有歌咏德政、颂美王化之作，如写朝会宴响之诗："万国趋王会，诸公佩水苍。……雅著明时乐，需言盛德光。……身已陪多士，心宁愧下乡。薄才何所补，歌咏播殊疆。"[①]不仅着墨圣宋天子威仪、邦国来觐的盛景，赞美君主恩泽厚德当记史册，更言已之心愿，歌咏圣况、达于异方，此说明梅是很明了自已在此中的角色和职责的。在多首郊庙祭典诗中，以太庙斋郎身份观礼的梅表达了同样想法，如："天子万年，仁圣之主。臣时执册，与物咸睹。敢播于诗，庶闻九土。"[②]又如："肆赦通皇泽，深仁被九州岛。巍巍百世业，坦坦四夷柔。惠及高年叟，恩差五等侯。……何以歌尧美，兹同击壤讴。"[③]再如："宝图增大号，元历开皇劫。吉甫独何人，咏歌扬圣业。"[④]皆是欧阳修所言"英华雅正"之作。还有：

> 仲冬至仲春，阴隔久不雨。耕农将失时，萌颖未出土。帝心实焦劳，日夜不安处。祷祠烦骏奔，肸蚃杳无补。帝时降金舆，遍款灵真宇。百姓知帝勤，变愁为鼓舞。和气能致祥，是日云蔽午。夕风不鸣条，甘润忽周普。已见尧为君，安问谁为辅。[⑤]

是诗同样为颂美之作，言天时不利、久旱不雨，而帝君焦心、是处祈祷，百姓为之鼓舞，上苍为之动容，天人感应，甘霖因之普降。梅尧臣

---

① 梅尧臣《依韵和集英殿秋宴》，《梅集》卷二十一，第 579 页。

② 梅尧臣《祫礼颂圣德诗》，《梅集》卷八，第 129 页。

③ 梅尧臣《祫享观礼二十韵》，《梅集》卷八，第 130 页。

④ 梅尧臣《宝元圣德诗》，《梅集》卷八，第 131 页。

⑤ 梅尧臣《和人喜雨》，《梅集》卷一十五，第 1276 页。

以尧舜比君，称其贤德，也发出谁人可为辅弼的疑问，是对廷臣及己责的躬省。

梅诗中还有不少规箴、勖勉地方守官尽力造福黎民之作。如《送胡都官知潮州》："潮虽处南粤，礼义无遐陬。勿言古殊今，唯在政教修。远持天子命，水物当自囚。"[①]引韩愈治潮州而鳄鱼消弭之事，期许即将赴潮州任的胡生，当勤于王命、不负天子之知。《和王仲仪咏瘿二十韵》："贤哉临汝守，世德调金鼎。氓俗虽丑乖，教令日修整。风土恐随迁，晨昏忧屡省。"[②]希冀友人王素担好汝州太守职，以厚德教化当地氓俗。《寄题苏子美沧浪亭》："读书本为道，不计贱与贫。当须化闾里，庶使礼义臻。"[③]寄语友人苏舜钦居陋地莫忘读书、礼仪化人。《寄题滁州醉翁亭》："日暮使君归，野老纷纷至。但留山鸟啼，与伴松间吹。……使君能若此，吾诗不言刺。"[④]希望贬谪滁州的欧阳修能陶然自适、与民同乐。此外如：

> 来见江南昏，使君咏汀苹。再看苹叶老，汀畔送归人。人归多慕恋，遗惠在兹民。始时绕郊郭，水不通蹄轮。公来作新塘，直抵吴松垠。新塘建舆梁，济越脱辀仁。言度新塘去，随迹如鱼鳞。从今新塘树，便与蔽芾均。我虽备僚属，笔舌敢妄陈。因行录所美，愿与国风振。[⑤]

是诗为送友人胡武平而作，胡治江南时建新塘与桥梁，可通车马，往来不必再如往昔般大费舟船、远绕水路，遗惠在民，故得民称颂。梅听闻此事，便实录之，诗末言"为振国风"，表明其作诗旨在播布德政善举。以上诸诗中，梅尧臣一再提及"政教""礼义""风土""教化""美刺"，皆显示了其敦化民俗的诗教主张，正是"雅正"之义。

梅尧臣的诗学批评亦合"风雅"之旨。"圣人于诗言，曾不专其

---

① 梅尧臣《送胡都官知潮州》，《梅集》卷二十一，第586页。

② 梅尧臣《和王仲仪咏瘿二十韵》，《梅集》卷一十六，第346页。

③ 梅尧臣《寄题苏子美沧浪亭》，《梅集》卷一十七，第388页。

④ 梅尧臣《寄题滁州醉翁亭》，《梅集》卷一十八，第428页。

⑤ 梅尧臣《送胡武平》，《梅集》卷一十三，第221页。

中。因事有所激，因物兴以通。自下而磨上，是之谓国风。雅章及颂篇，刺美亦道同。不独识鸟兽，而为文字工。”[①]“诗教始二南，皆著贤圣迹”[②]，梅认为，圣人作诗是为美刺，雅颂和国风一样富刺美之义，诗歌之裨益和旨归，不仅在多识于鸟兽草木之名，更在“文字工”，即达于风雅。

梅尧臣一再言说自己用力于诗，所求境界即是二雅、二南。“我于诗言岂徒尔，因事激风成小篇。辞虽浅陋颇克苦，未到二雅未忍捐。”[③]“兹继周南篇，短桡宁及舰。”[④]“今将风什付，可与二南陈。”[⑤]在置评友人和前人诗作时，梅也是秉“风雅”为法度的。“不书儿女书，不作风月诗。唯存先王法，好丑无使疑。”[⑥]评欧阳修诗，期许其能秉实录精神，不虚美隐恶且言为心生，言之有物。“可因愤悱发，莫为顽鄙谈。大雅固自到，建安殊未甘。”[⑦]评中道和如晦二人以诗为癖，所作之诗已能步大雅后尘。“屈原憔悴江之圻，芙蓉木兰托兴微。贾谊未召绛灌挤，香草嘉禾徒菲菲。曾无半辞助诃讥，国风幸赖相因依。”[⑧]评屈原和贾谊之作，言二人不遇但作诗无诃讥之辞，而能发乎情止乎礼。

正是在这样一种“尽力为风雅”的语境中，梅尧臣“诗工”的形象得到确立。事实上，梅的“雅”在其入诗坛极早期即被人指出，除了天圣九年(1031)的欧阳修《书梅圣俞稿后》言梅诗“英华雅正”外，明道元年(1032)谢绛写给梅的书信中，也指出其“于雅颂为深”[⑨]。梅尧臣

---

① 梅尧臣《答韩三子华韩五持国韩六玉汝见赠述诗》，《梅集》卷一十六，第336页。

② 梅尧臣《还吴长文舍人诗卷》，《梅集》卷二十六，第909页。

③ 梅尧臣《答裴送序意》，《梅集》卷一十五，第300页。

④ 梅尧臣《依韵和晏相公》，《梅集》卷一十六，第368页。

⑤ 梅尧臣《以近诗赞尚书晏相公忽有酬赠之什称之甚过不敢辄有所叙谨依韵缀前日坐末教诲之言以和》，《梅集》卷一十六，第369页。

⑥ 梅尧臣《寄滁州欧阳永叔》，《梅集》卷一十六，第330页。

⑦ 梅尧臣《依韵解中道如晦调》，《梅集》卷二十一，第568页。

⑧ 梅尧臣《正仲往灵济庙观重台梅》，《梅集》卷二十三，第718页。

⑨ 谢绛《又答梅圣俞书》，《欧集》附录卷四，第2720页。

其人亦是温雅敦厚者，欧称其“大雅君子”①，“文雅过于山阳竹林”②，苏轼赞其“容色温然而不怒，文章宽厚敦朴而无怨言”③。

欧梅的书写建构了梅的政穷而诗工的形象，因其穷，其“工”（穷而不失雅正）才显得难能可贵，因其工，其“穷”也愈加显得违和，欧日后对梅的荐举也更顺理成章。我们于此或可掘发出《梅圣俞诗集序》的另一重意义，即以诗文集序的形式来完成一种对梅的身份确认，对梅之此际“穷”而应当“荐”的政治身份的确认，序在此兼具了诗歌评点和政治推介的双重功能，而后者，恰是既有相关研究中有所忽视的面向。

若观察欧阳修所有关涉“穷者”的诗文，可进一步印证“穷而后工”话语中潜藏的政治推介意味。

表 1　欧阳修诗文中的涉“穷”书写及对“穷者”的举荐

被书写的穷者	篇章名	创作时间	文本表述	举状	荐举时间
张唐民	送张唐民归青州序	庆历二年	夫贤者岂必困且艰欤？盖高世则难合，违俗则多穷……生尤好《易》，常以讲于予，若归而卒其业，则天命之理，人事之势，穷达祸福，可以不动于其心。虽然，若生者岂必穷也哉？安知其不艰而后通也哉？（卷四十四，第 627 页）	荐张立之状	至和中

① 欧阳修《和圣俞唐书局后丛莽中得芸香一本之作用其韵》，《欧集》卷七，第 119 页。

② 欧阳修《与梅圣俞书・其四》，《欧集》卷一百四十九，第 2445 页。

③ 苏轼著，孔凡礼点校《上梅直讲书》，《苏轼文集》卷四十八，中华书局，2008 年，第 1386 页。

续 表

被书写的穷者	篇章名	创作时间	文本表述	举状	荐举时间
梅尧臣（1002—1060）	梅圣俞诗集序	庆历六年	予闻世谓诗人少达而多穷，夫岂然哉？盖世所传诗者，多出于古穷人之辞也……然则非诗之能穷人，殆穷者而后工也	举梅尧臣充直讲状	嘉祐元年
尹洙（1001—1047）	尹师鲁墓志铭、祭尹师鲁文	庆历八年	其忠义之节，处穷达，临祸福，无愧于古君子……其所以见称于世者，亦所以取嫉于人，故其卒穷以死。（卷二十八，第432页）其穷而至此兮，得非命在乎天而不在乎人！方其奔颠斥逐，困厄艰屯，举世皆冤，而语言未尝以自及；以穷至死，而妻子不见其悲忻。（卷四十九，第694页）	本人无；其子有《乞与尹构一官状》	嘉祐四年
王回	祭王深甫文	治平二年	故方身穷于陋巷，而名已重于朝廷。（卷七十二，第1044页）	举张望之、曾巩、王回充馆职状	嘉祐五年
丁宝臣（1010—1067）	集贤校理丁君墓表	熙宁元年	其于穷达、寿夭，知有命，固无憾于其心，然知君之贤，哀其志而惜其命止于斯者，不能无恨也。（卷二十五，第390页）	举丁宝臣状	嘉祐四年

续　表

被书写的穷者	篇章名	创作时间	文本表述	举　状	荐举时间
释惟俨	释惟俨文集序	庆历元年	遗世自守，古人之所易，若奋身逢世，欲必就功业，此虽圣贤难之，周、孔所以穷达异也。今子老于浮图，不见用于世，而幸不践穷亨之途。（卷四十三，第609页）	无	
黄注（？—1039）	黄梦升墓志铭	庆历三年	穷达有命，非世之人不知我，我羞道于世人也……予又益悲梦升志虽困，而文章未衰也（卷二十七，第419页）	无	
苏舜钦（1008—1048）	祭苏子美文	庆历八年	欲知子心，穷达之际。金石虽坚，尚可破坏，子于穷达，始终仁义。惟人不知，乃穷至此。（卷四十九，第695页）	无	
仲讷（999—1053）	仲氏文集序	熙宁元年	凡士之有材而不用于世，有善而不知于人，至于老死困穷而不悔者，皆推之有命，而不求苟合者也。（卷四十三，第616页）	无	
欧庆（966—1029）	永春县令欧君墓表	皇祐五年后	三人之为道，无所不同，至其穷达，何其异也……然而达者昭显于一时，而穷者泯没于无述，则为善者何以劝？（卷二十四，第370页）	无	

续 表

被书写的穷者	篇章名	创作时间	文本表述	举状	荐举时间
薛良孺(1018—1063)	国子博士薛君墓志铭	治平三年	至卒穷以死,豁如也。(卷三十四,第510页)	无	
杨辟	送杨辟秀才(诗)	庆历三年	否泰理有时,惟穷见其确。(卷二,第22页)	无	
黄通	送黄通之郧乡(诗)	庆历三年	困有亨之理,穷当志益坚。(卷五十六,第805页)	无	
谢景山	六一诗话(诗话)	熙宁四年后	仕宦不偶,终以困穷而卒(卷一百二十八,第1954页)	无	

以上罗列了欧阳修诗文中所有关涉穷者的书写,分为有荐举者和无荐举者二类,各自依创作时间之序排列,可看到有两点值得注意,一是关于穷者的诗文富集于庆历三年后,二是诸举状富集于至和至嘉祐前期,此种时间上的聚集,和欧的仕履及心境有关。

庆历前期的欧快速跃升,从馆直跃为北宋中高阶官员,不过三十七八岁,因此种仕路之进,便显出自我之"贵"及他者之"穷",于是在庆历五年(1045)春,欧有多首诗言己之得遇,"官荣虽厚世味薄"①,"还朝今几年,官禄沾儿侄"②,"侍从列班行。官荣日已宠……"③而与之相应的,便是表格中所列的同时期大量对穷者的书写。

而欧的举状则集中于三个时段,一是庆历时期中(1044—1045)

① 欧阳修《病中代书奉寄圣俞二十五兄》,《欧集》卷二,第30页。

② 欧阳修《班班林间鸠寄内》,《欧集》卷二,第32页。

③ 欧阳修《镇阳读书》,《欧集》卷二,第35页。

的《河东奉使奏草》《河北奉使奏草》和谏院举状，欧作为中央指派的地方考察使赴河东河北巡视，故所荐举的也是地方上有某些特出才能的无官任者（多为武人）和政绩较佳、官声良好的下层官吏；二是至和至嘉祐前期（1054—1060）的翰院《奏议集》，荐举张立之、梅尧臣、丁宝臣、王回、尹构、苏洵、胡瑗、陈烈、王安石、吕公著等文士，为州官、直讲、学官、台谏等；三是嘉祐后期至治平年间（1061—1067）的政府《奏议集》，荐举孙沔、吕惠卿、司马光为边将、馆职。表格中的被荐举者皆为文士，故举状皆作于第二阶段。而未得举荐的穷者，或是早亡（如黄注、苏舜钦、仲讷、欧庆、谢景山）而不及举荐，或是姻亲（如薛良孺）而不便举荐，或是仅在诗中提及而无专文刻画，皆有其因。此见出，凡欧文专门写之者，欧即会于有举荐资质时予以推介，前之“穷”文，正是后之推介的张本。

我们当然不能断言欧阳修是文定是为举荐梅而作，但不妨站在文本诠释的开放度上，以话语行为（speech acts）的视角，探究此诗论文本可能潜隐的丰富内蕴。诗论本身未尝不是一个士人交际现场中的言语行为事件，故除了字面意这一言内行为（locution）外，更伴随着一定的言者意图这一言外行为（illocution）和言后效果（perlocution）。特别是在北宋这一文人党争不断的时代，士人借由各种形式的话语书写对历史现场中各类事件的参与也较前代为多，话语的权力运作与权力的话语运作皆屡见不鲜，欧阳修身为参与过多次党争事件的宰臣执政和向来热心于提携后进的文坛宗主，对好友梅尧臣的照顾和举荐更是不遗余力。在这样一种时空背景上观照是序，更可见出“穷而后工”作为诗论话语与“权力”运作之间的关联。

结语

思想家福柯在受领法兰西院士的演讲词《话语的秩序》中指出：“话语的构建过程受制于匿名的历史规则，它决定了语言和观念是如何交换的。”在福柯看来，话语运作的机制，关联着权力，其所关心的正是权力如何介入具体的话语实践。[①]

援引此种西方视角来观照中国古代文论话语，其中亦可见不同于君主权力的另一些微观权力，影响和介入了话语的生成。在《梅圣俞诗集序》与“穷而后工”这一经典个案中，微观权力对文论话语的介入，显现为身份政治和文学传统两个方面，居政治之上位且更具文坛影响力的欧阳修，在此两方面分别建构了梅尧臣的仕穷与诗工的形象，将梅仕宦不偶的境遇代入时人视野，也将梅诗合风雅之正的特质予以指陈。受制于政治身份权力和文学传统权力两个方面的影响，梅尧臣在“穷”的方面，表现出对此身份标签和韩孟之喻的初时淡漠、其后接受、终至追随与迎合的历时变化，而在“工”的方面，则表现出一以贯之的对风雅教化的文学传统的秉持恪守和自我规训。而对文学个案的梳理，可使我们掘发出《梅圣俞诗集序》一文所蕴藉的丰富诠释向度，即诗文集序不仅可作文学评点，更可建构被评者的身份形象，文论从而成为了握有话语权力者进行政治推介的张本。

（台湾清华大学中文系）

① 参见米歇尔·福柯著，肖涛译《话语的秩序》，收入许宝强选编《语言与翻译的政治》，中央翻译出版社，2010 年，第 1—31 页。

宋代“排柳辨欧”视域下士大夫词的身份认同与规范构建

凌念懿

内容摘要：词在宋代逐渐褪去了民间文学的性质而成为文人士大夫阶层的文学。这一转变不仅仅依靠大批士大夫参与填词后的自觉，同时也源自他们在词学批评中的理论构建。宋代词论中对于柳永和欧阳修充满民间俗词性质的词作截然相反的评价为研究这一过程提供了独特的视角。宋人对于柳词的批判与排斥以及对欧阳修艳词的辩诬看似两个孤立事件，实则殊途同归，其目的都在于厘清士大夫词的边界与范畴，并由此加强士大夫阶层对于词体的身份认同，建构士大夫词的基本词学规范。

关键词：民间词；士大夫词；柳永；欧阳修；身份认同；规范构建

The Identity Recognition and Norm Construction of the Scholar-official Ci Poetry in Song Dynasty from the Perspective of "the Marginalization of Liu and Discriminating for Ou"

Ling Nianyi

Abstract: During the Song Dynasty, ci gradually shed its folk literary nature and evolved into the literature of the literati and scholar-official class. This transition not only relied on the self-consciousness of a large number of literati after they participated in ci composition, but also derived from their theoretical construction in the criticism of ci. The contrasting evaluations of the ci poetries of Liu Yong and Ouyang Xiu, which were filled with folk and colloquial elements, offer a unique perspective for studying this process. The criticism and rejection of Liu Yong's ci and the defending for Ouyang Xiu's folk ci poetry may seem like isolated incidents, but they converge towards the same goal which clarified the boundaries and categories of literati ci, strengthened the scholar-official class's identity recognition with the ci genre, and established the fundamental norm of literati ci.

Keywords: folk ci poetry; scholar-official ci poetry; Liu Yong; Ouyang Xiu; identity recognition; norm construction

魏泰《东轩笔录》中记载了宋代流传很广的一桩词学公案：

王安国性亮直，嫉恶太甚。王荆公初为参知政事，闲日因阅读晏元献公小词而笑曰："为宰相而作小词，可乎？"平甫曰："彼亦偶然自喜而为尔，顾其事业，岂止如是耶！"时吕惠卿为馆职，亦在坐，遽曰："为政必先放郑声，况自为之乎？"平甫正色曰："放郑声，不若远佞人也。"吕大以为议己，自是尤与平甫相失也。[①]

虽然在这场口舌之争中双方都没能相互说服，不过这桩公案却切实地提出了一个宋代喜爱作词的士人们都无法回避的问题：词是属于士大夫阶层的文学吗？

学界一般认为，随着宋代大量的文人士大夫参与填词，尤其是苏轼这样兼具革新魄力与文坛影响力的词人的创作，词由民间文学转变为士大夫文学的这一过程自觉完成，士大夫词这一范畴也自然形成。而宋代虽有王灼在《碧鸡漫志》中论及了歌词的“士大夫作者”，但词学史上对于有别于伶人乐工之民间词的“学人之词”“士大夫词”概念的理论探讨则由清代常州词派及近人王国维陆续展开。[②] 其实，词在宋代由民间文学到士大夫文学这一观念上看似“自觉”的转变，也包含了宋人关于词之文体性质的大量反思与探讨。宋代文士在大量填词的同时，也有意识地将自己的词作与民间俗词划分开来，从而加强士大夫词人的身份认同，并从学理上构建起属于士大夫群体的词学规范。这一过程在宋人对于柳永、欧阳修充满民间词特性的词作的不同态度与评价上有着较为集中的体现。

一、柳永身份的尴尬与“排柳”背后的身份认同意识

词发源于民间是目前学界的主流观点。夏承焘云：“词最初是从民间来的，它的前身是民间小调。随着唐代商业的发展，都市的兴起，为适应社会文化生活的需要，同时由于音乐、诗歌的发展，词在民间就流行起来了。”[③]敦煌曲子词绝大多数为民间词，作者大都处于社会下层。但是词体在晚唐五代，尤其是“花间”词人手中就已经开始了文人化的演进。它经文士的审美与学养的改造，逐渐脱离浅俗的

---

① 魏泰撰，田松青点校《东轩笔录》卷五，上海古籍出版社，2012年，第28页。

② 参见刘锋焘《从李煜到苏轼——“士大夫词”的承继与自觉》，《文史哲》2006年第5期；马里扬《北宋士大夫词研究》，北京大学博士学位论文，2012年。

③ 夏承焘《唐代民间流行的曲子词》，《夏承焘集》第2册，浙江古籍出版社，1997年，第15页。

市井曲艺的性质，成为了一种寄兴遣怀的新兴文人文体，这一点也是学界的共识。《花间集》在宋代虽不乏批评之声，还保留着传统词的题材与风格，不过宋人也并未将其与民间俗词联系起来，并且其所代表的词体本色与审美特质也在宋代士大夫间得到了广泛的认可，不少文人更是将其视为词体的圭臬与正宗。

文人词的发展在入宋以后经历了半个多世纪的低潮期，期间有词作流传的作者仅十几人，作品不过几十首。《碧鸡漫志》就着重提到了士大夫词在唐末五代掀起高潮后又在宋初沉寂了下来：

> 唐末五代，文章之陋极矣，独乐章可喜，虽乏高韵，而一种奇巧，各自立格，不相沿袭。在士大夫犹有可言，若昭宗“野烟生碧树，陌上行人去”，岂非作者？诸国僭主中，李重光、王衍、孟昶、霸主钱俶，习于富贵，以歌酒自娱。而庄宗同父兴代北，生长戎马间，百战之余，亦造语有思致。国初平一宇内，法度礼乐，寖复全盛，而士大夫乐章顿衰于前日，此尤可怪。[①]

宋代的填词活动至仁宗朝逐渐兴盛，而柳永更是其中的现象级词人，他的词作在社会各个阶层都有着无可比拟的影响力，一时之间“凡有井水饮处，即能歌柳词”[②]，这使柳词几乎成了词的标志，因此也无疑会起到奠定宋代词坛格局与基调的重要作用。然而柳词的内容和风格却与士大夫的审美趣味相去甚远，尽管柳永并非民间乐工，但是从文体特质上来说，柳词的性质无疑与民间词曲更为接近：“作为民间词曲，敦煌词有其清新质朴的一面，也有其俚俗拙僿的一面。因而被目为俚曲或俗曲，与典雅的文人词，风貌自别。北宋柳永的词‘骫骳从俗’，就上承敦煌词，下开金元曲子，三者之间先后存在着渊源关系。”[③]

---

① 王灼著，岳珍校正《碧鸡漫志校正》卷二，巴蜀书社，2000年，第32页。

② 叶梦得著，徐时仪整理《避暑录话》卷下，《全宋笔记》第二编第10册，大象出版社，2006年，第286页。

③ 吴熊和《唐宋词通论》，浙江古籍出版社，1989年，第169页。

在词创作风靡士大夫之间的同时，宋代的民间词创作同样很繁盛，而文士词人也一直有区分文人士大夫词与民间俗词的强烈意识。据《诗话总龟》后集卷四十“神仙门”载，黄庭坚在酒肆柱间得词一首，原本十分符合文人审美，却在经由乐工的加工后因俚语的加入而有了市井气：“山谷云：‘秋风吹渭水，落叶满长安。黄尘车马道，独清闲自然。炉鼎虎绕与龙盘，九转丹砂就，琴心三叠，蕊珠看舞胎仙。便万钉宝带貂蝉，富贵欲熏天，黄粮炊未熟、梦惊残。是非海里，直道作人难。袖手江南去，白蘋红蓼，再游溢浦庐山，住三十年。’有人书此曲于州东茶园酒肆之柱间，或爱其文旨趣而不能歌也。中间乐工或按而歌之，辄以俚语窜入，睟然有市井气……”[①]一首文人词中因乐工混入只言片语的俚语也能让黄庭坚敏锐地捕捉到其中的“市井气”，可见文人士大夫的词作与民间词是十分泾渭分明的，很容易看出它们之间的区别。费衮在《梁溪漫志》之中也因苏轼《戚氏》（玉龟山）一词相对鄙俚猥俗、与苏词平时的风格和内容大相径庭而判断其是教坊倡优之伪作：“予尝怪李端叔谓东坡在中山，歌者欲试东坡仓卒之才，于其侧歌《戚氏》，坡笑而颔之。……然予观其词，有曰：‘玉龟山，东皇灵媲统群仙。’又云‘争解绣勒香鞯’，又云‘銮辂驻跸’，又云：‘肆华筵，间作脆管鸣弦，宛若帝所钧天’，又云：‘尽倒琼壶酒，献金鼎药，固大椿年’，又云‘浩歌畅饮’，‘回首尘寰’，‘烂漫游、玉辇东还’。东坡御风骑气，下笔真神仙语。此等鄙俚猥俗之词，殆是教坊倡优所为，虽东坡灶下老婢，亦不作此语，而顾称誉若此，岂果端叔之言邪？”[②]

因此，宋人对于文人词与民间词之间的壁垒也格外关注和强调。韩元吉《焦尾集序》云：“近代歌词，杂以鄙俚，间出于市廛俗子，而士大夫有不可道者。惟国朝名辈数公所作，类出雅正，殆可以和心而近

① 阮阅辑，周本淳校点《诗话总龟》后集卷四十，人民文学出版社，1987 年，第 257 页。

② 费衮撰，金圆整理《梁溪漫志》卷九，《全宋笔记》第五编第 2 册，大象出版社，2012 年，第 232—233 页。

古,是犹古之琴瑟乎?"[1]沈义父《乐府指迷》云:"前辈好词甚多,往往不协律腔,所以无人唱。如秦楼楚馆所歌之词,多是教坊乐工及市井做赚人所作,只缘音律不差,故多唱之。求其下语用字,全不可读。甚至咏月却说雨,咏春却说秋。"[2]都可见市井、教坊的乐工、俗子的创作与文士之词之别十分明确,宋人也有意识地强调两者的分界。

通常来说,宋代的文人词与民间词是两个独立的创作体系,相互间的交流与影响都较少,而柳永却是其中的例外。柳永虽然出身士大夫世家,也曾在恩科中登进士第,但仕途不顺、沉沦下僚,加之常年混迹于秦楼楚馆、烟花柳巷,与市井倡优为伍,这使他始终无法被主流文人圈所接纳。宋代士大夫词人对于柳永的排斥,不仅是对其词作的风格内容等方面的不认可,更是对其模糊的创作身份的不认同。

王安国与王安石等人的争论并非宋代士大夫第一次有关词人身份认同感的反思,引发争论的晏殊对柳永的态度已显现出其身份认同意识的萌芽:

> 柳三变既以调忤仁庙,吏部不放改官。三变不能堪,诣政府。晏公曰:"贤俊作曲子么?"三变曰:"只如相公亦作曲子。"公曰:"殊虽作曲子,不曾道'绿线慵拈伴伊坐'。"柳遂退。[3]

柳永因词作得罪仁宗仕途遭挫,前去拜访同样喜爱作词的晏殊以冀能够得到他的理解与帮助,而晏殊却急于表明自己的词作与柳词的界限。尽管晏殊词与柳词在内容与风格上都有很大差异,他却因以宰相身份创作小词,去世后仍被政坛后辈所非议,想必其生前也难免会感受到这种无形的压力。而晏殊所强调自己的词作与柳词之别,不仅是词内容与风格上的差异,更是站在士大夫的立场上,表明自己

---

① 韩元吉《焦尾集序》,《南涧甲乙稿》卷十四,《影印文渊阁四库全书》第 1165 册,上海古籍出版社,1987 年,第 199 页。

② 沈义父著,蔡嵩云笺释《乐府指迷笺释》,人民文学出版社,1981 年,第 69 页。

③ 张舜民撰,汤勤福整理《画墁录》,《全宋笔记》第二编第 1 册,大象出版社,2006 年,第 218 页。

与柳永虽同为词人但在身份上的迥异。晏殊对于柳永的批判与排斥，也是宋代多数士大夫对于柳词态度的一个缩影，更是作为士大夫词人身份认同意识的明确体现。尽管柳词对于承平时代风貌的展现在宋代得到了一定认可，但是贬斥柳词无疑是更为主流的声音。

如果柳永只是一个普通的乐工，他的词作只是普通的民间俗词，那么即使其在民间引起再大的反响可能也不会得到士大夫们的关注，更不用说集体的批判了。而柳永的词作既有一定文人化的特质，又沾染太多浅近卑俗的闾巷习气，因此在原本文化相隔离的两个群体内都获得了的巨大影响力。柳永介于市井词人和传统文人之间、过于接近市井闾巷的边缘士大夫身份，也使得正统士大夫始终很难在他的词中找到认同。这就出现了一个非常矛盾的文化景观：许多文人嘴上说着排斥柳词，私下却很喜欢诵读甚至学习柳词。晏殊虽然极力要与柳永划清界限，却多次以柳永新制的《殢人娇》等淫冶词调填词；苏轼虽然反对秦观学习柳词，却忍不住询问幕客自己的词作与柳词相较如何；就连仁宗本人也“颇好其词，每对酒，必使侍从歌之再三”①。

柳永的出现，不仅足以打破民间词与士大夫词的壁垒，他大量“巷陌之风流”的创作也无疑是将“花间”时期已经开始文人化演进的词体重新推向市井，撼动宋代尚在形成、根基脆弱的士大夫词生态，进而改变词在宋代的文体属性，也加剧许多正统士大夫对于词体的轻视。所以宋代文人对于柳词的批评不仅仅关乎柳永词作本身，更关乎明确士大夫词与民间俗词的分界以加强士大夫对于词体的身份认同，关乎从柳词的巨大影响力之下重新拿回士大夫群体对于词的阐释权与话语权，并建立士大夫群体的词学审美与规范。

二、柳词的民间化特质与士大夫词规范构建

在柳永的巨大影响力之下，词体重新蒙上强烈的市井民间色彩

---

① 陈师道《后山诗话》，何文焕辑《历代诗话》，中华书局，1981年，第311页。

是宋代大量喜爱作词的士大夫十分不愿意看到的。因此他们在与柳永切割、将其排除出文人词体系外的同时，也在学理上将柳词中的民间文学特质从士大夫词中抽离，进而构建属于士大夫阶层的词体审美规范。

上文中晏殊急于将自己的词作与柳永的划清界限所举的柳词《定风波慢》“绿线闲拈伴伊坐”一句并非偶然，这首词也是柳词民间俗词特质的集中体现，全词如下：

> 自春来、惨绿愁红，芳心是事可可。日上花梢，莺穿柳带，犹压香衾卧。暖酥消，腻云亸。终日厌厌倦梳裹。无那。恨薄情一去，音书无个。　早知恁么。悔当初、不把雕鞍锁。向鸡窗、只与蛮笺象管，拘束教吟课。镇相随，莫抛躲。针线闲拈伴伊坐。和我。免使年少，光阴虚过。①

这首词之所以引起晏殊如此强烈的反感，一是其对于女性外貌细致而香艳的描写，并且下阕完全是模拟女性口吻的“妇人语”；二是其通篇语言太过直白浅露，还充斥着民间俗语和衬字。柳词的这些特质符合市井演唱的需要，符合市民阶层的审美趣味与文化水平，也正是足以区别士大夫词与民间词的重要特征，宋代士大夫对于柳词的批评也主要集中在这些方面。

对于女性外貌的描摹虽然是词体自起源以来的传统创作题材，却也被认为是文人化审美的词作中应当避免的。苏轼对此就十分关注，其《如梦令》（水垢何曾相受）词序云：“戏作《如梦令》两阕。此曲本唐庄宗制，名《忆仙姿》，嫌其名不雅，故改为《如梦令》。庄宗作此词，卒章云：‘如梦。如梦。和泪出门相送。’因取以为名云。”②其实“仙姿”二字相对并不露骨，然而苏轼仍嫌其不雅，说明其对于涉及女性姿容的内容是完全杜绝的。又据《苕溪渔隐丛话》前集载东坡语：“鲁直作《渔父词》云：‘新妇矶头眉黛愁，女儿浦口眼波秋，惊鱼错认

---

① 柳永著，薛瑞生校注《乐章集校注》上编，中华书局，2015年，第52页。

② 邹同庆、王宗堂《苏轼词编年校注》中册，中华书局，2002年，第546页。

月沉钩。青箬笠前无限事,绿蓑衣底一时休,斜风细雨转舡头。'其词清新婉丽,闻其得意,自言:'以水光山色,替却玉肌花貌,此乃真得渔父家风也。'然才出新妇矶,又入女儿浦,此渔父无乃太澜浪也。"[①]黄庭坚对于自己词中以隐喻的方式规避了对女性容貌的直接描写感到得意,苏轼仍认为即使如此也应当有所收敛。

柳永长期流连秦楼楚馆,词中多有为歌妓代言之作,也就是所谓"作妇人语",宋代文人多对此十分不齿。据《苕溪渔隐丛话》前集引《潜溪诗眼》:

> 晏叔原见蒲传正云:"先公平日,小词虽多,未尝作妇人语也。"传正云:"'绿杨芳草长亭路,年少抛人容易去',岂非妇人语乎?"晏曰:"公谓年少为何语?"传正曰:"岂不谓其所欢乎?"晏曰:"因公之言,遂晓乐天诗两句云:'欲留年少待富贵,富贵不来年少去。'"传正笑而悟。然如此语,意自高雅尔。[②]

晏殊这首《玉楼春》全词为:"绿杨芳草长亭路,年少抛人容易去。楼头残梦五更钟,花底离愁三月雨。 无情不似多情苦,一寸还成千万缕。天涯地角有穷时,只有相思无尽处。"[③]总体来看这首词写的是思妇闺怨,将"年少"理解成"所欢"之人其实是十分合理的。而晏幾道急于澄清其父词作中疑似为"妇人语"的部分,可知避免以妇人的口吻填词也是文人间较为广泛的共识。

此外,柳永词中民间俗语的大量出现且内容浅显缺乏深韵也使许多文人对其形成了学养不佳的印象。王灼《碧鸡漫志》卷二云:

> 前辈云:"《离骚》寂寞千年后,《戚氏》凄凉一曲终。"《戚氏》柳永作也。柳何敢知世间有《离骚》? 惟贺方回、周美成

① 胡仔纂集,廖德明校点《苕溪渔隐丛话》前集卷四十八,人民文学出版社,1962年,第330页。

② 胡仔纂集,廖德明校点《苕溪渔隐丛话》前集卷二十六,人民文学出版社,1962年,第178页。

③ 晏殊、晏几道著,张草纫笺注《二晏词》,上海古籍出版社,2008年,第179页。

时时得之。贺《六州歌头》《望乡人》《吴音子》诸曲，周《大酺》《兰陵王》诸曲最奇崛。或谓深劲乏韵，此遭柳氏野狐涎吐不出者也。[①]

这段话对于柳永的贬损几乎到了人身攻击的地步，认为柳永不知世间有《离骚》实在太过夸张，不过这也反映了宋人心中柳永胸无点墨、不学无术的市井词人的形象。不论柳永本人学养如何，他在词作之中确实较少展现出自己作为士大夫的学识与涵养，这也是柳词民间性质的另一特征。

这一方面表现在柳词语言浅俗，使用大量民间用语。李清照认为柳词"虽协音律，而语词尘下"[②]；《艺苑雌黄》认为其多"闺门淫媟之语"，并且"直以言多近俗"[③]；沈义父也指出其"未免有鄙俗语"[④]等。另一方面柳词也鲜少用典，即使用典也容易出处不清、使用不当，以至于酿下了大祸。杨湜《古今词话》："柳耆卿祝仁宗寿，作《醉蓬莱》一曲云：（词略）。此词一传，天下皆称绝妙。盖中间误使宸游凤辇挽章句。耆卿作此词，惟务钩摘好语，却不参考出处，仁宗皇帝览而恶之。"[⑤]王辟之《渑水燕谈录》卷八亦载："耆卿方冀进用，欣然走笔，甚自得意，词名《醉蓬莱慢》。比进呈，上见首有'渐'字，色若不悦。读至'宸游凤辇何处'，乃与御制《真宗挽词》暗合，上惨然。又读至'太液波翻'，曰：'何不言波澄！'乃掷之于地。永自此不复进用。"[⑥]柳永给仁宗的献词无疑是精心准备的，但是长期混迹市井无法避免地让他形成了恣意挥洒的创作习惯，使他的词作不仅用词不得圣心，用典更是不考出处、冒犯帝王，与文人士大夫词字字斟酌、用典考据的

---

① 王灼著，岳珍校正《碧鸡漫志校正》卷二，巴蜀书社，2000年，第36—37页。

② 李清照著，王仲闻校注《李清照集校注》卷三，人民文学出版社，1979年，第194页。

③ 胡仔纂集，廖德明校点《苕溪渔隐丛话》后集卷三十九，人民文学出版社，1962年，第319页。

④ 沈义父著，蔡嵩云笺释《乐府指迷笺释》，人民文学出版社，1981年，第47页。

⑤ 唐圭璋编《词话丛编》，中华书局，1986年，第25页。

⑥ 王辟之著，吕友仁点校《渑水燕谈录》，中华书局，1981年，第106页。

严谨相去甚远。可见完全以文士的方式填词对于柳永来说似乎有些陌生，甚至让他显得有种格格不入的笨拙。

而宋代是崇尚知识的时代，宋代诗论中对于诗人的知识与学养有很高的要求。作词虽然相对轻松，没有作诗那么严格的要求，但宋人显然对于能体现文人学养的词作更为青睐。周邦彦与柳永同样精通音律，擅长创作新调，但对唐宋诸贤诗句的学习使周词摆脱了市井气："盖清真最为知音，且无一点市井气，下字运意，皆有法度，往往自唐宋诸贤诗句中来，而不用经史中生硬字面，此所以为冠绝也。"[①]这也与柳词形成了鲜明的对比。周词中处处体现出的作为文人的学识累积，其对前人佳作的学习与化用也受到了宋人广泛的赞誉。楼钥《清真先生文集序》云："及详味其辞，经史百家之言盘屈于笔下，若自己出，一何用功之深而致力之精耶？"[②]刘肃《片玉词序》云："故曰：无张华之博，则孰知五色之珍；乏雷焕之识，则孰辨冲斗之灵？况措辞之工，岂有不待于阅者之笺释耶。周美成以旁搜远绍之才，寄情长短句，缜密典丽，流风可仰。其征辞引类，推古夸今，或借字用意，言言皆有来历，真足冠冕词林。"[③]陈振孙《直斋书录解题》评周邦彦词云："《清真词》多用唐人诗语隐括入律，浑然天成。"[④]

除了周邦彦，宋代文人对于词人学识的追求也是较为普遍的。李之仪《跋吴思道小词》："至柳耆卿，始铺叙展衍，备足无余，形容盛明，千载如逢当日，较之《花间》所集，韵终不胜。……良可佳者，晏元献、欧阳文忠、宋景文，……谛味研究，字字皆有据。"[⑤]黄庭坚《书王观

---

① 沈义父著，蔡嵩云笺释《乐府指迷笺释》，人民文学出版社，1981年，第45—46页。

② 楼钥《清真先生文集序》，《攻媿集》卷五一，《影印文渊阁四库全书》第1152册，上海古籍出版社，1987年，第799—800页。

③ 周邦彦著，孙虹校注，薛瑞生订补《清真集校注》附录，中华书局，2003年，第501页。

④ 陈振孙撰，徐小蛮、顾美华点校《直斋书录解题》卷二十一，上海古籍出版社，2015年，第618页。

⑤ 李之仪《跋吴思道小词》，《姑溪居士文集》卷四十，《宋集珍本丛刊》第27册，线装书局，2004年，第89页。

复乐府》也认为尽管王观复的词作已经超过了大多数士大夫，但仍需再向优秀的前作学习："观复乐府长短句清丽不凡，今时士大夫及之者鲜矣。然须熟读元献景文笔墨，使语意浑厚乃尽之。"[①]蔡戡《芦川居士词序》也称赞张元干博学："公博览群书，尤好韩集杜诗，手之不释，故文词雄健，气格豪迈，有唐人风。"[②]汤衡《张紫微雅词序》中认为张孝祥之词"初若不经意，反复究观，未有一字无来处"。[③] 刘辰翁《辛稼轩词序》中认为辛词正是因为能够"用经用史"从而做到了"牵雅颂入郑卫"。[④] 李昴英《题郑宅仁诗稿》亦云："诗词虽寄兴写物，必有学为之骨，有识为之眼，庶几鸣当世，落后世。不然，是土其形，绘其容，望之宛然若人也，置雨中败矣。"[⑤]罗大经在《鹤林玉露》中更是认为没有广博的学识甚至连理解词意都会有一定困难："杨东山言：《道藏》经云，蝶交则粉退，蜂交则黄退。周美成词云'蝶粉蜂黄浑退了'，正用此也。而说者以为宫妆，且以'退'为'褪'，误矣。余因叹曰，区区小词，读书不博者，尚不得其旨……"[⑥]

正因如此，宋人也反复强调喜爱柳词者大都是学识不佳、见识浅陋的"不知书者""俗子""流俗人"等。王灼云："柳耆卿《乐章集》，世多爱尝该洽，序事闲暇，有首有尾，亦间出佳语，又能择声律谐美者用之。惟是浅近卑俗，自成一体，不知书者尤好之。"[⑦]《苕溪渔隐丛话》引《艺苑雌黄》："柳之乐章，人多称之。然大概非羁旅穷愁之词，则闺门淫媟之语。若以欧阳永叔、晏叔原、苏子瞻、黄鲁直、张子野、

① 黄庭坚著，刘琳、李勇先、王蓉贵校点《黄庭坚全集》第三册，四川大学出版社，2001年，第1402页。

② 蔡戡《芦川居士词序》，《定斋集》卷十三，《影印文渊阁四库全书》第1157册，上海古籍出版社，1987年，第702页。

③ 张孝祥著，宛敏灏笺校《张孝祥词笺校》，黄山书社，1993年，第1页。

④ 辛弃疾撰，邓广铭笺注《稼轩词编年笺注》附录二，上海古籍出版社，2007年，第623页。

⑤ 李昴英撰，杨芷华点校《文溪存稿》卷五，暨南大学出版社，1994年，第63页。

⑥ 罗大经撰，王瑞来整理《鹤林玉露》甲编卷四，《全宋笔记》第八编第3册，大象出版社，2017年，第194页。

⑦ 王灼著，岳珍校正《碧鸡漫志校正》卷二，巴蜀书社，2000年，第36页。

秦少游辈较之，万万相辽。彼其所以传名者，直以言多近俗，俗子易悦故也。"[①]又据曾慥《高斋诗话》载："少游自会稽入都见东坡，东坡曰：'不意别后，公却学柳七作词。'少游曰：'某虽无学，亦不如是。'东坡曰：'销魂当此际，非柳七语乎！'秦惭服。"[②]黄升《唐宋诸贤绝妙词选》卷二则载秦观语："某虽无识，亦不至是，先生之言无乃过乎。"[③]同样是暗指柳词的学习者多为没有学识之人，而苏轼对于秦观学习柳词的评价，在秦看来是一种较为严重的贬低。

宋人对于柳词的批判总体都集中在其词作的淫冶鄙俗和浅露无学两点上，也正是这两点体现了其词作与士大夫身份的相悖，这正是文人阶层排斥柳词的主要原因，而宋人对于士大夫词的理论构建也正是基于此展开。尽管宋代"士大夫词"的内涵不止于此，宋人对此还有其他方面的探讨，不过这两点仍是区分士大夫词与民间词的重要层面。

三、欧阳修艳词的辩诬与士大夫词体系的维护

徐度《却扫编》卷下云："柳永耆卿以歌词显名于仁宗朝，官为屯田员外郎，故世号'柳屯田'。其词虽极工致，然多杂以鄙语，故流俗人尤喜道之。其后欧、苏诸公继出，文格一变，至为歌词，体制高雅，柳氏之作殆不复称于文士之口，然流俗好之自若也。"[④]此处明确划出了"文士"与"流俗"的分界。柳永不复流行，词坛话语权重新归于欧阳修、苏轼这样的文坛领袖，这是宋代文人所期待的发展方向，然而事实却似乎并非如此。且不说柳永的词在宋代的很长时间里一直流行，就连苏轼本人也难免处在柳词的"影响的焦虑"之下，遑论其他词

① 胡仔纂集，廖德明校点《苕溪渔隐丛话》后集卷三十九，人民文学出版社，1962年，第319页。

② 曾慥《高斋诗话》，郭绍虞辑《宋诗话辑佚》，中华书局，1980年，第497页。

③ 黄升选编，邓子勉点校《唐宋诸贤绝妙词选》卷二，《唐宋名家词选》，上海古籍出版社，2004年，第601页。

④ 徐度撰，朱凯、姜汉椿整理《却扫编》卷下，《全宋笔记》第三编第10册，大象出版社，2008年，第164页。

人了。更值得注意的是，被徐度认为歌词“体制高雅”、是文士词之标杆的欧阳修词，实际上也有数量不菲的俗词，其俚俗与淫靡亦不让柳词。

这些词不仅“语词尘下”，大量使用民间口语、俗语以及衬字，如《蝶恋花》（海燕双来归画栋）：“忆得前春，有个人人共。”[①]《玉楼春》（湖边柳外楼高处）：“算伊浑似薄情郎，去便不来来便去。”[②]《千秋岁》（罗衫满袖）：“厌厌成病皆因你。……为个甚，相思只在心儿里。”[③]《千秋岁》（画堂人静）：“都来些子事，更与何人说。为个甚，心头见底多离别。”[④]《惜芳时》（因倚兰台翠云亸）：“道要饮、除非伴我，丁香嚼碎偎人睡，犹记恨、夜来些个。”[⑤]

更有不少对女性的外貌以及男女情爱的香艳场面极为露骨的描写，如《系裙腰》（水轩檐幕透薰风）：“玉人共处双鸳枕，和娇困，睡朦胧。起来意懒含羞态，汗香融。系裙腰，映酥胸。”[⑥]《阮郎归》（浓香搓粉细腰肢）：“浓香搓粉细腰肢。青螺深画眉。玉钗撩乱挽人衣。娇多常睡迟。”[⑦]《阮郎归》（玉肌花脸柳腰肢）：“玉肌花脸柳腰肢。红妆浅黛眉。翠鬟斜亸语声低，娇羞云雨时。”[⑧]《好女儿令》（眼细眉长）：

---

① 欧阳修著，胡可先、徐迈校注《欧阳修词校注》卷二，上海古籍出版社，2015 年，第 114 页。

② 欧阳修著，胡可先、徐迈校注《欧阳修词校注》卷二，上海古籍出版社，2015 年，第 261 页。

③ 欧阳修著，胡可先、徐迈校注《欧阳修词校注》卷四，上海古籍出版社，2015 年，第 413 页。

④ 欧阳修著，胡可先、徐迈校注《欧阳修词校注》卷四，上海古籍出版社，2015 年，第 414 页。

⑤ 欧阳修著，胡可先、徐迈校注《欧阳修词校注》卷四，上海古籍出版社，2015 年，第 440 页。

⑥ 欧阳修著，胡可先、徐迈校注《欧阳修词校注》卷四，上海古籍出版社，2015 年，第 455 页。

⑦ 欧阳修著，胡可先、徐迈校注《欧阳修词校注》卷四，上海古籍出版社，2015 年，第 456 页。

⑧ 欧阳修著，胡可先、徐迈校注《欧阳修词校注》卷四，上海古籍出版社，2015 年，第 458 页。

“早是肌肤轻渺，抱着了、暖仍香。”[①]《盐角儿》(增之太长)：“慧多多，娇的的，天付与、教谁怜惜。除非我、偎著抱著，更有何人消得。”[②]

以至于不少词作整体看来亦与民间俗词无异，丝毫看不出作为士大夫的学识与涵养，如：

醉蓬莱

见羞容敛翠，嫩脸匀红，素腰袅娜。红药栏边，恼不教伊过。半掩娇羞，语声低颤，问道有人知么。强整罗裙，偷回波眼，佯行佯坐。　更问假如，事还成后，乱了云鬟，被娘猜破。我且归家，你而今休呵。更为娘行，有些针线，诮未曾收啰。却待更阑，庭花影下，重来则个。[③]

玉楼春

夜来枕上争闲事。推倒屏山褰绣被。尽人求守不应人，走向碧纱窗下睡。　直到起来由自殢。向道夜来真个醉。大家恶发大家休，毕竟到头谁不是。[④]

尽管这些词作同样与词的审美与规范相去甚远，相较于对柳词的大规模批判，论及这部分词作宋代主流的声音却都是在为欧阳修辩诬，即认为这些词作是他人的伪作。

最早与欧阳修艳词事件相关的记载来自与其有交往的文莹，他在《湘山野录》卷上称：“欧阳公顷谪滁州，一同年(忘其人)将赴阆倅，因访之，即席为一曲歌以送，曰：(词略)。其飘逸清远，皆白之品流也。公不幸晚为憸人构淫艳数曲射之，以成其毁。予皇祐中，都下已

① 欧阳修著，胡可先、徐迈校注《欧阳修词校注》卷四，上海古籍出版社，2015年，第467页。

② 欧阳修著，胡可先、徐迈校注《欧阳修词校注》卷四，上海古籍出版社，2015年，第477页。

③ 欧阳修著，胡可先、徐迈校注《欧阳修词校注》卷四，上海古籍出版社，2015年，第415页。

④ 欧阳修著，胡可先、徐迈校注《欧阳修词校注》卷四，上海古籍出版社，2015年，第492页。

闻此阕，歌于人口者二十年矣。嗟哉！不能为之力辨。”[①]其中“为憸人构淫艳数曲射之”指的应当是嘉祐二年(1057)欧阳修知贡举风波。北宋末年钱世昭在《钱氏私志》中载此事云：“欧阳文忠任河南推官，亲一妓。……欧知贡举时，落第举人作《醉蓬莱》词以讥之，词极丑诋。今不录。”[②]叶梦得《石林诗话》卷下亦载：“至和嘉祐间，场屋举子为文尚奇涩，读或不成句。欧公力欲革其弊，既知贡举，凡文涉雕刻者皆黜之。……及放榜，平时有声如刘煇辈，皆不预选，士论颇汹汹。……因造为丑语。”[③]也是延续了他人以丑诋之艳词讥讽、影射欧阳修私德的说法。

江少虞《宋朝事实类苑》基本原文收录了文莹《湘山野录》中对此事的记载，但不知是否无心，文莹原文中关键的“晚为憸人构淫艳数曲射之”一句在此书中变成了“晚为憸人构淫艳数曲附之”[④]。虽一字之差，文意却产生了很大的变化，从他人作词影射欧阳修品行转变为他人词作附于欧词之中被误认为欧作。不知是否为巧合，此后诸家也大多采用了欧阳修艳词为他人所“附”的说法：

王灼《碧鸡漫志》卷二云：“欧阳永叔所集歌词，自作者三之一耳。其间他人数章，群小因指为永叔，起暧昧之谤。”[⑤]

曾慥《乐府雅词引》言：“余所藏名公长短句，裒合成篇，或后或先，非有诠次；多是一家，难分优劣，涉谐谑则去之，名曰《乐府雅词》。……欧公一代儒宗，风流自命，词章幼眇，世所矜式；当时小人或作艳曲，谬为公词，今悉删除。”[⑥]

沈雄《古今词话》中引宋代蔡绦之论：“《西清诗话》谓欧词之浅近

① 文莹撰，黄益元点校《湘山野录》卷上，上海古籍出版社，2012年，第16—17页。

② 钱世昭撰，查清华、潘超群整理《钱氏私志》，《全宋笔记》第二编第7册，大象出版社，2006年，第65—66页。

③ 叶梦得《石林诗话》卷下，何文焕辑《历代诗话》，中华书局，1981年，第429页。

④ 江少虞《宋朝事实类苑》卷三十五，上海古籍出版社，1981年，第442页。

⑤ 王灼著，岳珍校正《碧鸡漫志校正》卷二，巴蜀书社，2000年，第37—38页。

⑥ 曾慥选，曹元忠原校，葛渭君补校《乐府雅词》卷首，《唐宋人选唐宋词》，上海古籍出版社，2004年，第295页。

者是刘煇伪作。”又引朱熹《三朝名臣言行录》:“仁宗景祐中,欧阳修为馆阁校理。两宫之隙,奏事帘前,复主濮议,举朝倚重。后知贡举,为下第刘煇等所忌,以《醉蓬莱》《望江南》诬之。”①

罗泌《六一词跋》云:“今定为三卷,且载乐语于首。其甚浅近者,前辈多谓刘煇伪作,故削之。元丰中,崔公度跋冯延巳《阳春录》,谓皆延巳亲笔,其间有误入《六一词》者,……而柳三变词亦杂《平山集》中,则此三卷或甚浮艳者,殆非公之少作,疑以传疑可也。”②

南宋末陈振孙《直斋书录解题》云:“《六一词》一卷,欧阳文忠公修撰,其间多有与《花间》《阳春》相混者,亦有鄙亵之语一二厕其中,当是仇人无名子所为也。”③

然而,宋人对欧词的辩诬其实都未能拿出什么有力的依据,大都是从欧阳修的为人或是文坛地位而做出的推测,却始终未能说清不属于欧阳修创作的艳词的具体数量与篇目,更无人从欧词版本源流的角度进行更为详尽细致的考察。因此这些说法即使今天也难以得到学界的认可,如王水照先生就认为:“现有的种种理由,均不足以动摇欧阳修对于《醉翁琴趣外篇》的主名地位。”④

宋人在均无可靠依据的情况下不约而同地为欧阳修的艳曲辩解,其中原因不仅是为了维护欧阳修本人的词名,更有维护士大夫词人群体词学秩序的意味,也是对士大夫词的身份认同的体现。欧阳修作为曾经的文坛领袖且官至参知政事,他的词作影响力当然也不可小觑。正如前文所引,宋代许多词家在列举与柳永形成对照的士大夫词人时,也往往像徐度一样将欧阳修列入其中,词坛需要推举出欧阳修、苏轼这样文坛地位极高、影响力极大的词人作为士大夫词的

---

① 沈雄《古今词话》卷上,唐圭璋编《词话丛编》,中华书局,1986 年,第 976 页。

② 欧阳修著,胡可先、徐迈校注《欧阳修词校注》附录四,上海古籍出版社,2015 年,第 589 页。

③ 陈振孙撰,徐小蛮、顾美华点校《直斋书录解题》卷二十一,上海古籍出版社,2015 年,第 616 页。

④ 王水照《〈醉翁琴趣外篇〉伪作说质疑》,《王水照自选集》,上海教育出版社,2000 年,第 652 页。

表率与典范。特别是在南宋，士大夫词人的身份认同感不断加强，士大夫词的规范逐渐建立起来后，身处士大夫群体核心的欧阳修的大量淫艳俗词就显得格格不入，因此为欧阳修艳词辩诬的声音也就格外集中和统一。

宋人不约而同地为欧阳修辩诬，试图将他的这部分艳词排除出士大夫词的创作体系，这与他们对柳词的贬斥似乎是十分相似的。欧阳修崇高的政治地位以及其文坛领袖的身份让他无论何时都处在士大夫群体的核心，与边缘化的柳永是两个极端，这使他们无法像对待柳永那样与其轻易的"割席"将其排除出文人创作群体之外。而面对欧阳修所创作的淫艳不堪的小词，宋代文人既不敢肆意批判也不知该如何解释，便只好将欧阳修的这部分词作与其本人割离，同时也是将它们从宋代文人词的创作体系之中剥离。

结语

总体来说，宋代词论中对于柳永和欧阳修充满民间俗词性质的词作截然不同的评价其实殊途同归。宋代的文人士大夫通过排柳词、辨欧词，将这些不符合该阶层身份的词作排除出他们的词作体系，尽可能地消除这些词作对士大夫词的影响，也为士大夫词划定了大致的边界。在这个过程中士大夫阶层对于词体的身份认同不断加深，同时构建了斥淫艳、尚学养的基本词体规范。而宋代文人也逐渐在这个共识下进行填词创作，词体也由此脱离民间文学逐渐成为士大夫文学。

（华东师范大学思勉人文高等研究院）

复古求变：叶适诗论中的“破”

陈 玄

内容摘要：叶适诗歌成就不高，但在诗论方面体现出了高远的眼光。叶适的学术思想具有“破”和“变”的特征，他以史论经，对理学家的道统釜底抽薪；主张恢复古诗传统，以雅正之音纠正奇崛之语，补救宋诗时弊。他多次以韩愈为标靶，目的是从道学和文学上都拆解已有的强大体系，以恢复理想中的三代之道。然而，叶适囿于自己的诗学主张，其作品常有文气不舒、辞意不畅的弊端，但他对江西诗派的反拨之功，以及助推宋诗进入新阶段的劳绩仍值得重视。

关键词：叶适；诗论；《总述讲学大旨》；永嘉学派

Idolizing the Ancients and Pursuit of Transformation: Destruction Factors in Ye Shi's Poetics

Chen Xuan

Abstract: Ye Shi's achievements in poetry are not high, but he demonstrates a broad vision in poetics. His academic thoughts encapsulate the traits of "destruction" and "transformation". He critiques the Confucian orthodoxy by interpreting classics through historical analysis, aiming to uproot the foundation of Neo-Confucianism. He advocates for the restoration of the tradition of ancient poetry, using elegant tones to correct peculiar language and remedy the shortcomings of Song Dynasty poetry. He frequently targets Han Yu, aiming to dismantle existing strong systems both in Daoism and literature in order to restore the ideal orthodoxy of Xia, Shang, and Zhou Dynasties. However, confined by his own poetic principles, Ye Shi's works often suffer from lack of smooth and clear expression. Nonetheless, his contribution in opposing the Jiangxi Poetic School and pushing Song Dynasty poetry into a new stage deserves recognition.

Keywords: Ye Shi; poetics; *Zongshu Jiangxue Dazhi*; Yongjia School

叶适，字正则，号为水心先生，南宋著名大儒，永嘉学派代表人物之一，在哲学、史学、政论等方面都展现出进步倾向。文学上，其文章又赢得"集本朝文之大成者"[①]的美誉。叶适的诗歌创作成就虽不如文章，但其诗论同样反映出求变的文学眼光，后世学者甚至认为这些诗学主张导引出了永嘉四灵及江湖诗人的创作。从理论指导的意义上来看，叶适的诗学观同样具有破而后立的倾向。《宋元学案》称其"天资高"和"工文"，然"放言贬古人多过情"。[②] 这不仅体现在他对前代大儒的臧否上，亦见于其文学批评中。其哲学理念与文学观念并不是截然独立的侧面，而是统一在其思想体系中，其道统观和对诗歌宗派的认识也存在着共通点。

一、理想之诗：咏正道，抒正情，发正音

叶适没有专门的诗论著作，其诗学观点散见于其他各种著作中。

---

① 叶绍翁《四朝闻见录》甲集《宏词》，中华书局，1989 年，第 35 页。

② 黄宗羲《宋元学案·水心学案》，《黄宗羲全集》第五册，浙江古籍出版社，1992 年，第 106 页。

要把握叶适的诗学观，首先应当明确的问题是：在叶适看来，“诗”是什么？叶适在《习学记言序目》和《水心别集》中都有专节谈论《诗经》和毛诗，明确地表达了对诗、诗道、诗的功用的认识：

> 是故古之圣贤，养天下以中，发人心以和，使各由其正以自通于物。……若夫四时之递至，声气之感触，华实荣耀，消落枯槁，动于思虑，接于耳目，无不言也；旁取广喻，有正有反，比次抑扬，反覆申绎，大关于政化，下极于鄙俚，其言无不到也。当其抽词涵意，欲语而未出，发舒情性，言止而不穷，盖其精之至也。……然后均以律吕，陈之官师，金石震荡，节奏繁兴，羽旄干戚，弦匏箫管，被服衮黼，拜起揖逊，以祭以宴，而相与乐乎其中。于是神祇祖考相其幽，室家子孙协其明，……故后世言周之治为最详者，以其《诗》见之。然则非周人之能为《诗》，盖《诗》之道至于周而后备也。
>
> 夫古之为《诗》也，求以治之；后之为《诗》也，求以乱之。然则岂惟以见周之详，又以知后世之不能为周之极盛而不可及也。①

以上两段有几个重点值得注意。在叶适看来，诗，或者更准确地说，《诗经》的生成路径是：天下人心之正通于物——抽词涵意、发舒情性——均以律吕；《诗经》包含的内容“动于思虑，接于耳目，无不言也”，“大关于政化，下极于鄙俚”；《诗经》的意义在于使后世详细了解周朝之盛及圣人之教化。由此可知，叶适认为《诗经》中所吟咏的情性是圣人之治下的感物而发，皆为正音、正情、正道，虽“极于鄙俚”，但因其关乎风土，从根本上来说仍是王道之治的体现。因此叶适对毛诗序中“变风”“变雅”之说颇有微词：“论《风》《雅》者必明正变，尚矣。夫自上正下为正，固也；上失其道，则自下而正上矣，自下正上，虽变，正也。《小序》谓‘政教失而变风发乎情’，审如其言，则是不足

① 叶适《水心别集·诗》，刘公纯等点校《叶适集》下册，中华书局，2010年，第699—700页。

以自正，岂能正人哉？今之所存者，取其感激陈义而能正人，非谓怨愤妄发而不能自正也。”[①]即便“政教失，礼义废”，仍能“自下而正上”，认为《诗经》中的激越之声亦为正音。随后叶适又进一步总结：“自有生民，则有诗矣，而周诗独得传者，周人以为教也。诗一也，周之所传者可得而言也；上世之所不传者不可得而言也。”“自文字以来，《诗》最先立教，而文、武、周公用之尤详。以其治考之，人和之感，至于与天同德者，盖已教之《诗》，性情益明，而既明之性，诗歌不异故也。及教衰性蔽，而《雅》《颂》已先息，又甚则《风》《谣》亦尽矣。”[②]自有生民便有诗，诗从何而来？人心通于物也；周诗所传者何也？圣人之治也；周诗所咏情性何如？正也；周诗何益？立教也。虽上世之诗不传，叶适仍认为“诗一也”。以上四点便是叶适诗学观念的基石。

事实上，叶适曾数次表达“诗一也”这一观点，他在《跋刘克逊诗》中写道：“自有生人，而能言之类，诗其首矣。古今之体不同，其诗一也。孔子诲人，诗无庸自作，必取中于古，畏其志之流，不矩于教也。后人诗必自作，作必奇妙殊众，使忧其材之鄙，不矩于教也。水为沅湘，不专以清，必达于海；玉为珪璋，不专以好，必荐于郊庙。”[③]古今诗歌形式不同，但“其诗一也”，这个一致的内核便是诗教。孔子教诲学生无庸作诗，是恐心志流荡，不达于诗教；后人作诗追求新奇，但仍忧心他们才气低下，亦不达于诗教。这则材料与前段互相补充，可知叶适认为古今诗变一以贯之的核心便是教化人心。基于这一点，我们再审视叶适的其他诗歌批评时，便能豁然开朗。如叶适评价《江南曲》时说道：“国风废，王道息，柳恽以《江南曲》名于时。古之《采蘋》，筥盈而釜熟，荐于大宗，礼至敬也，主于少女，教至行也。恽之‘采蘋’，徒咏而已，其思荡，其志淫，岂《召南》之本指哉！”[④]可见叶适并不认为所有形式上的诗都能称之为诗，如《江南曲》这样的诗没有传递

---

① 叶适《习学记言序目》卷六《毛诗》，中华书局，1977 年，第 61 页。
② 叶适《水心文集·黄文叔诗说序》，刘公纯等点校《叶适集》上册，第 215 页。
③ 叶适《水心文集·跋刘克逊诗》，刘公纯等点校《叶适集》中册，第 613 页。
④ 叶适《水心文集·湖州赏胜楼记》，刘公纯等点校《叶适集》上册，第 201 页。

正音、正情，所以“徒咏而已”。又批评孟郊道：“郊寒苦孤特，自鸣其私，刻深刺骨，何足以继古人之统？”[①]指责孟郊沉溺于自身困苦，不吟咏正道，不足以达到诗教的目标，因此也无法继古人之统。

除了诗要教化人心之外，叶适的诗学主张还包括反对过分注重形式的诗、反对逞才之诗：

> 苏氏半字韵诗酬和最工，为一时所慕，次韵自此盛于天下，失诗本意最多。夫以六义为诗，犹不足言诗，况以韵为诗乎！[②]
>
> 沈约论词赋之变，谓“玄黄律吕，各适物宜，欲使宫羽相变，低昂互节，若前有浮声，则后须切响，一简之内，音韵尽殊，两句之中，轻重顿异，妙达此旨，始可言文”。余观诗人之音节未有不顺者，至《骚》始逆之；骚体既流，诗人之顺遂不可复。自约以后，其声愈浮，其节愈急，百千年间，天下靡然，穷巧极妙而无当于义理之毫芒；其能高者，不过以气力振暴之，暂称雄杰。而约方言“灵均以来，此秘未睹”，盖可叹也。[③]

此二则虽皆斥近人作诗拘于声律而害义理，但绝不可认为叶适一律排斥近体诗：“建安至晋高远，宋齐丽密，梁陈稍放靡，大抵辞意终未尽。唐变为近体，虽白居易、元稹以多为能，观其自论叙，亦未失诗意。”叶适所反对的，是以技害意的诗歌，至于那些仍能反映现实、有益于教化的近体诗，叶适的态度始终是温和的。然而叶适又指责韩愈：“韩愈尽废之（诗意），至有乱杂蝉噪之讥。此语未经昔人评量，或以为是，而叫呼怒骂之态，滥溢而不可御，所以后世诗去古益远，虽如愈所谓乱杂蝉噪者尚不能到，况欲求风雅之万一乎！……呜呼！以豪气言诗，凭陵古今，与孔子之论何异指哉！”[④]在叶适看来，诗或许可

① 叶适《习学记言序目》卷四十七《皇朝文鉴·诗》，第701页。
② 叶适《习学记言序目》卷四十七《皇朝文鉴·五言古诗》，第705页。
③ 叶适《习学记言序目》卷三十一《宋书·列传》，第453页。
④ 叶适《习学记言序目》卷四十七《皇朝文鉴·诗》，第701—702页。

以“怨”，但目标是政道尽废时自下正上，韩愈之诗忧愤豪迈，大失风雅中正之音，故诗意亦废。

叶适论诗仍主要立足于《诗经》的传统，主张诗要反映正道、正情，要吟咏雅正之音，从而使王道之治大显，又有美刺之功用。他排斥以韵为诗，反对在诗中抒写“怨怼无聊之言”和“悔笑戏狎之情”①。但据此而论，叶适的诗学观念似乎是保守的、陈旧的，其进步性何在？或许将其放入叶适整体的思想体系中来观照，方能发覆其意义。

二、理想之道：宗古诗之统，复唐人之音

叶适非常注重“道”的辨正，在许多文章中都阐释了他对“道”的认知，甚至在诗歌批评中，叶适也从道的角度论诗。可以说，叶适对于“道”的理解是其学术体系的中心问题，充分体现了叶适思想中“破”的特点。这种“破”，是在复古的基础上求变的，不管是论道还是论诗，叶适都着力寻求道和诗的统绪，以此佐证他补救时弊的观点。为了理解叶适的诗学主张，首先应厘清叶适对道学的理解及道统观。

叶适的《总述讲学大旨》是其谈论道及道统的总结性、根本性文章，《宋元学案》录其全文，不少学者讨论叶适的哲学思想时都会由此篇出发，牟宗三还在其《心体与性体》中以一章的篇幅来批评《总述讲学大旨》，可见此篇的重要性。总体而言，叶适在这篇文章中着力为理学家之“道”祛魅，并从思想源流上否定朱熹等人确认的道统。体现出叶适的重视治乱兴废、开物成务等现实功用的实学精神。他不否定道统的存在，但他认可的道统是“道始于尧，次舜、次禹、次皋陶、次汤、次伊尹、次文王、次周公、次孔子，然后唐虞三代之道，赖以有传”，而反对程朱理学家的“孔子传曾子，曾子传子思，子思传孟子”的道统说，尤其反对程朱以遥接尧、舜、禹、汤、文、武、周公、孔子的统纪自居。他对道学家“以曾子为亲传孔子之道，死复传之于人”一事提出诘难，认为“曾子自传其所得之道则可，以为得孔子之道而传之，不

---

① 叶适《水心别集·诗》，刘公纯等点校《叶适集》下册，第 700 页。

可也”，从而对程朱理学家确立的道统进行釜底抽薪。而叶适心目中的“道”，也与程朱理学的“道”大相径庭：

古人患夫道德之难知而难求也，故自“允恭克让”以至“主善协一”，皆尽己而无所察于物也，皆有伦而非无声臭也。今颠倒文义，指其至妙以示人。后世冥惑于性命之理，盖自是始，不可谓文王之道固然也。

次周公，治教并行，礼刑兼举，百官众有司，虽名物卑琐，而道德义理皆具。自尧、舜以来，圣贤继作，措于事物，其该括演畅，皆不得如周公。不惟周公，而召公与焉，遂成一代之治。道统历然如贯联，不可违越。①

在叶适看来，“道”即人类在自然界中追求生存的智慧和相应的社会制度。自尧舜禹至周、召时代，“道”是在不断完备的，从单纯适应自然、“合天道”发展到“训人德以补天德，观天道以开人治”，最后“道德义理皆具”，“遂成一代之治”。显然，叶适论“道”是贴合历史和社会发展轨迹来谈的，在《总述讲学大旨》中的“天”也是指自然，与程朱理学为道德性命赋予的神秘性和神圣性迥异。

叶适阐释“道”的时候是从开物成务的意义上展开的，同样地，他在论诗时也非常注重诗是否传递了他所认为的“道”，是否有现实功用，因此尖锐地批评那些穷理之诗：

“初分大道非常道，才有先天未后天”。大道、常道，孔安国语；先天、后天，《易》师传之辞也。《三坟》今不传，且不经孔氏，莫知其为何道。而师传先后天，乃义理之见于形容者，非有其实；然山人隐士辄以意附益，别为先天之学。且天不以言命人，所谓卦爻画象，皆古圣智所自为，寓之于物以济世用，未知其于天道孰先孰后，而先后二字亦何系损益？山人隐士以此玩世自足则可矣，而儒者信之，遂有参用先后天之论。夫天地之道常与人接，顾恐人之所以法象者，

① 黄宗羲《宋元学案・水心学案》，《黄宗羲全集》第五册，第115页。

不能相为流通，至其差忒乖戾，则无以辅其不及，而天人交失矣。奈何舍实事而希影象，弃有用而为无益？此与孟子所谓“毁瓦画墁”何异，盖学者之大患也。邵雍诗以玩物为道，非是。孔氏之门，惟曾晰直云“浴乎沂，风乎舞雩，咏而归”，孔子与之，若言偃观蜡，樊迟从游，仲由揖观射者，皆因物以讲德，指意不在物也。此亦山人隐士所以自乐，而儒者信之，故有云淡风轻傍花随柳之趣，其与穿花蛱蝶点水蜻蜓何以较重轻，而谓道在此不在彼乎！[1]

叶适批评邵雍作诗以玩物为道，于世用无益，空谈先天后天，不讲实事而谈虚理。后又指责理学家诗论中的矛盾之处：理学家看重的舞雩咏归，徒为山人隐士自乐，非为天地之道。理学家与之，故作“云淡风轻近午天，傍花随柳过前川”（程颢《春日偶成》）之句。既信此道，却又批评杜甫“‘穿花蝶蛱深深见，点水蜻蜓款款飞’，如此闲言语，道出做甚”[2]，既批评儒者不应溺于山人隐士之乐、溺于先天后天道德性命之学，又批评理学家诗学观的自相矛盾。

论及此处，又须明确一点，叶适并非反对诗中咏物，相反，他认为意不在物外，因此诗应咏物以立义传道：“按古诗作者，无不以一物立义，物之所在，道则在焉，物有止，道无止也，非知道者不能该物，非知物者不能至道；道虽广大，理备事足，而终归之于物，不使散流，此圣贤经世之业，非习为文词者所能知也。”[3]叶适“以物立义”的诗学观与他道不离器的哲学思想是一致的，《总述讲学大旨》中谈到：“道始于尧，‘钦明文思安安，允恭克让。’……命羲和‘历象日月星辰，敬授人时。’《吕刑》‘乃命重黎，绝地天通，罔有降格’。《左氏》载尤详。尧敬天至矣，历而象之，使人事与天行不差。若夫以术下神，而欲穷天道之所难知，则不许也。次舜，‘濬哲文明，温恭允塞’‘在璇玑玉衡，以齐七政’。舜之知天，不过以器求之。”叶适始终认为，“道”是与天行

① 叶适《习学记言序目》卷四十七《皇朝文鉴·七言律诗》，第706页。
② 程颢、程颐《二程遗书》，上海古籍出版社，2000年，第291页。
③ 叶适《习学记言序目》卷四十七《皇朝文鉴·四言诗》，第702页。

一致的人道，欲求道，便离不开“器”，因此道器不可能分离，以术下神不可能知天道。欲穷理，便须向物中求，物在则道在。山人隐士自乐，“辄以意附益”，不仅没有以物立义，亦非物本然之理，故叶适轻之。可见叶适并非反对咏物，而是反对“舍实事而希影象”、没有做到由物及理的咏物。叶适本人的诗中也不乏咏物之句，如《蜂儿榧歌》：

> 平林常榧啖俚蛮，玉山之产升金盘。其中一树断崖立，石乳荫根多岁寒。形嫌蜂儿尚粗率，味嫌蜂儿少标律。昔人取急欲高比，今我细论翻下匹。世间异物难并兼，百年不许赢栽添。余甘何为满地涩？荔子正复漫天甜。浮云变化嗟俯仰，灵芝醴泉成独往。后来空向玉山求，坐对蜂儿还想象。①

蜂儿香榧是浙江的特产，状似蜜蜂腹部，故称之。叶适先描绘了榧树和果实的独特形状和味道之甘涩，感慨“世间异物难并兼”，深恐此树栽种甚少，百年后不复再求。诗人由榧树和香榧不讨喜的外貌和味道联想到世道难容下异类，诗中又同时蕴含着世事变幻、时移世易的嗟叹，反映出他本人“以物立义”“道在器中”的主张。

叶适倡导的写诗须由物及理包含了两个方面，一个是“由物”，因此要注意物的描摹；一个是“及理”，因此诗要蕴含道理。叶适对于“道理”又有两个要求，一是反映社会生活，二是有益于世。这样的主张不仅不是叶适独创，甚至有老生常谈之嫌。那么叶适在他身处的时代重弹旧调又有何意义？

叶适的思想中有着明显的“破坏”因子，其道统观如此，诗学观念亦如此。按前文所论，叶适在《总述讲学大旨》中有力地拆解了程朱一派理学家确立的道统，同时还指出他们的思想实质上是思孟之学与《易传》及佛老之学相融合的产物：“程、张攻斥佛老至深，然尽用其学而不自知者，以《易大传》误之，而又自于《易》误解也。”②因此经过

① 叶适《水心文集·卷七》，刘公纯等点校《叶适集》上册，第66页。
② 叶适《习学记言序目》卷五十《皇朝文鉴·书》，第751页。

理学家的阐释，反而“道之本统尚晦”①。理学家的道统说又是承韩愈《原道》而来，韩愈认为：“斯吾所谓道也，非向所谓老与佛之道也。尧以是传之舜，舜以是传之禹，禹以是传之汤，汤以是传之文武周公，文武周公传之孔子，孔子传之孟轲，轲之死不得其传焉。”然而叶适极力辨正的正是“孔子传之孟轲”这一关节。朱熹《中庸章句序》称孔子之学传于曾子，曾子传子思，子思传孟子，然后二程“续夫千载不传之绪”，但若孟子并非得孔子真传，那么理学家们声称从孟子处承继而来的心性之学就更是旁门中的旁门了。以上便是叶适对韩愈以来的道统观的破坏。

在诗歌方面，叶适同样对韩愈的诗歌和诗学主张大为不满：

> 《诗》既亡，孔子与弟子讲习其义，能明之而已，不敢言作；虽如游夏子思孟子之流，皆不敢言作诗也；后世操笔研思，存其体可也。而韩愈便自谓古人复生未肯多让，或者不知量乎！……韩愈盛称皋夔伊周孔子之鸣，其卒归之于诗，诗之道固大矣，虽以圣贤当之未为失，然遂谓“魏晋以来无善鸣者，其声清以浮，其节数以急，其辞淫以哀，其志弛以肆，其为言乱杂而无章”，则尊古而陋今太过；而又以孟郊、张籍当之，则尤非也。如郊寒苦孤特，自鸣其私，刻深刺骨，何足以继古人之统？又况于无本者乎！愈欲以绝识高一世，而不自知其无识至此，重可叹尔。②

叶适一方面要重申古诗的传统，另一方面又要拆解近人对诗的认识。他不仅否定韩愈对自身诗文的评价，还讥讽韩愈欣赏诗歌的眼光，言辞近乎刻薄。但叶适对韩愈的批评不仅仅着眼于韩愈一人，而是试图对北宋中期以后的诗风进行一次大清洗。

北宋前期，文人对韩愈的关注多在文章方面，至北宋中期，人们开始欣赏韩愈豪壮怪奇的诗风，也对韩愈推举的孟郊、张籍表现出一

① 黄宗羲《宋元学案·水心学案》，《黄宗羲全集》第五册，第118页。
② 叶适《习学记言序目》卷四十七《皇朝文鉴·诗》，第701—702页。

定程度的欣赏："退之昔负天下才，扫掩众说犹除埃。张籍卢仝斗新怪，最称东野为奇瑰。"[①]"吾于古人少所同，惟识韩家十八翁。其辞浩大无崖岸，有似碧海吞浸秋晴空。此老颇自负，把人常常看。平时未尝有夸诧，只说东野口不干。我生最迟暮，不识东野身。能得韩老低头拜，料得亦是无量文章人。"[②]北宋诗歌复古运动的代表人物欧阳修也曾效韩。及至北宋后期，黄庭坚生新奇崛的诗歌也与韩诗颇有相通之处："涪翁以惊创为奇，意、格、境、句、选字、隶事、音节，着意与人远，此即恪守韩公'去陈言''词必己出'之教也。故不惟凡近浅俗气骨轻浮，不涉毫端句下，凡前人胜境，世所程式效慕者，尤不许一毫近似之，所以避陈言，羞雷同也。"[③]"工""新""奇"的诗风在黄庭坚笔下得到了弘扬，从而开启了影响深远的江西诗派。黄庭坚学杜、韩的实践也得到了众多诗人的效仿，但这一流派诗人"以文字为诗""以才学为诗"的创作在叶适眼中无疑是大罪："庆历嘉祐以来，天下以杜甫为师，始黜唐人之学，而江西宗派章焉。然而格有高下，技有工拙，趣有浅深，材有大小。以夫汗漫广莫，徒枵然从之而不足充其所求，曾不如脰鸣吻决，出豪芒之奇，可以运转而无极也。故近岁学者，已复稍趋于唐而有获焉。曷若斯远淹玩众作，凌暴偃蹇，情瘦而意润，貌枯而神泽，既能下陋唐人，方于宗派，斯又过之。"[④]可见叶适意图打破江西宗派传承之努力，钱锺书因此批评叶适"排斥杜甫而尊崇晚唐，鄙视欧阳修梅尧臣以来的诗而偏袒庆历、嘉祐以前承袭晚唐风气像林逋、潘阆、魏野等的诗"[⑤]。叶适并未排斥杜甫，亦非一味尊崇晚唐，前辈学者已有论述[⑥]，但叶适偏袒庆历嘉祐以前的诗歌，却是实有之论。

---

① 梅尧臣《依韵和永叔澄心堂纸答刘原甫》，朱东润校注《梅尧臣集编年校注》下册，上海古籍出版社，1980年，第800—801页。

② 王令著，沈文倬校点《王令集》，上海古籍出版社，2011年，第132页。

③ 方东树著，汪绍楹校点《昭昧詹言》，人民文学出版社，1961年，第225页。

④ 叶适《水心文集·卷十二》，刘公纯等点校《叶适集》上册，第214页。

⑤ 钱锺书《宋诗选注·徐玑》，生活·读书·新知三联书店，2002年，第358页。

⑥ 周梦江《叶适文学思想续论——兼谈〈宋诗选注〉对叶适的批评》，《温州师范学院学报（哲学社会科学版）》2002年第1期。

北宋中期以后的许多诗歌，既不符合叶适雅正的审美，亦没有达到诗教的目的，显然不符合叶适心目中的诗道。但眼见这类创作蔚然成风，叶适便再次对这样的诗歌统绪发起了冲击。

王夫之在《姜斋诗话》中谈到："建立门庭，自建安始。……沿及宋人，始争疆垒。"[①]有宋一代，诗歌最大的堡垒便是江西诗派。南宋中期的诗人如范成大、杨万里等人虽浸染于江西诗派，但已清楚江西诗派之弊，努力向唐风复归。叶适虽不以写诗见长，却在理论上对江西诗派发起了猛烈的攻击，助推宋诗进入新的阶段："一方面，叶适由杨万里诗中晚唐一面出发并加以定向，另一方面，永嘉四灵皆师事叶适，叶适诗实际上直接开启了其后四灵诗乃至江湖派之先河。因此，从宋诗史的发展阶段看，叶适诗已具有了既从属于杨万里诗风影响又与四灵诗沟融的两面性，成为南宋中期与南宋后期两个阶段的诗风嬗递的一个重要转接"[②]。他之所以多次讥讽韩愈，与其说是鄙夷韩诗，不如说是反对宋调，因此叶适将虽身处唐代但诗中已发宋调的韩愈立为标靶而加批判。这样拆解诗歌宗派的方法，事实上与叶适重述道统的模式是相似的。叶适反对理学家对"道"的理解，意图打破理学家的道统，便从为理学家提供"道统"思路的韩愈入手。韩愈在文学和哲学上都成为叶适否定的对象，并非偶然。

三、永嘉学派的诗学演进：敛情约性，归真返璞

作为永嘉学派的代表人物，叶适既承继了薛季宣、陈傅良的主要思想，又对薛陈思想中洛学的影子进行了清算，有破有立，推动了永嘉事功学说的发展，故而叶适常被视作永嘉学派的集大成者。在诗学观念上，我们同样可以发现叶适对学派前辈的传承和革新。

"道不离器"的唯物观是永嘉学派主要思想之一，薛季宣和陈傅良二人都对理学中道器分离的思想提出了质疑。薛季宣认为："道非

① 王夫之著，戴鸿森笺注《姜斋诗话笺注》，上海古籍出版社，2012 年，第 105—106 页。

② 许总《宋诗史》，重庆出版社，1992 年，第 780 页。

器可名，然不远物，则常存乎形器之内。昧者离器于道，以为非道遗之，非但不能知器，亦不知道矣。”[1]陈傅良亦肯定：“器便有道，不是两样。”[2]因此两人在诗歌创作中也较少空谈性理之作，叶适在继承“道不离器”的基础上进一步明确了“以物立义”，为诗文写作提供了明确的指引。

既然诗文还须承载“道”，那么薛陈二人思想中的“道”又有何内涵？薛季宣在《序〈反古诗说〉》中提到：“人之性情，古犹今也，可以今而不如古乎？求之于心，本之于《序》，是犹古之道也，先儒于此何加焉？”[3]后又在《书〈诗性情说〉后》中进行了修正：“夫人者，中和之萃，性情之所钟也。遂古方来，其道一而已矣。修其性，见其情，振古如斯，何反古之云说？情生乎性，性本乎天，凡人之情，乐得其欲，六情之发，是皆原于天性者也。”但薛季宣的主要思想是一致的，即“道一”，他认为人的性情是“中和之萃”，情欲皆本于天性，这一点古今不变，因此近人作诗只需修性见情，便可复古人之道。可见薛季宣肯定了“情”在诗歌中的表达，但这种情的流露又须雅正，要止乎礼义，且要反映当时风俗，能够歌咏圣政或讽谏君王：

> 后王灭德，而后怨慕兴焉，于《书》，虞之敕天元首，夏之《五子之歌》；于《诗》，豳、颂、雅、南，皆是物也。言之不足，至于形容歌咏，有不可以单浅求者，此二南之诗为先王之高旨。上失其道，监谤既设，道路以目，雅风世变，触物见志，往往托之鸟兽草木虫鱼，是非盛世之风，有为为之也。其发乎情止乎礼义，吟咏以讽，怨慕之道存焉。仲尼参诸风雅之间，以情性存焉尔。危行言逊，将以顺适其性而用之。利尊五谏，以讽为上，兹其理也。周士赋诗见意，骚人远取诸物，汉之乐府托闺情以语君臣之际，流风余俗，犹有存者。诗家

---

① 薛季宣《答陈同父书》，张良权点校《薛季宣集》卷二十三，上海社会科学院出版社，2003年，第298页。

② 转引自黎靖德编《朱子语类》卷一二〇，崇文书局，2018年，第2198页。

③ 薛季宣《序〈反古诗说〉》，张良权点校《薛季宣集》卷三十，第431页。

之说，变风变雅，一诸雅正。先王之风，意怨谤为性情，指斥言为礼义，近求诸内，自有不能堪其事者，远又不能参诸楚骚乐府之意，其何性情之得，而又奚以上通古人之志？用情正性，古犹今也，然则反古之说，未若性情之近也。①

陈傅良也主张《风》起于世道之变，出于“厌乱思治”的情绪而作：“当文、武、成、康之盛，天下有二南国风而已。……是时安得所谓十三国风者哉！国风作而二南之正变矣。邶、鄘、曹、郐特微国也，而国风以之终始焉。盖邶、鄘自别于卫，而诸侯始无统纪，及其厌乱思治，追怀先王先公之世，《匪风》《下泉》有若曹、郐然，君子以为是二南之可复。”②他认为这样诗篇是自下正上之声，因此也仍然是正音，从而否定朱熹对《诗经》的解读：“考亭先生晚注《毛诗》，尽去序文，以‘彤管’为淫奔之具，以‘城阙’为偷期之所。止斋得其说而病之，谓：‘以千七百年女史之彤管，与三代之学校，以为淫奔之具，偷期之所，私窃有所未安。’”③陈傅良同样肯定《诗经》中性情的流露，但又要不失其正。基于对诗歌的这种体认，他对同辈之诗表示失望，因为众人畏祸，不敢在诗歌中表露真实想法，使诗歌丧失了讽谏意义：“诗三百篇，大抵喜怒所作，要不失其正。读楚词、汉赋、建安五言，吾辈可谓首鼠畏祸。夫畏祸，岂所以待宽时耶？”④薛、陈二人认为诗歌要咏正道、抒正情的观点和叶适的主张一致，也即三人对于诗的本质问题所给出的答案是相同的，三人也都认可道在器中，因此诗要言之有物，要咏物以明道。这种重视诗歌功用的诗学主张，和永嘉学派思想体系是浑然一体的。

然而在具体的创作实践上，三人的诗歌审美便发生了分歧。薛季宣虽称诗也要发乎情止乎礼义，但他在点评诗歌时并不十分苛刻，

① 薛季宣《书〈诗性情说〉后》，张良权点校《薛季宣集》卷二十七，第360—361页。

② 陈傅良《答黄文叔》，周梦江点校《陈傅良文集》卷三十八，浙江大学出版社，1999年，第458页。

③ 叶绍翁《四朝闻见录》甲集《止斋陈氏》，第15页。

④ 陈傅良《答丁子齐》，周梦江点校《陈傅良文集》卷三十八，第465页。

他对韩偓描写男女情致的《香奁集》赞赏有加:“偓为诗有情致,形容能出人意表。……偓富才情,词致婉丽。”①对李贺伤艳的诗风也表示理解:“其于末世,顾不可以厚风俗、美教化哉。……他人之诗,不失之粗,则失之俗,要不可谓诗人之诗。长吉无是病也。其轻扬纤丽,盖能自成一家,如金玉锦绣,辉焕白日,虽难以疗御寒饥,终不以是故不为世宝。”②薛季宣有着较高的审美包容性,不仅能肯定雅正诗歌的美刺作用,也能欣赏吟咏私情的诗,但难免让人感到其品评标准不一,没有完整自洽的诗学体系。至于陈傅良,他本人诗歌创作深受江西诗派的影响,虽然他也主张言之有物,但对诗歌的形式同样看重:“然古词务协律,而尤未工。仲孚尝问诗工所从始,余谓谢元晖,杜子美云:‘谢朓每篇堪讽咏,盖尝得法于此耳’。‘解道澄江静如练,令人却忆谢元晖。’与子美同意。”③这与叶适讥讽谢朓诗“浮声切响……其后浸有声病之拘”④的观点迥异。而读陈傅良诗歌,也能发现其于近体诗上用功颇多,诗中亦常见拗句,如“择栖未定鸟离立,避碍已通鱼并行”⑤,用词用律上仍保留着鲜明的江西诗风。这种因追求生新而造成气韵阻滞的诗歌是叶适极力反对的,而溺于私情的诗歌又会得到叶适如批评孟郊一般的评价。

薛、陈二人在诗歌理论上有复古的倾向,然而在审美和实践上仍没有跳出宋调的范围,二人也没有在诗论上多费笔墨,因此未能形成如叶适一般的“破坏力”。叶适在薛陈之后进一步完善了复古以求变的理论体系,使之更为自洽。但可惜的是,叶适囿于自己的诗学主张,在创作中显得左右为难。既要诗意雅正,又要兼顾个人情绪的表达;既要在诗中阐释自己理解的道,又不可过分运用技巧和生新的创

① 薛季宣《〈香奁集〉序》,张良权点校《薛季宣集》卷三十,第441页。

② 薛季宣《〈李长吉诗集〉序》,张良权点校《薛季宣集》卷三十,第442页。

③ 陈傅良《书种德堂因记陈仲孚问诗语》,周梦江点校《陈傅良文集》卷四十一,第525页。

④ 叶适《习学记言序目》卷四十七《皇朝文鉴·五七言律诗》,第705页。

⑤ 陈傅良《村居二首》,周梦江点校《陈傅良文集》卷八,第100页。

造，这便导致了叶适本人的诗歌常露出文气不舒、辞意不畅的弊端，因而成就不高。但叶适对江西诗派的反拨之功，以及他助推宋诗进入新阶段的劳绩仍然值得重视。

周密《浩然斋雅谈》云："水心翁以抉云汉、分天章之才，未尝轻可一世，乃于四灵，若自以为不可及者，何耶？此即昌黎之于东野，六一之于宛陵也。惟其富赡雄伟，欲为清空而不可得，一旦见之，若厌膏粱而甘藜藿，故不觉有契于心耳。"[①]后世常诟病四灵境界狭小，但叶适推举四灵，是因为四灵的"摆落近世诗律，敛情约性"，正好与他复古求变的诗学主张相契合，他看重的是"参《雅》《颂》，轶《风》《骚》可也"，故"何必'四灵'哉"[②]。因此叶适未必厌膏粱而甘藜藿，虽自有更高远的意趣，不过为补救时弊，方举四灵。

叶适主张咏正道、抒正情、发正音，又强调诗教的作用，固然与他的功利思想相符合。但更应重视的是，叶适思想中"破"和"变"的特点。他以史论经，摧毁理学家的道统是一种"破"；主张恢复古诗传统，以雅正之音纠正奇崛之语，也是一种"破"。他反复以韩愈为标靶，目的是从道学和文学上都拆解已有的强大体系，以恢复理想中的三代之道。无论在哲学思想上，抑或在诗学观上，叶适比永嘉前辈都有了更坚定的革除时弊的精神，故"永嘉功利之说，至水心始一洗之"[③]。

（浙江大学文学院）

① 周密撰，邓子勉校点《浩然斋雅谈》，辽宁教育出版社，2000年，第8页。

② 叶适《水心文集·题刘潜夫南岳诗稿》，刘公纯等点校《叶适集》中册，第611页。

③ 黄宗羲《宋元学案·水心学案》，《黄宗羲全集》第五册，第106页。

诗歌追和与元人诗学崇尚*

彭 健 姚 蓉

内容摘要：追和酬唱在元代备受文人青睐。元代留存126位诗人作追和诗1017首，追和对象涉及先唐、唐、宋金及本朝诗人诗作。元诗人的追和崇尚，以唐及唐前诗家诗作为主，宋金及本朝诗人次之。其中，陶渊明、苏轼、杜甫等诗人作品频繁受到追和，是元人追和热点诗人的代表。诗歌追和是元诗人仰慕、取法先贤的重要途径，其创作既受时人高度的文学文化自信下逞才使气、竞技争雄心理的影响，也与先贤情感共鸣下追和自释的需求相关。元人的诗歌追和活动，包含了追和者对原作的阅读、理解、接受、批评、宣扬和反思，提升了元人的诗学素养，助力元代诗学体系的多元建构，对文学经典化的形成起到重要的作用。

关键词：追和崇尚；“热点”诗人；追和动机；诗学史意义；宗唐得古

---

* 本文是国家社科基金重大项目“明清唱和诗词集整理与研究”(17ZDA258)阶段性成果。

Poetry Replying and Advocating Poetics in the Yuan Dynasty

Peng Jian　Yao Rong

Abstract: Poetry replying were highly favored by literati during the Yuan Dynasty. During the Yuan Dynasty, 126 poets were retained to write 1017 poems, which involved poems from pre Tang, Tang, Song, Jin, and contemporary poets. The pursuit and reverence of Yuan poets are mainly focused on the poetry of Tang and pre Tang poets, followed by poets of Song, Jin, and this dynasty. Among them, the works of poets such as Tao Yuanming, Su Shi, and Du Fu have been frequently sought after, making them representative of the popular poets in the Yuan Dynasty. Poetry replying is an important way for Yuan poets to admire and emulate the ancestors. Its creation is not only influenced by the high level of literary and cultural confidence of the times and the mentality of competing for excellence, but also related to the emotional resonance of the ancestors and the need for self interpretation. The Poetry replying activities of the Yuan people included the pursuers' reading, understanding, acceptance, criticism, promotion, and reflection on the original work, which improved the poetic literacy of the Yuan people, assisted in the diversified construction of the Yuan Dynasty poetic system, and played an important role in the formation of literary canonization.

Keywords: replying and advocating; "hot topic" poet; Replying and motivating; the significance of poetic history; learning from Tang to gain ancient

所谓追和，即诗人词客对前贤作品进行模仿相和的创作行为①，

① 姚蓉《论交往场域中的诗词唱和》，《国学学刊》2014 年第 1 期，第 31 页。

包括后人对前代古人的追和，也涵盖同代异时异地的追和。追和是元人文学酬唱活动中常用且较具特色的创作形式，其创作内涵与社集、宴饮、聚会等集体互动场合，唱、和双方处于同一时空下的分题分韵、同题、联句、次韵等即时酬唱不同，追和诗歌是时空交综下文学交流的产物，其产生是酬唱双方处于异时异地情境下的延迟唱和，是接受者单向的个人主观创作的结果，是一种自觉的文学活动。追和诗的出现，稍晚于分题分韵、同题、联句等酬唱形式，较早见存于唐人的文学创作活动中，如唐代李德裕作《追和太师颜公同清远道士游虎丘寺》诗追和时人，李贺有《追和何谢〈铜雀妓〉》诗，追和古人何逊《铜雀妓》、谢朓《同谢谘议咏铜雀台》等，尚未成风尚。后经苏轼和陶诗的推动而风尚大炽，并逐渐形成追和传统，至元代备受文士青睐。学者虽有对元人追和诗的讨论[①]，但多局限于某一追和现象，几乎未有将元代的追和诗作为整体予以审视。鉴于此，本文拟从元代追和诗创作情况、追和诗创作的文化因素及追和诗的诗学史意义几方面展开，增加对元人追和崇尚的认识。

一、元人追和诗创作与追和崇尚

翻检《全元诗》及其相关补遗成果，可知元人追和诗的创作面貌。据笔者统计，元人共有 126 位诗人参与追和，追和作品共计 1017 首，涉及原唱作者 81 人，原唱诗歌 753 首。[②] 今对元人追和诗存量、追和作家排行榜、追和热点诗人诗作等略作展开，一探元诗人的追和崇尚与追慕情结。

---

① 左东岭《元末明初和陶诗的体貌体征与诗学观念——浙东派易代之际文学思想演变的一个侧面》，《文学评论》2022 年第 1 期；王芳《论刘因的〈和陶诗〉》，山西大学硕士学位论文，2005 年；贾秀云《元代儒学倡导者的悲歌——郝经〈和陶诗〉研究》，《晋阳学刊》2005 年第 2 期；彭健《元代唱和诗集考》，《中国诗学（第 35 辑）》，人民文学出版社，2022 年。等等。

② 本文追和诗的判断标准主要依据诗题或序跋点明“追和”，同时也参考诗歌韵脚及唱和情景予以确定，限于学力，统计中或有遗漏，在所难免。

（一）元人追和诗存量分布

元人追和诗的留存，可归为和先唐诗、和唐人诗、和宋金人诗、和本朝先贤诗几部分。① 其中元代有 25 人追和先唐诗总计 337 首，涉及原唱作品 125 首，原唱作者 5 人；31 人追和唐诗总计 436 首，涉及原唱作品 407 首，原唱作者 29 人；33 人追和宋金诗总计 142 首，涉及原唱作品 132 首，原唱作者 10 人；37 人追和本朝先贤总计 102 首，涉及原唱作品 89 首，原唱作者 35 人。为方便观览，列其存量如表 1：

表 1　元代追和诗存量分布表

存量时代	先唐	唐代	宋金	元代	合计
原唱篇数	125	407	132	89	753
原唱诗人数量	5	29	12	35	81
追和篇数	337	436	142	102	1017
追和诗人数量②	25	31	33	37	126
原唱篇数百分比(%)	16.60%	54.05%	17.53%	11.82%	100%
原唱诗人数量百分比(%)	6.2%	35.80%	14.81%	43.21%	100%
追和篇数百分比(%)	33.14%	43.85%	13.96%	10.03%	100%
追和诗人数量百分比(%)	19.84%	24.60%	26.19%	29.37%	100%

据表 1 数据，可从以下方面进行解读。一是元人追和篇数。唐

① 笔者之所以分为先唐、唐、宋、元几个时段，出于几点考虑：一是追和诗存量规律；二是先唐虽时间跨度较长，但其时诗人诗作数量皆不如唐、宋、元繁盛；三是出于元人诗学观念的分期。

② 为便于统计比对，同一作者多次追和先唐、唐代、宋代、元代四个时段中的诗人，追和诗人记为 1 人；同一作者同时追和先唐、唐代、宋代、元代四个时段者，分别计入追和诗人数量，如安熙分别追和先唐陶渊明和宋代朱熹，则视为 2 人。

代以436首追和诗位居第一，约占追和诗歌总数43.85%，占比远超追和总数三分之一；先唐以337首位列第二，约占追和总数33.14%；略占总数三分之一；宋、金以142首位列第三，约占总数14.20%；元代以102首位列最末；占总数10.03%。唐及唐前追和诗共计773首，约占总数76.01%。可见在追和诗歌创作中，元人对唐及唐前的诗歌尤为喜爱。二是所涉原唱诗篇。唐代以407首居首，约占唱诗总数54.05%，占比超总数的一半；宋金以132首位居第二，约占总数17.53%；先唐以125首位居第三；约占总数16.60%；最后是元代的89首，约占总数11.82%。故而，在元人的追和活动中，所涉唱诗的数量，除却唐代居首外，先唐及宋的唱诗数量较为接近。三是原唱诗人人均被追和量。元人对各个时段的诗人诗歌追和极不平衡。元人追和先唐5位诗人，原唱作者占比仅6.2%，却创作了占比约33.14%的追和诗，每位诗人平均被追和67.40首；唐代则以35.80%原唱作者占比，产生约43.85%的和唐人诗，原唱作者人均被和15.14首；宋金原唱作者占比约14.81%，被和诗篇约142，人均被和11.83首；元代原唱作者占比约43.21%，人均被和仅2.91首。原唱诗人的人均被追和量以先唐、唐诗人为主，宋金及元诗人为辅。四是追和诗人人均追和量。元代以占比19.84%的追和诗人创作了337首和先唐诗歌，人均追和先唐诗13.48首；占比24.60%的追和诗人作和唐人诗421首，人均和诗14.06首；宋、金人均被元人追和4.30首；元代人均被追和2.76首。从元人人均追和数量看来，和先唐及唐人诗歌占比远远高于宋、金、元。

上述数据皆不约而同地指向一个事实：即元人追和古人诗歌时，对唐及唐前的诗家诗作尤为偏爱，宋金、元诗人诗作次之。这与元人学诗论诗首取唐诗以溯汉魏的“宗唐得古”①的诗学崇尚，次选宋金诗人诗学取向相一致。

---

① 邓绍基认为：“元诗的发展以仁宗延祐年间为界，可分作前后两期，延祐以前宗唐得古由兴起到旺盛，延祐以后宗唐得古潮流继续发展，在很大程度上，后期的成就超过了前期。”邓绍基《元代文学史》，人民文学出版社，1991年，第370页。

（二）元人追和作家排行榜及“热点”诗人诗作

元人在创作追和诗时，整体上较为青睐唐及唐前的诗作，宋金及本朝先贤的诗作次之。具体到追和诗人诗作时，元人的诗歌追和极不均匀。那么，哪些诗人最受元代追和诗人的喜爱？哪些诗作被反复追和，是元人心目中的“热点”作品？现以元人追和作家排行榜前三十人为例予以分析。列表如下：

表 2　追和诗排行榜前三十人分布表

序号	诗人姓名	所属时代	追和篇数	原唱篇数	追和人数	序号	诗人姓名	所属时代	追和篇数	原唱篇数	追和人数
1	陶渊明	先唐（晋）	333	122	22	16	杜牧	唐	5	3	3
2	寒山	唐	307	307	1	17	杜甫	唐	4	3	3
3	范成大	宋	68	64	3	18	侯良斋	元	4	1	1
4	拾得	唐	47	47	1	19	程钜夫	元	4	1	1
5	苏轼	宋	40	34	23	20	陆文圭	元	4	1	1
6	唐询	唐	20	10	2	21	杨载	元	4	1	1
7	朱熹	宋	16	16	2	22	綦毋潜	唐	4	1	4
8	元好问	金	10	10	1	23	李频	唐	3	3	2
9	王继学	元	10	10	1	24	张祜	唐	3	2	2
10	许浑	唐	9	5	4	25	文天祥	宋	3	3	2
11	刘因	元	8	8	1	26	刘禹锡	唐	3	3	2
12	南谷杜真人	元	8	8	1	27	吕岩	唐	3	3	2
13	杜荀鹤	唐	6	4	4	28	黄庭坚	宋	3	2	2
14	孟郊	唐	6	4	3	29	王安石	宋	3	3	2
15	李白	唐	5	3	3	30	陈与义	宋	3	2	2

表 2 显示，在元人追和诗排行榜前三十人中，入选者被追和至少 3 次以上。先唐入选作家仅晋陶渊明 1 人，约占入选总数的 3.33%；唐代入选作家 15 人，分别是诗僧寒山、诗僧拾得、唐询、许浑、杜荀鹤、孟郊、李白、杜牧、杜甫、綦毋潜、李频、张祜、刘禹锡、吕岩，占入选总数 50%；宋金诗人范成大、苏轼、朱熹、文天祥、黄庭坚、王安石、陈与义、元好问 7 人入选，占比约 23.33%；元代先贤王继学、刘因、南谷杜真人、侯良斋、程钜夫、陆文圭、杨载 7 人入选，占比约 23.33%。唐代诗人入选人数位居榜首，是先唐、宋金、元的总和；宋金及元入选诗人数量持平；先唐入选作家数最少。

入选作家被追和 4—9 次的诗人有许浑、刘因、南谷杜真人、杜荀鹤、孟郊、李白、杜牧、杜甫、侯良斋、程钜夫、陆文圭、杨载、綦毋潜 13 人，约占入选总数 43.33%；被追和 10 次以上者有陶渊明、寒山、范成大、拾得、苏轼、唐询、朱熹、元好问、王继学 9 人，占入选总数 30%。其中先唐之陶渊明；唐代之寒山、拾得、唐询以及宋之范成大、苏轼 6 人均被追和 20 篇以上，是元人心目中的“热点”诗人。尤其是陶渊明，以 333 首列元人追和对象之首，诗僧寒山以 307 篇位居第二。当然，追和“热点”诗人不仅局限于被追和诗歌数量，还需关注其受众范围，即追和诗人数量的多少。寒山、拾得虽分别被追和 307、47 次，位列追和诗前茅，但受众仅释梵琦一人；范成大被追和 68 次，位于元人和宋、金人诗之首，受众对象为凌云翰、方回、汪炎昶 3 人；唐询被追和 20 次，受众为王艮、段天佑 2 人。受众范围均较有限。

苏轼和陶渊明是受众范围颇广的两位诗人，也是元人追和活动中“热点”诗人的典型代表。元人追和苏轼诗歌者，有方回、舒岳祥、王恽、于石、杨本然、方夔、龙仁夫、刘诜、胡助、萨都剌、张雨、陈谦、杨维桢、郑元祐、柯九思、倪瓒、危素、赵涣、释来复、许有壬、李晔、郑涛、朱思本 23 人；追和陶渊明诗者有舒岳祥、郝经、王恽、方回、戴表元、仇远、牟巘、方夔、刘因、程钜夫、黎廷瑞、任士林、安熙、方风、于石、释梵琦、吴莱、唐桂芳、戴良、林弼、谢肃、张暎 22 人，受众群体极为宏大。其中元人和陶诗尚存 333 首，约占元人和先唐诗歌总数

98.81%，约占和诗总量32.74%，占比不可谓不高。在元人追和先唐诗人作品中，除却张雨作《春雨谣效谢灵运善哉行仍依韵》追和谢灵运《善哉行》，宋褧《追和何谢铜雀台妓》追和何逊《铜雀妓》、谢朓《同谢谘议咏铜雀台》，以及将江淹杂诗《陶徵君潜田居》误作陶诗追和的陈著《次韵弟观用陶元亮归田园居韵》和郝经《归园田居六首》（其六）外，余皆为和陶诗作。

陶、苏外，杜甫也是元人追和活动中的热点诗人。虽然现今留存的和杜诗较少，仅存王奕《和杜少陵望岳一首》、许古清《先生命题追和古柏行》等数首，但其时元人对杜诗颇为喜爱，不仅好以杜诗分题分韵以唱酬①，追和杜诗也颇为盛行。如追和杜甫《古柏行》诗且存诗《先生命题追和古柏行》的许古清，其时参与的追和活动尤为盛大。据明人程敏政《新安文献志》载吟社司盟元进士黎芳洲批语，这次活动"和者百余人"②，受众范围不可谓不广大。凡此皆可见知元人在追和活动中对陶渊明、杜甫、苏轼等热点诗人及其诗歌的喜爱和崇尚。

热点诗人外，热点诗作也是探讨元人追和诗不可忽视的话题，并非热点作家的所有诗作皆受到元人的同等喜爱。在上述追和作家中，入选热点作品最多的非陶渊明莫属。如陶渊明《九日闲居》诗，王恽、方回、郝经、刘因、方风、释梵琦等皆作诗追和；陶诗《九月九日》，王恽、郝经、方回、牟巘、舒岳祥、刘因、黎廷瑞、谢肃等有和；陶诗《饮酒》，郝经、王恽、刘因、方回、安熙、戴良等皆和。另陶渊明《归园田居》《拟古》《咏贫士》《移居》《杂诗》《读山海经》《移居》《咏荆轲》等诗，均是元人追和的热点诗作。陶渊明外，唐之杜甫、綦毋潜、许浑、孟郊等，宋之苏轼等诗人作品也受元人喜爱。如前文提及杜甫之《古柏行》，和者百余人。綦毋潜之《宿龙兴寺》，赵孟頫《大都遇平江龙兴寺僧闲上座话唐綦毋潜宿龙兴寺诗因次其韵》、陈植《龙兴寺》、虞堪《用唐綦母著作留题龙兴寺诗韵赠长老闲公白云》、虞集《用唐綦毋著作

① 笔者有《元代分题分韵诗的创作机制及其诗学观念》详述，待刊。

② 程敏政《新安文献志》，《景印文渊阁四库全书》第1375册，台湾商务印书馆，1989年，第685页。

韵送闲白云长老还吴》、汪泽民《游龙兴寺和綦母潜著作韵》、释妙声《龙兴白云禅师挽词》等均和。苏轼《虎丘寺》，萨都剌《经姑苏与张天雨杨廉夫郑明德陈敬初同游虎丘山次东坡旧题韵》、张雨《和杨廉夫游虎丘仍次东坡先生韵》、陈谦《虎丘三首郑君明德偕廉夫伯雨诸公同赋次东坡先生韵》、杨维桢《游虎丘与句曲张贞居遂昌郑明德毗陵倪元镇各追和东坡留题石壁诗韵》、郑元祐《与张天雨杨廉夫陈子平诸公游虎丘次东坡韵》等皆和。另许浑《凌歊台》、孟郊《苏州昆山惠聚寺僧房》等诗亦是元人追和的热点诗作，多次受到元诗人的追和。

二、元人追和诗的创作动机

人类的一切活动都是出于某种需要的满足，艺术创作也不例外。"艺术家创作艺术作品，都要受一定的创作动机或者说是创作意图的支配"①，追和诗的创作也遵循这一规律。元人在分题分韵、同题等酬唱外，选择缺少与酬唱者面对面互动交流的诗歌追和自有其文化因素。简言之，元代诗人词客的追和诗写作，既与时人逞才使气、竞技争雄的心理以及相似际遇引发情感共鸣下排遣自适的需求相关，也是元人仰慕先贤、取法学习的结果。

（一）仰慕先贤、取法学习

追和诗的创作动机之一，即是出于仰慕先贤，取法学习的需求。文学史上首位大量作诗追和古人且对追和诗的发展有着重大推动作用的苏轼，曾交代其追和古人的缘由："吾于诗人，无所甚好，独好渊明之诗。渊明作诗不多，然其诗质而实绮，癯而实腴，自曹、刘、鲍、谢、李、杜诸人，皆莫及也。吾前后和其诗凡一百有九篇。至其得意，自谓不甚愧渊明。……然吾于渊明，岂独好其诗也？如其为人，实有感焉。渊明临终《疏》告俨等：'吾少而穷苦，每以家弊，东西游走，性刚才拙，与物多忤。自量为己，必贻俗患，俯仰辞世，使汝等幼而饥寒。'渊明此语，盖实录也。吾真有此病，而不早自知，平生出仕以犯

---

① 杨家安、杨桦《艺术概论》，吉林美术出版社，1994年，第41—45页。

世患，此所以深愧渊明，欲以晚节师范其万一也。”[①]苏轼对陶渊明的仰慕可归为两点：一是折服于陶诗“质而实绮，癯而实腴”的诗学技法；二是对陶渊明乐观豁达、安贫乐道处世哲学的认同。苏轼追和陶诗便是出于效法陶潜诗学与恬淡旷远的襟怀，希冀“师范其万一”，不愧于渊明。

苏轼因仰慕与效法而追和的创作动机为元人继承和发展。元初郝经是追和陶渊明诗歌的代表性诗人，其《和陶诗序》云：“三百篇之后，至汉苏、李始为古诗，逮建安诸子，辞气相高，潘、陆、颜、谢，鼓吹格力，复加藻泽，而古意衰矣。陶渊明当晋、宋革命之际，退归田里，浮沉杯酒，而天资高迈，思致清逸，任真委命，与物无竞，故其诗跌宕于性情之表，直与造物者游，超然属韵，庄周一篇，野而不俗，澹而不枯，华而不饰，放而不诞，优游而不迫切，委顺而不怨怼，忠厚岂弟，直出屈、宋之上，庶几颜氏子之乐，曾点之适，无意于诗而独得古诗之正，而古今莫及也。”[②]郝经追和陶诗的前提，是建立在陶渊明的人格魅力和诗歌创作基础之上的。在郝经看来，陶渊明虽处晋宋革命之际，却不随俗步，毅然退归田里，遗世独立、超然物外的人格形象凸显无遗。在诗歌创作上，陶渊明与鼓吹格力、崇尚藻泽的潘岳、陆机、颜延之、谢灵运等不同，陶氏无意于诗却得古意之正，古今莫及也。故而“去国几年，见似之者而喜，况诵其诗，读其书，宁无动于中乎？”[③]郝经对追和对象评价之高，最终促成和陶诗的写作。郝经之外，诗僧释梵琦亦好和古人诗，其《西斋和陶集》堪为代表。朱右为序评介：“自夫王泽既息，大雅不作，郢骚之怨慕，长门之幽思，李陵、苏少卿之离别，曹、刘、鲍、谢之风谕，亦足以传诵者，各适其情而已尔。陶渊明当晋祚将衰，欲仕则出，一不获志，则幡然隐去，夫岂有患得失之意与？故其发于言也，情而不肆，澹而不枯。后之人虽极力仿效而

---

① 苏轼著，李之亮笺注《苏轼文集编年笺注》，巴蜀书社，2011年，第77页。

② 郝经著，田同旭校注《郝经集校勘笺注》，三晋出版社，2018年，第480—481页。

③ 郝经著，田同旭校注《郝经集校勘笺注》，三晋出版社，2018年，第481页。

不可得，趣不同也。”[1]释梵琦追和活动的发生，未出崇拜先贤、取法学习之藩篱。又书画名家倪瓒作《追和苏文忠公墨迹卷中诗韵八首》，乃倾慕苏轼书法诗意：“纵横邪直，虽率意而成，无不如意。……圆活遒媚，或似颜鲁公，或似徐季海，盖其才德文章溢而为此，故絪缊郁勃之气，映日奕奕耳。若陆柬之、孙虔礼、周越、王著，非不善书，置之颜鲁公、杨少师、苏文忠公之列，如神巫之见壶丘子矣。”[2]评价之高可见一斑。

事实上，不仅元人因追慕、借鉴而和前人诗作，元人诗作也因出彩可取而受后人仰慕追和。如冯子振观赵孟頫画梅，一夜作《庭梅》《观梅》《古梅》《老梅》等百篇，释明本走笔作数百篇以和。冯、释二人《梅花》唱酬深受后世文人喜爱，纷纷赋诗追和。如明人文征明《梅花百咏》、魏复《和〈梅花百咏〉》、童琥《和〈梅花百咏〉手稿》、朱权《赓和中峰诗韵》、王达《和中峰和尚〈梅花百咏〉》、曾仲质《和冯海粟〈梅花百咏〉》等。《梅花百咏》如此受人追捧，与其艺术品格得到认同无不关系。明朱有燉称释明本《梅花百咏》，“百篇同韵，皆清新俊逸，不减唐人之格调也”，“同用一韵而成百篇，颇以意匠经营为奇耳”。[3] 章琥（童琥）《和梅花百咏诗引》：“嗣是和之者代有其人，往往皆称不日而成，其才思敏捷如此，较诸驽劣迟钝，不大有径庭矣乎？……以愚意参之，大抵诗在乎体物写情，惟可兴可观，得风人之绪余，一唱三叹而有遗音者为尚，迟速不在所校也。”[4]可见，这一追和文化现象的产生，亦是出于先贤珠玉在前，后世文人仰慕、取法所致。

（二）竞技争雄、赶超前人

追和诗的创作，还与元人与前人竞技争雄、赶超前人的心理相

---

① 朱右《西斋和陶诗序》，李修生主编《全元文》第 50 册，江苏古籍出版社，1999 年，第 529—530 页。

② 倪瓒著，江兴佑点校《清閟阁集》卷八，西泠印社出版社，2012 年，第 275 页。

③ 朱有燉《诚斋梅花百咏》，《明别集丛刊（第一辑）》第 34 册，黄山书局，2013 年，第 129 页。

④ 章琥《和梅花百咏诗稿》，明刻本卷首序。

关。唱酬诗自被频繁用于社会交往以来，自然免不了逞才斗胜、竞技炫才之意。唐代盛极一时的白居易与元稹，诗歌唱酬时往往“穷极声韵”“以难相挑”[①]；皮日休与陆龟蒙唱酬以追求险怪、纤巧冷僻为胜；宋苏轼“示才以过人”[②]以及欧阳修、梅尧臣“少低笔力容我和，无使难追韵高绝”[③]等酬唱，均呈逞才斗胜的特点，竞技性、游戏性尤为浓厚。元人追和诗的创作，虽未至“以难相挑”等地步，但有感前代追和诗未得原唱精髓，竞技争雄的心理依然存在。如苏轼写下大量的和陶诗，自以为“至其得意，自谓不甚愧渊明”[④]。元好问晚年对此颇有微词：“东坡和陶，气象只是坡诗，如云‘三杯洗战国，一斗消强秦’，渊明决不能办此。独恨‘空杯亦尝持’之句，与论无弦琴者自相矛盾。别一诗云：‘二子真我客，不醉亦陶然。’此为佳。”[⑤]认为苏轼未得陶潜之遗意。元人朱右也说：“后之人虽极力仿效而不可得，趣不同也。苏子瞻方得志为政，固未始尚友渊明，逮其失意，中更忧患，乃有和陶之作，岂其情也耶？予尝窃有憾焉。”[⑥]苏轼为元前和陶诗的代表性诗人，其和陶之作也未合陶渊明之意。当然，亦有对此持不同意见者。如张养浩云：“余尝观自古和陶者凡数十家，惟东坡才盛气豪，若无所牵合，其他则规规模仿，政使似之，要皆不欢而强歌，无疾而呻吟之比，君子不贵也。余年五十二，即退居农圃，日无所事，因取陶诗读之，乃不继其韵，惟拟其题以发已意，可拟者拟，不可者则置之，凡得诗如干篇。既以祛夫数百年滞泥好胜之弊，而又使后之和诗者得以挥毫自恣，不窘于步武。《春秋》之法大复古，则余之倡此，他日未必

① 元稹撰，冀勤点校《元稹集（修订本）》，中华书局，2015 年，第 727 页。

② 王夫之《清诗话》，上海古籍出版社，1963 年，第 929 页。

③ 欧阳修撰，刘德清、顾宝林、欧阳明亮笺注《欧阳修诗编年笺注》卷七《病中代书奉寄圣俞二十五兄》，中华书局，2012 年，第 722 页。

④ 苏轼著，李之亮笺注《苏轼文集编年笺注》卷六〇《与子由弟十五首之十四》，巴蜀书社，2011 年，第 77 页。

⑤ 元好问著，狄宝心校注《元好问文编年校注》，中华书局，2012 年，第 1446 页。

⑥ 朱右《西斋和陶诗序》，李修生主编《全元文》第 50 册，江苏古籍出版社，1999 年，第 530 页。

不见赏于识者云。"[1]张养浩认为前代和陶诗惟东坡才盛气豪。其追和诗的创作，源于不满前人追和或作无疾呻吟之作，或步武模范、亦步亦趋，或拘于语韵而去古滋远，未得作诗陶写性情，发言为诗之本，故而和意不和韵，追和陶诗以祛百年滞泥好胜之弊。张养浩不满前人作品而追和，亦未能摆脱较技争雄的一面。

元人追和以逞才竞技，一方面是因前代追和诗未尽人意；另一方面也是受元代文人自信心影响所致。元代文人尤其是元中期的诗家对本朝的文学艺术颇为自信，不仅坚信"一代之兴，必有一代之人才"[2]，还认为"皇元混一以来，诸国人以诗文鸣者，前代罕有"[3]。自认为元代诗人不落于唐宋诸家。如戴良《皇元风雅序》云："唐诗主性情，故于《风》《雅》为犹近，宋诗主议论，则其去《风》《雅》远矣。然能得夫《风》《雅》之正声，以一扫宋人之积弊，其惟我朝乎！我朝舆地之广，旷古所未有，学士大夫乘其雄浑之气，以为诗者，固未易一二数。然自姚、卢、刘、赵诸先达以来，若范公德机、虞公伯生、揭公曼硕、杨公仲弘，以及马公伯庸、萨公天锡、余公廷心，皆其卓卓然者也。至于岩穴之隐人，江湖之羁客，殆又不可以数计。"[4]蒋易直言，当代何失、杨载、范椁、胡长孺、虞集、柳贯、何中、黄溍诸人诗歌，"典丽有则，诚可继盛唐之绝响矣"[5]。杨维桢亦言："我朝古文殊未迈韩、柳、欧、曾、苏、王，而诗则过之。郝、元初变，未拔于宋；范、杨再变，未几于唐。至延祐、泰定之际，虞、揭、马、宋诸公者作，然后极其所挚，下顾大历与元祐，上逾六朝而薄风雅。吁！亦盛矣。"[6]杨翮《九曲韵语序》："元兴，作者间起，比年矣，四方之士雷动响应，其所歌咏，下者齐盛唐，高

① 张养浩《和陶诗序》，李修生主编《全元文》第24册，江苏古籍出版社，1999年，第586页。

② 丁放《元代诗论校释》，中华书局，2020年，第793页。

③ 欧阳玄《金台集叙》，李修生主编《全元文》第34册，江苏古籍出版社，1999年，第449页。

④ 丁放《元代诗论校释》，中华书局，2020年，第844页。

⑤ 丁放《元代诗论校释》，中华书局，2020年，第792页。

⑥ 丁放《元代诗论校释》，中华书局，2020年，第621页。

乃与汉魏等，伟乎其雄杰也。”[1]在元人看来，元初元诗或有不及宋之处，但元中期以来，以虞集、揭傒斯、马伯庸等为代表的诗人已不逊于盛唐诸家，甚至隐隐有超越盛唐之势，其风雅之正直追汉魏六朝。正是在经济的极度繁荣以及政治文化等多元宽松的环境下，元人便有与魏晋六朝、唐、宋诗家竞技争雄、一较长短的自信心理，追和前人便成为较技的方式之一。

（三）际遇类似、追和自释

元人的诗歌追和，还因与前人有着相似的人生遭遇有关。相似的遭遇容易引发相同的情感体验，往往产生情感共鸣，诗歌追和便成为沟通前人、排遣自适的重要方式。如王恽《和渊明归田园序》交代和陶诗的原由：“庚寅冬，余自闽中北归，年六十有五。老病相仍，百念灰冷，退闲静处，乃分之宜。辛卯三月十七日，风物闲暇，偶游溪曲，眷彼林丘，释然有倦飞已焉之念。城居嚣杂，会心者少，因和渊明《归田园》诗韵以寓意云。”[2]即是与陶渊明一样有着对官场俗世生活的厌倦以及复归田园美好风光的情感共鸣。又郝经出使宋廷，为贾似道拘禁，其自言：“至辛未十二年矣，每读陶诗以自释。是岁因复和之，得百余首。”[3]亦是借陶渊明身处政治极端黑暗时代，仍能与黑暗势力保持距离，保持精神和思想的独立与自由，并以乐观豁达的心态去应对一切的苦难和不幸，消解自我的困苦。刘因追和陶渊明《有会而作》，《序》云：“今岁旱，米贵而枣价独贱。贫者少济以枣食之，其费可减粒食之半。且人之与物，贵贱亦适相当，盖亦分焉而已。因有所感而和此诗。”[4]陶诗《有会而作》是作者晚年生活贫困，加之天灾影响的有感之作。李孝光作《读韩信传因和李白赠新平少年韵》追和李白，盖因两人对韩信的人生遭遇有着相似的认识和体验：“信之所以成功，以能忍也。惜其能忍于胯下之辱，而不能忍假齐之请，遂令功

---

① 丁放《元代诗论校释》，中华书局，2020 年，第 900 页。
② 王恽著，杨亮、钟彦飞点校《王恽全集汇校》，中华书局，2013 年，第 157 页。
③ 郝经著，田同旭校注《郝经集校勘笺注》，三晋出版社，2018 年，第 480 页。
④ 杨镰主编《全元诗》第 15 册，中华书局，2013 年，第 33—34 页。

名不终，亦可悲矣。余观《太史公书》，追羽垓下事。是时汉高方为王而书帝，信犹为齐王而书淮阴，其意微矣。反覆读之，令人叹息不已。”①又如南宋诗人范成大，晚年退居家乡石湖，写下了反映农村田园春、夏、秋、冬四个季节的不同景致和农村生活苦与乐的《四时田园杂兴六十首》，元末凌云翰作《次韵范石湖田园杂兴诗六十首》诗追和。据其诗序交代，凌云翰“素有田园之趣，每观范石湖《杂兴诗》，欲尽和之，未能也”②。后隐于苕溪梅林村，“感与时并，事因景集”③，遂取石湖诗韵尽和之。凌云翰和诗“庶寓山歌野曲之意”④，览者可知其“田园归隐会有时，麦饭饱餐茅屋底”⑤的隐逸志向。再如戴表元《自居剡源少遇乐岁辛巳之秋山田可拟上熟吾贫庶几得少安乎乃和渊明贫士七首与邻人歌而乐之》、危素《邓叟时可大寒中见过语余曰余今六十八岁矣有一子在闽三年无消息顾贫且病无所依倚不能无求于世余悲之欲济之橐无一金相对叹息追和苏子赠扶风逆旅诗载之简轴不以送叟》等诗，诗题已交代追和缘由，或“少遇乐”或“贫且病”“无所依倚”，无不是相似遭遇引发与前人的情感共鸣，最终追和古人以排遣、自释。

三、元代追和诗的诗学史意义

追和诗作为一种特殊的文学创作方式，其文学文化意义不容忽视。有学者探讨和陶诗时指出：“和陶是一种很特殊的、值得注意的现象，其意义已经超出文学本身。和陶并不是一种很能表现创作才能的文学活动，其价值主要不在于作品本身的文学成就，而在于这种文学活动的文化意蕴。”⑥这种文化意蕴不仅仅局限于和陶诗，其他追

① 李孝光撰，陈增杰校注《李孝光集校注（增订本）》，浙江古籍出版社，2016 年，第 109 页。

② 杨镰主编《全元诗》第 62 册，中华书局，2013 年，第 337 页。

③ 杨镰主编《全元诗》第 62 册，中华书局，2013 年，第 338 页。

④ 杨镰主编《全元诗》第 62 册，中华书局，2013 年，第 338 页。

⑤ 杨镰主编《全元诗》第 62 册，中华书局，2013 年，第 422 页。

⑥ 袁行霈《论和陶诗及其文化意蕴》，《中国社会科学》2003 年第 6 期，第 149 页。

和诗也莫不如此。事实上，不论元代诗人出于何种目的追和前人，其创作势必包含追和者对原作的阅读、理解、阐释、接受、批评、宣扬和反思，这对元人诗歌素养的提升、元代多元化诗学体系的建构以及文学经典化的形成均有重要的促进作用。

（一）元人诗学素养的提升

诗歌追和有助于接受者诗歌素养的提升，这是由追和诗创作的文化语境决定的。元人或出于仰慕学习、或竞技赶超、或情感共鸣而追和，写作之前，必然对原作进行深度阅读、解构。刘勰《文心雕龙·知音》云："夫缀文者情动而辞发，观文者披文以入情，沿波讨源，虽幽必显。世远莫见其面，觇文辄见其心。"[①]诗歌追和不仅可使接受者披文以见原作之心，原作的题材选择、结构安排、典故运用、遣词造句、意境营造、情感抒发、诗歌风格等也会受到接受者的关注，并对接受者产生或明或暗的重要影响。如对文人唱和的推广有着重要贡献的白居易曾言："每被老元偷格律，苦教短李伏歌行。"[②]虽有戏谑的成分，却道出白居易与元稹、李绅等在酬唱活动中相互取法、提升技艺的事实。白居易在《与刘苏州书》中亦言："得隽之句，警策之篇，多因彼唱此和中得之。"[③]此种因诗歌唱酬而取法学习以提升诗人诗学素养的例子在元人唱和活动中尤为普遍。虽然追和者因酬唱语境不同而缺少与唱者面对面的互动交流，但追和亦有分题分韵、同题等不具备的优势，即不受迫于维护酬唱情景的完备而虚应其事，勉力强和。追和者在创作时可突破一般唱和时空的束缚，有充裕的时间和平缓的心态去钻研、雕琢，不受写作时间限制，也不必忧虑创作不成或损颜面或受到惩罚。故而，这一状态下的追和者对原作诗歌的解读、学习就更为深刻，更加利于和者诗学素养的提高。

如诗僧释梵琦有《和渊明九日闲居诗》《和渊明仲秋有感》《和渊

---

① 刘勰著，黄叔琳注，李详补注，杨明照校注拾遗《增订文心雕龙校注》，中华书局，2012年，第589页。

② 白居易著，谢思炜校注《白居易诗集校注》，中华书局，2006年，第349页。

③ 白居易著，谢思炜校注《白居易文集校注》，中华书局，2011年，第1877页。

明新蝉诗》等追和诗，题为《西斋和陶集》一卷，朱右数日读尽，自称“爱其命意措言，妥而不危，隽而不肤，若弗经思虑得者，有陶之风哉”[①]。朱右对释梵琦和陶诗的评介，用于审视陶诗同样适用，足见陶诗平淡自然、情真味永、浑然天成的诗歌特点对释梵琦诗学素养的影响。又舒岳祥读刘正仲《和陶集》云：“自丙子乱离崎岖，遇事触物，有所感愤，有所悲忧，有所好乐，一以和陶自遣，至立程以课之，不二年，和篇已竟，至有一再和者，尽橐以遗予。予细味之，其体主陶，其意主苏。特借题以起兴，不窘韵而学步。于流离奔避之日，而有田园自得之趣。当偃仰啸歌之际，而寓伤今悼古之怀。迫而裕、乐而忧也，其深得二公之旨哉！”[②]刘正仲和陶诗融合了陶体苏意，并深得二公之旨。又如曾作大量诗歌追和唐诗僧寒山的释梵琦，也深受寒山诗歌风格的影响，如其《和出家要清闲》：“举世重黄金，黄金未为贵。争如无事人，乐道山林里。一等称佛子，将身狥财利。纤毫不放过，赢得神顑頟。圆顶披袈裟，末梢乖本志。怙终无悔心，有处安着汝。”[③]与“不拘格律，直写胸臆，或俗或雅，涉笔成趣”[④]的寒山诗如出一脉。再如前文列举之许古清等百余人追和杜甫《古柏行》诗，诗成集卷，黎廷瑞评介其诗“韵妥意贯，结语亦奇，殊不易得”[⑤]。黎氏所谓“结语亦奇”，即是许古清等人继承杜甫援民歌古调入律诗，打破律诗固有的音韵和谐，造成一定的拗口之感，形成一种奇崛奥峭、大气豪宕的诗歌风格。凡此种种，皆反映了元人通过追和前人诗歌，或学习前人，或与前人竞技，在探索、实践中不断地淬炼自己的诗法技艺，以此提高和丰富自我的诗学素养。

---

① 朱右《西斋和陶诗序》，李修生主编《全元文》第 50 册，江苏古籍出版社，1999 年，第 530 页。

② 舒岳祥《刘正仲和陶集序》，李修生主编《全元文》第 3 册，江苏古籍出版社，1999 年，第 233 页。

③ 杨镰主编《全元诗》第 38 册，中华书局，2013 年，第 401 页。

④ 寒山著，项楚注《寒山诗注·前言》，中华书局，2000 年，第 15 页。

⑤ 程敏政《新安文献志》，《景印文渊阁四库全书》第 1375 册，台湾商务印书馆，1989 年，第 685 页。

（二）元代诗学体系的多元化建构

诗歌发展到唐宋赫然形成两座难以逾越的高峰，后世诗家在学诗论诗时往往以唐宋为界，各取所需建构诗学体系。钱锺书《谈艺录》对此概括："夫人禀性，各有偏至。发为声诗，高明者近唐，沉潜者近宋，有不期而然者。故自宋以来，历元、明、清，才人辈出，而所作不能出唐宋之范围，皆可分唐宋之畛域。"①蒙元去唐宋未远，其诗学的建构亦未能摆脱"唐宋"诗学的影响，且其建构路径之一，即是得益于元人的诗歌追和。

从前文元人追和诗存量分布来看，元人追和诗以唐及唐前为主，留存和唐人诗 436 篇，居元人追和诗首位；和唐前诗歌 337 篇，仅次于和唐人诗。二者约占追和总数 76.01%，占据元人追和诗的大半壁江山。事实上，元人追和诗的创作倾向和师法取向，与元人诗学建构宗唐得古的诗学主张相切合。如杨士弘《唐音序》云："夫诗莫盛于唐。李杜文章冠绝万世，后之言诗者，皆知李杜之为宗也。至如子美所尊许者，则杨、王、卢、骆；所推重者，则薛少保、贺知章；所赞咏者，则孟浩然、王摩诘；所友善者，则高适、岑参；所称道者，则王季友。"②对唐诗人诗作极力称赞。苏天爵《西林李先生诗集序》："夫自汉魏以降，言诗者莫盛于唐。方其盛时，李、杜擅其宗，其他则韦、柳之冲和，元、白之平易，温、李之新，郊、岛之苦，亦各能自名其家，卓然一代文人之制作矣。"③对盛、中、晚唐诗人尤为倾慕。又刘因《叙学》："魏晋而降，诗学日盛，曹、刘、陶、谢，其至者也；隋唐而降，诗学日变，变而得正，李、杜、韩，其至也。"④欧阳玄《罗舜美诗序》说："我元延祐以来，弥文日盛。京师诸名公，咸宗魏、晋、唐，一去金宋季世之弊，而趋于雅正，诗丕变而近于古。"⑤等等。元人对魏晋及唐诗家诗作的美

---

① 钱锺书《谈艺录》，中华书局，1984 年，第 3 页。

② 丁放《元代诗论校释》，中华书局，2020 年，第 400 页。

③ 苏天爵著，陈高华、孟繁清点校《滋溪文稿》，中华书局，1997 年，第 62 页。

④ 丁放《元代诗论校释》，中华书局，2020 年，第 250 页。

⑤ 欧阳玄著，陈书良、刘娟点校《欧阳玄集》，岳麓书社，2010 年，第 87 页。

誉可见一斑，纷纷奉之为诗学正宗，竞相模拟学习。故而，元人追和先唐陶渊明、谢灵运、何逊、谢朓、江淹及唐李白、杜甫、孟浩然、丰干、拾得、刘禹锡、寒山、元结等诗家诗作，对元人“宗唐得古”观念的普及和实践便有重要意义。

不容忽视的是，元人在诗歌取向上虽以宗唐为主流，但对宋金诗人诗作亦兼容并取，并未一味否定。其中以苏轼、黄庭坚、元好问等为代表。如刘壎《隐居通议》云：“东坡似太白，黄、陈似少陵，似而又不似也。”①其《新编绝句序》又言：“欧、苏、黄、陈诸大家，不以不古废其篇什，品诣殆未易言。”②刘因虽主张作诗当以“六艺”为本，但也认可“不能《三百篇》则曹、刘、陶、谢，不能曹、刘、陶、谢则李、杜、韩，不能李、杜、韩则欧、苏、黄”③。周霆震《刘遂志诗序》：“魏晋以降，变而辞游气卑而声促，唐初始革其敝，至开元而极盛，李杜外又各自成家。宋世虽不及唐，然半山、东坡诸大篇苍古，慷慨激发，顿挫抑扬，直与太白、少陵相上下。”④陆文圭《跋陈元复诗稿》：“盛唐而下，温李不必学；苏黄而下，江西不必学。下是，非诗矣。”⑤方回《诗思十首》将苏轼、黄庭坚、陈师道、陈与义与陶渊明、杜甫、韩愈、柳宗元并列为十贤；苏轼与陶潜、杜甫、李白题为“释菜四先生”。⑥ 又《学诗吟十首》自注：“南渡后诗人尤延之、萧千岩、杨诚斋、陆放翁、范石湖其最也。”⑦上述诸家对宋苏轼、黄庭坚、欧阳修、陈与义等诗人颇为赞赏，将之作为元人师法学习的重要对象。此外，金人元好问、赵秉文等也颇有可取之处。如元中后期虞集说：“国初，中州袭赵礼部、元裕之之

① 刘壎《隐居通议》，《景印文渊阁四库全书》第 866 册，台湾商务印书馆，1989 年，第 64 页。

② 丁放《元代诗论校释》，中华书局，2020 年，第 193 页。

③ 丁放《元代诗论校释》，中华书局，2020 年，第 250 页。

④ 丁放《元代诗论校释》，中华书局，2020 年，第 545—546 页。

⑤ 陆文圭《跋陈元复诗稿》，李修生主编《全元文》第 17 册，江苏古籍出版社，1999 年，第 556 页。

⑥ 杨镰主编《全元诗》第 6 册，中华书局，2013 年，第 540 页。

⑦ 杨镰主编《全元诗》第 6 册，中华书局，2013 年，第 537 页。

遗风，宗尚眉山之体。”[①]清人顾嗣立亦言：“北方之学变于元初，自遗山以风雅开宗，苏门以理学探本，一时才俊之士，肆意文章，如初阳始升、春卉方茁，宜其风尚之日趣于盛也。”[②]皆指明元好问、苏轼等人对元初王恽、方回、戴表元等诗人的影响。这与元人的诗歌追和倾向是相一致的。元人留存追和宋金诗作142篇，虽仅占追和总数13.96%，却涉及范成大、苏轼、黄庭坚、陆游、陈与义、朱熹、王安石、马云、文天祥、元好问等宋、金诗人诗作。可见，元人追和诗的创作，是对元人“宗唐得古”主流诗学外，又取法宋金诗家的诗学理论的实践，二者的合力为元诗学的多元化建构奠定了基础。这也是元人有“唐宋之分而无唐宋之争”[③]的诗学意义所在。

（三）助力文学经典化的形成

文学经典的形成，一方面得益于文学经典本身独特的艺术价值和文学意义；另一方面也离不开读者的阅读、阐释、接受、建构和宣扬。读者如何去阅读、接受并宣扬文学文本就变得尤为重要。在我国古代文学发展史中，追和与集句、拟作、效作等是读者向先贤取法学习的重要方式，但追和又与拟作、集句、效作等颇为不同，在文学接受方面更具效用。如袁行霈指出追和与拟古的不同：“拟古是学生对老师的态度，追和则多了一些以古人为知己的亲切之感。拟古好像临帖，追和则在临习之外多了一些自由挥洒、表现个性的空间。”[④]正是追和具有更为广阔的表现空间，致使诗家多借助追和以取法古人，最终促进追和风尚的盛行。

值得注意的是，当诗家频繁地追和某一作家的作品时，往往会引起读者的阅读兴趣，增加追和对象及其作品的知晓率，进而扩大作品的普及范围和受众群体，最终形成文化热点并促进文学文本的经典化。如陶诗的经典化历程即是明证。在今天看来，陶诗贵为文学经

---

① 丁放《元代诗论校释》，中华书局，2020年，第397页。

② 顾嗣立《元诗选 初级》，中华书局，1987年，第444页。

③ 查洪德《元代诗学“主唐”“宗宋”论》，《晋阳学刊》2013年第5期，第124页。

④ 袁行霈《论和陶诗及其文化意蕴》，《中国社会科学》2003年第6期，第150页。

典已不容置疑，但在南北朝时期，陶渊明更多是以隐逸者的形象出现，陶渊明诗人身份虽在一定范围内得到认同，但在其时的文学场域中仅居于二流地位。如钟嵘《诗品》以上、中、下三品对122位诗人诗作进行品评，陶诗仅列中品，居于李陵、班婕妤、曹植等诗人之后，位列第35位次。萧统《文选》选陶诗7题8首，入选诗歌数量位于陆机52首、江淹32首后的第15位。唐宋时期，陶诗逐渐受到重视，涌现出一批效陶、拟陶、和陶之作，如崔颢《结定襄郡狱效陶体》，韦应物《效陶彭泽》《与友生野饮效陶体》，白居易《效陶潜体诗十六首》，曹邺《山中效陶》《田家效陶》，梅尧臣《拟陶体三首》《拟陶潜止酒》等，但对陶诗的传播和影响有限。真正让陶诗声名大振的是苏轼对陶渊明的宣扬。苏轼作和陶诗109首，开启了陶诗经典化历程的新起点，和陶风气也随之兴起。苏轼之后，元代诗人也酷爱追和陶诗，继续推动陶诗的经典化进程。据笔者统计，现今见存的元人和陶诗有舒岳祥6首、郝经117首[①]、王恽3首、方回23首、戴表元10首、仇远1首、牟巘10首、方夔2首、刘因76首、程钜夫1首、黎廷瑞1首、任士林1首、安熙8首、方风1首、于石1首、释梵琦8首、吴莱7首、唐桂芳2首、戴良51首、林弼1首、谢肃1首、张暎2首。尤其是郝经的117首和陶诗，在数量上已超越苏轼对陶诗的追和，为宋元和陶诗人之最，是陶诗经典化历程上的代表性诗人之一。当然，元代和陶诗远不止上述列举。翻检《全元文》等，可得刘庄孙《和陶诗》一卷、雷齐贤《和陶诗》三卷、蔡安仲《和陶集》三卷、张北山《和陶集》、吕充隐《和陶诗》、叶烶《和陶集》等追和诗集；另张养浩、郑思肖、丁叔才、王寓庵等也有和陶诗，惜其皆已亡佚不存。这些诗人在追和陶诗前，不仅需要熟读陶诗原作，其他和陶诗作也需细读，如张养浩追和陶诗之前，即“尝观自古和陶者凡数十家”[②]，后才有和陶诗作。正是元人“佩兰餐

① 郝经《陵川集》留存“和陶诗”118首，但《归园田居六首》之六乃误和江淹《陶征君潜田居》，非和陶渊明诗，故不计入。

② 张养浩《和陶诗序》，李修生主编《全元文》第24册，江苏古籍出版社，1999年，第586页。

菊读离骚，间和陶诗饮浊醪”[①]，“饱饭和陶诗”[②]，“闲得功夫细和陶”[③]的不懈努力，促进了诗家对陶诗的解读、阐释、传播和宣扬，延续并推动了和陶风气的盛行，为陶诗的经典化建构提供了参考。

陶诗之外，元人的诗歌追和还促进了诸如谢灵运、何逊、谢朓、江淹、孟浩然、王维、丰干、拾得、寒山、李白、杜甫、元结、吕岩、罗隐、任翻、綦毋潜、刘禹锡、白居易、赵嘏、许浑、项斯、李绅、李频、韩愈、李正封、杜荀鹤、杜牧、韦应物、孟郊、张祜、唐询、戎昱、元稹、苏轼、黄庭坚、陆游、陈与义、朱熹、王安石、马云、文天祥、元好问等诗人诗作的传播和经典化。如元人追和苏轼，和者达 23 人之众，涉及苏轼《虎丘寺》《聚星堂雪》《和陶己酉岁九月九日》《愧岁》《守岁》《别岁》《木兰花令 四时词》《春日》《书王定国所藏〈烟江叠嶂图〉》等诗歌。又对唐诗僧寒山、丰干、拾得三圣诗的传播与宣扬，释梵琦从而步韵，开追和三圣诗之风，明末石树通禅师继和，清康熙年间合刊为《天台三圣诗集和韵》。三圣诗的经典化，释梵琦当居首功。若无释梵琦的追和，就没有石树通读几人诗时“不知三圣之为楚石，楚石之为三圣”[④]之现象，也不会有石树通拈三圣韵而为诗，更无石树通“咀嚼寒山诸人言句，忍俊不禁，复为步和。……较之楚石，可谓后来居上，压倒元白”[⑤]的追和成就，以及石树通“俟后五百年，或复有人焉读之和之”[⑥]的期盼。可见，元人的诗歌追和在宣扬、传播原唱作品，助力其经典化方面具有不可替代的作用。

总之，元人的诗歌追和是元代诗歌繁荣发展中不可忽略的一环。追和诗独特的酬唱语境赋予诗歌创作别样的文化意蕴，蕴含着元代诗人的情感取向和艺术崇尚。元诗人通过诗歌追和取法前人，不仅

---

① 杨镰主编《全元诗》第 13 册，中华书局，2013 年，第 61 页。

② 杨镰主编《全元诗》第 13 册，中华书局，2013 年，第 299 页。

③ 杨镰主编《全元诗》第 2 册，中华书局，2013 年，第 311 页。

④ 寒山著，项楚注《寒山诗注 · 和天台三圣诗叙》，中华书局，2000 年，第 987 页。

⑤ 寒山著，项楚注《寒山诗注 · 和天台三圣诗叙》，中华书局，2000 年，第 986 页。

⑥ 寒山著，项楚注《寒山诗注 · 和三圣诗自序》，中华书局，2000 年，第 987 页。

有助于元人诗学素养的丰富和元代诗学多元化的建构，同时也利于追和风尚的盛行和追和文化的发展。故而，元代追和诗的诗学意义不应被忽视。

（上海大学文学院）

教化·文词·性命·历史：明代戏曲“学问化”的四个维度*

史一辉

内容摘要：“学问”是明代士大夫重要的日常话语和精神追求，后内化为明代戏曲家的文本追求、批评理论和文化理想。明人从教化、文词、性命、历史四个维度完成“学问化”：教化是“学问化”开端，改变了戏曲文体认知，吸引士大夫大量参与戏曲创作；文词作为文人审美的塑造工具，从技法上借鉴诗词，提升了戏曲文学性；性命寄托了士大夫的精神理想，继承了文以载道传统；历史作为戏曲真实性的实现途径，融合了时代精神与个体心志，借鉴史学技法，以戏曲为小史，补正史之阙。明代戏曲“学问化”是与本色才情相对的戏曲文人雅化的新考察路径，实现了戏曲尊体和文体建构，促使戏曲向真善美的艺术标准进化，为文人戏曲的阐释提供了新视角，奠定了清代戏曲的发展方向。

关键词：明代戏曲；学问；本色；文人化；《琵琶记》

* 基金项目：本文为国家社会科学基金青年项目“明代文人戏曲历史书写的互文性研究”(项目编号：22CZW030)阶段性成果。

Moral, Literacy, Philosophy and History: The Four Dimensions of "Intellectual" in Xiqu in the Ming Dynasty

Shi Yi-hui

Abstract: "Scholarship" is an important daily discourse and spiritual pursuit of the scholar-bureaucrats in the Ming Dynasty, which is later internalized into the text pursuit and cultural ideal of the Xiqu writers of the Ming Dynasty. The Ming people complete the "scholarship" of Xiqu from the four dimensions of moral, literary, philosophy and history. Moral is the beginning of "scholarship", which has changed the cognition of the style of Xiqu and attracted a large number of scholars to participate in the creation of Xiqu. As a tool for shaping the aesthetic appreciation of literati, the literary style of Xiqu has been improved by using other literary styles for reference from the technical level. The Neo-Confucianism reposes the spiritual ideal of scholar-bureaucrats, and inherits the tradition of "writings are for conveying truth". History, as the way to realize the authenticity of Xiqu, integrates the spirit of the times and individual aspiration, uses historical techniques for reference, and uses Xiqu as a history supplement to correct the history. The "scholarship" of Xiqu in the Ming Dynasty can be used as a specific investigation path for the elegance of Xiqu literati as opposed to Ben Se. It has realized the respect for Xiqu and style the construction of it. It promotes the evolution of Xiqu to the complete artistic standard of truth, goodness and aesthete, and promotes the development of Xiqu in the Qing Dynasty.

Keywords: Xiqu in the Ming Dynasty; scholarship; Ben Se; literati; *The Story of Pipa*

目前,学界对于戏曲批评的研究日益深入,围绕本色、才情、风化、关目、声律、演唱等概念构建的戏曲批评理论体系逐渐成熟,然在此之外尚有可补充之处,“学问”即是其中之一。“学问”多见于明代戏曲批评材料,然其义未明。“学问”作为一种创作倾向和批评概念最早出现在诗学理论中,随后被移用于明代戏曲中,内化为戏曲作家和批评家的文本追求和文化理想。明人继承元人“一代有一代之学”的意识[①],为制作有明一代的代表性文体,明人将眼光移向了新兴的戏曲。“学问”本是明代士大夫内在的精神追求,与文章、事功作为明人价值实现的三大要素,在士人大量投身戏曲创作、关注戏曲现象的过程中,明人将“学问”的抽象内涵(教化、文词、性命、历史)移入戏曲,“学问化”的创作追求和批评标准不断外化,呈现为戏曲文体的文人雅化,最终形成了文人戏曲中特有的浓厚“学问化”情结。明人自觉地将戏曲中的教化、文词、性命、历史等异于元曲的元素统称为“学问”,以此作为创新的标志,在本色、才情、声律之外形成了另一种高度文人化的审美风格和戏曲追求。本文考察学问概念在明代戏曲的丰富蕴涵,并结合《琵琶记》《牡丹亭》等作品加以阐释。

一、作为批评概念的“学问”

“学问”作为独立语词最早见于《孟子》。《孟子·滕文公上》:“吾他日未尝学问,好驰马试剑。”“学问”与“驰马试剑”相对,指典籍文章的学习。《吕氏春秋·有始览·听言》:“凡人亦必有所习其心,然后能听说。不习其心,习之于学问。不学而能听说者,古今无有也。”陈奇猷释曰:“所谓习其心,指御大豆、射甘蝇之类。所谓习之于学问,如墨子读百国《春秋》之类。”[②]结合篇中前文“功先名,事先功,言先事”的论述,此处的“心”当指御、射这类的“事”,学问则指历史、学术

---

① 金元时期的刘祁、虞集、罗宗信的理论被后世视为“一代有一代之文学”的发轫,明人承袭之。参见徐大军《元杂剧何以成为“一代之文学”——兼及“一代有一代之文学”论反思》(《文艺理论研究》2021 年第 5 期)、刘洪强《“一代有一代之文学”来源考》(《求索》2016 年第 9 期)

② 陈奇猷校释《吕氏春秋校释》卷十三《听言》,学林出版社,1984 年,第 703 页。

典籍，对应次于“事”的“功”“名”。可见“学问”早期的含义是指典籍中的知识和学术思想，成为“学问”的主要涵义。

作为诗学批评概念，“学问化”进入研究者的视野较晚。抒情向来被视为诗歌最重要的文学特性且是贯穿诗史的主线，宋人“以学问为诗”，“学问”才正式进入诗域视野，且常为学者摒斥。然而从礼乐大炽的《诗经》时代，诗歌即已开启了“学问化”进程且从未中断。魏中林等《古典诗歌学问化研究》集中讨论了诗歌的“学问化”问题。他认为“学问”与“性情”并为中国古典诗歌的两条主线，却没有受到足够的重视。他认为古典诗歌理论批评的“学问化”表现为“对创作主体的要求，即文化涵养和学问积累”以及“对学问与诗歌关系的探讨”，并以经史之学、宗教之学、哲学、经世之学、朴学实学、艺术文化六个方面的内容融入诗学之中。[①] 诗歌的“学问化”除了在与“性情”“意象化”等观念的对比中成熟，诗学的文人化、雅化实际上也是一种“学问化”的过程，蕴涵了“学问化”的诸多要素。古典诗歌成熟的“学问化”理论体系和长期“以学问为诗”的丰富创作实践为戏曲的“学问化”实践提供了理论参照，被明人自觉地移入戏曲中。古代文艺理论常以相对而出的双线形式展开，如雅俗、情志、虚实。就明代戏曲而言，有本色与文词（骈琦、婉丽）、案头与场上等相对的概念。而“学问”概念是明人先基于风教传统、后相对于元曲本色[②]提出的曲体雅化的长期实践。徐文珊将戏曲“学问”的内涵分为广义与狭义两种。“广义上统指曲论家的个人修养和知识储备……注重‘学问’构成与戏曲文体创作特色的结合，注重‘学问’包容和来源的庞杂多样”，“在狭义上是指曲家在戏曲创作过程中遣词造句、使用典故等，不避涩僻，逞才炫学”。[③] 惜其对“学问”的认识只涉及文词技巧，未论及“学

---

① 魏中林等《古典诗歌学问化研究·绪论》，中国社会科学出版社，2012 年，第 4 页。

② 谭帆、陆炜《中国古典戏剧理论史（修订版）》认为：“所谓‘本色’是指某种传统典范的审美特色，此即所谓的‘金元风格’或‘元人本色’。”（华东师范大学出版社，2005 年，第 111 页）

③ 徐文珊、张小芳《“学问”与元明戏曲批评》，《四川戏剧》2015 年第 1 期。

问”的丰富蕴涵。

“学问”一词在明代士大夫的日常对话中作为士人内在精神价值的实现路径具有重要意义。明人曾感叹:“致令天下无学问,无文章,无事业,成何世界?”[①]“学问”作为思想文化的代名词独立于文章、事功(经济)之外(或与文章合并),是士大夫自我价值实现的内在理路。广而论之,“学问”在明代涵盖了经学儒术、举业时文、佛道思想、文学词章、处事方法、品格修养等义项。“学问”也因而成为明人品评文字、臧否人物的重要话语。曹于汴《复谭同节》:“大抵谓近时学问,非以举业规名利,则习禅图自在。二者俱非也。学者惟从事五经六艺,实体实用,乃为圣学。”[②]明人还常以“务虚”的“学问”与“务实”的“经济”对举,且常作为士大夫品格不俗、学识渊博的象征,二者是士大夫处世的不二选择。所谓“经济”是指政治政务以及论说、处理政务的能力,也指热衷世务功名的心志。宋人为应对科举策论编纂而成的《经济文衡》即以“经济”为名,辑录了朱熹论道论政的观点。明代目录书中大多著有“经济”类。《文渊阁书目》卷四“黄字号第三厨”即有“经济”一类,收录帝王训范、奏议、军事、论说诸类书目。“经济”也与举业息息相关。如《晁氏宝文堂书目》“经济”类,除了治河、漕运、奏议等书目,还杂录了《经济文衡》《礼经会元》《大学衍义》《古赋题》等应考宝典、时兴畅销书。蔡献臣《寿苏大母柯淑人八秩序》:“吾与体国言,言必学问、必经济,竟日无一尘俗语聒吾耳也。”[③]将“学问”与“经济”作为不落俗尘的最为关切的日常话题。在《与茅吉云比部》中又云:“游则不可不择同心之友,或讲学问、或谈经济,又次则习诗文,必如此方得淡之妙,方得游之趣。”[④]体现了“学问”“经济”高于“诗文”

---

① 蔡毅编著《中国古典戏曲序跋汇编》,齐鲁书社,1989 年,第 876 页。

② 曹于汴撰,李蹊点校《仰节堂集》卷九,上海古籍出版社,2018 年,第 149 页。

③ 蔡献臣撰,厦门市图书馆校注《清白堂稿》上册,厦门大学出版社,2012 年,第 244 页。

④ 蔡献臣撰,厦门市图书馆校注《清白堂稿》上册,厦门大学出版社,2012 年,第 412 页。

的层级关系。综合来看，“学问”在明代是指密切关乎人生境遇的思想精神和文化，主要指的是经史治学、佛道思想，是明际士人的重要日常话头。

二、教化、文词、性命、历史：明代戏曲“学问化”的四个维度

明代的戏曲“学问化”围绕教化、修辞、性命、历史四个维度展开。以往研究者认为元明戏曲的“学问化”是指文人对戏曲文辞风格、创作技法的改造。实际上，戏曲的“学问化”过程最早是从主题思想的风化开始，早在《琵琶记》被朱元璋奉为圭臬时已然开启，其时间远早于文词派的出现。儒家文士或主动以“学问”为曲，或被戏曲的“学问化”过程所吸引从而投身其中。在这个过程中，不同时期、不同学术背景的士大夫又将诗词文创作技法、世俗思想、佛道信仰、历史观念等丰富的内容加入其中，并将这些异于元曲“本色”的“外来物”统称为“学问”。士大夫最终成为戏曲话语体系的主体，所谓“胜国诸贤，及实甫、则诚辈，皆读书人，其下笔有许多典故，许多好语衬副，所以其制作千古不磨”[①]。就作品而言，《琵琶记》是其开端，“临川四梦”是其典范。

（一）教化：《琵琶记》的意义与“学问化”的开端

教化是明代戏曲“学问化”的开端。所谓教化，一方面是强调曲体的社会功能，另一方面则是强调曲体本体承载的文体功能，后者是戏曲“学问化”得以实现的理论基础。风教传统源自先秦并贯穿文学史，就戏曲而言最早谈及教化的是元人夏庭芝[②]，但明确将风教传统与戏曲实践紧密联系则始自明初。明人将戏曲开辟为研讨儒家学问的场域，出现以“学问”为曲的现象，开拓了戏曲的文体功能，而《琵琶记》实开此风气之先。

---

① 王骥德著，陈多、叶长海注释《曲律注释》，上海古籍出版社，2012年，第152页。

② 谭帆、陆炜《中国古典戏剧理论史（修订版）》，华东师范大学出版社，2005年，第283页。

作为明传奇典范之一的《琵琶记》作者，高明以“不关风化体，纵好也徒然”的口号明确了戏曲的教化作用，其人物行为和思想都高度符合儒家的伦理规范，这种集中表现儒家风教的现象是以往戏曲所未见，改变了明人对戏曲的认识。“风化体”指儒家的道德学问，高明认为缺失儒家风化的戏曲，即使曲辞的文采、音律和唱腔再完美也无法成为好作品。教化的内核其实就是儒家式的“学问化”，除了教化这一外在作用，《琵琶记》的另一重意义即在于打破了以文辞的辞采和音律为品评标准的曲体本色，反而向诗教靠拢，将儒家思想纳入戏曲范畴，突破了戏曲“小道”与儒家“学问”间的界限。以往学者虽然对《琵琶记》的价值认识存在变化①，但普遍承认《琵琶记》的开创地位和重要影响力，然而对《琵琶记》的认识基本集中在人物评价、本事考证、文辞风格等方面，却忽视了《琵琶记》为戏曲尊体的深层意义。这种尊体并不仅是宣扬儒家教化，而是指《琵琶记》拓宽了戏曲创作的道路，开创性地将戏曲与士大夫的理想信念和趣味爱好紧密联系了起来，使得士大夫意识到戏曲也可以成为理想的“容器”，吸引了大量士大夫投身其中，从而打开了戏曲“学问化”的广阔空间，真正使得戏曲创作走向繁荣，其意义颇似苏轼在词体中以诗为词的贡献。在《琵琶记》的感应下，士大夫开始大量参与戏曲创作，并很快将教化的特点发挥到极致。最典型的莫过于丘濬《五伦全备记》。丘濬对《琵琶记》推崇备至，蹈袭前尘提出“若于伦理无关紧，纵使新奇不足传”的说法，影响明清两代，即使重视情感、音律和文辞的曲家也不忘儒家“学问”的基线。

明人对《琵琶记》的“学问化”现象早有认识，在实际语境中或以“学问”替代教化。明人有一个经典譬喻：以《西厢记》或《拜月记》喻李白，以《琵琶记》喻杜甫。胡应麟曾云：“《西厢》主韵度风神，太白之诗也；《琵琶》主名理伦教，少陵之作也。”②是以《西厢记》《拜月记》为

① 参见洛地《戏曲与浙江》，浙江人民出版社，1991 年，第 167—168 页。

② 胡应麟《少室山房笔丛》卷二十五，《四库全书》本。何良俊则以《拜月记》比李白，以《琵琶记》比杜甫。

自然流畅的“本色”之作，以《琵琶记》为工巧深沉的“学问”之作。何良俊批评《琵琶记》的语言离“本色”太远：“近代人杂剧以王实甫之《西厢》，戏文以高则成之《琵琶记》为绝唱……盖《西厢》全带脂粉，《琵琶》专弄学问，其本色语少。盖填词需用本色语方是作家。”[1]又认为《拜月记》高于《琵琶记》远甚，“盖其才藻虽不及高，然终是当行”，正词家所谓“本色语”。何良俊敏锐地意识到了《琵琶记》异于元曲的特质，并将之归纳为“专弄学问”。他所说的“学问”是指非“本色”的内容，其内容不仅指文辞的藻饰风格[2]，还包含了人物主题上的儒家“学问化”倾向。

不同于简单地宣扬教化，明人以戏曲作为研讨儒家伦理学问的场域。朱有燉《刘盼春守志香囊怨·自序》云：

> 近来山东卒伍中，有妇人死节于其夫，予喜新闻之事，乃为之作传奇一帙，表其行操。继而思之，彼乃良家之子，闺门之教，或所素闻，犹可以为常理耳。至构肆中女童而能死节于其良人，不尤为难耶？去岁河南乐藉中乐工刘鸣高之女……配于良民周生者，与之情好甚笃，而生之父母训严，苦禁其子，拘系之，不令往来，自后遂绝不通。女子亦能守志……女终不从……自缢而死。及火其尸，焚其余烬，而所佩香囊尚存，其父母取而观之，中藏所得生寄之词简一行宛然入故，众叹惊异……予因制传奇，名之曰《香囊怨》，以表其节操。惜乎此女子出于风尘之中，不能如良家者同闻诸上司，旌表其行。[3]

朱有燉先作《赵贞姬身后团圆梦》后作《刘盼春守志香囊怨》，在《香囊怨》自序中对比前后两作中人物形象和故事情节，认为赵氏女出身良

---

① 何良俊撰，李剑雄校点《四友斋丛说》，上海古籍出版社，2012 年，第 243—244，247 页。

② 王世贞反驳何良俊认为《拜月记》“中间虽有一二佳曲，然无词家大学问”，即以“学问”指文辞。

③ 朱有燉著，赵晓红整理《朱有燉集》，齐鲁书社，2014 年，第 236 页。

门素有家教，她的贞烈品格“犹可以为常理”，而出身风尘的刘氏女能以身殉节则更为难得。朱有燉完整展现了以“学问”为曲的创作过程，以曲体为介讨论纲常伦理的价值差异。由于刘氏女出身风尘不能为官家旌表，故而文体容量大和叙事功能强的戏曲成为朱有燉的选择。以往研究已充分论述了教化的危害。“传奇文学与伦理教化认同的直接结果，不是文学审美特征的丧失，而是传奇文学功能的曲解。文人传奇作家认为，戏曲的真实性就在于它昭彰较著地表现了封建伦理道德。”[①]虽然教化损害甚多[②]，但其在戏曲尊体、吸引士人参与、拓展文体功能等方面亦有积极意义。

（二）文词：跨文体的技法锤炼

在《琵琶记》后愈多士大夫以“学问化”的文辞、技法参与戏曲创作和批评。学者将明人文词“学问化”的具体内容总结为：“曲家在戏曲创作过程中遣词造句、使用典故等，不避涩僻，逞才炫学。”[③]王骥德云：“词曲虽小道哉，然非多读书，以博其见闻，发其旨趣，终非大雅。须自《国风》《离骚》、古乐府及汉、魏、六朝三唐诸诗，下迨《花间》《草堂》诸词，金、元杂剧诸曲，又至古今诸部类书……胜国诸贤，及实甫、则诚辈，皆读书人，其下笔有许多典故，许多好语衬副，所以其制作千古不磨。”[④]显然借鉴了诗词作法。

明人对“学问化”语言的使用有细致的研讨。首先，曲家大多谨慎使用“学问化”的语言。“虽尚大雅，并取通俗谐众，绝不用隐僻学问，艰深字眼。”[⑤]更甚如王骥德：“至卖弄学问，堆垛陈腐，以吓三家村人，又是种种恶道。”[⑥]但是明人十分欣赏能够妙用“学问”之语的作

① 郭英德《明清文人传奇研究(第2版)》，北京师范大学出版社，2001年，第132页。

② 参见叶长海《中国戏剧学史稿》，中国戏剧出版社，2005年，第59—60页；谭帆、陆炜《中国古典戏剧理论史(修订版)》，华东师范大学出版社，2005年，第283—284页。

③ 徐文珊、张小芳《“学问”与元明戏曲批评》，《四川戏剧》2015年第1期。

④ 王骥德著，陈多、叶长海注释《曲律注释》，上海古籍出版社，2012年，第152页。

⑤ 郭英德、李志远纂笺《明清戏曲序跋纂笺(二)》，人民文学出版社，2021年，第742页。

⑥ 王骥德著，陈多、叶长海注释《曲律注释》，上海古籍出版社，2012年，第152页。

品。张萱《竹林小记序》:"盖填词度曲,别有才情,别有学问。南曲不得着北语,北曲不得着南语,亦犹诗中着词语不得,词中着诗语不得。故有才人不能作情语,情人不能作才语;有学问人不能作才情语,才情学问人又不能作诨语。而诨语中有奇语,有巧语,此又古今南北,鲜能并美者。"[①]张萱别号西园,万历十年(1582)举人。他所处的时代传奇体已然得到充分的发展,所以能总结前人。他认为"才情"和"学问"作为两种语言风格鲜能兼美。他认为《竹林小记》"才语中有情语,情语中有才语,学问中有才情语。故能入丽字,又能入澹字;能入雅字,又能入俗字;能入诨字,又能于诨字中入奇字、巧字,皆前人未经道语"[②],这种"才情"与"学问"兼容的境界更为精妙。

虽然"词曲本与诗余异趣,但以本色当行为主,用不得章句学问"[③]的观点仍广为明人认可,以为"学问化"的语言"属词家第二义"[④],但由于其审美意味和创作方式不离文学本体且与文人趣味高度相似,故仍以或隐或显的方式参与明代戏曲。明人对以诗词为曲现象的排斥[⑤],恰好说明了以诗词为曲的文词"学问化"现象已然广泛存在。

明人分曲家为本色、文词两派,多以邵璨《香囊记》为文词派之始[⑥]。《曲律》:"曲之始,止本色 家,观元剧及《琵琶》《拜月》二记可见。自《香囊记》以儒门手脚为之,遂滥觞而有文词家一体……夫曲以模写物情,体贴人理,所取委曲宛转,以代说词,一涉藻缋,便蔽本

---

①② 郭英德、李志远纂笺《明清戏曲序跋纂笺(二)》,人民文学出版社,2021 年,第 950 页。

③ 郭英德、李志远纂笺《明清戏曲序跋纂笺(十一)》,人民文学出版社,2021 年,第 5388 页。

④ 祁彪佳《远山堂曲品》,《中国古典戏曲论著集成(六)》,中国戏剧出版社,1959 年,第 20 页。

⑤ 王骥德《曲律·杂论》:"曲与诗原是两肠,故近时才士辈出,而一搦管作曲,便非当家……词之异于诗也,曲之异于词也,道迥不侔也。诗人而以诗为曲也,文人而以词为曲也,误矣,必不可言曲也。"

⑥ 黄仕忠《〈香囊记〉作者新考》(《文学遗产》2022 年第 5 期)考证邵璨生于正统四年(1439)、卒于弘治三年(1490),《香囊记》当成于成化年间,不晚于弘治二年(1489)。

来。然文人学士，积习未忘，不胜其靡，此体遂不能废。”[1]吴梅等近代曲家多认同王氏的观点。所谓“以儒门手脚为之”就是指儒士大夫将高度文人化的诗词文创作“学问”引入戏曲。也有明人以《浣纱记》为文词派始[2]。又是以《浣纱记》为文词派之始。甚至有人将文词派的起源追溯至元代[3]。明人对《琵琶记》的典丽特点亦有认识。“大抵纯用本色，易觉寂寥；纯用文调，复伤琱镂。《拜月》质之尤者，《琵琶》兼而用之”[4]，认为《琵琶记》曲辞中亦有“非本色”的文词成分。明人多以《琵琶记》为曲辞的模仿对象，自然会受其影响。明人对戏曲流派的划分始终缺乏准确认识。本色、文词之分出现时间较晚[5]，更难以囊括明曲实际。明人的流派之分是在宗元观念下以元曲为本色，又将非本色出现的原因归为以诗词之法为曲，故以文词派称之。实际上文词派远不能概括非本色的作品，明人也意识到元曲中已有文词派繁缛绮丽的特点，所以明人多以曲中有“学问”批评作品。“学问”作为与本色相对的线索考察更为合适。

（三）性命：文人精神的传奇寄托

明代戏曲“学问化”的核心是将理学严肃的性命沉思寄托在曲辞之中。除了“征歌选舞”的娱乐因素，“士大夫之所以迷恋戏曲，更出自于表达主体精神、抒发主体情感的内在需求”[6]，这种需求即经与史。如前述，《琵琶记》开启的“学问化”进程起到了为戏曲尊体的作用，士大夫参与愈多，随之而来的是戏曲功能拓展。《录鬼簿》序言：“登甲第、隐岩穴者，世多有之。若于学问之余，事务之暇，心机灵变，

---

① 王骥德著，陈多、叶长海注释《曲律注释》，上海古籍出版社，2012 年，第 181 页。

② 袁宏道：“昔梅禹金谱《昆仑奴》，称典丽矣，徐犹议其白为未窥元人藩篱，谓其用南曲《浣纱》体也。”郭英德、李志远纂笺《明清戏曲序跋纂笺(二)》，人民文学出版社，2021 年，第 661 页。

③ 祁彪佳云：“然元如金安寿等剧，已尽填学问，开工丽之端矣。”(中国戏曲研究院编《中国古典戏曲论著集成(六)》，中国戏剧出版社，1959 年，第 20 页)

④ 王骥德著，陈多、叶长海注释《曲律注释》，上海古籍出版社，2012 年，第 154 页。

⑤ 黄仕忠《明清戏曲发展与本色论》，《艺术百家》1990 年第 4 期。

⑥ 郭英德《明清传奇史》，人民文学出版社，2012 年，第 162、164 页。

世法通疏，实能以文章为戏玩者，须真才子。”而明人笔下的戏曲不再是“学问之余”的游戏无心之作，转而成为“学问”载体的有为之作，曲作是否蕴涵理学“学问”决定了士大夫的品评，成为教化、文词之外成就作品经典性的重要标准。汤显祖《牡丹亭》即是典型。以“学问化”视角重审《牡丹亭》，可知汤显祖意图在《牡丹亭》中探讨关乎“性命”的理学沉思，将明际士人的理学“学问”论争转化为更易感人的戏曲语言。

以理学“学问”为曲是汤显祖的重要贡献。近年来学者们开始从理学角度重读《牡丹亭》，反思“以情抗理”等传统解读[①]。本文无意断此公案，希望抛开情至论的定式，从“学问化”的视角理解文本或许更接近汤翁本意，挖掘出新的价值。在成为戏曲名家前，理学学者是汤显祖更受认同的身份。他以《尚书》“登进士榜，名动中华”[②]，人谓其理学之才当不出“濂、洛、关、闽”之下，他“讲解四书及书经的著作在当时社会上曾广为流传，连赵南星这样的大文人亦向他索书教子，足见其影响之大”[③]，同时之人以理学家待之。历时三十三年又著成《玉

---

① 叶长海《理无情有说汤翁》：“汤显祖深受儒、道、释哲学理念和宗教意识的影响一生都在穷究‘情’与‘理’的关系问题。他深知‘情有理无’乃为佛家至理，但当他在从事戏剧创作时则试图将佛学超绝尘凡的说教与普世的人情贯通起来。”(《戏剧艺术》2006 年第 3 期)卢哲《汤显祖尚情观的理学视角——〈玉茗堂书经讲意〉乐论新解》：“先前将‘以情反理’作为汤显祖‘言情’思想前提的阐释存在疏漏。《牡丹亭》‘言情’的初衷实质上具有特定的时代背景，仅可作为文艺观念的讨论范畴，并不具有普遍适用的意义。”(《戏剧(中央戏剧学院学报)》2018 年第 3 期)康保成、陈燕芳《“临川四梦”说的来由与〈牡丹亭〉的深层意蕴》：“显然，《牡丹亭》弘扬的是人的自然本能和宣泄本能的自由，是情欲、性欲而主要不是爱情。同时，梦境和现实的巨大落差，杜丽娘‘鬼可虚情，人须实礼’的话语和行为，不仅是对现实的否定，还启发了作者禅悟的初心。”(《文艺理论研究》2017 年第 3 期)甄洪永《〈牡丹亭〉：回归礼学的一种隐喻》认为汤显祖在《牡丹亭》中表达了对皇权秩序的认可和回归礼学的隐喻。(载《戏曲研究(第一一三辑)》，文化艺术出版社，2020 年)

② 周大赉《汤临川先生书经讲意叙》，汤显祖《玉茗堂书经讲意》卷首，人民出版社，2021 年，第 1—4 页。

③ 叶长海《仙令琐语——读〈玉茗堂尺牍〉札记》，中共徐闻县委员会、徐闻县人民政府编《岭南行与临川梦——汤显祖学术广东高端论坛文集》，花城出版社，2016 年，第 41 页。

茗堂书经讲意》[1]，理学贯穿其一生。故汤显祖常以经解曲，以曲辨析情、理、性。在《牡丹亭》前已有很深的思考，其《董解元西厢题辞》：

> 余于声律之道，瞠乎未入其室也。《书》曰："诗言志，歌永言，声依永，律和声。"志也者，情也，先民所谓"发乎情，止乎礼义"者是也。嗟乎！万物之情，各有其至。董以董之情，而索崔、张之情于花月徘徊之间；余亦以余之情，而索董之情于笔墨烟波之际。董之发乎情也，铿金戛石，可以如抗而如坠；余之发乎情也，宴酣啸傲，可以以翱而以翔。然则余于定律和声处，虽于古人未之逮焉，而至如《书》之所称为"言"为"永"者，殆庶几其近之矣。[2]

这段材料对理解《牡丹亭》大有助益。汤氏以《尚书》经典的诗乐理论为基，解读崔张之情礼，以理学"学问"解曲。于声律之道未能入室，并非不能为，而是不愿为。汤显祖认为戏曲之精髓不在于音律声腔，而在于曲中之"情"的表达，亦即"歌永言"的实现。汤显祖显然对董解元版的崔张故事并不满意，"花月徘徊之间"和"如抗而如坠"，实是批评其情之表述的低沉压抑，"宴酣啸傲"和"以翱而以翔"式的直抒胸臆更为汤氏所重，认为这种方式更符合"发乎情，止乎礼义"的思想。在另一则评点《西厢记》的材料里有相似观点：

> 兹崔张一传，微之造业于前，实甫、汉卿续业于后，人靡不信其事为实事……嗟乎！事之所无，安知非情之所有？情之所有，又安知非事之所有……读者试作如是观，则无聊点缀之言，庶可不坐以无间罪狱；而有有无无之相，亦可与病鬼宦情而俱化矣。[3]

---

① 根据陈良中《新发现汤显祖〈玉茗堂书经讲意〉考辨》(《历史文献研究(第44辑)》，广陵书社，2020年)，该书万历六年(1578)初成，历时三十三年前后修订两次于万历三十八年(1610)定稿。

② 郭英德、李志远纂笺《明清戏曲序跋纂笺(十二)》，人民文学出版社，2021年，第5655页。

③ 郭英德、李志远纂笺《明清戏曲序跋纂笺(一)》，人民文学出版社，2021年，第264页。

将这两则崔张故事的解读合并，即是汤氏《牡丹亭》叙语：

> 情不知所起，一往而深，生者可以死，死可以生。生而不可与死，死而不可复生者，皆非情之至也……皆形骸之论也……人世之事，非人世所可尽。自非通人，恒以理相格耳。第云理之所必无，安知情之所必有耶？①

“以翱而以翔”可谓“情之至”，“事之所无，安知非情之所有？情之所有，又安知非事之所有”与“理之所必无，安知情之所必有”又相对应，事即理也。可见汤显祖在《牡丹亭》中表达的核心问题是从理学层面对情、理的辩驳，通过传奇的情节和人物表达学术观点。另一则材料是为佐证：

> 张新建相国尝语汤临川云：“以君之辩才，握麈而登皋比，何渠出濂、洛、关、闽下？而逗漏于碧箫红牙队间，将无为青青子衿所笑？”临川曰：“某与吾师终日共讲学，而人不解也。师讲性，某讲情。”②

汤显祖将戏曲视作研讨理学、讲述“学问”的文本，将理学之性之于文学之情，以其天纵才情将繁琐严肃的理学“学问”转化为鲜活唯美的人物形象，在戏曲“学问化”历程中具有里程碑式的意义，清代的学人之曲和以经学为曲亦颇受到汤显祖的影响。

明清人沿着汤显祖的道路，赋予戏曲文以载道之用，以情感和理学的真实作为文本真实的证据。前引汤评《西厢记》“人靡不信其事为实事”即以情真印证事真。再以《牡丹亭》为例。杜丽娘死而复生的情节不可谓不离奇，但明人认为“凡意之所可至，必事之所已至也，

---

① 汤显祖著，徐朔方校笺《汤显祖集全编（三）》，上海古籍出版社，2016 年，第 1552—1553 页。

② 毛效同编《汤显祖研究资料汇编》下册，上海古籍出版社，1986 年，第 855—856 页。程芸对“师讲性，某讲情”的可靠性提出质疑，但依然认为张建新与汤显祖的对话是大概率存在的。参见程芸《论汤显祖“师讲性，某讲情”传闻之不可信》，《殷都学刊》1999 年第 1 期。笔者认为此材料具体表述或可存疑，但张建新的叹惋之问和汤显祖“讲学未辍”的回应内容当属可信。

则死生变幻，不足以言其怪”[1]，在理学和情感上符合真实性，所以并不质疑《牡丹亭》情节真实性。其次，明人以经学的方法研究传奇、以理学批评虚构的戏曲文本。钱宜，明末清初才女，与陈同、谈则所评《牡丹亭》吴氏三夫人读本影响甚远，其序曰：“夫子尝以《牡丹亭》引证风雅，人多传诵。”[2]又作《还魂记或问》，从礼学和经学角度解读《牡丹亭》之情理。明清人认为汤显祖曲作里的学问不仅限于理学，还征引佛学解之。张弢引好友王行行之说：“若士衣钵，喫着不尽；我辈香火，供奉难完。得此，普施万世，勿夸念佛千声。世人梦醒，若士亦魂还矣。”[3]二人都认为《牡丹亭》宣扬了明心见性的佛法，并感叹“传奇、《法华》，果且有二也欤哉”。沈际飞评汤显祖有“四奇”：史材、诗囊、词癖和法藏。所谓法藏即是关乎士人精神的佛家“学问”：“以嘻啼笑骂，当兴观群怨；以寤寐生死，了人我是非。”王思任亦云：“《邯郸》仙也，《南柯》佛也，《紫钗》侠也，《牡丹亭》情也。”

不止对四梦，以经史、佛道等“学问”解曲是明人戏曲“学问化”的普遍现象。明人以经学章句方式解曲起源甚早。“《西厢》《琵琶》二记，一为优人、俗子妄加窜易，又一为村学究谬施句解，遂成千古烦冤”[4]，《琵琶记》在“学问化”进程中的开端意义又一次彰显。至“明之中叶，士大夫好谈性理，而多矫饰，科第利禄之见，深入骨髓”[5]，戏曲也必然受到性理思潮的关照，阳明心学对戏曲风教的讨论也加强了戏曲与经学的勾连[6]。在此背景下，徐渭、汤显祖等人将性理之学融

① 郭英德、李志远纂笺《明清戏曲序跋纂笺（二）》，人民文学出版社，2021 年，第 812 页。

② 郭英德、李志远纂笺《明清戏曲序跋纂笺（二）》，人民文学出版社，2021 年，第 837 页。

③ 郭英德、李志远纂笺《明清戏曲序跋纂笺（二）》，人民文学出版社，2021 年，第 821 页。

④ 王骥德著，陈多、叶长海注释《曲律注释》，上海古籍出版社，2012 年，第 372 页。

⑤ 吴梅《曲选》，商务印书馆，1930 年，第 38 页。

⑥ 参见刘凤霞《“风教”与“风情”——阳明学人的曲学态度及其戏曲发展史意义》，《山东社会科学》2020 年第 1 期。

入传奇的情节和人物中，天然去雕饰，自然令士人耳目一新，使传奇的艺术成就达到了新的高度，满足了士人在理学与文学双重身份下的心理诉求。与教化向外关乎世道人心不同，性命之“学问”是内向的，是士大夫对自我精神世界的观照，是自我价值实现的关键，因而更切合士人的精神需求，成为戏曲“学问化”过程中的主要方式。

（四）历史：真实的传奇

经史互参，明人戏曲“学问化”的第四维度是以历史之“学问”为曲，具体表现为以真实性原则书写历史剧，以史学为传奇渊源，借鉴史书笔法解读戏曲，以时事剧为史彰显时代精神。对此，王骥德总结为：“古戏不论事实，亦不论理之有无可否，于古人事多损益缘饰为之，然尚存梗概。后稍就实，多本古史传杂说略施丹垩，不欲脱空杜撰。迩始有捏造无影响之事以欺妇人、小儿看，然类皆优人及里巷小人所为，大雅之士亦不屑也。”[①]至传奇较为成熟的明中后期，“取古今一佳事，作一传奇，尺寸古法，兼用新韵，勒成一家言”[②]已经是重要创作方式之一。

历史维度的首要追求是真实性，一方面要求创作需有依据不能凭空杜撰，一方面要求历史人物和题材严守史实。郭英德先生将之总结为历史真实观，并以《桃花扇》为例详细分析了传奇“尚实”和“信史”观念的弊端，提出这种源自“史贵于文”的传统严重影响了传奇作家的文学活力[③]。如果我们向前深溯回归明人语境，发掘明人此说的渊源，或能在“理解之同情”中通晓其积极意义。弘治间署名白云散仙所作《重订慕容喈琵琶记序》[④]是较早的典型。散仙观看《琵琶记》后认为蔡邕形象于史不符，愤而质问“此戏失真，何以取信于世”。随

① 王骥德著，陈多、叶长海注释《曲律注释》，上海古籍出版社，2012 年，第 241 页。

② 王骥德著，陈多、叶长海注释《曲律注释》，上海古籍出版社，2012 年，第 369 页。

③ 郭英德《明清文人传奇研究（第 2 版）》，北京师范大学出版社，2001 年，第 126—128 页。

④ 郭英德、李志远纂笺《明清戏曲序跋纂笺（一）》，人民文学出版社，2021 年，第 48—49 页。

后自述梦中遇作者高明，获知高明本欲“以刺东晋慕容喈之不孝，牛金之不义”，“盖‘慕’、‘蔡’字相似，而‘容’、‘邕’声相近”，故误传为蔡邕之事，遂按高明的“嘱托”改写并刊刻行世。首先，明人历史观念依然受《琵琶记》的影响。其次，散仙之梦失之玄幻不足为信，很可能是将自己对《琵琶记》真实性的质疑和考证借托梦的形式写出以取信于人。凌濛初已然批评其荒谬，但他所代表的明人戏曲历史真实性的严肃态度却是普遍现象，如冯梦龙编作《精忠旗》时“从正史本传，参以《汤阴庙记》事实，编成新剧”[①]。这种态度进一步提升了戏曲地位，触发了士人参与热情。再从“取信于世”的说法看，可知明人执着于历史真实性的根源在于客观知识与虚构文本的冲突，意图借助正史权威性实现文本可读性，同时平衡传奇文本的“失实”。明人定义传奇：“传奇，纪异之书也，无奇不传，无传不奇。”[②]所以怪力乱神等不为传统士大夫所容的题材会出现在戏曲中，对真实性的需求也由此而生，以之作为平衡故事传奇性的创作原则，与传奇性的创作倾向共同形成了文本的张力，并难以避免地成为批评非历史剧的准则，以此满足知识真理性以及世俗人心的通感共情。历史真实性与理学、情感真实性，构筑了明人戏曲真实性理论的三种观念：历史真实性、理学真实性、情感真实性。明人对戏曲真实性的追求已近乎于洁癖。

其次是“借史写心”。赵鹏程《历史书写与明中期文人传奇的兴起》对此有深刻的总结。他认为明中期文人传奇总结了前代的传奇观念并“与源自《史记》《资治通鉴》等史书的史学传统产生共鸣”，“历史记忆”与“时代记忆”促成了“历史心灵化”，“借史写心”成为文人大量参与传奇创作的原因，并形成了独特的审美趣味。[③] 此外，《史记》的影响尤为突出。天启元年（1621）翔鸿逸士《题琵琶记改刻定本》：

---

① 俞为民、孙蓉蓉编《历代曲话汇编：新编中国古典戏曲论著集成·清代编·曲海总目提要（上）》，黄山书社，2008年，第341页。

② 许恒《笔耒斋订定二奇缘传奇·小引》，上海印书馆，1955年，第1页。

③ 赵鹏程《历史书写与明中期文人传奇的兴起》，华东师范大学博士学位论文，2021年，第162页。

尝读汉司马公《史记》列传，而知后世作传奇者，有所自来矣。然千万思抟换，千万语妆点，何如子长之所经述也。然子长已不免抟换妆点矣。若然，而古人成迹，何所据以为是证耶？学古者于此有遐思焉，亦惟据其昔所抟换妆点者，按之以理，通之以意，设以身处其地而察其心，斯亦当论之以法也。[①]

逸士将《史记》定为传奇之源，并且以传奇作为复古的形式。他认为传奇与正史的区别在于"抟换、妆点"。抟换指人物、情节的改动，妆点指语言的差异。随后又指出据史作传奇的方法：遵循历史的情理，再以己意体察，形成表达。如此既可实现真实性，又能在"体察"古人的过程中表达个性化思考。

明人还以戏曲为小史，补正史之阙。梅守箕题梅鼎祚《昆仑奴》："小说家奇者，莫如红绡、昆仑奴事。幸无耳，傥有之而不志，此自后代史臣浅俗不志耳；若太史公、班孟坚，必列于游侠、列女之间矣。"[②]《昆仑奴》是梅鼎祚根据唐传奇《昆仑奴传》创作的杂剧，梅作以昆仑奴磨勒为主要塑造对象，突出其侠义，"能由对一己不幸的单纯宣泄，进入到对社会、人生进行某种程度的怀疑、思索的理性层面"[③]，甫一问世即广受文人追捧。梅守箕认为史家未将红绡、磨勒列入史传是浅俗之故，梅作"则以此奇事，补史臣所不足"。汤显祖《董元卿旗亭记序》云："予读小史氏宋靖康间董元卿事，伉俪之义甚奇……使某氏之侠烈不获登于正史，而旁落于传奇。"[④]传奇之作正可补汤氏对董元卿事不获见于正史的遗憾。正因此才有了"莫谓传奇小史无关

---

① 郭英德、李志远纂笺《明清戏曲序跋纂笺（一）》，人民文学出版社，2021年，第53—54页。

② 郭英德、李志远纂笺《明清戏曲序跋纂笺（二）》，人民文学出版社，2021年，第768页。

③ 戚世俊《明代杂剧研究》，广东高等教育出版社，2001年，第143页。

④ 郭英德、李志远纂笺《明清戏曲序跋纂笺（二）》，人民文学出版社，2021年，第995页。

于世道也”[①]的说法，以“小史”称传奇。

此外明人还创制“以史解曲”之法，从技法层面沟通史传与传奇。金圣叹即以《史记》读《西厢记》。“如读《西厢记》，实是用读《庄子》《史记》手眼读得；便读《庄子》《史记》，亦只用读《西厢记》手眼读得。如信仆此语时，便可将《西厢记》与子弟作《庄子》《史记》读。”金圣叹又举例说明具体读法：“文章最妙，是目注此处，却不便写，却去远远处发来，迤逦写到将至时，便且住；却重去远远处更端再发来，再迤逦又写到将至时，便又且住。如是更端数番。”[②]前人多以《西厢记》接续《诗经》、乐府传统，金圣叹将之与史书勾连，进一步影响了明清对戏曲与经史“学问”关联的重视，虽难免遭到质疑，但从者亦重。李渔即对此非常欣赏，认为金圣叹所评“乃文人把玩之《西厢》，非优人搬弄之《西厢》也”[③]，体现了强烈的文人自觉与共鸣。清人谓“《西厢》为千古传奇之祖，圣叹所批又为《西厢》传神之祖。世不乏具眼，应有取证在，幸毋曰剧本，当从《史记》《左》《国》诸书读之可也”[④]，可见其影响。

三、余论

从曲史来看，明初戏曲在重教化[⑤]之外，还有重性命、历史的传统，及至弘正间复古思潮波涌又重文词、历史，后至嘉靖后心学大兴，遂转向性命沉思，又在社会矛盾的激化下显现经史的映射——教化、文词、性命和历史的“学问化”体系可谓贯穿明代曲史的线索，四者紧密关联，曲家在观念上常兼具多个要素[⑥]。四者又各具特点，居庙堂者首推教化，处江湖者多重文词、性命。对于掌握戏曲创作与批评话

① 郭英德、李志远纂笺《明清戏曲序跋纂笺(二)》，人民文学出版社，2021年，第1036页。

② 郭英德、李志远纂笺《明清戏曲序跋纂笺(一)》，人民文学出版社，2021年，第283页。

③ 李渔《李渔全集》第3卷，浙江古籍出版社，2010年，第24页。

④ 郭英德、李志远纂笺《明清戏曲序跋纂笺(一)》，人民文学出版社，2021年，第296页。

⑤ 王政在《中国古典戏剧审美理论史略》第四章“明代教化派戏曲美学”中已经认识到了明初贵族集团的教化思想在明初剧坛的意义。(科学出版社，2016年，第53—63页)

⑥ 如沈际飞评汤显祖有“四奇”：史材、诗囊、词癖和法藏。重文词的沈璟亦以“经史证故实”。

语权的士大夫来说，最看重的是教化、性命、历史，但无论是在当时或后世具备深远影响力的作品一定是在文词上符合较高的审美期待，这也是兼备四维的《琵琶记》能对明代戏曲产生深远影响、《牡丹亭》能成为“学问化”之极致的原因。及至晚明，教化、文词、性命和历史并已成为高度成熟的戏曲要素，内化为文人的自觉意识。纵观明代戏曲的创作实际和戏曲观念，“学问”这一称法更能概括明代戏曲种种之新变，可以成为与“本色”相对的另一条戏曲演变路径。于古人来说，以教化、经史入曲是自然而然的，很难将这些“常识”视作戏曲演变过程中的异化元素，但从明人的品评中已然可以看出区分：汤显祖、王世贞、汪道昆、屠隆、梅鼎祚、徐渭、沈璟等备受推崇的曲家皆非本色流绪①。经历了明代的“学问化”历程，宗元的本色论逐渐消声，本色观念的囚锢被打破，清代戏曲理论和创作的特点与繁荣也正是建立在此之上。

从文体角度说，“学问化”是戏曲向真善美的艺术标准不断纵向拓展的进化过程，也是横向模仿诗词文体文人化演变过程中的必由之路，无疑也是“言志”传统的延续，但在创作和审美层面以及自我书写方式上又吸纳了“缘情”传统。与文人雅化的论法不同，“学问化”的说法以明人的戏曲理论话语为文献依据“原汤化原食”，更为精确地指向了文人雅化的具体内涵。文人雅化是观士大夫所为，“学问化”则是从士大夫视角观之。树立明代戏曲的“学问”观念，梳理“学问化”的历史进程，能够帮助我们理解戏曲真实性原则等戏曲观念，是重审戏曲史与理论研究的新切入点。

（华东师范大学中文系）

① 王骥德《曲律·杂论下》：“世所谓才士之曲，如王弇州、汪南溟、屠赤水辈，皆非当行。仅一汤海若称射雕手，而音律复不谐。曲岂易事哉……宛陵以词为曲，才情绮合，故是文人丽裁。”王思任《批点玉茗堂牡丹亭词叙》：“我明王元美、徐文长、汤若士而已。”

矫弊与药方：费经虞与王国维论“不隔”的文学史意义

汪　超

内容摘要：明末费经虞著《雅伦》突破诗歌评价的时代之“隔”，通过对“家数”理论的辨析，提出“诗要到家，只是不隔”主张，并积极贯彻于诗歌创作与理论批评领域。清末王国维作《人间词话》批评姜夔、吴文英等词“如雾里看花，终隔一层”，既着重写景、言情的“不隔”，又强调与“真”“自然”联系，成为“大家”创作的重要途径。然而，二人都立于一代文学发展的时代末端，费经虞直指明代诗学复古之弊，王国维针对晚清词宗南宋现象，试图丰富深化“不隔”理论，来矫正各自文坛出现的弊病，并赋予其更深的文学史意义。

关键词：费经虞；王国维；不隔；文学史

Remedy and Prescription: Significance in Literary History Between the "Unveiled(Bu-ge)" of Fei Jingyu and Wang Guowei

Wang Chao

Abstract: In the late Ming Dynasty, based on the analysis of "artistic style (Jia-shu)" theory, Fei Jingyu's *Yalun*, proposed the idea that "forming the artistic style of poetry does need to be unveiled" and actively implemented it in the field of poetry creation and theoretical criticism, breaking through the "Unveiled (Bu-ge)" of the era of poetical comment. In the late Qing Dynasty, Wang Guowei's *Jen-Chien TZ'u-hua* criticized Jiang Kui and Wu Wenying's poems as "like looking at flowers in the mist, separated by a layer at the end". He not only emphasized the "Unveiled" of scenery and emotions, but also emphasized the connection with "truth" and "nature", which became an important way for "an expert writer" to create. However, both living at the end of the era of literary development, Fei Jingyu pointed out the drawbacks of the restoration of poetry in the Ming Dynasty, while Wang Guowei addressed the issue in response to the phenomenon that poetry in the late Qing imitated that of the Southern Song Dynasty. Both attempted to enrich and deepen the theory of the "Unveiled" to rectify the defects of their respective literary circles and endow it more profound significance in literary history.

Keywords: Fei Jingyu; Wang Guowei; the "Unveiled (Bu-ge)"; literary history

刘勰《文心雕龙·通变》云:"文律运周,日新其业。变则其久,通则不乏。"[①]指出文运通变的宏观规律。唐初陈子昂则高呼"文章道弊

① 刘勰著,黄叔琳注,李详补注,杨明照校注拾遗《文心雕龙校注》,古典文学出版社,1958年,第207页。

五百年矣”[①]，更是直言矫弊的命题，此后唐代古文运动、北宋诗文革新运动等都积极践行。可见，文学演变借助矫弊的契机，在各家各派的理论助推下不断前进，形成古代文学史发展的鲜明主线。而在明清两代则表现得更为突出，救弊与变革是推动各体文学发展的重要力量，其中以明末费经虞（1599—1671）著《雅伦》与清末王国维（1877—1927）作《人间词话》为代表，二人时代相距近三百年之久，所论文体也有诗、词之别，但又存在诸多共通之处：都出现于一代文学发展的末端，都围绕“不隔”的术语展开阐述，都针对各自文坛的“诗病”进行批评，试图纠救各体文学的诸多弊端，从而开具出跨越时代的“药方”。历来研究多集中于《人间词话》思想渊源的梳理、理论内涵的阐释等，本文试图将其与费经虞《雅伦》并举，并置于各自出现的时代背景，寻绎若干值得深思的线索，来探寻“不隔”理论的文学史意义。

一、费经虞直指明人复古之弊：“诗要到家，只是不隔”

费经虞出生于四川新繁县的儒学世家，按其自序所言：“惟手诗传注，家世旧业，少诵习之。年十八，颇好古学，遂稍用志经史。”其人生经历同样属于正统的士人路径：“在诸生间，二十余年，甫得待次公车，邀一命，远宦南荒。遽丁世变，解组还蜀，行年五十矣。还蜀数载，乱不可存，乃避地远出，羁旅沔县。客中为饔餐计，复授徒村塾，经书之外，无可观者。”[②]可见其一生读书于蜀、致仕于滇、远授于陕，一直游离于文坛的边远地带。“费氏著书三十余种，其登诸梨枣者，如《荷衣集》《汉诗说》《掣鲸堂集》《贯道堂集》诸书，已不胫而遍宇内矣。《雅伦》一书，尤为当世艳称。”[③]费经虞细致梳理历代诗论而成

① 韩湖初、陈良运主编《古代文论名篇选读》，中国书籍出版社，1998 年，第 207 页。

② 周维德集校《全明诗话》，齐鲁书社，2005 年，第 4438 页。下引《全明诗话》均为此版本。

③ 周维德集校《全明诗话》，第 5091 页。

《雅伦》，既熟悉当时主流的诗学观点，又能进行旁观冷静的评议，所以被奉为“诗歌之科律，莫《雅伦》若矣”[①]。具有非常明确的诗学批评史意识。

从其所受的正统教育和人生经历来看，费经虞一方面保留着正统思想的传统底色，其《雅伦自序》云：“诗者，上自天子，下至庶民，皆得有焉。所以化风俗而成政教，先王遗泽也。……学者时当自省，非上有关于君德王道，下有系于风俗教化，立身修德者不载，以不徒编诗事而已。”[②]论诗的出发点正是上不谬于正统之旨，下不误后世之风；另一方面夹裹于明代复古浪潮之间，“琐语类中，皆经虞之笔记，间有可取之语。大致于古宗沧浪，于近人宗弇州也”[③]。《雅伦》多处征引严羽与王世贞的诗论也基本证明此点，其中《体调》列举 16 种体调风格如“建安体”“元祐体”等，以时代划分而言，唐以前 8 个，唐代 7 个，宋代仅 1 个，宋以后无，显然受到严羽诗论的直接影响。但是，费经虞又不完全局囿于复古理论，而是重新反思明人尊唐、尊杜的现象，认为“宋、元以来，学杜者太卤莽，无沉细之致”[④]，对宋代以来一味习杜的繁烂现象深有痛感。

费经虞对明人诗歌既有批评又非全盘否定，一方面从宏观角度痛斥：“明前后七子，互相夸许，往往高拟古人，此不可不察也。大病皆志高气浮。”[⑤]另一方面又具体批评各家如“李何体”（李梦阳与何景明）为：“李崆峒俱言盛唐，俱学唐杜子美，不能无摹拟太过之诮，然不失为盛世之音。”[⑥]这在今天看来依然不失为肯綮之辞。正因为他早期受到复古思想的影响，所以能够转而反思并保持客观冷静的态度，以及寻求合适的平衡点和切入点，从而在明人复古思路之外另辟“不

① 周维德集校《全明诗话》，第 5091 页。

② 周维德集校《全明诗话》，第 4957—4958 页。

③ 《四库全书总目提要》卷一百九十七，中华书局，1965 年，第 1804 页。

④ 周维德集校《全明诗话》，第 5033 页。

⑤ 周维德集校《全明诗话》，第 5032 页。

⑥ 周维德集校《全明诗话》，第 4490 页。

隔”的新径，为救弊明代诗学注入新的活力，主要体现在三个方面。

首先，正视“诗体有时代不同”的客观现象，但又突破诗歌评价的时代之“隔”。明代复古思潮的重要论调如前七子倡导的“文必秦汉、诗必盛唐”，就是将文学创作与批评以朝代为分期，并在此基础上进行孰优孰劣的高下比较，从而限制了对历代文学的客观评价。《雅伦》卷二《体调》肯定“诗体有时代不同，如汉、魏不同于齐、梁，初、盛不同于中、晚，唐不同于宋。此时代不同也。”[①]因为受到时代风气、社会环境、思想潮流等因素的影响，不同时代诗体发展的确存在不同风貌的客观事实，但同时也要尊重其各自呈现的时代特征：

> 又大都尊唐而卑宋、元，殊不晓晚唐亦有如许不佳处，宋、元亦有如许合作处。宋粗元俗，约略之辞，高篇妙什，非尽绝也，但当持择耳。所谓不佳，字陋句鄙，俚索铺陈，言无余味，声无余韵，读之不能爽人神思是也。所谓合作，秀润温厚蕴藉，高洁闲雅，不涉议论，使人悠然自适是也。[②]

复古派所推崇的晚唐作品也有不佳之作，所贬抑的宋元时期也能择出“秀润温厚蕴藉”之篇，由此可见以时代分期作为判断诗体高下的唯一标准值得商榷。而“明人”自己所作又是怎样？一方面：“明人鄙薄宋人。须要知宋人于唐人外，另立规模。明人却步步依仿，声色臭味，皆求合古人，然反不及宋人。”[③]宋代经过欧阳修、苏轼、黄庭坚等大家的努力，逐渐在唐代诗歌之外“另立规模”，开拓出别样风貌的诗体时代。另一方面：“明人诗，非不具体唐人，只未到融金为液，炼玉为浆，终觉隔一层。”[④]明人虽然一直有意于追随唐人的基础上重开有明一代的新境，但在格调、诗法等的效仿与熔炼“终觉隔一层”，试图消解时代之隔却又困于时代之痼，费经虞从“隔”的角度可谓道破天机。

---

① 周维德集校《全明诗话》，第 4462 页。

② 周维德集校《全明诗话》，第 4826 页。

③ 周维德集校《全明诗话》，第 5031 页。

④ 周维德集校《全明诗话》，第 5037 页。

其次，通过对“家数”理论的辨析与突破，提出“诗要到家，只是不隔”的理想。“家数”之论见于南宋严羽《答吴景仙书》：“世之技艺，犹各有家数，市缣帛者，必分道地，然后知优劣。”着重肯定技艺的自成一家，而具体到论诗法更是“辨家数如辨苍白，方可言诗。注：荆公评文章，先体制而后文之工拙。”[①]强调辨析“家数”的重要性。费经虞《雅伦》卷二《体调》同样提出：“有家数不同，如曹、刘备质文之丽，靖节为冲淡之宗，太白飘逸，少陵沉雄，昌黎奇拔，子瞻灵隽，此家数不同也。诗之不同，如人之面。学者能辨别其体调，分其高下，始能追步前人；然一家有一家之体，不能备载。”[②]从历代各家家数的具体风貌出发，只有细细辨别各家之体，才能更好地追效前人。

辨析“家数”的目的不在于故步自封的坚守，而是实现对“家数”的突破与超越。费经虞首先批评：“严仪卿云：‘辨家数如辨苍白。’然家数大端而已，非以一人定一时。如工部诗有绝类中、晚者，中、晚亦有类盛唐者，不可不知。若断谓此为盛唐，此为中、晚，是痴人前说梦也。”[③]通过对盛唐与中晚唐诗歌的比较，来强调明辨“家数”不能胶柱鼓瑟的弊端。接着又提出：“诗家数甚多。清新也可，雄浑也可，古奥也可，幽细也可，只要是到家句。”[④]“到家”可谓旨在打破以风格来确立“家数”的界限。所以，从辨析“家数”到突破“到家”，最终还是回归“成家”。一方面强调：“若要成家，不可随人转动，又不可妄自主宰。”[⑤]其中“随人转动”似乎指向明代复古流派的机械摹古，“妄自主宰”似乎批评明代革新潮流的随心而为，二者处理不当都会妨碍自成一家。另一方面又强调：“自家诗，果是个并铁刀剑，番玉梡槃，秦汉印章，柴哥窑器皿，即一时没人识，千百年后，必有个鉴赏家把做性

---

① 严羽著，郭绍虞校释《沧浪诗话》，人民文学出版社，1961年，第251、136页。

② 周维德集校《全明诗话》，第4462页。

③ 周维德集校《全明诗话》，第5031页。

④ 周维德集校《全明诗话》，第5026页。

⑤ 周维德集校《全明诗话》，第5030页。

命。”[①]突出诗歌创作的个体化和个性化特点，从而成就一家之诗的人生理想。

最后，追求诗歌创作的“透过”，以及诗学批评的“不隔”。费经虞论述诗歌除了时代与家数之别，还从创作角度指出：“诗有是而工者，有是而未工者，有远隔而未是者，有似是而非者，惟似是而非最难辨。”[②]从“似是”与“远隔”的层面来评判诗之“工”与“未工”，而消除“远隔”的状态则在“透过”：“诗之大端无他，一言以蔽之，曰‘透过’。不透过，终隔一层，非是作者语。”[③]所谓“透过”就是要打通诗人自我与外在世界的隔阂，以及作诗者与读诗者的隔阂，也就是用不隔的言写身边不隔的景与切身不隔的情，从而成为诗歌创作的重要真谛。“诗要到家，只是不隔。旅中房屋，器用饮食，虽济楚，毕竟隔一层。若到家，即竹树鸡豚，皆自家物。风雅但要如此。”[④]诗歌创作不仅如复古流派所论向古人诗歌去求材、寻趣，而且可以指向日常生活的身边之景与情。所以，“到家”既指向日常不隔的真实场景，作为一种顺其自然的生活状态；又指向真实亲切的文学场景，作为一种水到渠成的写作状态。

费经虞同样钟情于以日常熟悉的不隔之物进行譬喻，展开诗学批评可谓信手拈来，将枯燥稍隔的诗学理论阐述得易晓明白。如论：“古人诗有个大法，有个傍法。大法一定不移，傍法偶一为之。大法如住宅，妻子奴婢所居，蓄积所在；傍法如别业，时一登眺游览，与款客而已。大法如鸡豚鱼羊，酒饭之物，日日供馔；傍法如山珍海错，偶一设之而已。”[⑤]诗歌创作“大法”与“傍法”的辨析略显深奥，但是择取大家熟悉的居住与饮食素材进行讲解，看似较为难懂的诗学理论也便迎刃而解。而针对明代诗文创作则直接以“隔”论之：“近世鄙人诗

---

① 周维德集校《全明诗话》，第 5029 页。
② 周维德集校《全明诗话》，第 5037 页。
③ 周维德集校《全明诗话》，第 5026 页。
④ 周维德集校《全明诗话》，第 5035 页。
⑤ 周维德集校《全明诗话》，第 5033 页。

文，辄曰‘门外汉’。安岳张象枢云：‘人能至门外汉，颇近矣。所隔止一户限，堂中物事，亦皆望见，但身未实入耳。只恐尚隔一道大城，或尚在大江大河之外。然学者每以隔江隔河之物，自以为升堂入室之事，往往而误也。’”[①]费经虞借用张象枢一门之隔的言论，认为门外之隔不仅有堂户与江河的大小之别，而且还有眼见熟悉之物与遥不可及之物的差异。

可见，费经虞通过描写目之所见、耳之所闻的不隔之物进行譬喻，将单一枯燥的诗法理论阐述得具体形象，“不隔”既是对诗歌描写对象的创作要求，又是对诗歌批评的再次升华。其站在明代诗学发展的时代末端，既是总结又是审视明代诗学发展史，既是深受复古影响又能跳出反思，也可以说是试图撰写一部属于明代的诗学批评史。其突破时代、文体、风格等评价体系，而新辟出“不隔”的诗学理想，更应成为明代诗学批评思想不可忽视的部分。

二、王国维斥责南宋词作之病：“如雾里看花，终隔一层”

王国维出生于浙江海宁的书香世家，其父王乃誉博学多才又善古诗文辞，对其成长影响较大。王国维自幼师从同乡陈寿田等先生读书，“月必课骈散文、古今体诗若干首”[②]，“十六岁，……时方治举子业，又以其闲学骈文、散文，用力不专，略能形似而已”[③]，可谓深受古典文学的熏染并打下坚实的基础。但是，1900 年王国维远赴日本留学，开启了接受西方文化与自我调整的历程，尤其是 1903—1907 年间撰写有关中西方哲学、美学和教育相关的文章，如《文学小言》《孔子之美育主义》等，既令他对西方哲学有了更为清晰的认识和反省，

---

① 周维德集校《全明诗话》，第 5031 页。

② 王国华《海宁王静安先生遗书序》，《王国维全集》第 20 卷，浙江教育出版社，2010 年，第 215 页。

③ 王国维《自序》，《王国维全集》第 14 卷，浙江教育出版社，2010 年，第 118—119 页。

又为他写作《人间词话》融入西方理论和审美观念提供了可能。王国维在词学领域的开垦也是步步为营，1905 年为周济《介存斋论词杂著》作跋文云："予于词，于五代喜李后主、冯正中而不喜《花间》。于北宋喜同叔、永叔、子瞻、少游而不喜美成。于南宋只爱稼轩一人，而最恶梦窗、玉田。介存此选颇多不当人意之处。然其论词则颇多独到之语。始知天下固有具眼人，非予一人之私见也。"①可见早已埋下评词的基本论调。此后，1906 年作《人间词甲稿序》，1907 年作《人间词乙稿序》，1908 年作《唐五代二十一家词辑》《词录》等，在几年时间内从出身古典到心向西学，再转攻词学，如此曲折丰富的转型也赋予了《人间词话》更深的内涵。

王国维在《人间词话》里除了着意拈出"境界"二字，作为其词学理论阐发的核心观念。同时还倡导"隔与不隔"之说直指词体创作，尤其是痛斥以吴文英、姜夔为代表的南宋词作，这主要可见于其最初手稿本的具体论述，手稿本第 78 则云：

> 问"隔"与"不隔"之别，曰：渊明之诗不隔，韦、柳则稍隔矣；东坡之诗不隔，山谷则稍隔矣。"池塘生春草"，"空梁落燕泥"等句，妙处唯在不隔。词亦如是。即以一人一词论，如欧阳公《少年游》咏春草，上半阕曰："阑干十二独凭春，晴碧远连云。二月三月，千里万里，行色苦愁人。"语语都在目前，便是不隔。至云"谢家池上，江淹浦畔"，则隔矣。白石《翠楼吟》："此地，宜有词仙，拥素云黄鹤，与君游戏。玉梯凝望久，叹芳草、萋萋千里。"便是不隔。至"酒祓清愁，花消英气"，则隔矣。然南宋词虽不隔处，较之前人，自有浅深厚薄之别。②

这段集中论述"隔"与"不隔"涉及多个层面：就文体角度而言存在诗、词之别，既指出陶渊明与苏轼等个体诗风的"不隔"，又结合谢灵

① 彭玉平评注《人间词话》，中华书局，2010 年，第 236 页。

② 彭玉平《人间词话疏证》，中华书局，2011 年，第 288—289 页。下引《人间词话疏证》均为此版本。

运等人具体诗句展开辨析，“空梁落燕泥”出自薛道衡《昔昔盐》，“池塘生春草”出自谢灵运《登池上楼》，作为以“佳句”评赏传诵的典范，历来文人推崇的角度各不相同[①]，如皎然《诗式》卷二认为：“‘池塘生春草’，情在言外。”[②]王国维此处则以“不隔”置评，称道作为即目所见的自然描写，真实生动地勾勒出传情景致；就词体而言则以一人一词来论：一位是北宋词家欧阳修，一位是南宋词家姜白石。欧阳修《少年游》上半阕描春光明媚的眼前之景，下半阕却引用“谢家池上，江淹浦畔”的典故，过度生硬的用典使得诗歌失去自然韵味，手稿本第 76 则论“咏物之词，自以东坡《水龙吟·咏杨花》为最工，邦卿《双双燕》次之。白石《暗香》《疏影》，格调虽高，然无片语道着。”[③]姜夔二词过多使用典故进行精雕细琢，使得整首词显得情味索然。综合王国维所论词体“不隔”主要体现在以下三个方面：

首先，从写景与写情角度着重论述“不隔”，王国维批评姜夔、吴文英、张炎等南宋词家，手稿本第 20 则云：“美成《青玉案》词：‘叶上初阳乾宿雨，水面清圆，一一风荷举。’此真能得荷之神理者。觉白石《念奴娇》《惜红衣》二词犹有隔雾看花之恨。”[④]虽然南宋黄升认为：“白石道人，中兴诗家名流，词极精妙，不减清真乐府，其间高处，有美成所不能及。”[⑤]但这两首同写荷花的词，由于所写时间、地点、视角、方法等存在差异，所以呈现出来的荷景自有“隔”与“不隔”之别：周邦彦用真切自然的语言描写此时此景，能将荷花的神理妥帖描绘而出，词人与环境、荷花之间融为一体，抒写自然真切故而“不隔”；姜夔则重在透过荷花的描写来暗含自我隐约迷离的心理感受，与自然真切的实写不同，多侧重于审美感受的虚写，故有“隔雾看花”的主观印

---

① 李壮鹰《论“池塘生春草”》，《文艺研究》2003 年第 6 期。

② 释皎然著，李壮鹰校注《诗式校注》卷二，人民文学出版社，2003 年，第 153 页。

③ 彭玉平《人间词话疏证》，第 283 页。

④ 彭玉平《人间词话疏证》，第 146—147 页。

⑤ 黄升《中兴以来绝妙词选》卷六，王雪玲等校点《花庵词选》，辽宁教育出版社，1997 年，第 271 页。

象。手稿本第77则同样论及姜夔词写景之“隔”：

> 白石写景之作，如“二十四桥仍在，波心荡、冷月无声”，“数峰清苦，商略黄昏雨”，“高树晚蝉，说西风消息”，虽格韵高绝，然如雾里看花，终隔一层。梅溪、梦窗诸家写景之病，皆在一“隔”字。北宋风流，渡江遂绝。抑真有风会存乎其间耶？①

这则主要从南宋姜夔等词人的具体词篇入手来论“隔”，抛开“格韵高绝”与拟人手法的长处不论，王国维依旧从“不隔”角度来强调写景的即目所见、即兴而感，而南宋史达祖、吴文英等词家写景之作的毛病都在于此，“运意深远，用笔幽邃，炼字炼句，迥不犹人”②，从而构成一代文学风尚的转移。手稿本第81则继续以诗体为例论“不隔”：

> “生年不满百，常怀千岁忧。昼短苦夜长，何不秉烛游。”“服食求神仙，多为药所误。不如饮美酒，被服纨与素。”写情如此，方为不隔。“采菊东篱下，悠然见南山。山气日夕佳，飞鸟相与还。”“天似穹庐，笼盖四野。天苍苍，野茫茫，风吹草低见牛羊。”写景如此，方为不隔。③

不再以南北宋的时代之别而以具体的诗句为例，其中写情的二例都出自《古诗十九首》，汉代文人感慨生年苦忧、服食求仙的内容不必多言，王国维肯定的仍是率直自然又未加修饰的表达方式。写景的二例出自陶渊明和北方民歌，都是对作者生活状态的直接描写，是自我身边景物的真实展现，与费经虞强调“不隔”的生活状态颇为相近。

其次，王国维强调“不隔”不仅限于表现自然之景与情的写作状态，而且还深化至“大家”写作的生命状态，蕴含着对词人人格的高度肯定。早在《文学小言》第6则王国维就谈及“三代以下之诗人，无过于屈子、渊明、子美、子瞻者。此四子者苟无文学之天才，其人格亦自

① 彭玉平《人间词话疏证》，第286页。

② 戈载《宋七家词选·吴君特词选跋》，《梦窗词汇校笺释集评》，浙江古籍出版社，2012年，第813页。

③ 彭玉平《人间词话疏证》，第299—300页。

足千古。故无高尚伟大之人格，而有高尚伟大之文学者，殆未之有也。”[①]已经萌发出对人格修养的高度肯定，渗透至《人间词话》里多处评论词人，如手稿本第 100 则云：“独东坡、稼轩词，须观其雅量高致，有伯夷、柳下惠之分。白石虽似蝉蜕尘埃，然如韦、柳之视陶公，非徒有上下床之别。”[②]手稿本第 115 则云：“东坡之词旷，稼轩之词豪，无二人之胸襟而学其词，犹东施之效捧心也。”[③]高度赞扬苏轼与辛弃疾两位词人的人格品行。

充分肯定“大家”的最终落脚点还是写作状态的“不隔”呈现，手稿本第 7 则明确指出：“大家之作，其言情也必沁人心脾，其写景也必豁人耳目，其辞脱口而出，无矫揉装束之态。以其所见者真，所知者深也。持此以衡古今之作者，百不失一，此余所以不免有北宋后无词之叹也。”[④]具有崇高人格精神的“大家”，写景言情自然能够达到“不隔”的写作状态，实现“沁人心脾”“豁人耳目”的效果。王国维稍迟作《宋元戏曲考》同样提出：“何以谓之有意境？曰：写情则沁人心脾，写景则在人耳目，述事则如其口出是也。古诗词之佳者，无不如是。元曲亦然。”将“不隔”与“境界”的命题对接起来，所以我们看到王国维手稿本第 32 则论：“大诗人所造之境，必合乎自然，所写之境，必邻于理想故也。”[⑤]手稿本第 33 则论“豪杰之士”能写“无我之境”等[⑥]，都体现出其着意内在的人格修养与外在的词体创作之间的“不隔”状态。如果说费经虞强调“不隔”还停留于日常生活情景的真实再现，那么王国维则又深入至文人内在修养的自然流露，不得不说与其早期对哲学的深入思考，以及中西文化碰撞后的人生感悟密不可分。

“不隔”的生命状态还体现为文学创作入内出外的自然状态，手

---

① 王国维《文学小言》，《王国维全集》第 14 卷，浙江教育出版社，2010 年，第 93 页。
② 彭玉平《人间词话疏证》，第 346 页。
③ 彭玉平《人间词话疏证》，第 378 页。
④ 彭玉平《人间词话疏证》，第 110 页。
⑤ 彭玉平《人间词话疏证》，第 185 页。
⑥ 彭玉平《人间词话疏证》，第 188 页。

稿本第118则云："诗人对自然人生，须入乎其内，又须出乎其外。入乎其内，故能写之；出乎其外，故能观之。入乎其内，故有生气；出乎其外，故有高致。美成能入而不能出；白石以降，于此二事皆未梦见。"[①]实际上就要求诗人既能保持鲜明透彻的人生感受，又要实现超脱通达的生命体验，这是打通个体与世界、自我与超我的自然状态，与费经虞所言的"透过"有异曲同工之妙。其间王国维认为最能代表的当属清代词人纳兰性德，手稿本第123则云："纳兰容若以自然之眼观物，以自然之笔写情。此由初入中原，未染汉人风气，故能真切如此。"[②]其能保持纯粹自然的性情，观物与写情当然能够"不隔"，毫无遮掩与虚假做作，自然流露与真情抒发。

最后，王国维论述"不隔"还呈现出不同阶段的润色与修订，细致比较手稿本、初刊本与重编本的内容，即可清晰明辨其不断调整词学观念的痕迹。一方面王国维初作《人间词话》手稿本的内部改动，如第78则原为："问真与隔之别，曰：渊明之诗真，韦柳则稍隔矣；东坡之诗真，山谷则稍隔矣。"可见最初"不隔"是与"真"的概念相对，也可呼应王国维多处论词之"真"，如手稿本第35则感叹："境非独谓景物也。感情亦人心中之一境界。故能写真景物、真感情者，谓之有境界。否则谓之无境界。"[③]词人能够保持内心性情之真，自然能够创作景物之真，保持自然的"不隔"状态。发表于1915年《盛京时报》的重编本第26则又再作调整：

> 问"隔"与"不隔"之别，曰："生年不满百，常怀千岁忧。昼短苦夜长，何不秉烛游。""服食求神仙，多为药所误。不如饮美酒，被服纨与素。"写情如此，方为不隔。"采菊东篱下，悠然见南山。山气日夕佳，飞鸟相与还。""天似穹庐，笼盖四野。天苍苍。野茫茫，风吹草低见牛羊。"写景如此，方为不隔。词亦如之。如欧阳修《少年游》咏春草云："阑干十

① 彭玉平《人间词话疏证》，第383页。

② 彭玉平《人间词话疏证》，第399页。

③ 彭玉平《人间词话疏证》，第194页。

二独凭春，晴碧远连云。千里万里，二月三月，行色苦愁人。”语语皆在目前，便是不隔；至换头云：“谢家池上，江淹浦畔，吟魄与离魂。”使用故事，便不如前半精彩。然欧词前既实写，故至此不能不拓开。若通体如此，则成笑柄。南宋人词则不免通体皆是“谢家池上”矣。①

从结构上有意识地整合“不隔”之论，减去陶、柳与苏黄诗歌的例证，直接从写情到写景的具体诗句展开阐释，再落实到词体如欧阳修《少年游》的深入分析，认为后半阕的稍隔具体为“用故事”，使得所写之情与景不在目前之真，对“不隔”的理解也更圆融合理，并非停留于前面所论模糊的“稍隔”。同时去掉姜白石词而直指欧阳修词，也避免了重复论述的毛病，辨析的内容不断精简，思路更为缜密完整，所以彭玉平高度肯定：“《盛京时报》本《人间词话》又作了进一步的提炼和修正，将手稿中多以人以句来裁断隔与不隔的方法，改变为以句段或篇为基本单位，并细化为‘不隔、隔之不隔、不隔之隔、隔’四种结构形态，尤其是对中间两种形态分析更为著意，可见得‘不隔’是一种审美理想，悬格甚高；‘隔’则是失败之例，不遑多论；更常见的倒是介乎其中的隔与不隔错综的形态。换言之，手稿本中的‘稍隔’才是文学创作的常态。”②

另一方面手稿本第 78 则由“语语可以直观”改为向“语语皆在目前”③，这一术语的调整同样可见王国维词学观念的改变。“直观”一词可谓叔本华美学思想的重要术语，王国维早年潜心学习叔本华的哲学思想，并于 1904 年发表《叔本华之哲学与教育学说》一文，其间就以“直观”来阐释叔本华哲学的“全体之特质”④，再现其特殊时代背景下的批评语境。而“目前”则是古代文学批评的常见术语，宋代欧

① 彭玉平评注《人间词话》，中华书局，2010 年，第 198 页。
② 彭玉平《人间词话疏证》，第 292 页。
③ 王国维《人间词 人间词话手稿》，浙江古籍出版社，2005 年，第 78 页。
④ 王国维《王国维遗书》第 3 册，上海古籍出版社，1983 年，第 410 页。

阳修引梅尧臣语论诗:“状难写之景,如在目前;含不尽之意,见于言外。”[①]“目前”就是即目所见真实的景与情,如费经虞所说竹树鸡豚等家物一样,既然毫无阻隔自然形成“不隔”的境界。王国维将叔本华的“直观”改为“目前”,其间隐约可见其思想左右的痕迹及回归古代诗学批评体系来论古典诗词的意图。[②]

所以,王国维幼习古典文学与求学西方思想的特殊经历,使得他词学批评的视野更为开阔,其论“不隔”既指向写景写情的创作状态,又深入至“大家”的生命状态,同时又与其倡举的“境界”“真”“自然”形成呼应,构建起较为成熟的词学批评体系,从某种角度而言王国维也意欲创作一部属于近代的词学批评史。

三、立于时代之末反思救弊,寻找跨时代的“药方”

费经虞针对明代诗学的复古思潮新辟出“不隔”的审美标准,王国维围绕清代词学的宗宋现象深化“不隔”的批评理论,虽然无法确定二者之间是否存在必然关联,但都立于时代末端来反思一代文学之兴弊,似乎也存在着水到渠成的先天条件:一是立足近三百年的文学发展史,可以综观全局进行客观审视,而不会身陷迷局导致明辨不清;二是易代之际政治思想环境较为宽松,不再困于传统观念的束缚,可以减少诸多干扰从而拓开新的思路。所以我们饶有兴趣地发现,二人都站在时代更替的交叉点,为各自所在的一代文学把脉问诊,尤其是文坛反复出现的复古之弊,不约而同地开出“不隔”的药方,虽然跨越时代其主旨内涵发生变迁,但都对当时文坛发出别具一格的声音,在文学史发展上有着重要的矫弊价值,以及导引文学发展的启蒙意义,某种程度上也具有断代文体批评史的意味。

费经虞为明代诗学把脉寻药主要围绕不断掀起的复古思潮展

---

① 欧阳修《六一诗话》,人民文学出版社,1962 年,第 9 页。

② 详见彭玉平《王国维对〈人间词话〉手稿的修订略说》,《文学与文化》2010 年第 4 期。

开，汪珂玉为《雅伦》作叙云："后之学者，识所依归，希风尚友，扬抢研摩，更以之针砭俗学，而别裁伪体焉，岂涉鲜哉？"[1]其针砭俗学正是在明代诗歌治病方面孜孜以求，诚如《雅伦自序》介绍全书体例所言："人罹疢疾，则药石以攻之；学多疵类，则论说以救之，故序针砭为第八。"[2]也以日常生活熟悉的药石治病为喻，提出通过论说来为文学把脉救弊：一方面体现在《雅伦》卷十五《针砭》部分，既存录自挚虞以降有关诗病的论述，又着重阐释"粱肉"与"药石"的观点；另一方面重新审视明人延续严羽诗论的复古论调，并反思明人自己的诗歌创作问题。

《雅伦》卷十五《针砭》主要存录历代有关诗病的阐述，如列举挚虞云："诗若夸言过大，则与类相远；逸词过壮，则与事相违；辨言过理，则与义相失；丽辞过美，则与情相悖：此四过者，所以悖大体而害政教。"[3]就是立足诗歌关乎政教的正统观念，指出诗歌创作必须注意的四种问题。最为有趣的是费经虞关于"粱肉"与"药石"的阐释：

> 粱肉所以养也，药石所以攻也。泽肌肤，强筋骨，精神发越者，粱肉之功也；而蠲症结，散雾露，开通腠理者，药石之力也。不御粱肉，其身必瘦；不饮药石，其邪必痼。《诗》《书》六艺之文，史传百家之奥，得之则词采芳润，此粱肉也；驳正谬误，指陈是非，先贤高识，鉴之则章句少疵，此药石也。是二者，皆不可少。古云："马有一百八病，诗病多于马。"马皇所传，可以愈马。此编，先辈之微辞秘旨，观之以疗诗病，莫良于此。[4]

将粱肉与药石视为维系诗体的两个重要因素：《诗》《书》六艺之文等为诗体提供足够滋养，先贤正误指摘的高识可以纠正诗病，所以才将历代往哲的观点汇辑于此，希冀明人能够借鉴比照以疗己病。不仅

① 周维德集校《全明诗话》，第4437页。
② 周维德集校《全明诗话》，第4439页。
③ 周维德集校《全明诗话》，第4827页。
④ 周维德集校《全明诗话》，第4843—4844页。

如此,《雅伦》卷十四《时代》更是宏观全面地梳理明代文学发展史:

> 风雅虽出性情,通乎政教。……洪、永以来,则有高、杨、张、徐为之前,除元之俗、宋之粗,首启风调。成、弘诸公,各有所守。李西涯以文章名世,而二、三钜公,皆出其门,辞旨可观。迨李献吉、何景明发论,专学杜少陵,谓之盛唐规模弘远,气象峥嵘。下逮七子,皆高华典丽,固亦盛世之音。而好出临摹,彫落情性,古逸之气,淡穆之味,闲远之致,消磨殆尽。海宇安宁,互相师法,大同小异,近百余年。万历末,袁中郎出,力返王、李之辙,以轻快天趣为宗,勃然一变。中郎诗格,多以嬉笑怒骂为之,俚调途讴,皆成篇什,漫兴自适,谓之诗法,殆有不然。钟伯敬、谭友夏继起,更欲空灵浑朴,出语深厚,其论未尝不善,而辞寒色削,虚弱特甚。一时宗尚,谓之竟陵体。钱受之所论详矣。三百年来,风格屡易,王、李以前,所变不一,同归阔大,而雄浑之言,误人亦众。中郎、伯敬而后,所变不一,要之弱小灵活之语,陷溺尤深。[①]

纵观自明初洪武年间至明末的三百年间诗史,其逻辑演进的总体进程不出一个"弊"字,从高启、李东阳、李梦阳、何景明到王世贞、李攀龙、公安三袁、钟惺、谭元春等,都意欲改变当时诗坛出现的种种弊端,"矫弊"成为不同时期青年才俊步入诗坛的重要命题。

费经虞首先注意到高启等明初文人努力"首启风调",论诗博取众家之长而又钟情唐诗,在明初诗歌宗唐风尚中起到关键作用:"高季迪一洗宋音,顿还唐调,故格兼六朝、汉魏诸体,而出以妙悟,可谓一代宗工。"[②]但真正扭转还是:"至长沙李文正出,倡明其学,权复归于台阁。盖起衰救弊之功,往往百余年而仅遇其人。"[③]有力矫正了当

① 周维德集校《全明诗话》,第 4824—4826 页。

② 胡维霖《墨池浪语·诗评一》,《胡维霖集》,《四库禁毁书丛刊》集部第 164 册,北京出版社,2000 年,第 569 页。

③ 黄宗羲《明文海》卷二百五十三,中华书局,1987 年,第 2651 页。

时盛行于台阁的文风，不过“是时西涯当国，倡为清新流丽之诗，软靡腐烂之文，士林罔不宗习其体……及李崆峒、康对山相继上京，厌一时诗文之弊，相与讲订考证”[①]。随之李梦阳、康海等前七子成员步入文坛，倡导“文必秦汉、诗必盛唐”的口号来矫诗文之弊，其间又穿插王慎中、唐顺之为代表的唐宋派，“嘉靖初，王道思、唐应德倡论，尽洗一时剽拟之习”[②]。将明代诗文复古的对象从秦汉、盛唐转至唐代天宝至宋代时期，改变调整了复古的对象和思路，只是总体框架仍然难出复古路径，所以袁中道《解脱集序》说：“隆及弘嘉之间，有缙绅先生倡言复古，用以救近代固陋繁芜之习，未为不可，而剿袭格套，遂成弊端。”[③]于是晚明时期，“自宏道矫王、李诗之弊，倡以清真，惺复矫其弊，变而为幽深孤峭”[④]。费经虞同样认识到其症结所在，论“钟谭体”曰：“钟、谭论诗，耑主性情，以灵迴浑朴为旨，深厚为要。选《诗归》数十卷，盛行于时，天下谓之钟、谭。救王、李之流弊，其持论未为尽非，然未免矫枉过正，学之者愈非，故诸公起而论之。”[⑤]由此可见，明代诗文演进的逻辑关系始终围绕矫弊的命题，无论开列的是求古还是求新的药方，其出发点都是为了疗救所处时期的诗病，只是药方在治疗某一症状确有一定的积极效果，同时也落下相应的副作用或负面效果，又成为后继者再寻药方的对象，从而在一矫一正的往复之间推进明代诗学发展。

同时，费经虞还不满于复古与新变的往复思维，面对当时诗坛“凡胸中所欲言者，皆郁而不能言，而诗道病矣。先兄中郎矫之，其意以发抒性灵为主，始大畅其意所欲言”[⑥]。受到公安派倡导“性灵”、竟陵派重标“精神”的影响，他又提出“不隔”的诗学药方。实际上竟陵

① 李开先《渼陂王检讨传》，《李开先集》，中华书局，1959年，第598页。

② 钱谦益《李少卿开先》，《列朝诗集小传》丁集上，上海古籍出版社，2008年，第377页。

③ 袁中道《珂雪斋集》卷九，上海古籍出版社，1989年，第452页。

④ 张廷玉等《明史》卷二百八十八“文苑四”，中华书局，1974年，第7399页。

⑤ 周维德集校《全明诗话》，第4492页。

⑥ 袁中道《阮集之诗序》，《珂雪斋集》卷十，上海古籍出版社，1989年，第462页。

派等人已然暗含"不隔"的脉络：钟惺所强调的求古人真诗而与古人合，寻求的是与古人诗文的"不隔"，而费经虞突出不仅是与古人的"不隔"，更要自我与当下的"不隔"；陈子龙抒发自我与当下时代之情的"不隔"，融入朝代更替的当下情怀。费经虞则又指向自我与当下生活之情的"不隔"，强调日常生活的个体情感。

而与费经虞同样经历时代末端的历史与文学转型期，再跨近三百年的王国维拈出"境界"的理论，倡导"不隔"的准则，虽然针对南宋姜夔、吴文英等词家展开批评，却是对清代词坛发展现状的有感而发，同样具有着强烈的现实"救弊"性。"静安生当清末民初，词坛因半塘、彊村之倡，偏尊梦窗，一时俊彦，咸趋其后，斯风由是愈烈。或高言外涩内活，或放论潜气内转，或以无厚入有间，或以重大寓于拙。虽文采无愧密丽，而词气往往滞塞。……窃思静安论词非徒逞一家之言，乃因时而起，岸然救弊者也。"[①]纵观有清一代的词学发展史，如明代文人一样依旧寻求复古立新的路径，自云间词派倡导北宋词开始，至浙西词派、常州词派模拟南宋词，或力主白石，或效仿梦窗，再至晚清四大家如王鹏运、朱祖谋、况周颐等，仍然受常州词派的影响推崇南宋吴文英词，可以说一直在求古往复间不断尝试，最终又形成自缚成茧的弊端，直至王国维重又审视清代词学近三百年的变革发展，方能理解其词学批评的良苦用心。

王国维一方面寻求回归文学自身价值与审美的讨论，1905 年作《论近年之学术界》就对当时文坛开始反思："又观近数年之文学，亦不重文学自己之价值，而唯视为政治教育之手段，与哲学无异。如此者，其亵渎哲学与文学之神圣之罪固不可逭，欲求其学说之有价值，安可得也！"[②]批评文学沦为政治教育的工具，所以追求回归文学自身的纯文学观念。落实到诗文小说戏曲的具体写作同样如此："转而观诗歌之方妙，则咏史、怀古、感事、赠人之题目弥满充塞于诗界，而抒

① 彭玉平《人间词话疏证》，第 1—2 页。

② 王国维《论近年之学术界》，《王国维全集》第 1 卷，浙江教育出版社，2010 年，第 123 页。

情、叙事之作，什佰不能得一，其有美术上之价值者，仅其写自然之美之一方面耳。甚至戏曲、小说之纯文学，亦往往以惩劝为旨，其有纯粹美术上之目的者，世非惟不知贵，且加贬焉。”[①]这与《人间词话》批评“学人之词”保持一致，手稿本第42则云：“人能于诗词中不为美刺、投赠、怀古、咏史之篇，不使隶事之句，不用装饰之字，则于此道已过半矣。”[②]放眼清末词坛，如王鹏运词《满江红·送安晓峰侍御谪戍军台》叹：“天难问、忧无已。真御史，奇男子。只我怀抑塞，愧君欲死。”就是在投赠间慨叹时事与赞誉知己，所以王国维也对南宋词沦为“羔雁之具”表示不满，手稿本第17则云：“诗至唐中叶以后，殆为羔雁之具矣。故五代北宋之诗，佳者绝少，而词则为其极盛时代。……至南宋以后，词亦为羔雁之具，而词亦替矣。”[③]南宋词在这方面也成为王国维批评的方向之一。

另一方面《人间词话》多处可见对“近人”的批评，并由“近人”不断溯源至常州词派与浙西词派，就会发现其论南宋词“隔与不隔”的现实意义。手稿本第70则将“近人”纳入“学人之词”进行讨论：“近人词如《复堂词》之深婉，《彊村词》之隐秀，皆在吾家半塘翁上。彊村学梦窗，而情味较梦窗反胜。盖有临川、庐陵之高华，而济以白石之疏越者。学人之词，斯为极则。然古人自然神妙处，尚未梦见。”[④]谭献、朱祖谋、王鹏运都是晚清著名词家，王国维隐约高下之辞而独论朱祖谋词兼顾王安石、欧阳修与姜夔诸家之长，并自成一路被概为“学人之词”的典范[⑤]，但又缺少“自然神妙”的一面，“学人之词”一般寄托遥深且雕琢晦涩，普通读者就很难领会朱祖谋名词《声声慢》(鸣

① 王国维《论哲学家与美术家之天职》，《王国维全集》第1卷，浙江教育出版社，2010年，第132—133页。

② 彭玉平《人间词话疏证》，第206页。

③ 彭玉平《人间词话疏证》，第139页。

④ 彭玉平《人间词话疏证》，第269页。

⑤ 作为常州词派的谭献早就将词分为：“阮亭、葆酚一流，为才人之词；宛邻、止庵一派，为学人之词。惟三家是词人之词，与朱、厉同工异曲。”(谭献《复堂词话》，张璋等编纂《历代词话》，大象出版社，2002年，第1680页。)

蛰颓城)“此为德宗还宫后恤珍妃作”的旨意[①],所以手稿本原稿在“斯为极则”下面有“惜境界稍深”等几句,又将“深”改为“劣”字,后又全部删除,从这改动中可见对“深”而“隔”的极大不满。相反王国维十分认可谭献推崇的“词人之词”,其手稿本第62则云:“谭复堂《箧中词选》谓:蒋鹿潭《水云楼词》与成容若、项莲生,二百年间分鼎三足。然《水云楼词》小令颇有境界,长调唯存气格。《忆云词》亦精实有余,超逸不足,皆不足与容若比。然视皋文、止庵辈,则倜乎远矣。”[②]尤其是对清代纳兰性德之词喜爱有加,手稿本第123则云:“纳兰容若以自然之眼观物,以自然之笔写情。此由初入中原,未染汉人风气,故能真切如此。同时朱、陈、王、顾诸家,便有文胜则史之弊。”[③]纳兰词正是以“不隔”的自然状态进行写景、写情,其时朱彝尊、陈维崧、王士禛、顾贞观四人则反,修饰太甚反而掩盖性情的自然流露。

王国维批评“近人”最为严苛的当属模拟学习南宋之风,《人间词乙稿序》就批评:“自夫人不能观古人之所观,而徒学古人之所作,于是始有伪文学。学者便之,相尚以辞,相习以模拟,遂不复知意境之为何物,岂不悲哉!”[④]明确反对文学创作局囿规格和模式的弊端,手稿本第23则进一步指出:“梅溪、梦窗、草窗、西麓诸家,词虽不同,然同失之肤浅。虽时代使然,亦其才分有限也。近人弃周鼎而宝康瓠,实难索解。”[⑤]史达祖、吴文英、周密、陈允平都是南宋时期的代表词家,虽然晚清词人如王鹏运、朱祖谋等“近人”,与南宋诸家有着较为相近的时代之感,共处于时代末端的情感认同,以幽深的方式寄托时代之情。但是还存在“才分”等因素的差异,王国维接着从“可学”“不可学”的角度直击词坛复古的核心观念,手稿本第11则云:“南宋词

① 龙榆生《彊村本事词》,《词学季刊》1933年第1卷第3号。

② 彭玉平《人间词话疏证》,第255页。

③ 彭玉平《人间词话疏证》,第399页。

④ 王国维《人间词乙稿序》,《王国维全集》第14卷,浙江教育出版社,2010年,第682—683页。

⑤ 彭玉平《人间词话疏证》,第155页。

人，白石有格而无情，剑南有气而乏韵。其堪与北宋人颉颃者，唯一幼安耳。近人祖南宋而祧北宋，以南宋之词可学，北宋不可学也。学南宋者，不祖白石，则祖梦窗，以白石、梦窗可学，幼安不可学也。”[①]周济提出“问途碧山，历梦窗、稼轩，以还清真之浑化”学词的方法路径，所以清代中叶以后学习吴文英词风靡一时，晚清王鹏运、朱祖谋等四大家亲自四校梦窗词，杨铁夫等还逐篇笺释，并以模仿创作及词社唱和等方式倡导梦窗词。

王国维围绕吴文英展开批评南宋词，并指向晚清“近人”填词的模拟之风，与其同时的文人对“近人”之弊同样有痛切之情，如胡适指出：“近年的词人多中梦窗之毒，没有情感，没有意境，只在套语和古典中讨生活。”[②]而吴征铸的解释评论同样中肯：“推原静安先生之严屏南宋，盖亦有其苦心。词自明代中衰以后，至清而复兴。清初朱、厉倡浙派，重清虚骚雅而崇姜、张。嘉庆时张皋文立常州派，以有寄托尊词体，而崇碧山。晚清王半塘、朱古微诸老，则又提倡梦窗，推为极则。有清一代词风，盖为南宋所笼罩也。卒之学姜张者，流于浮滑；学梦窗者，流于晦涩。晚近风气，注重声律，反以意境为次要。往往堆垛故实，装点字面，几于铜墙铁壁，密不通风。静安先生目击其弊，于是倡境界为主之说以廓清之，此乃对症发药之论也。”[③]详细道出王国维“对症发药”的良苦用心，针对常州词派周济等人传授学词的途径，把作词论词从技术层面的方法可学角度，转向“不隔”的感悟角度、生命角度。

总而言之，费经虞以“不隔”论明代诗学的复古论调，王国维又以“不隔”论清代词学的宗宋现象：“大凡文论之经典，或结一代之穴，或启一代之风，舍此而难副经典之名矣。……凡此诸论，当彼之时，真

① 彭玉平《人间词话疏证》，第 121 页。

② 胡适选注《词选》，河北人民出版社，1999 年，第 297 页。

③ 吴征铸《评〈人间词话〉》，《〈人间词话〉及评论汇编》，书目文献出版社，1983 年，第 99 页。

如空谷足音，本应一新世人耳目，而讵料波澜不惊，影响寥寥。盖其时静安尚未预词学之流，于词坛人微言轻耳。”①二人既有宏观审视一代文学发展的相似性，又有针对不同时代背景的差异性，而且在不同层次展开“不隔”理论的阐发，对其理论的丰富深入起到关键的推动作用。遗憾的是或许缘于“人微言轻”的因素，二人都未在当时文坛掀起巨大波澜，对其意义的重新发掘仍需努力，或许王国维在这方面比费经虞要幸运一些。同时，围绕云间派似乎也能寻条有趣的线索，明代诗学批评并非止于诗坛核心的云间诗人等，远在西南的费经虞同样提出相近命题，并且另辟新径重新标举“不隔”的理论主张。而王国维针对清代词宗南宋的现象，从而高举尊崇北宋词学的大旗，这一理论来源同样与云间词派密切相关，在文学演进与时代更替方面似乎预示出某些可能。彭玉平批评《人间词话》：“若依词史而论，则未免自限门庭而堂庑未张；若就济世而言，则宛然导引时流而厥功甚伟。”②二人都针对当时文坛兴弊展开批评，不仅丰富了“不隔”理论的批评内涵，而且有着强烈的现实针对性，不时地调整修正文人创作的诸多问题，即使放置当下文坛依然具有药效，所以无论从自身理论的丰富，还是当时文坛的现实指向，以及文学规律的总结等方面，都具备了非常重要的文学史意义。

（安庆师范大学人文学院）

① 彭玉平《人间词话疏证》，第2页。

② 彭玉平《人间词话疏证》，第2页。

新见顾太清佚文《有此庐诗钞序》考释*

任　群

内容摘要：《有此庐诗钞序》是顾太清为女诗人金孝维诗集所作的序言。这篇文章未见于传世的《天游阁集》《东海渔歌》等集中，是一篇佚文，具有重要的文献价值。这篇文章不仅展示了顾太清的古文创作能力，也为揭示她与秀水钱氏家族的文学交游提供了新证。

关键词：顾太清；《有此庐诗钞序》；李介祉；秀水钱氏

An Interpretation of the New Papers of Gu Taiqing's Lost Article *The Preface to the Poems of Youcilu*

Ren Qun

Abstract: *The Preface to the Poems of Youcilu* is an article written by Gu Taiqing for the poetry collection of female poet Jin Xiaowei. This

* 基金项目：国家社科基金"钱仪吉年谱"(23BZW086)阶段性成果。

article has not been found in Gu's work collections such as *Tianyouge Ji* and *Donghai Yuge* that have been passed down, and is a lost piece with important literary value. This article not only demonstrates Gu Taiqing's ability to create ancient prose, but also provides new evidence for revealing her literary intercourse with the Qian family in Xiushui.
Keywords: Gu Taiqing; *The Preface to the Poems of Youcilu*; Li Jiezhi; the Qian family in Xiushui

顾太清(1799—1877),又名西林春,是著名的满族女作家,宗室奕绘侧室,享有"清代第一女词人"的美誉,著有诗集《天游阁集》、词集《东海渔歌》等。当前,这些作品已经得到整理,较为突出的有:张璋《顾太清奕绘诗词合集》(以下简称"张集"),胥洪泉《顾太清词校笺》(以下简称"胥笺"),卢兴基《顾太清词新释辑评》(以下简称"卢评"),金启孮、金适《顾太清集校笺》(以下简称"金笺")。①

至此,顾太清传世的诗词文献已经"彬彬之盛,大备于时矣"(钟嵘《诗品序》),但均未见收录其所撰《有此庐诗钞序》一篇,因而聊布于此,不仅能补遗珠之憾,且为揭橥其与秀水钱氏家族交游提供线索。

一、顾太清佚文《有此庐诗钞序》

《有此庐诗钞》是清代女作家金孝维的诗集,顾太清序言见该书卷首②,且以上所提诸家笺注本均未载,全文如下:

> 春曩侍夫子论诗,于国朝大家中尤服膺《香树斋》《萚石斋》两集,耽玩积年,大半成诵,于以见钱氏家法贻谋之远,

① 顾太清、奕绘著,张璋编校《顾太清奕绘诗词合集》,上海古籍出版社,1998年;顾太清著,卢兴基编《顾太清词新释辑评》,中国书店出版社,2005年;顾太清著,胥洪泉校笺《顾太清词校笺》,巴蜀书社,2010年;顾太清著,金启孮、金适校笺《顾太清集校笺》,中华书局,2012年。

② 金孝维《有此庐诗钞》,肖亚男主编《清代闺秀集丛刊》第15册,国家图书馆出版社,2014年,第317—319页。

不可及也。岁乙未，闺友追和萚翁《海棠诗》，获交诵冰妹于阮氏鱼听轩。既尽读其上世闺秀诸集，因访陈太夫人《复庵吟稿》不可得，怊怅久之，诵冰乃为言其伯祖姑金太恭人工咏诗，然不轻示人，春闻而向往焉。今年三月邮致一卷见示，且诒之书曰："昨岁君舅请之太恭人，仅付抄若干篇，行将授梓，姊其序之。"

春尝观前代闺秀之作，其仅存者，大抵吟赏风月、采摘华艳已尔，求其原本风雅，持之有故者，概不多见。太恭人为总宪桧门先生孙女，名臣家范，学有渊源，爰嫔高门，衿帨肃教，僮祁在公，听彝训，庇内治，敬宗赡族，险夷一操，是盖得天之全，宅心制行之纯且厚，由是而发为言也，和平庄雅，性蕴毕宣。卷中述事书怀诸作，孝慈恺悌之风，蔼乎如见，时而抚景怡情，即目抒写，远度清襟，又洒然尘壒之外。展诵累日，几神往于鸳湖鹤渚间矣。

春既稔知诵冰，复因诵冰，得见冯宜人，则总宪之曾孙妇也，钿车过从，知两家行谊为详。闻太恭人家居，年近期颐，爱才犹昔，山川遥深，不获执卷登堂，亲承诗教，爰述频年向往之切及今日奉读是卷而佩服之无已者，仍因诵冰以呈太恭人，其宜不遗在远而赐教焉乎否？道光二十有二年孟夏之月太清女士西林春谨序。

可见，顾太清对金孝维推崇备至，期望能够"执卷登堂，亲承诗教"，并且欣然为其诗集宣介。那么，这篇文章确实出自太清之手吗？

首先，有必要考察《有此庐诗钞》的作者金孝维。据钱仪吉所撰《世母金太恭人行状》[①]可知，金孝维字仲芬，浙江嘉兴人，生于乾隆十七年(1752)，卒于道光二十八年(1848)，为乾隆朝左都御史(按：明

---

① 钱仪吉《世母金太恭人行状》，《衎石斋记事续稿》卷十，《清代诗文集汇编》第541册，上海古籍出版社，2010年；另参《清代闺秀集丛刊》第15册《有此庐诗钞》卷首作者简介。

清时期左都御史俗称“总宪”)、秀水诗人金德瑛孙女[①],刑部尚书钱陈群孙钱豫章之妻[②]。秀水钱氏,为明清著名的科举望族、文学世家,“宗族子弟几于人各有集”[③],钱陈群、钱载、钱仪吉、钱泰吉为其翘楚,他们还是秀水诗派的代表作家[④]。钱陈群与沈德潜齐名,著有《香树斋集》;钱载,为钱陈群族孙,著有《萚石斋集》;钱仪吉、钱泰吉为钱陈群玄孙,分别著有《衎石斋记事稿》和《甘泉乡人稿》。钱氏家族的女性亦多文艺之才,如钱陈群之母陈书,号南楼老人,诗画俱佳,著有《复庵吟稿》三卷(今佚),“善画花鸟草虫,笔力老健,风神简古”,其他如钱稚真著有《拾余草》二卷,陈素媜著有《读书楼诗稿》五卷、沈明臣著有《顺宁八景诗》一卷[⑤]、陈尔士(钱仪吉妻)著有《听松楼遗稿》四卷等。金孝维于乾隆四十一年(1776)归钱豫章为继室,符合顾太清序言所云“名臣家范,学有渊源,爰嫔高门”。她的诗集除《有此庐诗钞》外,多数已经散佚。

其次,再看《有此庐诗钞》的编刻情况。据钱仪吉《行状》所记,金孝维“通书史,尤熟班范二书、《新五代史记》……喜阅《松陵酬唱集》,亦嗜义山诗,有所作不为摹仿,亦不轻示人”。金氏无子,视夫侄钱仪吉如己出,但仍珍藏己作,不肯轻示,后因仪吉子尊煌固请,“始得手稿数十纸,仪吉即以付梓。”今检《有此庐诗钞》,如《月夜思乡》一首下识语,署“侄男仪吉谨附识”,类似例子不少,这足以证明刊刻此集乃是钱仪吉父子的主张。

---

① 按:金德瑛(1701—1762),字汝白,号桧门,乾隆元年(1736)状元及第,累官至都察院左都御史,著有《桧门诗存》。参钱仪吉《碑传集》卷三十一陈兆仑《金公德瑛墓志铭》,江苏广陵古籍刻印社影印本。

② 按:钱豫章(1750—1811),字培生,号艮斋,钱仪吉从父,乾隆五十二年(1787)进士,官终户部云南司郎中。参钱仪吉《衎石斋记事稿》卷九《世父户部府君神道碑》,《清代诗文集汇编》第541册。

③ 钱豫章《庐江钱氏艺文略序》,钱仪吉《庐江钱氏艺文略》卷首,清嘉庆十二年(1807)刻本。

④ 严迪昌《清诗史》第六章第二节“钱载与‘秀水派’”,人民文学出版社,2011年。

⑤ 以上俱参钱仪吉《庐江钱氏艺文略》(下),清嘉庆十二年(1807)刻本。

核太清序，乃是转述诵冰之语，云："君舅请之太恭人，仅付抄若干篇，行将授梓。""君舅"一词，为旧时儿媳对公公的称呼，太恭人即金孝维，诵冰即钱仪吉长子钱宝惠之妻李纫兰[①]，亦见太清所言与钱仪吉《行状》所云并无相左。

以上两点说明，《有此庐诗钞序》为顾太清所作是有根据的，具有很高的可信度。

二、序文因李介祉而作

从《有此庐诗钞序》可以看出，顾太清与奕绘尤膺服钱陈群和钱载，还把他们的作品"耽玩积年，大半成诵"。她曾追和钱载的海棠诗，还"尽读其上世闺秀诸集"，或有溢美之处，但她读过《听松楼遗稿》并为之题词[②]，正值其寻觅陈书《复庵吟稿》不可得而惆怅之际，她的朋友诵冰"为言其伯祖姑金太恭人工咏诗"，并在道光二十二年(1842)三月寄来《诗钞》索序。这就是顾太清创作《有此庐诗钞序》的背景，可见李纫兰是此序产生的一个关键人物。

李纫兰是钱宝惠之妻，其人其事"张集"概括得相对准确，但不全面，云：

> 李纫兰，太清诗友。其父李培厚，字耕淳，官户部主事。其母为钱仪吉之姊，她与子万结为姑表亲。纫兰曾集篆字以助子万读书，于道光乡试举孝廉。有子名枱。有《诵冰室稿》。"[③]

与此相反，"金笺"在这一点上有疏漏之处，如《东海渔歌》中《木兰花慢·题长洲女士李佩金〈生香馆遗词〉》注释一云："李佩金，字纫兰，一字晨兰，长洲人，诗词均佳。有《生香馆词集》。见《诗》二《法源寺

---

① 按：顾太清诗词集的诸笺注本均已指出诵冰为李纫兰，兹不缀叙。

② 顾太清《复用韵题〈听松楼遗稿〉》，《顾太清集校笺》卷二，第110页。

③ 张璋《顾太清奕绘社会交往主要人物志》，《顾太清奕绘诗词合集》附录七，第788页。《顾太清词校笺》沿用此说法，详见该书第126页。

看海棠》注。”[1]编年为道光十五年（1835）至道光十六年（1836）之间。“遗词”二字，说明李佩金已经作古，且下片有云“一旦悬崖撒手，茫茫流水空山”分明含悼亡之意，然该书卷十《金缕曲・送纫兰妹往大梁》又系于道光十七年（1837）。[2] 死而复生，前后抵牾如此，令人惶惑。有鉴于此，非常有必要对李纫兰的传记再做补充。

李纫兰，名介祉[3]，昆山人，道光刊《庚子春生诗》卷下收录其作十首，明确题作“昆山李氏介祉纫兰”。作为君舅，钱仪吉直呼其名，“长子妇李氏介祉”[4]；作为友人，顾太清称其表字“纫兰”。“诵冰”是其室名[5]，如顾太清《纫兰寄到合家共赋〈春生诗〉数十首，且约同赋，遂用元微之原韵仅成十章诗以代简》其九颈联“鱼也清心切，冰兮热意融”，自注：“谓鱼听轩、诵冰室、阮、钱两妹。”“金笺”云：“诵冰室，钱李纫兰之室名。”[6]李介祉又以“诵冰”为号，有钱仪吉诗《诵冰呈新丝黄白二色书示十绝句》《大男夫妇南还，书示诵冰四首》可证[7]。

李介祉卒年不详。道光二十八年（1848）金孝维辞世之前，尚以后事相托付。[8] 道光三十年（1850），钱仪吉去世，她还健在。

---

① 顾太清《东海渔歌・木兰花慢》，《顾太清集校笺》卷八，第 444 页。按：《顾太清词校笺》卷一《木兰花慢・题长洲女士李佩金〈生香馆遗词〉》中的李佩金字纫兰，别是一人，参该书第 66 页。李佩金，生于乾隆四十年（1775），父李邦燮，山阴何仙帆之妻，参孙克强、杨传庆、裴喆《清人词话》（中），南开大学出版社，2012 年，第 1143 页。

② 顾太清《金缕曲》，《顾太清集校笺》卷十，第 591 页。

③ 按：当前似乎只有程君《清代道光间秋红吟社考》明确指出“李纫兰名介祉”，参《北京化工大学学报（社会科学版）》2014 年第 4 期，第 66 页脚注 1。又李介芷不是“秋红吟”的成员，相关文章可参李冰馨《从“秋红吟社”看明清女性诗社的发展》（《乐山师范学院学报》2007 年第 2 期）、李杨《秋红吟社考》（《满族研究》2017 年第 4 期）、严程《顾太清交游网络分析视野下“秋红吟社”变迁考》（《山东社会科学》2018 年第 7 期）等。

④ 钱仪吉《三国会要序例》，《衎石斋记事稿》卷三，《清代诗文集汇编》第 541 册。

⑤ 钱仪吉《诵冰呈新丝黄白二色书示十绝句》《大男夫妇南还，书示诵冰四首》，《浚稿》卷五，《清代诗文集珍本丛刊》第 427 册，上海古籍出版社，2010 年。

⑥ 《顾太清集校笺》，第 255 页。

⑦ 钱仪吉《浚稿》卷五，《清代诗文集珍本丛刊》第 427 册。

⑧ 钱仪吉《世母金太恭人行状》，《衎石斋记事续稿》卷十，《清代诗文集汇编》第 541 册。

李介祉父李培厚，为钱仪吉姊夫[①]；其母钱庆韶字文琴，为钱仪吉长姊，有怀古诗《唐玄宗》一首传世。[②] 李介祉于嘉庆二十四年（1819）归钱宝惠[③]。李介祉内侄李传元的《朱卷》今存，这是更直接有力的证据。于李传元“祖母钱氏”条，《朱卷》云：“乾隆庚戌进士、翰林院侍读学士讳福胙公女。嘉庆戊辰进士、翰林院庶吉士、工科掌印给事中讳仪吉公胞姊；道光庚子举人、候选知县讳宝惠公等胞姑。”“祖母钱氏”就是钱庆韶。又“胞姑母”条云：“长适嘉庆戊辰进士、工科掌印给事中讳仪吉公子，道光庚子恩科举人、候选知县钱讳宝惠公。”[④]长胞姑母即为李介祉。

其夫钱宝惠为钱仪吉长子，字子万，道光二十年（1840）举人，道光二十六年（1846）卒[⑤]，今存稿本《说文义纬》一书[⑥]。长子钱柖，字衡之[⑦]，道光二十四年（1844）恩科举人，道光三十年（1850）进士，后为山西即用知县。[⑧] 钱柖有《和庚子生春诗》十三首传世。

李介祉长于篆书。钱仪吉在《跋滑台新驿记》中写道：“长子妇介祉，学小篆有年。”又在《凉棚二十六韵示长子妇李》中赞不绝口：“诵冰吾冢妇，古篆范虫鸟。桃符累十百，斗墨恣挥扫。鬻之金一流，遂以召般浩。”[⑨]钱仪吉侧室姚靓亦称之，云：“师冰有家学，法古见淳风。

---

① 钱仪吉《户部陕西司主事李君墓志铭》，《衎石斋记事稿》卷十，《清代诗文集汇编》第541册。

② 钱庆韶《唐玄宗》，《听松楼遗稿》卷四附录，《清代闺秀集丛刊》第27册影印清道光刊本。

③ 金孝维《听松楼遗稿序》，《听松楼遗稿》卷首，《清代闺秀集丛刊》第27册影印清道光刊本。

④ 顾廷龙主编《清代朱卷集成》第62册，台北成文出版社，1992年，第131—132页。

⑤ 钱仪吉、钱骏祥《庐江钱氏年谱续编》卷五，清宣统刻本。

⑥ 钱泰吉《兄子子万所著书》，《甘泉乡人稿》卷九，《清代诗文集汇编》第572册。详参拙文《钱仪吉家庭成员及其诗歌辑考》，载《中国诗学（第三十四辑）》，人民文学出版社，2022年。

⑦ 按：清宣统二年（1910）风雨楼刻本《天游阁集·诗四》中《纫兰寄到合家共赋春生诗数十首，且约同赋，遂用元微之原韵，仅成十章，以诗代柬》第二首，“钝宧曰”云云已经提及此人。参《清代诗文集汇编》第600册，第427页。

⑧ 来新夏《清代科举人物家传资料汇编》第28册，学苑出版社，2006年，第588页。

⑨ 钱仪吉《凉棚二十六韵示长子妇李》，《刻楮集》卷四，《清代诗文集汇编》第541册。

直线烟痕聚，悬针墨气融。”[1]李介祉曾将书法作品赠与顾太清。[2]在生活困窘时期，她更是以之作为养家的手段。道光十年(1830)，钱仪吉因涉及私造假照案被革职[3]，债券纷飞，入不敷出，“长子妇(按：即李介祉)主内政，屏当奁具罄，至卖字以给”[4]。李介祉还曾卖字资助丈夫读书，并得到顾太清的高度赞赏[5]。

李介祉长于诗歌创作。《庚子生春诗》收录组诗十首[6]，又有和钱仪吉《立秋后二日作》[7]，并有题顾太清画《牵牛》一首[8]。

总之，作为嘉兴钱氏家族中的一员，李介祉有着良好的文化修养和娴淑的品性。这是她得以与顾太清接触，并最终成为顾氏闺中密友的“内美”。她搭建了顾太清与秀水钱氏家族接触的一座桥梁，一头是京师皇室，一头是江南旧家。正如序文说的那样，“岁乙未(即道光十五年)，闺友追和萚翁《海棠诗》，获交诵冰妹于阮氏鱼听轩”。阮氏鱼听轩，是阮福之妻许云姜的室号，也是顾李二人结识之地。阮福父阮元，为清代著名的学者、官员，钱阮两家为姻亲[9]，且在京师时两

---

① 姚靓《生春用元微之韵》第十二首，钱仪吉编《庚子生春诗》卷下，清道光刻本。

② 顾太清《四月廿二日云姜招同珊枝、素安、纫兰过崇效寺看牡丹，遇陆琇卿、汪佩之。是日，云姜以折扇嘱写归来画折枝梅，遂书于扇头》自注：“是日纫兰赠有自书小篆。”《顾太清集校笺》卷二，第111页。

③ 中国第一历史档案馆《道光十年私造假照案》，《历史档案》1993年第4期；方裕谨《道光十年私照假照案概述》，《历史档案》1997年第1期。

④ 苏源生《书先师钱星湖先生事》，《碑传集补》卷十，江苏广陵古籍刻印社影印本。

⑤ 顾太清《庚子乡试子万举孝廉，寄贺纫兰兼以〈经纶图〉赠之》其二注，《顾太清集校笺》卷五，第267页。

⑥ 钱仪吉《庚子生春诗》，清道光刻本。

⑦ 李介祉《立秋后二日作》，《定庐集》卷六附录，《清代诗文集珍本丛刊》第427册。

⑧ 参《庚子生春诗》卷下。又沈善宝《名媛诗话》卷十，《续修四库全书》第1706册，上海古籍出版社，2002年，第665页。

⑨ 按：阮元次子阮祜妻钱德容，为钱仪吉从兄钱楷之女。钱德容逝后，阮祜续娶钱仪吉从兄钱燕昌之女继芬，参张鉴等撰，黄爱平点校《阮元年谱》，中华书局，1995年，第133、199页。

家比邻，往来方便[①]。有了这么一层关系，那么顾太清与李介祉的相识就只欠东风了。

终于，在道光十五年(1835)的春天，她们的交往开始了，正如研究者所写的那样："太清与奕绘同往法源寺赏海棠。往名刹古寺游览，本是奕绘夫妇的日常。奕绘诗里'日昨看花侣，新诗满寺传'颇有些自得的情景，想必也不少见。然而在那里遇见寓居京城的江南闺秀许云姜、石珊枝、李纫兰，却不经意成了太清结交闺中诗友的开端。"[②]此后，顾、李二人成了闺中密友，彼时顾太清三十七岁，因年稍长一些，故以"纫兰妹"称李介祉。

顾太清对钱氏家族的了解越来越多，她为陈书的画、陈尔士文集题词，均充满浓浓敬意，如题陈尔士《听松楼遗稿》，其二有云"老手南楼真有后，百年古画与重披"，推崇陈书的绘画艺术后继有人；其三又写道"名媛谁似钱家盛，好古吾生憾略迟"[③]，大有不得与陈尔士同时之恨。李介祉也题诗太清画册[④]。无疑，诗文往来加深了对彼此双方的了解。

顾太清与李介祉在京城的交集持续时间并不长。道光十七年(1837)冬，李介祉随家人南迁开封，去投奔正执掌大梁书院的钱仪吉，顾太清特赋《金缕曲·送纫兰妹往大梁》一阕相送。太清词言"三载交情重"，实际不满三年，不过取整数罢了。从此以后，她们就未曾再见，但是邮筒往还，诗歌酬唱还在继续进行。同治元年(1862)，顾太清作《雨窗感旧》念及故交多人，未提到李介祉，但有"二十年来星流云散"之语[⑤]，想纫兰孤儿寡母，遭逢乱世，生死未明，或太清已不知

① 按：参《顾太清集校笺》卷二《次日云姜书来告我》其二"钱家书画总如神，那及仙兰日日亲"，注："纫兰与云姜邻居，故戏比之。"

② 严程《顾太清交游网络分析视野下的"秋红吟社"变迁考》，《山东社会科学》2018年第7期。

③ 顾太清《题〈听松楼遗稿〉》，《顾太清集校笺》卷二，第110页。

④ 沈善宝《名媛诗话》卷十，《续修四库全书》第1706册。

⑤ 顾太清《雨窗感旧》，《顾太清集校笺》卷七，第357页。按：同治元年(1862)夏，正值太平天国运动期间(1851—1864)。

其状况了。

三、序文的文献价值

这篇《有此庐诗钞序》具有重要的文献价值，主要表现在以下三个方面。

一、填补了顾太清在古文创作方面的缺失。顾太清的文学成就是多方面的，她不仅为后人留下了传世的诗词佳作，还有戏曲作品《桃园记》，小说《红楼梦影》等作品[①]，但是古文作品鲜见，《有此庐诗钞序》则是一篇不可多得的力作。

二、提供了顾太清新的交游线索。《有此庐诗钞序》提到"春既稔知诵冰，复因诵冰，得见冯宜人，则总宪之曾孙妇也"，可见顾太清还与秀水金德瑛家族成员有来往，那么这位冯宜人是谁呢？据清光绪二十五年(1899)金兆蕃重修《金氏如心堂谱》，金德瑛曾孙有金衍照者："字拱辰，号晓峰，嘉兴县附监生、候选运库大使，道光八年(1828)戊子科顺天乡试第一百九名举人，十二年(1832)壬辰科会试第一百四十一名贡士，赐进士出身，官刑部江苏司主事，改授福建海澄知县，丁忧起复，补江苏宝应县知县，署宝山县知县，诰授奉直大夫。嘉庆三年(1798)戊午十二月二十四日寅时生，咸丰六年(1856)丙辰十月初二日没，年五十九。妻冯氏，桐乡人，山东泇河同知召棠女，诰封宜人，嘉庆四年(1799)己未十月二十日辰时生，道光二十三年(1843)癸卯四月初六日没，年四十五。"[②]这位冯氏在身份和时间上都有与顾太清产生交集的可能，如果属实，那么"冯宜人"当是金衍照之妻，她是顾太清交游圈里的新人。

三、为顾太清与秀水钱氏家族的文学交流提供了新证据。如前文所述，或许在顾、李交流的带动下，他们的家属成员也多有互动。比如她们各自的配偶奕绘、钱宝惠于道光十五年(1835)六月十六日

① 金适《前言》，《顾太清集校笺》卷首，第10页。
② 金兆蕃等《金氏如心堂谱》，清光绪二十五年(1899)重修本。

在城南尺五庄偶遇，宝惠赋诗八绝句，奕绘欣然相和，有“钱郎才调极清奢”之句[①]。后来，钱宝惠会试落第，奕绘赋诗相慰，云“功名早晚浑闲事，看取君家老侍郎”，自注：“谓萚石斋先生。”这是以钱载功名晚年方显为例，劝宝惠不要放在心上；他盛赞宝惠“诗味清醇却耐尝”，而且还要与之“明朝山栖好同去”，听取“松风万壑韵浪浪”，俨然一位“吾谁与归”的知心朋友。[②] 宝惠之妹钱闻诗也得到顾太清的赏识，为之赋词《白苹香》一阕，称其“一湖秋水簇芙蓉”。[③]

最值一提的是，顾太清参与了钱氏家族《庚子生春诗》的“集体大联欢”活动。唐代诗人元稹曾作二十首《生春诗》，全是五言律诗，每首以“何处生春早”开头，押“东”韵的“中”“风”“融”“丛”四字。[④] 到了清代，乾隆皇帝颇为喜好此作，率先和之，文学侍臣钱陈群积极响应，创作《恭和生春诗二十首元韵》。[⑤] 君臣唱和，一时传为美谈。道光二十年(1840)春，岁在庚子，钱仪吉追思厥祖之德，在大梁书院发起了唱和《生春诗》的活动，参与者全是钱氏家人，钱宝惠、李介祉夫妇自然也在其中。事后，钱仪吉将这些作品汇集成册，并且刊刻出版，就是后来的《庚子生春诗》上下卷，其中卷上为男性之作，卷下为女性之作。《庚子生春诗》是钱氏一门之风雅，有着“诵先芬而感国恩，编近作而彰家庆”(金安澜《庚子生春诗序》)的作用，颇具轰动效应，就连封疆大吏如邓廷桢、李星沅等都有唱和之举[⑥]。

---

① 奕绘《六月既望，病中往城南看荷，遇阮赐卿公子户曹、钱子万秀才、许金桥道士谨身，次子万韵八截句》，《明善堂文集》卷九，《合集》第583页。其三首句自注“余年适三十七”，据《校笺》附录二《顾太清年谱》，知作于道光十五年(1835)。其五“韦杜城南五尺天”，据此可知在城南尺五庄。

② 奕绘《慰钱子万秀才落第，次子万韵》，《明善堂文集》卷十，《合集》第590页。

③ 顾太清《白苹香》，《顾太清词校笺》，第162页。

④ 元稹《生春(丁酉岁，凡二十章)》，冀勤点校《元稹集》卷十五，中华书局，1982年，第199页。

⑤ 钱陈群《恭贺生春诗二十首元韵》，《香树斋集·诗续集》卷二十五，《清代诗文集汇编》第261册。

⑥ 按：邓廷桢和诗见《双砚斋诗钞》卷十六，《清代诗文集汇编》第520册；李星沅和诗见《李文恭公诗集》卷三，《清代诗文集汇编》第597册。

李介祉的十首和诗收录在下卷，有三首与顾太清有关，其七云：

何处生春早？春生怀旧中。一番兰若雨，十咏海棠风。琴借鹤翎访，冰知鱼听融。邮筒乞新句，笺素束丛丛。（自注：云姜法源寺《海棠诗》，唱和甚众。鱼听，其鼓琴处也。）[①]

此诗追忆道光十五年春与许云姜、顾太清等在法源寺咏海棠的往事，正与顾太清佚文相呼应。通过这首诗还可以了解到，鱼听轩是许云姜鼓琴之所。其八云：

何处生春早，春生柬寄中。径三忆芳草，燕九话清风。兰砌看华秀，萱墀祝泄融。诗情砖塔畔，题竹遍深丛。（自注：天游主人寓京师砖塔巷。）

天游即天游阁，为顾太清在太平湖荣王府中的居室名，其集《天游阁集》也是因此而得名。道光十九年(1839)，顾太清寓居砖塔巷胡同，仍有天游阁等诸堂名。[②] 此时，二人分别已经两年有余，但顾太清新住所能为李介祉知晓，恐怕还是书信的作用。

李介祉把《庚子生春诗》寄给了顾太清。太清收到后，即创作和章《纫兰寄到合家共赋〈春生诗〉数十首，且约同赋，遂用元微之原韵仅成十章诗以代简》。[③] 顾太清的和诗共十首，有三首明确提到钱家信息，其二：

何处春生早，春生天地中。梦魂随汴水，音问寄东风。告我家庭宴，知君乐事融。龙孙迎燕喜，新叶茂丛丛。（自注：书中以长媳怀孕相告。）

长媳即钱相之妻，其怀孕之事不见于李介祉原唱诗中，疑在《庚子生春诗》刊刻时被删减。其三：

何处春生早，春生讲席中。分题新节令，合式古人风。

---

① 按：李介祉和诗，见《庚子生春诗》卷下，此为第七首。

② 金启孮、金适《顾太清年谱》，《顾太清集校笺》附录二，第 776 页；金启孮、金适《原本〈天游阁集〉考证·四 晚年生活》，《顾太清集校笺》附录五，第 826 页。

③ 顾太清《纫兰寄到合家共赋〈春生诗〉数十首》，《顾太清集校笺》卷五，第 253 页。

注《易》参尼父，谈经羡马融。传家有贤子，玉树况成丛。

（自注：上星湖先生，谓子万昆仲。）

星湖先生，即钱仪吉。星湖即天星湖，在钱氏老家嘉兴，钱仪吉因取以为号。子万昆仲，即钱宝惠兄弟。此诗盛赞钱仪吉父子能够经学传家。其九：

何处春生早，春生忆念中。旧游怀旧雨，新旬慕新风。

鱼也清心切，冰兮热意融。（自注：谓鱼听轩、诵冰室，阮、钱两妹。）不知更何日，重聚昔年丛。

此诗回忆往日与许云姜、李介祉相处之乐，期盼能够重逢。顾太清在这一组诗里回忆往日姐妹相聚之乐，并祝福李介祉得孙，还向钱仪吉父子致意，所写全是日常生活中的琐事，足显亲密。

总之，由道光十五年（1835）结识李介祉开始，其后五年间，顾太清先后与钱宝惠、钱闻诗、钱仪吉，直接或间接地产生了联系，由京师而开封而嘉兴，由仰慕而相知，其与秀水钱氏文学、文化交流，堪称佳话。那么，道光二十二年（1842）由李介祉出面，邀请顾太清为金孝维《有此庐诗钞》作一篇序，就更是自然不过的事情了。毫无疑问，这篇序为她们的文学交流活动增添了新的证据，但这篇文字似乎也是现存顾太清、李介祉文字往来的终结了。

（安徽师范大学中国诗学研究中心）

明清章回小说文字副文本由释到评点的演化*

贾艳艳

内容摘要：明清章回小说文字副文本经历了数次演化，先由“释”，再到“评林”，最后才是今天所见的“评点”样态。“释”发生在万历中后期，章回小说盛行伊始，这与小说史学题材和读者较薄弱的知识结构有关。在“释”盛行之时，福建书坊内部发生激烈竞争，余象斗书坊率先行动，在“释”基础上，推出具有批评性质的“评林”，将评置顶，提高了评在释中的占比，开启了小说评点。至万历后期，福建书坊衰落，三吴书坊崛起，伴随于此，杭州容与堂于万历三十八年(1610)推出李贽《水浒》评本，该评本凭借李贽的自我言说式评语和圈点符号的助力成为风尚，一直延续至明末。清初，随着明清易代，以李贽为代表的评点边缘化，取而代之的是有益文业的金圣叹评点，随后成为清代小说评点主流。

关键词：释；评林；评点；技法

* 基金项目：2019年国家社科基金重大项目“中国古代小说理论术语考释与谱系建构”(项目编号：19ZDA247)阶段性成果。

The Evolution of the Textual Subtexts of Ming and Qing Chapter Novels from Interpretation to Commentary

Jia Yanyan

Abstracts: Ming and Qing Dynasty chapter back novel sub text has experienced several evolution, first by "Shi", then to "Pinglin", and finally is what we see today "Pingdian" (commentary). "Shi" occurred in the middle and late Wanli period, the beginning of the prevalence of chapter book novels, which is related to the historiography of novels and the reader's weaker knowledge structure. At the time of the prevalence of "Shi", there was fierce competition within the Fujian Book Workshop, and Yu Xiangdou Book Workshop was the first to take action, and on the basis of "Shi", launched the critical nature of the "Pinglin", and put the commentaries on top of the list, increasing the proportion of commentaries. To the late Wanli, Fujian Book Workshop declined, Three Wu Book Workshop began to rise. By this, Hangzhou Rongyu Tang in Wanli 38 launched Li Zhi's Review of Water Margin, the review of the book by virtue of Li Zhi's self-explanatory comments and symbols of the circle to help become fashionable, and has been continued until the end of the Ming Dynasty. At the beginning of the Qing Dynasty, the commentary which as Li Zhi for example replaced by a kind of commentary that is useful to literature industry which as Jin Shengqan for example, and then this kind of commentary became the mainstream of the Qing Dynasty novels commentary.

Keywords: Shi; Pinglin; commentary; technique

评点是章回小说批评的主要样态，其由评和点两部分组合而成。其中，“点”是由圈、点等引人瞩目的辅助符号构成，而“评”则是由眉批、夹批、总批等组合而成。事实上，小说评点并非一生成便是如此，它经历了一定的嬗变，最早由“释”等辅助性阐释文字发展而来，而目前所见的评点至万历三十八年（1610）的容本《水浒传》中才正式出现，之后在吴中评点家的接续和努力下成为小说批评的主要范式。对此，学界已有关照，且取得丰硕成果，但尚有一定的阐释空间。本文拟从历时性角度出发，先是探索章回小说文字副文本的早期形态释的发生，接着探讨由于福建书坊内部竞争而产生的评林，然后追索书坊交替之时成为风尚的李贽评点，最后探讨圣叹加入后的评点转向。

一、明万历中期小说评点的前身之“释”

明代万历中期，伴随刊印技术的进步，章回小说兴盛起来。此时小说书坊为便于读者理解小说文本，为其配置了副文本，这一副文本主要由直观性插图和疏通性文字两项构成。从两者地位来看，插图是此期主要副文本，而文字则略次。即便如此，书坊仍在文字副文本上下足了功夫，做过多种尝试，推出“注”“释”“评”“训”等多种注释形式的文字副文本。据统计，这些诠释形态使用频率最高的是“释”。其中，闽中书坊产出较多，如《音释补遗按鉴演义全像批评三国志传》《新锲音释评林演义合相三国志史传》等；金陵书坊产出其次，如《新刊校正古本大字音释三国志通俗演义》《新锲重订出像注释通俗演义东西两晋志传题评》等。可以说，“释”是万历时期全国小说书坊通用的文字副文本，也是小说批评早期的主要形态。

这一形态一般在小说书名中与“音”并置，以“音释”的面目呈现在大众目前，如《新刊校正古本大字音释三国志通俗演义》《京本全像按鉴音释两汉开国中兴传志》等。如果仅由书名来看，可能将“释”的对象认定为“音”。然而，综合小说前的识语、序等书坊推介性文字和具体评点看，“音”仅是“释”的对象之一。万历十九年（1591）金陵周曰校刊印的《新刊校正古本大字音释三国志通俗演义》一书，其书名中仅标有“音释”一项，但在识语中他便指出了“释”的多样性：“俾句读有圈点，难字有音注，地里有释义，典故有考证，缺略有增补。”[①]可知，书名中的“音释”并非具体所指，只是充当了功能符号，提示读者文中阐释项目的存在。之后，释似乎成为书坊的惯常操作，以至多数书坊已不在书名和识语中将其标出。万历三十四年(1606)余象斗三台馆刊的《列国前编十二朝》便是如此，其在书名和序中并未提示释的存在，但是到了具体文本之中，我们便看到“释疑”“总释”“释疑”“评断”等多项阐释项目。

“释”包揽的项目看似杂乱，但在文本中实不出释名物、考证和释音三个向度。这三个向度是对小说文本浅表的疏通。对此，谭帆一语中的指出本质：“万历年间的小说评点一般不脱训诂章句和对历史事实的疏证，真正对小说作出艺术的、情感的赏评还并不多见。”[②]诚如其说，“释”是对小说文本的疏证。但是，这里却带出一个问题。通常，我们追索小说评点起源时，一般探寻至宋代刘辰翁《世说新语》评本。然而，万历时期章回小说的文字副文本并未接续刘氏小说评点，而是“舍近求远”，引用注疏方式注释小说。而之所以如此，与文本题材和书坊的读者设定密切相关。

“释”作为小说文本的副文本，受制于小说文本，尤其是小说题材。明代章回小说题材十分丰富，有讲史、英雄传奇、公案、世情等。在这些类别中，史传类占比最高。在崇祯二年(1629)的《新列国志叙》中，可观道人指出史传类小说的兴盛：“自罗贯中氏《三国志》一书，以国史演为通俗演义，汪洋百余回，为世所尚。嗣是效颦日众，因而有《夏书》《商书》《列国》《两汉》《唐书》《残唐》《南北宋》诸刻，其浩瀚几与正史分签并架。”[③]确如其说，《三国》的成功带动了书坊的历史书写，各朝历史几乎被明代书坊发掘和演义殆尽，除元代外，由盘古开天一路写至明代。除事件外，历史人物亦是其书写对象，尤其是关羽、岳飞等忠臣，书坊推出《关帝英烈神武志传》《于少保萃忠传》等。

① 丁锡根编著《中国历代小说序跋集》，人民文学出版社，1996年，第890页。
② 谭帆《中国小说评点研究》，华东师范大学出版社，2001年，第19页。
③ 朱一玄编，朱天吉校《明清小说资料选编》，南开大学出版社，2006年，第6页。

在职业分明的古代社会，因为正史仅属于士阶层，只有他们才有观看或书写的权利，所以如果这些正史中的“人”与“事”没被书坊演义的话，是很难普及至大众的。

书坊主和小说作者作为社会底层的士，他们基于士的身份，在加工正史史料时，通常有着史官情节，故其改编或书写往往以史为准。天启年间的书坊主在《于少保萃忠传凡例》中打出尊重史实的书写广告，其专列二十二条“参考书目”，既有《皇明实录》《皇明政要》等史书，又有《水东日记》《菽园日记》等笔记。冯梦龙在崇祯二年(1629)的《新列国志·凡例》中指出以史为准的改编原则：“旧志事多疏漏，全不贯串，兼以率意杜撰，不顾是非。……兹编以《左》《国》《史记》为主，参以《孔子家语》《公羊》……凡列国大故，一一备载。”[①]可见，小说改编或书写者的史学严谨性。固然这样严格的书写和改编尊重了史实，但是却给读者带来了理解上的难度。

而正是这一难度催生了文字副文本释，尤其是释名物和考证等项目。一方面，古今名物理解问题催生了释名物项目的出现。因为古今变迁，所以历史时空中的地名、物名等早已发生变化，有的不复存在，有的名称虽在，但能指和所指已经脱节。而面对古今变化，改编或书写者初衷不改，选择尊重史实，这带来了“今人”理解的难度，以致书坊不得不借助副文本，消除古今理解的隔膜，所以有了“释义”“考异”“地考”等名物之释。另一方面，历史普及式的改编或书写催生了“释”的考证之类。余邵鱼在《题全像列国志传引》中指出普及正史的编撰初衷：“惧齐民不能悉达经传微辞奥旨，复又改为演义，以便人观览。”[②]在《列国前编十二朝》识语中，余象斗指出旨在普及历史知识的重刊准则和意图：“斯集为人民不识天开地辟、三皇五帝、夏商诸事迹，皆附相讹传，因(故)不佞搜采各书，如前诸传式，按鉴演义，自开地辟起，至商王宠妲己止，将天道星象，草木禽兽，并天下民用之

① 《新列国志》，《古本小说集成》第二辑，上海古籍出版社，2017年，第1—2页。
② 丁锡根编著《中国历代小说序跋集》，人民文学出版社，1996年，第861页。

物，婚配饮食药石等出处始制，今皆实考。”①在普及使命驱使下，历史书写中夹杂了大量的专属于过去某一年代的生活日用、星宿、典章制度等历史知识。此知识对除士以外的其他阶层读者来说，相对陌生，故不仅阻碍了文本阅读，且增加了理解难度。所以，史传类小说投放“补遗”“考证”等的阐释项目，用以清除这些拦路虎。

“释”不仅受制于小说文本，还受到读者知识结构的钳制。盈利是小说书坊出版的目的，其中读者是利的来源，所以书坊通常根据读者的知识结构书写和编订小说，故作为副文本的“释”亦是书坊迎合读者的结果。我们在小说识语中便看到书商的迎合。周曰校在推广其书时云：“俾句读有圈点，难字有音注，地里有释义，典故有考证，缺略有增补。……鉴者顾諟书而求诸，斯为奇货之可居。”②余象斗在《水浒辨》中对读者曰：“改正增评，有不便览者芟之，有漏者删之，……士子买者可认双峰堂为记。”③当然，这种迎合并非一味迁就，事实上书商亦掌握主动权，他们先定位小说受众群，然后根据读者群有针对性地编撰刊印书籍。

而此期小说刊印的重镇在福建。明谢肇淛在《五杂俎》卷十三“事部一”中云：“闽建阳有书坊，出书最多。”④这一重镇的读者定位为文化程度偏低的民众，而读者文化的偏低则带来了副文本的释音、义等项目。在嘉靖三十一年(1552)《大宋武穆王演义序》中，建阳熊大木道出书写的缘起：“意寓文墨，纲由大纪，士大夫以下遽尔未明乎理者，或有之矣。近因眷连杨子素号涌泉者，挟是书谒于愚曰：‘敢劳代吾演出辞话，庶使愚夫愚妇亦识其意。’”⑤意欲将此书推广至“愚夫愚妇”。梦藏道人在崇祯五年(1632)《三国志演义序》中云：“其必杂以

① 《列国前编十二朝》，《古本小说集成》第三辑，上海古籍出版社，2017年，第1页。
② 丁锡根编著《中国历代小说序跋集》，人民文学出版社，1996年，第890页。
③ 《水浒志传评林》，《古本小说集成》第三辑，上海古籍出版社，2017年，第1—2页。
④ 谢肇淛《五杂俎》，上海书店出版社，2009年，第266页。
⑤ 丁锡根编著《中国历代小说序跋集》，人民文学出版社，1996年，第980页。

街巷之谭者，正欲愚夫愚妇，共晓共畅人与是非之公。”[①]由嘉靖至崇祯，书坊数十年的受众定位始终如一，那就是社会群体中的一切人。这一设定突破传统书写对象的单一性，转向士以外的三民，以及性别序列中的女性。

在朝鲜人崔溥《漂海录》中，我们看到了其关于弘治前期江南民众文化水平的描述：“江南人以读书为业，虽里闬童稚及津夫、水夫皆识文字。臣至其地写以问之，则凡山川古迹、土地沿革，皆晓解详告之。”[②]指出当时江南高的识字率。而崔氏描述的时代，明代的刊印技术尚未发展起来，江南已有如此高的识字率，可以想象嘉靖和万历时期，伴随刊印技术大规模提升，纸张价格的下降，书籍价格下跌，社会有更高的识字率。到了万历中期，女性读书识字率有所上涨，且被社会接受。福建书坊推出了针对闺阁女性读者的书籍，如《列女传》《镌历朝列女诗选名媛玑囊》《女论语》等，其中《镌历朝列女诗选名媛玑囊》更是一部比较罕见的古代女诗人诗歌选集。[③] 在万历刊印的《金瓶梅》中，作者一开场便交代了婢女潘金莲的文化水平：“从九岁卖在王招宣府里，习学弹唱，闲常又教他读书写字。他本性机变伶俐，不过十二三，就会描眉画眼，傅粉施朱，品竹弹丝，女工针指，知书识字。”[④]可见，各阶层的女性亦有一定的识字机会和概率。然而，与士相比，士之外的三民、儿童和女性，他们的知识结构相对薄弱，与正史之间的距离较远，故为了惠及他们，书坊便采用了“释”，且由最基本音义开始。换句话说，作为副文本之一的“释”是读者较为薄弱的知识结构催生出来。

而伴随“释”的加入，原本通俗的白话小说更加通俗，以至遭到士

① 丁锡根编著《中国历代小说序跋集》，人民文学出版社，1996 年，第 896 页。

② 崔溥著，葛振家点注《漂海录 中国行记》，社会科学文献出版社，1992 年，第 194 页。

③ 方彦寿《建阳刻书史》，中国社会出版社，2003 年，第 336 页。

④ 兰陵笑笑生著，王汝梅、李昭恂、于凤树点校《张竹坡批评金瓶梅》，齐鲁书社，1991 年，第 32 页。

大夫的鄙夷。万历时期的胡应麟在《庄岳委谈下》指责《三国志演义》:“其门人罗本,亦效之为《三国志演义》,绝浅鄙可嗤也。”[①]凭实说,此期的《三国》版本,不论是闽本,还是金陵本,均为加释本。也就是说,其斥责了加释通俗本的《三国志演义》。而《三国》是史传类小说的书写典范,其被诟病,自然其后的追随者亦难逃脱被鄙夷的命运。针对这一类书写,可观道人以《列国志》为例,指出:“此等呓语,但可坐三家村田塍上指手画脚,醒锄犁瞌睡,未可为稍通文理者道也。”[②]虽然加释本通俗演义遭到士大夫阶层的诟病,但从当时加释本小说大量涌现来看,“释”有着广阔的市场。

二、万历中后期建阳的余象斗“评林”

在释盛行之际,福建建阳书坊内部发生激烈竞争,各书坊为了增加销量,开始改造文字副文本,推出了具有批评性质的小说评本,即评林本。较早推出评林本的是福建建阳书商余象斗。余象斗嘉靖末出生在福建建阳一户刊印世家,起初与大多数儒生一样致力于举业,但由于屡次不第,于万历十六年(1588)前后放弃科考,转投家族刊印事业,由此开启了小说刊印之路。这位新晋的书商在踏入刊印界之始,便与众不同,并未固守于小说加释的惯常操作,另辟一径,推出增评的评林系列,于万历中后期先后推出《新锓增补全像评林古今列女传》《新刊京本评林西东汉志传》《按鉴批点演义全像三国志传评林》《京本增补校正全像忠义水浒志传评林》《按鉴演义全像列国评林》等。其中,前四本刊于万历二十年(1592)前后,而《列国评林》较晚,刊于万历三十四年(1606)。

“评林”当然并非余氏自创,而是受福建区域刊印的影响。在余氏小说评林刊印前后,福建其他书坊已陆续推出其他文体的评林本。明代较早以“评林”字眼博受众眼球的是熊氏种德堂万历元年(1573)

① 胡应鳞《少室山房笔丛》,中华书局,1958年,第571页。

② 丁锡根编著《中国历代小说序跋集》,人民文学出版社,1996年,第865页。

刻《重订元本评林点板琵琶记》。其后，其他书坊相继效仿，推出评林本：余氏自新斋于万历十八年(1590)和万历十九年(1591)，分别刻《史记萃宝评林》和《两汉萃宝评林》；余成章万历二十一年(1593)刻《新刻二太史汇选注释老庄评林》、詹氏万历二十二年(1594)刻《新锲二太史汇选注释老庄评林》等。可知，建阳书坊的评林主要以文评为主，偶尔兼及戏曲，但是尚未进入小说文体。

万历十九年(1591)余象斗将评林这一文评常用模式引入小说，刊印《新镌增补全像评林古今列女传》，由此成为余象斗书坊的卖点。这一卖点被其在书名和识语中一再强调。其在万历二十年(1592)《按鉴批点演义全像三国志传评林》识语中说："余按《三国》一书，坊间刊刻较多，差讹错简无数，本堂素知厥弊，更请名家校正润色批点，以便海内一览。买者须要认献帝即位为记。"[①]通过与其他书坊比较，突出自家"名家校正润色批点"的特色。又在万历二十二年(1594)《水浒辨》中云："今双峰堂余子，改正增评，有不便览者芟之，有漏者删之。……士子买者可认双峰堂为记。"[②]十余年后，"批评"仍是余氏刊印特色，其在万历三十四年(1606)《列国志传评林》"识语"中亦再强调："谨依古板校正批点无讹。……象斗校正重刻全像批断，以便海内君子一览，买者须认双峰堂为记。"[③]可见，评林已成为余氏刊印的标识。

余象斗的评林具有杂糅性。具体来讲，余氏评林改变了传统评林的内涵，将其由多家评点的集合，更改为多个评点项目的集合。以往的评林指的是名家汇评。如，余象斗家族新安堂于万历十八年(1590)刻印的焦竑辑、李廷机注、李光缙汇评《史记萃宝评林》；余成章永庆堂于万历二十一年(1593)刻印的张位、赵志皋评《新刻二太史

① 陈翔华主编《日英德藏余象斗刊本批评三国志传》，国家图书馆出版社，2013 年，第 1 页。

② 《水浒志传评林》，《古本小说集成》第三辑，上海古籍出版社，2017 年，第 1—2 页。

③ 《列国志传评林》，刘世德等主编《古本小说丛刊》第六辑，中华书局，1990 年，第 1 页。

汇选注释老庄评林》。但到了余象斗，其改变了评林的性质，视多个评点项目的集合为评林。如，万历二十年(1592)《三国志传评林》的文字副文本中包含补遗、评人物、评情节等八项；而万历二十二年(1594)《水浒志传评林》中亦有评人物、评事件、评诗句等近十项。事实上，其所指的评林与上文的“释”有许多相似。它们的相同之处在于，评林中亦含有“释音”“考证”等项，而不同之处则是改变了评和释的占比，减少了音、意等释之项的比率，大大提高了对人物、事件等的评说。也就是说，余象斗评林既借鉴了文评，又借用释，可以说是两者杂糅后的产物。[①]

当然，这不是说余氏评林毫无创见，其特别之处有二。其一，余氏大大增加了评的占比和内容，不仅评说了小说人物、情节等，还评说了小说的词语、诗句、词句等。其二，其改变了评在小说空间中的地位，将评置顶于插图之上，形成“评—图—文”小说新版式。具体来说，余氏将附着于文本间的夹批或旁批单列出来，置顶于文本之上，使评在空间中获得独立。这两点改变显露出的是余氏读者定位的变化。

与建阳主流刊印不同，余象斗评林的受众不是“愚夫愚妇”，而是社会序列顶端的士或君子。其在《三国辨》中明确标明：“本堂以请名公批评圈点，……以便海内士子览之。”[②]又在《列国志传评林》中曰：“象斗校正重刻全像批断，以便海内君子一览。”可知，余氏评林本对读者的阅读水平要求有所提高。然而，对士阶层来说，余氏的评说相对浅显。因为这一群体从小受到古文、八股等训练，所以余氏对评林

---

① 现在所见的余氏评林，共有五部。它们虽均出自余氏书坊，但并非一人所评，故评林风格各异，有的“释多评少”，有的“评多释少”。在五者中，《水浒志传评林》成就最高，其以“评”为主，而非借评林之名行“释”之实。对其评说，学者谭帆给予高度评价：“《水浒志传评林》不独在《水浒》之版本变迁中有重要价值，在中国小说评点史上亦具相当重要的地位。……在小说评点史上有开启之功。”确实，从某种意义上讲，《水浒》评林拉开了小说评点的序幕。

② 陈翔华主编《日英德藏余象斗刊本批评三国志传》，国家图书馆出版社，2013年，第1页。

的改造和言说略显浅薄。因此，我们看到刑科右给事中左懋第在崇祯十五年(1642)上奏的题本中对其的不屑："(《水浒传》)此书荒唐不经，初但为隶佣瞽工之书，自异端李贽乱加圈奖，坊间精加缮刻，此书盛行，遂为世害。"①李贽最早的《水浒》评本为万历三十八年(1610)容评本，而此之前的《水浒》版本主要是闽中推出的插增本、余象斗评林本等。显然，余氏评林亦在"隶佣瞽工之书"之中。这就是说，余氏评林本对文化浅显者来说较深，而对文化水平略高者太浅，故未达到预期销量，所以在几经尝试之后，于万历三十四年(1606)《列国志传评林》之后，便放弃了评林这一板式，折返至上图下文的传统板式。

三、贯穿万历后期至崇祯的容与堂李贽"评点"

到了万历后期，福建建阳书坊开始走向下坡路，三吴书坊成为小说刊印的中心。伴随书坊地位的变化，小说副文本的地位也发生改变，前者的释、评林等板式随之由中心滑向边缘，后者倡导的"评点"成为书坊小说刊印的新风尚。万历四十二年(1614)，苏州袁本《水浒》"发凡"中指出这一社会风向："书尚评点，以能通作者之意，开览者之心也。"②万历四十三年(1615)《广谐史》"凡例"中亦云："时尚批点，以便初学观览。"③从余象斗万历三十四年(1606)后放弃评林板式，到万历四十二年(1614)大众之尚评，前后不到十年，而"评"的地位却发生如此大的变化。除书坊重镇转移外，还与思想家李贽有很大关系。万历三十八年(1610)杭州容与堂推出《李卓吾批评忠义水浒传》，此一本一经刊行，便广泛盛行起来。上述左懋第在归责李贽时描述了此本刊行后的情况，"坊间精加缮刻，此书盛行，遂为世害"④，虽为

① 国立中央研究院历史语言研究所编《明清史料乙编》第10本，上海商务印书馆，1936年，第942页。

② 陈曦钟、侯忠义、鲁玉川辑校《水浒传会评本》，北京大学出版社，1981年，第31页。

③ 朱一玄编，朱天吉校《明清小说资料选编》，南开大学出版社，2006年，第978页。

④ 国立中央研究院历史语言研究所编《明清史料乙编》第10本，上海商务印书馆，1936年，第942页。

斥责之言，但侧面验证了此本在明末的盛行。

伴随此本的盛行，书坊发现了新的商机，纷纷借李贽之名推行小说，以至李贽评本在市场中泛滥成灾。陈继儒在《李贽》卷六记录了这一现象："以故坊间诸家文集，多假卓吾先生选集之名，下至传奇小说，无不称为卓吾批阅也。"[①]盛于斯在《西游记误》中曰："若《四书眼》《四书评》，批点《西游》《水浒》等书，皆称李卓吾。"[②]据粗略统计，以李卓吾为名的评本有16部之多。这些标明李贽的评本遍及各类文体，除小说外，还有曲和文，如《李卓吾先生批评幽闺记》《李卓吾先生批选赵文肃公文集》等。可知，名人李贽之于当时书籍出版的巨大推动。这带来了明代的假托之风，钟惺、徐渭、汤显祖等名人亦成为假借对象，其名充斥于市场。

在李贽加持下，"评"顺理成章地成为了章回小说的主要副文本。"评点""评阅""批点"等标识评的字眼，频繁出现在小说扉页、书名、凡例、识语等醒目处。"评"的标出与李贽的自我言说式的评点有关。李氏之"评"不同于评林，不再仅聚焦于小说故事，而是探向蕴含在文本之后的作者之意和读者之感。这一转向与李贽评点家身份的直接显现有关。翻检此前评林、题评等可知，不论是建阳余象斗、余象乌等批评家，还是金陵陈氏尺蠖斋等评释家，其评主要是针对故事情节和人物的评说，而且在评说之时，评点家甚少脱离具体事件和人物，直接表露自我好恶。而至李贽，针对事件的评说减少，取而代之的是评点家自我言说的增多。在评说中，李贽双重身份体现得淋漓尽致。一方面，作为普通读者的李贽，时常拍案而起，以"好""奇""妙""删"等直接表达自我读感，另一方面，作为特殊读者，其以评点家身份出现，时常揭示普通读者看不到的作者之意，以至袁宏道在《东西汉通俗演义》中对其称赞不已："若无卓老揭出一段精神，则作者与读者千古俱成梦境。"[③]因此，李氏成为明末最受欢迎的评点家，其率性而为

① 朱一玄、刘毓忱编《水浒传资料汇编》，南开大学出版社，2012年，第199页。
② 朱一玄、刘毓忱编《水浒传资料汇编》，南开大学出版社，2012年，第306页。
③ 丁锡根编著《中国历代小说序跋集》，人民文学出版社，1996年，第883页。

的评语也由此走入公共视野，被大众接受，成为小说评点的常用语。

“评”的风行还与李贽借用“圈点”符号的助力有关。在容与堂李贽评本中，李氏运用“圈点”符号指出文本中字、句等书写的精妙处。[①] 翻检容本之前的小说评本，不论是福建余氏的评林系列，还是金陵题评系列，其评本中未见圈点字句的辅助性符号。即便见到圈点，亦只是断句之用，不涉及字句的解析。至万历三十八年(1610)的李贽容本中，李氏征用古文评的圈点符号，用以标识小说书写精妙处。之后，以评为主、以圈点为辅的评点形态成为三吴区域小说评本的标配。夏履先在《禅真逸史凡例》中指出评和点配合的必要性：“史中圈点，岂曰饰观，特为阐奥。……至于品题揭旁通之妙，批评总月旦之精。”[②]其后，三吴启用的评和点结合的批评形态冲击了老牌小说书坊——建阳书坊，使他们在后期尤其是崇祯时期不得不调整小说版本，在“全像”中加入圈点符号，以此来吸引读者，如钟批本《盘古至唐虞传》《有夏志传》等。

评和点结合之后则依托于杭州容与堂书坊“精刻”才得以全面盛行。“精刻”是容与堂的招牌。容与堂书坊在《批评水浒传述语》“附告”中招揽顾客时云：“本衙已精刻《黑旋风集》《清风史》将成矣，不日即公海内。”[③]如同左懋第说的“自异端李贽乱加圈奖，坊间精加缮刻”，可知“精刻”是容与堂书坊吸引客户的特质之一。“精粗”是一对共构概念，有“精”才有“粗”，或有“粗”才有“精”。容本为精刻本，那么必然存在“粗刻本”。“粗刻本”指的是闽中书坊的书籍，这是因为闽中书籍在当时以粗糙著称。明人谢肇淛在《五杂俎》卷十三“事部

① “圈点”符号对古代士大夫而言并不陌生，它是古文评中常用的符号，较早可追溯至南宋，“谢枋得《文章轨范》、方回《瀛奎律髓》、罗椅《放翁诗选》始稍稍具圈点，是盛于南宋末矣”。至明嘉靖，以茅坤、归有光等为代表的唐宋派，在取法唐宋古文书写之法的同时，兼收了宋人用圈点批评古文的形式。其中，归有光更是将此形式推行到极致，用五色圈点了《史记》，遂为古文正宗。由此，圈点成为明人文评的标配。

② 丁锡根编著《中国历代小说序跋集》，人民文学出版社，1996 年，第 1533 页。

③ 朱一玄、刘毓忱编《水浒传资料汇编》，南开大学出版社，2012 年，第 185 页。

一”中云：“闽建阳有书坊，出书最多，而纸板俱最滥恶。”[①]周亮工在《因树屋书影》卷一云：“予见建阳书坊中所刻诸书，节缩纸板，求其易售，诸书多被刊落。”[②]可知，闽中书籍纸质和文本内容均不佳。容与堂“精刻”本显然针对此而来。而在这精刻之中，小说插图的属性在吴越这里发生了转变，由原初的实用性转变为观赏性。

这一评点精刻本一经刊印便在社会上广泛盛行起来。在万历四十三年（1615）的《广谐史·凡例》中，我们看到了其对评点的具体影响：“时尚批点，以便初学观览，非大方体，且或称卓吾。”[③]翻检此期评本发现，这一评点的影响主要表现有二：在形式上，圈点成为三吴区域小说评本的基本配置，有的小说评本甚至没有评说，只有圈点；在语言上，“奇”“趣”“妙”等直抒胸臆的评语成为三吴区域的常用术语。此评本影响一直持续至明末，直至金批登上历史舞台，小说评点的重心才有所转向，但是其形式和用语仍然发挥着作用。

四、承明启清的金圣叹“有益文业”的小说评点

到了清初，伴随朝代的更迭，文教政策的变化，小说评点亦随之改变。由于以李贽为代表的小说评点不符合清廷有益文业的刊印标准，故被书坊汰除，取而代之的是符合官方标准的金批《水浒》，由此金批《水浒》成为有清一代近三百年，唯一流行的《水浒》版本。[④]金批《水浒》成为清代小说评点的范式，其后王望如、毛宗岗、张竹坡等亦多承袭圣叹评点而来，此一直延续到清末。对金氏之于小说评点的价值和意义，清末邱炜萲在《菽园赘谈》中给予了较高评价：“批小说

---

① 谢肇淛《五杂俎》，中华书局，1959年，第381页。

② 朱一玄、刘毓忱编《水浒传资料汇编》，南开大学出版社，2012年，第137页。

③ 朱一玄编，朱天吉校《明清小说资料选编》，南开大学出版社，2006年，第978页。

④ 需要说明的是，此点关涉到清初顺治九年（1652）刊印的“书坊禁例”，该条例要求“坊间书贾，止许刊行理学、政治有益文业诸书。其他琐语淫词，及一切滥刻窗艺、社稿通行严禁。违者从重究治”，此成为清代刊印准则，亦成为当时小说刊印的标准，明代小说评本显然不符合要求被汰除，而金圣叹则根据此条例，及时调整了评本，由此得以在清初刊印并盛行。对此部分，笔者有专门文章论述，此不赘述。

之文，原不自圣叹创，批小说之派，却又自圣叹开也。”[①]可见，金圣叹是明清之交承前启后的人物。圣叹的承续主要表现对文本主动性和署名权的把握，及文本与现实之间的关联之上。

评点家评点的主动权在圣叹手中得到空前加强。一方面，圣叹一改明人保守式删改，大刀阔斧地删改小说文本。删改是明代书坊重刻、改编等的惯常操作。明人胡应麟《少室山房笔丛》卷四十一云：“余二十年前，所见《水浒传》本，尚极足寻味，十数载来，为闽中坊贾刊落，止录事实，中间游词余韵，神情寄寓处，一概删之。”[②]余象斗在《水浒辨》中曾提起对《水浒》的删改：“有漏者删之，内有失韵诗词，欲削去恐观者言其省漏，皆记上层。”[③]可知，诗词是明代书坊删减的主要对象。而至金圣叹，其不仅删减诗词，且删改故事情节，将原本百二回的《水浒》删去五十回，仅保存七十回，造就了今人熟知的七十回本。另一方面，“评”在文本空间中的位置得到前置和扩张。与大多数评点相同，金氏之评亦是由回评、眉批、夹批三项构成，但又与之不同的是，金氏调整了它们的位置，将回评由回末提至回前，双行夹批置于文字之后，而非一旁，由此将“评”在空间中凸显出来。与此同时评的内容大幅度增加，圣叹在文本之前连发数篇长序，以来阐释评点的思想、缘起、感受和方法等；其间回前评亦以长篇居多，指出该回书写的技巧、方法等。此将评点家的主动权充分体现出来。

圣叹在序中直署其名，由幕后走向幕前，真实呈现在大众面前。明代诸多小说评本是借用名人之名行世，而真正的评点家往往因名气不足，不得不隐身于名人之后，以至湮没无闻。到了圣叹，其不再假借名人之名，而是署上姓名。因为圣叹评点带动了《水浒》评本的销量，所以其顺理成章晋升为清初受欢迎的评点家，以至大众在面临

① 孙中旺编著《金圣叹研究资料汇编》，广陵书社，2007年，第39页。

② 胡应麟《少室山房笔丛》，中华书局，1958年，第572页。

③ 《水浒志传评林》，《古本小说集成》第三辑，上海古籍出版社，2017年，第1—2页。

多种评本时，往往只认圣叹评本。在《评论出像水浒传总论》中，王望如表达了对圣叹评本的喜爱："余不喜阅《水浒》，喜阅圣叹之评《水浒》。"[①]钟戴苍在《第八才子书花笺记总论》中表达了对圣叹评本的偏爱："予甚喜读《水浒》《西厢》，非喜读《水浒》《西厢》，是喜读圣叹《水浒》《西厢》耳！"[②]可见，圣叹已成为小说评本的招牌。鉴于圣叹的成名，之后的评点家们亦不再隐藏姓名，毛宗岗、张竹坡、钟戴苍等以真名出现在公众视野，使后世得以管窥到他们。这一署名的改变反映的是明清之际大众价值趣味的变化，其中，明人对名家的偏重体现了对文本景观价值的追逐，而清人对评本的偏重体现了大众对文本使用价值的偏爱。

金圣叹准确把握住了朝代交替之下的价值转换时机，在评点中不再仅将小说文本与读者的精神愉悦关联起来，而是将其与现实实用关联，突出评本的使用价值。金氏在《读第五才子书法》中："吾最恨人家子弟，凡遇读书，都不理会文字，只记得若干事迹，便算读过一部书了。……《水浒传》有许多文法，非他书所曾有，略点几则于后。"[③]指出其评本之于读者文章文法的益处。这种文法的实用性落实为对文本的字句章节等的评点。具体来讲，金氏评点既关注到小说的字、句书写，又关照到小说章、部的构成。在《读第五才子书法》中，金圣叹谈及其评点对子弟阅读的益处："《水浒传》章有章法，句有句法，字有字法。人家子弟稍识字，便当教令反复细看，看得《水浒传》出时，他书便如破竹。"[④]可知，是从实用性角度出发加以批评的。清代士大夫认同了圣叹这一实用说法。钟戴苍在《第八才子书花笺

---

① 陈曦钟、侯忠义、鲁玉川辑校《水浒传会评本》，北京大学出版社，1981 年，第 36 页。

② 《第八才子书：花笺记 第九才子书：捉鬼传 第十才子书：驻春园》，线装书局，2007 年，第 11 页。

③ 陈曦钟、侯忠义、鲁玉川辑校《水浒传会评本》，北京大学出版社，1981 年，第 20 页。

④ 陈曦钟、侯忠义、鲁玉川辑校《水浒传会评本》，北京大学出版社，1981 年，第 17 页。

记总论》夸赞曰："予尝思金圣叹先生，真是千古一绝奇绝怪人。……其批法，又皆前古所无。真乃文字中天纵之圣。"[①]朱光曾在《第八才子书花笺记序》中更云："予时当总角，每闻诸名公说《水浒》《西厢》二书，有益于文章不浅。……圣叹之批点奇绝，则尤有益于文章也。"[②]指出士大夫从有益于文章的角度阅读金批。事实上，有益文章之说并不开始于金批。早在万历四十二年(1614)的《出像评点忠义水浒全传发凡》中，袁无涯就已从实用性角度兜售其评本："今于为一部之旨趣，一回之警策，一句一字之精神，无不拈出，使人知此为稗家史笔，有关于世道，有益于文章，与向来坊刻，夐乎不同。"[③]以袁本为底本的金批显然受其影响。

圣叹亦从有益于文章的角度出发评点了《水浒传》，只是不同于袁本一字一句解析的口号宣传，其评点确从字句开始，以至张竹坡在《第一奇书凡例》中诟病云："《水浒传》圣叹批，大抵皆腹中小批居多。……《水浒》是现成大段毕具的文字，如一百八人，各有一传，虽有穿插，实次第分明，故圣叹只批其字句也。"[④]而评点着眼于字句构成了圣叹评点的绵密化，之后，此成为圣叹评点的惯习，以至其诗文曲等评点均呈现绵密化。清初李渔在《填词余论》中评论圣叹批评的《西厢记》云："圣叹之评《西厢》，可谓晰毛辨发，穷幽晰微，无复有遗议于其间矣。然以予论之，圣叹所评，乃文人把玩之《西厢》，非优人搬弄之《西厢》也。文字之三昧，圣叹已得之；优人搬弄之三昧，圣叹犹有待焉。"[⑤]也就是说，有益文章的绵密式评点已然成为圣叹的风

① 《第八才子书：花笺记 第九才子书：捉鬼传 第十才子书：驻春园》，线装书局，2007年，第10—11页。

② 《第八才子书：花笺记 第九才子书：捉鬼传 第十才子书：驻春园》，线装书局，2007年，第1页。

③ 陈曦钟、侯忠义、鲁玉川辑校《水浒传会评本》，北京大学出版社，1981年，第31页。

④ 兰陵笑笑生著，王汝梅、李昭恂、于凤树点校《张竹坡批评金瓶梅》，齐鲁书社，1991年，第2页。

⑤ 李渔《闲情偶寄》，《李渔全集》第3卷，浙江古籍出版社，1992年，第65页。

格。固然，这种由实用出发带来的字句评点是受了袁本的启示，但不可否认的是，其更多的是来源于清廷“书坊禁例”中“有益文业”的官方规定。也可以说，圣叹有益文业的评点是小说评点内部发展而来的力量和官方外部的推力合流的结果。

圣叹凭借对文本和现实的把握和对接，改变了明代小说评点侧重点，开启了清代小说评点，被后世国内外评点家效仿和接续。刘廷玑在《历代小说》中理出圣叹评点的影响脉络：“杭永年一仿圣叹笔意批之。……彭城张竹坡为之先总大纲，次则逐卷逐段分注批点，可以继武圣叹。”[①]在《第八才子书花笺记序》中，朱光曾称赞钟戴苍评点时云：“钟子之批点，更可续于圣叹批点《水浒》《西厢》之后矣。”[②]自觉将钟氏纳入到圣叹评点谱系之中。可知，圣叹对清代小说评点的影响。而在域外，圣叹评点亦产生很大影响，形塑了域外汉文化圈的小说评点样态，其中尤以日本和朝鲜最为明显。日本江户时代最后一座巨峰的泷泽马琴亦在评点语句方面对圣叹评点有诸多模仿。[③] 韩国学者高奈延认为朝鲜著名小说《广寒楼记》评本“从体例、内容到方法都参考了金批”[④]。中国学者韩梅更进一步，其通过对朝鲜小说评本的分析，认为金圣叹评点“促成了韩国古典小说批评的诞生”[⑤]。可知，金批对汉文化圈的影响之大。

总结

由释到评点，从边缘到主流，章回小说文字副文本经历了一系列

---

① 刘廷玑撰，张守谦点校《在园杂志》，中华书局，2005 年，第 83—84 页。

② 《第八才子书：花笺记 第九才子书：捉鬼传 第十才子书：驻春园》，线装书局，2007 年，第 1 页。

③ 张小钢《金圣叹的文学批评与日本江户文学》，《吉林大学社会科学学报》2001 年第 1 期。

④ 高奈延《金圣叹对韩国通俗文学批评影响之初探》，《南开学报（哲学社会科学版）》2008 年第 5 期。

⑤ 韩梅《韩国古典小说批评与金圣叹文学评点》，《解放军外国语学院学报》2010 年第 3 期。

的演化。这一演化发生于万历中期，章回小说兴盛之初，释作为疏解性的文字依附于小说文本狭缝间，而至余象斗，其将它们由狭缝中至文本之上，抬高了评的空间位置，但是这种尝试却因销量不佳而宣告失败，于是万历三十四年(1606)后便放弃了这一板式。到了万历后期，福建书坊已然式微，三吴书坊崛起，他们推出了适合本区域的板式，其中尤其是容与堂推出的李贽《水浒》评本最为出彩，其凭借直抒胸臆式的小说评说和士大夫熟悉的圈点符号，赢得了士大夫们的心，风行起来，由此评点成为了小说主要副文本，一直影响至明末。到了清兵入关，清廷立了新的刊印规定，小说评点亦不得不改，这时生于吴中的金圣叹，为了使评本获得刊行资格，便根据新规调整了其崇祯十四年的《水浒》评本，突出评本有益文业一面，而此本一出不仅得到士大夫们的推崇，且得到官方顺治皇帝的肯定，由此金批《水浒》便成为了清代小说评点的范式，影响了整个汉文化圈。

(南通大学文学院)

“不理于人口”：况周颐人际关系考论*

杨柏岭　郭增强

内容摘要：本文对学界有关况周颐人际关系的习见予以回应。况氏清醒地认识到自己“不理于人口”的人际关系，但或因生计之迫或因独葆清气而“不遑恤也”。况氏与李详龃龉事属实，然李详悼念端方诗所讥讽者并非仅况氏一人，且二人交恶后绝非互不往来。况氏与郑文焯由交好到交恶，主要还是词学观点不同，而郑氏所谓“伧父”并非专指况氏。王国维是为数不多的对况氏气节称赞者，两人关系并非“一冷一热”所能概括，况氏同样对王国维有较为积极的反应。面对端木埰、许玉瑑、王鹏运及朱祖谋等，况氏既是聆听者，亦是对话者，更是宣讲者。

关键词：况周颐；人际关系；性格；词学观

* 基金项目：安徽省省属公办普通本科高校领军骨干人才项目（皖教秘人[2017]161号）。

"Treated With Negative Comments": Reevaluating Kuang Zhouyi's Interpersonal Relationships

Yang Bai-ling　Guo Zeng-qiang

Abstract: This paper critically examines scholarly interpretations of Kuang Zhouyi's interpersonal relationships. While Kuang acknowledged that he was predisposed to be "treated with negative comments", he treated them "with a pinch of salt", possibly influenced by socioeconomic pressures or his adherence to purity of spirit. Although the disagreements with Li Xiang were genuine, Kuang was not the only person who was ridiculed in the poem Li composed in the memory of Duanfang, not to mention the fact that both still maintained a degree of contact after the enmity. Discord with his former friend, Zheng Wenzhuo stemmed primarily from differing lexicographic perspectives, and Zheng's portrayal of Kuang as a "boor" was not exclusively directed at him. On a different note, Wang Guowei was one of the few who praised Kuang, but they certainly did not make a "cold-friendly" partnership, because Kuang returned Wang with positive feedback as well. Additionally, Kuang actively engaged with figures like Duanmu Cai, Xu Yucheng, Wang Pengyun, and Zhu Zumou, participating as an interlocutor and even an instructor, assuming roles beyond a mere listener.

Keywords: Kuang Zhouyi; interpersonal relationships; character; lexicographic perspectives

引言：从缪荃孙评价况周颐"可恶又可怜"谈起

清末民初词坛诸名家中，况周颐的性情"怪"颇受人们关注。检读相关言论，如狂妄、好骂、谋生拙等占了主位。其中，缪荃孙虽早于况氏七年去世，然自光绪十八年(1892)八月二十九日，缪荃孙诣况氏谈[1]，直至缪氏1919年去世，其日记中录载与况氏交往约500余次，相关书札等亦频言况氏。除此，以缪氏评论为引言，还有几点原因：一是缪氏多次云与况氏绝交，然实则交往依旧，此点颇能反映况氏处理人际关系的特点；二是常言与况氏交恶者亦多与缪氏相交，缪氏是况氏人际交往的知情者；三是缪氏既是况氏朋友，也一度是况氏同事和上司，更是况氏较长时间内谋生的主要帮助者。

况氏平生为谋生奔波，时人对其负面言论多与此有关。其晚年困顿沪上，一度拟谋职上海商务印书馆工作，约在民国二年(1913)，致信前江楚编译局总办、在宁时旧契刘世珩(字聚卿、葱石)从中周旋，“商务印书馆馆地(址)，于菊翁(引者按：张元济，时任商务馆董事，主管编译所事务)枉顾后就之，已支两月薪水矣”，并提出“本每月四十元，欲得加二十元、三十元更妙”的薪酬要求。另一封又请刘氏游说“陆费伯鸿(引者按：陆费逵，字伯鸿，时任商务馆经理)处，务求嘘植，以速为妙……商务书局(旁注：月五十元)之《蕙风》(贱姓名亦请告知)”，迫切需求职位，薪水每月降了十元。[2] 对此，缪氏曾致信徐乃昌云“夔生商务馆又失去，奈何？可恶又可怜也”[3]，既揭示况氏生活窘境，又显示缪氏对况氏又恨又爱的纠结心理，反映出多数人对况氏的共同态度。

缪氏多次谈到况氏的“可恶”，主要表现有：一是况氏狂妄且好骂。光绪二十三年(1897)二月五日，缪氏日记载：“况夔生来，所谈皆极可笑，亦妄人也。”[4]约光绪二十四年(1898)，致信徐乃昌云：“夔生处虽竭力周旋，终不免于骂。如此酷暑抱病陪客，实不值得。听其骂

---

① 张廷银、朱玉麒主编《缪荃孙全集·日记》第1册，凤凰出版社，2014年，第229页。

② 吴书荫《况周颐和暖红室〈汇刻传剧〉——读〈况周颐致刘世珩手札二十三通〉》，《文献》2005年第1期，第207，209—210页。

③ 张廷银、朱玉麒主编《缪荃孙全集·诗文》第2册，第493页。

④ 张廷银、朱玉麒主编《缪荃孙全集·日记》第1册，第453页。

而已。欲绝交亦甚好，自任瞎眼认错了人。”[①]另一封云：“曼仙（引者按：章华）病而狂，夔生不病而亦狂矣，奈何。”[②]二是况氏弃妻却嬖妾。缪氏致金武祥（溎生）信：“夔生非人类，北京弃一妇，南京又弃一妇，现往浙江寻唐春卿（引者按：唐景崇字春卿），弟已与绝交，徐刘玄（引者按：‘徐、刘’疑指刘世珩、徐乃昌）亦然。”致凌霞（尘遗）信：“惟连弃两妻，惑于嬖妾，同人均不愿与之往来。”[③]三是况氏贪劣而怒友。况氏谋生能力弱，既有“嬖妾”之好，又吸食鸦片，致使消费日益，对收入颇为计较。宣统元年（1909）六月二十四日，缪氏日记载：“夔生来函，不可究诘，‘贪劣’二字其定评也。”[④]约光绪二十三年（1897）缪氏致信梁鼎芬（字心海，号节庵）：“况夔生拓碑、买古董而受窘，窘则迁怒朋友，朋友绝而愈窘。有函求救阁下，然所言刘、徐诸君之闲话，皆真所自取，非人之过也。”[⑤]致信徐乃昌云：“夔生该死，弟不能顾矣”，“夔生事，中间人甚为难，日日想著书、刻书成名……渠动辄言云书多难寻，而今我辈翻书便不知其难，想嫏嬛福地（引者按：况氏自设嫏福书肆或云嬛福书庄于沪）彼独投之耶”。然“可怜”之处在于况氏“有才”而困窘，缪氏致凌霞信云“夔生京华旧雨，深于词学，近有志金石”[⑥]，致金武祥信云“夔生文极佳，行可议”，致信徐乃昌云“宣城初三兵变，夔生遍体鳞伤，逃至上海。尚无住屋，损失可知”[⑦]，则又表现出友朋间的关心。

当然，也有为其说好话的，如陈巨来弟陈左高云：“蕙风淡泊明

① 张廷银、朱玉麒主编《缪荃孙全集·诗文》第2册，第421页。按：此信有言“聚兄托撰《刘伯宗年谱》……此谱居然可成，亦一快事”。据缪荃孙戊戌正月十五日载“聚卿嘱代辑删刘伯宗、吴次尾年谱……”，同年六月二十八日载“覆勘《刘伯宗年谱》毕”。（《缪荃孙全集·日记》第1册，第500、526页）可知此信作于光绪戊戌年（1898）七月前后。

② 张廷银、朱玉麒主编《缪荃孙全集·诗文》第2册，第461页。

③ 张廷银、朱玉麒主编《缪荃孙全集·诗文》第2册，第275、338页。

④ 张廷银、朱玉麒主编《缪荃孙全集·日记》第3册，第37页。

⑤ 张廷银、朱玉麒主编《缪荃孙全集·诗文》第2册，第358页。按：此信有言“叶临恭委邳州”，叶大庄（字临恭）于光绪二十三年（1897）知邳州。

⑥ 张廷银、朱玉麒主编《缪荃孙全集·诗文》第2册，第426、384、338页。

⑦ 张廷银、朱玉麒主编《缪荃孙全集·诗文》第2册，第289、483页。

志，而对陶朱白圭之流，则不屑一交。”[①]叶易云：“因为‘目空一切’，必然对人冲撞颇多；又秉性朴厚，拙于官场周旋之术；再由于固执泥古……”[②]不过，比较而言，关于况氏个性及其人际关系，王国维早期听闻后所下的“不理于人口”[③]的判断还是占据主流。以上所论也得到况氏自我认识的印证。他多次说过，由于数十年阅读雅词，致“吾性情为词所陶冶，与无情世事，日背道而驰。其蔽也，不能谐俗，与物忤。自知受病之源，不能改也”，“养成不入时之性情，不遑恤也”。[④]

人际关系历来就是鉴别性格、人品的重要维度。亚里士多德言“人类生来就有合群的性情”，众人皆将“合群”视为人性之一，况氏自言之性情，多多少少带有“因高傲自满而鄙弃世俗”的倾向，几近滑入“为世俗所鄙弃而无法获得人类社会组合的便利”的窘境。[⑤] 不过，有关况氏人际关系的言论，或据传闻，或囿于师承门径之见，或未加考实以讹传讹，或限于一时愤情，致使误解曲解甚多。这既无法判断况氏人际交往的客观情形，也影响了人们对近现代词坛的认知。以下考索几个典型案例，以期分析况氏现实人格及其人际关系的具体表现。

一、与李详龃龉事考

光绪三十二年(1906)，端方(字午桥，号匋斋，谥忠敏)移督两江，招缪荃孙(字筱珊，号艺风)、蒯光典(字礼卿)、况周颐等人充江楚编译官书局。次年二月三十日[⑥]，曾系蒯氏家塾师的李详(字审言，号愧

---

① 陈左高《文苑人物丛谈》，上海远东出版社，2010年，第53页。

② 叶易《况周颐》，《中国历代著名文学家评传·续编三》，山东教育出版社，1997年，第708页。

③ 房鑫亮编校《王国维书信日记》，浙江教育出版社，2015年，第266页。

④ 况周颐著，屈兴国辑注《蕙风词话辑注》，江西人民出版社，2000年，第21页。

⑤ 亚里士多德著，吴寿彭译《政治学》，商务印书馆，2009年，第9页。

⑥ 柳向春《兴化李审言先生年谱长编稿》，《传统中国研究集刊九、十合辑》，上海人民出版社，2012年，第542页。按：光绪三十二年十二月二十六日，缪氏记“荐李审言于午帅”，次年二月三十日“李审言自兴化来”(张廷银、朱玉麒主编《缪荃孙全集·日记》第2册，第429、438页)，柳向春所云系李详到任时间。

生）以缪、蒯两君荐之端方，“充江楚编译官书局帮总纂”，“时实无书可纂，支官钱，治私书，即《匋斋藏石记》是也”[①]，况、李龃龉由此始。宣统元年端方调直隶，宣统三年（1911）在四川“保路运动”中被砍杀于资州，李详于十月[②]作诗《见匋斋藏石记印本感赋》三首以哀之。或云第二首“脱略曾非礼数苛，上宫有女妒修蛾”，第三首“轻薄子玄（云）犹并世，可怜不返蜀川魂”[③]等句讥讽了况周颐。辛亥革命后，况、李均侨居沪上，人们多认为两人因互不入社而不来往。张尔田（字孟劬）云：“往余辈在沪，有一元会之集，古微丈、曹君直、吴瞿安、夔笙及余，同人欲拉审言入会，夔笙辄阻挠之，问其故，亦不肯竟言。”[④]这是况的主场，而李的主场，如民国六年（1917）八月，王国维致信罗振玉中提到李详邀自己入通社事，特加注云：“夔笙与李不合，恐不来。”[⑤]上述言论屡被学人引用，然事实如何均须考辨。

首先，况、李同职端幕龃龉事，叙述至少有三个版本。

其一，当事人之一李详《分撰匋斋藏石记释文题记》（1928 年九月）云：“总纂本属艺风，渠方为匋斋办《消夏记》，论列书画，不暇兼顾，荐临桂况夔笙周仪领之，夔笙妄自尊大，蔑余于此道瞢如，择拓本无首尾，及漫漶模糊不辨字迹，一以属余。而时来探刺释文何若？将为抵巇下石之举。余深知其故，昔观王述庵侍郎《金石萃编》，悉其条理。又素习钱少詹、阮文达两集，幸未堕入云雾，为人所中。”[⑥]此后，李详弟子陈训正（字屺怀，号玄婴）《兴化李先生墓表》（1931）云：“蕙风以词名，与先生蕲向不同，每论文，各有所持，积至不相能。蕙风气盛，时时以言倾先生，先生则与为慢罕而已，执貌弥躬……人以是称

① 李详《分撰匋斋藏石记释文题记》，李稚甫编校《李审言文集》，江苏古籍出版社，1989 年，第 1369 页。

② 柳向春《兴化李审言先生年谱长编稿》，第 553 页。

③ 李稚甫编校《李审言文集》，第 1262 页。

④ 张尔田《与龙榆生论况蕙风逸事》，张尔田著，段晓华、蒋涛整理点校《张尔田集辑校》，黄山书社，2018 年，第 402 页。

⑤ 房鑫亮编校《王国维书信日记》，第 267 页。

⑥ 李详《分撰匋斋藏石记释文题记》，李稚甫编校《李审言文集》，第 1369 页。

其雅度。”[①]陈训正将况、李龃龉事写入李详墓表，足见兹事甚大，且抑况扬李态度分明。此后，李详之子李稚甫《匋斋藏石记释文自定本二卷·说明》及《李详传略》(1981)，钱基博《现代中国文学史》(1933年9月初版，1936年修订)、李详弟子卢前《冶城话旧》(1937)等述及李、况在端方幕中冲突，均源自李详所述。在此版本中，除了李详自云“幸未堕入云雾，为人所中”中“人”，还有“经余所编者……编为私家著述之一。古人多有此例，盖不欲与他人分谤云”[②]中“分谤”者所指均未明说。据端方《陶斋藏石记序》(1909)云“助余勘定者，则有临桂况周颐、湘阴龚锡龄、兴化李详、丹徒陈庆年，于例得附书之”[③]，然李稚甫《李详传略》明言李、况“分撰”且云“(况)藉此为难他……未为所难”[④]，矛头直指况氏。

其二，张尔田《近代词人逸事》云，况氏在端幕，为端方“审定金石，代作跋尾。忠敏极爱之”，时蒯光典“与夔笙学不同，每见忠敏，必短夔笙”。端方太息曰：“我亦知夔笙将来必饿死，但我端方不能看其饿死。”况氏“闻之，至于涕下。李审言，礼卿客也，有咏忠敏诗云：‘轻薄子云犹未死，可怜难返蜀川魂。’自是有宴会，夔笙与审言必避不相见”[⑤]。其叙述自是一个版本，既将况、李在端幕的冲突原因指向蒯光典，又把况、李冲突移至李详创作悼念端方诗后。龙榆生《清季四大词人》等延此说。此说影响最广，然脱离事实亦最大。

其三，汪辟疆《光宣以来诗坛旁记》转录1945年八月日记，叙说况、李在端幕时矛盾，前半段源自李详，后半段来自张尔田，且补充了“裁员”细节：“会督府议裁员，况名已在被裁之列。见者佥曰：‘活该饿死。’蒯又以语端，谓不直其人多矣。匋斋太息曰：‘我亦知夔笙必

① 李稚甫编校《李审言文集》，第1452页。

② 李详《分撰匋斋藏石记释文题记》，李稚甫编校《李审言文集》，第1370页。

③ 端方《陶斋藏石记序》，端方辑《陶斋藏石记》第1册，朝华出版社，2019年，第7—8页。

④ 李稚甫编校《李审言文集》，第1740页。

⑤ 张尔田著，段晓华、蒋涛整理点校《张尔田集辑校》，第378页。

将饿死，但端方一日在，决不容坐视其饿死。’乃取笔抹去况名，并书打油诗以慰之，有‘纵裁裁不到词人’之句，况氏为之感泣。于是况李二氏构怨深矣。”[①]

再者，李详作诗追悼端方，对端幕同事多有讥讽。他在《分撰匋斋藏石记释文题记》中还将端方对他“待余初优”到“礼遇渐衰”变化的原因，归结为“黠者恐余之进也，逆妒其宠”，将端方“其后以骄蹇无状败”的原因归为“皆左右唯阿者多，规诲绝少”，将其作诗悼念端方的初衷归为“余伤其为群小所迫”[②]等，其中并未明确“黠者”“阿者”“群小”所指，故亦遭后人猜测。

或云刘师培，章士钊《论近代诗家绝句》咏李详自注云，刘师培在端幕时“颇露才，闻有排挤李审言及朱孔彰事”，“子云，似指刘申叔”，后经汪辟疆考证，李诗“轻薄”句说端方“返蜀”时间与刘氏行踪不合，故仍认为“指况周仪，非指刘师培”[③]。

或云况周颐，除了张尔田《近代词人逸事》，还有卢前“衰端方亦不能忘情于蕙风也”[④]，汪辟疆云“此事余闻之泰兴金蘅意太史鉽……第三首言况氏传端命以傲己，今则蜀魂难返，而况氏固懊然尚在人间也”[⑤]，虽系听闻，然给人言之凿凿的印象。陈左高云其父陈渭源与况氏倚枕共榻，搓丸吸呼鸦片时，况氏“往往兴来絮语，诸如称蒯光典见端方，常贬我而扬李详，端方却为之辩解。及端方被杀，详吊之以诗……语次，以李诋己为轻薄，不无耿耿于怀”[⑥]。关于况、李龃龉事三个叙述版本，都存在将李诗讽刺对象指向况氏的现象。

或指丹徒陈庆年（字善余，号横山）。张尔田《近代词人逸事》在《词学季刊》发表后，据龙榆生说“况李交恶事，据审言先生哲嗣语予，

---

① 汪辟疆《光宣以来诗坛旁记》，辽宁教育出版社，1998 年，第 78 页。

② 李详《分撰匋斋藏石记释文题记》，李稚甫编校《李审言文集》，第 1369—1367 页。

③ 汪辟疆《光宣以来诗坛旁记》，第 78 页。

④ 卢前《冶城话旧》，《卢前笔记杂钞》，中华书局，2006 年，第 407 页。

⑤ 汪辟疆《光宣以来诗坛旁记》，第 79 页。

⑥ 陈左高《文苑人物丛谈》，第 54 页。

其先人咏忠敏诗云云，盖别有所指，非诋夔笙，或孟劬先生偶据传闻之语欤”[①]，然李稚甫并未指出具体对象。钱基博亦认为“端方视详，颇加敬礼。丹徒某妒详之进，与长洲朱孔彰仲我皆为所龁龁”，“丹徒某”当指陈庆年，呼应了李详所说黠者等；接着评李诗“情见乎词，盖犹不忘前恨也”[②]，故“前恨”非况氏一人。至于蔡文锦《李审言评传》仍认为钱基博此处“意指况周颐”[③]，实为未能细读钱氏文字的结果。柳诒征《劬堂日记》1944 年 6 月 12 日载，李诗“诋陈横山者，卢以为讥况夔笙，非也”，乃因“惟陈以坐办之尊，挟大帅之宠，揶揄审言，有使人难堪者，故李深恨之”，将“别有所指”坐实。后来，柳诒征长孙柳曾符《陈善余先生与先祖柳翼谋》又补细节云：“传说有人买一炊饼，用纸拓其底部，交李释文，李百思不得，毒怨颇甚。”李诗“所讽乃是善余先生”[④]。当然，张尔田 1935 年复龙榆生信否认指陈庆年，“善余亦余旧好，曾为端忠敏客，然不闻其治金石”，与“子云奇字，用典似未合”[⑤]。陈庆年非治金石专家，然云其不治金石亦非事实。端方《匋斋藏石记自序》明言陈是“助余勘定者”之一，缪荃孙日记也多次记载陈借阅金石著述等。

事实上，李详《黄仲弢蓼绥阁集编辑始末》云：“余局员也，名为帮总纂，应隶总纂修缪艺风先生教下，陈为坐办，公然以僚属视余；即长洲朱先生孔彰，亦在威胁之下。”[⑥]此与《分撰匋斋藏石记释文题记》说到“黠者”等，情形一致，尤其是提及了朱孔彰（柳诒征当本于此）。李详晚年诗云：“蓼绥遗文落吾手，……后世谁知子建定，今人但识横山

① 张尔田著，段晓华、蒋涛整理点校《张尔田集辑校》，第 378 页。

② 钱基博《现代中国文学史》，上海三联书店出版社，2014 年，第 123、125 页。

③ 蔡文锦《李审言评传》，中国文联出版社，2001 年，第 214 页。

④ 中国人民政治协商会议镇江市委员会文史资料研究委员会编《镇江文史资料（第 29 辑）》，镇江市谏壁印刷厂，1996 年，第 145、144 页。

⑤ 张尔田《致龙榆生信》，张尔田著，段晓华、蒋涛整理点校《张尔田集辑校》，第 402 页。

⑥ 李详《药里慵谈》卷六，李稚甫编校《李审言文集》，第 714 页。

编。本非长物轻割弃，夺笔宁计王恭钱。”[1]后两句合用“夺笔江淹”与南朝王恭“作人无长物”典故，表达面对陈庆年侵犯署名权的超然态度。至此，正如李详自言悲端方部分诗句“固自有人……亦非专指某君。盖我辈议论，不可稍示假借，一有低昂，即为后世丛诟之端”[2]，故而陈左高记述况氏认为影射自己，除了不排除听闻传说，还有就是作者用心未必然而读者之心何必不然的结果。

第三，前引张尔田云况、李交恶后“自是有宴会”，“必避不相见”，不合事实。李稚甫云：“龙榆生往昔于《词学季刊》，称先君与况，由是不相见，而匋斋一意袒况，皆传闻之过，非情实也。”[3]辛亥革命后，况氏先移居沪上春明坊，李详于“壬子四月薄游上海”，旧故皆不期而遇，归里作诗寄赠，提及十数位故交，最后云：“夔笙（临桂况君周颐）后至岂无意，羡君居榜春明坊。我今垂翅客海裔，如置百尺无梯坊。……”[4]民国二年四月十一日，况、李均参加邓实召集晚宴[5]；五月二十五日，况、李均参加李世由（晓暾）召集晚宴[6]；民国三年三月十三日，缪荃孙“请罗叔蕴……李审言、况夔生……小饮悦宾楼”[7]等。李详曾回忆，“往馆上海”，客有况周颐、程颂万及黄侃，程氏“倡斗韵联句，作香奁体”，李详“得‘琼’字，须用人名作对”，“夔笙窥余作微笑状，程、黄亦静默以俟。余从容书‘彩伴云軿下智琼’七字，子大拍手，季刚回视，夔笙若有惭色。初意窘余，不知尚有智琼事在，为余拔山之助……”[8]此则将两个文人相轻心理揭示无遗。同时，似可认为在

---

① 李详《题冒鹤亭广生新刊二黄先生诗即以寄冒》，李稚甫编校《李审言文集》，第1322页。

② 李详《药里慵谈》卷二，李稚甫编校《李审言文集》，第618—619页。

③ 李稚甫《匋斋藏石记释文自定本二卷》，李稚甫编校《李审言文集》，第1464页。

④ 李详《壬子四月薄游上海昔时旧故皆不期而遇归里作此寄赠属李君晓暾登之报端冀见之者互相传告不能一一奉简也》，李稚甫编校《李审言文集》，第1238页。

⑤ 缪荃孙《缪荃孙全集·日记》第3册，第194页。

⑥ 黄侃著，黄延祖重辑《黄侃日记》，中华书局，2007年，第2页。

⑦ 缪荃孙《缪荃孙全集·日记》第3册，第312页。

⑧ 李详《药里慵谈》卷六，李稚甫编校《李审言文集》，第714页。

李详心中，况氏只是那个“妄自尊大”者，而非“黠者”等。

二、与郑文焯从“素心晨夕”到“两贤相扼”

况周颐与郑文焯“交恶”事，一直是词学研究者关注的话题，孙维城、杨传庆、郑炜明等更是著专文研讨。不过，仍有一些疑惑需要分析。

一是两人早期交好。况氏《香东漫笔》忆道：“辛卯、壬辰间，余客吴门，与子苇、叔问素心晨夕，冷吟闲醉，不知有人世升沉也。”[①]况氏有《喜迁莺·壬辰正月二十日，子苇、小坡，柳宜桥酒楼联句，和梦窗韵》三人联句之作，以及《寿楼春·余与实甫，闻声相思，十余年矣……》“并呈子苇、小坡两兄”（此两阕况氏编入《玉梅词》集，但均未入自定本《蕙风琴趣》《蕙风词》）等词。同样，郑氏此时有《寿楼春·和梅溪赠夔笙同年》《绛都春·夔笙新纳吴姬》（《冷红词》卷一）等词。《绛都春》“几回鹦语教成，绿窗睡暖”句注云“夔笙不谙吴语，因戏及之”，可睹融洽无隙之情义。当郑氏收到况氏自沪上寄来所刊《蚁术词选》，于壬辰（1892）二月十四日撰《蚁术词选跋》，既称赞“今葵生同年，从元钞校补付梓，多至百余首，视昔所见，清典可风”，又抒写别离思情，“葵生别予旬日，此篇寄自沪上。西园风雨，春事飘零，读集中《六州歌头》遣春诸词，又不任离索之感焉”[②]。况氏对苏州唱和铭记于心，返京后，便鼓动王鹏运赓续此风。光绪二十年（1894）夏，王鹏运、张祥龄和他用时五日完成遍和《珠玉词》之举。

二是两人相恶缘由。除了陈巨来转述况氏所言，乃郑氏“乞烟”致怨说[③]，人们多认为因况氏创作《玉梅后词》遭郑氏讥讽而起，甚或是况氏作《玉梅后词跋》后。其实，光绪三十年（1904）五月二十六日，半塘致信彊村有言“昨况夔笙渡江见访……夔笙素不满某某，尝与吾

---

① 况周颐《香东漫笔》，况周颐著，屈兴国辑注《蕙风词话辑注》，第341页。

② 郑文焯《蚁术词选跋》，《词学季刊》1935年第1卷第3号，第135—136页。

③ 陈巨来《安持人物琐忆》，第128页。

两人异趣”[①]，据考“某某”即郑文焯[②]。若如此，况、郑二人相处不洽已有时日。况、郑言辞龃龉自交好时便有，郑氏《蚁术词选跋》虽重在肯定，然又有比较元代邵亨贞与南宋周密的“然较弁阳，则远逊”[③]句，似有况氏编选邵亨贞词选乃是眼光不高之举的用意。因为郑氏此时正从事自评为“南宋高制，美尽是编”[④]的周密《绝妙好词》的校录工作(1896年刊行)。况氏《餐樱庑漫笔》(《申报·自由谈》1924年8月15日)说，“曩客吴门”，与郑文焯等同游虎丘，联句赋《锁窗寒》词，郑氏得句“近黄昏、玉鬟更携，粉香欲共苍翠滴”，“颇自喜”，而况氏曰：“句诚佳矣，此敷粉之面，无乃太大乎？”“四座为之轩渠。”[⑤]虽系追记，然早年两人词学趣味之异已显端倪。

当然，况、郑二人关系恶化还是因为况氏拟刊刻《玉梅后词》之事。光绪三十三年况氏《玉梅后词跋》云：

> 《玉梅后词》者，甲龙仲如，玉梅词人后游苏州作也。是岁四月，自常州之扬州，晤半唐于东关街仪董学堂。半唐谓余，是词淫艳，不可刻也。夫艳，何责焉？淫，古意也。《三百篇》杂贞(集顶)淫，孔子奚取焉？虽然，半唐之言甚爱我也，唯是甚不似吾半唐之言，宁吾半唐而顾出此？余回常州，半唐旋之镇江，而杭州、苏州，略举余词似某名士老于苏州者。某益大诃(呵、何)之，其言寖不可闻。未几，而半唐遽离(同“罹”)两广会馆之戚。言反常则亦为妖，半唐之言，

① 王鹏运《致朱孝臧》，杨传庆编著《词学书札萃编》，南开大学出版社，2015年，第83页。

② 此信中，王鹏运只提及词人四位，朱祖谋、况周颐、郑文焯及自己。所谓“夔笙素不满某某，尝与吾两人异趣”，是说况氏不满的“某某”，反而是王鹏运和朱祖谋满意的。继而，王鹏运告诉朱祖谋自己词集的编辑体例，特别交代“叔问词刻集胜一集，亦此意也”(王鹏运《致朱孝臧》，杨传庆编著《词学书札萃编》，第83页)，将“某某”逐渐明朗化。

③ 郑文焯《蚁术词选跋》，第135—136页。

④ 郑文焯《绝妙好词校录自序》，孙克强、杨传庆辑校《大鹤山人词话》，南开大学出版社，2010年，第321页。

⑤ 况周颐著，屈兴国辑注《蕙风词话辑注》，第535页。

非吾半唐之常也。而某名士无恙至今，则道其常故也。吾刻吾词，亦道其常云尔。丁未小寒食，自识于秦淮俟庐之珠花簃。[1]

光绪三十年(1904)二月，况氏游历苏、杭，成《玉梅后词》十余首。四五月间，半塘先严责况氏《玉梅后词》“淫艳，不可刻”，由“某益大诃之”[2]中“益”字可知，继而将自己的态度告诉了苏州某名士(据考此名士即郑文焯)，而况氏之所以知道该名士“寝不可闻”的话，极有可能也是五月二十五日况氏造访半塘时由半塘转述的。次日，半塘致信彊村云“夔笙素不满某某，尝与吾两人异趣”，除了传递将况氏孤立在他与彊村“朋友圈”外的信息，还有既知况氏“素不满某某”，那为何还要将况氏《玉梅后词》及自己态度告诉郑氏？至此，便知况氏后来谈及此事，为何以“言反常则亦为妖”来阐释“爱我”的半塘那令其困惑的行为了。与“半唐之言，非吾半唐之常”相比，“某名士无恙至今，则道其常故也”，这便印证了半塘云况氏“素不满某某”的判断。同时，时隔三年，况氏刊行《玉梅后词》“亦道其常云尔”，此“常”又是尊重自己的情感及词心之真的意思。

不过，同年八月三十日，郑氏致书陈锐追记半塘六月二十三日病逝于苏州两广会馆的细节：“迨廿二日薄暮，况葵生同年来，欲与半塘翁商一枝之借，先至敝斋夜谈，与葵生夜谭之际，正鹜翁属纩之顷。悲夫！约次晨会于鹜翁处。不图二十三日黎明，忽有亟足报其噩耗，惊起痛哭，都不知涕之何从也。”[3]半塘去世前一天，况氏也到了苏州，并拟次日晨拜见半塘。此在况氏现存文字中未见，郑炜明《况周颐年谱》等亦无说明。若郑氏所云况氏于半塘去世前一天到苏州并准备

① 况周颐《玉梅后词》卷二，《香艳丛书》第八集，上海中国图书公司和记印行，庚戌年(1910)十月初版，民国三年(1914)八月五版，第11页。

② 按：郑炜明采信《蕙风丛书》本，此句为“某益大何之”，认为“‘何’取《汉书·贾谊传》‘大谴大何’语”(郑炜明、陈玉莹《况周颐研究二集》，第51页)。“何”旧通“呵”“诃”，诘问、呵叱的意思。

③ 李开军《新见郑文焯与陈锐书札十二通》，曹辛华主编《民国旧体文学研究(第一辑)》，国家图书馆出版社，2016年，第412页。

拜见半塘属实，那么据半塘言况氏“素不满某某”情况，绝不会先至郑氏斋中夜谈。因此，只有一种可能，就是况氏得知郑氏呵责其《玉梅后词》事，他先到郑氏斋是兴师问罪。若如此，况氏“欲与半塘翁商一枝之借”，只不过是郑氏的托词罢了。

时隔创作《玉梅后词》十年，况氏于民国三年（1914）在《二云词序》中仍怨气未消，再次提及自己“中间刻《玉梅后词》十数阕，附笔记别行，谓涉淫艳，为伧父所诃，自是断手，间有所作，辄复弃去，亦不足存也”[①]。此“伧父”指谁，夏承焘、赵尊岳等多认为指郑文焯，然郑炜明基于文献分析、多维阐释“伧父”以及考察况氏与半塘、叔问关系，认为“伧父”指半塘[②]。不过，《二云词序》这段话有两种读法：“谓……诃”句是“中间……行”之后事，此时半塘已离世三年，故“伧父”不可能指半塘；“中间……行”断句，“谓……存也”为整句，所省主语极可能指《玉梅后词》所遭遇的呵斥者。如此，此处“伧父”绝非仅指郑文焯。况氏《玉梅后词跋》明言“半唐谓余，是词淫艳，不可刻也”，而《二云词序》云“谓涉淫艳，为伧父所诃”，前后呼应极为紧密。同时，此处“伧父”亦绝非仅指半塘，从《玉梅后词跋》“某名士老于苏州者，某益大诃（呵）之”到《二云词序》“谓涉淫艳，为伧父所呵”之“诃（呵）”字使用者来看，况氏前后叙说所指均是半塘之外的“某名士”或“伧父”，且二者是同一人，而半塘只是“略举余词似某名士”的传递者。

至于《餐樱庑漫笔》（《申报·自由谈》1926 年 1 月 13 日）评价邵瑞彭一则云：“余曩好侧艳之词，或为秀铁面所诃。”[③]郑炜明据此指出，因郑氏在况氏心中绝无“秀铁面”位置，故“可以论定，况氏文中的‘伧父’，也就是他另文中‘秀铁面’，而两者都一定指王鹏运无疑”[④]。不过，细思之后，虽然“或为秀铁面所诃”与之前“某益大诃（呵）之”及“为伧父所呵”表述一致，但“曩好侧艳之词”并非专指《玉梅后词》

① 况周颐著，屈兴国辑注《蕙风词话辑注》，第 593 页。

② 郑炜明、陈玉莹《况周颐研究二集》，齐鲁书社，2016 年，第 46—87 页。

③ 况周颐著，屈兴国辑注《蕙风词话辑注》，第 548 页。

④ 郑炜明、陈玉莹《况周颐研究二集》，第 84 页。

(“伧父”因此发生)。事实上,况氏早年追求“尖艳”已得到端木埰、王鹏运等人规诫,此“曩”极可能指他创作《存悔词》《玉梅词》时期。分析“秀铁面”与“伧父”,要考虑各自使用的情境。

除此,况、郑在词学主张上“两贤相扼”的事还有多例。如,在江标灵鹣阁所藏乾隆写本《白石公诗词合集》版本价值的认识上,况氏《香东漫笔》(1906年始撰)盛称此写本之精审可贵,像集中附录《越女镜心》二首“虽非集中杰作”,然“守律若是谨严,自是白石家法”“非窜入他人之作也”[①]。此论遭到郑氏的痛击:“不知此为洪陔华刊本之误,无论其风骨之靡曼,字句之雕绘,一望而知为非白石词格也。”继而质疑况氏治学能力及品格:“况氏素治校勘之学,特喜矜奇立异,以奉为枕秘耳。”[②]况氏认为戈载《翠薇花馆词》一般,“唯所辑《词林正韵》,则最为善本”,“倚声家圭臬奉之”。[③] 然郑氏认为戈载“蔽所不见,动以出韵相绳”,“其寡暗甚矣”,“吾故谓《词林正韵》之书出不数十年,学者已滋薄古之病,拉杂摧烧之可也”。[④] 此论是否针对况氏待考,然关于《词林正韵》,况氏视为“圭臬”而郑氏认为可以“摧烧”,足见两人意见之迥异。

当然,况、郑交恶后,相互间亦非绝口不谈。如果说前引况氏《餐樱庑漫笔》(1924)追记时尚有讥讽郑氏的痕迹,那么发表于《申报·自由谈》1926年1月9日《餐樱庑漫笔》一则就大为改观:“陈蒙庵近得朱希真《樵歌》三卷,而不详其板本……尝忆郑叔同藏无锡士人刻本……叔问往矣,遗集零落,固何所得而一为校之耶?”确如郑炜明等所言“写来深刻感人,可见大鹤仍是蕙风经常怀念的故友”[⑤]。同时,上引《餐樱庑漫笔》评价邵瑞彭一则以“秀铁面”替换了“伧父”,强化

① 况周颐著,屈兴国辑注《蕙风词话辑注》,第334—335页。

② 陈柱《白石道人词笺平》,商务印书馆,1930年,第7页。

③ 况周颐著,屈兴国辑注《蕙风词话辑注》,第50页。

④ 杜文澜曼陀罗华阁刻本《梦窗词》郑文焯批语。孙克强、杨传庆辑校《大鹤山人词话》,第174页。

⑤ 郑炜明、陈玉莹《况周颐研究二集》,第66页。

了正面告诫的意思，实则已反映出况周颐晚年对之前“诃”其创作侧艳词者的态度变化，这其中或许也包括郑文焯等。可见，况、郑之间关系错综复杂，毕竟之前有过“素心晨夕”的深交阶段，至郑氏已往而况氏离去世不远之际，中间交恶怨气也必将减弱。由此亦可知，况、郑由交好到相恶之变，除了文人相轻、况氏“狷介”个性、郑氏“清高”性格等原因，主要还是两人词学观念的不同。

三、与王国维的“冷热”相交之辨

况周颐与王国维是公认的清末民初两大词学理论家，两人相识并交往堪为词史之大事。光绪十五年(1889)，况氏校辑四印斋刻本李清照《漱玉词》，补辑 8 首，其中 1 首源自《梅苑》。宣统元年(1909)，王氏又从《梅苑》补辑 1 首，并作附记云：“阅《梅苑》，又补得一首。不知夔生何以遗之?”[①]约民国三年(1914)，况氏为刘世珩编《汇刻传剧》所作序言中，就征引过王氏《曲录》《戏曲考原》等论著中的多段文字[②]。民国五年，邹安代哈同邀请王国维入职上海哈同花园仓圣明智大学。王氏致罗振玉信(1916 年 2 月 21 日)云：“是晚赴姬君(引者按：姬觉弥，哈同花园总管)招饮，坐中尚有况夔笙等，不及言学报事。归时询景叔(引者按：邹安，上海哈同花园仓圣明智大学报刊教授)……夔笙恐须在此报中作文，又兼金石美术事。因其人乃景叔所延，又艺风(引者按：缪荃孙)所荐，而境现复奇窘故也。乙老(引者按：沈曾植)言其人性气极不佳，杨子勤(引者按：杨锺羲)则无暇为此云。姑询之。”可见，况氏给王氏第一印象并不佳。数日后(2 月 23 日)，王氏致罗振玉信又说：“报事已定……现已定分三支：一、《学术丛编》，由维任之；二、《艺术丛编》，景叔任之；三、《苍圣大学杂志》，则况夔笙任之。”[③]至此，况周颐与王国维一度成为上海哈同花园仓圣明智大学的同事。

---

① 陈鸿祥《〈人间校词札记十三种〉零札》，《文教资料》1989 年第 1 期，第 45 页。
② 蔡毅编著《中国古典戏曲序跋汇编》，齐鲁书社，1989 年，第 511—520 页。
③ 房鑫亮编校《王国维书信日记》，第 92、93 页。

随着彼此认识逐步加深，1917 年 8 月 27 日，王氏致罗振玉信，既为况氏“在沪颇不理于人口”的人际交流困境而感叹，又认为“其人尚有志节，议论亦平”，“其追述涇阳知遇，几至涕零，文彩亦远在‘缪种’(引者按：指缪荃孙)诸人之上”，更为“境现复奇窘”而伤感，为刘承干编撰《历代词人考略》也“仅可自了耳”。同时，“孙君(引者按：孙德谦)砼砼乡党自好之士。张君则学问才气胜于况、孙，而心事殊不可知”；“秋后李审言又发起一通社，每月在孙处集二三次，以谈学为的，人数即上数人”，而“夔笙与李不合，恐不来”[①]，为其“被孤独”而生怜悯之情。王氏对况氏的同情与理解，还落实在行动上。1917 年 10 月 28 日致罗振玉信云“今日以三时间作克鼎、曾伯霥簠二跋，为况夔笙代笔。夔笙盖为人捉刀以易米者，而永又为代之。二跋共得千字(买文者以多为贵)”[②]，足见两人此时关系不一般。

王氏所言涉及况氏气性不佳的话多是转述别人之言，然王的自评除个别处有微词，反而多是对况氏人格、才气及其词学成就的直接肯定。如“蕙风词小令似叔原，长调亦在清真、梅溪间，而沉痛过之。彊村虽富丽精工，犹逊其真挚也。天以百凶成就一词人，果何为哉”，“蕙风《洞仙歌·秋日游某氏园》及《苏武慢·寒夜闻角》二阕，境似清真。集中他作，不能过之”[③]，“蕙风《听歌》诸作，自以《满路花》为最佳。至《题香南雅集图》诸词，殊觉泛泛，无一言道著”[④]。对此，王水照认为“王氏对况氏其人其词不乏善评，而况氏对王氏词学不置一词”，呈现出一种“一冷一热”现象。[⑤] 其实，况氏并非没有反应。王氏曾为况氏书写扇面，况氏记载云“唐人词三首，永观堂为余书扇头”，在征引《望江南》二阕、《菩萨蛮》后，并识语云“词三阕，书于唐本《春

---

① 房鑫亮编校《王国维书信日记》，第 266—267 页。

② 房鑫亮编校《王国维书信日记》，第 284 页。

③ 王国维《人间词话补遗》，谢维扬、房鑫亮主编《王国维全集》第 1 卷，浙江教育出版社，2009 年，第 541 页。

④ 王国维著，周锡山注评《人间词话》，长江文艺出版社，2021 年，第 326 页。

⑤ 王水照《况周颐与王国维：不同的审美范式》，《文学遗产》2008 年第 2 期，第 4 页。

秋后语》纸背，今藏上虞罗氏”，且就此三阕撰写了数百字考证文字[①]，足见况氏对此事的重视程度。1920年，为纪念梅兰芳沪上演出，况氏倩吴昌硕绘《香南雅集图》，邀名流题咏。当“蕙风强静安填词，静安亦首肯，赋《清平乐》一章，题永观堂书”[②]。王氏所赋，即《清平乐·况夔笙太守索题〈香南雅集〉图》，当为其生前最后一首词。还有况氏代刘承干编撰《历代词人考略》，“词评”部分“明确引录《人间词话》达18条之多”，今藏浙江图书馆题况蕙风撰《宋人词话》第4册“吴文英”条目下“词话”亦录《人间词话》2则。[③]

即便如此，况氏评价王氏词学显然极其吝啬。或云与两人词学“更深的旨趣差异”有关，况氏词学纯然“中”“古”者，王氏词学则在中西结合文化中思考了古今之变，更显通融，故况氏或难以理解王氏，而王氏可包容况氏。尤须注意，两人共事后，已是王氏政治观、学术观由新趋古阶段，故对同样以清朝遗老自诩的况氏给予了“尚有志节”的点赞，对况氏词的真挚给予“天以百凶成就一词人”的理解。事实上，两人词学也有很多相近主张。如均力主“赤子”说，况氏云“犹有一言蔽之，若赤子之笑啼然，看似至易，而实至难者也”[④]，王氏曰“词人者，不失其赤子之心者也”[⑤]。像《草堂诗余》，况氏就宋以前诸种词选本，认为“以格调气息言，似乎《草堂》尤胜”[⑥]；王氏同样针对“自竹垞痛贬《草堂诗余》而推《绝妙词选》，后人群附和之”的现象，指出“不知《草堂》虽有亵诨之作，然佳词恒得十之六七”[⑦]。况氏平生得意之作，亦是王氏最满意之篇。况氏尝言：“余少作《苏武慢·寒夜闻角》……半塘翁最为击节。”[⑧]王氏亦认为此阕与况氏《洞仙歌·秋日

---

① 况周颐著，屈兴国辑注《蕙风词话辑注》，第174页。
② 张尔田《词林新语》，唐圭璋编《词话丛编》，中华书局，1986年，第4370页。
③ 彭玉平《况周颐与晚清民国词学》，中华书局，2021年，第225、228页。
④ 况周颐著，屈兴国辑注《蕙风词话辑注》，第250页。
⑤ 王国维《人间词话》，谢维扬、房鑫亮主编《王国维全集》第1卷，第465页。
⑥ 况周颐《蓼园词选序》，屈兴国辑注《蕙风词话辑注》，第584页。
⑦ 王国维《人间词话手稿》，谢维扬、房鑫亮主编《王国维全集》第1卷，第517页。
⑧ 况周颐著，屈兴国辑注《蕙风词话辑注》，第87页。

游某氏园》"境似清真，集中他作，不能过之"[①]。况氏说"盖写景与言情，非二事也。善言情者，但写景而情在其中，此等境界，惟北宋人词往往有之"[②]，而王氏云"昔人论诗词，有景语、情语之别。不知一切景语，皆情语也"[③]，"词以境界为最上……五代、北宋之词所以独绝者在此"[④]，两人均延续了由情景关系诠释境界的路径，都树立了北宋词有境界的标杆。

况、王词学相近处尤其共举词境，致使王氏是否传承了况氏成为现代词坛一个争议的话题。或云"临桂况夔笙以词鸣海内，其《餐樱庑词话》所论词境，可谓细入毫芒，为王静安《人间词话》之所本"[⑤]，或云"王国维绝不会依傍任何门户，其论词皆一己之见"[⑥]。关于况氏少评王氏词学，或许与其难理解王氏的文化观有关系，但更可能源自况氏"目空一世"的个性，能令况氏降心低首，称赞时人，并非易事（晚年迫于生计为人捉刀另当别论）。同时，王氏论及况氏词学，主要见于书信、题跋及他人记录中。像上引王氏论况氏三则，前两则由赵万里摘自王国维旧藏《蕙风琴趣》(1918)，后一则是赵万里摘自自己《丙寅(1926)日记》所记王氏论学语，均系王氏撰写《人间词话》后的评论。相比之下，况氏留存世间的书信、题跋甚少。直至有研究者发现况氏写给刘世珩20余封信，仍感叹"况周颐的手札从不见刊布，因此，这批信札也就显得特别珍贵"[⑦]。

---

① 王国维《人间词话补遗》，谢维扬、房鑫亮主编《王国维全集》第1卷，第541页。

② 况周颐著，屈兴国辑注《蕙风词话辑注》，第58页。

③ 王国维《人间词话手稿》，谢维扬、房鑫亮主编《王国维全集》第1卷，第502页。

④ 王国维《人间词话》，谢维扬、房鑫亮主编《王国维全集》第1卷，第461页。

⑤ 郑逸梅《郑逸梅选集》第5卷，黑龙江人民出版社，2001年，第135页。

⑥ 梅运生语。霍松林主编《中国诗论史》下册，黄山书社，2007年，第1286页。

⑦ 吴书荫《况周颐和暖红室〈汇刻传剧〉——读〈况周颐致刘世珩手札二十三通〉》，第194页。

四、白玉微瑕：与端木埰、许玉瑑、王鹏运、朱祖谋等师友的交往

况周颐专力于词五十余年，其中"戊子入都后""复就正子畴、鹤巢、幼遐三前辈"[①]，"壬子已还，辟地沪上，与沤尹以词相切磨"[②]，提到了四位词师。端木埰(字子畴)、许玉瑑(号鹤巢)二人年长早亡，况氏提及时有混乱现象[③]。关于许玉瑑卒年，翁同龢《日记》光绪二十年(1894)七月初九载："许鹤巢父子倾逝，今日开吊，赙以百五十金(其子香树，奠十金)。"[④]人们多据此视为许玉瑑的卒日，其实此处开吊对象是许玉瑑子香树。光绪二十年六月十九日，叶昌炽日记云"闻鹤巢丈作古，即往唁……知香树病亦岌岌"[⑤]，许玉瑑早于其子而亡。面对上述词师，况氏除了扮演聆听者，还有对话者及宣讲者等多重角色。

首先，作为"聆听者"，况氏真实记录了从上述词师的习词心得。光绪十八年(1892)，况氏刊刻《第一生修梅花馆词》，第三阕题词为端木埰《满庭芳》，上片表扬况氏"勤学如君，于今有几，爱好真自天然"，下片警示况氏"狂言。方自愧、倾蠡酌海，测管窥天"。故民国五年(1916)岁暮，况氏《莺啼序·题王定甫师〈媭碪课诵图〉》词序直言"奉为词师"。如"词用虚字叶韵最难。稍欠斟酌，非近滑，即近佻"，忆端木埰见其二十岁所作《绮罗香》"甚不谓然，申诫至再"，以至于"余词至今不复敢叶虚字"[⑥]；"曩余作七夕词，涉灵匹星期语"，端木埰同样"甚不谓然，申诫至再"，告诉况"六朝以来多写作儿女情态，慢神甚矣，倚此纠之"，皆"即诫余之指也"。[⑦] 许玉瑑是藏书家，故在况氏等人记载中常提及许氏提供古籍善本事。况氏校词不多，然其校补汲

---

① 况周颐《存悔词序》，屈兴国辑注《蕙风词话辑注》，第 592 页。

② 况周颐《餐樱词自序》，屈兴国辑注《蕙风词话辑注》，第 595 页。

③ 袁美丽《端木埰卒年补正》，《江海学刊》2012 年第 1 期。

④ 翁同龢著，陈义杰整理《翁同龢日记》第 5 册，中华书局，1997 年，第 2717 页。

⑤ 叶昌炽《缘督庐日记》第 4 册，江苏古籍出版，2002 年，第 2222 页。

⑥ 况周颐著，屈兴国辑注《蕙风词话辑注》，第 38 页。

⑦ 况周颐著，屈兴国辑注《蕙风词话辑注》，第 444 页。

古阁未刻本朱淑真《断肠词》并考其行实，乃词学史上一大贡献。此本就是许氏提供的，“与《杂俎》本互有异同，订误补遗，得词三十一阕”，“书成与四印斋《漱玉词》合为一集，亦词林快事云”。[①] 与端木埰性兀傲不同，许玉瑑性情谦和。其《霓裳中序第一》题词亦居况氏《新莺词》卷首，对况氏作“同情的理解”，叙及两人情义“滨洛。共吟红药。甚海样、深情似瀹”，并特别从况氏角度云“年来追悔少作”，言及况氏近况。这正是况氏戊子入都接受词师们教诲，涤“纤艳”而追“重拙大”的阶段。

况氏对半塘的称呼，总体上以翁、丈、师、前辈、老人等为主，以示聆听者的身份。况氏《餐樱词自序》云其薄游京师期间与“半唐共晨夕”，半塘除从词格上“多所规诫”，“又以所刻宋元人词斠雠，余自得窥词学门径”，“所谓重拙大，所谓自然从追琢中出，积心领而神会之，而体格为之一变”。此时“半唐亟奖藉之，而其他无责焉”[②]，两人关系处于最和谐状态。半塘卒后，况氏作挽联“穷途落拓中，哭平生第一知己；时局艰危日，问宇内有几斯人”[③]，视其为第一知己。同样，在沪上“与沤尹以词相切磨”期间，因为“沤尹守律綦严，余亦恍然”。尽管况氏前二十余年坚守“声律与体格并重”，但在声律上“余词仅能平侧无误，或某调某句有一定之四声”，而“未能一声一字剖析尢遗”。彊村指导后，“向者之失，断断不敢自放”。故而，在平生习词演变上“得力于沤尹，与得力于半唐同”，真诚地发出“人不可无良师友，不信然欤”的感慨。就当下而言：“大雅不作，同调甚稀，如吾半唐，如吾沤尹，宁可多得？半唐长已矣，于吾沤尹，虽小别亦依黯，吾沤尹有同情焉，岂过情哉！”[④]虽不能排除况氏有借重扬己的一面，但此番独白反映出这位“目空一世”名士坦诚的一面。

---

① 况周颐《断肠词跋》，屈兴国《蕙风词话辑注》，第596页。

② 况周颐《餐樱词自序》，况周颐著，屈兴国辑注《蕙风词话辑注》，第594页。

③ 况周颐《兰云菱梦楼笔记》，《蕙风丛书》第2册，丙寅(1926)四月刊本，中国书店藏版，第17页。

④ 况周颐《餐樱词自序》，况周颐著，屈兴国辑注《蕙风词话辑注》，第594—595页。

聆听者亦是传承者，民国七年(1918)《彊村乐府》与况氏首本自选词集《蕙风琴趣》合刊为《鹜音集》。究其命名缘由，乃因朱、况共同好友孙德谦考虑两人系“今之词坛宿老”，合集自有“殊声合响，异翮同飞”的意义，且“往者两先生客居京师，与半塘老人渔谱齐妍，樵歌互答”，“半塘之词，深文隐蔚，高格远标”，故取“半塘别字鹜翁”，“因以鹜音题其集”[①]，足见他们有共同传播半塘词学的用心。况氏继承半塘词学还有尊重乡贤，振兴临桂词学的初心。早在光绪二十年(1894)，钟德祥《〈词学丛书选〉自序》述及其填词，就是在王、况二人指引下走向词坛的：“仆今篡(纂)述竟此集，幼霞居连墙则专以问，幼霞脱(引者按：倘若、或许)可，夔生必无不可也，即不可，仆于是乃决知所可矣。”[②]可见，在钟德祥眼中，况氏早期唯半塘命是从。赵尊岳后来亦云虽然“夔笙少所许可，见子(引者按：朱祖谋)词而惊佩，其推挹为可知”[③]。至于陈训正告诉夏承焘“蕙风好骂，于彊老亦有不满”[④]，好骂不假，偶尔对彊村言辞不恭也有可能，然“不满”说需要进一步考证。

其次，况氏绝非耳提面命者，他在接受诸位词师规诫的同时，时时在树立“对话者”的身份。面对端木埰的告诫，像填词不叶“矣”等虚字，况氏《穆护砂·薇垣夜直……》首韵“七百余年矣”或作于端木埰申诫之前，那么民国十年(1921)因吴昌硕为其画《唯利是图》而填《好事近》，第五首首韵“何必状元红，老矣名心倦矣”[⑤]即是。端木埰评清代严廷中《麝尘集》“天分甚高，下笔有镌镵造物之致。而瑕瑜互见。想见其傲岸自雄，不受切磋处”，颇有夫子自道口吻，然况氏则认

---

① 孙德谦《鹜音集序》，冯乾编校《清词序跋汇编》第4册，凤凰出版社，2013年，第1806—1807页。

② 钟德祥著，雷达辑校《钟德祥集》，广西人民出版社，2010年，第336—337页。

③ 赵尊岳《蕙风词史》，孙克强辑考《蕙风词话 广蕙风词话》，第480页。

④ 夏承焘《天风阁学词日记》，《夏承焘集》第5册，浙江古籍出版社、浙江教育出版社，1997年，第389页。

⑤ 况周颐著，屈兴国辑注《蕙风词话辑注》，第528页。

为严廷中“固托于狂士以自晦者也”[①]。况氏后来的确没有从儿女情态使用七夕故实，然“绮语”等一直是况氏绕不过去的话题。民国十四年(1925)，况氏“录校畴丈前辈《碧瀣词》，敬跋一阕”《齐天乐》，既肯定“我朝词学空前代，薇垣况称渊萃”的位置，又视端木埰为一代“词宗继起。看平揖苏辛，指麾姜史”，可最后仍云“惭余纤艳未涤，讵知音相待，规劝肫挚”，反省自己绮语结习未尽之弊。

况氏《眉庐丛话》曾讨论文人“交谊甚深”的话题。先举道咸间苏州顾广圻、黄丕烈“皆以校勘名家”，当两人“意见不合，始而辩驳，继乃诟詈，终竟用武”，继而云“忆余曩与半塘同客都门，夜话四印斋，有时论词不合，亦复变颜争执，特未至诟詈用武耳，往往指衣而别，翌日和好如初”，并自我批评云“余或过晡弗诣，则传笺之使，相属于道矣”[②]。然半塘对况氏不满早在况氏创作《玉梅后词》前。光绪二十二年(1896)三月二十六日，半塘云：“予尝谓嘉道以来词人，周稚圭似竹垞，蒋鹿潭似伽陵，而莲生则近容若。较浙人之专标饮水、忆云为一代词宗者，似为平允。吾友夔笙舍人论词，特擅高远，乃亦以浙人之论为然，何耶？殆为谭大令先入之言所敚耳。它日见夔笙再商榷之，文章千古，不容稍假借也。”[③]自况氏入都，得到半塘等提升词格的教诲，然改变绝非一蹴而就。时隔多年，半塘仍认为况氏囿浙西派中，深感责任重大，须再次与况氏“商榷”。光绪二十四年(1898)上闰三月朔，半塘致缪荃孙书：“夔笙未上计车，近以近刻见寄，词笔亦似渐退。会典保案仅得分发同知，恐此后不能见谅，鄙人亦当在骂中，自为荆棘，于人何尤。从来曾力劝之，如不从何！去年弃归时，櫰叟曾贻书属为规劝，然岂弟所能做到耶！天生美材，不自顾惜，真有爱莫能助之叹，亦殊引为内愧耳！”[④]字里行间均可见半塘恨铁不成钢的

① 况周颐著，屈兴国辑注《蕙风词话辑注》，第311—312页。

② 况周颐著，郭长保点校《眉庐丛话》，山西古籍出版社，1995年，第90—91页。

③ 王鹏运《忆云词甲乙丙丁稿识语》，冯乾编校《清词序跋汇编》第2册，第879页。

④ 钱伯城、郭群一整理，顾廷龙校阅《艺风堂友朋书札》(下)，上海人民出版社，2018年，第816页。

怨气。

况氏与半塘的词学对话有多例。如欧阳炯《浣溪沙》(兰麝细香闻喘息),况氏先以为“自有艳词以来,殆莫艳于此矣”,而半塘曰“奚翅艳而已?直是大且重”,最后况氏云“苟无《花间》词笔,孰敢为斯语者”?① 虽然最终接纳了半塘的观点,但两人对此词的直觉判断完全不同,为后来两人因艳词观不同导致关系变化埋下了隐患。关于“词无庸勾勒”的问题,关系到对作品意义生成方式的理解,况氏起初强调“勾勒”,将作品意义生成的权力交给作者,至于读者则须尽量靠近作者之意图;半塘虽然也重视作者的作用,但强调作者只需创设基于意象系统的“烟水迷离之境”,主要依靠读者来实现作品的意义。对此,况氏《蕙风词话》卷一并没有回应半塘观点。其实,没有回应,正是一种态度。因为在其随后的创作中,“于每句下注所用典”②的勾勒,始终是他的习惯(例多不举证)。

第三,“宣讲者”身份乃况氏思想走向成熟的一种反映。或是继承中的丰富与充实,像“重拙大”词论就是况氏从端木埰、王鹏运处“聆听”而来,从词心、词笔、词境、词品等角度给予了更为丰富的理解,而像“穆”“顽”“深静”等又是况氏对“重拙大”词论有力的补充和发展。或是反思中的变异或背离,如况氏对“艳词”“绮语”的态度变化。光绪己丑年(1889)后,半塘以“重拙大”词格批评况氏早年在苏州纳桐娟创作的情词《玉梅词》等。光绪甲辰(1904)二月,况氏重游苏州,有感与桐娟情事而成《玉梅后词》,四月至扬州晤半塘,谈及刊刻此集,再次受到半塘的批驳。对此,他在《兰云菱梦楼笔记》中云:“歔欷!半唐已矣,余何忍复拈长短句耶?尝有志撰录,今不复从事矣。间有不能概从摈弃者,缀录如左,墨痕中时有泪痕也。”③既表示尊崇半塘教导以后不再撰述此类词作,又表示虽暂不刊行,但仍然不能完全放弃已填词。其实,况氏后来也并非不作,其《二云词序》即云

① 况周颐著,屈兴国辑注《蕙风词话辑注》,第 56 页。
② 况周颐著,屈兴国辑注《蕙风词话辑注》,第 26 页。
③ 况周颐《兰云菱梦楼笔记》,《蕙风丛书》第 2 册,第 17 页。

"间有所作，辄复弃去，亦不足存也"。论者亦云《玉梅后词》既无缘收入况氏自编《第一生修梅花馆词》词集丛书内，也无一阕入选况氏自定词集《蕙风琴趣》《蕙风词》中，然《玉梅后词》先附于《阮盦笔记》后印行，后附于况氏编定《蕙风丛书》中《粤西词见》后刊行[①]，则可见况氏的矛盾心理。

《玉梅后词》的命运充分反映出况氏对半塘的感情与理性之间的冲突结构。此番冲突便见于《玉梅后词序》。况氏在此序中仍持词以艳为本论，且以孔子删改《诗三百》而不废淫诗为证，不仅发出"夫艳何责焉"的对话，且树"淫，古意也"之帜。当然，此时已受半塘熏染，得窥"重拙大"等词学门径的他，其心中的"淫艳"已非那赤裸裸、原生态的情爱暴露，而是似有"为仁由己"道德自律的真率情思流露。为此，他曾自注《玉梅后词》中《玲珑四犯》"衰桃不是相思血，断红泣、垂杨金缕"句云："桃花泣柳，柳固漠然，而桃花不悔也。"又自评曰："斯旨可以语大。所谓尽其在我而已。千古忠臣孝子，何尝求谅于君父哉！"[②]况氏此番自评正是半塘解读欧阳炯《浣溪沙》之法。正因为如此，当半塘以"淫艳"斥之，况氏既感委屈，更是不解。由此可进一步理解况氏"唯是甚不似吾半唐之言""半唐之言，非吾半唐之常"等话的意思。当然，同样是艳词，半塘何故态度迥然不同？窃以为，这与半塘的崇古意识有关，此时古典因时间之隔，给读者发挥留足了想象的空间；又与半塘对况氏过于熟知相关，此时半塘兴趣点在况氏情事，而难以作出如况氏主张的"即性灵，即寄托"[③]的解读。

（安徽师范大学中国诗学研究中心；安徽师范大学文学院）

---

① 郑炜明、陈玉莹《况周颐研究二集》，第47—48页。
② 况周颐著，屈兴国辑注《蕙风词话辑注》，第50页。
③ 况周颐著，屈兴国辑注《蕙风词话辑注》，第246页。

罗根泽《中国文学批评史》的成书和版本*

王　波

内容摘要：罗根泽《中国文学批评史》是最初因讲授中国文学批评史课程需要而编写的讲义，后经过修改而成著作，即1934年出版的《中国文学批评史（Ⅰ）》，内容只到魏晋南北朝时期。1940年代，他先后编著出版周秦两汉、魏晋六朝、隋唐、晚唐五代四册文学批评史，其中周秦至魏晋六朝时期对1934年版改动较大。1950年代，他又对1940年代版本进行局部修改。而且，罗根泽的隋唐、晚唐五代、两宋文学批评史在结集成书出版前，很多篇幅以单篇文章的形式发表于期刊，这些期刊文章与后来出版著作的有关内容也有所不同。考察罗根泽文学批评史的版本和成书过程，分析比较各个版本之间的不同、修改的原因及其得失，对其研究文学批评史的历程及成就会有一个动态的接近历史之真的认识。

关键词：罗根泽；中国文学批评史；古代文论

---

* 项目基金：国家社科基金项目“中国文学批评史的发生和演进研究（1920—1960）”（编号：16CZW004）。

The Compilation and Version of Luo Genze's *History of Chinese Literary Criticism*

Wang Bo

Abstract: Luou Genze's *History of Chinese Literary Criticism* was originally written as a course note for the purpose of teaching the course on the history of Chinese literary criticism. It was later revised into a work, namely *History of Chinese Literary Criticism* (*I*) published in 1934, which only covered the Wei, Jin, Southern and Northern Dynasties period. In the 1940s, he successively compiled and published four volumes of literary criticism history, including (1) the Zhou, Qin and Han Dynasties, (2) Wei, Jin and Six Dynasties, (3) Sui and Tang, (4) Late Tang and Five Dynasties. Among them, there were significant changes to the 1934 edition from the Zhou, Qin to Wei, Jin and Six Dynasties periods. In the 1950s, he made partial modifications to the 1940s version. Moreover, before the compilation and publication of Luo Genze's literary criticism history of the Sui and Tang, Late Tang and Five Dynasties, and Song Dynasties, many sections were published in journals in the form of single articles, which were different from the relevant content of later published works. Examining the versions and writing process of the history of literary criticism by Luo Genze, analyzing and comparing the differences between different versions, the reasons for revision, and the gains and losses, will provide a dynamic understanding of his research on the history of literary criticism and its achievements, which will approach the truth of history.

Keywords: Luo Genze; history of Chinese literary criticism; Ancient Literary Theory

研究者以罗根泽《中国文学批评史》为研究对象时，大多数根据上海古籍出版社1984年的《中国文学批评史(一)(二)(三)》,这个版本是根据古典文学出版社1957年的第一、二册和中华书局上海编辑所1961年的第三册重印的。[1] 然而,第一、二册是经过罗根泽在1949年后局部修改的,与1940年代商务印书馆版并不完全相同。再追溯之,罗根泽1934年在北平人文书店出版的《中国文学批评史(Ⅰ)》,从编写体例、文学史观、内容论述等方面都与1940年代商务印书馆版不同。因此,很有必要考察罗根泽中国文学批评史的版本,分析比较各个版本之间的不同、修改的原因及其得失。而且,罗根泽的隋唐、晚唐、两宋文学批评史在结集成书出版前,很多篇幅以单篇文章的形式发表于期刊,这些期刊文章与后来出版著作的有关章节也有所不同,同样应该对之进行考论。只有清楚了这些问题,才能对罗根泽研究中国文学批评史的历程及成就有一个动态的、接近历史之真的认识。

一、从课程、讲义到著作

罗根泽的学术起点是诸子学研究。1927年秋,他入读清华学校研究院国学门,主修的是"诸子科";次年,入读燕京大学国学研究所,主修的是"中国哲学";1929年,毕业论文分别是《孟子评传》和《管子探源》。同年秋,至开封河南大学,讲授诸子概论、中国文学史。1931年春,他移居北平后,在北平师范大学、中国大学、燕京大学讲授的也是同样的课程,《诸子概论》《乐府文学史》《中国诗歌史》就是这些课程的讲义教材。他之所以编著《中国文学批评史》,也是因为讲授课程需要。他自述道:"二十一年春,郭绍虞先生荐我到清华大学代他讲'中国文学批评史'一课,由是文学批评一种,也才因了讲授的缘故而不得不编。"[2]

因讲课需要编写的讲义与专深的著作不同。从编写时间而言,

---

① 古典文学出版社于1956年11月在上海由新文艺出版社古典文学编辑室扩建而成,1958年改组为中华书局上海编辑所,1978年改组为上海古籍出版社。

② 罗根泽《自序》,《中国文学批评史(Ⅰ)》,北平人文书店,1934年,第1页。

前者需要及时跟进课堂需求，后者可以慢慢地沉潜打磨。因此，罗根泽的中国文学批评史讲义很快初具规模，经过两次修改，正式出版。我们可从《自序》中看出其修改情况和最初的分册计划：

> 全书拟分四册，这一本仅叙到六朝，算做第一分册。第二分册是唐宋，预备暑期出版。第三分册是元明，第四分册是清至现代，统拟于明年付印。此第一分册，在清华讲了两次，第二次讲时修改了一次，付印时又修改一次，有几章直是另作，和原稿完全不同。[①]

可知，罗根泽在清华大学讲课的同时，编写讲义。第一次课程结束后，周秦至魏晋六朝时期文学批评史讲义也已完成。第二次讲课时，他对第一次的讲义做了一遍修改。正式出版前，他又做了一次修改，而且其中几章几乎是重写。当然，最初的讲义我们今日已不得而见，到底是哪几章重写也不得而知。1934 年正式出版的版本就是今天能够见到的罗根泽中国文学批评史的最早面目。此外，也可知，罗根泽在清华大学只讲到魏晋六朝时期。查《国立清华大学一览》(民国廿一年度)，"中国文学批评史"课程是第四学年下学期，三学分。[②] 朱东润曾说："解放以前，大学里教文学史的先生们，开中国文学史这门课的，经常只教到唐代为止。"[③]中国文学史课程一般是一学年，甚至是两学年，但也只讲到唐宋时期，只有一学期且课时更少的中国文学批评史也只能讲到魏晋六朝时期。

1934—1935 年期间，罗根泽任教安徽大学，继续讲授中国文学批评史课程，同时编著讲义。《唐代文学批评研究初稿》《晚唐五代的文学论》陆续发表于安徽省立图书馆馆刊《学风》和《文哲月刊》。返回北平后，罗氏在北平师范大学继续讲授文学批评史。"四、五篇(指

① 罗根泽《自序》，《中国文学批评史(Ⅰ)》，北平人文书店，1934 年，第 3 页。

② 参见《国立清华大学一览》(民国廿一年度)，第 39 页。

③ 参见朱东润《〈魏晋南北朝文学史〉读后感》，《朱东润文存》，上海古籍出版社，2014 年，第 794 页。

隋唐篇、晚唐五代篇)，又在师范大学，讲习编著，亦陆续脱稿。”[①]1940年1月，罗根泽离开西北联合大学，转而任教中央大学师范学院国文系，讲授中国文学史、中国文学批评史课程。直到新中国成立前，罗根泽一直未中断中国文学批评史的教学，隋唐、晚唐五代、两宋文学批评史也随之陆续编著。

由此可知，罗根泽的中国文学批评史著作，最初是因为讲授中国文学批评史课程需要而编写的讲义，后由讲义修改而成的著作。明白了这层性质，就会理解罗根泽中国文学批评史为何具有多个版本，乃至期刊文章与相关的著作内容也有所差别。

现按时间线索梳理一下罗根泽中国文学批评史的版本。

1934年，罗根泽的中国文学批评史讲义由人文书店出版，书名为《中国文学批评史(Ⅰ)》。封面书名由钱玄同题字，并标有黎锦熙的注音字母。全书350页，并附录2页勘误表。书首有作者写于1934年9月15日的《自序》，之后是“绪言”“周秦的文学批评”“两汉的文学批评”“魏晋六朝的文学批评”四篇，共15章。此版可称1934年人文版。

1940年代，罗根泽在重庆商务印书馆出版四册文学批评史，分别是《周秦两汉文学批评史》《魏晋六朝文学批评史》《隋唐五代文学批评史》《晚唐五代文学批评史》，时间是1944年、1943年、1943年、1945年。此套书是作为“中央大学文学丛书”出版的，书名副标题分别是中国文学批评史第一分册、第二分册、第三分册、第四分册。周秦两汉篇前附有写于1942年10月10日的《自序》。这篇《自序》后又添加写于1943年1月26日的《附记》。《附记》内容是说明因篇幅繁重，分为四册出版。此版可称商务版。

抗战胜利后，商务印书馆迁回上海。1947年，商务印书馆重印罗根泽四册文学批评史，用的仍是旧纸型，内容方面无任何增删，故此版可以忽略不计。

---

① 罗根泽《自序》，《周秦两汉文学批评史》，商务印书馆，1944年，第3页。

1949年后，罗根泽整理旧作，做了部分修改，把周秦两汉、魏晋六朝文学批评史合为一册，把隋唐、晚唐五代文学批评史合为一册，于1957年由古典文学出版社出版，书名是《中国文学批评史(一)》《中国文学批评史(二)》。书首有写于1957年10月28日的《新版序》，原《自序》改为《旧序》附于《新版序》后。此版可称1957年古典文学版。次年，出版社重印此书，内容无改动，书首只增加了写于1958年8月17日的《重印序》。1961年，罗根泽去世后，郭绍虞整理其遗作两宋文学批评史，以《中国文学批评史(三)》为书名在中华书局上海编辑所出版。次年，该所也出版了第一、二册，不过用的仍是古典文学版纸型，内容自然无任何变动，因此也无须对之进行考察。虽然两宋文学批评史只有一个版本，但出版前大部分内容以单篇文章的形式发表于期刊。而且，罗根泽对于宋代文学批评的认识随着时间的推移也有所改变，故本文第六部分给予专门讨论。

由此可知，罗根泽中国文学批评史虽然版次繁杂，但有差别的只有人文版、商务版、古典文学版三个版本。人文版后来未再版或重印，1960年代后出版社重新出版罗氏文学批评史，或者根据古典文学版，如上海古籍出版社1984年版；或者根据商务版，如上海书店出版社2003年版、商务印书馆2015年版、上海人民出版社2015年版。[①] 下面，就根据这三个版本以及期间罗根泽发表于期刊的有关文章，考察罗根泽研究、撰著中国文学批评史的动态历程。

二、1934年人文书店版

罗根泽在人文版《自序》中说道，“文学批评史也已经不复是一串批评家的写真，而是批评史的历史”，并宣称自家批评史的特点“十之八九是侧重批评，不侧重批评家”。[②] 罗氏自序写于1934年9月15

① 上海书店出版社版只包括周秦至晚唐五代文学批评史，未把两宋文学批评史纳入其中，书前有周勋初序。商务印书馆、上海人民出版社版包括两宋文学批评史，该篇根据的是1961年中华书局上海编辑所版。

② 罗根泽《自序》，《中国文学批评史(Ⅰ)》，北平人文书店，1934年，第2页。

日，之前出版的中国文学批评史著作有陈钟凡《中国文学批评史》(1927年)、郭绍虞《中国文学批评史》上卷(1934年5月)、方孝岳《中国文学批评》(1934年5月)。郭著侧重文学批评问题，甚至连刘勰也未专设单章，可见罗氏之意见不是针对郭著，而是针对陈著、方著。陈著、方著确实是"一串批评家的写真"，例如陈著第六章魏晋文学批评史，七节分别论述曹丕、曹植、应瑒、陆机、挚虞、李充、葛洪的文学批评；方著更是以批评家为纲，分为3卷45节，每一节专论一位批评家或一部批评著作。有此参考，罗氏才发出"侧重批评"与众不同的宣示。

罗根泽之所以注重文学批评，自然有他的学理依据。他认为："中国文学之史的发展，除开最近的文学革命，差不多都是分化的发展，而不是混合的发展。"他以唐代为例说明同一个时代诗文的发展趋势不同，以独孤及为例说明同一个人对诗文不同文体的看法也不同。因此，"我们知道了这种分化发展史的事实，那么《中国文学史》的编纂，便不应当混合各种文体的文学而纯依时代叙述，便应当依据历史上的客观的情形而分类叙述"。他把中国文学分为七类：诗歌、乐府、词、戏曲、小说、辞赋、骈散文，计划编纂分类文学史。那么，涉及到文学批评史，也应该依照这七类分别讲述，但"时间太短促，分类太多"，故他的撰述策略是"寓分类于分时之中"，即：

> 就是虽然依时代叙述，但不似一般的《中国文学批评史》之混合叙述，而分类叙述不似一般的《中国文学批评史》之侧重文学批评者，而侧重文学批评。不过遇有混合的批评者，则亦混合述之；遇有最重要的批评家，则亦略述其对一切的文学之批评而已。①

如此处理的结果，正如张健所说，"著作体例与学术观念不一致"②。这也是其文学批评史面世后得到质疑的一个重要因素。

---

① 罗根泽《自序》，《中国文学批评史(Ⅰ)》，北平人文书店，1934年，第4、5页。

② 参见张健《从分化的发展到综合的体例：重读罗根泽〈中国文学批评史〉》，《文学遗产》2013年第1期。

林分的《评罗根泽的〈中国文学批评史〉》在指出其搜罗宏富的优点外，接连罗列了组织庞杂、滥凑篇章、忽略源流、胶柱不化、望文生义等不足。[①] 周木斋的《评〈中国文学批评史(一)〉》质疑其分化发展的文学史观，并认为其没有达到解释的任务。[②] 如果说上述书评稍带有“语不惊人死不休”的故意为之成分的话，那么朱自清的评价则更为客观，他读完郭、罗著作后分别记述：“读绍虞《中国文学批评史》上卷竟，觉其分析精确，头头是道。”[③]“读罗雨亭《中国文学批评史》第一册。与郭著相比，新材料多，亦有新意见，然觉粗略浮浅。而评论者却有‘本书取材宏博，议论有独到处’等语。”[④]很明显，朱自清认为，罗著胜在材料，论说却没有郭著那样精深。朱氏所谓“新材料”应该是魏晋六朝篇第二章“文气与音律”，大量摘自于《文镜秘府论》。体例与史观的背离以及评价者的质疑使罗根泽的文学批评史写作不得不有所调整。

三、从期刊到1940年代商务印书馆版

1940年代，罗根泽对周秦至魏晋六朝时期文学批评史做了很大修改，并重新出版了《周秦两汉文学批评史》《魏晋六朝文学批评史》。具体而言，有以下两个方面。

首先，调整史观，弥合体例与史观之间的缝隙。人文版中，他的史观是分化的发展，商务版中，他调整为综合的史观，即文学批评“可随空间时间而异，也可随文学批评家而异，也可随文学体类而异”[⑤]，体例也由原先不得已而折中的“寓分类于分时之中”调整为自觉的综合体——兼编年体、纪事本末体、纪传体，如此体例与史观达到了吻合。

---

① 林分《评罗根泽的〈中国文学批评史〉》，《众志月刊》第2卷第3期，1934年。
② 周木斋《评〈中国文学批评史(一)〉》，《文学》第4卷第1期，1935年。
③ 《朱自清日记》(上)，《朱自清全集》第9卷，江苏教育出版社，1997年，第237页。
④ 《朱自清日记》(下)，《朱自清全集》第10卷，江苏教育出版社，1997年，第196页。
⑤ 罗根泽《周秦两汉文学批评史》，商务印书馆，1944年，第17页。

其次，内容方面有很多修改。对比两个版本，我们发现，主要有以下几个方面的变化。

一是章节方面有所改动。人文版魏晋六朝篇前几章依次是"文体论""文气与音律""文笔之辨""何谓文学及文学的价值""文学观的变迁"，而商务版依次是"文学概念""文笔之辩""文体类""音律说(上)""音律说(下)"。不仅顺序有变，而且"何谓文学及文学的价值""文学观的变迁"二章合为"文学观念"一章，音律论分成二章，原先附于"文学观的变迁"中的北朝文学论单列为一章。此外，各篇章还增加了不少小节，如周秦篇第三章增加"古经传中的辞令论""晚出谈辨墨家的论辩文方法"二节；魏晋六朝篇第一章增添"社会学术的因素"一节，第三章增添"文体二义""魏晋以前的文体论""傅玄的'七'论及连珠论""颜延之所谓'咏歌之书''与褒贬之书'"四节，并把有关曹丕、曹植、葛洪、萧纲对于文学价值的论说合为"文学价值的提举"一节。很明显，较之人文本，商务版在章节体例方面更为合理。

二是增添了不少材料和论述内容。比如，商务版周秦篇第二章第一节借鉴青木正儿《中国文学思想史纲》的说法把作诗意义分为五类，第八节引用吴季札论乐原文；两汉篇第一章第三节引用麦更西《文学的进化》原始艺术跳舞、音乐、诗歌三位一体说；魏晋六朝篇第四章第九节把刘氏考证为刘善经，第九章钟嵘部分增加"诗品动机"内容。增添之后，商务版材料更加丰富，论述更加深入。

三是部分内容的删减和修改。比如，因选录郭绍虞文学批评史，故商务版删去叙述庄子有关艺术鉴赏的内容；刘勰、钟嵘章节，因二人的生平内容属于文学史部分，故删去。[①] 人文版认为，汉代文学观念是"载道说"与"言情说"的冲突，商务版尽量少用"载道"与"言情"，而是改为"爱美"与"尚用"。

《隋唐文学批评史》虽然出版于1943年，但早在罗根泽任教安徽

① 罗根泽对于文学史与批评史之任务有截然划分："文学批评不即是文学创作，文学批评史不即是文学史，所以文学史上的问题，文学批评史非遇必要时，不必越俎代庖。"见《周秦两汉文学批评史》，商务印书馆，1944年，第12页。

大学时(1934—1935)就完成了初稿,并以《唐代文学批评研究初稿》为名分章刊于安徽省立图书馆馆刊《学风》第5卷第2、3、4、8、10期。第一章刊布时文章前有作者的识语:“此拙编《中国文学批评史》第五篇也。第五篇以前者,已由北平人文书店出版。所谓唐代不包括晚唐,因拟以晚唐并五代宋初为第六篇故也。”[①]根据文章题目,我们可以推知《初稿》目录如下:

第一章　诗的格律与作法

第二章　社与社会及政治

第三章　唐史学家的文论及史传文的批评

第四章　唐代早期古文文论

第五章　韩柳及以后的古文文论

第六章　佛经翻译论[②]

最后一章刊布时,正文前有编者的附语:“关于唐代部分,多在本刊本卷各期先后刊布,本文乃为最后一篇。惟中间尚有《韩柳及以后的古文文论》一篇,应列本文之前。近据罗先生函告,谓已在北平与张东荪、瞿菊农诸先生共同创办之《文哲季刊》内发表,本刊因即从略。”[③]实际上,此处有误。张东荪、瞿菊农创办的是《文哲月刊》,第五章也未发表于此刊。查阅《文哲月刊》,罗根泽发表于此的文章分别是《中国文学起源新探》(1卷1期)、《晚唐五代的文学论》(1卷2、3期)。1936年10月,罗根泽才把第五章抽绎为《韩愈及其门弟子的文学论》一文,发表于《文艺月刊》第9卷第4期。

对比《唐代文学批评研究初稿》与商务版《隋唐文学批评史》,我们发现,除了书名的变化外,还有以下修改。《初稿》第一章“诗的格律与作法”在商务版中改名为“诗的对偶及作法”,且以字句(义对、声对)与篇章分为上、下二章,增添“佚名的调声术”“李峤评诗格”“佚名的诗文作法”三节,把王昌龄诗格、皎然诗议诗式各自细分为三节。

---

① 罗根泽《自序》,《周秦两汉文学批评史》,商务印书馆,1944年,第3页。

② 参见《学风》第5卷第2、3、4、8、10期。

③ 《编辑识语》,罗根泽《佛经翻译论》,《学风》第2卷第10期,1935年。

《初稿》第二章被拆为两章，把元白诗论独立为一章，而且“一班人的诗政关系论”一节分为“三位选家的意见”“杨绾贾至梁肃及权德舆等的诗教论”“刘峣的先德后艺说与尚衡的文章三等说”三节，并且因第一节“由艺术的文学到人生的文学”属于文学史内容，故删去。元白诗论部分初稿有“元白之社会本位的诗论”“元白之提倡诗歌的通俗与次韵”“元白的乐府论”“元白的放弃社会诗及社会诗论”四节，商务版细分为七节：“原因与动机”“‘补察时政’与‘泄导人情’”“历代诗的优劣”“乐府论”“通俗与次韵”“触忌与退转”“自我批评与自选诗集”，不过主要内容并没有差异。初稿第四章“唐史学家的文论及史传文的批评”基本上全部搬入商务版。第五章“早期的古文论”添加“吕温独孤郁等的天文说及人文说”一节。第六章“佛经翻译论”移入魏晋六朝篇，并把“译字的研究与玄奘的五种不翻”一节细分为“僧睿的研究译字”“僧祐的讨论汉梵异同”“玄奘的五种不翻说”三节。

《晚唐五代文学批评史》出版于 1945 年，但罗根泽在其第四章“诗句图”的注释中说：“本篇各章作于一九三五年秋至一九三六年春。”[①]书稿刊布期刊的情况是：《晚唐五代的文学论》刊《文哲月刊》第 1 卷第 2、3 期(1935)；《五代前后诗格书叙录》刊《文哲月刊》第 1 卷第 4 期(1936)；《诗句图》刊《新苗》第 4 卷(1936)。现考察一下期刊文章到商务版著作的变化。《晚唐五代的文学论》一文作为著作第一章，内容无任何改动，只是各节标题有变，使其更为简洁，如把“杜牧的提倡理意与淫艳”改为“杜牧的事功文学说”等。《五代前后诗格书叙录》一文全部录入第二章“诗格(上)”，并增添“诗格的两个时代”“五代试士的注重诗格及赋格”二节以介绍背景。此外，著作又专设第三章“诗格(下)”增补诗格内容。初稿撰成时，罗氏尚未购得明刊本《吟窗杂录》(该丛书购于 1937 年夏)，故后来又增补一章，论述魏文帝《诗格》、贾岛《二南密旨》、白居易《金针诗格》、梅尧臣《续金针诗格》、白居易《文苑诗格》等内容的材料就是来源于此丛书。著作第四

---

① 罗根泽《晚唐五代文学批评史》，商务印书馆，1945 年，第 49 页。

章《诗句图》也是根据《吟窗杂录》增补了有关内容，如李商隐的《梁词人丽句》来源于《吟窗杂录》卷十四。著作第五章“诗品及本事诗”未见刊于期刊，内容前后有无变化不得而知。

四、1957 年古典文学版

罗根泽在古典文学版《新版序》中指出，新作虽然“作了一些修改”，“但仍保存了原来的组织和面貌”，并对“一般的受那时观点局限的地方”进行了反思，主要有两点：一是“不能完全摆脱当时的时代意识，也难以超越当时的时代意识。例如对‘载道’和‘缘情’的问题，我虽希望不沾沾于一种观念，但事实上仍接受了‘五四’时代认为文学是感情产物的影响”；二是“对时代意识的关系，我非常的强调并注意分析，但对更有关系的阶级意识却注意不够”。[①] 由于当时时间紧迫及他的健康状况，这两点并没有得到大的修正。不过，到底古典文学版做了哪些修改？

仔细分析，可以分为以下几类：

一是出于学术原因，资料方面的补充或修改。比如，傅玄生卒年代由“？—278”改为“217—278”；李益生卒年代由“？—825”改为“748—827”；考证提出“翻译之难”的《法句经序》作者是支谦；对于《文镜秘府论》的有关引文，做了大量的校对，对之前的缺字或错讹做了补充或修正，特别是对《文笔十病得失》、王昌龄《诗格》的校对。

二是紧跟当时形势，运用唯物论与阶级分析对有关内容的修改。比如，论证中西地理影响文化时，增添欧洲奴隶社会、封建社会文化之所以发达的原因；对于原始艺术的三位一体，商务版认为《毛诗序》“诗言志”之说更符合实际情形，古典文学版认为“诗言志”是主观唯心的，诗乐舞真正产生于生产劳动；对于韩愈之“道”，商务版姑且不论是非当否，古典文学版从服务封建阶级的立场对其贬低，又从反对

① 罗根泽《新版序》，《中国文学批评史（一）》，上海古典文学出版社，1957 年，第 1 页。

佛老的角度肯定其进步意义。

三是考虑思想批判运动，删减或更换敏感人物或观点。比如，对引用胡适观点作为论据的地方皆删去其名，批评功利主义史学家时，把原先的唯物史观的文学史或哲学史替换为胡适的白话文学史；提到文学批评积极的演进时，也把韩愈更换为更能代表“人民性”的杜甫。

四是对于论述对象在态度倾向方面的修改。比如，论述庄子时，商务版从自然主义文学观点出发，认为文学是美化的自然和人生，对庄子观点基本上是肯定的，而古典文学版从现实主义文学观点出发，认为文学是从自然现实提炼加工、组织再造的产品，故认为庄子观点充满着“极端自然主义的必然悲哀”；对于六朝文学价值的提高，商务版以为其导致六朝文学的昌盛，古典文学版认为六朝文学观念反对道德事功，故堕落到色情主义和形式主义；对于司空图，商务版以“了解之同情”的态度发现他并不完全是隐逸，其诗仍表现了平生的救世愿望，古典文学版直接用“封建文人的幻想”予以批驳。

由上可知，罗根泽的修改并没有像郭绍虞的两次修改那样彻底地以唯物论和现实主义与形式主义的斗争为线索①，只是对于局部内容予以调整，当然也有一些地方从唯物论或阶级论出发改变了对某些批评家的看法，同时封建社会、封建阶级也常被用来指称叙述对象，但他毕竟保留了原先的框架和研究思路，也基本保留了其大部分内容，修改的部分只占全书的很小一部分。那么，为何郭绍虞经过思想改造，“心头旗帜从此变，永得新红易旧白”②，对其文学批评史进行大规模的修改，而罗根泽只是“小动干戈”呢？难道罗根泽心中的旗帜没有“新红易旧白”吗？答案是否定的。罗根泽在《重印序》中也幡

① 郭绍虞修改文学批评史的相关研究，参见韩经太《中国文学批评史研究》第五章第二节，福建人民出版社，2006 年，第 242—255 页；邱景源《马克思主义视域下的中国古代文论研究》第三章第三节，复旦大学博士学位论文，2008 年。

② 郭绍虞《以诗代序》，《中国古典文学理论批评史》（上），人民文学出版社，1959 年，第 1 页。

然悔悟，对于自己的“小资产阶级的客观主义”进行了批判，并运用列宁对“小资产阶级的客观主义”的分析对其文学批评史写作进行了反思，主要有两点：一是“只是喜欢追寻某一文学理论批评历史过程的必然性的现象”，却没有想到“说明到底什么样的社会经济形态提供这一过程以内容，到底哪一阶级决定这一必然性”，更没能“揭露阶级矛盾，并决定自己的观点”，并举例孔孟之所以以功用说诗，是因为其站在维护封建阶级利益的立场来理解诗歌；二是对“必然性的现象”辩护，如元白转向“闲适诗”和“艳诗”，没有指出其中因素是统治阶级对进步理论家的迫害，因此“研究历史——不论一般的通史或学艺专史，如不依据马列主义的历史唯物主义，就不能有确切的分析与论述”。[①] 我们发现，1958 年的《重印序》比一年前的《新版序》对其文学批评史进行了更大程度的反省。《新版序》只是反省其沾于五四时代的文学观念以及阶级意识注重不足，而《重印序》特别强调了文学理论批评进程背后的“社会经济形态”，明确表示以历史唯物主义研究史学的必要性及真理性。联系本年“拔白棋，插红旗”运动中，罗根泽作为南京大学中文系资产阶级唯心论学者被批判，就可以理解仅仅相距一年为何二序自我批判程度有如此之差距。

不过，尽管如此，罗根泽安排的中国文学批评史事业却是先续写第三、四册，然后再修改第一、二册，看来他把完成整体的中国文学批评史放在修改旧著之前，其中主次轻重之分显明。罗氏文学批评史遭到批判时，他的反应是：“罗先生以为他的《中国文学批评史》是用丰富的资料写成的，你们几个年轻学生讲讲大道理就想批倒我了么？因此他多次以不屑的口气说：‘可以具体一些么！可以具体一些么！’”[②]其态度表明，他仍以资料丰富为根据认为其著作经得起考验。郭绍虞在 1955 年修订本的《后记》中写道：“尤以自己对马克思列宁主义的文艺理论研究不够，旧观点不能廓清，对各家意见不能给以应

---

① 罗根泽《重印序》，《中国文学批评史》，上海古典文学出版社，1958 年，第 5 页。

② 周勋初《教学终身　甘苦备尝——教育生涯中的若干突出事例》，《古典文学知识》2014 年第 2 期。

有的评价，均属意料中事。更因在病中，工作起来，每有力不从心之感，虽然改写的态度自认是严肃的，但结果仍只能是一部资料性的作品。”[①]郭氏对修改本仍是“一部资料性的作品”不满，故1959年再次对旧作进行修改。而罗根泽以为其文学批评史以丰富资料为特点，故可能以为其无须进行大的修改，只需小改即可。此外，郭氏大改、罗氏小改也与二人对于撰写文学批评史之观念有关。郭绍虞文学批评史以建构宏观结构见长，其旧版以文学观念演进分三阶段，故修订版首先对其结构进行调整，1955年版分为上古期、中古期、近古期，1959年版直接以现实主义与形式主义的斗争为线索。而罗根泽文学批评史不以宏观体系见长，其旧版也无统一的理论框架，故修改时只是在材料内容方面的缝缝补补而已。

五、两宋文学批评史

1961年，郭绍虞序罗根泽的遗著两宋文学批评史时无不感慨地写道，“序他仅仅部分完成还没有全部完成的遗著”，“百感交集，真不免墨沈泪痕，一齐涌上了笔端”。[②] 那么，罗氏两宋文学批评史为何迟迟未出版呢？他的准备和写作又从何时开始的呢？

早在人文版《自序》(1934)中，罗根泽计划，当年暑期出版唐宋分册。只是接下来的两年，隋唐、晚唐五代篇陆续刊布期刊，未见两宋篇内容。商务版《自序》(1943)中，他也提到了“宋以后亦陆续刊布焉”[③]。其实，1936年，他已开始着手准备搜集宋代文学批评材料。他在《南朝乐府中的故事与作者》一文中说：“此文草毕，因搜求宋代文学批评史料，翻阅宋人文集笔记……”[④]在《笔记文评杂录》一文中说：“我且趁编纂《中国文学批评史》的方便，就宋人笔记中，提出文学批评的材料，做一个文学批评垃圾箱；又题要钩玄，来一个文学批评

① 郭绍虞《后记》，《中国文学批评史》，上海新文艺出版社，1955年，第605页。
② 郭绍虞《序》，罗根泽《中国文学批评史(三)》，中华书局，1961年，第1页。
③ 罗根泽《自序》，《周秦两汉文学批评史》，商务印书馆，1944年，第3页。
④ 罗根泽《南朝乐府中的故事与作者》，《文化先锋》第4卷第4、5期，1936年。

垃圾箱叙录。”[①]这二文皆刊于1936年，这一年他便开始阅读宋代文集笔记，搜集文学批评材料。对于诗话尤其用心，于1935年秋开始着手，整理《两宋诗话年代存佚残辑表》，并辑出已佚诗话21种，撰成《两宋诗话辑校》。《宋初的文学革命论》篇首说明该文草于1937年夏。之后，自1939年至1948年，罗氏陆续发表宋代文学批评的内容，先后有关欧阳修、宋初文学革命论、黄庭坚、王安石、杨万里、朱熹、李杜集的整理、苏轼、苏门弟子、三苏思想、黄裳、陈师道、楼钥、王柏、魏了翁、陆九渊派等。[②] 可知，新中国成立前，他已经大体搜集完备两宋文学批评的材料，并撰成单篇文章发表，后来的著作就是以这些文章为基础整理而成的。如《宋初的文学革命论（上）（下）》后为著作第一、第二章“宋初的诗文复古革新论”“宋初对李杜韩柳集的甄理与鼓吹”，《欧阳修的改革文学意见》后为著作第三章“欧阳修的复古革新意见”，《叶适及其它永嘉学派的文学批评》后为著作第八章“浙东派的事功文学说”，《陆九渊派的诗文心发说》后为著作第十章“心学派的诗文心发说”等。

不同于隋唐、晚唐五代文学批评史发表于刊物时章节安排基本完成，两宋文学批评史发表于期刊比较零散，那么罗根泽在编写时是否考虑其篇章结构？在商务版《导言》中，他提到对于两宋文学批评的安排：“如两宋古文论为一章，四六文论为一章，辞赋论为一章，诗论为一章，词论为一章。”[③]这时，他计划以文体为依据来划分两宋文学批评史的章节。《周秦两汉文学批评史》（1944）中，罗氏在举例时多次提到苏轼的文学思想，同时后面缀有“详五篇三章四节”之语。可见，此时罗氏至少完成三章，而且第三章第四节是苏轼的文学思想，章节安排已清晰。1947年1月，在《中央周刊》“新年随笔”栏目，罗根泽发表《我今后打算研究什么学术》一文，谈到两宋文学批评史

① 罗根泽《笔记文评杂录》，《北平晨报·学园》第927期，1936年。

② 文章发表具体年月及刊物参见王波《罗根泽先生学术年表》，罗根泽《中国文学批评史》附录一，商务印书馆，2016年，第1000—1008页。

③ 罗根泽《周秦两汉文学批评史》，商务印书馆，1944年，第38页。

的撰写:“现在不过写到了一半,已发现宋代文学批评表现着浓厚的派别观念,不能不依据派别论次。”同时,刊布了拟分的篇章,如下:

一 绪论
二 宋初的文学革命论上——古文新论
三 宋初的文学革命论中——诗赋新论
四 宋初的文学革命论下——李杜韩柳论
五 欧阳修的改革文学意见
六 三苏的改革文学意见
七 周敦颐二程子的作文害道说
八 王安石曾巩的政教文学说
九 苏门弟子的事理文学说
十 黄庭坚陈师道的诗学方法
十一 宋陆的道文合一说
十二 永嘉派的事词合一说
十三 陆游杨万里的诗文论
十四 真西山魏了翁的诗文论
十五 江湖派的诗文论
十六 诗话
十七 诗文评点
十八 四六文话及四六文论
十九 词语及词论
二十 方回的诗论[①]

随着材料的搜集和著作的撰述,罗氏发现两宋文学批评的一个根本特点——派别观念,那么原先依据文体而分章的计划就不妥当,因此决定依据派别论述。从这个目录看出,这个观念基本实现,对三苏及其弟子、周敦颐二程子、黄庭坚陈师道、永嘉派、江湖派等都是以派别

① 罗根泽《我今后打算研究什么学术》,《中央周刊》第9卷第1期,1947年。此文发表于1947年1月,写作应该在1946年底。

划分的。但篇章安排仍显繁杂,况且之前的四册文学批评史纲举目张,清晰明了,两宋篇不太可能分为繁琐的20章。对比此目录和发表于期刊有关两宋文学批评的文章,可以发现,此目录只是集合了现有的文章篇目。对于上述目录,他谈道,"将来是否发现其他特点不可知,如发现则又须改换","将来写讫后是否这个样子不敢预断,但希望世人就此指示应增删者为何,应改正者为何,俾得有所遵循,渐近完备"。[①] 可知,罗根泽往往根据新的发现否定从前的自我,不断调整撰写计划,此目录也不是经过深思熟虑的定稿,而只是根据现有材料和发现而成的草稿。后来,他确有修改。在《宋学三派》一文中,他把宋学分为议论派、经术派、性理派,两宋文学批评史正是以此三派为根据而撰述的。《论三苏的思想》一文的副标题就是"宋议论派的立意达辞文学说第一节"。

在古典文学版周秦篇中,罗氏引用苏轼作为例子时,后面的标注由商务版的"三章四节"改为了"六章三节",可知此时苏轼的文学思想是第六章第三节,而这个安排正好符合1961年出版的著作。由此推断,1950年代,罗根泽对于两宋批评史的篇章结构又做了新的调整。以目前的面貌来看,更加重视派别的因素,除了宋初诗文革新论及欧阳修外,就是依次论述道学派、经术派、议论派、江西派、浙东派、理学派、心学派的文学批评。之后增添一章"诗话、词话、文话、诗文评点",并附录"两宋诗话辑较叙录"。

自1936年始,罗根泽就搜集两宋文学批评材料,准备撰述著作。为何迟迟未能完成?他自己也不得不承认:"一年可以写完的东西,九年还没有写完。"这与他的学术理念有关。他一再强调自己的治学原则,"治学的需求是多种书的钩稽融贯。因为是希望由钩稽得到融贯,所以必由甲书渡到乙书,又由乙书渡到丙书"[②];"我又有一种缪见,总希望能见'古文之全',没有截断众流的勇气",但是抗战爆发,

---

① 罗根泽《我今后打算研究什么学术》,《中央周刊》第9卷第1期,1947年。

② 罗根泽《我的读书生活》,《中央周刊》第8卷第8期,1946年。

大学西迁，图书资料与在北平时期不可同日而语，“因此，除了修改一至四册，交由商务印书馆付印外，宋代一册续写很少”[①]。这也是罗氏在1940年代为何大幅度修改周秦至魏晋六朝时期文学批评史，而两宋文学批评史迟迟未能定稿得以出版的原因。

六、余论

据罗根泽的子女称，他们不仅没有找到其批评史元明清时期的草稿，甚至也没有发现其父搜集的任何相关资料。[②] 看来罗根泽生前并没有开始着手元明清文学批评史撰写的准备。不过，在古典文学版《重印序》中，他壮志未酬地规划：“现在拟先写论第三、四两册，然后再回过头来修改第一、二两册。”[③]第四册即元明清文学批评史。1950年代初，教育部制定了《高等学校课程草案》，各系课程被纳入到严格的秩序和制度之中，其中“中国文学史”和“写作实习”是中文系课程重点，“中国文学批评史”没了一席之地。因此，罗根泽不得不放弃诸子学和中国文学批评史的教学和研究，专攻中国文学史。1950年代后期，在“整理和研究我国古典文艺理论的遗产”的口号下，文学批评史又重新进入大学讲堂，罗根泽也得以在南京大学重开课程，并编有《中国历代文学理论批评文选》一书（南京大学内部交流教材）。然而，很快他又因健康原因不得不与文学批评史研究告别。周勋初1959年副博士毕业留校任助教，后来回忆道：“批评史课程原由罗根泽先生担任，后因健康原因而中辍，改由我接替。”[④]1960年，罗氏溘然长逝，未来得及出版两宋文学批评史以及搜集整理元明清时期材料。[⑤]

---

① 罗根泽《我今后打算研究什么学术》，《中央周刊》第1卷第1期，1947年。

② 参见罗蕃、罗兰、罗芃《路漫漫其修远兮——怀念父亲》，《罗根泽古典文学论文集》附录，上海古籍出版社，2009年，第616页。

③ 罗根泽《重印序》，《中国文学批评史》，古典文学出版社，1958年，第5页。

④ 周勋初《自序》，《中国文学批评小史》，辽宁古籍出版社，1996年，第1页。

⑤ 中华人民共和国成立后罗根泽的学术转向，可参见王波《1950年代学科调整与中国文学批评史的命运——以罗根泽为中心的考察》，《云梦学刊》2018年第4期。

以上根据不同时期的著作以及发表于期刊的论文，钩稽考察了罗根泽研治中国文学批评史过程中的丰富细节。罗氏一生的学术理想是撰写一部学术思想史和一部中国文学史，后者最大的成就是中国文学批评史，可惜没有完成，只到两宋时期。尽管1932年他就开始讲授课程，撰写讲义，但无奈于外在的和内在的多种因素，不断调整出版计划。其中，既与他自身"求全"的学术理念有关，又受大学西迁后图书资料不足的影响，后来又受制于1950年代的学科体制，使得他的中国文学批评史成了未竟的事业。我们引用一段他在1940年代的自述可知在内忧外患的情形下著作之艰难："碰到日寇入侵，只得抛掉自己购置的书籍，自己寻找的材料，自己迻录的笔记，仓促南来。由燕而鲁，由鲁而豫，由豫而陕……"①尽管是未完成的著作，但详赡的材料、创新的体例、论证的清晰仍使它成为现代学术史上的一部名著。特别是，在其贯穿近30年的研究过程中，他根据新发现材料（如明刊本《吟窗杂录》等）对其文学批评史不断修订，更改错讹，增补资料，甚至调整史观和篇章结构，这种对学术无止境的探索无疑值得后来者学习。

（国防大学军事文化学院）

① 罗根泽《我今后打算研究什么学术》，《中央周刊》第9卷第1期，1947年。

林庚先生论王维

邵明珍

内容摘要：从20世纪五六十年代以来，众多《中国文学史》著述的王维叙写有一个基本定位：王维是盛唐山水田园诗派的代表诗人，后期思想消极，信奉佛教，过着“亦官亦隐”生活，持一种“圆通混世”的人生态度。这一“判定”已成为王维评价的主流认知。但林庚先生认为王维最重要的是早期体现其“少年精神”的诗歌，而不是后期的“田园山水诗”。他认为王维诗歌“代表整个盛唐诗歌的特点”，“王维在艺术上多方面的深厚造诣乃使他成为最具有普遍意义的代表人物”，“就是对于他的山水诗，也应该有一个再认识”。可惜，林庚先生独特而富有创见的王维论未能被后学们继承并发扬。

关键词：林庚；文学史；王维；田园山水诗；少年精神

Mr. Lin Geng's Analysis of Wang Wei

Shao Ming-zhen

Abstract: From the 1950s and 1960s onwards, a consistent view has been presented in numerous works on the history of Chinese literature regarding Wang Wei, which regarded him as a quintessential poet of the pastoral and landscape genre during the High Tang Dynasty, whose later life was marked by a turn towards pessimism, a devotion to Buddhism, and a lifestyle that straddled the realms of official duties and secluded retreat, epitomizing a philosophy of life that was engaged yet aloof. This assessment has solidified into the dominant narrative concerning Wang Wei. Contrary to this, Mr. Lin Geng posits that the essence of Wang Wei's oeuvre lies in his early poetry, which exudes a "youthful spirit", rather than the pastoral landscapes of his later years. He contends that Wang Wei's work encapsulates the essence of High Tang poetry at its zenith, highlighting that Wang Wei's extensive and profound achievements in several artistic domains render him a figure of overarching relevance. Furthermore, he argues for a fresh appraisal of Wang Wei's landscape poetry. Unfortunately, Mr. Lin Geng's original and thought-provoking thesis on Wang Wei has not been sufficiently acknowledged or expanded upon by later scholars.

Keywords: Lin Geng; history of literature; Wang Wei; pastoral and landscape poetry; youthful spirit

梳理自20世纪五六十年代以来的《中国文学史》对于王维的研究历史,我们不难看到,学界对王维的评判有一个发展变化的过程,从开始的基本否定,经由陈贻焮、陈铁民两位王维研究专家,对王维作出了不少肯定性评价。但也因为特殊的时代背景,也有不少对王维及其诗歌之批评,共同构成了学界王维及其诗歌评价的主流观点：王维是“盛唐田园山水诗派的代表”，王维生平与诗歌分为前后两期，前期比较积极，值得肯定，后期因为政治因素，走向消极；王维后期过着“亦官亦隐”生活，信奉佛教，持一种“圆通混世”的人生态度，因而其后期作品中有不少消极的成分。20 世纪 60 年代游国恩本与中国社科院文研所本《中国文学史》，以及 90 年代章培恒、骆玉明版与袁行霈版《中国文学史》基本都持上述观点。而在众多文学史家与王维研究者之中，林庚先生对王维及其诗歌的看法，如空谷足音，别有洞见，但令人感到遗憾的是，至今没有引起学界应有的重视。

一

在梳理林庚先生有关王维论述之前，我们有必要对 20 世纪五六十年代以来的《中国文学史》中的王维叙写作一个大致的回顾。从五六十年代的陆侃如、冯沅君与刘大杰等对各自的文学史著作的修订，到“红皮本”“黄皮本”“蓝皮本”《中国文学史》的编写，到 90 年代袁行霈版与章培恒、骆玉明版《中国文学史》的出版，直至本世纪的多部文学史著作的面世，对王维的主流看法虽有发展变化，但其中贯穿的主流看法仍然是陈贻焮、陈铁民等文学史家、王维研究专家的有关阐述，并承袭至今。

中华人民共和国成立初期，思想文化战线先后开展了三次思想批判运动，如 1953 年对俞平伯《红楼梦》研究和胡适思想的批判，对学术界产生了巨大的影响。在这样的政治形势下，陆侃如、冯沅君以及刘大杰等文学史名家，分别对以前的文学史著作进行了修订。就王维研究而言，其影响也十分巨大。陆侃如、冯沅君《中国文学史简编》(1957 年修订本)如此评价王维与孟浩然运用了阶级分析的方法：“虽然王孟与高岑两群作家的风格不同，……他们一方面有一定高度的艺术造诣，能够在初唐的基础上前进一步；一方面还不能广泛地、深入地接触现实。王孟对生活中的斗争抱一种消极的态度，而高岑有时不免用幻想来美化现实。这就使他们不能与杜甫、白居易相比，也不能和李白相比。”[①]刘大杰先生《中国文学发展史》(1958年修订版)的王维评价也紧跟形势：

王维是封建社会里某种官僚士大夫的典型。他具备着外儒内佛、患得患失、官成身退、保养天年的这些特点。他对于政治有一定的进步因素，对于现实也感到不满，也有不愿同流合污的心情，但对于统治阶级的态度，始终是妥协的，动摇的，缺乏斗争的力量。……王维就脱离了时代，逃避了现实，安、史大乱的社会生活，不能在作品里有所反映，而成为有名的隐居诗人了。[②]

刘大杰对王维后期山水田园诗的艺术成就，作了高度的评价：“真能代表王维的诗歌的艺术的，是他后期的作品。……他以具有高度精炼能力与表现力的诗歌语言，在山水田园的描写上，达到了很高的艺术成就。因此，王维在中国诗歌史上，仍然具有重要的地位。”[③]

1958年，北大中文系1955年学生集体编写了一本《中国文学史》，也就是“55级文学史”，被称为“红皮本”。“55级文学史”认为：“以王维、孟浩然为代表的山水隐逸诗派。……基本特征是逃避现实，粉饰现实，以自然山水，田园景色寄托自己剥削阶级的闲淡、孤寂的消极颓废心情，甚至宣传佛教的禅宗妙理。”[④]王孟诗派被称为“彻头彻尾的反现实主义诗派”。[⑤]“红皮本”中关于“王维的问题”，洪子诚回忆道：

在“55级文学史”编写和后来的讨论、修改中，王维、李煜、李清照等作家的评价引起很大争论。这个争论其实在50年代初就已经开始。……在“55级文学史”的1958年本

---

① 陆侃如、冯沅君《中国文学史简编(修订本)》，作家出版社，1957年，第116页。

② 刘大杰《中国文学发展史》(中卷)，古典文学出版社，1958年，第75页。

③ 刘大杰《中国文学发展史》(中卷)，第76页。

④ 北京大学中文系文学专门化1955级集体编著《中国文学史》上册，人民文学出版社，1958年，第265页。

⑤ 北京大学中文系文学专门化1955级集体编著《中国文学史》上册，第268页。

> 中，王维、孟浩然等被列入“反现实主义”的逆流，说“以王维、孟浩然为代表的山水隐逸诗派”的基本特征是“逃避现实，粉饰现实，以自然山水、田园景色寄托自己剥削阶级的闲淡、孤寂的消极颓废心情”而基本持否定的态度。何其芳在1959年的讨论会发言中批评这种做法，……在1959年的修订版中，去除“现实主义和反现实主义斗争”规律的说法，并将王孟诗派列为专章，对王维的“政治态度”，和他的作品的思想艺术转而有积极的肯定。①

1959年5、6月，北大中文系对“红皮本”进行了修订，被称为“黄皮本”。北大古代文学教研室的教师游国恩、林庚、吴组缃、吴同宝（小如）、陈贻焮等都参加了“黄皮本”的编写工作。修订后不久，包括文科教材在内的高校教材编写工作启动，游国恩先生等主编了四卷本《中国文学史》，后被称为“蓝皮本”文学史，对王维也作为“山水田园诗人”加以论列：

> 大致可以看出前后期诗风的不同，……王维前期也写了一些关于游侠、边塞的诗篇。……都表现了那个时代人们的英雄气概和爱国热情。……王维后期的诗，在他诗集里占有大半数的篇幅，他的山水田园的名篇如《田园乐七首》《过香积寺》《鸟鸣涧》《积雨辋川庄》等，都是归隐以后的作品，都在闲静孤寂的景物中流露了对现实非常冷漠的心情。……但是，他后期这些几乎和现实生活绝缘的、“萎弱少骨气”的山水田园诗，却因为和后代文人们的消极思想发生共鸣，受到许多文人无保留的赞美。有人甚至推尊他为“诗佛”，把他捧到和李白、杜甫同样高的地位，这显然是极端错误的。②

1962年，另外一部由中国社会科学院文学研究所中国文学史编写组

① 洪子诚《一则材料的注释》，《文艺争鸣》2021年第10期，第29页。

② 游国恩等主编《中国文学史》（二），人民文学出版社，1963年，第44—47页。

集体编著的三卷本《中国文学史》，如此评价王维："开元二十七年自凉州回到长安……，比较安定地在山林优胜的长安郊外定居下来了。开元末到天宝末这十五六年时间内，……他的主要生活是在风景优美的别墅里'弹琴赋诗，傲啸终日'。……作为辋川别业的主人，写了大量的山水田园诗。这是王维由壮年向老年的过渡时期，也是王维由积极进取转向参禅信佛的时期。"①说王维的"主要生活是在风景优美的别墅里"云云，与王维生平严重不符。

回顾王维研究史，以上几部比较有代表性的《中国文学史》的王维叙写，除了"红皮本"之外，对王维的论定大体一致。而陈贻焮与陈铁民作为"红皮本""黄皮本"与"蓝皮本"《中国文学史》编写与修订的深度参与者兼王维研究专家，对多种《中国文学史》的王维叙写以及对王维"定论"的确立，起了决定性的作用，在王维研究史上产生了巨大而深远的影响。尤其是陈贻焮先生的王维研究，在学界得到了广泛的高度评价：

> 陈贻焮也能逆当时学界贬低王维、孟浩然等山水田园诗人的潮流而动，不仅首次对王、孟的生平事迹进行了比较深入的考辨，尽可能将王、孟的诗歌作品编年，而且鞭辟入里地分析了王、孟诗歌的艺术精髓，为人们更全面、客观地了解王、孟的生活和行事，正确地评价王、孟的思想和诗歌艺术成就，作了很好的铺垫。80年代王、孟研究得以进一步发展，在很大程度上得益于陈贻焮在五六十年代的相关研究成果。②

在那样一个一度对王维及其诗歌全盘否定的政治环境下，陈贻焮对王维的政治态度、创作成就做出较高的评价，确实需要相当的胆识与勇气。

---

① 中国社会科学院文学研究所中国文学史编写组《中国文学史》(二)，人民文学出版社，1962年，第414页。

② 杜晓勤《20世纪唐代文学研究历程回顾》，《北京大学学报(哲学社会科学版)》2002年第1期，第73页。

也许由于对王维是“田园山水诗人”之认定，学界还由此衍生出了对王维“亦官亦隐”“圆通混世”等评价。陈贻焮首创王维“亦官亦隐”或者“半官半隐”之说。陈贻焮在1955年发表的《王维的政治生活和他的思想》一文如此评述王维前后期的思想变化：“我们说王维中年以前接近当时比较进步的政治力量，思想感情中也的确存在着进步的和积极的因素，……后期王维是消极的，是妥协的。……他不甘同流合污，但又极力避免政治上的实际冲突，把自己装点成不官不隐、亦官亦隐的‘高人’。”①由“亦官亦隐”说还派生出了“明哲保身”“圆通混世”说。1956年，陈贻焮在《论王维的诗歌》一文中说：“王维出身于封建官僚家庭……，无形中形成了他后期的那种消极遁世的人生观和明哲保身、随遇而安的政治态度。”②1962年，陈贻焮在《山水诗人王维》一文中说：“（王维）四十多岁的时候，终于归隐了。……这时已逐渐形成了一种得过且过但求安适的人生哲学，于是他就采取了圆通混世的人生态度，半官半隐地生活起来了。”③

直到1989年写的《怎样读王维诗》（遗作）一文，陈贻焮仍然说：“王维早年……写诗表示要在政治上有所作为。可是不久，张九龄被当时贵族腐朽政治势力的代表人物、权奸李林甫挤下台来，朝政日非。王维不敢反抗，也不愿同流合污，终于退隐山林，过着亦官亦隐的生活。”④

由此可见，自20世纪五六十年代，直到改革开放后的80年代末，陈贻焮对王维及其诗歌的评价，前后基本一致。

陈贻焮关于王维“亦官亦隐”等论定，被陈铁民继承并且加以生发：“自官左补阙后，王维一直在朝任职。但是，他身在朝廷，心存山

---

① 陈贻焮著《唐诗论丛》，湖南人民出版社，1980年，第124页。原载《光明日报》1955年7月31日《文学遗产》第65期。

② 陈贻焮著《唐诗论丛》，第140—141页。原载1956年8月《文学遗产》增刊第三辑。

③ 陈贻焮著《唐诗论丛》，第94页。译文载《中国文学》月刊英文版1962年第7期。

④ 陈贻焮《怎样读王维诗》（遗作），《北京大学学报（哲学社会科学版）》2008年第4期，第127页。

野，长期过着亦官亦隐的生活。”[1]陈铁民在回应他人对“亦官亦隐”说的质疑时说，他与陈贻焮说的“亦官亦隐”不是带薪隐居：“‘亦官亦隐’即‘隐于官’，对政治和功名利禄取消极态度，经常寻找一切能利用的机会躲入山庄，过啸傲林泉的生活。这显然是从人生态度和生活方式的角度来论定‘亦官亦隐’，它与唐王朝的‘干部政策’和官制并无关系。……王维的所谓亦官亦隐，其实是做官的时候多而隐居的日子少。”[2]如此解释，则与传统意义上的“吏隐”的涵义基本一致，所不同的是，“亦官亦隐”说很易引发读者在理解上的错位。

因此，我们有理由认为，自20世纪五六十年代以来，学界对王维的主流看法，主要来自于陈贻焮、陈铁民的王维研究成果，影响广泛而深远。

二

关于王维在20世纪下半叶的中国文学史研究领域之定位，有学者认为：“在20世纪下半叶基本定型的中国文学史中，王维是盛唐山水田园诗派的代表诗人。这也是一般读者对王维的定位。然而，一个有意味的事实是：王维的这一形象却曾几度遭到观念的遮蔽。造成山水田园诗人王维被遮蔽的第一种情形是：因推重白话文学而推重王维的乐府诗，忽略他的近体诗，如胡适。”[3]

王维“定位”之说，确实是20世纪下半叶的实际情形，无庸置疑。但我们认为，如此“定位”王维未必一定合适，而上半叶的所谓“遮蔽”，反而没有局限于对王维山水田园诗的聚焦，有可能更全面地符合实际地分析评价王维及其作品，林庚先生的王维研究，就没有局限于“田园山水诗人”之“定位”。

---

① 陈铁民《王维新论》，北京师范学院出版社，1990年，第130页。

② 陈铁民《也谈王维与唐人之“亦官亦隐”》，《东南大学学报(哲学社会科学版)》2006年第2期，第79页。

③ 陈文新、岳可欣《20世纪上半叶文学史中的王维叙述》，《江苏海洋大学学报(人文社会科学版)》2020年第6期，第100页。

林庚先生的王维研究，集中在《中国文学简史》（上册）与《唐诗综论》两本书中。林庚先生的《中国文学史》出版于1947年，根据讲义编著，1954年，林庚先生根据新的形势，做了修订。虽然迫于时势，《简史》有“人民”“民主”“爱国”等元素，但还是如此高度评价王维：

> 王维在文艺上的全面发展，也就使得他在诗歌里成为一个全面的人才，我们很难指出王维诗歌的特点，因为他发展得如此全面，如果一定要指出，那就是代表整个盛唐诗歌的特点。[①]

林庚先生在论述“盛唐气象”时，首先做了如此界定：“蓬勃的朝气，青春的旋律，这就是‘盛唐气象’与‘盛唐之音’的本质。”[②]“盛唐气象最突出的特点就是朝气蓬勃，如旦晚才脱笔砚的新鲜，这也就是盛唐时代的性格。它是思想感情，也是艺术形象，在这里思想性与艺术性获得了高度的统一，我们如果以为只有揭露黑暗才是有思想性的作品，这说法是不全面的，我们只能说属于人民的作品是有思想性的作品，而人民不一定总是描述黑暗的。”[③]王维的《少年行》，高适的《营州歌》，李白的《望天门山》《庐山谣》，在林庚先生看来，具有“一种青春的旋律，无限的展望，就是盛唐诗歌普遍的特征”[④]。无疑，在林庚先生看来，王维早期的诗歌，与李白、高适等人的诗歌一样，体现了“盛唐气象”，是真正的“盛唐之音”。林庚先生认为，不是“只有揭露黑暗才是有思想性的作品”，联系长期以来学界对王维有“逃避了现实，安、史大乱的社会生活，不能在作品里有所反映”之批评，林庚先生的上述观点，可谓有的放矢，意味深长。

1957年夏，林庚先生在青岛做了一个题为《唐代四大诗人》报告，1985年9月重加修订，后来收进了《唐诗综论》一书。《唐代四大诗人》一文中关于王维的观点与《简史》基本一致，林庚先生再次强

---

① 林庚《中国文学发展简史》（上卷），上海文艺联合出版社，1954年，第271页。

② 林庚《唐诗综论》，商务印书馆，2011年，第38页。

③ 林庚《唐诗综论》，第47页。

④ 林庚《唐诗综论》，第50页。

调："王维则是一个更为全面的典型，他在盛唐之初就早已成名，反映着整个诗坛欣欣向荣的普遍发展。……王维在艺术上多方面的深厚造诣乃使他成为最具有普遍意义的代表人物。"①

林庚先生还指出："王维在诗歌题材方面也是无所不备的。我们平常总觉得王维乃是一个山水诗人，并且认为他的山水诗又是以晚年辋川诸作为代表，像'空山不见人，但闻人语响。返景入深林，复照青苔上'那样幽深而寂寞。实际上，王维在当时却并非以这类诗流传人口。……王维的边塞诗不仅数量多，而且十分出色。"②如《陇头吟》，"这里乃又是涉及到政治上的不平，正如他的《老将行》等都是含有'兴寄'的政治诗一样。……在政治诗上，王维则反映着一般与权贵对立的开明政治的要求"③。"王维的诗歌所给我们的印象正是这种少年精神的青春气息。"④林庚先生一再指出：

> 王维长期以来被人们认为乃是以《辋川集》诸作为代表的山水诗人，这主要是宋、元以后的历史原因造成的。……晚年的孤寂之作不过是王维诗歌生平的一个角落，并不代表王维当时的全部成就。我们对王维的诗歌正是久已失去了全面的理解，就是对于他的山水诗，也应该有一个再认识。⑤

林庚先生的提醒，很有见地，学界对王维田园山水诗的评价，基于对王维生平思想之误解，由此难免产生不少"误读"现象。

1988年，《中国文学发展简史》(上卷)又一次修订出版。直到1995年，在葛晓音的协助下，完成了《中国文学简史》(上、下卷)的编著。1988年修订本以及1995年的完整版，其中对王维的评价始终没有变化，其中关于王维的许多论述仍旧保持了相当的独立性。在访

① 林庚《唐诗综论》，第117页。
② 林庚《唐诗综论》，第119—120页。
③ 林庚《唐诗综论》，第122页。
④ 林庚《唐诗综论》，第125页。
⑤ 林庚《唐诗综论》，第129—130页。

谈中，林庚先生再次强调：

> 我对王维的评价跟很多人都不一样。一般人都把他当做“诗佛”，说他主要的特点是那种安静的东西。但那不是他最有代表性的东西，他的代表作品是属于蓬勃朝气的：“新丰美酒斗十千，咸阳游侠多少年。相逢意气为君饮，系马高楼垂柳边。”①

林庚先生曾经明确表示，他对王维的看法与陈贻焮等人不同：

> 所以我讲唐诗跟别人常有很大的不同。比如说对王维，很多人包括陈贻焮在内，他们都欣赏王维后期的东西，就是《辋川绝句》那样的作品，都是很安静的东西。而我认为王维的真正价值是他的“少年精神”，是他早期的《少年行》，是“大漠孤烟直，长河落日圆”这样一类早期的作品。虽然他的边塞诗不多，但他年轻时的作品才是他的真正代表作，“唯有相思似春色，江南江北送君归”，这才是真正代表王维的。“晚来唯好静，万事不关心”，这不代表王维，那已经是他的末期了，……《辋川》诗也不是说不是好诗，但不是最可宝贵的东西。②

由上可见，林庚先生坚持独立的学术品格，不受当时学界潮流左右，坚持己见，认为王维不仅仅是山水诗人，不能囿于“山水田园诗人”来看待王维的诗歌，对王维的诗歌作出了全面而高度的评价。

2015 年，龚鹏程出版《中国文学史》一书，关于王维，书中指出：“最严重的标签化，就是把盛唐概括为浪漫诗人李白、写实诗人杜甫两大高峰，和田园诗派王维、孟浩然，边塞诗派岑参、高适这两大派。其中王维还兼有‘诗佛’的称号。”③“其实王维作品里，山水田园仅占

---

① 林庚、张鸣《人间正寻求着美的踪迹——林庚先生访谈录》，《文艺研究》2003 年第 4 期，第 81 页。

② 林庚、张鸣《人间正寻求着美的踪迹——林庚先生访谈录》，《文艺研究》2003 年第 4 期，第 80—81 页。

③ 龚鹏程《中国文学史》(上)，东方出版社，2015 年，第 385 页。

四分之一，其述豪侠、咏边塞、陈闺怨者，无论质与量，均不逊于山水田园。……岂旷淡清逸云云所能局限？另外，王维有一种廊庙诗……亦非山林田园所能限。……现今一般论王维，仅以山水田园诗人视之，对此便不暇讨论了。”[①]回顾王维研究史，不难看到，龚著的观点，基本祖述林庚先生的有关论述。

三

在20世纪五六十年代特殊的学术背景下，林庚先生特立独行，对王维的评价，并未做迎合当时政治形势的“修订”，虽然在受到批判的时候，他自己也不能不“检讨”：

> 总之对于古人原谅多，批判少，……例如王维后期寄情山水的隐逸诗，我是认识到它的落后性的，而且也是从来不加以肯定的。然而在分析思想性的时候虽然加以批判，在分析艺术性时还是引了一些这类的诗句作“诗中有画，画中有词”的说明。……说明残余的资产阶级以及封建的思想感情，必然影响正确的观点方法。而方法上的片面性又必然使得不正确的观点有机可乘。[②]

林庚先生在接受采访时坦言：

> 我在写完《诗人李白》后，受到了很多的批评。……不承认历史上有过盛唐，更不承认什么盛唐气象了。他们一个劲地批，我就一个劲地写文章，我也不能沉默。比如有人说陈子昂是现实主义的，可我认为陈子昂是浪漫主义的，他有建安风骨。你批你的，我写我的。[③]

---

① 龚鹏程《中国文学史》(上)，东方出版社，2015年，第387页。

② 林庚《批判我在文学史研究中的资产阶级学术思想》，北京大学中国语文学系编辑《文学研究与批判专刊(第2辑)》，人民文学出版社，1958年，第166页。按：“画中有词”是林先生原文之误，应为“画中有诗”。

③ 林庚、张鸣《人间正寻求着美的踪迹——林庚先生访谈录》，《文艺研究》2003年第4期，第81页。

林庚先生当时在不得已做自我检讨时说,“王维后期寄情山水的隐逸诗,我是认识到它的落后性的”,这样说,与其说是一种自我“批判”,不如说是林庚先生与批判他的人玩的一种“游戏”。因为,林庚先生多次强调王维的真正价值是他的“少年精神”,“王维在艺术上多方面的深厚造诣乃使他成为最具有普遍意义的代表人物”,而为学界普遍强调的王维后期的山水诗,在林庚先生看来,“那种安静的东西”,“不是他最有代表性的东西”。所以林庚先生将对并不为自己看好的王维后期的“山水诗”之批评,作为他自己对文学史研究存在问题加以“检讨”之内容,再联系他后来说“你批你的,我写我的”,我们不难看到其中体现的林庚先生的自信、执着以及应对险恶环境的睿智。

陈平原说过:“不能说林庚完全不受大环境的影响,1953 年年底撰写《中国文学简史》(上卷)的‘后记’时,他也会强调如何遵循苏联《十一世纪至十七世纪俄罗斯古代文学教学大纲》,努力贯彻‘爱国主义精神与民族自豪感,历史主义的论述与民主成分的发扬,以及民族形式与文艺风格的具体分析’。”[①]但从林庚先生对王维一以贯之的高度评价来看,上述做法,与其说是一种妥协,不如说是一种“伪装”,或者说是一种“策略”,诚如有学者指出的那样:

> 50 年代版《简史》既有学术的传承和修正,更有迫于时代的改写。……但客观地说,林庚独特的学术个性,使得该著在内容上没有过于机械套用当时的庸俗马列主义理论,厦大版林著所开创的独具特色的浪漫主义文学史思路,依然贯彻始终。他没放弃林著中首倡的“建安风力”“诗国高潮”“少年精神”“梦的结构”等富有活力的命题。这是林庚1958 年在全国高校的双反运动中遭到批判的主要原因。[②]

当年林庚先生遭到批判的那些学术观点,正是林庚先生对中国古代

① 陈平原《在政学、文史、古今之间——吴组缃、林庚、季镇淮、王瑶的治学路径及其得失》,《北京大学学报(哲学社会科学版)》2015 年第 3 期,第 91 页。

② 胡霖、胡旭《观念的博弈——林庚〈中国文学史〉之批评与反思》,《福州大学学报(哲学社会科学版)》2015 年第 3 期,第 59 页。

文学史研究的独特发明与贡献，值得我们珍视并发扬光大。

当然，单纯从王维研究而言，林庚先生的研究往往从大处着眼，对一些具体作品的认识，也不能不受到当时主流观点的影响，如他说："王维晚年洁身自好，变成了隐者，所谓'晚年唯好静，万事不关心'。"[①]晚年王维并没有真正"万事不关心"，学界对王维《酬张少府》一诗，对"晚年唯好静，万事不关心"的理解，往往停留在字面上，甚至从中寻找所谓的"禅意"。而事实上，"《酬张少府》表达的是王维在张九龄罢相后的政坛上无法实现自己的政治理想的深沉感慨，与禅意无涉，更非禅诗，把此诗看成禅诗，乃是一种'创造性误读'"[②]。

作为一个著名的文学史家，林庚先生对王维个别诗歌作品的理解，虽然难免受到当时主流观点的影响而存在一定的局限，但他在王维研究方面的独特眼光，有目共睹，尤其是对王维诗歌并不囿于"田园山水诗"的有关论述，对真正准确全面把握与评价王维诗歌，极具启发。令人感到遗憾的是，林庚先生的创见，至今依然如空谷遗响，并未被作为学生与助手的陈贻焮、袁行霈、葛晓音等所继承，也未引起北大中文系师友圈以外的文学史编著者与广大王维研究者的重视与继承。

作为陈贻焮师弟的袁行霈，也是林庚先生的学生与助手，袁行霈说过"我的唐诗研究获益于我的导师林庚先生的引导"[③]。袁行霈在接受教育部的任务编著《中国文学史》时，在具体的王维以及诗歌的论述方面，也还是基本延续了以往的一些"定论"，并未采用林庚先生的有关论述。袁版《中国文学史》认为："真正奠定王维在唐诗史上大师地位的，是其抒写隐逸情怀的山水田园诗。"[④]对有关作品的解读，

---

① 林庚《唐诗综论》，第116—117页。

② 邹业心、邵明珍《王维〈酬张少府〉非"禅诗"辨析》，《中国诗歌研究(第十八辑)》，社会科学文献出版社，2018年，第72页。

③ 马自力《文学、文化、文明：横通与纵通——袁行霈教授访谈录》，《文艺研究》2006年第12期，第86页。

④ 袁行霈、罗宗强主编《中国文学史(第三版)》第二卷，高等教育出版社，2014年，第199页。

也贯穿了此一断论：

> 著名的《辋川集》二十首，是王维晚年隐居辋川别业写的一组小诗，将诗人自甘寂寞的山水情怀表露得极为透彻，在明秀的诗境中，让人感受到一片完全摆脱尘世之累的宁静心境，似乎一切情绪的波动和思虑都被净化掉了，只有难以言说的自然之美。[①]

作为林庚先生助手的葛晓音，应辽宁大学出版社之邀，于1993年完成了《山水田园诗派研究》一书，葛晓音明确认为：

> 山水田园诗派由陶谢开创，经过许多层次发展到王孟，才完成了汉魏风骨到齐梁词采的融合，……这就形成了一个完整的诗歌派系。而王维的山水田园诗就是这一诗派发展到最完美阶段的标志。[②]

1997年，章培恒、骆玉明主编的《中国文学史》出版，2007年修订改名《中国文学史新著》，其中的有关王维论述，沿袭了以往"以孟浩然、王维为代表的田园山水诗派"的提法，有关论述与陈贻焮等基本一致："进入中年以后的王维，生活基本上还是比较平静而优裕的；他把自己早年对隐居的兴趣带进了此时的仕宦生涯，先后在终南山置别业，继而又得宋之问旧宅辋川山居，就此过上了一种亦官亦隐的特殊生活。……李白浪迹天涯，王维则大半辈子都在京城郊外的别业中度过。"[③]说王维"大半辈子都在京城郊外的别业中度过"，与1962年文研所本的说法类似："开元末到天宝末这十五六年时间内，……他的主要生活是在风景优美的别墅里'弹琴赋诗，傲啸终日'。"（见前引）这或许是受"亦官亦隐"说影响而产生的"推论"，与事实严重不符。考王维生平，王维后期一直在朝廷任职，只有在丁母忧与安史之乱

---

① 袁行霈、罗宗强主编《中国文学史（第三版）》第二卷，高等教育出版社，2014年，第201页。

② 葛晓音《山水田园诗派研究》，辽宁大学出版社，1993年，第251—252页。

③ 章培恒、骆玉明主编《中国文学史新著》（上卷），复旦大学出版社，2007年，第461、463页。

中，才有不得已的中断（对此，笔者有专文讨论，此不赘）。

吴相洲的《中国诗歌通史》（唐五代卷）也把王维作为“田园山水诗人”加以论述，并从“诗中有乐”“诗中有画”“诗中有禅”三个方面分析王维诗歌，基本延续了陈贻焮等的观点：

> 张九龄罢相后朝政发生了根本性的转变，他建功立业的理想彻底破灭。他继续留在官场以求独善其身，然而安史之乱使他独善其身也未能做到。他没有像杜甫那样逃出长安奔赴行在，也未能像艺人雷海青那样为国死节。虽然在做伪官时“服药取痢，伪称瘖病”，又吟了一首自明心迹的诗，但终究未能保住人格的完整。这样的生活经历促使他更加他（按：疑误，当为“地”）息心佛门。半官半隐处世，全心全意信佛，成了他晚年生活的基调。[①]

上述评述，不仅延续了学界对王维的某些“论定”，还涉及了王维安史之乱中迫任伪官一节，所论也延续了长期以来对王维的“误解”与偏见。[②]

确实，如上所述，“在20世纪下半叶基本定型的中国文学史中，王维是盛唐山水田园诗派的代表诗人。这也是一般读者对王维的定位”（见前引）。由此派生的对王维及其诗歌的有关论述，依然是当今王维及其诗歌评价的主流看法。但是，今天我们重温林庚先生的有关王维论述，无疑，这一学界的主流观点，以及由此衍生的对王维及其诗歌的种种分析以及某些“推论”，似乎也不无值得反思与商榷之余地。

（华东师范大学国际汉语文化学院）

---

① 吴相洲《中国诗歌通史》（唐五代卷），人民文学出版社，2012年，第152页。

② 关于王维“受伪职”一事，详见邵明珍《王维安史之乱“受伪职”真相辨析》，《励耘学刊（总第32辑）》，社会科学文献出版社，2020年；毕宝魁《王维安史之乱“受伪职”考评》，《辽宁大学学报（哲学社会科学版）》1998年第2期；杨军《王维受伪职史实甄别》，《铁道师院学报》1990年第2期。

明代古文选本的选文形态及其文学史意义*

李矜君

内容摘要：选文，是古文选本的核心要素。其不仅是选文者个性气质的展现，也反映出不同时代文学、社会风气的发展。入明以后，古文选本选文形态经历了两个重要的发展时期。前一时期，明洪武至正德初，选文在排抑“八代”、诗文合选及与经、史、子的边界等问题上，表现出与前代的一致性，选文方式主要是“抄汇前选”。后一时期，为明正德至崇祯，古文选本体裁、类型的丰富性与全面性日益突出，主要表现为：一、对经、史、子部作品的吸收；二、对元人及国朝人作品的接纳；三、复古思潮下唐宋文入选篇目的稳定增长等。此外，明后期还出现了一类具有“尚奇”性质的古文选本。诸书开创了一种“采摭遗逸”的特殊体例；促进了“实用”与“赏读”型古文选本的分型；同时，还对明中期后“崇正抑变”的辨体思想进行了反拨，在明文学史上具有特殊的贡献和价值。

* 基金项目：国家社会科学基金重大项目“历代古文选本整理及研究”（批准号：17ZDA47）阶段性成果；国家社会科学基金青年项目“文化变革视野下的中国现代文言散文研究”（批准号：22CZW043）阶段性成果。

关键词：明代；古文选本；选文形态；演变；文学史

The Selection Patterns of Ancient Prose Anthologies in the Ming Dynasty and Their Significance in Literary History

Li Jinjun

Abstract: Selection of texts is the core content of ancient prose anthology. It not only embodies the concepts and purposes of the selector, but also reflects the overall development of literature and social ethos. After entering the Ming Dynasty, the selection of ancient texts went through two periods. The first period was from the Hongwu to the early Zhengde era. The selection of texts showed consistency with the previous dynasties in terms of suppressing the "Eight Dynasties", the combination of poetry and prose, and the boundaries between classics, history, and philosophy. The main method of selection was "compiling previous selections". The second period was from Zhengde to Chongzhen, when the richness and comprehensiveness of genres and types became increasingly prominent. The main manifestations were: 1) the absorption of works from the classics, history, and philosophy sections; 2) the acceptance of works by contemporary and Yuan Dynasty writers; 3) the stable development of the quantity of Tang and Song literature selected under the trend of restoring ancient styles. In addition, a type of ancient anthology with a "preference for novelty" emerged in the late Ming. These books pioneered a style of "collecting and gleaning lost gems", promoting the differentiation between "practical" and "appreciative" ancient anthologies, and also pushing back against and adjusting the ideas of "upholding orthodoxy and suppressing change" in the middle and late Ming period. They hold an important position and value in the history of Ming literature.

Keywords: Ming Dynasty; ancient prose anthologies; selection form; evolution; literary history

古文选本的编选始于宋元，而兴盛于明清，在古代士人社会中发挥着重要价值。明选家杨美益将选本与学术盛衰联系在一起："吾之深有病于选文者之未精，而每怪夫学术之因以坠而不振者。"[①]黄儒炳指出它的文学史功能："某文出某代，而某代当淳漓之会。某曾振某代之衰，而某某又为一代之杰。源流、支派可展读而扬扢也。"[②]陈宗器则将其视为个人情志的寄托："于其存也，可以见所取，于其弃也，可以志所舍。亦天地蜿蟺扶舆、磅礴郁积之气所寄托，不至为委琐握龊者澌灭无余也。"[③]近年来，古文选本的研究逐渐兴起，整体研究中却存在着重宋、清而轻元、明；基本文献不清（文献整理工作的匮乏与古文选本、文章总集二者边界的混淆）；研究者以代为限而整体脉络不明的情况。因此，本文力图对明及明以前古文选本的情况有较为宏观的把握。在文献钩沉与整理的基础上，为当下古文选本研究提供某些基础线索和证据的支撑。出于对"古文"概念特殊性及宋以来总集编选实际的考虑，本文对古文选本采取较严格的概念界定，具体范围则是历代以"古文"称名者。

一、早期古文选本的选文形态

宋元为古文选本之滥觞。古今学人著录宋元古文选本约九部，分别是：宋吕祖谦《古文关键》、王霆震《古文集成前集》、敎斋《古文标准》、艾谦《古文丛珍》、佚名《古文正宗》、黄坚《古文真宝》；元王子

① 杨美益《新刻古文选正叙》，孙铨、杨美益编《新刻古文选正》卷首，明嘉靖三十五年(1556)李懿刻本，第3b页。

② 黄儒炳《古文世编序》，潘士达编《古文世编》卷首，明万历三十七年(1609)刻本，第6b页。

③ 陈宗器《古文奇略序》，陈宗器编《古文奇略》卷首，明崇祯十二年(1639)刻本，第7a—8a页。

舆《古文会选》、吴福孙《古文韵选》及曹经《古文选》[①]。其中,《古文丛珍》《古文正宗》《古文韵选》《古文选》四书已佚,《古文标准》虽经当代学者辑考,但可见仅止评注数条。吴承学《宋代文章总集的文体意义》一文中曾将宋代古文选本的选文形态概括为三个方面:其一,"虽以散体文为主,但可以包括骈文与韵文(含古诗)";其二,"宋人的古文选本基本是厚今薄古的,收录当代作品最多","唐宋文的分量明显重于秦汉文";其三,"基本不收六朝的作品"。[②] 以上三个方面虽基本确当,但仍有对宋元古文选本选文形态作进一步认识与补充的必要。

首先,宋元古文选本在对待两汉文的态度上有所区别,历代重西汉、轻东汉的选文格局此时已初步形成。以同时收录两汉文的王霆震《古文集成前集》和黄坚《古文真宝》为例,前者收入东、西汉文比例为一比三,收录东汉文二篇,为班固《燕然山铭》与《答宾戏》;后者收录东、西汉文比例为一比四,收入东汉文仅一篇,为仲长统《乐志论》。这种倾向,在同时期采入两汉文较多的历代文总集中更加明显,如楼昉《崇古文诀》采录东汉文三篇,西汉文十五篇,两者相较四倍之差。真德秀《文章正宗》采录东汉文四十余篇,西汉文二百六十余篇,二者相去达两百篇之远。此外,元佚名《类编层澜文选》中收录两汉文二十四篇,其中仅有五篇东汉作品。

宋元古文选本对待两汉文的态度与其时流行的文学观念有关。如苏轼《潮州韩文公庙碑》中已有"八代之衰"之说。又陈傅良《止斋

① 其中,吕祖谦《古文关键》、王霆震《古文集成前集》、佚名《古文正宗》、黄坚《古文真宝》见祝尚书《宋人总集叙录(增订本)》,中华书局,2019年;教斋《古文标准》见侯体健《南宋评点选本〈古文标准〉考论》,《北京大学学报(哲学社会科学版)》2016年第5期;艾谦《古文丛珍》见林日波《宋人总集叙录续补(二)》,《聊城大学学报(社会科学版)》2010年第5期;王子舆《古文会选》、吴福孙《古文韵选》见王媛《元人总集叙录》,天津古籍出版社,2018年;曹经《古文选》见明凌迪知《万姓统谱》卷三十二"曹经"条。另,宋佚名《古文苑》、楼昉《崇古文诀》二书中虽含有"古文"二字,但根据其流传情况和序中论述实应断作《古/文苑》《崇古/文诀》,故不计入本文古文选本之列。

② 吴承学《宋代文章总集的文体学意义》,《中国社会科学》2009年第2期。

先生文集》卷四十三曰："唐袭八代之衰，历房、杜、姚、宋不能救也。"[①]程洵《尊德性斋小集》卷二："文章自三代以来，惟汉、唐、宋为盛，而言古文者必以西京为宗。"[②]东、西虽同属两汉，但东汉被视为八代之首、文衰之始，因此，对其选文的重视程度自不及西汉。后世古文选本对待两汉文的态度始终有显著区别。如明吴承光《古文钞序》言："西京诸作，虽不能尽继前人之矩镬，而精深严密过之，抑亦其流亚欤？至于东京，作者不一，非不灿然溢目也，然英华太露……所谓江河之流，趋而愈下。"[③]清方苞编《古文约选》时，甚至连西汉中期以后作品亦受指摘："在昔议论者皆谓古文之衰自东汉始，非也。西汉惟武帝以前之文生气奋动、倜傥排宕不可方物而法度自具。昭、宣以后则渐觉繁重滞涩，惟刘子政杰出不群，然亦绳趋尺步，盛汉之风邈无存矣。"[④]该书采录东、西汉文作品比例为一比十一，对待东汉文的态度可见一斑。

其次，魏晋文在宋元古文选本的编选中亦受贬抑。就现存四部以"古文"为名的选本来看，仅《古文集成前集》与《古文真宝后集》中稍采入魏晋文。前者收录李密《陈情表》、陶渊明《归去来兮辞》，后者仅在此基础上，稍稍增入王羲之《兰亭记》与刘伶《酒德颂》。《古文真宝后集》卷一《归去来兮辞》题下甚而转录欧阳修语曰："两晋无文章，幸独有此篇耳。"[⑤]排抑晋文的态度十分明显。宋元古文选本中仅有《古文正宗》一书似较多采入魏晋文。宋赵希弁《读书附志》卷下载："《古文正宗》前集二十二卷，后集十二卷，右集诸儒评论先秦、两汉、

---

① 陈傅良《策问十四首》，陈傅良著，周梦江点校《陈傅良先生文集》卷四十三，浙江大学出版社，1999 年，第 546 页。

② 程洵《跋西京要书后》，《丛书集成新编》第 64 册，台北新文丰出版公司，1985 年，第 9 页。

③ 吴承光《古文钞序》，吴承光编《古文钞》卷首，明万历六年(1578)刻本，第 1b 页。

④ 方苞《古文约选凡例》，允礼编《古文约选》卷首，清雍正十一年(1733)刻本，第 2a—2b 页。

⑤ 黄坚编《魁本大字诸儒笺解古文真宝后集》卷一，和刻覆元刻本，第 2b 页。

三国、二晋、六朝、唐及我宋诸公之文也。"[①]志中明确载有"三国""二晋"名目。但值得注意的是，直至明正德前后，古文选本中排斥魏晋文的作法都十分普遍。如明赵友同《古文正原》中即不采入魏晋文，何如愚《标音古文句解精粹大全》[②]前、后、续三集所收亦不过《酒德颂》与《归去来兮辞》。前、后二集经韩学者姜赞洙考证，还袭自元刻本《古文真宝》[③]。此外，约作于正德元年(1506)前后的王启《古文类选》中亦仅标举汉、唐、宋及国朝文[④]。从宋元乃至明前期古文选本对待东汉及魏晋文的态度，可知其排抑的非仅六朝，应是"八代"。

复次，在宋元古文选本的编选中，还存在着一种"诗文合选"的特殊体例，这与后世常见者极为不同。黄坚《古文真宝》共分前、后二集，前集收录五、七古等八类诗体，后集收入辞、赋、说、解等十七类文体。而元王子舆《古文会选》一书则尤为特别，全书仅收入二十七类诗体，并未有一篇"古文"的选入。王媛《元人总集叙录》曾叙说二者的联系："此编(《古文会选》)所载诗文多非选自本集，乃从《诗林广记》《古文真宝》诸书转钞……凡此皆沿袭前人之说，未有特识，可谓俗书中之俗者也。"[⑤]

---

① 赵希弁《读书附志》，晁公武等著，孙猛校证《郡斋读书志校证》，上海古籍出版社，1990年，第1218页。

② 该书在国内被视作元刻本，但经韩国学者姜赞洙集华东师范大学、韩国高丽大学、台北"中央图书馆"三地馆藏比对，该书实刊于明正统六年(1441)，编者何如愚亦为明人。具体参看姜赞洙《元刻本〈标音古文句解精粹大全〉에 대한 연구》，《中国学报》2007年第56辑；姜赞洙《朝鲜本〈标音古文句解精粹大全〉에 관한 문헌적 고찰》，《中国语文论丛》2010年第47辑；姜赞洙《〈标音古文句解精粹大全〉续集의 서지적 연구——文泉閣소장본을 중심으로》，《中国语文论丛》2016年第73辑。

③ 参见姜赞洙《元刻本〈标音古文句解精粹大全〉에 대한 연구》，《中国学报》2007年第56辑。

④ 该书成书时间可参看明过庭训《本朝分省人物考》卷五十四"王启"条："弘治间召选南道监察御史……考满升江西按察司佥事……政暇则事读书，间有所见则随手笔记。所著有《正蒙直解》《周易传疏》《周礼疏义》及编《古文类选》《大学稽古衍义》等书，戊辰(正德三年，1508)升本司副使拟改山东提学。"由是可知该书应著于其江西按察司佥事任上，明代官任一般任期三年，推知即是明正德元年前后。

⑤ 王媛《元人总集叙录》，天津古籍出版社，2018年，第269页。

这种编选方式在明前中期获得了普遍的欢迎，多部古文选本中皆可见出此二书的直接影响。如明成化十一年(1475)佚名编选的《古文精粹》亦分为前、后两集，前集选列古诗、古风、(长短)句、歌、行、吟、引、曲八种诗体，后集序列辞、赋、说、解等十八类文体，其中，除古诗、赞二体为其所独有外，其文体名称、列序与《古文真宝》完全一致。弘治十二年(1499)，谢朝宣《古文会选》几乎将王子舆同名之选完整收入在内。据笔者对现藏宁波天一阁谢氏刻本与《元人总集叙录》中王氏《古文会选》信息一一比对，发现谢氏刻本中除稍稍衍入“杂体诗”与“禽言”二体外，其余篇目、分类(含次序)与王书完全重合。谢朝宣曾自叙其成书过程：“弘治戊午承乏按滇南，公余取前数集抄录，间有所增，去其重，与夫近于俚者为一编，名曰《古文会选》。”[①]可知此书乃汇集前选而成，而序中所谓“近于俚者”，当指王氏此书。直至明正德前后，古文选本中“诗文合选”的体例才基本消失。这对于认识“古文”概念的发展史具有重要价值——至少说明明中期以前，“古文”一词不仅可用以指称“文”体，亦可以用以指代诗体(乃至单独指称诗体)，这与目前学术界所公认的“文言散体”一义有很大区别。

最后，宋元“古文”选本还与经、史、子部作品界域分明，直至明嘉靖以前，“古文”选本中经(传)、子、史作品都选入极少。相对而言，同时期的“文章”总集中则采入颇多。这似乎一定程度上暗示了“古文”选本与“文章”总集二者间的差异，对现有古文选本研究中“古文”选本、“文章”总集一概而论的作法具警示意义。

在宋元概念史的发展过程中，“古文”一词有着特殊的概念内涵，经传、子、史虽可称“文”或“文章”，却极少称“古文”。宋方回《吴云龙诗集序》中将古今学问分为六类：“传注如毛、郑一学也；词赋如贾、马一学也；史笔一学也；古文一学也；制度考究一学也；诗词之学自建安

---

① 谢朝宣《古文会选序》，谢朝宣编《古文会选》卷首，明弘治十二年(1499)刻本，第3b页。

迄晚唐一学也。”[①]明确将传注、史笔与“古文”置于不同的概念系统之中。又刘将孙《养吾斋集》卷二五:“自韩退之创为‘古文’之名,而后之谈文者,必以经、赋、论、策为时文,碑、铭、叙、题、赞、箴、颂为古文。”[②]文中所列文体虽有未详,但其“古文”一名下,亦确未涉及经传、子、史。直至元末明初,“古文”、经、史在“文”的整体范畴中仍彼此分立,如曾鼎《文式》曰:“经似山林中花;史是园圃中花;古文高者似栏槛中花,次者似盆盎中花,下者似瓶中花无根。”[③]三者有着地位高下的明显区别。因此,若不对“古文”概念及其选文形态的相关性进行考察,则很容易对“古文”选本与“文章”总集二者关系产生含混性的认识。

当然,“古文”选本与“文章”总集二者间也确存在一定相似性,皆主要收选散体文。但这一特点实际存在于宋元多数“文章”总集之中,非“古文”选本所独有。刘震孙《古今文章正印序》指出:“文以正印名,岂非以其骈花丽叶、雕琢之巧欤?抑取其嘲风咏月、模刻之工欤?吁,文则文矣,非印之正也。”[④]元云坡家塾《类编层澜文选》牌记亦载:“前集类编赋、诗、韵语、杂著……后别续三集,类编散文记、传等作,以资作文者之披阅。”[⑤]此外,甚至如《成都文类》《吴都文粹》等地域性文章总集中亦表现出对散体文的独特偏尚。明陈继儒曰:“昭明以六朝选古文也,犹之乎六朝也,宋诸公之以宋选古文也,犹之乎宋也,要之乎世囿文,文囿识矣。”[⑥]换言之,这是宋以后散体文占据文

① 方回《吴云龙诗集序》,《桐江续集》卷三十二,《景印文渊阁四库全书》集部第132册,台湾商务印书馆,1986年,第667页。

② 刘将孙《题曾同父文后》,《养吾斋集》卷二十五,《景印文渊阁四库全书》集部第138册,台湾商务印书馆,1986年,第242页。

③ 曾鼎《文式》卷下,王水照编《历代文话》第2册,复旦大学出版社,2007年,第1574页。

④ 刘震孙《新刊诸儒批点古今文章正印序》,转录自祝尚书《宋人总集叙录》卷九,中华书局,2019年,第460页。

⑤ 《牌记》,佚名《类编层澜文选前集》卷一,元云坡家塾刻本,第1a页。

⑥ 参见王衡《古文品外录序》内引陈继儒语,陈继儒编《古文品外录》卷首,明末二十四卷本,第1b—2a页。

坛中心后的整体特点。因此，若仅以形式上的标准，即“主要收选散体文”作为判断古文选本的标准，那么，自宋至清“文章”总集中可阑入古文选本者甚多，二者边界几乎由人臆断。这一点，似乎应引起研究者的足够重视。

二、明代古文选本选文形态的发展、演变

明代以后，古文选本的选文形态发生了重要改变。从选文的差异性上来看，又大致可以分为前、后两个时期。前一时期自明洪武至正德初，此一时期古文选本多与前代有着明确的承继关系，选文方式则主要是“抄汇前选”。

如佚名《重刊古文精粹序》中指出：“《古文》一书乃精选历代明贤所作也，其间雄辞奥旨足范后学，然集刊者不一，或此收而彼不录，彼载而此未备，故两病焉。予奉亲之暇兼取而合录之，汇成一帙，分为十卷。”[①]其选文、分类与《古文真宝》多有重合，上文中已有论及。何如愚《标音古文句解精粹大全》前、后二集的情况，韩学者姜赞洙亦云：“元刻本《标音古文句解精粹大全》与元刻本《古文真宝》相比，在此书入选的 117 篇作品中，除了 11 篇以外，其他作品都是相同的，甚至于可以发现其中选入的篇名，以透露出依据《古文真宝》而抄录的痕迹。”[②]此外，谢朝宣《古文会选》前十卷不仅将王子舆同名之选全文收入，后二十卷亦多是汇集前选而成。其自序曰：“《关键》《轨范》《文髓》《真宝》为书甚约，得以家传而人诵也。予自家食时盖尝涉猎，味其辞旨……所恨编选重复，未能一之。弘治戊午承乏按滇南，公余取前数集抄录，间有所增，去其重，与夫近于俚者为一编，名曰《古文会选》。”[③]在

---

① 佚名《重刊古文精粹序》，佚名编《重刊古文精粹》卷首，明成化十一年(1475)刻本，第 1a—1b 页。

② 姜赞洙《元刻本〈标音古文句解精粹大全〉에 대한 연구》，《中国学报》2007 年第 56 辑。

③ 谢朝宣《古文会选序》，谢朝宣编《古文会选》卷首，明弘治十二年(1499)刻本，第 2b—3b 页。

这种情况下，明前期古文选本少有自出新意者，其选文多笼罩在《古文关键》《真宝》《会选》等少数几部选本之下，从选本史的眼光来看，可将其与宋元古文选本一起，视作古文选本发展的第一阶段。

明正德以后，古文选本的裒集日兴。据笔者统计，成书于明正德以后的“古文”选本约达一百二十种以上，远超宋元两代之和。在此基础上，古文选本的编选亦出现了新的变化。

首先，经部典籍开始进入古文选本中。经部典籍的入选大致遵循着由经传—“十三经”经文（除“五经”外）—传统“五经”的先后次序，体现出儒家经典内部鲜明的等级秩序。依据经典性质的不同，本文将其分作经文（除“经传”外之“十三经”）与经传两部分进行探讨。其他经部内容则较少入选，一并置于经文一类讨论。

经文的入选始见于明初，《千顷堂书目》著有明赵友同《古文正原》一部（原书已佚），其名下小字曰：“采孟子、韩、欧阳三家之文。”[①]据《明史》卷一百三十六载，赵友同“字彦如，金华人，洪武间辟为华亭校官，永乐时姚广孝谏其善经，方召为太医院御医，预修《五经四书大全》”[②]。其生活年代约在明洪武、永乐间，书中收录《孟子》，是笔者所知最早收入经文的古文选本。然此后的百余年间，经文的入选似乎并不普遍。明隆庆元年（1567）陈瑞编选《古文类选》时，才稍在“记”一类下增入一篇《周礼·考工记》。其中原因或可借何景明《学约古文》一书的编选情况来略作说明。

何景明《学约古文》一书编选于明正德十六年（1521）。该书目前所见共三个版本[③]，分别是明嘉靖十年（1531）杨抚刻本，万历三十六年（1608）谢守廉宝树堂刻本、崇祯五年（1632）好善刻本。以上三个

---

① 黄虞稷《千顷堂书目》卷三十一“总集类”，《景印文渊阁四库全书》第 676 册，台湾商务印书馆，1986 年，第 735 页。

② 万斯同《明史》卷一百三十六，《续修四库全书》第 326 册，上海古籍出版社，2002 年，第 486 页。

③ 天津图书馆尚藏有何景明《古文集》一书，嘉靖十五年（1536）张士隆刻本。此书除编次方式与以上三书不同外，所收篇目完全一致，且未有岳伦嘉靖九年增补篇目衍入。较其他三书而言，或更接近何景明《学约古文》原貌。

版本皆非何景明编选原貌，皆刻有嘉靖九年（1530）岳伦的增补篇目。所幸岳伦序中将增补篇目一一列出，由此原貌可窥。何景明自叙曾作有《学约书程》一部，该书拟定了诸生三年的授习计划及《学约古文》入选篇目，后为好善本充作目录。但颇具意味的是，《书程》对"四书五经"罗列甚详，《学约古文》却一篇未及。嘉靖九年（1530）岳伦增补的篇目中亦仅加入"十三经"序，而无具体经文。何、岳二人的作法，颇能代表其时选家对待经文的普遍态度。其一，经与古文有着本质上的不同。何景明将经称作"正颂"，而古文视作"正诵之余"："正诵之余，复读名家文字数篇，要其取虽非全编，而实览大意……庶弗畔于孔门博文约礼之教，而亦征于孟氏详说反约之传矣。苟以资乎口耳，而弃乎身心，繁其枝叶，而剥其根本，夫岂莫达，亦终必亡已尔。"①在这里，经与古文有着"根本"与"枝叶"的区别，选家不录古文，体现出明显的"尊经"意图。其二，与明代的科举制有关。元黄庆二年（1313）以来，"四书五经"已被确立为科举"德行明经科"考试的唯一内容。明承前制，又于永乐十五年（1417）颁布《五书四经性理大全》。"四书五经"成为明举子学习的主要教材，各级学校皆辟专人教习。因此，古文选本自无选入的必要。直至明末，部分选本中甚至连《左》《国》等经传亦不选入，《刻古文启秀凡例》曰："《左传》《国语》俱有全书，大率后学举业者之必资也，今故不敢割裂参入。"②大致反映出相似的意图。

万历后期，古文选本中不录经文的情况才稍得到改观。万历三十七年（1609）潘士达编选的《古文世编》中，选录《周礼·六官》及《尔雅·释诂》共十四篇，此外还有《夏小正》等少见经部内容。万历四十年（1612），傅振商编选《古文选要》时，选入《礼记·檀弓》六篇。崇祯七年（1634）陈仁锡《奇古斋古文汇编》"选经"一类下，还增入《仪礼》《大戴礼记》《水经》与《太玄经》等。崇祯十二年（1639），陈子龙《历代

---

① 何景明《学约序说》，何景明编、岳伦增辑《学约古文》卷首，明崇祯五年（1632）好善刻本，第1b—2a页。

② 《刻古文启秀凡例》，王纳谏编《古文启秀》卷首，明末刻本，第1a页。

明贤古文宗》列“简古文”一类，选入《礼记·檀弓》三十二篇。崇祯十三年(1640)，王汉编《古文意》，收选《尚书·禹贡》及《礼记·曲礼》。但总体而言，经文的入选始终不如其他典籍普遍，这在清前中叶甚至更为突出。如徐乾学《古文渊鉴》、方苞《古文约选》、姚鼐《古文辞类纂》等三书将经、子、史传等通通排除出古文选本。曾国藩曾对这种作法提出严厉批评：“近世一二知文之士纂录古文，不复上及‘六经’，以云尊经也。然溯‘古文’所以立名之始，乃由屏弃六朝骈俪之文，而返之于三代、两汉。今舍经而降以相求，是犹言孝者敬其父祖，而忘其高曾。”[①]至晚清曾氏《经史百家杂钞》与黎庶昌《续古文辞类纂》二书中，始有经文的大量入选。

与此不同的是，经传在古文选本的收录则极为普遍。正德五年(1510)，黄如金《古文会编》[②]一书中始收入经传，其“谕告”一类下收录有《左传·定王使王孙满对楚子》《子太叔对范献子》《国语·周襄王不许晋文公请遂》等三篇自标目文。嘉靖三十年(1551)，该书增订本《重刊全补古文会编》刊行时，《左》《国》二书始单独列类于卷首，篇目增至十三篇。自此，《左》《国》二书单独列类于卷首渐成通例。明选家黄道周解释曰：“《左》《国》《国策》独仍其义而不别以体者何？盖言统也。盖为群言祖，实众体之体也。其犹两仪先群象也。”[③]可看出明代“尊体”观念的发展。成书于嘉靖三十五年(1556)的杨美益、孙铨《古文选正》选录《左》《国》各一卷，共计五十一篇。隆庆六年(1572)，郑旻《古文类选》又从《公羊》《谷梁》传中采辑篇什。至此，“春秋三传”与“春秋内外传”皆于古文选本中可窥。

其次，子、史二部作品亦开始大规模出见于此时的古文选本中。

---

① 《序例》，曾国藩编《经史百家杂钞》卷首，岳麓书社，2015年，第1页。

② 黄如金《古文会编》及其增补本《重刊全补古文会编》形态十分不同。后者不仅对前者选文增删不一，二者编次方式也有差异。如前者卷首列四类文体分别是“谕告”“玺书”“诏”“诰”，后者不仅将经传、史、子等列于卷首，其后所列四类文体分别是“表”“赋”“说”“解”。其中反映出编选思想的前后变化。

③ 黄道周《古文备体奇钞序》，钟惺、黄道周编《古文备体奇钞》卷首，明崇祯十五年(1642)阊门兼善堂刻本，第8a—8b页。

其中，较早采入子、史作品的是正德十六年(1521)何景明的《学约古文》。该书共采录史部作品六篇，子部作品两篇。前者为《伯夷传》《屈原传》，《史记》《汉书》《后汉书》《晋书》四书律书、律历志(序)，后者为庄子《杂篇·天下》与韩非《说难》。嘉靖十五年(1536)，王三省汇集《古文会编》《学约古文》等众编而成书，名曰《古文类选》，其中子、史除去与《学约》所相同之律书、律历志(序)外，又增入荀子《儒效》与庄子《天道》。嘉靖中后期，子、史二部作品在古文选本中的数量稳步上升。黄如金《重刊全补古文会编》中选入《史记》七篇，诸子十二篇。郑旻《古文类选》选入《史》《汉》十八篇，诸子十三篇。至万历末年潘士达编选《古文世编》时，入选子、史两部作品的数量皆达百篇以上，远超此前诸选。

明中期以后经、史、子部作品的普遍入选，主要有以下几方面的原因：

其一，受古人"学有本原"教育方式的影响，且试图以此扭转时文风气。如邵宝《古文会编序》曰："古之人登文箓而传不朽者，由其所学上则经、次则传、又次则诸子，譬之水焉，其源深则其流长……苟不穷其源而惟委是宗，则何以造夫古人之地哉？"①王三省《古文类选》亦载时人语曰："古人学有本原，'六经'子、史其原也。宪章取材，养之既充，而发之也不苟。是故以之名世、以之华国，至于今不废也。子不用力于根本之地，而区区于枝叶之求，抑末也已。"②此外，朱之蕃《历代古文举业标准评林》序中甚至则直斥其时士林骄虚浮薄的风气："顾代而季也，学究家目不窥《春秋》二百年之遗事，而妄自命曰我善《左》、我善《国》。黄帝迄于麟趾，未得子长半斑；建武迄于新室，未得孟坚稊米，而妄自命曰我善马《史》、我善班《书》，若人盖

① 邵宝《古文会编序》，黄如金编《古文会编》卷首，明正德五年(1510)刻本，第1b—2a页。

② 王三省《古文类选序》，王三省编《古文类选》卷首，明嘉靖十五年(1536)相州清慎堂刻本，第1a页。

河伯未见海。"①

其二，是明代复古思潮的影响。复古思潮兴起于明中叶，以"文必秦汉，诗必盛唐"相号召，文章观念上展现出与此前"唐宋古文"主流传统极为不同的取径。从较早选入经传、子、史的几位选家来看，皆与复古思想有着深厚联系。如何景明为明复古派代表，其不仅向先秦两汉子、史拓展选文，亦以遴选秦汉古文的实践打破了宋元以来古文选本独尊唐宋的局面；黄如金的复古志向则可见于陆深、顾清二人所作的序中。陆深《古文会编后序》曰："深昔与黄君同被上命，入读中秘书……谓文莫盛于西京而极弊于江左……黄君将有意于兹土耶？然去之千数百年，风声再变已非昔矣，振而起之，岂亦有待也哉！"②又顾清曰："今而后，青襟济济，熏班、马香而嗣《周诰》《殷盘》之响，则先生之志遂。"③此外，《古文隽》编者赵耀则与"后七子"徐中行交往密切，其书中收入经传、子、史七卷，占总卷数的三分之一以上。徐中行为其作跋曰："今代狩东莱赵公，乃思迪于髦士，患其沿一切陈语，而懵于尔雅之源……乃编古工文者自《左》《国》而迄曾、苏，今得占毕而传习焉。"④另外，吴承光《古文钞》则"始自先秦，以迄隆汉，汰者什九，而存者什一，西京而后无取乎。"⑤其书篇目皆从《左传》《国语》《战国策》《史记》《汉书》《后汉书》等六书采辑而出，复古思想甚较此前诸选更为浓厚。

其三，经传、子、史中的瑰奇篇章，亦为晚明崇尚"奇宕"的古文选家所赏识。陈继儒《古文品内录叙》曰："读古文辞犹观骨董然……其

---

① 朱之蕃《举业标准序》，屠隆编《历代古文举业标准评林》卷首，明末刻本，第 1a—1b 页。

② 陆深《古文会编后序》，陆深《俨山集》卷四十一，《景印文渊阁四库全书》集部第 207 册，台湾商务印书馆，1986 年，第 255 页。

③ 顾清《古文会编序》，顾清《东江家藏集》卷十九，《景印文渊阁四库全书》集部第 200 册，台湾商务印书馆，1986 年，第 557 页。

④ 徐中行《古文隽跋》，赵耀编《古文隽》卷首，明万历六年(1578)徐中行刻本，第 1a 页。

⑤ 王穉登《古文钞序》，吴承光编《古文钞》卷首，明万历六年(1578)刻本，第 1b 页。

左氏乎无容喙已,《外传》更加色许。自下而列御寇、漆园吏,紫玉乌金,奇珍哉……浸假迄龙门子诸作者,譬则秦时镜、宋人画,有不洞心骇目?”[①]又陈宗器《古文奇略序》曰:“予少慕奇伟俶傥之高节,而又落魄穷巷……毕吾事间读《左氏春秋》,而见其中有所谓骋而左右者,有所谓合谋者、张幕者……纵横权奇、出没变化,飘忽如见。”[②]在此基础上,部分具有“尚奇”性质的选本还大大拓展了古文选录子、史的边界。以史部为例,此前古文选本主要是从《史》《汉》《后汉书》等常见史书中采录选文。而潘士达《古文世编》则将此一范围延伸到《逸周书》《左逸》《晋史乘》《楚史梼杌》《越绝书》等少见史书中。诸子方面,书中除选入《庄》《列》《韩》《荀》等熟见之作外,更上溯至商容、鬻熊,黄儒炳《古文世编序》曰:“自商、熊而下,其文义黯质,岂后代㱿音可望乎?”[③]又两汉谶纬:“《山坟》《凿度》何必不赝,然自是古文鼻祖,何忍终置。”[④]黄氏序中甚至将诸子比喻为“辛蛰”,认为“辛蛰未必人人可口,熟而陈,品膳者辄用为羞。此诸子百家所为选也。”[⑤]体现出与此前传统极为不类的奇异审美,书中共收录先秦及以下诸子约四十人,多为此前选中所未有。

当然,明代选家选录经传、子、史还有其他因素的考量。如潘士

① 陈继儒《古文品内录叙》,陈继儒编《古文品内录》卷首,台北“中央图书馆”藏明刻本,第1a—2a页。然此书作者存疑,郑振铎《西谛书话》“古文品内外录”条记载:“《古文品外录》为万历间陈继儒评选,首有王衡、姚士粦二序……初无《品内录》之名也。二书版式绝不相类。《品内录》首有眉公序,所选自《考工记》以下至唐宋诸家文,二百余篇。每卷书名上所列陈眉公三字,似均系挖改补入。颇疑眉公序亦伪作,殆坊贾以《品外录》盛行,遂别选《品内录》以匹之。后更冒名以资号召……”

② 陈宗器《古文奇略序》,陈宗器编《古文奇略》卷首,明崇祯十二年(1639)刻本,第3a—5a页。

③ 黄儒炳《古文世编序》,潘士达编《古文世编》卷首,明万历三十七年(1609)刻本,第5b页。

④ 黄儒炳《古文世编序》,潘士达编《古文世编》卷首,明万历三十七年(1609)刻本,第5b页。

⑤ 黄儒炳《古文世编序》,潘士达编《古文世编》卷首,明万历三十七年(1609)刻本,第5a—5b页。

达收录先秦经、子以救正“七子”末流固守秦汉之失：“……当周之衰，游谭制命。雕龙、白马横绝务栎，读之，纸犹战动。望而知为策士之音矣。乃今学者独宗秦汉，讵秦汉之世又有胜于三代诸季耶？非也，其体又一变也。”[①]方岳贡则主要是出自编选实际的考虑，企图较完整保存先秦两汉文的历史面貌，《历代古文国玮集》凡例曰：“先秦之文，记事记言，参缀而成。若割去序事之篇，则所存已少。”“先秦以前，文体未具。诸子之作，昭明所谓不以能文为本也。此外杂篇，所传者希。故取成书数种。若《公》《穀》并入，则以类从。”[②]整体而言，明代经、史、子部的入选实现了对宋元选文范式的超越，展现出明人通达、广博的选文眼光，这对此后数百年古文选本编选产生了深远影响。

再次，明代古文选本选录国朝文的情况亦值得关注。古文选本选录国朝文的传统始自南宋，清四库馆臣谓《古文集成》：“所录自春秋以逮南宋，计文五百二十二首，其中宋文居十之八。”[③]由此可见宋人对国朝文的好尚。但相较而言，明人选录国朝文的比例，或采录国朝文的选本数量，俱不可与宋时相比。这与笼罩明代文坛百余年的复古思想有关，亦由此累及到元人作品的收选。

就笔者掌握的六十余部明人古文选本来看，万历中期以前，古文选本采录元明作品的情况并不常见。主要有四部，分别是王启《古文类选》、黄如金《古文会编》、钱璠《续古文会编》、林希元《正续古文类钞》。其中王选已佚，其序曰：“启尝编诸葛武侯《出师表》等文为一卷，既又取汉、唐、宋文之关于世教者厘为六卷，伊、洛、关、闽合为二卷，国朝之制终之。”[④]黄如金《古文会编》仅采录元文一篇，钱璠《续古文会编》、林希元《正续古文类钞》二书则皆选录元明文十篇左右，不

① 潘世达《古文世编序》，潘士达编《古文世编》卷首，明万历三十七年(1609)刻本，第5b—6a页。

② 《凡例》，方岳贡编《历代古文国玮集》卷首，《四库全书存目丛书》第366册，齐鲁书社，1997年，第7页。

③ 《四库全书总目》卷一百八十七“古文集成前集”条，中华书局，1983年，第1702页。

④ 陈钟英等修《(光绪)黄岩县志》卷三十，清光绪三年(1877)刻本，第11a页。

及其总量的十分之一。这种风气在明嘉靖末至17世纪初的数十年中达到鼎盛，其间元明文几无一书入选，与“后七子”极端摹古思想影响文坛的时间基本一致。

17世纪初，古文选本中不入元明文的情况首先在《古文品外录》这部“采摭遗逸”的选本中得以改观，其采入元文六篇，分别是倪瓒《与介石》、张雨《中岳外史传》、王履《始入华山至西峰记》《上南峰记》《过东峰记》《宿玉女峰记》。稍后，潘士达《古文世编》中采入元文十二篇，但仍不及明。至天启前后，古文选本中采录元明文的情况才较为普遍。这些选本有王志坚《古文澜编》、君抡氏《古文合删》、张溥《古文五删》、王纳谏《古文启秀》、黄道周《古文备体奇钞》、黄士京《古文鸿藻》等，占笔者已见明代古文选本的四分之一左右。

从明古文选本选入元明文的意图来看，主要起自于对“七子派”摹古思想的反拨。林希元于嘉靖中期便有此举，实开风气之先。《古文类抄序》曰：“或曰：文上秦、汉、东京，而下弗上矣……予曰：是何言与？夫古之文不能不变而为今，犹今之时不可复而为古也。时既不可复古，文乃不欲为今，其可得乎？”[①]文中将“七子派”摹古比作“优孟”，对其绳趋尺步、摹拟斗凑的作法进行了强烈批判：“今之上秦汉者，(安)排粉饰，极力模仿，非无一二句语之近似也。然精神气力已远不逮，譬之优孟学孙叔敖，非不宛然似也，实则优孟耳，何有于秦汉？”[②]然其思想内部亦存在矛盾，仍未能摆脱“崇古”思想与历史循环论的影响：“盖文章根乎元气，元气之行于宇宙间也，一盛一衰，衰而又盛，相因于无穷……故汉文虽盛终不及乎周，唐文虽盛终不及乎汉，宋文虽盛终不及乎唐，譬之花果，发生既久，华实开结，与初植之

---

① 林希元《古文类抄序》，林希元编《新刊正续古文类抄》卷首，明嘉靖四十年(1561)书林余允锡自新斋刊本，第1a—1b页。

② 林希元《古文类抄序》，林希元编《新刊正续古文类抄》卷首，明嘉靖四十年(1561)书林余允锡自新斋刊本，第2b—3a页。

时自不同。”[①]这种认识较复古派“贵古贱今”的思想并没有本质区别——文章仍是愈后愈劣，而元明文只是时势所致的不得不取。

直到明末性灵思想兴起，元明文的独特价值才从理论根源上得到肯定。如黄士京《古文鸿藻》凡例曰：“斯文不断人心目灵，文明之气横宇宙。何今之非古，何古之非今。有等人每以自己俗肠解坏人之奇文。谓秦汉后无文章，如唐后无诗之说，讵知伟人杰作何代无之？”[②]此外，王志坚、张溥等人还从学脉继承等角度，表明了晚明人对待元人文的特殊态度。《古文澜编序》曰：“胜国诸公，学有源本，国初学者宗为嫡脉，二百年彬彬之治，此实助之。嘉、隆以来，轻为抹杀，似未为定论也，是编稍为拈出，聊雪蒙气，恨未能尽表章尔。”[③]又张溥曰：“慨其世则夷狄之世也，其文犹中国之文也……崇仁之虞、清河之元……此数公者，当世所谓文辞宗工也。顾其学未有不本于许平仲、吴幼清者，儒之为儒一而已。”[④]由此可见，元人文的入选与否，实际受到了复古思潮与“华夷之辨”双重思想的影响。

最后，明代古文选本选录唐宋文的情况亦须说明。虽然复古诸子“文必秦汉”“法亡于韩”的论调于明代大盛，但事实上唐宋文在明代古文选本中的选录极为普遍。就笔者所见，除《古文钞》一书未选入唐宋文外，其余六十余书几无一不选。《古文钞序》中虽流露出部分宗法秦汉的意识，但其后亦言：“其辞赋及晋、魏、唐、宋文当载在续集，兹不及刻。”[⑤]可见其对唐宋古文并不排斥；何景明《学约古文》中亦收录有韩柳文四篇，占选文总量的约十分之一；此外，与徐中行有密切交往的赵耀，其《古文隽》中收录唐宋文达八十八篇，与集中秦汉

---

① 林希元《古文类抄序》，林希元编《新刊正续古文类抄》卷首，明嘉靖四十年(1561)书林余允锡自新斋刊本，第1b—2a页。

② 《凡例》，黄士京编《古文鸿藻》卷首，清初刊本，第2b页。

③ 王志坚《古文澜编序》，王志坚编《古文澜编》卷首，明崇祯五年(1632)槐荫堂刻本，第3a页。

④ 张溥《元文类删序》，张溥编《古文五删·元文类删》卷首，明末段君定刻本，第1b—2b页。

⑤ 吴承光《古文钞序》，吴承光编《古文钞》卷首，明万历六年(1578)刻本，第2b页。

文的总量大致相当。整体而言，明代人选唐宋文的比例虽较前代有所不及，但数量上常远过之。

此外，在明末的部分古文选本中，唐文还受到了特别的重视。其中，较有代表性的是陈仁锡《续古文奇赏》。该书大部分内容从《文苑英华》采辑而出，而《文苑英华》十分之九为唐人之作。书中展现出了一个常为人所忽的"唐宋文之争"的视角，此前相关的论述仅有马茂军《论唐宋文之争》与《唐宋文之争发微》二文①。前文论明代的"唐宋文之争"曰："明代唐宋文之争演化为唐宋派与秦汉派之争。一般而言，秦汉派尊唐，唐宋派宗宋。"然陈仁锡等人对唐宋文的态度却很难统归于某一派，其主要是对于文学自身价值与创作规律性的反思。《续古文奇赏序》曰："夫唐诗不尽佳而唐以后无诗，唐文多直少曲，而唐以后亦无文……宋文生气太多，能活而不能杀，其根易烂，势不得不为元之词曲而文统绝。"②其欣赏的是唐文"多直少曲"、不事技法的自然之态。而宋文之弊正在于技法太多，以至于形式重于内容。这与古代崇尚"自然"的文学传统一脉相承。因此，凡有意于"摹拟字句"及"诙谐嘲笑"者，皆与唐文不类："国初方、宋、解、刘诸公及王文成、杨文襄辈，直达胸臆……尤有唐人之遗，是以文心郁蒸，战勋亦不乏。其后才子成群，著书盈橐，有一篇不模拟否？有一段不带恢谐嘲笑而其文得工否？故文日萎薾，武日弛废。"③这实际上对秦汉、性灵两派的理论皆有反拨。与此同时，其对宋文的理解在明代也颇具代表性，《续古文奇赏序》曰："王欧老泉子瞻文非不佳，亦如王唐瞿薛，以时文雄特而已。"④明代古文选本选入宋文有"取便时文"的意图。

① 参见马茂军《唐宋文之争》，《文学评论》2011年第3期；马茂军《唐宋文之争发微》，《社会科学研究》2012年第3期。

② 陈仁锡《续古文奇赏序》，陈仁锡编《续古文奇赏》卷首，《四库全书存目丛书》第353册，齐鲁书社，1997年，第626—627页。

③ 陈仁锡《续古文奇赏序》，陈仁锡编《续古文奇赏》卷首，《四库全书存目丛书》第353册，齐鲁书社，1997年，第627页。

④ 陈仁锡《续古文奇赏序》，陈仁锡编《续古文奇赏》卷首，《四库全书存目丛书》第353册，齐鲁书社，1997年，第627页。

敖鲲《刻古文崇正引》曰:“刻中惟苏文几四之一,以其于举业尤最为近。”[1]又方岳贡《历代古文国玮集》曰:“有宋之文,自诸大家而外,独有经济奏议而已。然宋人通病,敷奏多而核实寡”[2]。明人对唐宋文的辨析反映出其选文思想细致精微亦渐趋实利的一方面。

三、别是一体:晚明三部具有“尚奇”性质的古文选本

明代晚期,在传统士人社会中掀起了一股尊尚奇异的文化浪潮,士人们欣赏钟彝古器,标榜格外高致。在这股风气影响下,古文选本中亦出现了为数众多的具有“尚奇”性质的选本。其中,以陈继儒《古文品外录》、潘士达《古文世编》、陈仁锡《古文奇赏》(共四集)三书成书时间最早,且受濡染程度亦较深。长期以来,在清人成见的基础上,学界对其并不重视。为此,本节拟从文学史的客观事实出发,对其选文形态及文学史价值等相关问题作一番重新、系统地梳理。

首先,三书开创了一种“采摭遗逸”的选文体例,这在此前文章总集中由《古文苑》发之[3],古文选本则自此始。姚士粦曾盛赞《古文品外录》的开创之功:“此三百有奇篇以悬之数千百季,异其有知而合之也者,顾自昭明以来无有也……一旦有陈先生者亢身霞上……遂手擘千古,别开此门,虽体凡数变,言人人之殊而合之,若一父之子也。”[4]潘士达《古文世编》中则明确表现出“人所服习,我所不取”的态度:“《左》《国》秦、汉,今人所服习,吾掇其奇伟者。六朝藻丽,并文与

---

① 敖鲲《刻古文崇正引》,敖鲲编《古文崇正》卷首,明万历八年(1580)临江敖氏建州刻本,第3a页。

② 《凡例》,方岳贡编《历代古文国玮集》卷首,《四库全书存目丛书》第366册,齐鲁书社,1997年,第11页。

③ 参见韩元吉《古文苑序》:“世传孙巨源于佛寺经龛中得唐人所藏古文章一编,莫知谁氏录也。皆史传所不载,文选所未取,而间见于诸集及乐府,好事者因以《古文苑》目之。”宋端平三年(1236)常州军刻淳祐六年(1246)盛如杞重修本,《中华再造善本》收录。

④ 姚士粦《古文品外录序》,陈继儒编《古文品外录》卷首,明末十二卷本,第2a—3a页。

赋取之。唐宋濯诸大家，汰为若干篇。”[①]陈仁锡《古文奇赏》中更自叙这一方式实受晋人郭璞的影响：“郭参军曰：疏其壅阏、辟其茀芜、领其玄致、标其洞涉，庶逸文不坠于世，奇言不绝于今。愚非其人也，间尝折衷遑古……”[②]这种编选方式与宋以来好收名家名作的传统出现了重大分化，一种新的选文范式得以形成。古文选本借此突破旧有格局，极大开辟了选文空间。三书不仅在经、史、子部的入选上更加广泛，且凡此前古文选本绝少收录的“八代”之文，元明之文，女子、僧道之文，儒学异端之文几乎都有选入。明代选文兼收并蓄、自由开放的特点在此得到了最直接的展现。

与此同时，这种“采摭遗逸”的方式亦对同时期古文选本的编选产生了巨大影响。如君抡氏《古文合删》中声称“人取我去，人略我详”：“珍馐既错，再陈易厌，古文至今，坊本叠出，已经脍炙，未免有好曲多唱之讥……颇有人取我去，人略我详之意。”[③]马晋允《旁训古文定本》则称“参唐宋之散佚”：“是选也，备秦汉之鸿章，参唐宋之散佚，删繁就简，以约该多。”[④]黄道周《古文备体奇钞》曰“不取旧部”：“选古将借往范，辟来型。若取旧部沿梓，音徽固在。但家常羹饭，贤鄙经餐……兹集嚼蜡者概删，袭珍者永垂。”[⑤]在这种编选方式影响下，长期以来被忽视的优秀作家、作品开始重新受到重视，纳入经典化的轨道。叶晔称明代“在较短时期内完成了对宋前文学遗产的集体‘打捞’”[⑥]，《剑桥中国文学史》则将明末视作“伟大经典的共识得以确

① 黄儒炳《古文世编序》，潘士达编《古文世编》卷首，明万历三十七年(1609)刻本，第5a页。

② 陈仁锡《古文奇赏自序》，陈仁锡编《古文奇赏》卷首，《四库全书存目丛书》第352册，齐鲁书社，1997年，第590页。

③ 《例言》，君抡氏编《古文合删》卷首，明末刻本，第1a页。

④ 《凡例》，马晋允编《旁训古文定本》卷首，明末刻本，第1a页。

⑤ 《凡例》，钟惺、黄道周编《古文备体奇钞》卷首，明崇祯十五年(1642)阊门兼善堂刻本，第1b页。

⑥ 叶晔《明代：古典文学的文本凝定及其意义》，《中国社会科学》2020年第2期。

立”[1]的时代。实际无论经典的打捞或共识的确立，皆不乏此种编选方式带来的影响。

其次，三书注重阅读趣味，促进了“实用”与“赏读”型古文选本的分型。自南宋以来，古文选本编选主要出于两种目的：一者，指导写作，服务于科举应试。如吕祖谦《古文关键》中便表现出对文章作法的浓厚兴趣，其收录最多的是论、书二体，明显受到科举制度的影响。二者，有益于修身、政教。谢朝宣《古文会选》后序曰：“彼无关世教者，虽工不录也。”又李嵩《刻古文类选序》曰：“根之理道，通之政术，可以翼经明志，可以光代润业，庶乎公刻布是编意矣。”[2]长期以来，选家关注的主要是选本的实用功能。

然而，自陈继儒《古文品外录》以来，情况开始发生转变。读者的赏读趣味，成为选本关注的首要目标。如姚士粦论《古文品外录》一书：“令见者焕烂满眼，便欲跳心而入。如处寻常川陆，忽到武陵桃花源……第此录当与破万卷人看，彼其餍沃搜校之余，往往有意求情格外，则与此录会心，真有气协神踊，而口不能言者。”[3]古文选本此时只作为正业之余，读者发抒意气与情致的工具，这与此前动辄“文以载道”“翼经明志”的实用之选显然判然有别。此外，陈继儒自己对《品外录》的定位亦不在“道”与“事功”，而仅是希望读者借此广大见闻：“凡余所为如是者，要欲学者知九州之外复有九州，九略之外复有九略，引申鼓舞其聪明，使之不倦而已。”[4]这种思想在历来儒家思想占据统治地位的古文选本中，几乎是前所未有的。选本读者自此得以脱卸沉重的思想负担，专意于文学审美的愉悦。此外，黄儒炳还将

---

① 参见孙康宜、宇文所安编著《剑桥中国文学史》下卷，生活·读书·新知三联书店，2013年，第104页。

② 李嵩《刻古文类选序》，郑旻编《古文类选》卷首，明隆庆六年(1572)顾知明、徐宏等刻本，第3b页。

③ 姚士粦《古文品外录序》，陈继儒编《古文品外录》卷首，明末十二卷本，第3b—4a页。

④ 王衡《古文品外录序》，陈继儒编《古文品外录》卷首，明末二十四卷本，第3b—4a页。

《古文世编》中的“奇丽”之作比喻为“五都奇珍”，冀读者以“穷其巨丽”为快：“其在五都，则玫瑰珠翠之奇、贝象雕镂之工陆海波斯辈至……学士家而安于固陋则已，如业知玩古法物，而不遍游五都之市，以穷其巨丽，碧眼胡贾将无笑市佣眶中不辨物乎？”①陈仁锡的《古文奇赏》一书则甚至径以“赏”为名，推动了晚明人人知奇、赏奇社会风气的形成。汤玄洲曰：“自吾明卿《奇赏》行世已若而年，人人知奇，人人共赏肰。”②邵名世曰：“余年友太史陈明卿先生名蜚绣虎，养湛木鸡……以一杖火仙，黎光照六宇，每经揆裁，海内士子奉为司南，遂令郧下纸贵，争诧悬国之金。”③

当然，古文选本专意于赏读，不仅容易受到传统士人的指摘，亦不利于古文选本自身的发展。因此，自《三续古文奇赏》开始，陈仁锡便有意将赏读与实用性相结合。其序曰：“此书大都慎辨物居方、取诸水火以致用也……读书不守约必无出处，读书不去病必无事功，读书不救世必无气节。”④这一作法弥合了与传统儒家思想之间的矛盾，受到晚明选家的群情响应。朱君翊《古文奇略序》曰：“自来经济书，如乐律、军屯、盐漕诸务恒苦典重，或赜杂不耐读，使人畏其艰而去。不如乐其宕，而思存诸机务、经术于长篇短幅之间，而寄诸风流，轻漾于贵粟、屯田之内。”⑤郭忠志则称陈仁锡为“真善诱者”，其约选《古文奇赏》以资举业：“明卿先生真善诱后学者也，然诱之一字非真实究竟

① 黄儒炳《古文世编序》，潘士达编《古文世编》卷首，明万历三十七年(1609)刻本，第2b—3a页。

② 参见叶承光《古文奇奇赏序》引汤玄洲语，李一鹏编《古文奇奇赏》卷首，明崇祯十四年(1641)刻本，第4a页。

③ 邵名世《古文奇奇赏序》，李一鹏编《古文奇奇赏》卷首，明崇祯十四年(1641)刻本，第2a页。

④ 陈仁锡《三续古文奇赏广文苑英华序》，陈仁锡编《三续古文奇赏广文苑英华》卷首，《四库全书存目丛书》第355册，齐鲁书社，1997年，第40—41页。

⑤ 朱君翊《古文奇略序》，陈宗器编《古文奇略》卷首，明崇祯十二年(1639)刻本，第2b—3a页。

也，是止啼之叶……得斯集而羽翼文坛，先生诚后学之功臣也。”[①]邵名世则认为可以通过“目游心醉”的审美体验，开通“逖稽广览之志”：“彼都人士奉先生教，厌饫斯集。不啻登层城之巅，目游而心醉，入昆仑之藏，虚往而实归……晓窗夜灯所怀铅操椠者，恒以八股为切劘，假有逖稽广览之志。”[②]在这些古文选本中，“趣味”与“实用”的对立性被消解，学习者的兴趣与个人差异得到尊重，实现了对传统教育方法的重大突破。清以后的众多童蒙、初学型古文选本中，都能够见到这种编选方式的影子。如李光地《古文精藻序》曰：“选自《史》《汉》以来六十余首有笔势、文采者，刻以诒之，使稚年晚生读而知好焉，则自将求览其全、博其趣。”[③]吴芝瑛《俗语注解小学古文读本》则曰：“是编专以情趣为主，不独令学子爱而读之，且资增长其智慧。”[④]这在古文选本编选史上具有开创性的意义和价值。

最后，三书还在晚明之际，掀起了一股“尊奇尚异”的古文选本编选浪潮。明天启、崇祯间，以“奇”为名的古文选本多达二十余部。诸书以具体的编选实践，对明代“崇正抑变”的辨体思想进行了反拨。

辨体之风兴起于明代中后期，吴讷《文章辨体》、徐师曾《文体明辨》、贺复徵《文章辨体汇选》等都是辨体思想的代表选本。各书皆谓“文章有体”，又谓有“古今正变之异”，然大体皆主于崇古贱今，崇正抑变。辨体思想起初有着明确的现实指向性，然日后逐渐流于形式，至徐师曾《文体明辨》则谓“假文以辨体”，细分文体达一百三十六类，较吴讷的“作文以关世教”，已有明确脱离现实创作的倾向，故清人讥其“治丝而棼”[⑤]。

---

① 郭忠志《叙古文必读争奇首》，郭忠志编《古文争奇》卷首，明末羊城周道英思诚斋刻本，第2a—2b页。

② 邵名世《古文奇奇赏序》，李一鹏编《古文奇奇赏》卷首，明崇祯十四年(1641)刻本，第3b—4a页。

③ 李光地《古文精藻序》，李光地编《古文精藻》卷首，《四库全书存目丛书》第400册，齐鲁书社，1997年，第1—2页。

④ 吴芝瑛编《(俗语注解)小学古文读本・凡例》，安徽师范大学出版社，2015年。

⑤ 《四库全书总目》卷一百九十二“文体明辨”条，中华书局，1983年，第1750页。

陈仁锡较早对“文章有体”“崇正抑变”的看法表达了不满。《续古文奇赏》中借兵法“奇正相生”“文武相济”的道理提出了“文章有杀生而无奇正”说：“文章有杀生而无奇正，杀生，奇也，奇外无正。文，兵也；兵，礼也……盖武事之不张，由文心之不足。故兵以武为植，以文为种……尊文贱武，吾兹不信。”①其认为奇、正只不过是表现手段与技法层面的差异，并不是文章体制方面的区别。甚至在具体的写作过程中“奇”更胜于“正”，故曰：“奇外无正”，又曰：“尊文贱武，吾兹不信。”其欣赏的正是发乎自然、源乎性情的声情之作：“生杀在乎呼吸，则文章自于喉舌间，倏奇倏正，侂虚侂实，敌虽对面，莫测吾奇正所在矣。故有杀生而无奇正，至文也。”②因此，在其倡导的写作方法中，也明显展现出反形式化与功利化的取向：“故有杀生而无奇正，至文也。大概密静多内力焉。徒颂空文，为敌所诱，是以章句易性命耳！”③黄道周《古文备体奇钞》中虽亦主于“文之有体，如人之有具躯”，却并不因此贬抑俗体，其借“凡体不外于‘五经’”为文体多样性辩护：“但凡体不外于‘五经’……极名流文明映心之致，刻画须眉，一一吻合……其体岂必尽如冕藻龙卷？韫韨野绅亦一体也；岂必尽如岑鼎巍樽、朱组端斑？稜匜赤甕、蒲屣束弁亦一体也。”④其书名为“备体”，或有与“严古今正变”的辨体思想相区别的意图。此外，郭忠志《古文争奇》因陈仁锡之说而广大之，标举“融会古今奇变”：“陈明卿先生所汇古文，分门品类，选摘其要，便后学之记诵，参合其古，而印正于今。标取其奇而融会以正……总之不脆于先代名儒，以仰契古

---

① 陈仁锡《续古文奇赏序》，陈仁锡编《续古文奇赏》卷首，《四库全书存目丛书》第353册，齐鲁书社，1997年，第625页。

② 陈仁锡《续古文奇赏序》，陈仁锡编《续古文奇赏》卷首，《四库全书存目丛书》第353册，齐鲁书社，1997年，第625—626页。

③ 陈仁锡《续古文奇赏序》，陈仁锡编《续古文奇赏》卷首，《四库全书存目丛书》第353册，齐鲁书社，1997年，第626页。

④ 黄道周《古文备体奇钞序》，钟惺、黄道周编《古文备体奇钞》卷首，明崇祯十五年(1642)阊门兼善堂刻本，第2b—4b页。

作者奥义而止。”[1]诸书对辨体思想的反拨，使其重归为现实创作服务的轨道。在此基础上，文体的多样性从理论上获得支持与认可，这在很大程度上促进了晚明文章创作的繁荣。

当然，在明末“尚奇”思想的推动下，古文选本编选亦出现了一些明显的弊端。其中，最主要的是选文的奇僻与庞杂。书林余氏《古文四如编》卷首曰：“今之刻古文辞者其弊有三：卑者，濡染以为悦，弊也，杯水坳堂、榆枋弱羽，见不能出跬步之外；高者，摘僻以相诩，弊也，师心而尊钓棘之篇，骇目而高非马之沦流，而入于吊诡；若夫喜综博者，又兼收泛采，弊也，如五都列市、百货骈罗，令观者叹息惊悸，不能一揽而尽。”[2]葛世振《古文雷橛》凡例：“今选本百出，大都真赝混淆，耳目不清。”[3]此外，黄道周《古文备体奇钞·凡例》则曰：“古文为名家薮泽，汇有朋部……《文宗》《奇赏》《正集》《旁训》诸刻，非嫌挂漏，即叹浩繁。”[4]而明代选家不仅对此有着深刻省思，也在编选实践上作出了一些崭新的探索。如郑维岳《古文四如编》、马晋允《旁训古文读本》等重新提倡“约选”。二书选文分别只有四卷和五卷。后者称“删繁就简，以约该多”[5]；《古文四如编》则专门择取“锻炼之精纯，体制之温润”之作，这与清代方苞讲究“清澄无滓”“法度完然”的选文方式异曲同工。同时，傅振商《古文选要》、王汉《古文意》等则在古文选本中摒抑辞赋，这标志着古文选本开始有了较明晰的文体边界，“绘风云月露”之作此后逐渐丧失进入古文选本的合法性。此外，王志坚《古文澜编》则在“尊经”“尊体”的思想下不入经、史；黄士京《古文鸿藻》以诸子“失宜”“伐性”，将“古文”与“诸子”分编辑录。这些做

---

① 郭忠志《叙古文必读争奇首》，郭忠志编《古文争奇》卷首，明末羊城周道英思诚斋刻本，第1a—2a页。

② 书林余氏题识，郑维岳编《新锲温陵郑孩如先生约选古文四如编》卷首，《北京师范大学图书馆藏明刻孤本秘笈丛刊》第19册，广西师范大学出版社，2010年，第7页。

③ 《例言五则》，葛世振编《古文雷橛》卷首，明崇祯刻本，第1a页。

④ 《凡例》，钟惺、黄道周编《古文备体奇钞》卷首，明崇祯十五年(1642)阊门兼善堂刻本，第4b页。

⑤ 《凡例》，马晋允编《旁训古文定本》卷首，明末刻本，第1a页。

法此后皆极大地启发了清人，在古文选本编选史上具有典范意义。

自宋迄明，古文选本的形态不断丰富、发展。大抵自宋而骨具，自明正、嘉而体具，至万历中期以后则骨肉神采俱丰。然而，古文选本的发展并未停滞，不仅清人对古文选本编选有重要突破，甚至在白话文盛兴的民国，古文选本仍昭示出旺盛的生命力。民国三十余年间以“古文”称名的选本达百部以上。此外古文选本还进一步与现代新式教科书相结合，在历史的层层累积中，影响到当代人的精神。因此，我们有必要对这份丰厚的文学遗产进行发掘、整理与继承。古代选家常以“一脔之尝”比喻自己的工作，这也是本文所冀望达到的目标。

（华东师范大学中文系）

汇编文话的资料剪裁与知识呈现

——以朱荃宰《文通》的“文源论”为中心

龙飞宇

内容摘要：汇编文话是文话编纂的形式之一，以转录旧籍的手法完成书籍的制作。通过文本的取舍与拼接，汇编文话的编者以有别于原创理论的形式呈现知识、塑造读者。晚明学者朱荃宰所编《文通》一书，尤能体现此种现象。聚焦于朱氏的“文源论”，发现他并未简单移植前人的思想议论，而是尝试在多种观念中进行取舍，或拼贴众说，以传达不同的见解。其内在理路，在于借材料发声，通过改造《史通》等书中的文本，使经史高下的论争得以调和，重新塑造了与经史匹配的文章法则。借此说明，汇编文话这种体例特殊的著作形式，或许同样能承载、体现并传递编者的学术立场。

关键词：《文通》；《史通》；篇目取舍；拼贴众说；知识呈现

Material Selection and Knowledge Presentation in Compilation Literary Discussion（汇编文话）— Centered on Zhu Quanzai's "Theory of Literary Sources"（文源论）in *Wentong*（《文通》）

Long Fei-yu

Abstract: Compilation is one of the forms of compilation literary discussions, which compiles books by transcribing viewpoints from existing works. Through selecting and splicing quoted texts, compilers of compilation articles create a form distinct from original theories to present knowledge and attract readers. The book *Wentong* (《文通》) compiled by the late Ming scholar Zhu Quanzai exemplifies this phenomenon. This article focuses on Zhu's "Theory of Literary Sources" (文源论), revealing that he does not simply transplant the thoughts of predecessors but attempts to select and collage various ideas to convey diverse perspectives. The underlying logic of this theory lies in vocalizing through materials, transforming texts from works like *Shitong* (《史通》) to harmonize debates on the status between classics and history, reshaping the rules of writing articles to align with classical and historical learning. Through this, it is shown that compilation articles, as an unique form, are crucial texts that bear, embody, and convey the academic stance of the compiler.

Keywords: *Wentong* (《文通》); *Shitong* (《史通》); selection of texts; collage of ideas; knowledge presentation.

王水照先生曾依据著述类型将文话分为颇见系统性与原创性的理论专著、具有说部性质的随笔式著作、"辑而不述"的资料汇编式著作与有评有点的文章选集四类。[①] 在这四类当中，要数资料汇编式文话最受学界冷落。[②] 推其本原，大抵是因为这类著作往往庞杂琐细，难以直接展现编者的理论思辨与知识统系。尤其是近代西方科学主义思想传入后，它们普遍给学者留下了“摭拾剩语，勉成完书”[③]和“零星破碎，概无统系可寻”[④]的印象，在文学批评史学科化建设的趋势下，发掘具有科学性、理论性的传统著作成为重中之重，此般“抄书工夫”只能退居末席。晚明朱荃宰所编《文通》三十卷闰一卷便是一部典型的汇编文话，是书牵连广大，涉及文章渊源、文体流变、文章写作等诸多层面，允为奥博，颇示博瞻。但也因为汇编的著作形式缺乏学术宗旨而饱受诟病，郑振铎称其“体例略类《史通》，而多引明人语，偶有己见，亦殊凡庸，固不足以与语‘著作’，更不足与《文心雕龙》《史通》比肩也”[⑤]，郁达夫亦谓之“虽勉仿《雕龙》，然其实亦只摭拾百家，藉示奥博而已”[⑥]。

然而，朱荃宰并未将此书视作炫耀博学的产品，从“书成梦卜”的寓托看来，在他心中，这是一部近似于子书的严肃著作。焦竑、傅汝舟等人同样以“发愤著书”许之，更加在意全书严整的体系而非摭拾材料的广博。这种与民国学者判若天渊的评价理念似乎说明，在明代文人眼中，摭拾百家的书籍生产模式未必等同于思想统系的缺失，倘若回归书籍生产的原生语境，在所谓“辑而不述”的著作形态中，或许同样能体察到编者“寓述于辑”的宗旨所在。

《文通》的编次体例效仿《文心雕龙》，显示出清晰的总分结构，其书前三卷总论经史子学与文章，为全书之枢纽，后续诸卷涉及文体分

---

① 王水照主编《历代文话·序》，复旦大学出版社，2007 年，第 2 页。

② 除汇编文话专书研究外，仅见侯体健《资料汇编式文话的文献价值与理论意义——以〈文章一贯〉与〈文通〉为中心》（《复旦学报（社会科学版）》2009 年第 2 期）等，对汇编文话的历史演进与理论价值有深入的挖掘。

③ 朱东润《中国文学批评史大纲》，武汉大学出版社，2009 年，第 1 页。

④ 陈钟凡《中国文学批评史》，中华书局，1927 年，第 9 页。

⑤ 郑振铎《西谛书话》，生活·读书·新知三联书店，1983 年，第 219 页。

⑥ 郁达夫《郁达夫文论集》，吉林出版集团股份有限公司，2017 年，第 384 页。

类与文章创作，可视为此枢纽之展开。由于朱荃宰在卷三下设立“渊源经史”[①]一篇，他以“经、史共同为‘文’之本源”[②]的观点也就为学者所承认。核对史源不难看到，他的“文源论”完全通过转引刘知几、陆深、王世贞等人的议论而呈现，几乎没有全新的表达。但从文本比对中却能发现，《文通》中的“文源论”与多种旧说均不相同，传递出一些经由朱氏改造的新观念。本文将以此为例，考察朱荃宰裁剪材料、整合文本的特殊手段，尝试阐明其著述意图，进而对郑振铎、郁达夫等人的批评予以真正回应。

一、取择篇目与规避旧说

朱荃宰编订《文通》，乃是取法于《史通》，此点已为学界公认。但需要指出的是，朱氏对《史通》的态度绝非单纯认同，他曾说道：“言史者自子玄昉矣，柳璨为之析微，文裕为之会要，端简则不言史而史法具在也。”[③]《史通析微》虽已不传，但《直斋书录解题》称其“讥评刘氏之失”[④]，则其书为驳子玄之谬而作甚明，《史通会要》收入《俨山外集》，陆深谓刘知几“往往掊摭圣贤，是其短也”[⑤]，可见陆氏对《史通》的观念也不完全认可。朱荃宰以刘知几为“言史者”之源头，但又以柳璨、陆深承其流，似已昭示对《史通》立场之暧昧。而《文通》引用《史通》文本时的处置同样颇为微妙，其书卷二总论史学，凡《史法》《史系》《史家流别》《评史》《史官建置》《评史举正》《长编》《正统》《国

---

① 朱荃宰《文通》卷三，《四库全书存目丛书》集部第 418 册，齐鲁书社，1997 年，第 393 页。

② 如孙宗美、刘金波《论朱荃宰〈文通〉的文章学思想》，《理论月刊》2017 年第 8 期等。

③ 朱荃宰《文通》自叙，《四库全书存目丛书》集部第 418 册，齐鲁书社，1997 年，第 334 页。

④ 陈振孙撰，徐小蛮、顾美华点校《直斋书录解题》下册，上海古籍出版社，2015 年，第 641 页。

⑤ 陆深《俨山集》卷八十六《题蜀本史通》，沈乃文主编《明别集丛刊》第二辑第 2 册，黄山书社，2013 年，第 32 页。

史问》九篇，其中除《长编》以下三篇主论唐以后事外，剩余六篇中有五篇与《史通》相关，《评史举正》系抄录于慎行系统批评刘知几的文章（详后），《史系》为拼合众说而成文，但多次采录陆深《史通会要》中的文本，此外《史法》《史家流别》与《史官建置》三篇，均系直接抄录《会要》而非《史通》，四篇于《史通》中均有原文，但《会要》对其均有所修润，朱荃宰转录的，恰恰是陆深改易后的文本。然而，在总论外的其余卷目，朱荃宰转录的文本又多出于《史通》。由于《自叙》屡屡提及《史通》与《会要》，朱荃宰对二书应当都很熟悉。既不是资料获取的问题，朱荃宰这种独特的转录方式，恐怕要从其学术思想上进一步推究。

《史法》《流别》相较《史系》《建置》而言，情况更为特殊。由于刘知几身处唐代，只能述及唐以前事，故而《史通》中《建置》与《古今正史》二篇所论亦止于唐，经由陆深润色后，原文本身并不涉及的有关宋元明的论述被补全。朱荃宰转录内容更全面的《会要》文本，本就十分合理。可问题在于，《史法》篇的中心议题为史书渊源，所论止于两汉，《流别》篇主要讨论正史之外的史家流派，亦以魏晋为下限。朱荃宰不取《史通》而取《会要》，显然不是出于资料完整性而考虑。

与《史法》篇对应的两种文本，是《史通》内篇卷一《六家》与《史通会要》卷一《家法》，两篇文章存在明显不同之处。

其一，是由“尚”字的训诂引申到对《尚书》义例的不同判断：

> 孔安国曰：“以其上古之书，谓之《尚书》。”《尚书璇玑钤》曰：“尚者，上也。上天垂文，以布节度，如天行也。”王肃曰：“上所言，下为史所书，故曰《尚书》也。”惟此三说，其义不同。盖“书”之所主，本于号令，所以宣王道之正义，发话言于臣下。故其所载，皆典、谟、训、诰、誓、命之文，至如《尧》《舜》二典，直序人事，《禹贡》一篇，惟言地理，《洪范》总述灾祥，《顾命》都陈丧礼，兹亦为例不纯者也。①

---

① 刘知几著，张振珮笺注《史通笺注》内篇卷一《六家第一》，中华书局，2022年，第5页。

孔安国将尚理解为上古、远古之意;《璇玑钤》以上训尚,《尚书》就被释为垂文布节的“天书”;王肃则训尚为人主,使之伦理化,《尚书》即为臣下记录的人主之言。刘知几举出三种训诂,虽云“惟此三说,其义不同”,但从后文的论述看,还是明显倾向于王肃的记言之说。在此基础上,他认为《尚书》中《尧典》《舜典》《禹贡》等篇义例不纯,因为这些文字都已超出了记言的范畴。对此,《家法》篇的叙述则是:

孔安国曰:“以其上古之书,谓之《尚书》。”或曰:“尚,上也。上天垂文,以布节度,如天行也。”王肃曰:“上所言,下为史所书,故曰《尚书》也。”其义如此。盖书主号令,故其所载,皆典、谟、训、诰、誓、命之文,若《禹贡》《洪范》《顾命》所陈,各止一事,又一例云。①

陆深与刘知几的不同,首先在于他面对三种训诂的态度,他称“其义如此”,实际是认为这三种训解都能在一定程度上反映《尚书》的含义。因此,即使在他也较为倾向王肃训解的情况下,同样尝试说明,《禹贡》诸篇不存在义例不纯的问题,而是代表《尚书》的另外一种体例。

其二,则涉及对《史记》的评价与六家史法关联的判断,以下首先引述两人对“史记家”的不同阐述:

《史记》家者,其先出于司马迁。自五经间行,百家竞列,事迹错糅,前后乖舛,至迁乃鸠集国史,采访家人,上起黄帝,下穷汉武,纪传以统君臣,书表以谱年爵,合百三十卷。因鲁史旧名,目之曰《史记》。自是汉世史官所续,皆以《史记》为名。②

《史记》创新义例,解散编年,微而显,绝而续,正而变,文见于此而义起于彼,勒成一家,可谓豪杰特起之士。班书

① 陆深《俨山外集》卷二十九《史通会要上》,沈乃文主编《明别集丛刊》第二辑第2册,黄山书社,2013年,第250页。

② 刘知几著,张振珮笺注《史通笺注》内篇卷一《六家第一》,中华书局,2022年,第27页。

嗣兴，不幸失其会通之旨，而司马氏之门户衰矣。[1]

刘知几只是追溯了“史记家”的渊源，阐述司马迁《史记》的编纂义例，陆深却对《史记》的新义例大加褒奖，并据此引出了臧否《汉书》的“失其会通之旨”。这种评价并非陆深独创，郑樵早已说道：“自《春秋》之后，惟《史记》擅制作之规模。不幸班固非其人，遂失会通之旨，司马氏之门户自此衰矣。”[2]不过，这种评论究竟是否是陆深的原创，不是问题的关键。通过这句话，恐怕不难联想到陆深在“春秋家”下写过的一条非常类似的评语：“至太史公之著《史记》也，颇宗斯旨，惜乎谨严衮钺之意微，不过整齐故事耳，又安得比于《春秋》哉？”[3]这段话同样不是陆深的独创，刘知几亦称：“时移世异，体式不同，其所书之事也，皆言罕褒讳，事无黜陟，故马迁所谓整齐故事耳，安得比于《春秋》哉？”[4]刘知几“工诃古人”，对《史记》进行激烈批评，并不足怪。对刘氏“掎摭圣贤”颇为不满的陆深，不仅保留了刘氏对《史记》的批评，还增加了郑樵批评《汉书》的论断，其真正意图是否在于批评此二书，就很值得推敲。进而发现，刘陆二说还有一种隐微的偏差，在于对“史之流品，亦穷之于此”的阐释上：

于是考兹六家，商榷千载。盖史之流品，亦穷之于此矣。而朴散淳销，时移世异，《尚书》等四家，其体久废，所可祖述者，唯《左氏》及《汉书》二家而已。[5]

刘知几所谓“史之流品，亦穷之于此”，是说六家史法各有流变，到班

① 陆深《俨山外集》卷二十九《史通会要上》，沈乃文主编《明别集丛刊》第二辑第 2 册，黄山书社，2013 年，第 251 页。

② 郑樵《通志总序》，张舜徽选编《文献学论著辑要》，陕西人民出版社，1985 年，第 173 页。

③ 陆深《俨山外集》卷二十九《史通会要上》，沈乃文主编《明别集丛刊》第二辑第 2 册，黄山书社，2013 年，第 251 页。

④ 刘知几著，张振珮笺注《史通笺注》内篇卷一《六家第一》，中华书局，2022 年，第 13—14 页。

⑤ 刘知几著，张振珮笺注《史通笺注》内篇卷一《六家第一》，中华书局，2022 年，第 34 页。

固确定“包举一代，撰成一书”的体例之后，被后人普遍接纳，不再有第七种史法产生，所以史法的流品至此终结，此后的史书都应当遵循这六种史法。可陆深的解释并不相同：

> 《汉书》出于班固，固因父业，乃断自高祖，终于莽诛。为纪、志、表、传，目为《汉书》，制作之工，后莫能及。寻其创造，皆准子长，第改书为志而已。自东汉已后，递相沿袭。曰记、曰志，体制皆同，盖史之流品，亦穷之于此矣。乃若包举一代，撰成一书，言皆精练，事甚该密，故学者探寻易为功云。[①]

陆深将刘知几评述六家史法衍生的“史之流品，亦穷之于此”挪到“汉书家”之下，成为对《汉书》义例的形容，此句便形成了全新的义理。仔细推寻，此番挪用代表着刘知几与陆深对六家史法流别的不同看法：刘知几认为六家史法相互独立，六家史法是不断衍生出来的，自“汉书家”法度确立后，不再有另外的史法产生；陆深则认为六家史法内部存在流别的关联，一家的成熟意味着另一家的衰亡，至“汉书家”的确立，意味着这种内部流别的终结。倘若重新回到陆深对《史》《汉》二书的批评上，就能读出这种流别的内在逻辑：《春秋》《史记》《汉书》本属一脉，自《春秋》至《史记》，其义例革新在于史书不再以文字为褒贬，而只是叙述整齐故事；自《史记》至《汉书》，其义例革新在于史书不再以自古通今作为写作的素材，而只是包举一代之事。这种义例流别本身被陆深赋予了负面的评价，是因为从价值的层面来讲，史书所承担的职任越来越少；但《史》《汉》在新义例下的写作依旧值得褒扬，是因为从技法层面来说，史书的写作难度有所降低，所以可以“勒成一家”，“言皆精练，事甚该密，故学者探寻易为功”，这也令《汉书》义例成为六家史法流别的终点。陆深对“史之流品，亦穷之于此”的重新阐发，是刘知几撰写《史通》时本身并不具备的。

---

① 陆深《俨山外集》卷二十九《史通会要上》，沈乃文主编《明别集丛刊》第二辑第2册，黄山书社，2013年，第251页。

从内容上看，《家法》篇与《六家》篇的文本确实相似，但它们之间并非只是学者普遍认为的通篇袭取或简单借径，而是带有新的义理阐发，主要表现为《家法》篇规避了《六家》篇离经讽圣的言论，并对史的功用产生重新的思考。朱荃宰尝称刘知几："洵晰于史矣，其文则刘勰也，而藻绘弗如；其识则王充也，而轻讦太过。其所指摘，多中昔人，然偏信竹书汲冢。当惑而不惑，不疑而反疑。虽谓其有史学、无史笔，有史裁、无史识可也。《晰微》《会要》实刘氏之荩臣，必并观互省，庶无害于名教。"[①]《家法》篇的改易几乎全为纠刘知几识见之弊，正与朱荃宰"有史裁、无史识"的批评两相恰切。而在《文通》的实际编纂中，朱荃宰选择用《家法》篇代替《六家》篇，也与他所谓"并观互省，无害名教"的宗经理念相契合。

《流别》篇的情况与《史法》篇可谓是高度吻合，它所对应的篇目是《史通》内篇卷十《杂述》与《史通会要》卷一《品流》，二文除框架结构有所不同（刘知几原文先依序介绍十家流派及其代表著作，再逐一进行议论，陆深则将每家的介绍与议论合并）外，较大的文本差异在于，《杂述》篇文末本有一段有关"学者有博闻旧事，多识其物，若不窥别录，不讨异书，专治周孔之章句，直守迁固之纪传，亦何能自致于此乎……书有非圣，言多不经，学者博闻，盖在择之而已"的总论，陆深在《品流》篇将之尽黜不录。[②] 朱荃宰最终取《会要》而舍《史通》，应当也是规避刘知几非圣言论下的选择。此外，陆深对《史系》《建置》两篇的修润工作，除补足唐代以后的材料与论述外，他还大幅度调整了刘知几原文的整体框架。刘氏本来的叙述逻辑是以年代为线索，但陆深将其中关于野史、伪史等内容单独摘出附列，这自然是对刘知几择取材料的认可，但也隐含着对刘氏"无史识"的批评。

---

① 朱荃宰《文通》自叙，《四库全书存目丛书》集部第418册，齐鲁书社，1997年，第335页。

② 参见刘知几著，张振珮笺注《史通笺注》内篇卷十《杂述第三十四》，中华书局，2022年，第501页；陆深《俨山外集》卷二十九《史通会要上》，沈乃文主编《明别集丛刊》第二辑第2册，黄山书社，2013年，第252页。

有基于此,《史法》等篇目挪用的文本来自《史通会要》而非《史通》,或许暗含着朱荃宰的学术立场。通过不同篇目的取择,朱氏规避了背离己意的旧说,而将更接近自己学术立场的文本加以转录,作为呈现自身知识的手段。

二、晚明士人的《史通》知识及《文通》的知识呈现

除《史法》诸篇直接涉及《会要》,与《史通》相关的还有《评史举正》,此文通篇转录于慎行《谷城山馆文集》卷四十《刘子玄评史举正》。于氏系统阐述了刘知几史论的"二罪三失",其二罪包括"信传疑之语,遵好事之谈,以竹书为龟策,以壁经为土苴"的侮圣之罪,及"不窥圣意,辄谓有私"和"不信大圣权舆之准,而信乱臣依附之言"的离经之罪。[①] 此番见解与陆深、朱荃宰殊途而同归。因为不论是删润刘知几讥《尚书》义例的文字,还是评其"轻讦太过",三人都在试图否定刘氏借史评经行为的合法性。于慎行论刘氏三失,则又有"剸略榛芜,一切删去,读之索然,了无神采"之浅,"执西州之无鱼,而疑赵盾鱼餐之事;谓晋阳之无竹,而惑细侯竹马之迎;以鸟啼花笑,驳智不如葵之言;以中山磨笄,评无恤最贤之语"之固,与"项羽为群盗,蜀汉为僭君,是不睹英雄之梗概也。疑曹操见匈奴,无崔琰在坐之事,是不究奸谋之诡"之昧。[②] 大抵均以为刘知几有见事不明、不够通达的弊病,与朱荃宰"有史裁、无史识"的评论,亦不乏相类之处。除此之外,于慎行也对刘知几颇有一番惋惜之情,称刘氏"惜也难得之才,遗此无穷之恨"。总而言之,他认为刘知几颇有史才,且取舍严明,能够融会贯通,但因为刘氏常常侮圣离经,诋毁古人,致使《史通》成为一部"非圣之书",毁誉参半。这与朱荃宰的学术见解高度一致,所以他亦

① 于慎行《谷城山馆文集》卷四十《刘子玄评史举正》,沈乃文主编《明别集丛刊》第四辑第4册,黄山书社,2013年,第846—847页。

② 于慎行《谷城山馆文集》卷四十《刘子玄评史举正》,沈乃文主编《明别集丛刊》第四辑第4册,黄山书社,2013年,第847页。

在眉批中强调“磨瑕刮朽，完璧成才，虽曰正之，其实宝之”①，借于氏之口述己之意。《评史举正》本来只是于慎行针对刘知几史学的议论文字，不涉及太多史学通识，但以上多种因素的交织，让《评史举正》得以进入《文通》卷二，成为总论史学的九篇之一。

《评史举正》也与《史法》等篇共同呈现出朱荃宰对《史通》的认知。而朱荃宰对刘知几复杂的态度，或许也能从《史通》与《会要》分别抄录的情况略见一斑。《文通》取《文心雕龙》的结构为框架，而《文心雕龙》有明确的枢纽、纲领与毛目之分：

> 盖《文心》之作也，本乎道，师乎圣，体乎经，酌乎纬，变乎骚；文之枢纽，亦云极矣。若乃论文叙笔，则囿别区分：原始以表末，释名以章义，选文以定篇，敷理以举统。上篇以上，纲领明矣。至于剖情析采，笼圈条贯：摛神、性，图风、势，苞会、通，阅声、字。崇替于《时序》，褒贬于《才略》，怊怅于《知音》，耿介于《程器》。长怀《序志》，以驭群篇。下篇以下，毛目显矣。位理定名，彰乎大《易》之数：其为文用，四十九篇而已。②

《文心雕龙》以《原道》《征圣》诸篇为枢纽，此后“论文叙笔”的篇目为纲领，“剖情析采”的篇目为毛目。按照刘勰的观点，枢纽部分确立统系，纲领与毛目可以视作此统系之展开。以此衡之于朱书，前三卷可谓之枢纽，此后诸卷则属纲领与毛目。朱荃宰选择以《会要》录入枢纽，以《史通》录入纲领与毛目，个中隐含着隐微的考量：《会要》本是在刘氏原文基础上节录的文字，因此在具体的议论上，刘氏的论述无疑更胜一筹，但他的识见（尤其是在经史义例上）并不足取，反较陆深为劣。

实际上，中晚明士人对《史通》的态度可谓如出一辙。除朱荃宰、

---

① 朱荃宰《文通》卷二，《四库全书存目丛书》集部第 418 册，齐鲁书社，1997 年，第 385 页。

② 刘勰著，黄叔琳注，纪昀评，戚良德辑校《文心雕龙》，上海古籍出版社，2015 年，第 287 页。

陆深、于慎行外，焦竑、陈子龙、胡应麟等人，均以为《史通》之功在史才，失在好讥。[①] 而他们对《史通》好讥的评价，又几乎全部从其妄议圣贤的经学立场出发。虽然从交游状况来看，朱荃宰与焦竑较为熟识，存在互相交换学术意见的可能，但这批人并不能被全部囊括。排除私人意见表达，需要承认，晚明士人对《史通》存在着某种公共知识，正是这种知识引导他们产生对《史通》趋于一致的看法。

不难想到，这种公共知识的来源是明刻本《史通》及其"副文本"。所谓"副文本"，按照热奈特的说法，即"作品影响读者方面的优越区域之一"[②]，表现在古籍文本上，主要是题名、序跋、凡例等信息。《史通》在唐宋两代流布不广，至明中叶，经由陆深的校补刊刻，方始为世所知。[③] 陆深校刻《史通》时，已对此书有所按断："昔人多称知几有史才，考之益信，兼以性资耿介，尤称厥司。顾其是非任情，往往捃摭贤圣，是其短也"[④]，这篇文字被附录在陆深所刻《史通》的卷末而进入后来读者的视野。且在其他序文作者眼中，陆深的见解无疑具有相当的权威性，如书前杨名的序文同样评价刘知几为"网罗百家，驰驱列代，几自成一门户。独惜乎评议狥于意见，是非谬于圣哲，不能使人无遗憾焉"[⑤]，他文亦与陆深所论几乎同调，不再繁引。

众多序文题跋依附于蜀本《史通》而流传，而此书实际是影响颇大的版本，从明代读者的阅读表述就可以看出，他们对《史通》的了解，大多经由此书作为中介。蜀本《史通》的广泛阅读，也就让题跋

---

① 参见朱志先《明代学者〈史通〉批评研究》，《华中国学（2018 年 · 春之卷）》，华中科技大学出版社，2018 年。

② 热拉尔 · 热奈特著，史忠义译《热奈特论文集》，百花文艺出版社，2000 年，第 71 页。

③ 郭孔延云"不谓今千百年后，首刻于陆太史"，可为明证。参见刘知几撰，郭孔延评《史通评释》卷首，上海古籍出版社，2006 年，第 1 页。关于陆深引发明代"史通"研究之风，可参见钱茂伟《明代史学的历程》，社会科学文献出版社，2003 年，第 152—157 页。

④ 陆深《俨山集》卷八十六《题蜀本史通》，沈乃文主编《明别集丛刊》第二辑第 2 册，黄山书社，2013 年，第 32 页。

⑤ 刘知几《史通》卷末，明万历三十年（1602）长洲张鼎思校刻本。

“副文本”中的观点容易被接受。在重刻、新刻过程中，这种观念得到进一步强化。万历年间，郭孔延作《史通评释》，尤其值得注意的是，郭氏在自序与凡例之间，汇集了众多前人对刘知几及《史通》的评价，关于《史通》的共有五则：晁公武《史通评》、王应麟《玉海·史通序》、杨慎《史通评》、于慎行《评史举正》与张之象序。[①] 分别来自类书、书目、文集与原书序跋，但都同样传达出与蜀本《史通》序跋相同的观念，而此种观念，尤为郭氏本人所坚信：“考究精覈，义例严整，文词简古，议论慨慷，《史通》之长也；薄尧禹而贷掺丕，惑《春秋》而信汲冢，诃马迁而没其长，爱王劭而忘其佞，高自标榜，前无贤哲，《史通》之短也。”[②]

需要强调的是，古人的书籍阅读比较受限，即使明人雅好复古，对于古代典籍，他们也很难进行穷尽式的阅读。因此，推溯知识的最早源头固然有其价值所在，而更重要的无疑是明代士人知识的现实源头。虽然有郭孔延诸人，乐于推究唐宋时代的古人对《史通》的看法，但大多数士人还是在接受经陆深等晚近时人加工处理过的知识。逮至晚明，这种关于刘知几的双面评价，几乎已经成为士人阅读《史通》的公共知识，这正是朱荃宰接受《史通》的真实语境。

如果将这条知识衍生的脉络纵向拉长，与于慎行、郭孔延等人类似，朱荃宰也将接受并传递这种知识，并成为后来士人阅读时的知识资源。在纵向的知识传递进程中，又存在着横向的途径差异，不同的著作形式，以其不同的知识呈现手段，完成对知识的传递与读者的塑造。《文通》本身作为一部汇编文话，从著作形式来看，显得尤其特别。其书卷二总论史学，首篇《史法》择取陆深改定后的《家法》篇而非刘知几《六家》篇，是晚明关于《史通》“好讥圣贤”“有裁无识”的知识呈现，尤其是如刘知几《六家》篇直斥《尚书》为例不纯，显然是朱荃宰不能认同的。作为对照，郭孔延同样对这段评论嗤之以鼻，他以

---

① 刘知几撰，郭孔延评《史通评释》卷首，上海古籍出版社，2006年，第3—8页。

② 刘知几撰，郭孔延评《史通评释》卷首，上海古籍出版社，2006年，第1页。

“评曰”的形式直接在文后表达了不满：“子玄首驳《尚书》为例不纯，次驳《逸周书》滓秽相参，可谓眼空千载，前无古人矣。而突以守株之衍，画虎之劭继之，不几于狗尾续貂乎？”[①]《评释》的评点体例非常灵活，评者可以自由直接地抒发所思所想，因此郭氏便直斥其识见不明，厚诬古人；于慎行、焦竑等人则通过文章或笔记，组织例证来系统阐述刘知几离经侮圣之失。而朱荃宰与他们都不相同，在汇编文话著作体例的框架下，他选择的方式是置换《六家》篇，代之以《家法》篇，“《尚书》为例不纯”的删润既已由陆深完成，朱荃宰也就通过使用陆深而非刘知几的文本，传达了自己的意见。而《史通》中单纯讨论史书史法的材料，因包囊广阔，若不涉及离经讽圣的敏感话题，朱荃宰也就不再改换，录入《文通》各卷当中。这种以《史通会要》配合《史通》录入的方式，是晚明士人关于《史通》的普遍知识的呈现。而正是由于在晚明，《史通》的双面评价已是一种流行知识，朱荃宰在转抄时有意规避《六家》篇的文本而择取《家法》篇，便不是随意的筛选，而是汇编文话传递知识与表达理念的一种重要手段。

三、拼接旧见与生成新说

以上讨论的是通篇转录前人成文时，朱荃宰通过取舍文本而实现的知识传递。在《文通》中，还有一些文章是由朱荃宰本人剪裁形成的，在总论史学的九篇中，以《评史》篇最为典型。本节将主要论述此种文本生成的相关问题。

朱荃宰的学术理想十分宏大，他想将天下学术以“每编汇为一通，每体汇为一篇”[②]的方式排列，形成从“通”到“篇”的文本层级的构架。朱氏友人罗万爵尝言“朱子咸一之发愤著书也，文有通，诗有通，

① 刘知几撰，郭孔延评《史通评释》卷一，上海古籍出版社，2006 年，第 11 页。

② 朱荃宰《文通》自叙，《四库全书存目丛书》集部第 418 册，齐鲁书社，1997 年，第 336 页。

乐有通，词、曲有通。《文通》刻先成”[1]，可知朱氏实有文、诗、乐、词、曲“五通”的构想，《文通》为其首部实践，先刻传世。全书采用分卷模式，并于每卷内设有若干篇，可以与朱氏自述相吻合，但篇目以内的编纂实况则显得更为复杂，其中有直接摘录成文与集众说汇为一篇两种形式。书中多数篇目属于前者，本身逻辑清晰严密；也有属于后者的篇目，均是通过朱荃宰的剪裁而成篇。朱荃宰的剪裁又可分为两种方式，第一种是辑录或截取前人若干简短论述，以类似于传统诗话、文话的条目式编排，将其归之于共同的主题下，在版式上，条目间均另起行，以标示其并非完整的一篇文章，如《文通》卷二十五《客作》等，皆是如此，这是“汇为一篇”剪裁方式中的主流；另一种，同样辑录截取前人论述，不过经由朱荃宰的剪裁拼合成篇，条目间不另起行，从原书排版与内容逻辑看，都类似一篇完整的文章，以卷二《评史》最为典型。前者将各种条目汇集于一处，用意可不言而自明，而后者的编辑处理无疑更加复杂。若以《评史》为个案，或可探究朱荃宰剪裁成文的手法及其背后之深层动机。

《评史》一篇列在《史法》《史系》与《史家流别》后，着重评述诸家史书的优劣，这篇文章抄用了胡应麟、丰坊、王世贞、王锡爵、杨慎等人的议论，同时还掺杂了《山堂考索》等类书的内容。此篇行文粗览颇有连贯性，但仔细阅读，还是能发现其中拼凑剪辑的痕迹。将这篇文章的史源推溯清楚并不困难，但更有趣的话题在于，朱荃宰如何“断章取义”，将这些各有所言的文字统领在一个全新的主题下。

《评史》最先引述《少室山房笔丛》中经典的“五才论”：“才、学、识三长足尽史乎？未也。有公心焉、直笔焉，五者兼之，仲尼是也。”[2]胡应麟在刘知几的“才学识三长”上补充了“公心”和“直笔”，作为优秀评史者需具备的素养，并指出，“直”与“公”必须同时具备，不论是“不

---

① 朱荃宰《文通》罗万爵序，《四库全书存目丛书》集部第 418 册，齐鲁书社，1997 年，第 331 页。

② 胡应麟《少室山房笔丛》卷十三《史书占毕一》，上海书店出版社，2009 年，第 127—128 页。

公”还是“不直”，都将成为良史的妨碍。随后开始系统论述各部史书：

> 古者大事书之简册，小事书之布帛。有太史以职简册，简册者纲，若《春秋》之经是已；有内史以职布帛，布帛者目，若《尚书》若《内外传》是已。外史职列国之书，小史职百家之说。四职备而史法具，由黄帝以来，未之有改也。周衰，天子之史不在周，而寄于盟主，盟主衰而分寄于列国，吕政隳天蔑史。汉兴，司马迁作《史记》，始立纪传。纪传立而太史之法亡矣。荀悦变纪传而作编年，编年作而内外小史之职混矣。然史与经异，经不敢续，以道在也。至于史，一代缺而一代泯如也，一郡国缺而郡国泯如也。彼其论三代也，有不尊称《尚书》者乎？然自舜、禹、汤、武及桀、纣而外，有能举少康、武丁、太康、孔甲之详以复者乎？周之季，有不尊称《春秋》者乎？然自桓文而上，有能举宣平、共和之详者乎？二汉而下，有不稗官晋，齐谐六代，期期《唐书》，芜《宋史》而夷秽辽、金、元者乎？然一展卷而千六百年之人若新，而其迹若胪列也，是史之不可缺也。①

自“古者大事书之简册”至于“内外小史之职混矣”，是丰坊的言论；“然史与经异”至于“是史之不可缺也”，则来自《弇州四部稿》。两段文字都有自身完整的叙述，微妙的是，他们的持论不乏相互抵牾之处。丰氏围绕道事关系来讨论经史关系，他反对后世“经以载道，史以载事”的分别观念，坚定认为经史本质上是同一的，因此史家纪传、编年体例的确立，导致对上古记事四职制度的破坏，这一过程，被他理解为一种“道”的流失，也就是说，经史判分是后世著史者的杂谬导致的：“六经赖夫子而醇，诸史出于多士而杂，非经史之二也，存乎其人焉尔。故善学者必通经，然后可以观史；明道，而后可以处事。此

① 朱荃宰《文通》卷二，《四库全书存目丛书》集部第418册，齐鲁书社，1997年，第379页。

本末先后之序，而不可以二之也。”[1]丰坊认为道与事并非二物，所以经史职能相同，但是先后不同，明道之后自然可以处事，因此通经之后便可以观史。这种论断融合了阳明“道事合一”与程朱“先经后史”的理念，所以他对秦汉以后史籍持有普遍的批评态度，因为这些史书采用纪传或编年体例，是处事高过了明道，本末倒置，不明大道，所以并不足取。接下来，王世贞同样意在回应“经以载道，史以载事”的问题，但他的看法与丰坊截然相反，他关注到经史职能的差异：史是为了全面呈现一代的状况，而经则是择取典型以臧否言志，所以“夫经有不必记者，而史有不必志”[2]，以此来为史张目。这与他“天地间无非史而已”[3]的理论主张，乃至径称“六经，史之言理者也”的重史立场可以契合[4]。朱荃宰将丰、王二人相互排斥的观点合为一篇，但他说“然史与经异，经不敢续，以道在也”，似乎有意识地吸取了王世贞议论的精华。“续经”是经学史的重要命题，涉及三代以后文章可否为经[5]等重要问题，因为朱子批评王通《续经》不入于道，且有害于正，后世崇朱学者往往对“续经”持否定立场。王世贞通过以上论述，提出“经不敢续也，亦无所事续也”，是对程朱一派的承续，但将事的职能从经中分别出来。朱荃宰提出“史与经异，经不敢续，以道在也”，则是借用王世贞的话语，通过阐述道与事的分离，为史赋予了经所不能替代的功能。

《评史》篇继续说道：

> 史凡二家，编则左为最，纪传则马迁为最。左之始末在

---

① 张萱《西园闻见录》卷二十九《史局》，民国哈佛燕京学社印本，第17b页。

② 王世贞《弇州四部稿》卷一百一十六《第三问》，沈乃文主编《明别集丛刊》第三辑第25册，黄山书社，2013年，第5页。

③ 王世贞《弇州四部稿》卷一百四十四《艺苑卮言一》，沈乃文主编《明别集丛刊》第三辑第25册，第299页。

④ 王世贞在经史关系中对“史”的看重，学界已有探讨，参见孙卫国《王世贞史学研究》，四川人民出版社，2021年，第73—74页。

⑤ 参见郭畑《宋儒对于王通续经的不同评价及其原因》，《河南大学学报(哲学社会科学版)》2011年第4期。

事，迁之始末在人。重在事，则束于事，而不能旁及人，苦于略而不遍；重在人，则束于人，其事不能无重出而互见，苦于繁而不能竟。故法左以备一时之览，而法司马以成一代之业可矣。说者谓《史记》以五十余万言，叙二千四百年之事，简矣；而《汉书》乃以百万余言，叙三百二十五年之事，何繁也？不知固之不能为迁也，犹史之不能为经也。以纯驳论，不当以繁简论也。荀悦法左而袁宏继之，其华寔亦略相当矣。①

这段文本同样是拼接合成的产物，从"史凡二家"至"法司马以成一代之业可矣"的论断来自王世贞，自"说者谓《史记》以五十余万言"至"不当以繁简论也"源于王锡爵，"荀悦法左"以后又重新回到王世贞的议论。王世贞承续史分编年、纪传体例之说，论述编年与纪传的特征，考虑到编年的重点在事，纪传的重点在人，所以编年可以清晰地说明具体时段内的历史事实，而纪传则能以一人之故事，窥探一代的兴衰，即所谓编年"以备一时之览"、纪传"以成一代之业"之义。至少在王世贞看来，编年与纪传各有优劣，不可相互替代。所以承此脉络，他认为荀悦、袁宏延续了《左传》编年的传统，而班固、范晔等则是《史记》纪传的代表，分别予以介绍。《文通》在征引时抽掉王世贞针对纪传史书的议论，而以王锡爵的言论替换。荆石取《史》《汉》二书对读，看似恰好与弇州所论形成衔接，实则在某种意义上消解了王世贞原文的阐述意图。王锡爵谈论的重点其实是：

尝伏而深思之，以为古者王朝列国各有左右史、内外史、大小史，其设官详甚，则其论著不宜独简如此。所称皇三坟、帝五典，夏图、殷册、周志、郑书之类，决不止《左氏》《国语》诸书，圣人固不虞其后世之有秦，以至于今燔绝泯泯也。乃就加櫽括，成一家言，使与古之作者两存天地间，以

---

① 朱荃宰《文通》卷二，《四库全书存目丛书》集部第418册，齐鲁书社，1997年，第379页。

待后人之自择耳。若《春秋》无《左氏》,《诗》《书》以外无正史,圣人独闻而独书之,决不尔略也。俗儒腐生求其说而不得,乃按籍数策而谓圣经笔削精严如此。又谓迁固二史繁简悬殊,指以定二氏优劣。夫汉承秦后,坑焚之祸烈矣,收散亡于往牒,五十万言,吾犹以为详也。固承迁后,向歆之徒出矣,征文献于当时,八十万言,吾犹以为略也。故史之不能为经,固之不能为迁,以醇驳论,不以繁简论。①

他对"以圣人为笔削"的看法提出批评,认为经之作不是为了笔削记事,而是在古史记事完备的情况下,概括取用以成一家之言。倘若本无史籍,则圣人必将同时作史与作经,以资后人参考,这是第一重议论。另一重议论是对"迁固优劣论"提出意见,认为因为司马迁、班固所处时代的史料丰富程度完全不同,所以用文字繁简来评价迁固优劣是不合理的。他最后总结说"史之不能为经,固之不能为迁,以醇驳论,不以繁简论",这句话中,"史之不能为经",说明的是前一重议论,"固之不能为迁",指向的是后一重议论。两件事情本身没有关联,但之所以在论述中产生联系,是因为以繁简而论,经与司马迁都是"简"的一方,但王锡爵并不觉得他们的价值因此而减弱,反而因"醇"而较史与班固更胜一筹。可以发现,荆石是在经的立场上展开论述,这与弇州截然异趣;他将经与古史分离,也与丰坊经史合一的持论有着难以逾越的鸿沟。

回到朱荃宰裁剪之后的文本,会发现他将这些互斥的议论重新编排起来,实在颇有一番深意。《文通》的转抄仅限于王锡爵讨论史汉优劣的文字,却将含有两重指向的总论一并挪用,不难发现,"史之不能为经"与"固之不能为迁"都开始脱离了原本的议论语境,倒与前文缝合丰、王言论的过渡语"史与经异"形成某种照应。围绕经与古史的讨论本已结束,但借由王锡爵的议论又将焦点引向经史关系,足

① 王锡爵《王文肃公文集》卷三《万历癸酉顺天策问》,沈乃文主编《明别集丛刊》第三辑第 63 册,黄山书社,2013 年,第 89 页。

见朱荃宰对此话题的敏感程度。在这里，朱荃宰也不再关注王锡爵原本看重的史料丰盈程度等面向，而是用经史差异来解释《史》《汉》高下。王锡爵表述的“醇驳论”已然衍生出新的义理指向，而这完全是基于朱荃宰对各种言论的整合重组。后文朱氏遍引《山堂考索》《丹铅总录》等书，指摘班固以下诸史的驳杂疏失，如《宋书》“失于限断，好为奇说，多诬前代”；《南齐书》“喜自驰骋，《天文》但记灾祥，《州郡》不著户口，《祥瑞》多载图谶，更改破析，刻雕藻绘，而其文益下”[①]等，似乎也与这种“醇驳论”存有内在关联。

可以发现，《评史》篇拼凑诸家，达成一种奇妙的调和论，这种调和论的核心在于经史职能的区别，史并非完全是经的附庸，但以史衡经亦绝无可能。输出这种知识观念有赖于丰坊、王世贞与王锡爵等众多议论，但朱荃宰在重组各种文本时，没有拘限于作者原本的观点，而是将它们熔铸在自己设定的思想框架中。这种调和论逗引出朱荃宰独具特色的“文源说”，即区隔经与史的法则，并将之共同汇入文章写作的纲领当中。这种主张在“文本于经”“六经皆史”等观念此起彼伏的明代学术文化语境下，有其独特的价值所在。在此理路的指引下，《文通》固然几乎通篇转引《史通》中的成文，但朱荃宰似乎仍有意在刘知几确立的“史法”外，寻觅一种价值不同且渊源更广的“文法”。

当“文”需要履行的职能基本确定之后，“文”的创作技法也就依序展开。在“文源论”确定后，《文通》卷四至卷十九收录典谟以降的各类文体，卷二十至卷三十则收录“正名”“题命”等具体的文章法度与规范。这些内容，从转录的文字来看，基本构成了“史”之法则与“经”之法则的搭配。如《文通》卷二十三《载言》篇，首段抄用《史通·载言》篇文本，自“载言之文有答问”以下三则，则以《文则》配录。[②]《文则》的引文多以

---

① 朱荃宰《文通》卷二，《四库全书存目丛书》集部第418册，齐鲁书社，1997年，第380页。

② 朱荃宰《文通》卷二十三，《四库全书存目丛书》集部第418册，齐鲁书社，1997年，第599—600页。

《乐记》《诗》等经学典籍举证，朱荃宰也就借此说明，某些主题本就是经、史为文之法的共同体现。

四、结语

朱荃宰以经史并重，作为“文”之渊源，并不是全新的论断。但本文关注的话题在于，朱氏是如何通过材料的择取与裁剪，完成文本制作，以汇编文话的著述形式，形成知识的呈现与输出。《文通》以“渊源经史”作为“文源论”的理论表述，背后要在“文本于经”“文以载道”以及“天地间无非史”“六经皆史”等众多通行理论话语中进行调协与博弈。学界普遍将转引或利用《史通》《文心雕龙》等原始文本视作《文通》呈现知识的方式，但实际上，这不过是最简单明了的手段，如何在类似的材料中挑选最合适的文本、如何将诸家论说拼接调和，或许才是朱氏汇编时最费心力的内容。“渊源经史”的“文源论”是朱荃宰编订《文通》时的核心要旨，他在整合资料时也尤其慎重。本文试图以此为切口，揭开《文通》文本生成的冰山一角，这种知识生产模式或许学理性不强，因为他往往是在知识的基础之上生产知识，但至少也足以说明，朱荃宰编订《文通》不是一味地机械劳动。诸如郁达夫所谓的“亦只摭拾百家”，恐怕并非对朱氏的“同情之理解”。

（复旦大学古籍整理研究所）

儒者·文人·遗民

——金泽荣文章学的三个面相

蔡德龙

内容摘要：韩末古文家金泽荣，因其集儒者、文人、遗民三者于一体的特殊身份，又有身处中、韩两国文坛的丰富经历，使其文章学呈现出别具一格的复杂面相。作为儒者、理学家，他辑录孔子论文之语，建构起“孔子文章学”，力倡“文与道一”，以之回击韩国理学家较为普遍的重道轻文观念；作为文人，他以正、伪二分法观照中国古文历史，指出当时中、韩两国古文创作均处于“伪”的历史时期，他有“救一代文弊”的强烈使命感；作为遗民，他在流亡中国后积极整理韩国文人别集、编选《丽韩十家文钞》，但在“存故国文献”的用心之外，亦有着与中国文坛争胜的微旨。金泽荣的文章学深刻体现出中韩两国近代文化的交融关系。

关键词：金泽荣；朝鲜王朝；孔子文章学；救弊；《丽韩十家文钞》

Confucianism, Literati and Adherents: Three Perspectives of Jin Zerong's Prose Theory

Cai De-long

Abstract: Jin Zerong, an ancient writer at the end of the Joseon Dynasty, has a unique and complex aspect of his prose theory because of his special identity of integrating Confucianism, literati and adherents, as well as his rich experience in the literary circles of China and Joseon Dynasty. As a neo Confucianist, he compiled the language of Confucius' papers, constructed "Confucius' prose study" and vigorously advocated "the unity of literature and Taoism", so as to fight back the relatively common concept of emphasizing Taoism and neglecting literature of the Joseon Dynasty Neo Confucianists. As a literati, he looked at the history of Chinese ancient prose with the dichotomy of positive and false, and pointed out that the creation of Chinese and the Joseon Dynasty ancient prose at that time was in the historical period of "false", and he had the strong ability of "saving the disadvantages of a generation of literature" Strong sense of mission. As a remnant, he actively collated the anthologies of the Joseon Dynasty literaties and compiled *Selected Works of Ten Ancient Writers in Korea* after his exile in China, but he also had the delicate idea of competing with the Chinese literary world in addition to the purpose of "preserving the documents of his motherland". His prose theory reflected the blending of Chinese and Korean cultures in modern times.

Keywords: Jin Zerong; Joseon Dynasty; Confucius' prose study; remedy disadvantages; *Selected Works of Ten Ancient Writers in Korea*

金泽荣(1850—1927),字于霖,号沧江、韶濩生等,韩国[①]著名古

① 朝鲜王朝,因国君李姓,又称李朝。后于1897年改国号为大韩帝国,可简称为韩国,与后来的大韩民国有别。本文在总体指称时用"朝鲜王朝""李朝""半岛",特指国号更改之后的历史时,用"韩国"。

文家、诗人、史学家。光绪三十一年(1905),即《日韩议定书》签订的次年,金泽荣流亡中国,在故人张謇的帮助下,卜居江苏南通。民国元年(1912),金泽荣加入中国国籍,成为中国近代著名的朝鲜族作家。对金泽荣的研究,目前主要集中于综合研究①、中韩文化交流②及诗学研究③诸方面,而对其以之扬名的文章学则少有论及。金泽荣作为韩末古文四大家之一,古文成就更被当代学者视为"燕岩以后第一人"。④ 他集儒者、文人、遗民三者于一体的复杂身份,该兼中、韩的跨国视域,使其文章学呈现出别具一格的面相,成为中韩近代文坛上的特殊存在,对思考东亚汉文学背景下中韩文学关系亦有参考意义。

一、"文与道一":儒者金泽荣的"孔子文章学"建构

作为理学家的金泽荣,其文章学观念自然以"理"为根本:"夫所谓文章者,简而言之则不过曰文理。"文体、文法等形而下之事,"皆不能不资乎理,如鱼之不能不资乎水"。这些均是常见的儒家文论,不足为奇。金泽荣将文章学源头追溯至孔子,进而建构起文章学体系:"天下古今之言文章者,莫详于孔子。"⑤儒者根据自己的需求,会将孔子装扮成不同的形象,本是经学史上的常事。周予同指出,"今文学以孔子为政治家","古文学以孔子为史学家","宋学以孔子为哲学家"。⑥ 周氏未指出的是,在深于文学的"文儒"眼中,孔子还是文学家

---

① 吴允熙著,李顺连译《沧江金泽荣研究》,华中师范大学出版社,2002 年;羽离子《朝鲜族文学家金泽荣简论》,《民族文学研究》2004 年第 2 期。

② 邹振环《金泽荣与近代中韩文化交流》,北京大学韩国学研究中心编《韩国学论文集(第 8 辑)》,民族出版社,2000 年,第 235—247 页。

③ 黄伟、董芬《金泽荣诗学渊源论略》,《民族文学研究》2014 年第 3 期。

④ 权五惇《对于近朝汉文学的考察》,韩国延世大学编《人文科学》第 5 集,1960 年,第 49 页。

⑤ 金泽荣《答人论古文书 丙辰》,《韶濩堂集》,韩国民族文化推进会编《影印标点韩国文集丛刊》第 347 册,民族文化推进会,2005 年,第 237a 页。下引《韶濩堂集》均为此版本。

⑥ 皮锡瑞著,周予同注《经学历史》,中华书局,2004 年,第 3 页。

的鼻祖。不过，前人论孔子文学，多就某一点来阐发，如清儒阮元以《文言》为据，推导出骈文为文章正宗；而金泽荣则是较为系统地建构起孔子文章学：即他通过集中阐释孔子“文”论的方式，构建起孔子文章学观念，这主要体现在撰写于 1918 年的《书深斋文稿后》一文。《论语・子罕》有“文王既没，文不在兹乎”，金氏阐释为：“所以言道非文莫形，而文与道一也。”《左传》襄公二十五年有“言之无文，行而不远”，金氏解释为：“所以言文不醇雅，则不能感动人心。”《论语・卫灵公》有“辞达而已矣”，金氏解释为：“所以言文能畅达胸中之所欲言，则不必更求他也。”《论语・宪问》中有裨谌草创、世叔讨论数语，金氏解释为：“所以言文不用工，则不能精也。”[①]他在《杂言》中换种说法称：“文字之道无限，故不能无修改。”[②]据他的建构，孔子文章学的主要内容包括：孔子本人“文与道一”，集儒学与文学之祖为一；孔子重文章，善于修改文章，目的是使文章更为醇雅；修改文章离不开修辞，理学家也应重辞章之学。“言之无文，行而不远”一语，阮元《文言说》据之推出“修词以达远”，而金泽荣却从中推出“醇雅”，表现出理学家本色。

金泽荣站在儒学本位，将孔子塑造为“文与道一”的典范，与韩国重道轻文的风气有关。在《书深斋文稿后》文末，金氏特别强调此文的撰作目的之一正是“告吾故邦讲学之诸君子”。理学在朝鲜王朝影响甚大，程颐“作文害道”之说影响很广，彼时多有重道轻文者。以李朝著名哲学家、实学派集大成者丁若镛（1762—1836）为例，丁氏明确提出：“文章之学，吾道之巨害也。”将文章学推向与理学水火不容的对立面。丁氏甚至认为文章学对理学之害，“将有甚乎杨、墨、老、佛”。在他看来，古文宗匠韩、柳、欧、苏四家的序记诸文，“率皆华而无实……内之不可以修身而事亲，外之不可以致君而牧民”，正因其“不可以为天下国家”，故判定其“为吾道之蟊贼”。丁若镛认为文章

---

① 金泽荣《书深斋文稿后 戊午》，《韶濩堂集》，第 297a 页。

② 金泽荣《杂言三》，《韶濩堂集》，第 318c 页。

学与儒学背离，“岂圣人之所取哉”。[①] 这也是朝鲜儒者较为普遍的文章学态度。即便是宣称“载道”的文章，在理学家眼中也不值一哂，李朝末期重要理学家金平默(1819—1891)便讥讽“韩、欧之主于文章而边头带些义理”。[②] 对此，金泽荣釜底抽薪，从《左传》《论语》等典籍中，广泛辑录孔子语录，通过自己的阐释，将文统与道统均追溯至孔子一人。既然孔子是“文与道一”的第一人，则后世儒者自应追步孔子，文、道不可偏废。

在建构起孔子文章学后，他回视故国并指出：“吾故邦近世之慕朱子者，不能深察其实。但见朱子一时讥文章家尚浮华遗夫道者，而遂以文章为污秽物之可避者，一切抹杀而唾骂之。”金泽荣以孔子文章学为准则，审视东国理学家，认为理学家之文既以“昏浊俚腐”不值一提，其“道”便颇值得怀疑，其自得的性命之说便也是昏聩之言：“夫以孔子所言文章之源委推之，文而至于不精、不达、不醇雅，则是谓知之不明矣。知既不明，则其于道也差之毫厘。”[③]理学强调“格物致知”，金氏指出，文章学也应是“格物致知”的内容之一：“夫文章一事，自道而观之，要未免为小技耳。然即此小者不能好，大者何能好？小者不能知，大者何能知？”他又从《论语》中找到“博学于文、约之以礼”与“下学而上达”二语，认为达“道”既然需要“博学”，“则《诗》《书》六艺之类皆其物”；既然需要“下学”，则“将无所不学也”，是孔子教人由小及大、由文及道之途径。经过他的论证，文、道不仅并不相悖，且“文”成为通向“道”的必然之途，“若犹不通于一辞一艺之末，而遽议于高大微眇之门，是何异舍梯而欲登楼哉”！[④] 文章学可以从儒学视域得到理解，其地位自然得到极大提高。

---

① 丁若镛《五学论》三，《定本与犹堂全书》之《文集》卷十一，茶山学术文化财团，2013年，第299—301页。

② 金平默《答徐汝心 己巳》，《重庵先生文集》卷十一，《影印标点韩国文集丛刊》第319册，第222d页。

③ 金泽荣《书深斋文稿后 戊午》，《韶濩堂集》，第297c页。

④ 金泽荣《方山书寮记 庚寅》，《韶濩堂集》，第275d页。

金泽荣欣赏的古文家，如方孝孺、归有光等，多是文与道一者。他又非常推崇司马迁《史记》，虽然班固曾指责司马迁“是非颇缪于圣人”，但在金泽荣的话语系统中，司马迁成为“外黄老而内孔子，退奇行而进正道”的表率。金泽荣认为，从家世履历来看，司马迁“生于黄老学者之家”，却能“弃父训而去师孔子”，对孔子“赞之以至圣，尊之以世家”，司马迁又“与董仲舒雁行立，同时而作其私淑弟子，以继孟子之风流焉”。从《史记》对历史人物的取舍来看，《史记》七十列传之首为《伯夷列传》，叙写有“让国”美德的伯夷、叔齐，却不为同样有“让国”之举的许由作传。金泽荣认为，原因在于伯夷是“孔子序列古之仁圣贤人”，而许由之事不见载于六经，不为孔子所道，只记载于《庄子》等书中，“盖出于黄老家之荒唐寓言”。西汉之世尊尚黄老，彼时对于许由之事，天下传诵甚盛，司马迁却“如酷吏之断狱”，“不为之眩焉”，故《史记》叙伯夷而退许由。这种“考信于六艺，折中于孔子”的编纂理念，使得司马迁也成为金泽荣眼中的“文与道一”的典范：“夫子长之自视，不止于一文人耳。”①

金泽荣既从儒家经典出发，力申文与道一之说，为文章学正名；且更进一步，以文论经，从文章学视域解读经典。如评论《大学》：“‘君子先慎乎德’以下三节，连下‘是故’二字，真非今人情量之所及也。盖此法自先秦多有之，止于史公，而班固不能尔，况又益后于固者乎！”②对朱子也从文章角度论述：“朱晦庵文，学韩愈而别为平正精密之文。”③古典文章学向有“文本于经”的传统，主张文章创作向经书学习。宋以后，以文论经、将经书视为文章之风渐兴，尤以明清为炽。明代孙月峰、清初范泰恒等皆是以文论经的重要人物。如范泰恒宣称：“《五经》《三传》《周官》《四书》，皆妙文也。”④举凡儒家经典，在清代几乎都被从文章学角度研究过，诸如《尚书论文》《礼记论文》《周官

---

① 金泽荣《题李凤朝〈伯夷列传批评〉后》，《韶濩堂集》，第 498a 页。

② 金泽荣《杂言四》，《韶濩堂集》，第 321c 页。

③ 金泽荣《杂言六》，《韶濩堂集》，第 323b 页。

④ 范泰恒《书〈战国策选本〉》，《燕川集》卷十二，清嘉庆十四年（1809）重刊本。

论文》《大学论文》《中庸论文》《孟子论文》等著述层出不穷。将经书视为普通文章,这在儒学信仰深入人心的朝鲜王朝,是不可想象的贬低经典之举。

因为有着变更国籍的特殊经历,金泽荣见识到了与故国不同的学风、文风,《与曹仲谨书》云:"及至中国,目见学士之风气,宽大活泼,自得为功。自孔孟以外,种种弹驳,以为之常。"清代汉学繁荣,在韩人看来不可怀疑的经书,清人都加以考证、辨伪。在比较中、韩学风之后,金泽荣认识到"本邦论议之狭隘",于是其平日对经书的一二疑惑处,"始乃稍稍敢肆"。对理学正宗朱子也敢于怀疑,称:"吾道譬之佛家,孔子,佛也。颜、曾、思、孟,菩萨也。程、朱,祖师也。祖师之言,岂能尽合于佛旨,而无一二少差乎?"被韩国学界公认为"盛水不漏"的朱子《中庸注》,金氏也敢于指出"其可疑者有二"。对儒家经书从文章学角度展开论述,这对身兼理学家与古文名家双重身份于一体的金泽荣而言,无疑非常从容。开阔视野后的金泽荣,自述其心境为"如阱中之囚兔,一朝脱阱"[①],于此可见一斑。

二、"居一代而救一代之弊":文人金泽荣的文学使命

作为韩末古文四大家之一,古文家是金泽荣借以名世的重要身份。也因其古文成就,他在中、韩两国广结文缘。于韩国文坛,他与朴天游、李宁斋、李修堂、朴壶山、黄梅泉、徐顺之、河叔亨等为文字知己。在中国,则与俞樾、张謇、严复、屠寄、梁启超等文坛名流皆有广泛交往。[②] 金泽荣更偏爱用"文人"一词来界定自己的这重身份,在他的话语系统中,"文人"是与"诗人"相对的概念,专指古文作者。他继承明清以来文学观念[③],认为文难而诗易:"知诗易,知文难。能诗易,

① 金泽荣《与曹仲谨书 丙辰》,《韶濩堂集》,第 237b 页。

② 参见庄安正《金泽荣与近代南通文人群体交往考评》,《南通大学学报(社会科学版)》2005 年第 6 期。据此文统计,与金泽荣交往的南通本地文人便有 71 位之多。

③ 参见何诗海《明清时期诗文难易之辨》,《文学遗产》2017 年第 3 期。

能文难。”进而认为：“故古今来诗人多而文人少。”[①]在其心中，做“文人”是要重于做“诗人”的。这既是因文与道有密切关联，也是缘于金泽荣对古文艺术要难于诗歌的笃信。“文人”身份使其常脱离道的视角而仅以文来评论古人。归有光是金氏推崇备至的古文家，曾国藩曾指责归有光“未臻于经学之深厚”，对此，金泽荣提出：“居一代而救一代之弊。”他强调一代文人有一代的使命，归有光处于“秦汉伪体虎啸天下”之时，归氏反之以正轨，时出神味，已属难得，不必苛求：“夫经学、文章，分而为二已久，涤生何乃必以经学绳文人。”[②]这里，“文人”与儒者有别，文人不需将“道”置于第一位。

作为文人，金泽荣根据自己的理解，将古典文章学的机要，总结为体、法、妙、气四字。文体、文法、文气三者，是论文者常谈的话头，“妙”字则较为特殊。“妙”是对“法”的突破和消解，可以理解为圆机活法。将“妙”字特别拈出，这是鉴于历代文人仿古成伪的教训。据金泽荣的解释，实现活法而妙，文气自然充盈。不过，气有正、戾之别，清、浊二种，这源于他的理气观：“理固善，气亦本善。理与气其初为一物，才有是气，则便有是理依之。然理无不善，而气或善或不善。”[③]做到法与妙二者，可出现正气、清气，反之，则为浊气、戾气。充盈正气、清气的古文正典与充盈着戾气、浊气的伪古文，正是他观照中国古文史的进路。明以降，文人多在学秦汉与学唐宋之间斟酌，前后七子宗秦汉，茅坤等唐宋派宗八家。清代桐城派上接唐宋八家文统，晚清文家又有向秦汉转型的新风。金泽荣则破除秦汉、唐宋的门户壁垒，只从正、伪入手来梳理古文史，无疑是一重要突破。

这里，需要对金泽荣与归有光的关系稍作辨析。金泽荣在文集中多次表达对归有光的敬仰，且朋友、弟子也多以“震川之子”“与归震川相近”誉之。再加上归、金二人都欣赏《史记》，凡此，均使得金泽

① 金泽荣《杂言九》，《韶濩堂集》，第 324d 页。

② 金泽荣《杂言三》，《韶濩堂集》，第 318d 页。

③ 金泽荣《气本善说 丙辰》，《韶濩堂集》，第 314b 页。

荣与归有光的关系引人瞩目，有学者将其文章理念直接溯源至归有光。[①] 不过，推绎金氏文集，金泽荣虽对归有光多次致意，但二人文章学观念仍有差异，将金泽荣文章学直接溯源于归有光并不确切。归有光是"由韩、柳、欧、苏沿洄以溯秦汉者"[②]，是基于唐宋派的立场而适当兼容秦汉派理念，仍不出秦汉、唐宋的老路。金泽荣则是先立出古文正典，顺源而下，将古文史分为正、伪二流，正者气清、法妙；伪者气浊、无法。二人取径有本质不同。

如前所述，在文章学理论上，金泽荣追溯至孔子。同样，在文章典范的定型上，他仍将孔子视作奠基性人物："古之文章，始于《尚书》《周易》者，灏灏然、噩噩然，幽矣。孔子作，变而甘之，盖亦顺夫天地风气自然之理也。"[③]金泽荣提出了一组对待性概念"甘"与"苦"来统摄古文历史，"甘"指的是文从字顺，大致对应的是清气、正体。孔子文章是变"苦"为"甘"。孔子以后的古文史，孟子、司马迁、韩愈直至明代方孝孺、归有光，是金泽荣树立的文家典范。诸家皆善学，能学孔子之"甘"而加以发展变化。"苦"则是对艰涩沉滞、佶屈聱牙的形容。最早的"苦"文，是《尚书》《易经》："《书》《易》之文苦，孔子之文甘。"[④]《尚书》《易经》因其时代久远，难免涩滞。自孔子起，文章开始平易自然。此后的文家若再为苦涩之体，弃"甘"而从"苦"，便是违背孔子文章学初衷，所作便是伪体、浊气。他指出"设心作意、强生其字、强险其句"的伪古文，是"苦"涩之体，如"李梦阳，李于鳞辈狂惑之文"，便"不得为有气"，此处意指"不得有正气"；"孔、孟、太史、韩、苏文从字顺之文"即"甘"体，"为有气"。

正与伪，甘与苦，清与浊，是从不同角度而言，其实一也，是金泽荣对古文历史大的类分。以往多将学秦汉视为伪体，金泽荣认为，伪

① 文基连《归有光与金泽荣的文学思想比较》，《韩国学论文集（第8辑）》，民族出版社，2000年，第248—261页。

② 《四库全书总目》卷一七二，中华书局，1965年，第1511页。

③ 金泽荣《苦行读书楼记 丙寅》，《韶濩堂集》，第509a—509b页。

④ 金泽荣《杂言四》，《韶濩堂集》，第321a页。

体的形成，既可能是学秦汉而成，学唐宋同样可成伪体："在朱明氏以下之世，而为之文者，吾知之矣。有曰吾为先秦者矣，徐而察之则非也，'苦'焉已；有曰吾为司马迁者矣，徐而察之则非也，'狂'焉已；有曰吾为韩愈者矣，徐而察之则非也，'拗'焉已；有曰吾为苏轼者矣，徐而察之则非也，'粗'焉已。"[①]明代复古文学思潮高涨，但复古时流于伪。金泽荣认为，无论是学秦汉还是学唐宋，皆有不善学而流于伪者。他举明七子为例说："秦汉以上之文，其神天然，其气沛然。王、李诸人学之，不得其神而只效一毛，不得其气而只为拳踢。"[②]秦汉之气，王、李不传，原因在于王、李七子将秦汉的"甘"体学成了"苦"。不过，需要指出的是，虽然金泽荣痛批前后七子为代表的明代复古派学古成伪，但与清文相比，金泽荣则视清文较明文尤弱："明代之文，元气尚盛，如方正学、归太仆之伦，皆无愧为韩、苏之后劲。至清则气遂大萎。"[③]他认为明代尚有方孝孺、归有光等正气、清气即"元气"的遗存，而清代包括桐城派在内元气丧失、浊气横肆，故而清文不足论。其文章学上的尊明贬清论，导源于其对明清两代的不同政治立场。

元、清为少数民族统治时期，深受理学思想影响的朝鲜士人，不免有夷夏之防的传统观念。在正统儒者金泽荣眼里："政令风气皆柔弱，而文章亦从而弱，元、清是也。"[④]意思是说，异族统治，则"正气不足"而风气柔弱，直接导致文章无气而弱。明朝曾在日本侵朝时驰援朝鲜，金泽荣对此牢记在心："往在朱明万历，强者尝欲灭敝邦以图辽沈。明遣将援之，以折其势。"[⑤]这段历史使得朝鲜王朝对明朝存有恩同再造的感激之情。[⑥] 明清易代，造成朝鲜士人的极大痛苦。金泽荣便认为，辛亥革命对于张謇而言，是"得伸前明顾炎武、魏叔子诸遗老

---

① 金泽荣《重编燕岩集序 甲寅》，《韶濩堂集》，第257d页。

② 金泽荣《杂言三》，《韶濩堂集》，第320a页。

③ 金泽荣《杂言十》，《韶濩堂集》，第459b页。

④ 金泽荣《杂言十》，《韶濩堂集》，第459a—459b页。

⑤ 金泽荣《拟陈情书 庚申》，《韶濩堂集》，第238a页。

⑥ 参见孙卫国《大明旗号与小中华意识》，商务印书馆，2007年，第20—98页。

以来二百六十余年所未伸之冤"。[①] 金泽荣虽在1905年便流亡中国，但直到清帝逊位、民国成立后才加入中国国籍，其对于清朝的态度也可见一斑。这种政治立场影响到其文章学观念，如清初的古文名家侯方域，为文重"气"，自称："文之所贵者，气也。"[②]金泽荣认为他是明文遗响而非清文代表，将其归属于明文历史："侯壮悔之文，其辩不穷，奇气横逸，如千里驹之就途。虽其名在于清文人之班，而其生长在于明时，则乃明之余气也。"他对清文评价颇低，总的评价便是认为清文无气，"至清则气遂大萎"，"及前清之世，文气大凋"：

> 方、姚氏既去，其气尤衰。其稍杰者，潜窃诸子文体之"苦"以自鸣而欺人曰："尔欲为文，宜去尔顾眄，去尔机轴，去尔神味声彩，以从吾之枯槁淡泊者。"于是乎后生少年之无才者，乐其简便而胥趋之。高者假伪而抚剑疾视，下者怯懦而艰涩。不中轨、不成章，如嚼木柹与蜡，而无可以究问也。噫！夫所谓顾眄也、机轴也、神也、味也、声也、彩也，即彼所以入"甘"之法，而今也一切以去之，则其亦于何乎据其法、得其"甘"、以追孔子之文之原本哉？[③]

金泽荣以为，方苞、姚鼐尚可以"言有序"之文法立足，清季则气体尤衰，放弃文法、神味等"入甘之法"，转而向周秦诸子学成"假伪""艰涩"之"苦"体，是对孔子文章正源的背离，无法"追孔子之文之原本"。比金泽荣年岁稍晚的王葆心(1867—1944)指出，清末兴起龚自珍、魏源为代表的取法诸子之风："其得力在雄奇，其弊在纵荡而无藩篱。"[④]这种风气等而下者，沦为专门选古字、僻典以行文，影响及于金泽荣当下："近日中州之文运衰甚。后生少年见人文有引用诸子、《文

① 金泽荣《啬翁六十后寿序 壬子》，《韶濩堂集》，第254a页。

② 侯方域《答孙生书》，《壮悔堂文集》卷三，《续修四库全书》第1405册，上海古籍出版社，2002年，第649页。

③ 金泽荣《苦行读书楼记 丙寅》，《韶濩堂集》，第509b—509c页。

④ 王葆心《古文辞通义》卷十三，王水照编《历代文话》第8册，复旦大学出版社，2007年，第7739页。

选》等书中僻典生字者，辄惊慕之，哗然谓为文豪。此诚可悯，古文岂止于僻典生字哉！”他以“气”之有无为标准，即是以“甘”为准则，审视自孔子以来文章史，直到当下。面对当时后生少年乐于选择便捷的“苦”涩之体，感慨“夫所谓文气者，岂减字截句为勾为棘之所得致者哉”。①

金泽荣面对当下伪体之弊，直呼：“欲以救一代之文弊！”使其文章批评具备现实关怀，而不只是对古文历史的简单梳理。他建构起以孔子为典范、其后正伪分流的古文历史，现实目的即在于正本清源，为当下伪体辨明正身。这种无清气内存的“苦”体、“涩”体还影响到其故邦韩国，金氏中国友人江谦即指出：“韩之学自中国，而其学之久而失实，全国之士敝敝于文艺，又与中国同。”②在当时的韩国，出现了如“卞生”那样仰慕中国伪诸子文体的青年人，这让身在中国的金泽荣颇为故国文风忧虑，故而专门给韩国青年修书，告知中国当下文弊，已离孔子开示的文章传统愈远，“恐足下未识中州近事”③，告诫韩国文人勿以之为宝。金氏感慨：“自世道之漓，而文字先坏。前辈风流，日以邈然。”④对于当时的中、韩而言，均是“世道益变”的时代，韩国“谚字蟹文，盛行于世”，中国也“苦”体横行，艰文涩句流行。身为韩国古文大家，后又属中国文坛，金泽荣树立典型与揭橥文弊并存的批评方式及其“欲以救一代之文弊”的呼喊，体现出其试图干预中韩文坛、以正去伪的文人使命感。

三、“存故国文献”：遗民金泽荣与韩国古文史的整理

自称“亡国之余、贱秽之品”的金泽荣，在江苏南通濠河边僦屋而

① 金泽荣《杂言十》，《韶濩堂集》，第459b页。

② 江谦《韩烈士黄梅泉诗文序》，《阳复斋文集》，上海道德书局民国铅印本，第138页。

③ 金泽荣《答河叔亨牍》，《韶濩堂集》，第498c页。

④ 金泽荣《送洪林堂承学归堤川序 甲辰》，《韶濩堂集》，第250a页。

居后，时刻不忘以遗民身份自省，他感慨古时遗民之志的坚韧，以申包胥、魏叔子之志激励自己，“二人之成败不同，而其志意之皎然则均也”，期望能有所作为。然而对于文人而言，复国乏术，他只得寄希望于张察、张謇兄弟：“使他日一当天下之责而出其手焉，则东事之幸。”[①]他又曾代韩国流亡政府撰写致中国政府的《陈情书》，力申唇亡齿寒之理，祈求北洋政府“与敝邦同心同力以图强”。这些努力虽没有下文，但寄予着作为遗民的金泽荣报国的拳拳之心。

其他途径报国无望，金泽荣的“文人之用”最终还是落实在对韩国历史的撰写与典籍的整理上。移居中国后，迎来了他整理韩国文化事业的黄金期。经张謇安排，金泽荣在南通翰墨林印书局工作。利用这一便利条件，他在中国整理、出版的韩国文献多达45种。[②]他在前代史书的基础上，编纂、修订并出版了《韩国历代小史》《校正三国史记》《新高丽史》等多种国史。而在对韩国文献的整理上，金泽荣更是耗费大量心血。他认为亡国之后，只能以文献为故国招魂。在为故友李建昌《明美堂集》所作序中说：“自古人国未尝不亡，而于亡之中有不尽亡者，其文献也。”[③]东国文人李箕绍曾希望金氏“记其所号省庵”以自传，金氏借此论道：“夫人之所赖以传者，非君国耶？生也其名传于朝报，没也其功传于竹帛，皆因君国而有也。呜呼！今我韩之君国安在哉？夫其失于君国如此，则惟道德与文章，可以自传。”[④]亦是以文传史之意。金泽荣的文学文献整理工作具体可分为别集整理和总集选编两种。

其一，整理出版韩国文士别集并作传记。金泽荣于南通先后编纂、出版的韩国诗文集有十余种[⑤]，他整理、出版的文集作者或是古文

---

① 金泽荣《僦屋记 乙巳》，《韶濩堂集》，第283b—283c页。

② 邹振环《金泽荣与近代中韩文化交流》，《韩国学论文集(第8辑)》，民族出版社，2000年，第240—241页。

③ 金泽荣《明美堂集序 丁巳》，韶濩堂集》，第261d页。

④ 金泽荣《省庵记 癸丑》，《韶濩堂集》，第285a—285b页。

⑤ 杨昭全《朝鲜著名汉诗人金泽荣在华之文化业绩》，《中国—朝鲜·韩国文化交流史(Ⅳ)》，昆仑出版社，2004年，第1465—1467页。

名家，或是爱国义士，金泽荣同时为其撰写传记，使得其文可传、其人可知。1910年8月，《日韩合并条约》签订，日本正式吞并韩国。次月，与金氏同列古文四大家的黄玹绝食不成，继而服药以殉国，遗言愿请好友金泽荣为其整理文集。金泽荣不负所托，为其整理遗集《梅泉集》，并于中韩两国宣传黄氏气节，为其广求序跋。今黄玹《梅泉集》前有张謇弟子江谦序文、韩国朴文镐《梅泉黄公墓表》、集后有中国郝尔泰《题梅泉集后》、黄开基后序等文，皆是应金泽荣之请而撰。《梅泉集》前又有金泽荣亲自撰写的《黄玹传》《黄梅泉先生像赞》二文。《黄玹传》中记黄玹临死情形云："因笑曰：'死其不易乎！'当饮药时，离口者三。"[①]感染力极强。金泽荣又在此传中，著出同一时期先后殉国的其他义士名姓："凡韩亡时，与玹先后立节者，又有锦山郡守洪范植、判书金奭镇，参判李晚焘、张泰秀，正言郑在楗、承旨李载允、议官宋益勉、监役金智洙，武人全州郑东植、儒生连山李学纯、全义吴刚杓、洪州李根周、泰仁金永相、公州赵章夏及宦者潘姓等凡十余人。"为一人作传而带出诸多义士，使得此文也具备了义士类传的性质。

再比如对朴趾源《燕岩集》的出版和重新整理。朴趾源（号燕岩）是韩国著名的实学思想家，也是金泽荣非常崇敬的古文大家，金泽荣认为其文章达到了韩愈的水平："朴燕岩文，置之昌黎集中，往往几不可辨。"在金泽荣看来，韩愈古文具有"将学其奇崛则常患乎力疲，将学其平易则又患乎辞俚"的特点，韩文不易学，故朴趾源所作绝少，"此其所以不能多作也"。金泽荣不满于前人以只言片语为宝的编辑思想，重新整理《燕岩集》，"既删减为原续二集，后又合二集为一，而再删为七卷"，"以见其文之愈少愈贵者"。[②] 他又作有《朴燕岩先生传》，评朴趾源之文与其实学思想。传中特意拈出"集中论事之大者四"，即《许生传》《车制说》《北学议序》《庶孽疏通疏》，因朴氏这四篇

---

① 金泽荣《黄玹传 壬子》，《韶濩堂集》，第341a页。

② 金泽荣《重编燕岩集序 甲寅》，《韶濩堂集》，第258c页。

文章论及兵农钱谷等国之大事，“皆见斥于当年而有验于今日”，故金泽荣特别拈出，其编选的经世意图颇为明显。

其二，编纂刊刻《丽韩十家文钞》。通过编选故国文选以存史，是《中州集》《列朝诗集》以来的传统，深受中国文化影响的金泽荣对此了然于胸。他选高丽之金富轼、李齐贤，韩之张维、李植、金昌协、朴趾源、洪奭周、金迈淳、李建昌，共九家之文，编成《丽韩九家文选》。后来王性淳对此书稍作增损，增以金泽荣之文，成《丽韩十家文钞》。王性淳，字原初，是金泽荣的晚辈，对金氏素所仰慕。受金泽荣影响，王性淳亦有流亡中国的打算，后因父老而作罢。他与金泽荣志同道合，均有强烈的保存故国文献意识，曾劝金泽荣修《高丽史》，自己则“刊朝鲜五贤及丽韩十家之文，以存故国文献”。王性淳去世后，金泽荣以自己的声望邀请韩国古文名家曹兢燮为王氏《尤雅堂稿》作序，自己则亲撰《王原初小传》《故韩弘文馆侍讲王君墓志铭》，又在江苏南通刊印出版《丽韩十家文钞》。

《丽韩十家文钞》本意在于“存故国文献”，金氏南通弟子费师洪明悉其师编纂用心，在跋语中结合此意安慰其师云：“自古以来，人国之盛衰兴亡，与其文章相为表里。彼九家之文，际其国之王盛，而与之俱盛者，固其宜也。若金先生，则当今日之衰亡，而其所为文，不与之俱往，雄豪磊落，有百折不折之气，何耶？或者天将复兴其国，而以其文为之示兆耶。”[①]经张謇绍介，梁启超欣然为《丽韩十家文钞》作序。在梁启超看来，《丽韩十家文钞》虽选文不多，但据之“其士夫所蕴蓄、所宗尚、所贻播，盖略可见也”。在序中，梁启超提出亡国与否视“国民性”而定：“夫国之存亡，非谓夫社稷宗庙之兴废也，非谓夫正朔服色之存替也，盖有所谓国民性者。”梁启超认为，一国国民受之于祖先而区别于他国者是为“国民性”，并将文学作为传递国民性的载体，极大地提高了文学地位：“以何道而嗣续，以何道而传播，以何道而发扬，则文学实传其薪火。”此序为《丽韩十家文钞》保存故韩文化

---

① 费师洪《丽韩十家文钞》跋，翰墨林印书局1921年重刊本。

的用心作了理论上的阐发，梁启超还根据此理论，以《丽韩十家文钞》为例，论证文人、遗民对于故国亦有报效之途，非谓“无用”：“然则金、王二君之志事，于是乎可敬。而十家文之钞辑，于是乎非无用矣。”[①]梁启超的序文对于遗民金泽荣而言，无疑是极大的激励，进一步肯定了此书以文存史的功用。

《丽韩十家文钞》虽是为存韩国文献而编，但因出于古文大家金泽荣之手，其作为古文选本的性质便也很突出。中韩两国皆有人将其与《唐宋八大家文钞》相比。王性淳说：“茅鹿门特表八家，后人无异议。今此十家者，在东国亦可谓增一近滥，损一有憾。与唐宋八家并传而无愧者也。”[②]王氏将其视作韩国版的《唐宋八大家文钞》，认为二书可以分别作为中、韩古文选本的经典而并传。南通孙廷阶同样认为此书有“唐宋八大家之遗味”。[③] 能得到如此高的评价，既因为金泽荣是韩末有数的古文大家，与同时代的古文家有广泛交往，也缘于他对本国古文历史的深入研究。他善于从宏观总结、梳理古文历史，曾比较丽、韩两朝之文学特点，认为韩之古文以丽朝为基础而盛：“高丽之诗、词、骈俪、章、疏，皆胜于韩朝。惟韩、欧古文之体，至其末季始出，故韩人受而昌之尔。”[④]除了宏观论述，他对文家也有具体的研究，在《杂言》中对入选《丽韩十家文钞》的文家多有评论，如评金富轼、李建昌：“金文烈之文，能朴古能雄厚，似不读《战国策》《史记》以下之文者。李益斋始创韩、欧古文之体而精雅矣，然以其创也，故时或有似诗人之文者。”[⑤]明清以来，以叙事、议论二分法来观照古文成为常态，受此影响，金泽荣也从叙事、议论角度考量历代古文，他认为朝鲜王朝以前之文，以记事见长，朝鲜王朝则以议论文为优。正是基于对本国古文历史宏观把握与微观研究的基础上，才有《丽韩十家文

① 梁启超《丽韩十家文钞》序，翰墨林印书局 1921 年重刊本。
② 王性淳《丽韩十家文钞》序，翰墨林印书局 1921 年重刊本。
③ 孙廷阶《丽韩十家文钞》跋，翰墨林印书局 1921 年重刊本。
④ 金泽荣《杂言十》，《韶濩堂集》，第 459c 页。
⑤ 金泽荣《杂言十》，《韶濩堂集》，第 459d 页。

钞》的问世，而他在作于1912年的《杂言四》中，对本国古文历史如数家珍。他陈述《文钞》选择文家的缘由，指出金富轼撰写《三国史》，有西汉文风，在骈体流行的高丽朝最为特出，据此，金泽荣将其推为高丽第一："高丽文之杰作，当以金文烈公温达传为第一。"[①]丽朝末世，李齐贤首倡唐宋古文，作有《高丽史》，亦得以入选《丽韩十家文钞》。值得注意的是，金泽荣对理学名家李穑（号牧隐）的评价。李穑在朝鲜影响很大，此前的韩国文集《东文集成》中，他是高丽朝的唯一入选者。金泽荣则打破历来对李穑的崇拜，认为其文"多杂注疏语录之气"，揭橥其文粗鄙之弊："牧隐之诗文，健之中有粗病，而文尤甚。而后人为其大名所眩，妄认粗为古。"[②]既将其视为朝鲜二百余年文弊的根源，自然将其摒弃于《文钞》之外。在金泽荣的论述中，通过朝鲜王朝张维（号溪谷）、李植（号泽堂）、金昌协（号农岩）等人的努力，最终在朴趾源之手，古文完全脱离发端于李穑的肤率、俚俗之弊，一归于雅。

经过金泽荣的建构，整个李朝的古文历史，就是在受李穑影响、继而脱离并自铸伟辞的逻辑中展开的。朴趾源成为变革李穑文风之后李朝新的高峰，这也是金泽荣多次出版、后又重新整理朴趾源文集的重要原因。朴趾源是其树立的朝鲜李朝古文家的典型，金氏撰《朴燕岩先生传》推其为"本邦第一名家"，"杰然睥睨于千载之上，而为东邦诸家之所未有"。金泽荣甚至隐然有以朴趾源与中国争胜之意，他认为明清古文多伪，而朴氏学秦汉则成秦汉，学唐宋则成唐宋，非中国文人学古不化者可比。对此，他以传统的"文随世降"之说来解释："文章之气，即天地之气也。天地之气以代而降，人之才亦随以降。""中国之文字，其来也远，故至明清则气已破碎矣。东邦之文字，其来也近，故在先生之时，其气尚犹有朴厚全完者存焉。"[③]金泽荣还在与晚清名家严复的交流中重申此意："严几道见余所选《丽韩九家文》，

---

① 金泽荣《杂言四》，《韶濩堂集》，第322a页。

② 金泽荣《杂言十》，《韶濩堂集》，第459d页。

③ 金泽荣《重编燕岩集序 甲寅》，《韶濩堂集》，第258b页。

曰：'贵国之文，甚有奇气，有时往往出敝国今人上。'余曰：'譬之于物，多用者敝，少用者完，中国文字，开辟久远而用多，故自厚而入于薄。敝邦文字，开辟较晚而用少，故尚或有厚者耶。'几道辄诩为精辟。"[①]借助严复的赞赏，再次流露出与中国文学争胜之意。

结语

金泽荣与中国文学文化的关系，深刻体现出中国与朝鲜半岛交流内涵的变化。两国早期的交流，以中国对半岛的理学、文学等观念的单方面输入为主。直到李朝末期，半岛的学风仍是在传统的理学风气下运行。由于清代汉学、今文经学等学术的交替兴盛，中韩之间学风、文风已有很大差异。金泽荣到中国后，诧异于清人质疑程朱、以文论经等风气。他建构自己属意的中韩两国文统，欲救中韩两国文坛之弊，体现着半岛学者、文人逐步增强的文化自信，内中蕴含着"东亚视野"和"并世意识"。[②] 中韩文化在大的汉文化圈里呈现出合中有分的特点。进入近代以后，面对外来殖民者的入侵，同属传统社会的中韩两国有着相似的命运，渐渐出现由分再到合的状态。文化上的同宗同源，使得不做亡国奴的金泽荣选择流亡中国，视中韩命运为一体；在辛亥革命后为中国欢欣鼓舞并加入中国国籍，"生于韩，老于中国"正源于他对中国文化的高度认同。在"天下古今之变，其亦异矣哉"[③]的大变局时代，金泽荣其人其学深刻地体现出进入近代以后中韩两国命运交融与共的特点。

（安徽师范大学文学院）

① 金泽荣《杂言三》，《韶濩堂集》，第 320b 页。

② 参见张伯伟《书籍环流与东亚诗学——以〈清脾录〉为例》，《中国社会科学》2014 年第 2 期。

③ 金泽荣《万国地志序 辛丑》，《韶濩堂集》，第 247d 页。

日本江户时期汉诗创作范式的嬗变*

张　波

内容摘要：日本汉诗深受中国诗歌的影响。江户时期汉诗创作学习的范式先后经历学明诗、学宋诗、学清及兼综各代的演变。江户中期享保以来，蘐园诗社众人和木门弟子倡导学明诗，以李攀龙、王世贞等明七子为榜样，汉诗创作模拟唐诗。江户后期宽政以降，江湖诗社诸子提倡学宋诗，标举苏轼、欧阳修，反对模拟，主张书写真实的日常生活。江户晚期，广濑淡窗等人提出学清诗，进而主张兼学历代之诗，汉诗创作多元师法。每一次转变，都受学术思潮的影响，都体现了新的唐诗观念。

关键词：江户时期；汉诗；唐诗学

* 本文系国家社科基金一般项目“日本唐诗学研究”(18BZW045)阶段性成果。

The Transformation of the Paradigm of Chinese Poetry Creation During the Edo Period in Japan

Zhang Bo

Abstract: Japanese Chinese poetry is deeply influenced by Chinese poetry, and its creation is also based on Chinese poetry as a regular script. The paradigm of learning and creating Chinese poetry during the Edo period has evolved from learning Ming poetry, learning Song poetry, learning Qing poetry, and poetry from various dynasties. Since the mid Edo period, the members of the Xuanyuan Poetry Society and the disciples of the Mumen sect have advocated learning Ming poetry, using Li Panlong, Wang Shizhen, and other Ming seven sons as role models to create Chinese poetry that imitates Tang poetry. In the late Edo period, after leniency, the disciples of the Jianghu Poetry Society advocated learning Song poetry, praising Su Shi and Ouyang Xiu, opposing simulation, and advocating the writing of real daily life. In the late Edo period, Hirose Tanzo and others proposed learning Qing poetry and advocated learning from poetry from various dynasties, with a diverse approach to Chinese poetry creation. Every transformation is influenced by academic trends and reflects a new concept of Tang poetry.

Keywords: Edo period; Chinese poetry; Tang Poetics

江户中期著名的汉学家江村北海在《日本诗史》中言道:“夫诗,汉土声也,我邦人不学诗则已,苟学之也,不能不承顺汉土也。”①揭示出日本人学习和创作汉诗不得不师法中国诗歌的事实。江户后期汉

① 江村北海《日本诗史》卷四,池田四郎次郎编《日本诗话丛书》第1卷,凤出版,昭和四十七年(1972),第272页。

学家赖支峰又言道："国朝近古学诗者，前明后宋及清。"[①]指出江户时期日本汉诗创作学习的范式经历学明诗、学宋诗、学清诗的演变。本文拟以日本江户时期汉诗为研究对象，考察这一时期汉诗创作以哪些诗歌为范式、主要的倡导者及其群体、嬗变的过程及原因，揭示中国诗歌对江户汉诗创作所产生的影响。

一、以明诗为学唐的梯航

江户后期汉学家赖山阳在论及江户汉诗流变时道："自享保、正德，诸大家辈出，大抵本嘉、万七子而模拟唐贤。"[②]友野霞舟又言："延至元禄、享保，作者林立，就中木门、蘐社之徒最盛。"[③]江户中期效法明七子模拟唐诗的群体，主要是荻生徂徕、服部南郭、太宰春台等为代表的蘐园诗社诸子和室鸠巢、新井白石、祇园南海等木门弟子。

蘐园诸子和木门弟子推崇唐诗，如蘐园诗派开山之祖荻生徂徕所言："古诗以汉魏为至，近体以开天为至。"[④]视盛唐诗为近体诗的巅峰和典范，奠定了蘐园派复古崇唐的基本诗学论调。徂徕门徒服部南郭亦称："后世诗至唐极矣，故知者不创物，述之守之。"[⑤]认为诗至唐到达巅峰，智者当祖述唐诗，谨守其则。木门弟子室鸠巢言道："唐兴而李杜王孟之徒出，一洗六朝余习，古风大振。至今学诗者，莫不学唐诗。"[⑥]充分肯定李白等诗家变革六朝、振兴古风的功绩，指出当世诗坛普遍学唐诗的事实。鸠巢还进一步赞赏唐诗："黜浮华，崇理

---

① 赖山阳《唐绝新选》卷尾赖支峰跋，天保甲寅(1844)新镌本，跋第 1a 页。

② 赖山阳《茶山先生形状》，富士川英郎等编《诗集・日本汉诗》第 9 卷，汲古书院，1985 年，第 300 页。

③ 友野霞舟《熙朝诗荟》卷首自序，池田四郎次郎编《日本诗话丛书》第 8 卷，凤出版，昭和四十七年(1972)，第 306 页。

④ 荻生徂徕《徂徕集》卷十九《题诗学三种合刻首》，王焱编《日本汉文学百家集》第 117 册，北京燕山出版社，2019 年，第 164 页。

⑤ 服部南郭《南郭先生文集初编》卷七《唐后诗序》，王焱编《日本汉文学百家集》第 136 册，北京燕山出版社，2019 年，第 489 页。

⑥ 室鸠巢《骏台杂话》卷五《诗文の品评》，宽延三年(1750)刊本，第 13a 页。

致，激颓风，而归之于正。兼之结撰之富，体制之备，洋洋乎成一代风谣，追及汉魏以上，与之比隆，可谓盛矣。”[①]由上可见，蘐园诸子和木门弟子均膜拜唐诗，倡导学唐诗。

至于如何学唐诗，徂徕向初学者传授道：“欲学唐人诗，便当以唐诗语分类抄出……别贮筐中，不得混杂。欲作一语，取诸其筐中，无则已，不得更向他处搜究。如此日久，自然相似。”[②]主张将唐诗中的语词分类抄出，贮藏于筐中，想要作诗之时再取出对照，非唐人诗歌中使用过的语词则一概不用。认为如此年深日久的练习，所作之诗自然近似唐诗。从徂徕的作品中，也可看出他所用的语词多来自于唐诗，如其《山居秋暝》：

> 独坐空山曲，西风桂树秋。千峰开返照，一叶舞寒流。
> 鸟雀喧樵径，猿猱挐钓舟。惯玩秋月好，出户且迟留。

不仅题目照搬王维诗，且步韵其作。诗中“独坐”“空山”等语词也都是唐人习用的。

与徂徕只强调袭用唐诗语词不同，木门学派的著名汉学家新井白石倡言：

> 于唐诗只管读初唐、盛唐诸体之诗，暗诵默记，仔细体味，则己之所言自然相似，句调能移。[③]

默诵熟记初盛唐诗，细细揣摩体悟语词格调及其背后的情感。只有这样才能写出与唐诗相似的作品。说得直接些，就是：“平生若能唐诗满腹，流露性情之时，通过胸中唐诗流出，其诗总觉有唐诗风味。”[④]他现存的汉诗，确如其所言，从化用唐诗语句到模仿其意味，痕

---

① 室鸠巢《后编鸠巢先生文集》卷十六《题杜律新注书后》，宝历十三年(1763)刊本，第4a—4b页。

② 荻生徂徕《徂徕集》卷十九《译文筌蹄题言十则》，王焱编《日本汉文学百家集》第117册，北京燕山出版社，2019年，第151页。

③ 新井白石《新井白石全集》卷六《室新诗评》，明治四十年(1907)刊本，第669—675页。

④ 新井白石《白石先生诗范》，池田四郎次郎编《日本诗话丛书》第1卷，凤出版，昭和四十七年(1972)，第40页。

迹明显。如《送人之长安》：

红亭绿酒画桥西，柳色青青送马蹄。君到长安花自老，青山一路杜鹃啼。

江村北海评价此诗时指出："四句中，二句全用唐诗。"[①]"柳色青青送马蹄"化用刘长卿《送李判官之润州行营》"草色青青送马蹄"，"青山一路杜鹃啼"源自李华《春行寄兴》"春山一路鸟空啼"，诗意也有唐诗风味。

综之，以荻生徂徕为代表的蘐园诸子和以新井白石为代表木门弟子在汉诗创作中倡导和践行模拟唐诗字句及风味。

然在模拟唐诗的过程中，遇到两大难题：其一，作为学习模板的唐诗数量过少，如徂徕感慨道："但唐诗苦少。"[②]南郭同样言道："只是唐诗数量有限。"[③]其实二人所谓唐诗数量少，并不是说唐人所创作的诗歌数量少，而是普通人能阅读到的唐诗少且风格单一。当时人们阅读和了解唐诗，主要通过中国传入的唐诗选本这一途径，而彼时诗坛最流行的唐诗选本是明代李攀龙的《唐诗选》，如赖山阳所言："辑唐诗者数十家，而行于此间者于鳞为最，三家村亦藏历下之选，人人诵习。"[④]故他们所喟叹的唐诗数量少，实际上是针对《唐诗选》所录唐诗数量少风格窄而言，如徂徕所称："予间者又为髦生苦《唐诗选》大寥寥，不足以广其思。"[⑤]《唐诗选》录唐诗465首，主要选录明代"后七子"所谓"高格逸调"之诗，数量不多，风格单一。其二，唐诗的妙处可以意会，但难以捕捉，无由模习。祇园南海说："汉唐之诗，难学难

---

① 江村北海《日本诗史》，池田四郎次郎编《日本诗话丛书》第1卷，凤出版，昭和四十七年(1972)，第255页。

② 荻生徂徕《徂徕集》卷十九《译文筌蹄题言十则》，王焱编《日本汉文学百家集》第117册，北京燕山出版社，2019年，第152页。

③ 服部南郭《南郭先生灯下书》，池田四郎次郎编《日本诗话丛书》第1卷，凤出版，昭和四十七年(1972)，第65页。

④ 赖山阳《唐绝新选》例言第二则，天保甲寅(1844)新镌本，例言第1a页。

⑤ 荻生徂徕《徂徕集》卷二十一《与县次公(第三书)》，王焱编《日本汉文学百家集》第117册，北京燕山出版社，2019年，第243页。

解，……然学诗者，初读汉唐之诗，犹梦中听钧天乐，非不知其音之灵妙，但其茫然不能识灵妙之所在耳。”①不知道唐诗好在何处，自然无法去模习。

针对上述问题，汉学家们积极寻找补救的办法。荻生徂徕言：“当补以明李于鳞、王元美等七才子诗，此自唐诗正脉。”②认为李攀龙、王世贞等明七子诗是唐诗承传之正宗，主张通过明七子之诗来补充唐诗。在此观点主导下，他收集明人诗集，尤其是李攀龙、王世贞二人之诗，编纂而成《唐后诗》，以接续《唐诗选》。《唐后诗》共选明诗1431首，选诗数量上数倍于《唐诗选》，蔚为壮观。太宰春台也曾指出：“明人之诗，其多数倍唐人。”③明诗无论是总量，还是各种体裁和各类题材的诗歌数量都远超唐人，以此接补唐诗，即可解决《唐诗选》选唐诗数量不足且风格单一的问题。而在祇园南海看来，解决唐诗难学难解问题的有效途径，也是先读明诗：“明人之诗，易学易解……不如先读明诗之易成功耳。”④在学诗途径上，蘐园派的林东暝也曾就学唐与学明的难易程度发表过看法：

> 唐多大家，明多名家。唐得即景造意，明得用事三昧。故因唐学唐，则虽如易入，其蔽也，放纵浅俗。因明学唐，则虽如难入，自然明密高妙。而其觉唐易入，明难入者，学力未至也。其实则明易入、唐难入矣。⑤

在林东暝看来，唐诗和明诗有内在关联，但艺术手法各有侧重，一为

---

① 祇园南海《明诗俚评》卷首自叙，赵季、叶言材、刘畅辑校《日本汉诗话集成》第12册，中华书局，2020年，第5280页。

② 荻生徂徕《徂徕集》卷十九《译文筌蹄言十则》，王焱编《日本汉文学百家集》第117册，北京燕山出版社，2019年，第152页。

③ 太宰春台《诗论》，池田四郎次郎编《日本诗话丛书》第4卷，凤出版，昭和四十七年(1972)，第293页。

④ 祇园南海《明诗俚评》卷首自叙，赵季、叶言材、刘畅辑校《日本汉诗话集成》第12册，中华书局，2020年，第5280页。

⑤ 林东溟《诸体诗则》，池田四郎次郎编《日本诗话丛书》第9卷，凤出版，昭和四十七年(1972)，第181页。

借景达意，一为用典寓意。因此在学诗途径选择上，直接学唐诗更难，因为容易导致放纵浅俗，不如通过学明诗来习得唐诗，反而可达到明密高妙的境界。

总之，学明诗成为蘐园诸子和木门弟子解决唐诗数量少和不易学这两大难题的方案。

然唐诗之后还有宋诗，从“得用事三昧”而言，宋诗更甚于明诗，为何明诗才是正脉？宋诗数量同样远超唐诗，为何不能以宋诗来补充唐诗？荻生徂徕认为根本原因是：“宋人始知学唐而唐益远，至于明人，则复古复唐。”①同样学唐，宋人为何反而离唐诗更远？荻生徂徕说道：

> 诗，情语也，文，意语也，所主殊也。诗原《三百篇》，《三百篇》首《风》，《风》首《关雎》。而其所言，不过夫妇间相思相慕之情，别无若干意思曲折。辟如春风吹物，草木烨然著花。方是时，黄鸟之声嘤嘤，虽极粗俗人莫有不爱听之者。而细绎其嘤嘤之声，又何有几多巧妙之意可说可言者哉？乃至鹦鹉、猩猩，则语语有意，声声有义，然终不能胜嘤嘤之声而上之也，此诗之所以主情而不与文章同科者尔。六朝至唐，皆其流风，独宋时学问大阐，人人皆尚聪明以自高，因厌主情者之似痴，遂更为伶俐语，虽诗实文也。②

指出诗是情语，文是意语，诗文有别，就诗而论，主情胜过主意。认为从六朝至唐，诗皆承续《诗经》所开创的主情传统，而宋代学问之风盛行，人人自矜学富才高，由主情转而主意，乃至以文为诗，突破了诗文间的界限，丢失了诗的本色，因此否定宋诗。又言：“苏公辈为其魁首，余波所及，明袁中郎、钱蒙叟以之，胡元瑞所谓诗之衰莫乎宋者是也。是又无它故也，主意故也。今观此方之诗，多类宋

---

① 荻生徂徕《徂徕集》卷十九《题诗学三种合刻首》，王焱编《日本汉文学百家集》第117册，北京燕山出版社，2019年，第164页。

② 荻生徂徕《徂徕集》卷二十五《答崎阳田边生》，王焱编《日本汉文学百家集》第117册，北京燕山出版社，2019年，第411页。

者，亦主意故也。”[①]指出宋代以文为诗以苏轼等人为首，流风日炽，直至晚明不绝如缕，越变越衰。其郑重告诫：“如其宋元及明袁中郎、徐文长、钟伯敬诸家，慎莫学其一语片言，此学诗第一要法。”[②]特别提醒不能学宋元及明袁宏道、徐渭和钟惺等人之诗，故唐诗正脉只能是明七子为代表的诗作。

荻生徂徕充分肯定后七子学唐诗的成就：“于鳞于盛唐诸家外别构高华一色，而终不离盛唐。……元美一身具四唐。”[③]李攀龙别具一格又不离盛唐，王世贞兼具四唐诗之特色。至于四唐诗的特色，徂徕曾言：“初唐雅艳典丽，气象超迈；盛则高华明亮，格调深远；中则潇洒清畅，兴趣悠婉；晚则奇刻工致，词藻精切。”[④]在与友人的书信中，荻生徂徕自述其《唐后诗》选取李攀龙、王世贞诗的标准也是“一取其合盛唐者”[⑤]。可见在徂徕看来，李、王二人诗都具有盛唐诗的特色，是盛唐诗的正脉，故徂徕指出学明七子诗是“能游泳夫开元、天宝之盛者”[⑥]的法门，也开辟了蘐园派由学明七子诗入手学盛唐诗的学唐路径。

徂徕关于唐明诗之间承传关系的看法还影响到他的徒子徒孙，他们继承并发展了徂徕的观点。如徂徕门人服部南郭的弟子原田东岳道：“明犹唐也，唐犹明也，而其间虽緜世浸远，治乱不同乎，方其调

---

① 荻生徂徕《徂徕集》卷二十五《答崎阳田边生》，王焱编《日本汉文学百家集》第117册，北京燕山出版社，2019年，第411页。

② 荻生徂徕《徂徕集》卷十九《译文筌蹄言十则》，王焱编《日本汉文学百家集》第117册，北京燕山出版社，2019年，第152页。

③ 荻生徂徕《徂徕集》卷十九《题唐后诗总论后》，王焱编《日本汉文学百家集》第117册，北京燕山出版社，2019年，第158页。

④ 荻生徂徕《唐诗训解序》，宝历元年(1751)翻刻明万历戊午(1618)居仁堂本，徂徕序第1a页。

⑤ 荻生徂徕《徂徕集》卷二十一《与县次公》，王焱编《日本汉文学百家集》第117册，北京燕山出版社，2019年，第243页。

⑥ 荻生徂徕《徂徕集》卷十九《题唐后诗总论后》，王焱编《日本汉文学百家集》第117册，北京燕山出版社，2019年，第164页。

相契，几如鲁卫之政，兄弟也。”[①]唐明格调相契，宛如兄弟。这一看法流延甚广。门人山县周南的弟子林东溟亦称：“唐明之狱不断者久矣，余尝断之以兄弟之间。”“效法于唐者，以唐兄从之也。”[②]在此基础上他发出“因明学唐，则自然至于盛唐”[③]的倡议，认为沿着明人学唐的足迹前行，就能自然而然地臻至盛唐诗之境。徂徕门徒大潮元皓的弟子高阶旸谷更直言：“苟志复古，自非明人为梯航，恶可乎？”[④]指出复古学唐只有以明诗为梯航才能实现。由上述可见，在徂徕的影响下，原田东岳、林东溟、高阶旸谷等蘐园派二三代传人继续揭示唐诗与明诗的关系，积极抬升明诗的地位，最终明确提出以明诗为学唐梯航的主张。

二、以宋诗纠明诗之弊

江户后期汉学家友野霞舟谓：“宽政以降，世崇宋调，诗风一变，赤羽余焰，几乎灭熄。”[⑤]指出宽政以来，举世崇宋，诗学风尚由学唐转学宋诗，蘐园派服部南郭等人掀起的学明诗的浪潮几近消歇。至于诗坛风尚是如何发生转变的？又有哪些人推动和促成了诗风的转变？赖山阳曾做出说明：“葛蠹庵一变之，六如师二变之，江湖社诸子更相标榜，海内喁然，非复旧习。”[⑥]指出葛饰蠹庵和释六如相继变革，抨击明诗，转而倡导宋诗，江湖诗社诸子摇旗呐喊，最终海内蔚然成风，诗坛风尚转变。

---

① 原田东岳《诗学新论》，池田四郎次郎编《日本诗话丛书》第3卷，凤出版，昭和四十七年(1972)，第266页。

② 林东溟《诸体诗则》，池田四郎次郎编《日本诗话丛书》第9卷，凤出版，昭和四十七年(1972)，第180—181页。

③ 林东溟《诸体诗则》，池田四郎次郎编《日本诗话丛书》第9卷，凤出版，昭和四十七年(1972)，第180页。

④ 东条琴台《先哲丛谈后编》卷五，群玉堂文政十二年(1829)新刻本，第16a页。

⑤ 友野霞舟《锦天山房诗话》，池田四郎次郎编《日本诗话丛书》第9卷，凤出版，昭和四十七年(1972)，第406页。

⑥ 赖山阳《茶山先生形状》，富士川英郎等编《诗集·日本汉诗》第9卷，汲古书院，1985年，第300页。

然葛饰蠹庵和释六如又为什么要变革诗风呢？事实上其真正原因，释六如给过解释："吾倡宋诗者，欲折明人之弊也。"[①]明人之弊在何处，江户后期汉学家皆川淇园在《淇园诗话》中也有具体的揭示：

> 明一代诗人务模拟于盛唐，而优孟竟与真叔敖不相近，盖风度虽类，而精神大远。明人志气轻佻，而语皆促迫；盛唐之人志气安舒，而语皆优柔。虽言时风不同，而要之，明人于唐人，失之皮相故也。[②]

如前所言，蘐园诸子主张由明入唐的逻辑起点是明七子派全面学唐，尤其是学盛唐。其流弊即是语言形式上模拟往往导致诗歌内在神情的缺失，皆川淇园发现了江户诗坛由明学唐的弊端，于是通过明诗与唐诗的比较，有意剥离明诗和唐诗的关联。稍晚的山本北山亦是如此，他指出："唐人诗不求于格律，而索于性灵精神。"[③]进而指责学唐之明诗代表李攀龙："于鳞不知求之于性灵，徒求似于辞句之际，所以学唐而愈远唐也。"[④]认为唐诗与明诗追求殊异，相去甚远。

在宋诗的倡导者看来，明人学唐和宋人学唐的根本区别在伪和真，如山本北山言：

> 作诗学唐者有真有伪，伪者字字句句模窃唐人，其诗譬之若啮糟，有酒臭无酒味，真者宋人取唐是也！凡唐诗可宗者，在其诗皆真，不模汉魏，不袭六朝，能自成一代之盛音也。故宋人不模唐不袭唐，皆别出机轴，虽或有类唐者，要之，弃其腐烂语，修吾清新辞。宋诗与唐抗衡，不居于雁行

---

① 释六如《葛原诗话后篇》卷首畑橘洲《葛原诗话后篇序》，池田四郎次郎编《日本诗话丛书》第5卷，凤出版，昭和四十七年(1972)，第3页。

② 皆川淇园《淇园诗话》，池田四郎次郎编《日本诗话丛书》第5卷，凤出版，昭和四十七年(1972)，第189页。

③ 山本北山《作诗志彀》，池田四郎次郎编《日本诗话丛书》第8卷，凤出版，昭和四十七年(1972)，第14—15页。

④ 山本北山《作诗志彀》，池田四郎次郎编《日本诗话丛书》第8卷，凤出版，昭和四十七年(1972)，第60页。

者，由能真而不伪也。[①]

认为明人学唐实际是伪学唐，仅得其皮毛，遗却其精髓；宋人学唐是真学唐，他们学到了唐人的求真创新精神，所以能自立门楣，终与唐诗比肩。在《孝经楼诗话》中他又直接将宋明学唐直接对比："宋之异乎唐，即真之唐，而明之似乎唐者，即不唐也。"[②]认为宋诗与唐诗相异而实得其真，明诗与唐诗近似而适得其反，这与蘐园派"宋人之诗取诸古唐，古唐而非也矣，明人之诗取诸古唐，古唐而是也"[③]的看法正好相反。在此基础上，北山索性发出"先投脚于宋，然后可能溯唐之真"[④]的倡议，即要先由学宋诗入手，然后才能习得真唐诗，也即是把宋诗作为学唐的正途。

在《新刻瀛奎律髓》序言中，北山又提醒道："至学宋者，亦宜取宋人所取唐，而使其诗真。"[⑤]指出学宋诗也当学其如何取法唐诗，从而写出真诗。指出苏轼和欧阳修就是榜样："宋东坡、六一不蹈袭唐人，才为真诗。"[⑥]又沿用袁宏道语：

> 至宋，东坡、欧阳大变旧习，于法无不取，于物无不收，于情无所不畅，于境无所不咏，滔滔莽莽若江河，今之人徒见其不法唐诗而薄黜，不知其所不法唐即出自唐。[⑦]

---

① 卷大任《宋百家绝句》卷首山本北山《宋百家绝句序》，文化十年(1813)万笈堂刻本，北山序第1a页。

② 山本北山《孝经楼诗话》，池田四郎次郎编《日本诗话丛书》第2卷，凤出版，昭和四十七年(1972)，第115页。

③ 服部南郭《南郭文集二编》卷八《题陈卧子明诗选首》，王焱编《日本汉文学百家集》第137册，北京燕山出版社，2019年，第314页。

④ 大窪诗佛《新刻瀛奎律髓》卷首山本北山序，文化五年(1808)平安植村新刻本，北山序第1a页。

⑤ 卷大任编《宋百家绝句》卷首山本北山《宋百家绝句序》，文化十年(1813)万笈堂刻本，北山序第1b页。

⑥ 山本北山《作诗志彀》，池田四郎次郎编《日本诗话丛书》第8卷，凤出版，昭和四十七年(1972)，第20页。

⑦ 山本北山《作诗志彀》，池田四郎次郎编《日本诗话丛书》第8卷，凤出版，昭和四十七年(1972)，第59页。

指出苏、欧之诗变更旧习，拓展题材，不受律法所束，实际上正得其精神所在。

苏轼、欧阳修等人“于法无不取，于物无不收，于情无所不畅，于境无所不咏”，即在诗歌法度、内容和题材、情感表达、境界上的开拓，将诗导向日常生活的书写，抒发日常生活中的真情实感。这也正是江湖诗社成员作诗的原则和方法，如大窪诗佛言：

> 应制、试帖，吾所不为，何则？身在江湖也。从军、塞下吾所不作，何则？时际升平也。夫教自修身始而充之天下，学诗亦尔。言其身分之中，无所不能，然后应制、从军从所遇，而皆不出于吾身分之外。故学诗，一求之目前，不必求之远。①

倡导诗歌创作描写自己日常生活中所见之景，不舍近求远去模拟脱离生活实际的场景。描写日常生活也成为江湖诗社成员诗歌的重要内容，如市河宽斋《幽居》诗：

> 半生乐事在园池，秋后逍遥兴独知。水冷寒塘鱼聚藻，日斜深树鸟争枝。炉香养了清凉味，壶酒钓来幽淡诗。闲散自欣深得所，苍颜四十未全衰。

描写幽居生活场景：观鱼看鸟、焚香养神、饮酒赋诗，表现诗人闲散自得、悠然自在的心绪。

宋诗的倡导者虽然批评伪唐诗，但不否定唐诗本身。比如市河宽斋反对徂徕一派模拟式的学唐皮相，并不否定唐诗的价值：

> 近有借明袁中郎诽议嘉靖七子之说，摈弃享保、元文间之诗人者，甚者闻有人不取唐诗。此非天下古今之公论，中郎之讥七子，不取其伪唐诗耳，而非云唐诗恶也。②

山本北山也称：“唐诗之妙不待言，而唐诗既为李献吉、李于鳞所剽

① 大窪诗佛《诗圣堂诗话》，池田四郎次郎编《日本诗话丛书》第 3 卷，凤出版，昭和四十七年(1972)，第 435 页。

② 市河宽斋《谈唐诗选》总论第二十九条，池田四郎次郎编《日本诗话丛书》第 2 卷，凤出版，昭和四十七年(1972)，第 158 页。

窃，……唐之字既属腐矣。”[①]认可唐诗。

从上述可以看出，蘐园诗派和江湖诗社都推崇唐诗，在崇唐学唐上没有分歧，争议焦点在于宋诗和明诗谁是唐诗的继承者，哪一种是学唐的正确途径和方式。因此从某种程度上来说，蘐园诗派和江湖诗社的明诗与宋诗之争实际上是学唐的方式方法之争。

三、由学清诗而至兼综历代

在江湖诗社诸子的鼓吹下，“都鄙才子，翕然知向宋诗”[②]，然随着学宋诗的深入，其弊端也逐渐显现。一方面沉溺于书写日常生活中的俗事和琐事，诗歌的语言也趋向日常化和通俗化，使得诗歌越来越平俗，如津阪东阳所批评：“此方近今诗人，舍唐而趋宋，变雅而就俗。”[③]菊池五山在《五山堂诗话》中也称：

> 宋诗失真，则画虎类狗，其言庸俗浅陋，与俳歌谚谣又何择焉？……故学宋诗，必须权衡，唯有才识可以揣度，不然，则鄙俚公行，几亡大雅，不如作伪唐诗之为犹愈也。[④]

他又认为宋诗失真且庸俗浅陋，风雅消亡，毒害比伪唐诗更甚，这是学诗者无才识造成的后果。与此同时，受到宋人求新尚奇、追求炼字炼句风气的影响，宋诗的鼓吹者在汉诗创作中也沾染了一味求新奇、刻意炼字的习气，如林苏坡批评道：“近人好用奇字，盖六如老衲为之张本，是学宋诗者之弊病。”[⑤]朝川善庵在《苏东坡诗钞序》中举例道：

① 山本北山《孝经楼诗话》，池田四郎次郎编《日本诗话丛书》第2卷，凤出版，昭和四十七年(1972)，第114页。

② 菊池五山《五山堂诗话》卷一，池田四郎次郎编《日本诗话丛书》第9卷，凤出版，昭和四十七年(1972)，第539页。

③ 津阪东阳《夜航诗话》卷四，池田四郎次郎编《日本诗话丛书》第2卷，凤出版，昭和四十七年(1972)，第491页。

④ 菊池五山《五山堂诗话》卷一，池田四郎次郎编《日本诗话丛书》第9卷，凤出版，昭和四十七年(1972)，第552—553页。

⑤ 林苏坡《梧窗诗话》卷一，池田四郎次郎编《日本诗话丛书》第10卷，凤出版，昭和四十七年(1972)，第373页。

“又学于宋者，鹓阁虬户，筱骖魄兔，强新奇其语，以雕刻取致。”[1]指出学宋诗者用词强作新奇，如变“凤阁”为“鹓阁”，“龙门”为“虬户”，“竹马”为“篠骖”，“月兔”为“魄兔”，雕琢过甚。汉学家们意识到由宋溯唐和因明学唐一样有弊端，都行不通，因此迫切需要找到一条新路径。

此外，江户晚期清诗大量传入，如朝川善庵称：“近刻清人诗集，舶到极多。”[2]使得人们耳目一新。通过对清诗的了解与研习，他们认为清诗就是他们要找的这条新路，于是主张以清诗为学唐之阶梯，倡导学清诗，代表人物是广濑淡窗。他明确指出“清人之诗为学唐诗之阶梯”[3]，至于个中原因，他说：

> 夫诗道盛于唐，后世虽有作者，不能胜而上之，是犹百世不毁之祖庙也。过此而往，次第祧之，清诗犹祢也。清诗新于立意，巧于用事，读之令人生趣向。故今人学诗，以唐为堂奥，清为阶梯，宋也元也明也，旁及而节取之，则庶几矣。[4]

首先，广濑淡窗认为诗盛于唐，后世诗人没有能胜过唐人的，后世之诗皆祖述唐诗，清诗也是学唐而来，是唐诗的后继者，这是以清诗为学唐之阶的基础。其次，清诗立意新，用事巧，读来令人心生向往，这是清诗的优点，也为以清诗为学唐之阶梯提供了可能性。最后，他主张学诗以唐诗为堂奥，以清诗为阶梯，兼取宋元明之诗。此外，广濑淡窗在《题新刻张船山诗后》中又说：“盖我之与清，时代相接，人情亦近，故发于言者，不期然而然也。”[5]指出他所身处的江户后期与清代

---

① 朝川善庵《乐我室遗稿》卷一《苏东坡诗钞序》，《崇文丛书》第 2 辑第 50 册，崇文院，昭和二至十年(1927—1935)，第 12a—12b 页。

② 朝川善庵《乐我室遗稿》卷二《清嘉录序》，《崇文丛书》第 2 辑第 51 册，崇文院，昭和二至十年(1927—1935)，第 8a 页。

③ 广濑淡窗《淡窗诗话》下卷，池田四郎次郎编《日本诗话丛书》第 4 卷，凤出版，昭和四十七年(1972)，第 256 页。

④ 广濑淡窗《淡窗小品》卷上《题新刻张船山诗后》，王焱编《日本汉文学百家集》第 252 册，北京燕山出版社，2019 年，第 264—265 页。

⑤ 广濑淡窗《淡窗小品》卷上《题新刻张船山诗后》，王焱编《日本汉文学百家集》第 252 册，北京燕山出版社，2019 年，第 264 页。

时代相接，人情相近，故所作之诗也多与清诗不谋而合，这也是淡窗倡导清诗的原因。

淡窗虽然以清诗为学唐阶梯，倡导学清诗，其实他的诗学观念极为开明，如上文其主张以唐诗为堂奥，以清诗为阶梯，兼取宋元明之诗。在《淡窗诗话》中他又强调："诗无唐宋明清。"[1]并解释道：

> 世人作诗，多区别唐宋，分党相攻，是明季别门户之恶习也。四代之诗，虽不相同，各有佳境，终从己之所好可也。故四代虽不无差别，不及取舍可否，以是云无唐宋明清也。[2]

反对将唐宋明清之诗分门别户，彼此攻击，互相排斥，显示出兼容唐宋明清等历代之诗的诗学观。他所推重的诗人也纵贯各个时代，如其所言："尝就其所好择十二名家，曰杜甫、李白、王维、韦应物、韩愈、柳宗元、苏轼、黄庭坚、杨万里、陆游、王士禛、张问陶。"[3]唐宋清三代的诗家皆有标举，显示出兼容开放的诗学理念。

广濑淡窗之外，持对历代诗学兼收并蓄观念的还有赖山阳、长野丰山、田能村竹田等人，如赖山阳言："近体自唐经宋元明清，莫不可学也。"[4]长野丰山云："余于诗无所偏好，唐宋元明诸家之诗，或雄浑，或飘逸，或巧致，凡足悦吾心者，无所不爱。"[5]田能村竹田云："其于诗亦然，无偏嗜，无私好。"[6]他也详列其所喜爱的诗人道：

> 李杜王苏钱刘元白韩柳亦无论也，孟贾之寒瘦亦悦焉，

① 广濑淡窗《淡窗诗话》下卷，池田四郎次郎编《日本诗话丛书》第4卷，凤出版，昭和四十七年(1972)，第258页。

② 广濑淡窗《淡窗诗话》上卷，池田四郎次郎编《日本诗话丛书》第4卷，凤出版，昭和四十七年(1972)，第246页。

③ 广濑淡窗著，日田郡教育会编《淡窗全集》上卷《六桥记闻》卷八，日田郡教育会，大正十五年(1926)，第86页。

④ 赖山阳著，赖山阳遗迹显彰会编《赖山阳全书》文集上卷《经说文话十则》，赖山阳遗迹显彰会，昭和六年至七年(1931—1932)，第666页。

⑤ 长野丰山《松阴快谈》，池田四郎次郎编《日本诗话丛书》第4卷，凤出版，昭和四十七年(1972)，第393页。

⑥ 田能村竹田《竹田庄诗话》卷首《题竹田庄诗话首》，池田四郎次郎编《日本诗话丛书》第5卷，凤出版，昭和四十七年(1972)，第563页。

温李之富秾亦悦焉，卢仝怪语，掎鬼捔神亦悦焉，韩偓艳辞，破篱决藩，暴露无讳亦悦焉。延及宋元，爱坡翁，爱翁之门四学士，爱圣俞，爱后山，爱范杨尤陆，爱赵吴兴，爱杨鉄崖。又至明清，信阳河北，沧溟弇州，竟陵公安以下，钱牧斋王阮亭，沈确士袁子才辈，无不兼爱并悦也。[①]

对上至盛唐，下及明清的诸多诗人都表达了喜爱之情，显示出折衷历代诗学，兼宗历代诗人的多元取向。

综之，江户晚期在学宋诗带来一系列弊病及清诗新传入的背景下，在充分认识到唐宋元明清等历代之诗的特色的基础上，诗学风尚再次发生转变，以广濑淡窗为代表的汉诗学家们的诗学观念朝着通脱、调和、折中、兼容的方向发展，形成了"夫诗一代有一代之风，一人有一人之体"[②]的诗学理念。

四、结语

日本江户时期汉诗创作范式从总体上来说大致经历三个阶段，元禄、享保以来，蘐园诗派和木门弟子推崇唐诗，认为明诗承继唐诗，倡导学习明诗，标举李攀龙、王世贞等明七子，汉诗创作效法明七子模拟唐诗。宽政以降，市河宽斋等江湖诗社诸子推举宋诗，否定明诗，抨击蘐园派，推重苏轼、欧阳修，倡导抒写真实的日常生活。江户晚期，诸家充分认识到学宋诗之弊，随着清诗的传入及对历代之诗的反思与重新认知，也吸收各家各派观点，折中论调兴起，不偏执于一朝一代一家，对唐宋明清等历代诗学及诗家兼收并蓄，多向师法。

无论是学明诗、宋诗，还是学清诗，都是学唐诗的途径、方式与阶梯，其逻辑依据都是宋元明清各代均由学唐诗而来，是唐诗的脉传。因此，即使江户晚期诗学走向调和折中，兼宗历代，唐诗依旧居于中

① 田能村竹田《竹田庄诗话》卷首《题竹田庄诗话首》，池田四郎次郎编《日本诗话丛书》第5卷，凤出版，昭和四十七年(1972)，第563—564页。

② 馆柳湾《中唐二十家绝句》卷首朝川善庵《中唐二十家绝句序》，文政七年(1824)刊本，善庵序第1a页。

心地位，如广濑淡窗所言："以唐诗为主，兼用宋明。"[①]从中可见出唐诗在江户时代汉诗学家心中至高无上的地位，只是在学唐的方式上存在不同的意见，选取了不同的路径。这是研究和审视江户汉诗的一个新的视角，对我们研究和揭示江户时代诗学状况有着重要的启示。

（上海师范大学唐诗学研究中心）

① 广濑淡窗《淡窗诗话》上卷，池田四郎次郎编《日本诗话丛书》第4卷，凤出版，昭和四十七年(1972)，第233页。

中国影响与朝鲜古代民族文学批评话语的建构

——以18—19世纪朝鲜“神境”论为中心*

张克军

内容摘要：在民族文学批评意识不断强化的背景下，随着对于民族文学特征认识的不断深化，以及中国文学批评理论不能完全适应朝鲜文学批评的实际，朝鲜古代文人在18—19世纪推出了具有鲜明民族特色的文学批评概念“神境”。“神境”论多指一种玄妙的文学状态，但有时也指文学创作所达到的审美境界，它在强调民族山水对于民族文学及其内在精神生成作用的基础上，重视“神”与“境”之间的相互关系，展现了朝鲜古代民族文学批评话语建构的努力。然而，“神境”论是在中国传统文学理论传统基础上生发起来的，具有明清文学理论影响的明显痕迹，并依然处于中国明清文学批评话语的范畴之内，甚至可以说是明清时期相关文学理论的域外变异。

* 基金项目：吉林省社会科学基金资助项目(2020B192)；国家社会科学基金资助项目(22BWW025)。

关键词：“神境”论；中国影响；朝鲜古代；民族文学批评话语

On the Construction of Critical Discourse of Ancient Korean National Literature Under the Influence of China: Centered on the Theory of "Spirit Realm" of Korea in the 18th-19th Century

Zhang Kejun

Abstract: Under the background of the continuous strengthened of the consciousness of national literary criticism, with the deepened of the understanding of the characteristics of national literature, and the theory of Chinese literary criticism could not fully adapt to the reality of Korean literary criticism, the ancient Korean literati put forward the concept of "Spirit Realm" in the 18th-19th century, which is a concept of literary criticism with distinctive national characteristics. The theory of "Spirit Realm" referred to a kind of mysterious literary state, but sometimes it also referred to the aesthetic state reached by literary creation, which emphasized the role of national landscape in the formation of national literature and its inner spirit, attached importance to the relationship between "Spirit" and "Realm", and showed the efforts of constructing the critical discourse of ancient Korean national literature. However, The theory of "Spirit Realm" is based on the traditional Chinese literary theory, which had the obvious trace of the influence of the literary theory of Ming and Qing Dynasties, and is still in the category of Chinese literary criticism discourse of Ming and Qing Dynasties, It is the foreign variation of the relevant literary theories in the Ming and Qing Dynasties.

Keywords: the theory of "Spirit Realm"; the influence of China; Ancient Korean; critical discourse of national literature

朝鲜古代文论是在中国影响下发生和发展起来的，但朝鲜古代文论家在接受中国传统文论的过程中，并不是对中国传统文论进行简单复制，而是在认识、解读和阐释中国文论的基础上，还会实现对于自我的言说，甚至会生成一些具有民族特征的批评概念。18—19世纪朝鲜半岛文坛上出现的“神境”论是在吸收中国古代文学批评理论营养基础上发展起来的，具有鲜明民族特色的批评概念，它一方面显示了朝鲜古代文学批评理论的内生性，另一方面也显示了中国古代文学批评理论域外影响的一般症候。然而，国内外学者还没有注意到这个文学批评概念，也没有相关的研究。本文将在梳理“神境”发生背景的基础上，探讨其主要内涵与特点，以及中国影响与朝鲜古代内生的民族文学批评概念之间的关系，进而在东亚古代文论的比较及中国古代文论的域外影响研究方面做一些有益的探索。

一、民族文学批评意识的发展与“神境”论发生的背景

自15世纪开始，朝鲜古代文人的文学批评意识已开始觉醒，并试图建构民族文学批评话语。著名文人徐居正（1420—1488）曾说：“我东方之文，非汉、唐之文，亦非宋、元之文，而乃我国之文也，宜与历代之文，并行于天地间，胡可泯焉而无传也哉。”[①]其后的柳梦寅（1559—1623）言曰：“近世空同、弇州矫唐宋而别骛多剽西汉之刍狗，其人与语，亦已朽矣。余之意，周情孔思，人皆有之，反而求之，可自得之。吾之文字，如梁如栋、如山如河，取诸心得，绰有余裕，何苦袭古人死语，以为学与文耶？”[②]柳梦寅本意是批评盛行于当时文坛的复古主义倾向，但是他也提出要作“吾之文字”，显然对于当时文人一味模仿和学习中国文学的状况很是不满。到了18世纪，朝鲜文人的民族文学批评意识进一步加强。李宜显（1669—1745）曾直言：“作文者

① 徐居正《东文选序》，《韩国文集丛刊》11册，首尔景仁文化社，1997年，第248页。

② 柳梦寅《赠乾凤寺僧信訚序》，《韩国文集丛刊》63册，首尔景仁文化社，1997年，第531页。

当以古人之体裁，作吾之文字，使人之观者知其为作文人之文，而俗下庸鄙之习则痛去之足矣，何必一一摹拟哉。近来公家文字，亦不必避而不用也。上自秦汉，下至韩欧，时俗例用之文字，皆不避焉，俱可检看也。”[①]李宜显在柳梦寅“吾之文字”的基础上进一步强调文章创作要不避“时俗文字”，其不仅具有一定的变革倾向[②]，还明显具有构建适合自己民族散文批评话语的意图。然而，李宜显并没有能够提出彰显民族特色的批评概念。稍后的朴趾源（1737—1805）的认识则显得更加清醒与深刻，他在《婴处稿序》中写道：“今懋官（李德懋）朝鲜人也。山川风气地异中华，言语谣俗世非汉唐，若乃效法于中华，袭体于汉唐，则吾徒见其法益高而意实卑，体益似而言益伪耳。”[③]朴趾源指出，朝鲜与中国不仅“山川风气”不同，“言语谣俗”也不一样，所以文学与文学批评不应只是一味地“效法”中国，否则就会出现“意卑”“言伪”的情况，即无法有效概括本民族文学的特征，以致言不达意，由此凸显了构建民族批评话语的重要性。

伴随着民族文学批评意识的发展，朝鲜朝中后期的文人越来越多地以民族文学批评视野看待本国文学及其所存在问题的独特性，甚至以之审视中国传入的很多文学批评概念。首先，18 世纪之后随着很多文人对于朝鲜文学发展状况认识的深化，一些不同于中国的文学现象或问题被不断指出和提及。例如朝鲜朝国王正祖李祘（1752—1800）认为：“近来诗文，皆促迫轻浮，绝无敦厚渊永之意。功令之作，尤违古道，笔法亦随而失真，几至于莫可救药。”[④]实学派文学家朴齐家（1750—1805）也说：“文章之弊，至于近日而极矣。浸淫于说经者，或认话头为古文；浮沉于功令者，第奉骈俪为关石，或空疏而

① 李宜显《陶峡丛说》，《韩国文集丛刊》181 册，首尔景仁文化社，1997 年，第 454 页。

② 张克军《韩愈散文在朝鲜古代的传播与经典化建构》，《东北师大学报（哲学社会科学版）》2023 年第 4 期，第 101—110 页。

③ 朴趾源《婴处稿序》，《韩国文集丛刊》252 册，首尔景仁文化社，1997 年，第 110 页。

④ 李祘《文学（四）》，《韩国文集丛刊》267 册，首尔景仁文化社，1997 年，第 206 页。

强为考证，或涉猎而昧于体裁，反复缠绵，载胥及溺。”[①]李祘和朴齐家都秉持传统的“载道”文学观，认为通俗文学的兴起严重地挤压了传统诗文的发展空间，但是他们并没有只是批评或打压通俗文学文体，还看到了本国传统文学本身存在的问题。在此基础上，李周冕(1795—1875)进一步言曰：“顾我东声音言语谣俗不同，反有难晓者……近世之以儒为名者，不务本实，专尚浮华。辄以异于众者，为新为奇，驰骛相高。文则曰祈华邹鲁，是陈谈也；笔则曰晋蜀颜柳，是死法也。举皆一变于所谓清体、翁体，上自辇毂，下及巷曲，靡然风从。”[②]李周冕不仅批评了当时文人“死学”中国文学的风气，还提倡创作符合“我东声音”的文学作品。其次，朝鲜朝中后期的很多文人发现了中国一些文学批评概念的不足及其对于民族文学批评的不适应性。例如，明代的“性灵”说在传入朝鲜半岛之后，曾经在文学批评中风行一时，但是朝鲜朝中后期的一些批评家对其却颇不以为然。李宜显曾说：“元人欲以华腴胜之，靡弱无力，愈离于古而莫可返。于是李、何诸子起而力振之，其意非不美矣。摹拟之甚，殆同优人假面，无复天真之可见。钟、谭辈厌其然，遂揭性灵二字以哗世率众，而尤怪僻鄙倍，无可言矣。”[③]金履万(1683—1758)亦批评袁宏道等人曰：“结撰则尚真率而遗典则；议论则多刻露而少浑厚。”[④]李宜显认为“性灵”说为哗众取宠之言，而金履万则认为袁宏道等人的批评话语“多刻露而少浑厚”。需要指出的是，朝鲜古代文人看似在批评袁宏道等人文学创作及其“性灵”之说，但是实际上针对的是其本国文人对于明朝文学及其批评话语的模拟之习。又如，对于在朝鲜朝中后期影响深

① 朴齐家《八子百选策》，《韩国文集丛刊》261 册，首尔景仁文化社，1997 年，第 631 页。

② 李周冕《答尹元一(咸善)》，《韩国文集丛刊续集》120 册，首尔景仁文化社，2001 年，第 648 页。

③ 李宜显《历代律选跋》，《韩国文集丛刊》181 册，首尔景仁文化社，1997 年，第 404 页。

④ 金履万《题袁中郎集后》，《韩国文集丛刊续集》65 册，首尔景仁文化社，2001 年，第 170 页。

远的茅坤的“风神”论，姜晋奎(1817—?)批评道：“大抵作文之法，闳深典雅者其本也，风神滋汁者其外也，二者俱不可偏废。然必有其本而后，形于外者愈益出色……今之所谓风神者，皆虚影也。所谓滋汁者，乃腐臭也。”①姜晋奎的批评比较激烈，认为当时散文批评中的所谓“风神”都是“虚影”和“腐臭”，但也说明当时滥用“风神”的情况很是严重，出现了“空洞化”的特征，已经无法完全适应当时文学批评的现实，甚至影响了当时文人对于民族文学发展和批评的认识。

一国文学发展过程中的独特现象与问题一定需要与之相适应的话语或概念才能进行有效的解释与批评。18世纪之后，民族文学批评意识的高涨及朝鲜文坛出现的问题迫使其文人不断探索适应民族文学的批评概念。柳得恭(1749—?)在《清脾录序》中曾言：“我东则栎翁之《稗说》，芝峰之《类说》，略见焉而无专编。吾友青庄氏之于诗，盖亦作之者也，既久涵演秾郁而后，又将说之，胜国至本朝五六百年之间，采为四编，含英佩茗，题品乎允。《沧浪》《苕溪》，又何足道哉。”②柳得恭明显有意拔高李德懋(1741—1793)诗话作品《清脾录》的成就与地位，甚至认为其超越了《沧浪诗话》和《苕溪渔隐丛话》，但是也可以看出作者对于构建本国批评话语的紧迫感。正是在这样的背景下，朝鲜古代文人发现了一个能彰显民族文学批评特色的概念——“神境”。

二、朝鲜古代“神境”论的发生及其中国渊源

中国古代诗文之中早有“神境”一词出现，例如江淹“炎耀仙都，崇丽神境”③，元稹“沉机造神境，不必悟楞伽”④，元代吴澄“夜堂月影

① 姜晋奎《居闲琐录》，《韩国文集丛刊续集》132册，首尔景仁文化社，2001年，第495页。

② 柳得恭《清脾录序》，《韩国文集丛刊》258册，首尔景仁文化社，1997年，第3页。

③ 江淹《为萧太傅让前部羽葆鼓吹表》，《影印文渊阁四库全书》1063册，台湾商务印书馆，1986年，第748页。

④ 元稹《酬乐天劝醉》，《影印文渊阁四库全书》1079册，台湾商务印书馆，1986年，第378页。

清,剧谈神境超"[①]等。其中,元稹诗中的"神境"化自于佛教用语[②],有玄妙境界之意;江淹与吴澄诗中的"神境"则主要用来夸赞景色的美丽,意指神仙之境。明末万时华(1588—1640)《诗经偶笺自引》中有:"夫古人之唱叹淫佚,神境超忽,而必欲硬提其字句以为纲,强疏其支派以为断,千年风雅,几为迂缀庸陋之书,嗟乎,弊又甚矣!"[③]但其中的"神境"是在经学的意义上来使用的。明末清初,金圣叹曾提出了"圣境""神境""化境"三境之说,但他所针对的是古典小说艺术所达到的不同水平、程度、境界,其中的"神境"是"心之所不至手亦至焉者",是有法之境、虚实相生之境,其所达成的层次低于作为小说审美理想存在的最高层次的"化境"。[④]

朝鲜古代的"神境"最初也用来夸赞自然风景之美,并说明了两国"神境"一词在语源上的相通性。例如卢禛(1518—1578)"岭之南山水之胜,甲于东方。其巍然高而秀者,头流为之最,气积而聚,屹为巨岳。故灵区神境,亦多有之"[⑤],郑惟一(1533—1576)"东韩自古称神境,莫羡天游泛八瀛"[⑥]等,都是以"神境"一词形容朝鲜半岛景色之美的程度。16 世纪末 17 世纪前期文人申钦(1566—1628)第一次将"神境"用于诗文批评之中,即在其诗话作品《晴窗软谈》中所言之"东坡诗文俱神境也"[⑦]。申钦非常推崇苏轼的诗文,并以之为典范来抨击时人的崇唐风气,他虽没有对"神境"的内涵进行具体解释,但是在

① 吴澄《次韵灵兴避暑》,《影印文渊阁四库全书》1197 册,台湾商务印书馆,1986 年,第 896 页。

② 佛教有六神通之说,即"天眼、天耳、他心、宿命、神境、漏尽",其神境即为神境通,又作身通、身如意通、神足通等,意指自由无碍、随心所欲现身之能力。

③ 万时华《诗经偶笺》,《续修四库全书》61 册,上海古籍出版社,2002 年,第 11—12 页。

④ 周淑婷《"圣境""神境""化境"——金圣叹小说叙事理论关键概念命题研究之三》,《河池学院学报》2020 年第 6 期,第 9—15 页。

⑤ 卢禛《游长水寺记》,《韩国文集丛刊》37 册,首尔景仁文化社,1997 年,第 288 页。

⑥ 郑惟一《东坡馆成(宪)韵》,《韩国文集丛刊》42 册,首尔景仁文化社,1997 年,第 182 页。

⑦ 申钦《晴窗软谈》,《韩国文集丛刊》72 册,首尔景仁文化社,1997 年,第 337 页。

这句话之后写道:“每咏其绝句:‘梨花淡白柳深青,柳絮飞时花满城。惆怅东栏一株雪,人生看得几清明。’其俛仰迁逝之意,寓于风花烟柳之间,可谓十分地位。其《过巫山用杜子美韵》曰:‘巴俗深留客,吴侬但忆归。直知难共语,不是故相违。东县闻铜臭,江陵换夹衣。丁宁巫峡雨,慎莫暗朝晖’,太逼杜家,苟非易牙之口,难辨其为淄为渑。”[①]在这里,申钦首先以苏轼的《东栏梨花》一诗说明其所谓“神境”就在于苏轼能将“俛仰迁逝之意,寓于风花烟柳之间”,即苏轼的诗句不仅实现了情景之间的有机交融,还渗透着深刻的生命体验与人生哲理意味。其后,申钦又以《戏题巫山县用杜子美韵》证明苏轼之诗并不逊于杜甫。从这个角度来说,申钦的“神境”颇近似于严羽的“入神”[②],但是这并不是说申钦的“神境”之说是“以禅喻诗”或来源于佛教用语[③],而是说他很可能受到了严羽“入神”之说的启发,进而生发出了文学批评的“神境”概念。

在申钦笔下,“神境”并没有表现出民族特征,且申钦之后的很长一段时间很少有文人以之批评诗文。直到 18 世纪后半期,特别是随着朝鲜朝文人民族文学批评意识的不断发展,及对“山川风气地异中华”认识的不断深化,“神境”开始较多出现在朝鲜古代诗文批评领域中,其民族特质也得到了明确彰显。同时很多文人还对其内涵、审美特质等进行深入阐释。

---

① 申钦《晴窗软谈》,《韩国文集丛刊》72 册,首尔景仁文化社,1997 年,第 337 页。

② 严羽《沧浪诗话》曰:“诗之极致有一,曰入神。诗而入神,至矣,尽矣,蔑以加矣,惟李杜得之,他人得之盖寡也。”(何文焕辑《历代诗话》下册,中华书局,1981 年,687 页)严羽的《沧浪诗话》在朝鲜半岛 16 世纪至 17 世纪的很长一段时间内都非常盛行,影响很大,不少论文进行了相关研究。

③ 申钦对佛教及其用语持有非常激烈的批评态度,他在《佛家经义说》中批评道:“佛之教,吾道之贼也。佛之人,生民之蠹也。其书其人,儒者所不载不称也。然其梵语恢诡,见者不能句,书亦不能句,则无由辟之廓如。”(详见《韩国文集丛刊》72 册,首尔景仁文化社,1997 年,第 186 页)

三、朝鲜古代“神境”论的内涵与美学特征

18—19世纪的“神境”论是在民族文学批评意识得到极大强化的语境下发生的，其内涵及其运用都与申钦笔下的“神境”差异巨大。

（一）“神境”论的内涵及其民族化特点

李种徽（1731—1797）是朝鲜古代最早对“神境”进行比较系统阐释的文人，但其对于“神境”的理解、使用与申钦已经迥然不同。李种徽，字德叔，号修山，是18世纪后半期朝鲜朝古文创作的名家，时人多有称赞。申大羽（1735—1809）言曰：“修山素性任质，英华不外见，于文亦然，多积薄发。”[①]李种徽推崇秦汉古文，不仅自己的文章创作“得史汉之体”[②]，还亲自编选《秦汉文粹》《扬马赋选》等文选集为其复古主张树立典范。李种徽就是在批评秦汉散文之时使用了“神境”一词，并对其进行了比较详尽的阐释：

> 凡物备而后乃成。匏土革木金石丝竹，一不和则非乐也；青黄黑白赤，一不调则非采也；甘苦酸醎辛淡，一不均则非味也。至于文亦然，理致也、才格也、神境也，亦一不备而文不成。夫理致也才格也神境也者，我所自有而亦不能不有待也。其待蛇蚹耶？蜩翼耶？盖尝论之，理致生于学，才格生于人，神境生于山川风土，三物备而文有本。其出不竭而变亦无穷，此所以为有待也。[③]

李种徽认为，好的古文必须同时具备“理致”“才格”和“神境”三者，即其所谓“理致也、才格也、神境也，亦一不备而文不成”，“三物备而文有本”，强调了三者对于古文创作的重要性。然而，“理致”“才格”和“神境”三者对于古文创作的作用和意义并不相同。李种徽认为：“理

① 申大羽《书修山集后》，《韩国文集丛刊》247册，首尔景仁文化社，1997年，第599页。

② 洪良浩《修山集序》，《韩国文集丛刊》247册，首尔景仁文化社，1997年，第279页。

③ 李种徽《秦汉文粹序》，《韩国文集丛刊》247册，首尔景仁文化社，1997年，第313页。

致生于学，才格生于人，神境生于山川风土。”也就是说，“理致”是通过后天的努力学习达到或实现的，“才格”是由先天的才情气质决定的，而“神境”则由作家所处的自然地理和人文环境所规定。在这里“才格”“理致”“神境”三者自内而外地规定了文人创作的条件与因素，其中的“神境”看似为距离文人自身最远的外在环境，但是李种徽却认为它是最基础和最重要的。对此，他在序文中进一步写道：“神境全而三者亦无不备，此其所以为至也。”①很显然，李种徽特别强调“神境”对于“才格”“理致”的统摄作用。实际上，李种徽主要强调外在环境对于文人创作的巨大影响，为此他还列举了很多相关例子：

> 剡溪之幽，洞庭之漭，五湖、七泽之浑涵畜痡，其怀贤仰德也；无阙里之堂，西河稷下之墟，濂洛关闽讲肄之塾，其怀忠想烈也；无屈原之渊，伍胥之涛，曹娥之波，思妇之石，董永、黄童之里，其悲吊感慨也；无祈年橐泉，汉家陵阙，六朝荒墟，舡棱迷楼，隋堤之柳，钱塘之荷，刘郎、项羽之战场，诸葛之阵图，周瑜之赤壁，燕赵之肆，狗屠击筑，深井榆次之乡；又无高士隐遁，名贤游眺之所，如兰亭、香社子真之谷，五老之峰，金谷午桥云台，梁苑东山，小有钓台苏文之属，以赡其材料；而又无邃古奇伟壮特之迹，如禹凿寒江巨灵所跖疏属，支机灵宝良常之铭，金牛石镜之群，以助其气格。②

李种徽笔下的“神境”生成条件涵盖的内容非常广泛，自然风景、地理条件、人文历史等都被囊括于其中。同时，在李种徽看来，外在环境的不同还必然导致文学创作的语言、内容和文风的明显差异，就如其在《扬马赋选序》中所言：“调格有古今，风气有东西，则又安用筌蹄为哉。然山川风土，为楚词之粉本；而浏亮清楚，又所以为楚声。得其声而又求之山水，则左海以东，凡奇峭而秀娟者，诸皆楚也。又何必

① 李种徽《秦汉文粹序》，《韩国文集丛刊》247 册，首尔景仁文化社，1997 年，第 314 页。

② 李种徽《秦汉文粹序》，《韩国文集丛刊》247 册，首尔景仁文化社，1997 年，第 314 页。

郢之中而荆之南耶?”[1]李种徽认为楚辞之所以取得那么高的文学成就,其很重要的一点就是描绘和表现了楚地的“山川风土”,或者说他认为楚地的“山川风土”造就了楚辞的艺术特征与成就,进而突显了其所主张的山水自然与人文环境对于文学创作的作用。然而,《秦汉文粹序》一文虽大多以中国山水人文环境与文学创作之间的关系为例,但是正如《秦汉文粹》是为朝鲜朝文人树立典范一样,《秦汉文粹序》最后还是转向了对于本国山水与文学创作关系的探讨:“然苏子瞻,蜀人也;子云相如,亦蜀人也。其为文章,盖已得之蜀中十之八九,则高丽与蜀,犹之中原之外也。使其有子长,凡在三韩之南,其峭竖而奇拔者,皆可以为吴楚也。”[2]由此,李种徽赋予了“神境”概念以明显的民族色彩,并嫁接到了民族文学的批评话语之中。

洪敬谟(1774—1851)也是“神境”论的推崇者和倡导者,他对“神境”的论述更加明确。洪敬谟的《书青邱题咏印本七帖》一文完全承袭了李种徽《秦汉文粹序》的观点,包括对“理致生于学,才格生于人,神境生于山川风土”[3]等话语的重复甚至给人以抄袭之嫌。但是他在另一篇文章《众香漫笔序》中进一步写道:

> 理致与神境合,文成而自至于流动。特东方更无金刚比耳,自断发岭以还,视若仙窟……以至于峰云山岚、林风萝月、奇岩怪石、幽泉崩崖、苍藤修柏、嘉木艳草、沙禽海鸥、长鲸大鱼之属以色之,无之而不神境。而境与神遇,猎英缬葩、奇而且孅、饤饾别味、锦绣杂彩,烂然悦口而衒目,可谓核且工矣。[4]

---

① 李种徽《扬马赋选序》,《韩国文集丛刊》247 册,首尔景仁文化社,1997 年,第 306 页。

② 李种徽《秦汉文粹序》,《韩国文集丛刊》247 册,首尔景仁文化社,1997 年,第 314 页。

③ 洪敬谟《书青邱题咏印本七帖》,《韩国文集丛刊续集》114 册,首尔景仁文化社,2001 年,第 138 页。

④ 洪敬谟《众香漫笔序》,《韩国文集丛刊续集》113 册,首尔景仁文化社,2001 年,第 328—329 页。

洪敬谟在此文中列举了大量本国的山川地理以证明本国文学同样具备生成“神境”的条件。然后，他又说“境与神遇……可谓核且工矣”，由此可见，朝鲜古代文人笔下的“神境”就是文人自身的精神、思想与地理人文环境“遇合”后所达到的一种玄妙的创作状态。就此而言，朝鲜古代文人虽然不约而同地强调地理人文环境，但是这并不意味“神境”就只是外在于人的客观人文地理环境，人之“神”在“神境”的形成过程中同样不可或缺，或者说同样注重“神”与“境”之间的互动关系。朝鲜古代文人之所以特别强调外在的环境，首先是因为地理人文环境是客观存在的，是可以被直接感知和描绘的，而“神”则很难被具体言说。其次，地理人文环境的不同在中朝两国的差异中是最直接可感的，所以对于它的强调不但贴近“神境”最初表现山水风景之美的本义，更接续上了之前很多文人所强调的“山川风气地异中华，言语谣俗世非汉唐”的认识。同时，在朝鲜古代文人的认识中，中朝古代文人之间的“神”是相通的，但是“境”的不同必然导致李种徽所说的“神境”的“我所自有”的特征，即民族独特性。从这个角度来说，李种徽等人所强调的民族特征是由外在的、显性的客观自然与人文历史所规定的，因而缺少了对于民族精神和思想的内在、深刻的体认。

（二）“神境”的实现条件与路径

李种徽等文人特别强调山水风景或社会文化环境对于“神境”的生成作用，但是这并不是说文人身处相关的环境中就会自动生成或实现这种状态，它还需要其他外在条件以及文人对于自身身心状态的调整。李种徽说：“余之所搜而为文粹者，于秦汉之际，独子长居其七八。所谓神境者，如可文字间得之，则此其门户也基址也。”①李种徽特别推崇司马迁的文章，认为他的文章占据了在秦汉古文精华的十之七八，所以在李种徽看来，如果文人想要实现“神境”就必须要多

① 李种徽《秦汉文粹序》，《韩国文集丛刊》247 册，首尔景仁文化社，1997 年，第 314 页。

读司马迁的文章。李种徽的这个观点是与其复古倾向一脉相承的，但是我们由此也可以看出他特别强调后天读书与学习对于“神境”生成的作用，认为这才是“门户”和“基址”。李种徽还说：“司马子长陋六艺之游，而博其游于山水，灵心洞脱，孤游浩杳。笔墨之外，能言其所欲言，虽无先王六艺之学，亦能深远其意匠，爽朗其神境，诚可谓壮于游矣。”[①]由此可以看出，李种徽强调“学”，但并不是死“学”，它一方面要博学，甚至不应只是局限于儒家之学，另一方面还要将“学”与山川风景有机地融合在一起，只有两方面的有效结合才能“爽朗其神境”。18世纪朝鲜朝重要文人蔡济恭(1720—1799)同样强调后天努力对于“神境”的作用，但是又与李种徽的观点存在着明显的不同。蔡济恭认为：“盖神境难造，才力有限，不专则无以为宝于后也。”[②]与李种徽强调博学不同，蔡济恭更强调“专”，不仅要“专”某种文体，还要“专”知识和学问，然后才有可能达到“神境”。

除了后天的努力和学习，一些文人认为文人自身精神或思想状态对于“神境”的生成与实现同样不可或缺。桂德海(1708—1775)曾言：“凡文艺为其人之余事，然后能至于神境。”[③]桂德海所谓的“余事”，并不是说文学不重要，也不是说不重视后天的努力和学习，而是说精神或思想达到了一定的层次才可能实现“神境”的状态。李种徽亦认为：“苟能游心于笔墨之外，不束缚驰骤，而乐而无厌，优游而入之。如古人之于游于艺，则其为文字也，恢其神境，廓其意匠，精华甚充，颜色甚悦，出而耀于人，未有不目瞠而口呿者。”[④]很显然，李种徽更强调“神境”的实现要首先能出乎其外，然后才能入乎其内。相比而言，洪敬谟的阐述更加明确：“盖眼目到则胸次阔，胸次阔则心灵与之俱和，似若与曩时异，敬敷诗人也，出自井天。观乎中国之大，目之

---

① 李种徽《六游堂记》，《韩国文集丛刊》247册，首尔景仁文化社，1997年，第347页。

② 蔡济恭《龟洲集序》，《韩国文集丛刊》236册，首尔景仁文化社，1997年，第68页。

③ 桂德海《论经史》，《韩国文集丛刊续集》78册，首尔景仁文化社，2001年，第507页。

④ 李种徽《六游堂记》，《韩国文集丛刊》247册，首尔景仁文化社，1997年，第347页。

所寓足之所距，无之而不神境也。”[①]洪敬谟在这里首先强调了“眼目”之所见地理人文环境对于“神境”的基础性生成作用，然后又强调了“胸次”“心灵”与“眼目”之间的有机融合，即“神”与“境”合之后才能真正达到“神境”的状态。

由此可见，在朝鲜古代文人看来，外在的山水自然或人文环境是实现“神境”的先决条件和前提条件。当然，他们也明白文学创作并不只是描绘和刻画山水自然或人文环境，好的文学作品也并不可能在某种山水自然或人文环境中自动产生，所以他们还说文学创作不能“局于山川风土人物”[②]。同时，他们也明白语言和构思对于文学创作同样非常重要，所以认为好的文学作品还必须“猎英缬葩、奇而且缛、饤饾别味、锦绣杂彩，烂然悦口而衒目”[③]，且特别强调文学作品内在的“流动”特征。可以说，作为一种玄妙的创作状态，“神境”是由很多因素和条件一起产生“化学反应”之后的综合性状态，所以导致很难实现“神境”，即“然则其有神境者，虽华人，难得如此矣”[④]，进而也成为了当时文人推崇的创作与审美理想。

（三）“神境”论的批评实践与审美特征

李种徽和洪敬谟提倡的“神境”论，主要是用来批评古典散文的，同时因为它强调山水自然或人文环境对于文学创作的影响作用，所以在山水散文批评中得到了更多运用。李种徽曰：“秦汉以后，能有神境，惟昌黎得其二三，而柳子厚山水诸记与李杓直等数书，亦颇流动。宋六家，六一与长苏，最有神境，而余子百篇或有数

---

① 洪敬谟《送从弟锡谟赴燕序》，《韩国文集丛刊续集》113 册，首尔景仁文化社，2001 年，第 331 页。

② 李种徽《秦汉文粹序》，《韩国文集丛刊》247 册，首尔景仁文化社，1997 年，第 314 页。

③ 洪敬谟《众香漫笔序》，《韩国文集丛刊续集》113 册，首尔景仁文化社，2001 年，第 329 页。

④ 李种徽《秦汉文粹序》，《韩国文集丛刊》247 册，首尔景仁文化社，1997 年，第 314 页。

首之近似。”[①]洪敬谟《众香漫笔序》开篇写道：“昔马第伯以中元元年从封禅泰山，应劭取其纪述之语，以作《封禅仪》。其文奇峭，最有神境，遂为千古山水游记之祖。嗣而名者，柳州之《永州记》，放翁之《入蜀记》也，而其文流动，自生理致。”[②]他们不约而同地将“神境”论运用到了山水散文的批评当中，当然是因为山水散文更有利于展现他们的观点。然而，朝鲜古代文人并没有将“神境”论局限于散文批评之内。例如，李种徽就以“神境”论批评科举文章：“凡文字能于笔墨之外，言所欲言者，意匠深远，神境旷爽，然后得之。此非徒古文古诗为然，士之攻乎科程文字者，亦复如此。无神境，无意匠，而以传注括帖，校试章式，规规于尺幅之内……心气局促。以此为文，何暇议笔墨之外哉？”[③]洪敬谟则将“理致”“才格”和“神境”三者与诗歌批评结合起来，“盖诗者，理致也、才格也、神境也，一不备则不成”[④]，有效地拓展了“神境”论的适用空间。此外，当时文人多将“神境”论运用于诗歌批评之中。例如，吴光运（1689—1745）的“五言律主神境”[⑤]之语，申光洙（1712—1775）的“诗有神境”[⑥]，金正喜（1786—1856）的“人工之妙，特造神境”[⑦]，金永爵（1802—1868）的“临风一读畅音吐，直造神境辟门户”[⑧]等，皆是明证。这说明“神境”论的批评对象横跨诗文

---

① 李种徽《秦汉文粹序》，《韩国文集丛刊》247册，首尔景仁文化社，1997年，第314页。

② 洪敬谟《众香漫笔序》，《韩国文集丛刊续集》113册，首尔景仁文化社，2001年，第328页。

③ 李种徽《六游堂记》，《韩国文集丛刊》247册，首尔景仁文化社，1997年，第346页。

④ 洪敬谟《书青邱题咏印本七帖》，《韩国文集丛刊续集》114册，首尔景仁文化社，2001年，第138页。

⑤ 吴光运《诗指》，《韩国文集丛刊》210册，首尔景仁文化社，1997年，第517页。

⑥ 申光洙《赠申鹏举序》，《韩国文集丛刊》231册，首尔景仁文化社，1997年，第486页。

⑦ 金正喜《与南圭斋（二）》，《韩国文集丛刊》301册，首尔景仁文化社，1997年，第74页。

⑧ 金永爵《二月七日云皋社皋洪原泉承宣（佑健）来访》，《韩国文集丛刊续集》126册，首尔景仁文化社，2001年，第338页。

等不同文体和题材。当然,作为一个具有鲜明民族特征的文学批评概念,除了批评对象的开放性与运用的广泛性,“神境”论还具有自身的美学特征。

首先,“神境”论的民族性特征是在中朝两国的山水与文学作品的比较中被确证的。朝鲜古代文人习惯于将不同时代的中国诗文作为最高典范来进行推崇,所以他们即使是在批评本国诗文,也经常会放在与中国比较的语境中来进行。同样,因为民族文学批评意识的加强,17世纪之后的朝鲜文人在批评中国文学的时候也多会借机指出本民族文学的问题与发展方向,这在客观上显示了其宽阔的批评视野,但是也表现了他们对于民族文学发展的“焦虑”。李种徽《秦汉文粹序》的主要批评对象是秦汉古文,列举了中国山水对于秦汉散文发展的形塑作用,但是作者在文章最后写道:“鸡林、泗沘、东州、武陵、崧阳、□□之墟,其荒烟零落,池台平而草树没者,又无非登眺感慨吊古伤远之迹,则是无之而不神境也。无之而不神境也,而亦无之而非操毫之士,然卒不近似者,是无子长而已也。”[1]很显然,作者将本国的山水与文学放在了与中国的比较视野下,认为朝鲜古代文学的发生环境并不比中国差,而其与中国文学之间的差距只是缺少了一个司马迁而已。洪敬谟的《众香漫笔序》虽在文章开头简单地分析了中国的山水游记之后,对本国的文学创作分析道:“奇之过而有漆园楞严之解,缛之过而杂齐谐俚俗之说,所以多逊于流动之体,而非徒为局于山川风气而然也。”[2]由此可见,正是在比较的视野下,他们在直视中朝两国山水、人文历史环境与文学差异的同时,探讨了本国文学的不足及其产生的原因,进而建构了“神境”论的正当性与“合法性”,确立了“神境”论的民族特征。

其次,“神境”论具有明显的复古倾向。李种徽的《秦汉文粹序》

① 李种徽《秦汉文粹序》,《韩国文集丛刊》247册,首尔景仁文化社,1997年,第315页。

② 洪敬谟《众香漫笔序》,《韩国文集丛刊续集》113册,首尔景仁文化社,2001年,第329页。

是为其复古主张进行张目的，其中虽也有对于韩愈、柳宗元、苏轼等人的夸赞，但是他更为欣赏的还是秦汉古文，对于司马迁更是推崇备至："战国之策士，亦能鼓舞眩幻，以通其变。以至于司马子长，而遒逸跌宕，与龙门大河、禹穴江淮，争其气量。而余之所搜而为文粹者，于秦汉之际，独子长居其七八。"[①]与之相对，他对于明朝散文则是嗤之以鼻，认为"皇明诸家又不足以语此"[②]。吴光运的《诗指》则非常推崇盛唐以前的诗歌："五言古，尚朴高旨远，故学汉魏。未能则阮、左、鲍、谢，未能则陶、韦，未能而后杜、韩。七言古，尚风华才长，故以李、杜为宗……五言律主神境，故型范少陵而兴趣寄于王、孟……然后雄浑壮丽、清淡间远，不失冠冕之象、烟霞之气，而不落小家恶道矣。"[③]吴光运对于中唐以后的诗歌虽不完全是批评，但却有些不以为然："自元、白以下，置之炉锤之外而审其取舍可也。苏、黄、陈、陆相近者趣，而情声色为事实所揜，故流于陋。何、李、沧、弇所肖者声色，而情趣为格律所牿，故入于赝……西昆体饤饾合扇，故江西派矫以偏枯生拗，毁格伤雅，其失尤甚，皆可取者少，而可弃者多。"[④]之所以会出现这样的审美取向，在李种徽与吴光运等人看来，很重要的一点就是唐宋以后的诗文缺少了"冠冕之象"和"烟霞之气"，而过于注重"声色""格律"等外在的形式技巧，以至诗文"滞涩"且无法有效地表情达意。

最后，"神境"主要是指玄妙的文学创作状态，但是在某些批评文本中还被视为文学的理想境界或层次。在李种徽等人看来，作为创作状态的"神境"，是难以把握和言说的，正如申光洙所言："诗有神境，是物也寓于无形之中，忽然而来，忽然而逝，遇之而若可见，即之

① 李种徽《秦汉文粹序》，《韩国文集丛刊》247册，首尔景仁文化社，1997年，第314页。

② 李种徽《秦汉文粹序》，《韩国文集丛刊》247册，首尔景仁文化社，1997年，第314页。

③ 吴光运《诗指》，《韩国文集丛刊》210册，首尔景仁文化社，1997年，第517页。

④ 吴光运《诗指》，《韩国文集丛刊》210册，首尔景仁文化社，1997年，第517页。

而无所得。”[①]这种“兴会神到”的刹那感觉使得文人很难刻意去追求和实现，所以桂德海方有“凡文艺为其人之余事，然后能至于神境”之语。就作为文学理想境界或层次的“神境”来说，李种徽和洪敬谟等人虽都强调“神境生于山川风土”，但是这并不意味着他们认为“神境”是文学创作中的最低境界。相反，他们都认为“神境”是最难实现的，也是最应该被推崇的一种文学境界，所以李种徽和洪敬谟不约而同地强调强调“神境全而三者亦无不备”，前文所述蔡济恭也才有“神境难造”之语。值得注意的是，文学创作状态与文学理想境界的二元共存，使得“神境”的内涵具有一定含混性，有时难免使人会对其产生误解。同时，李种徽和洪敬谟等人对于文学批评民族特征的认识是首先从外在的“山川风气”“言语谣俗”开始的，这不仅导致“神境”与山水自然具有天然的亲缘关系，还使得“神境”具有由外而内的规定性，并缺少了对于内在民族精神的深入挖掘。

四、中国影响与“神境”论的话语结构

朝鲜古代的文学批评一直处于中国话语体系之中，习惯于袭用中国的相关概念来批评中国和本国文学。李种徽和洪敬谟等人虽具有强烈的民族文学批评意识，但是他们仍然无法摆脱中国文学批评话语的影响，甚至他们所标举的具有鲜明民族特色的“神境”论本身就处于汉文学的场域之中，有着中国影响的明显痕迹。此外，从文学批评话语的构建来说，李种徽和洪敬谟都强调，“理致”“才格”和“神境”“三物备而文有本”，即“理致”“才格”同样在文章的创作过程中发挥着重要作用，甚至在话语底层起到了支撑“神境”的意义，而“理致”和“才格”恰恰是中国的文学批评概念。

首先，“神境”论本身具有浓厚的中国文学批评话语的印痕。李

---

① 申光洙《赠申鹏举序》，《韩国文集丛刊》231册，首尔景仁文化社，1997年，第486页。

种徽和洪敬谟等人都特别强调“神境”论的民族特性，但是这并不是说它就能完全独立于中国文学批评话语的影响而存在，两者之间还是存在着千丝万缕的联系。例如，中朝两国最初都以“神境”来比喻山水自然之美，而作为朝鲜古代文学批评概念的“神境”还明显有继承“比”“兴”传统的一面，即它在突出“景”(山水自然)对于“情”“思”的生发作用的基础上，强调了情、景、思之间的融合与汇通。同时，申钦笔下的“神境”并没有明显的民族特性，且显现出了《沧浪诗话》的影响痕迹。又如，清初的王士祯(1634—1711)所提倡的“神韵”说重视“兴会神到”，讲求“在诗中将自然与人事的契合点恰到好处地表现出来”[①]，并将批评的矛头指向了“宋诗派”，这与“神境”论所表现出来的复古倾向多有相通之处。而李种徽等人虽没有明确提到王士祯及其相关著作，但是鉴于“神韵”说在朝鲜半岛的影响[②]，应该对“神境”论的产生具有一定的启发作用。另就东亚文学批评的演变而言，自唐朝开始，中国就已有“意境”之说，强调心与物之间的关系，其影响代有不绝，特别是到了清代，以“意境”(或“境界”)论诗文者日渐增多[③]。由此而言，朝鲜古代的“神境”论可以说是在充分吸收中国相关文学批评思想和精神基础上而产生的具有民族意识的文学批评概念，且它依旧处于明清时期“意境”论的演变范畴之内。

其次，就“理致”而言，中唐时期的高仲武就曾标举“体状风雅、理致清新”[④]。宋诗则更重“理致”，正如南宋刘克庄所言：“追本朝，则文人多，诗人少，百年间，虽人各有集，集各有诗，诗各自为体，或尚理致，或负材力，或逞辨博……自二三巨儒及十数大作

---

① 袁行霈、孟二冬、丁放、曾祥波《中国诗学史》，人民文学出版社，2021 年，第 427 页。

② 张振亭《朝鲜北学派文人对王士禛“神韵说”的主体间性批评》，《苏州大学学报(哲学社会科学版)》2010 年第 4 期，第 104—108 页。

③ 袁行霈、孟二冬、丁放、曾祥波《中国诗学史》，人民文学出版社，2021 年，第 523 页。

④ 高仲武《中兴间气集序》，《影印文渊阁四库全书》1332 册，台湾商务印书馆，1986 年，第 127 页。

家，俱未免此病。"[①]刘克庄以"理致"批评宋诗，由此也可以看出宋人对于"理致"的重视和推崇。由于宋诗与宋诗学的巨大影响，"理致"之说较早就传入了朝鲜半岛，并被很多文人运用于诗文批评之中。例如，申钦在其诗话作品《晴窗软谈》中写道："温庭筠之诗，专主艳冶。而其《渭上》诗曰：'吕公荣达子陵归，万古烟波绕钓几。……所嗟白首磻溪老，一下渔舟竟不归。'有理致，意亦自高。"[②]申钦以"理致"批评温庭筠《渭上题三首》，而且从其运用情况来看，申钦显然认为"理致"应是诗文基本的蕴含，"意""情"等都是建立在"理致"之上的。朝鲜古代著名文学批评家金昌协在其《杂识·外篇》中多次使用"理致"批评中国及其本国的散文创作：

> 明人如空同、弇州一派，固非韩、欧正脉。至于逊志、阳明、遵岩、荆川数大家，皆深于经术，优于理致，宏博精深，高明峻洁，皆非溪谷（张维）所能及……溪谷之文，典则理致，虽近宋大家，然失之太平缓。[③]

金昌协认为，明朝前后七子诸人以及本国张维（1587—1638）的文章都深得"理致"，他甚至将"理致"作为文章创作大家的基本要求。除了文学批评家，朝鲜古代性理学者更喜用"理致"一词，例如著名性理学家李滉（1501—1570）："盖此文字，词意圆赡，议论逸发，而理致浑成，若非容刻之难，本岂有此增减之请。"[④]著名理学家宋时烈（1607—1689）在序跋等各类文章中运用"理致"一词者更是不下七八十处。这就使"理致"之论不再只是文学批评意义上的"含理而有情态、有风韵、有趣味"[⑤]，而是明显融合了朱熹等人的理学思想。在这样的传统

---

① 刘克庄《竹溪诗序》，《影印文渊阁四库全书》1180册，台湾商务印书馆，1986年，第245页。

② 申钦《晴窗软谈》，《韩国文集丛刊》72册，首尔景仁文化社，1997年，第332页。

③ 金昌协《杂识·外篇》，《韩国文集丛刊》162册，首尔景仁文化社，1997年，第381页。

④ 李滉《答奇明彦》，《韩国文集丛刊》29册，首尔景仁文化社，1997年，第460页。

⑤ 张惠民《谈宋诗的"理致"》，《汕头大学学报（人文科学版）》1985年第1期，第72页

之中，李种徽等人所强调的“理致生于学”，不只是说“理致”来自于学习，还有很强烈的伦理道德培养的意味。然而，不管是否受到了性理学思想的浸染，李种徽等人笔下的“理致”都是明显来自于中国的文学批评话语。

再次，就“才格”来说，它同样是来自于中国。中国古人很早就开始注重“才”在文学创作中的重要作用，例如曹丕《典论·论文》认为文人有“通才”“偏至之才”之分等[①]，刘勰虽然有时也认为“才”是作者的一种文章创作能力，但是他进一步将个人的性情与文章的风格特点相结合进行阐述，认为“才”是作者的个体属性，而文章的独特之处来自于作者的这种禀赋与性情[②]。到了唐宋时期，一些文人将“才”与“格”结合在一起使用，例如杜甫《壮游》诗云：“吾观鸱夷子，才格出寻常。”[③]宋朝范正敏《遯斋闲览》曰：“或问王荆公云：‘编四家诗，以杜甫为第一，李白为第四，岂白之才格词致不逮甫耶？’”[④]这里的“才格”为“才致风格”之意，承继和突出了刘勰所说的独特的先天禀赋气质与潜能之意。“才格”论虽然在中国古代文学理论中较少被运用，但是在朝鲜古代的运用却比较多。例如，李湜（1458—1489）“尧舜大平欣再得，欧苏才格愧难当。诙谐不学枚皋舌，铁石长思宋璟肠”[⑤]，金昌翕（1653—1722）“公（李世白）读书不甚博，取法无甚高，而自有才格，非待夫掐擢胃肾而出之”[⑥]，李书九（1754—1825）“张九龄开元之贤相也，语其文则差逊于宏博，气数之衰旺，才格之大小，或非智力之

① 曹丕《典论·论文》，萧统编，李善注《文选》，上海古籍出版社，1986年，第2270页。

② 赵树功《〈文心雕龙〉“才略”意蕴考论》，《复旦学报（社会科学版）》2019年第3期，第43—51页。

③ 杜甫《壮游》，《全唐诗》第7册，中华书局，2019年，第2359页。

④ 范正敏《遯斋闲览·编诗》，陶宗仪等编《说郛三种》（一），上海古籍出版社，1988年，第551页。

⑤ 李湜《恭和御制七言排律六十韵》，《韩国文集丛刊》16册，首尔景仁文化社，1997年，第520页。

⑥ 金昌翕《雩沙集序》，《韩国文集丛刊》146册，首尔景仁文化社，1997年，第375页。

所可强”[①]，等等。由此可见，自朝鲜朝前期开始，“才格”已被很多朝鲜古代文人所接受，并被大量运用于文学批评之中，且其内涵相较于中国而言并没有发生明显变化，主要还是指文人本身先天所固有的“才致风格”。李种徽等人所言之“才格”也正是在这个意义上来使用的。

另外，朝鲜古代的“才格”论还明显受到了明朝文学批评理论的影响。明朝文人喜好以“格”批评诗文，例如“格调”“气格”“意格”[②]等概念在明末清初都产生了比较深远的影响。王世贞(1526—1590)言曰：“才生思，思生调，调生格。思即才之用，调即思之境，格即调之界。”[③]其中的“才”“格”虽是分开使用，但是其内涵[④]与李种徽等人笔下的“才格”基本一致。这些概念在17世纪相继传入朝鲜半岛并被很多文人所接受和广泛使用，即使到了18世纪，这些概念依然是文学批评中的重要组成部分。例如，李种徽就有“调格有古今”“助其气格”等语，洪敬谟有“助其气格”，吴光运有“七言律重格调”等言论。从这个角度来说，李种徽等人所言之“才格”也是明朝文学理论的域外延展。

最后，李种徽等人虽没有对“理致”“才格”进行单独阐释，但是这并不意味着他们不重视这两个概念，而是将这二者作为不证自明的概念来使用的。就三者发挥的作用而言，李种徽等人认为，“理致”“才格”与“神境”是三位一体的，“神境”的实现必须同时具备“理致”和“才格”，而没有或缺少“理致”和“才格”，“神境”就无法真正实现。也就是说，“理致”“才格”是基础性的底层话语，而“神境”则是诗文的

---

① 李书九《文体》，《韩国文集丛刊》270册，首尔景仁文化社，1997年，第153页。

② 查清华《明代格调论唐诗学向神韵论演化的轨迹》，《文学与文化》2019年第3期，第32—37页。

③ 王世贞《艺苑卮言》(一)，《影印文渊阁四库全书》1281册，台湾商务印书馆，1986年，第351页。

④ 李树军《王世贞“才、思、调、格”的文体意义》，《江汉论坛》2008年第3期，第110—112页。

最高审美境界和创作状态，即他们以中国批评话语为基石，支撑起了他们所标举的具有民族特色的文学批评概念。

结语

"神境"论是朝鲜古代自生，但是又带有强烈的中国话语基因的文学批评概念。作为中国文学批评话语影响下发展起来的朝鲜古代文学批评概念，"神境"论一方面继承了"比""兴"传统，甚至是以中国文学批评话语支撑其民族性的批评概念；另一方面，"神境"论还是在中国文学理论，尤其是明清文学理论的基础上生发而成的，这一点无论是在"神境"概念本身，还是在构成其话语基础的"理致"和"才格"上都有明显的体现。然而，作为一个具有鲜明民族特色的文学批评概念，"神境"论由外在的山水自然深入到民族历史文化，体现了朝鲜古代文人构建自身文学批评话语的努力，虽然这不意味着朝鲜古代文学批评话语体系就完全构建了起来，但是却在这种构建的道路上明显前进了一步。值得说明的是，朝鲜古代文人并没有在这条道路上坚定地走下去。

从东亚古代文学批评的发展来说，东亚其他国家的文学虽是具有相对自主性和自身发展逻辑的"文学小世界"，但是又时时处于中国文学的深刻影响之下。"神境"等朝鲜古代某些具有民族色彩的文学批评概念处于其自身文学场域与中国的交集之中，显示了朝鲜古代文学或文学批评自生性的特征，展现了朝鲜古代文学批评自身所具有的民族审美追求，同时也体现了东亚"文学场域"内其他国家文学与中国文学的互动关系与"文本间性"的症候。

（延边大学文学院）

徐昂著、蒋礼鸿校录《韩文讲记》

楼　培　吕淑燕

内容摘要：徐昂先生著、蒋礼鸿先生校录《韩文讲记》一卷，约作于1930年代中后期或1940年代初，今藏于浙江图书馆古籍部。该卷择取韩愈《原道》《原性》《杂说》等十七篇名文加以阐幽发微，注重辨体，揭示文法，对理解韩文有重要的价值。它与徐氏《文谈》等著作脉络相连，前后一贯，体现中西文化交融特色，对我们研究唐宋古文运动、中国古代文章学也有一定的意义。

关键词：《韩文讲记》；徐昂；蒋礼鸿；中国古代文章学

Lectures of Han Yu's Articles Written by Mr. Xu Ang and Proofread by Mr. Jiang Lihong

Lou Pei　Lv Shu-yan

Abstract: A volume of *Lectures of Han Yu's Articles*, which was written by Mr. Xu Ang in the late 1930s or early 1940s and proofread by Mr. Jiang Lihong, is now stored in the Ancient Books Department of

Zhejiang Library. This volume is selected from 17 famous articles such as Han Yu's "Yuan Dao", "Yuan Xing", and "Za Shuo" to elucidate and analyze, focusing on different literary styles and writing methods of the article, which has important value for understanding Han Yu's Articles. It is closely related to Xu's works such as *Wen Tan* and embodies the characteristics of the integration of Chinese and Western cultures. It also has certain significance for our research on the Tang and Song ancient literary movement and the study of ancient Chinese literature.

Keywords: *Lectures of Han Yu's Articles*; Mr. Xu Ang; Mr. Jiang Lihong; Ancient Chinese literature

徐昂(1877—1953)先生,字亦轩,后改字益修,号逸休,室名休复斋,江苏南通人。生于书香世家,曾受教于管仲谦、孙敬铭、孙伯龙、范伯子等人。光绪年间以第一名秀才入庠,为江苏学政瞿鸿禨所激赏。然其无意功名,未再应试。后入江阴南菁书院攻读,并学英、日文,与唐文治、丁福保、蒋维乔等同窗,切磋琢磨,学问日进。曾任教于通州师范、南通中学等校。1930 年代曾任杭州之江文理学院教授,与同事夏承焘交好,学生有魏建功、陆侃如、王驾吾、任铭善、蒋礼鸿、陈从周等。1939 年又兼任无锡国专教授。1941 年太平洋战争爆发后,返回故里,坚守民族气节,严拒伪职及馈赠,有"饥犹择食"之名言流传于世。翌年毅然赴南通县中温桥侨校任教,领取公粮养家糊口。抗战胜利后,退居故园,潜心整理毕生著作,汇为《徐氏全书》。中华人民共和国成立后,任南通市第一届各届人民代表会议特邀代表,并受聘为江苏省文史馆馆员。[①]

徐氏精通易学、音韵学,兼涉四部,旁及九流,时人目为江左国学

---

① 参徐天倪、张慕慈《徐益修先生传略》,收入孙良主编《母校的记忆(1923—2013)》,华东理工大学出版社,2013 年,第 13 页。

大师。[1] 其《徐氏全书》自 1947 开印，至 1954 年竣事，共收录著作三十七种，依次为《京氏易传笺》《释郑氏爻辰补》《周易虞氏学》《周易对象通释》《河洛数释》《经传诂易》《爻辰表》《诗经形释》《诗经今古文篇旨异同》《诗经声韵谱》《易音》《楚辞音》《石鼓文音释》《说文音释》《声纽通转》《等韵通转图证》《释小》《音说》《声韵学撮要》《律吕纳音指法》《演玄》《遁甲释要》《六壬卦课》《国学商榷记》《课儿读书录》《三教探原》《道德经儒诠》《佛学笔记》《楞严咒校勘记》《普庵释谈章音释》《读新约全书》《马氏文通订误》《诗词一得》《英文不规则动字分类表》《文谈》《休复斋杂志》《易林勘复》等。另有其后人所编《徐昂诗文选》。

除短期执教于之江大学与无锡国专，徐昂基本上任教于地方乡邑，其著述又刊行极少，流布不广，因而声名不彰，知者无多。2019 年，复旦大学出版社推出作为浙江大学马一浮书院专刊、大型文献丛书“近代学术集林”之一的五卷本《徐昂著作集》，影印收录了《徐氏全书》之绝大部分，“以新瓶而装旧酒”，发潜德之幽光，堪称美事。

今于浙江图书馆古籍部发现《韩文讲记》一卷，署“南通徐昂益修著，弟子蒋礼鸿校录”，文中亦有任铭善案语一则。蒋礼鸿（1916—1995），字云从，浙江嘉兴人，语言学家、敦煌学家；任铭善（1912—1967），字心叔，江苏如皋人，语言文字学家。二人均毕业于之江文理学院国文系，为徐昂、钟泰、夏承焘之弟子，又同任教于之江文理学院、浙江师范学院、杭州大学。

蒋礼鸿晚年有《余既为钟山师哀辞，复痛益修师前卒，因续为一章，以述二师风概如此》诗追忆徐昂：“钟子岩岩徐子真，两翁辉映典型存。饥犹择食温而厉（原注：抗日战争时，徐师拒敌伪之招，曰‘饥犹择食’），俭执辞赒道益尊。无欲屹为千仞壁，有容酿就一团春。剧

---

① 参王个簃《眷念师恩》，收入徐天倪、张慕慈选注《徐昂诗文选》，自印本，新疆财经学院印刷厂，第 96 页。

怜同学凋零后，遗教何人与共论！”[①]钟子即钟泰，徐子乃徐复。蒋氏《自传》亦有云：“我在之江念书的时候，老师钟钟山（泰）先生的反复涵泳，细究文章脉理的读书方法，夏瞿禅先生谦虚乐受的读书态度，徐益修（昂）先生的诚挚不已的治学精神都对我有所熏陶、启发，惭愧的是践履不及三师的百一。”[②]

《韩文讲记》不见于《徐氏全书》《徐昂著作集》《徐昂诗文选》，管窥所及，似属佚篇，可补前贤文献之阙。所谓韩文，即韩愈之文，该篇择取昌黎《原道》《原性》《杂说》《读〈荀子〉》《获麟解》《进学解》《师说》《圬者王承福传》《伯夷颂》《张中丞传后叙》《画记》《争臣论》《答李翊书》《送孟东野序》《送李愿归盘谷序》《送杨少尹序》《柳子厚墓志铭》古文十七首，一一抉发文心，阐释精微，兼顾义理、辞章、考据，不乏独到之处。徐昂深究汉易虞翻、郑玄、京房三家之学，而以“对象”理论总结统摄，在讲说韩文时亦涉及此一理论。同时又结合文章意脉，于音韵上探赜索隐，展现当行本色。此外，徐氏尤具辨体意识，对韩文中的论说、序跋、词赋、赠序、传状、颂赞、杂记、书牍、墓志等诸种文体之概念、要素、特征均有所分疏，辨析精当。徐氏亦颇为着意谋篇行文之法，对韩文中复笔、错综、反复、剪裁、伏绾、回绾、补足、引证、两提、抑扬、虚起、倒置、间断、浑括、附记、推波助澜、以简赅繁、回环比较等各种文法加以点明阐发，俾使读者明了韩文高妙境界之所在及其成因。

引起我们注意的是，南通翰墨林书局 1929 年曾出版徐昂《益修文谈》。1944 年该书以《文谈》为名编入《徐氏全书》，列为第三十五种。1952 年又有增订再版本收入《徐氏全书》。王水照先生编《历代文话》（复旦大学出版社，2007 年）第九册亦收有此书，乃以 1952 年版标点录入。无锡国专的《国专月刊》上曾有简短书评，揭示该书之意

① 蒋礼鸿、盛静霞《怀任斋诗词·频伽室语业》，浙江大学出版社，2021 年，第 118 页。

② 蒋礼鸿《自传》，收入杭州市政协文史委员会编《之江大学的神仙眷侣——蒋礼鸿与盛静霞》，杭州出版社，2012 年，第 8—9 页。

义，文曰："南通徐昂先生，范伯子之高足也，近从同学某君处，借读其《益修文谈》一书，深为倾倒。书中于《史》《汉》、韩、柳诸家之优劣利病，罔不缕析详明，发人深省。其立论不苟，时人论文之作，殆罕其匹。节吴南屏《许孝子传》一百零五字为七十二字，原意不减，而简古过之，先生本意不过欲示学者以繁简之法，非欲与古人争高下，然倘能起南屏而问之，恐亦无以难也。先生精音韵学，故论文之音节处，尤能启古人之秘。"[①]据《文谈》中徐昂1929年《自序》："予为诸生讲授文章，忽忽历二十年，退而笔其大要，依类次之，偏而不全，聊以整理思想已耳。"[②]可知该书由讲义修整而成。《韩文讲记》则极有可能是蒋礼鸿在之江文理学院读书或毕业任教后笔录徐氏所讲韩文精义。蒋礼鸿1934年由秀州中学保送考入之江文理学院，不久即在《之江期刊》《之江中国文学会集刊》发表文章数篇，深得夏承焘等师长青睐。徐昂《周易对象通释》于1937年由南通竞新公司出版发行，蒋礼鸿为之题签。1939年1月，蒋氏毕业于之江文理学院，并留校任教，当年10月份转去蓝田国立师范学院。任铭善1931年至1935年就读于之江文理学院国文系，1936年至1942年亦任教母校。又《韩文讲记》中蒋礼鸿的笔迹为早年无疑，与中晚年迥然不侔，故综合推测此篇当作于1930年代中后期或1940年代初。

徐昂《文谈》凡四卷，卷一《通论》（有上、下篇），卷二《论各代文》（有总、分论），卷三《论制作》（有内、外篇），卷四《论文法》。其中《论各代文》于唐代以韩愈为主，与《韩文讲记》所论多有互通之处。《论制作》外篇如《传状碑志》与本篇"《柳子厚墓志铭》第十七"、《记数法》与本篇"《画法》第十一"、《部位变化法》与本篇"《原道》第一"等皆有颇多重合部分。其余相通相合处亦所在多有，兹不赘举。要之，从《益修文谈》到《韩文讲记》，两者理路一致、脉络相连，亦可见前后相沿、踵事增华之迹。

---

① 王先献《咏琴轩随笔》，《国专月刊》第2卷第1期，1935年9月，第69页。

② 徐昂《文谈》，王水照编《历代文话》第九册，复旦大学出版社，2007年，第8894页。

抑更有可论者，从“五四”新文学、新文化运动以来，中国古代文章学遭遇沉重打击，文言文被白话文所代替，“杂文学”观念被“纯文学”观念所代替，包括《益修文谈》在内的一大批文话著作被新观念、新学术冷落遮蔽，造成了中国古代文章学史学术链的断裂。①《文谈》等清末民初的文话著作，似乎是古代文章学的余音绝唱，但也未尝不是一种“执拗的低音”②，而今擦拭掉历史的积灰，仍有其不可磨灭的光辉和价值。《韩文讲记》亦复如是。一方面，篇中的辨体意识即立足于中国文学的本体形态，论文之阴柔、阳刚则取诸被新文化派斥为“选学妖孽，桐城谬种”的桐城派文法。另一方面，如《文谈·自序续》所云：“文由字集成，论文必先论字，无论字与文，研究宜用治科学方法，澈底分析。分析须有工具，字之为学，分形体学、训诂学、声韵学；文之为学，分词性学、修辞学、论理学。工具贵完备，不可缺一。”③又说：“研治新学，推究旧学本源；研治旧学，参用新学方法。今日以为旧者，往昔以为新；今日以为新者，将来又以为旧。新旧之递禧无已时，即文化之进展无止境。学者如能于他国文字之体制义法音韵，旁通曲达，会心圆融，则其文化之水平，必益臻高峻。”④《韩文讲记》也参用了西方的知识体系与研究方法，体现了中西文化交融的时代特色。陈寅恪先生曾指出：“其真能于思想上自成系统，有所创获者，必须一方面吸收输入外来之学说，一方面不忘本来民族之地位。”⑤而徐昂的《文谈》及《韩文讲记》等著作与这一理念正相契合，值得后来者在从事中国文学及文学理论的研究中借鉴、深入、发扬。

承浙江图书馆雅意，热心提供《韩文讲记》扫描版，谨致谢忱。我

① 参王水照、朱刚《三个遮蔽：中国古代文章学遭遇“五四”》，《文学评论》2010年第4期，第18—23页。

② 参王汎森《执拗的低音：一些历史思考方式的反思》，生活·读书·新知三联书店，2014年。

③ 徐昂《文谈》，王水照编《历代文话》第九册，第8895页。

④ 徐昂《文谈》，王水照编《历代文话》第九册，第8896页。

⑤ 陈寅恪《冯友兰中国哲学史下册审查报告》，《陈寅恪集·金明馆丛稿二编》，生活·读书·新知三联书店，2001年，第284—285页。

们将之整理发表，以飨同好，或许对韩文、唐宋古文运动、中国古代文章学等诸方面的研究不无裨益。

《原道》第一

《原道》属论说体，论说中推究事理之本原者，谓之“原”。

昌黎之学，原本六经，旁逮诸子，见魏晋以还，经诰之制，不复振起，慨然有志复古，以明道为己任，所为文章，探厥本原，为一家言。

《易经·系辞传》云：“《易》之为道也，广大悉备。有天道焉，有人道焉，有地道焉。”《说卦传》云：“昔者圣人之作《易》也，将以顺性命之理。是以立天之道曰阴与阳，立地之道曰柔与刚，立人之道曰仁与义。”人之道，秉承天地之道。

资始为道，资生为德。《系辞传》云：“天地之大德曰生。”《乾卦·文言传》曰：“夫大人者，与天地合其德。”德蕴诸道，道立于一，曰仁与义，由一以生二。

《原道》篇起处先言仁义，然后说入道德，是由博返约。

阳奇阴偶。昌黎之文，篇中多参以偶句，笔气阳刚而寓有阴柔之美，是皆阴阳调剂之证。韩氏对于魏晋以来文章衰微之感，非以骈俪为足病，文之浮靡与敦厚，盖在骨力之分矣。

“君子道长，小人道消也”，见《易经·泰卦》。“德惟一，动罔不吉；德二三，动罔不凶”，见《尚书》。

老子言：“道大，天大，地大，人亦大。（鸿案：《老子》作“王亦大”。）”而其指归重在见小，有言云：“见小曰明。”又云：“视之不见，名曰夷；听之不闻，名曰希；抟之不得，名曰微。”又云：“大音希声，大象无形，道隐无名。”是皆见小之征。此所谓小者，由博大之中反求而得之者也。韩氏谓老子见小，直斥之为浅陋耳。

“道生一，一生二”，仁义由道而生。老子重在道，不言仁义，而仁义自包蕴其中。一言仁义，则道岐为二，故有言云：“大道废，有仁义。”又云：“失道而后德，失德而后仁，失仁而后义，失义而后礼。”

老子之旨甚深，远不能喻诸人人。孔子虽尝问礼，而施教则以仁义为本，与老子救世导民之心则一也。

老子云："道可道，非常道。"又云："上德不德，是以有德。"其所谓道德者，一本于天地，儒家与道家之本原固相同也。

韩氏之斥老，仍在其不言仁义，辟老尤甚于辟佛。

韩氏排斥释道，自附于孟子之距杨墨，故于言佛老处，以杨墨参入。

起处先言仁义，后言道德。"老子之小仁义"至"非吾所谓德也"，亦先仁义而后道德。"凡吾所谓道德云者"至"一人之私言也"，先言道德后言仁义，次第错综。道德二字，先分说，后合说，此亦错综之例。

论说中参以感叹之辞，文气多舒缓。

文忌重复，而为意之所重者，则以复笔为妙。"噫！后之人欲闻仁义道德之说"，两语用复笔闲接，字句稍变化。

论说中条目稍多，行文无变化，局势易失之板滞。"寒然后为之衣"至"然后为之宫室"，此三条先说患害，后说防备。"为之工以赡其器用"至"为之刑以锄其强梗"，此八条先言防备，后言患害。"相欺也"至"为之城郭甲兵以守之"，此两条先说患害，后说防备。

腹部变化式

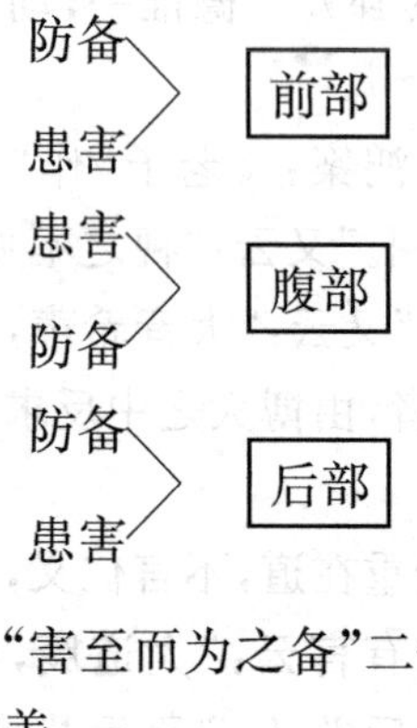

"害至而为之备"二句，总结上文，条目繁多而有总有结，则有包缩之美。

“死”“止”协韵，“衡”“争”协韵，“入于彼”六句皆有韵，“彼”“此”协韵，“主”“奴”，“附”“污”协韵。

“死”“止”协韵，“衡”“争”协韵。

前路评论“老子之小仁义”，但就虚空中着笔，说佛亦然。“今其言曰”“今其法曰”，此两处始举其说以实之，足征布置配局自有其时也。

中幅两用“呜呼”以驱遣其情义，与前文两用“噫”字行文之法相同。唯“噫”字感叹用闲接复笔，“呜呼”感叹于后一叹词，系以直接反复之笔，此布置不同处。（“幸”“不幸”两层为反复笔法。）

“呜呼”唇音，视“噫”字齿音之感叹，尤为深刻。

“呜呼”感叹处反复说“禹、汤、文、武、周公、孔子”，不提及尧、舜，因句中包括之名词过多，故用翦裁之法。后幅述道统之相传，回转“禹、汤、文、武、周公、孔子”，先举尧、舜，此于回缩之中寓有补足之法。

引证为论说要法，或援古语，或引事实。凡以为议论，证明事理而已。援引古言，或有节取者，如《原道篇》引《大学》“古之欲明明德于天下者”至“正心诚意”而止，不及“致知格物”，是其例也。

是篇引《大学》“明明德于天下”一节，由天下国家推本于身心，以责二氏之舍“天下国家”者，其实老子亦由天下而推本于人身，《道德经》云：“修之于身，其德乃真；修之于家，其德乃余；修之于乡，其德乃长；修之于邦，其德乃丰；修之于天下，其德乃普。”佛氏是言“报国恩，报父母恩”，亦非不言国家。

论说事理繁多，切忌一往不返，故回转为要法。“夫所谓先王之教者，何也？”此自问式，下文回缩前文，即自答之词。

文中缩法，前缩后谓之伏缩，后缩前谓之回缩。回缩或取前文之句，或举前文之字。《原道》篇中，“博爱谓之仁”数句，即回缩起处之句；“其法：礼、乐、刑、政”数语，即回缩前文之字。“其为道易明，而其为教易行也”，“教”（原作“数”）字亦回转前文。

“其为道易明”，“明”古音“氓”，“行”古音“杭”，协韵。

“是故以为己，则顺而祥”数语，皆就前文所说之因而推究其果，连续词前后相迭（两用“是故”），局势有迂回之美。

经书中言天大半该地，而言“郊焉而天神假”，天神该括地祇。

荀卿立说，颇有与孟子不合者，而孟子以后之学术，则当推荀子。太史公以孟子与荀卿合传，亦以为荀足接近孟也。荀、扬志趣皆力求胜乎前人，昌黎崛起，又务胜于荀、扬。“轲之死，不得其传焉”，意在不许荀子接近孟子，更无论扬子，盖隐隐以继承道统自负，读《与孟尚书书》，可以见其志矣。

“择焉而不精，语焉而不详”二句，评论荀、扬，即说明“轲死，不得其传”之故。昌黎不满于荀、扬，不仅见于《原道》一篇，而《进学解》又以荀子与孟子并称，谓其“吐辞为经”“优入圣域”，《送孟东野序》亦称“孟轲、荀卿，以道鸣”，《与孟尚书书》又称道扬子之《太玄》，然则韩子亦未尝不心折荀、扬，或其所见以时而迁耳。

“荀与扬也”至“故其说长”，此数语有韵“扬”“详”“行”“长”，收音协重鼻，与中幅协重鼻者处音调相和。昌黎文章，舒卷处往往自成音节，读者须以神听。重鼻“扬”“详”等韵，音在韵母中音最洪大。以刚健之笔发洪大之音，其美可知。

“然则如之何其可也”为自问式，“曰”字以下为自答之词。自问自答式，公羊、谷梁二家《春秋传》多用之，而其体实昉于《周易·乾卦、文言传》。

“不塞不流”二句，两否词对消则成正说式，即云“塞则流，止则行”也，“塞”“止”二动作对释、道而言，“流”“行”两动作对圣人之道而言。

孟子之书，初本与诸子等夷，昌黎起而尊之，识见自卓。至于有宋，理学巨子辈出，以《孟子》一书，配合《论语》，加以《大学》《中庸》两篇，称为“四书”。推究尊崇之始，昌黎实功臣也。

昌黎学说著于文章者，以尊孟为最要，其对象即排斥释、道二家；至于评论荀、扬，又其附带者也。

昌黎辟佛老而有《送浮屠文畅师序》《送令纵西游序》《送高闲上

人序》，均称道佛徒，《与孟尚书书》亦称大颠僧“能外形骸，以理自胜”，《送廖道士序》又称许道友，与其排斥之旨，皆不相符，此可疑者也！欧阳庐陵极崇拜昌黎，亦不信释氏之言，而其为文，往往与浮屠往还。

《原性》第二

《原性》篇承上篇而来。

情由性生，性蕴于内，情表于外。《易经·乾卦彖传》云：“乾道变化，各正性命。”《文言传》云：“六爻发挥，旁通情也。”有性而后有情。

情由性生，性禀天地，初为一体，此乃性之源也。

事物不仅一端，而每端各有其纲目，提纲处用两提法组织最密。《原性》篇“性之品有三”四句，为第一提法，“性之品有上、中、下三，其所以为性者五”，“情之品有上、中、下三，其所以为情者七”，皆属第二提法。

品类繁多，无枢纽之笔，便有碎散之嫌。“性之于情视其品”，“情之于性视其品”，此两语皆交枢纽，以交互联络，使碎散化为整饬，此韩氏之义法。

喜、怒、哀、惧、爱、恶、欲之未发，谓之中。以性之品言之，则中不如上。以性之本体而言，则以中为贵。（鸿案：未发谓之中，就本体说；上、中、下，就级次说。二者其义大别。）

事物两端相比，其中所分品类一一衡量，皆列于平等之阶级。造句以简要而该括为妙。“性之于情视其品”，“情之于性视其品”，性、情两端，上、中、下三品，比较用一“视”字表示，而其平等之比较自可意会。如云“性之上者情亦上”、“中者情亦中”、“下者情亦下”，反复言之，词便繁冗。

论说要素由例、案、判三种合成。

孔子言“性相近也，习相远也”，不明言善恶；《中庸》云“天命之谓性”，亦未判善恶。言善必有恶，言恶必有善，性之本体为一，初无对象。孟子言性善，意在劝诱（四字据下文补）。荀子言性恶，意在惩戒。扬子则调和两家之说。王阳明先生云："无善无恶性之体，有善有恶性之用。"以无有分体用，从《易》学而来。

论说中援引事实宜撮其大要，详其始不必详其终。采取同类之事实，足以加强判断、证明之力量。惟尤以避免繁冗为贵，所取事实大约至多不过三数，前后引同类事实不止一处，须错综其数例，如《原性》篇中所引古事皆举大略，"叔鱼之生也，其母视之，知其必以贿死"，此第详其始耳，至于后日之征验，即无庸举，其余可类推。辨性善，引三事为征；辨性恶，引两事为证；辨性善恶混，先引三数事，后引两事，皆三数与两数错综。三为阳数，两为阴数，三与两之错综，即阴与阳之错综。

"人之性果善乎？"此种句式于商量中寓有反诘之势，如云"然则人之性未必果善也"，此便是正式说，意趣与力量均减，且与篇中正说处失去变化之美。

据孔子"唯上智与下愚不移"之说，为评论孟、荀、扬三家总结，此乃宗孔立论。昌黎文集中尊孟处即是尊孔，故往往引孔子以证道。

篇末归重排斥佛、老，与《原道》篇大旨相通。

后幅问答式分两层，与前幅问答处同式，此种篇法即以自问自答组成局势。

"人之性果善乎？"此句亦是自问，惟下文无自答之词，盖其意可喻于言外，不必作答也，余两层句式同。

《杂说》第三

《杂说》之文，大半取譬，竟体博喻，而不道破，令读者得之象外。此种作品意趣最胜，以其含蓄多也。昌黎《杂说》四首，以首末两则为最佳。一取譬于龙，一取譬于马，暗中指为士者须遇时而得知己，方可尽其才，却不说出。第二首以善计与善医相提并论，是谓正喻夹写，较之取喻而不言正意者，趣味已减。第三首直趋正意，更觉索然。

《读〈荀子〉》第四

《读〈荀子〉》篇在文体中属序跋类,《读〈荀子〉》即《书〈荀子〉后》。《书后》有就一篇发抒意见者,有综论全书撮其大要而为之辞者。书全部较难于书一篇,而论意境之广狭,则跋全书视诸一篇,其取径为宽博也。

评论荀、扬即所以尊孟子,尊孟即所以尊孔。标题虽曰《读〈荀子〉》,文章内容实荀子与扬子并读也。韩子欲削荀子之不合者,自附于孔子删《诗》《书》、笔削《春秋》,视排斥释、老附于孟子之距杨、墨,志趣尤高。

《获麟解》第五

《获麟解》有感于时而作,以"祥""不祥"翻腾成局,篇幅虽小,而卷舒中自具汪洋之观。

《进学解》第六

《进学解》,标题虽属论说体,而其布局遣辞仿东方朔《答客难》、扬雄《解嘲》而作,体涉词赋。(鸿案:昌黎集中《进学解》,盖即《解嘲》之"解",亦即集中《释言》之"释",与《守解》《择言解》等之"解"别。)

昌黎得阳刚之气,而际遇多舛。《进学解》一篇发抒抑郁,讽刺而不失之苛,怨悱而不失之激,温婉隽妙,盖得《诗》《骚》之旨。

设主宾问答,境虽虚构而义实闳通。全篇协韵,阴阳变化,音节之洪细,随文气而抑扬。

"业精于勤"二句,是正说式。"诸生业患不能精","行患不能成",是负说式。此回转处方式变化之例。

首段以"有司"与"诸生"为对象。

是篇句式排偶居多,两句相对为偶,四句相俪为排。

句式分奇偶,即阴阳二性之变化。奇句属阳性,偶句属阴性。散文中参以偶句，骈文中参以奇句，此阳中有阴、阴中有阳之道也。

前后句之字数相同，而字性排列不同，亦属奇句。

是篇于偶对之中，参以散句，不一而足。凡以运用变化，调剂其词气而已。

第二段设“笑于列者”之辞，“可谓勤矣”，“可谓成矣”，此两层与首段针锋相对成文，于“勤”字后加一层（“可谓有劳矣”），“成”字前又加一层（“可以闳其中而肆其外矣”），是皆推波助澜之法。

第二段词气先扬后抑。

“公不见信于人”，“私不见推于友”等语，直抒愤懑之情，例以《诗》《骚》之温婉含涵滀，不免见逊，惟此种语气借“笑于列者”道出，斯不觉索然矣。

先生答词分三层，用感叹以抒其语气，趣前两层是喻言，后一层是正意。以木之大小、药之贵贱譬人才之高下，以匠氏之工、医师之良譬宰相之方，局势成鼎足式。

正喻三层，夹写以后用左证法，援引孟、荀二子之德业与遭遇，说入先生，仍系比较之法，含有先推宕而后折入之语势。（意谓孟、荀已优入圣域，其所遇尚不偶如此，况如先生者学行不逮古人，而其遇犹未至否极之时，能不自幸邪？）

“动而得谤”数语，心平气和，毫无怨意，深得《诗》《骚》温婉之旨。结处用反收法。

“是所谓诘匠氏之不以杙为楹，而訾医师以昌阳引年，欲其进豨苓也”，此二句仍用比喻法，回绾前文“匠氏之工”“医师之良”二层，局法缜密，其取材视前文有变化。

“匠氏”“医师”两层本相偶对，而原文前一层用负说式，出以短峭之词。后一层用正说式，以萦纡之笔达之，有化偶为奇之观。

《师说》第七

《师说》，标题属论说体，是篇为赠李蟠而作，体制本属赠序类。

孟子云：“人之患，在好为人师。”昌黎尊孔而作《师说》，或疑其有抗颜为师之意，非也！援引孔子之言，足以知其旨矣。

"是故弟子不必不如师"二语，即荀子"青胜于蓝，冰寒于水"之旨，此摹仿而能化其形迹者。（鸿案：引荀子恐与韩氏意不类。）

《圬者王承福传》第八

传体创于史迁，用以记载亡者之生平。若夫事行仅属于一二端，而其人犹存，则当入之杂记。昌黎叙王承福之事，不题为《书圬者王承福事》，而名之为传，此实变例。

传职于史官，文人私家之传，专载居多。（专载一人者为专传，史书中有专传、合传两种。）传之体裁，有正、变两种，篇首从其人之姓氏、里居叙起，除附赞之外，不参论说者为正体；篇首以议论发端，或篇中参以评论者为变体。

《圬者王承福传》作法属变体，是篇所叙事实多得自王承福之口述，却分为二层，组织之妙在此。

记言方法，凡记叙事实，转述他人之词，如所言稍觉繁多，记法以分列数段为宜。倘一气叙下，则词繁而气冗矣。分作数段，则有波折，文气亦因之舒缓。

"愈始闻而惑之"以下为论判，传后论判妙在抑扬措词不多，而抑扬尽致，觉尺幅中有飘渺之观，此龙门妙境也。历代工文之士，莫不循此抑扬之法，惟抑扬之次数多寡不同，抑扬愈多，则愈尽其妙。

传状等文，有由于自己兴感而作者，有为人请求而书于篇者，其事由之说明位置，视布局而定。《王承福传》于结束处说明作传之意，此篇末叙述著作颠末之例。

《伯夷颂》第九

颂赞类之体制不协韵者，与论说无异。《伯夷颂》犹诸《伯夷论》，即《〈史记·伯夷列传〉书后》之作也。

伯夷、叔齐并称，而标题独举伯夷，以兄该弟也。

《伯夷颂》中幅以伯夷、叔齐相提并论，首末两幅皆单举伯夷，与标题相符，盖兄弟竞美者，其贤行昭著，尤以其兄之引导为足多焉。

颂赞、论说涉及史事者，发端直从事实说起者，为实起；先就广大处着笔，摩荡空虚，将意中所欲论判之事行笼罩在内，此虚起法也。虚起意趣视实起为多，是篇即用虚起法。

文中推勘有纵、横两性。由一家推之一国一州，此属于横性之推勘；由一时而推之千百年，此属于纵性之推勘。纵、横两性并用者，可谓尽推勘之能事。

形容约分三级：平比、差比、极比。如云“昭乎日月并其明”，此为平比之式；原文言“昭乎日月不足为明”，此为极比（二字似讹，拟改“比例”）。中相差之式。

判由案生，先案后判为顺叙，先判后案为逆叙。逆优于顺，是篇先判而后案。先判伯夷，然后举其事略，系逆叙式。

论判中叙事稍多，局势易于平实，参以推宕之笔，再继续叙其未完之事，此实者虚之之法。是篇中叙武王攻殷，继之曰“未尝闻有非之者也”，由是而折入伯夷、叔齐，再叙其不食周粟之事，此于实叙之中参以推宕之笔也。

“信道笃而自知明也”，此句回绾前幅，惟虚实不同。首幅是虚判，后幅是切定夷、齐。

“今世之所谓士者”云云，亦属推宕之词。推宕处抑之，折入处扬之。

推宕能尽致，则折入处更见力量。“彼伯夷、叔齐，乃独以为不可”，“彼独非圣人而自是如此”，两“独”字最足征昌黎笔力。

“夫圣人者，乃万世之标准也”，此语是倒句，本应在“彼独非圣人”上，如布置在前，气势便失之松懈，故用倒置法以补足词意。

“若伯夷者，特立独行，穷天地，亘万世而不顾者也”，此句亦回绾前文，首幅用在虚拟之中，此处并入复笔，切定伯夷，与“通道笃而自知明” 之复笔又有别。

结笔以“虽然”二字推宕，其意以夷、齐之不顾一切，或疑其近乎隘，故推宕而后再称之也。

《张中丞传后叙》第十

《张中丞传后序》，体制属序跋类，此种作法约有两种，即论列事实或评判文章也。昌黎是篇兼具此两种笔法，于评判作品之中附有补详之例。

“不为许远立传，又不载雷万春事首尾”，举此两种阙略。下文先述事略，夹叙夹议，为之辩护，分为两层。一就疑远畏死申辩，一就以城陷诟远力辨其冤。于远事之中，将张巡与之并论，有推开之处，“如巡、远之所成就”数语，“当是时，弃城而图存者”数语，皆由当前事实而推及其他，此足见韩氏文章排奡之能。

迁史论赞，往往举自己生平所经历，述其见闻所及，以补记载中所未详，此种意境，最为亲切有味。是篇“愈尝从事于汴、徐二府”云云，即叙述其亲历以补阙佚之例。

“南霁云”一段，从老人口述后叙出，记事即是记言。

“愈贞元中过泗州”二语，亦举经历缀于叙事之中。

“张籍曰：有于嵩者”云云，此于自己经历之外，举其友人经历之所及，著之于篇，叙事之妙，即在经历数处，用参错之法，使局势有波折而不失之平实。

从张籍得自于嵩之事，转述以补原传之所未详，先叙读书为文，然后再续写殉城之情况，于繁缛之中参以闲淡之笔，此法得自史公。

因张中丞事述及于嵩，篇末叙嵩之事略，此乃附载之例，亦史迁法也。

结笔“张籍云”，与前文“张籍曰”相应，此系重复说明传述之例。

《画记》第十一

杂记文体，兼该人物，物类繁多，昌黎《画记》为志物之一种。

起句总挈一笔，下文分详人物。以人为经，而物纬之。记人先以骑为类，骑之状不同，分写十二层。前三层写立“执羁靮立者二人”两句，亦是写立错综后置，“牵”字、“驱”字动作均有两层，原文亦用间断叙法。

人数多缀于句末。一人骑而执大旗前立”，此句独将人数冠于句首，此错综之最著者。

形容人之动作，不止一种。前一种动作相同者，本可以连续叙在一处，原文却分开记载，如“坐而指示者一人”，“坐而脱足者一人”，前一动作同为“坐”，此两句分为两处，亦间断叙法，不取其相类也。

物类相同或连叙，或否是，亦不以其类而类之也。“甲胄手弓矢鈇钺植者七人”，“甲胄执帜植者十人”，此两层连类叙之。下文“甲胄坐睡者一人”，同一“甲胄”，而不与前文联续，即错综之例。

“负者七人”，“一人杖而负者”，动作同为“负”，亦不依类为序。

综观前半幅所叙画中动作之象，多数相同者合叙一处。（骑）少数相同者，分开记载。（坐、负）分叙与合叙成对象，非是无以尽错综之致。

“一人杖而负者”，与“一人骑而执大旗前立”相类，此两语分置前后，使其余句式人数置句尾者，得错综之妙。

叙繁多之事物，必有总叙，前提而后挈，局法方密。“凡人之事三十有二”至“皆曲极其妙”，于总叙之中，兼有补详之法。

人百二十三，而人之事分述三十二，约占四分之一。马八十有三，而马之情状有非笔墨所能罄者，惟用浑括之辞以概其余，此至要之法也。“而莫有同者焉”，述马与人皆用此语，即浑括之例。

“凡马之事二十有七”，就原文所述者计之，“七”当作“九”。此二十九事之中，惟行、牵、涉、骑等动作见于前文，其余皆补上文所未详。

描写马之状态，两端相对者居多，如“下者”与“上者”成对象，“陆者”与“涉者”成对象是也。三种成鼎足之式者，如“龁者”“饮者”“溲者”是也。

事物繁多，将总数叙出，有从分母中划出分子之一种者，则相对之分子自不言而喻，此乃修词记数之定法。如“为马大小八十有三”，为统计之语，前文叙“马大者九匹”，其小者几何，可就总数中推而知之，倘再详其小者若干，即是赘疣。

统计马与统计人句式相同，而马于大小之中划出马大者之数，人之统计大小百二十有三，而大者若干人却未详。上文“妇人以孺子载而可见者六人”，又云“孺子戏者九人”，人之大者多于小者，可以意会，文中未明言小者几何，此即错综之妙。人类举孺子，不言大者，马类举其大者，不言其小者，此又错综中之错综。

畜类计数先其多者，后其少者。如是篇先记马之数，次记牛之数，以马多于牛也。驴之数较橐驼为多，而牛之后即记橐驼，然后叙驴之数，已寓有错综之法。

驴之数用曲叙法，与牛、马等数直叙不同。其法以上文橐驼之数为本，而后就其数增加若干，以为驴之数。古文贵简约，而亦有以繁曲为美者，此类是也。倘原句易为“驴四头”，则直截而寡趣矣。

马、牛、橐驼等畜类，有为前文之所未见者，即于统计之中寓以补详之例。

马、牛、橐驼等皆分叙数目若干，犬、羊、狐、兔、麋鹿等数用混合叙法，记其总数共三十，此又错综之一例。

器物大半补前文所未详。“旃车三两”，计数详明，“杂兵器”等物，亦用混合叙法，皆曲极其妙。此句结法与前文“莫有同者焉”同为以简赅繁之法，一负说，一正说，亦属文中之变化。

后幅记画之颠末，归重人事，于“赵侍御”下著一笔“君子人也”，表明侍御所言之非虚，此昌黎忠厚处。

《争臣论》第十二

《争臣论》专论阳城，不啻《阳城论》也。全篇设为问答，与《答客难》相似。

全篇问词：“或问谏议大夫阳城可以为有道之士乎哉?”此语最切要，末幅答词仍回缩此语，其归重之旨可见。问词除首句外，意在以阳城为有道之士，首句之诘问，故作商量耳。

第一问，重在说阳城不移易其心。

第一答，援引经义以为论辩之根据。

援引经文，或明举经名而述其词，或直据其说而不举书名，视乎配合而定。

第一答词，《易卦》以外，再援引孟子之言，皆浑举其词。

第一设问之词，归重“心”字，答词亦就“心”字推勘。恒从心母，“王臣蹇蹇”与“高尚其事”皆由心志表现而出，文中说阳城“忽焉不加喜戚于其心”，“今阳子以为得其言乎哉”，“阳子将为禄仕乎”，皆推论其心迹。

议论中负说式与否词对消式，句性视正说式为刚劲，商量式视直判式或反诘式为温婉。

“今阳子在位，不为不久矣”三句，“不为”“不久”对消，即“为久”，系以两否词，则语调有排奡之势。

“有道之士，果如是乎哉”，此句用商量式，词气舒缓，与前文排奡刚劲处有阴阳调剂之妙。倘云“有道之士，岂如是乎哉”，便亦转为刚劲之气。

第二设问援引《书经》，举出经名，与前文引《易经》同例。惟《易经》系征引于答词之中，此处《书》说则援引于问词，而答词即依据其说，以为辩论之资，此昌黎引证配合变化处。

前两层设问，皆专为阳子辩护。第三层设问，辩护之外兼责备应答者之言。

答词援引禹与孔、墨之事为辩论之资，引证古事与引证陈语相间为文，此论说行文之要法。如前后皆堆叠往事，则病板滞，若一味博引前言，则又有繁冗之嫌矣。

第四段设问，专责备应答者之讦直，答词归重“明道”。“子告我曰：阳子可以为有道之士也”，此一语回转起处，为首尾相应之篇法。通篇议论阳城不遗余力，结处“阳子将不得为善人乎哉”，掉转希望之意以感动阳子，足征忠厚。后阳城上疏极言裴延龄罪，为陆贽申雪，未尝非韩子之文有以激之也。

退之为史官，惧天谴人祸而缄默不言得失，柳子厚尝为书以责之，此不免目睫之讥也。

《答李翊书》第十三

书牍体制分与书、答书两种，答书大半依据来书为案。

文著在外，道蕴于内，《答李翊书》归重在道，由道而发为文。

“望孔子之门墙而不入于其宫”，此韩子以谦道示后生处。

“养其根”，“加其膏”，根与膏即仁义之道。“仁义之人，其言蔼如也”，蔼如之言即实遂、光晔之征。

昌黎述学文之经过，第一时期，务去陈言，即以免《礼》所谓“剿说”“雷同”之讥。去陈言之功夫，不但不能剽窃他人，亦不能袭取自己已往之文词，三代两汉之书皆创作之文，读之而不袭取，此第一时期之情况。至第二时期，于古书能辨正讹而务去之者，视第一期亦易矣。取于心而注于手，两时期皆然，而难易有别。

第三时期，浩乎沛然，视前之汩汩然来又进矣。当是时也，已有自得之乐，而于乐之中继之以惧，进道即由此惧心而来，《周易》所谓“惧以终始，其要无咎”也。

笑、誉两层，就人之对象写自己之感应。“笑之则以为喜”“誉之则以为忧”，较之“笑之而以为忧”“誉之而以为喜”，已有进矣。再进一步，即笑誉俱忘、忧喜皆泯，文中虽未言及，却可推想。

志乎古者为道，志乎今者为利，李翊能志乎古而不为利，故进之以道，篇末揭出此旨。

《送孟东野序》第十四

赠序文体属书序类，与序跋类体制不同，而义则相同。

赠序意义，劝勉居多。

《送孟东野序》，文章之起由于孟东野之役役而不能自解，思有以释之。对于东野所取材料至少，而发皇其词充然满幅，有如一泓之水拓为江河，探其发源，只一“鸣”字耳。

通篇以“鸣”字为线索，起处“大凡物不得其平则鸣”一语为提纲之笔。

文意要说东野以诗鸣，却先说古代之善鸣者，以吹说入当代之善鸣者。要说人，却先说物。说物分为二节，第一节就草木、水、金石三种说，而以人为归宿。（原作“以草木、水为归宿”。）“人之于言也亦然”数语，透露后幅消息。第二节就音乐与天时说，“其于人也亦然”数语，亦透露下文消息。

草木、水、金石三层鼎立，中间“水之无声”一层，加入“其跃也，或激之”三语，此渲染之法。

第一节金石，就八音中采取二种。第二节由金石推及丝竹、匏土、革木，举八音之全，此又取材变化之一例。

“以鸟鸣春”四层，取材以物与天间隔配合，一、三取诸物，二、四取诸天。

“文辞之于言也，又其精也”，由言说到文，为下文称引文词地步，足征局法之缜密。

文辞以《尚书》为最古，故从唐、虞说起，由唐、虞推及三代。“凡载于《诗》《书》六艺，皆鸣之善者也”，此一语总缩上文，下文再说与六艺相关之孔子，此亦局法缜密处。

唐、虞及汉多详列姓氏，魏晋则否，此固出于蔑视之意，而或详或略，亦前后错综之例。

说入东野，举当代陈子昂诸人为陪衬，而不言平日钦佩之柳宗元，盖以东野诗人，故特举诗歌之擅长者以彰之。

后幅说入东野，复举李翱、张籍并论，文之陪衬烘托，至斯而极。“鸣盛”“鸣不幸”两层，商量词气，不直截判断，“在上”“在下”，悲喜泯然，将感慨之意消于言外，此意境极高处。

《送李愿归盘谷序》第十五

此篇与《送孟东野序》不同，引述李愿之言，此例《史记》中甚多。

《送李愿归盘谷序》，起处便从标题中盘谷说入，叙盘谷后即说李愿布置，与《送孟东野序》不同，盖局势之宜蓄住与否，视乎材料而定也。或曰两笔案而不判，此法得之史迁。

此篇材料以李愿之言为主，而其赠送之意，则发之于歌，此又一局法也。

李愿言中以遇时、不遇时成为对象，后只就遇时者描写情状，其不遇者隐遯之意趣，自可于歌中得之。

歌韵以阳声、阴声间隔相协。

《送杨巨源少尹序》第十六

《送杨巨源少尹序》引古事发端，下文说入杨少尹，即以古今相较，文之波澜由是而汹涌。与《送孟东野序》《送李愿序》取材不同。此足悟文法多端，用之有方，无往而不疑也。

篇法是比较法（平比）。

文之妙处，在虚不在实。引证比较性质属实，能化实为虚便是妙文。《送杨少尹序》“不知杨侯去时”，又“道旁观者”数语，“否”字三迭，词意仍属不知，就空虚中推想摩荡，浑涵绵渺，文之妙即在此。倘就情景实写，不说“不知”，意趣便消失矣。

老子云：“知而不知，尚矣；不知而知，病矣。”唐代王建诗云：“不知秋思在谁家。”明王旬诗云：“不知何处月明多。”予尝以为诗意之妙，不知胜于知，老子之言极可味，昌黎是序亦得此妙趣。

“不知杨侯去时”数语，由古而思今；“又不知当时二疏之去，有是事否”一语，复由今溯古，是谓回环比较法，意趣仍重在不知。

“古今人同不同，未可知也”，此句总束上文“不知杨侯”与“二疏之意”。

杨侯事中“不知”“否”分用：

不知————————

————————否

————————否

————————否

二疏事中“不知”“否”合用：

不知———————否

末段就杨少尹归后推想邱林，结束处以咏叹出之，意境凌虚，与前文摩荡处相洽。

《柳子厚墓志铭》第十七

墓志属碑铭类，与传状判为两体，而作法大半相同。志通于传，铭近于赞。惟墓志重在令后人爱护亡者骸骨，石碑一埋土中，防陵谷变迁，记载墓址特详，并叙择葬之年月，此为传状所无者。

墓志制作之由，或别为序，系于记载之前。

墓志详先代以明其原，三代或尽详或否，三代以上有显著者，亦可详出。《柳子厚墓志铭》叙七世祖与伯曾祖，即其例也。

墓志中叙事不止一端，所参议论需择其重要者发之。是篇历叙子厚文学、政教，后述其"愿以柳易播"一节，发为感慨，此即于重要处抒其言论之例。

韩柳并驾驰誉文坛，柳推重韩，韩亦甚称许柳，韩柳俱遭贬谪，柳之忧郁而不能自适甚于韩氏，而文学之增进得之于谪乡愁城中为多也。

子厚初娶杨氏（子厚《与杨京兆凭书》云"独不幸获媚好，而早凋落"），继娶某氏，《墓志铭》叙其子女而不详其夫人，似疏于法。（任铭善谨案：《柳志》云"舅弟卢遵"，是子厚继娶卢氏，即遵姊也。）

裴行立、卢遵两人事，皆属附记之例。附记法史迁最多。

是篇铭辞重在称美幽宫，因以及其后人之吉利。

（杭州师范大学人文学院）

Contents

《古代文学理论研究》稿约

一、本刊欢迎中国古代文学理论、批评及相关问题的稿件。希望来稿具有一定理论水平、学术水平和问题意识，观点新颖，重点突出，言之有物。

二、请寄电子文本一份。电子文本投稿地址：gudaiwenlun1979@126. com。

三、本刊采取匿名评审制度。稿件务必注明全部作者的姓名、工作单位、通讯地址、邮编。在篇首页地脚处作者简介中，注明作者的出生年月，性别，工作单位，职称，学历，研究方向，代表性著作(论文)。寄稿时，请附上手机号码、电子邮箱地址，以便通知结果。

四、来稿请附内容摘要、关键词，摘要用第三人称撰写，不要进行自我评价。字数在300字左右。并附题目、作者姓名、内容摘要、关键词的英译。

五、引用文献请用脚注，其格式为：(1) 作者，书名，出版社，出版时间，页码；(2) 作者，篇名，期刊名与期号。

六、对采用的稿件，本刊可作技术处理和编辑加工。如不同意，请在投稿时声明。

七、请勿抄袭，文责自负。请勿一稿多投，对因其造成的不良后果，本刊概不负责。

八、来稿一经采用，略付薄酬，请作者提供银行卡相关信息。